DIE
BLÜTENZWILLINGE

WEITERE TITEL VON CAROL WYER

CAROL WYER

DIE BLÜTENZWILLINGE

Übersetzt von Anne Masur

bookouture

Die Originalausgabe erschien 2019 unter dem Titel
„The Blossom Twins“
bei Storyfire Ltd. trading as Bookouture.

Deutsche Erstausgabe herausgegeben von Bookouture, 2023
1. Auflage April 2023

Ein Imprint von Storyfire Ltd.
Carmelite House
50 Victoria Embankment
London EC4Y 0DZ

www.bookouture.com

ISBN: 978-1-83790-147-0
eBook ISBN: 978-1-83790-146-3

PROLOG

Das Herz der siebzehnjährigen Kerry schlägt hektisch. Das ist definitiv die Stelle, an der sie Isabella zurückgelassen hat: auf dem großen, grasbedeckten Wall gegenüber dem Sunmore Hall, direkt neben dem Triumphbogen. Sie waren früh hergekommen, um sich einen guten Platz zu sichern, und Isabella hatte mit einem Lächeln auf dem Gesicht auf einem Pullover gesessen.

»Isabella!«, ruft Kerry. Ihr Ruf wird sofort von der Menge um sie herum erstickt, die sich mit kollektivem Gebrüll erhebt, als der Hauptakt, die Boyband Blasted, die Bühne betritt. Rufe, Pfiffe und Schreie erheben sich in den dunkel werdenden Abendhimmel, der noch vor wenigen Minuten mit einem riesigen Schwarm von Staren erfüllt war, die über die beleuchtete Bühne hinwegflogen, während die Menge wartete. Vorfreude und Schweiß liegen in der Luft.

Sie klammert sich an ihre Pepsidosen, die sie nur dreißig Meter weiter in einem Getränkezelt gekauft hat. Wo zum Teufel ist Isabella? Ihr Kopf schwenkt von links nach rechts, sucht den grasbewachsenen Wall ab, für den Fall, dass sich ihre Schwester einen Platz mit einer besseren Sicht gesucht hat, aber sie kann sie *nicht entdecken. Sie schiebt sich an einer übermütigen Vierer-gruppe vorbei – Mädchen in ihrem Alter, in aufeinander abge-stimmten T-Shirts mit dem Logo der Band –, die auf und ab springen und die ersten Takte des neuesten Hits von Blasted mitsingen. Eine von ihnen wedelt mit einem Leuchtstab wie eine wahnsinnige Dirigentin.*

Kerry greift nach dem Arm des Mädchens und zieht daran, um ihre Aufmerksamkeit zu gewinnen. »Habt ihr meine Schwester gesehen? Sie saß direkt neben euch!«, ruft sie. Das Mädchen schüttelt den Kopf und wendet sich wieder der Band zu, deren Mitglieder jetzt über die Bühne stolzieren und das Publikum zum Mitsingen auffordern.

Kerry schiebt sich durch die verschwitzten Körper und hält nach ihrer vierzehnjährigen Schwester in dem pinken T-Shirt und der zerrissenen Jeans Ausschau. Sie hat nicht geahnt, dass so viele Leute das Gratiskonzert beim Sunmore Hall besuchen würden. Tausende Menschen haben sich auf der gepflegten Rasenfläche hinter dem Gebäude versammelt, die meisten von ihnen tummeln sich direkt vor der erhöhten Bühne. Es ist unmöglich, in der Menschenmasse vor ihr jemanden zu entde-cken. Trotzdem bewegt sie sich vorwärts, ihre Hände klammern sich an die zuvor noch kalten Dosen, die mittlerweile warm geworden sind. Es gab keinen Grund für Isabella den Platz, an dem sie saß, zu verlassen. Es liegt nicht in ihrer Natur, plötzlich zu verschwinden. Das liebt sie so an ihrer Schwester – sie ist zuverlässig und umgänglich, ganz besonders heute Abend, weil sie nur dank Kerry herkommen konnte, um ihre Lieblingsband zu sehen.

Sie dreht sich und versucht es in der anderen Richtung. Gedanken stauen sich auf wie dichter Verkehr: Vielleicht ist ihre Schwester zur Toilette gegangen, näher zur Bühne oder sie hat eine Freundin entdeckt und sich zu ihr gesellt. Keine dieser Ideen überzeugt sie. Isabella würde nichts davon tun. Was sollte sie als Nächstes machen? Zu ihrem ursprünglichen Platz zurückkehren und warten, bis sie dort auftauchen würde?

Ein weiterer Gedanke verdrängt die anderen: Sie sollte sie anrufen. Kerry stellt die Dosen ins Gras, greift nach dem Handy in ihrer Gesäßtasche und wählt die Nummer. Sie presst ihr Telefon fest gegen das Ohr, steckt einen Finger in das andere und stellt erleichtert fest, dass es klingelt. Doch ihre Erleichterung ist nur von kurzer Dauer. Isabella nimmt nicht ab und Kerry schüttelt den Kopf über ihre eigene Dummheit. Wahrscheinlich kann Isabella ihren Klingelton – »Shape of you« von Ed Sheeran – nicht hören. Nicht wenn alle Anwesenden aus vollem Halse bei Blasted mitsingen. Die vielen Körper scheinen miteinander zu verschmelzen, sodass sie nur noch ein riesiges, dunkles Monster vor sich sieht. Nimm ab, Isabella. Es ist aussichtslos. Ihre Schwester wird abgelenkt sein wie alle hier. Vermutlich singt sie mit. Sie liebt dieses Lied.

Isabella wird zurückkommen. Sie kann den massiven Steinbogen, der irgendeinem antiken Gewölbe in Griechenland oder Frankreich nachempfunden wurde, nicht übersehen. Kerry ist egal, worum genau es sich bei diesem Bogen handelt; alles, was sie will, ist, Isabella wieder davor stehen zu sehen, wie sie es während der Vorband noch getan hat. Sie will gerade auflegen, als ihr etwas in dem dichten Gras nur wenige Zentimeter zu ihrer Rechten ins Auge fällt. Das Mobiltelefon leuchtet nochmals auf und sie schnappt es sich, bevor es beschädigt werden kann. Sie richtet sich auf und spürt, wie die Körper sich gegen sie drücken, wie sie alle zur Musik springen, als wären sie auf einem gigantischen Trampolin und würden versuchen, sie mit sich zu reißen. Sie hält ihnen stand, indem sie ihre Ellbogen in die Seiten der Leute drückt. Dann erkennt sie die pink gepunktete Hülle und starrt den Bildschirmschoner an. Es ist das Gesicht ihrer kleinen Schwester, die albern grinst. Warum liegt Isabellas Handy im Gras?

Der Liedtext, der von den Menschen um sie herum gesungen wird, dringt wie die Warnung vor einem Untergang an ihre Ohren: »You're gone. Gonna miss you forever.« Kühles Blut fließt durch Kerrys Venen. Etwas Schreckliches ist mit ihrer Schwester passiert.

EINS

DI Natalie Ward streckte sich. Das Bett im Gästezimmer war nicht so bequem wie das Doppelbett, das sie sich den Großteil der letzten beiden Jahrzehnte mit David geteilt hatte, aber es würde noch eine Weile herhalten müssen, bis einer von ihnen sich bereit erklärte, auszuziehen.

Sie schwang ihre nackten Beine über die Bettkante und zwang sich, aufzustehen. Es war erst sieben Uhr morgens an einem Samstag, aber um acht Uhr musste sie auf der Arbeit sein, und da DS Murray Anderson in seinem wohlverdienten Urlaub in Australien war, fehlte ihr ein Mann. Die schlecht sitzende Jalousie auf dem Veluxfenster, das einzige Fenster in dem ausgebauten Dachbodenzimmer, war heruntergezogen, doch das hielt das Licht nicht davon ab, hineinzuströmen und die Ecken des schäbigen Raums zu erleuchten. Sie hatten große Pläne gehabt, ihn in ein Extrazimmer für eines ihrer Kinder zu verwandeln, aber für eine vollständige Renovierung hatte ihnen das Geld gefehlt, und jetzt war es nur noch ein Abstellraum mit einem Einzelbett und Kartons voll mit Erinnerungsstücken.

Als sie aufstand, musste sie sich ducken und ihren Kopf gesenkt halten. Hier oben war nicht viel Platz, und selbst am höchsten Punkt des Raums konnte sie nicht aufrecht stehen. Sie stieg auf die Trittleiter und kletterte sie hinunter. Es war lästig, auf dem Dachboden zu schlafen, aber sie würde nicht mehr zu David ins Bett steigen. Sie hatte sich entschieden und musste sich damit abfinden, bis sie entsprechende Vorkehrungen getroffen hatten.

David hoffte offensichtlich immer noch auf eine Versöhnung, aber Natalie würde sich nicht beirren lassen. Sie hatte zu ihm gestanden, als er das erste Mal zugegeben hatte, einer Spielsucht verfallen zu sein, die ihre gesamten Ersparnisse aufgefressen hatte, und hatte es ein weiteres Mal versucht, nachdem seine Sucht ihn dazu veranlasst hatte in ein Wettbüro zu gehen, während ihre Tochter Leigh vermisst wurde. Doch der Tropfen, der das Fass zum Überlaufen gebracht hatte, war, als er sich dem Alkohol zugewandt und versäumt hatte zu bemerken, dass ihr Sohn Josh mit Drogen experimentierte. Vielleicht hätte sie ihm sogar ein letztes Mal vergeben, wären da nicht die Lügen gewesen. Natalie konnte es nicht ertragen, angelogen zu werden. Ihr Leben war bereits durch Unehrlichkeit ruiniert worden, als sie noch jung war, und sie würde nicht zulassen, dass sie auch ihr Leben als Erwachsene verpfuschte.

Sie betrat die Küche, wo David eine Tasse für sie bereitgestellt und den Teekessel mit Wasser befüllt hatte, aber diese freundliche Geste reichte nicht aus, um ihre Meinung zu ändern. Er hatte wieder gelogen. Trotz allem hatte er wieder gelogen ...

Natalie ist erschöpft. Die Arbeit und die Angst aufgrund Joshs jüngstem Verhalten haben ihren Tribut gefordert. Darüber hinaus hat sie noch andere, größere Sorgen. Ihre Gefühle für David haben nachgelassen. Trotz all seiner Bemühungen liebt sie ihn einfach nicht mehr genug, um ihre Beziehung am Laufen zu halten. Sie muss es beenden, bevor sie sich gegenseitig in

Stücke reißen und alles zerstören, was sie sich gemeinsam aufgebaut haben. Es wird schwer werden, und sie ist sich nicht sicher, wann oder wie sie es ihm beibringen soll.

Sie nimmt eine Flasche Wein aus dem Kühlschrank. Es ist ein guter Wein, den David extra für sie gekauft hat. Träge hebt sie den Deckel des Keramikpotts an, in dem sie das Haushaltsgeld aufbewahren, das sie David zur Verfügung stellt. Sie erwartet, dass es aufgestockt werden muss, doch zu ihrer Überraschung wurde es nicht angerührt. Wie hat David für den Wein bezahlt? Sie erinnert sich daran, dass er mit Leigh zu McDonald's gefahren ist und ihr außerdem eine DVD gekauft hat, und er war an mehreren Tagen betrunken gewesen. Woher hatte er das Geld für den Alkohol genommen? Sie durchstöbert den Altglas-Behälter, aber neben den üblichen Gläsern und Saftflaschen findet sie nur eine leere Flasche billigen Whiskeys und zwei Flaschen Wein, die sie selbst getrunken hat. Das alleine würde ihr Misstrauen nicht erwecken, wäre David nicht an mehr als einem Abend in der vergangenen Woche vollkommen betrunken gewesen. Die vierzehntägige Abholung durch die Müllabfuhr ist in zwei Tagen. Warum sind dort nicht mehr Flaschen? Der einzige Grund dafür, der ihr einfällt, ist der, dass David verbergen möchte, wie viel er wirklich trinkt.

Sie geht ins Wohnzimmer, wo er mit blassem Gesicht einen Film ansieht, und fragt ihn geradeheraus: »Das Geld in unserer Haushaltskasse wurde nicht angerührt. Wie hast du für diesen Wein und die DVD bezahlt?«

»Ich habe etwas für jemanden übersetzt«, antwortet er lässig, seine Augen fixieren den Bildschirm. »Es wurde bar bezahlt. Ich habe dieses Geld benutzt, anstatt an die Kasse zu gehen.«

Sie setzt sich auf den Sessel neben ihm und sieht ihn an. »Für wen?«

»Was für wen?«

»Du weichst aus«, erwidert sie. »Du weißt genau, was ich meine, und weichst der Frage aus.«

»*Um Himmels willen*«, *grummelt er.* »*Machst du denn nie Feierabend?*«

»*Erzähl mir die Wahrheit, David.*«

»*Warum gehst du immer davon aus, dass ich lüge?*«

»*Du tust es schon wieder. Ich habe dich nur gefragt, für wen du diesen Auftrag erledigt hast. Das solltest du beantworten können, ohne aus der Haut zu fahren.*«

Er schaltet den Fernseher aus und wirft die Fernbedienung auf den Couchtisch. Dann reckt er sein Kinn vor und sagt: »*Ich habe ein kurzes Dokument für Evans übersetzt.*«

Evans ist eine kleine Anwaltskanzlei in Castergate, wo sie wohnen. Sie nippt an ihrem Wein. Plötzlich schmeckt er bitter. Sie stellt das Glas ab. Egal, was er sagt, sie weiß, dass er lügt. Sie kennt ihn zu gut.

»*Wenn ich dich bitten würde, mir dieses Dokument zu zeigen, würdest du es tun? Oder wenn ich Ralph Evans darauf anspreche, wüsste er, wovon ich rede?*«

»*Ja. Sind wir jetzt fertig?*«

»*Nein.*«

»*Willst du mir etwas vorwerfen, Natalie? Denn wenn das so ist, wäre ich sehr vorsichtig.*«

»*Sag mir, woher du das Geld wirklich hast. Hast du es bei einem Glücksspiel gewonnen?*«

Ein kleiner Muskel in seinem Kiefer zuckt mehrmals hintereinander. Er ist wütend, aber fühlt sich auch in die Enge getrieben. »*Es war ein verdammtes Rubbellos. Ein verdammtes Rubbellos!*«

»*Das ist immer noch Glücksspiel, egal, wie man es betrachtet. Du hast es mir versprochen, David. Du hast mir versprochen, dass du mit dieser ganzen Scheiße aufhörst! Wie oft willst du deine Versprechen noch brechen?*«

»*Ich bin zur Therapie gegangen. Ich hatte einen Rückfall. Es ist nicht schön, aber ich habe damit niemandem Schaden zugefügt.*«

»Doch, das hast du. Du hast mich enttäuscht. Du hast uns alle enttäuscht und du hast mich angelogen.«

»Leck mich, Natalie. Es steht dir nicht zu, den Moralapostel zu spielen. Du hast auch Geheimnisse und erzählst Lügen.«

Blut rauscht in ihren Ohren. Es stimmt, dass sie ihm etwas sagen muss, wenn die richtige Zeit gekommen ist, aber sie hat ihn nie angelogen. Eine Stimme in ihrem Kopf widerspricht ihr: »Aber du hast ihm auch nie die Wahrheit gesagt.«

Sie will die Sache gerade auf sich beruhen lassen, als er weiterspricht: »Also, gibt es etwas, das du mir sagen willst, Natalie?«

Vielleicht ist jetzt der richtige Zeitpunkt gekommen, um ihm zu sagen, dass sie sich trennen sollten. Sie starrt für eine unendlich lange Minute auf ihr Weinglas, bevor sie leise antwortet: »Ja. Das gibt es.«

Natalie blickte auf ihr Handy, aber das zeigte keine Nachrichten an. Halb hatte sie gehofft, dass Mike ihr geschrieben hätte. Seit er zu einem fünftägigen Urlaub nach Schottland aufgebrochen war, um mit seiner Tochter Thea seine Eltern zu besuchen, hatte sie nichts mehr von ihm gehört. Schon am Vortag hätte er zurückkommen sollen, doch er hatte sich nicht gemeldet. Obwohl sie entschieden hatten, ihre Beziehung nicht auf die nächste Stufe zu heben, bevor sie und David sich nicht offiziell getrennt hatten, waren sie über Textnachrichten und bei der Arbeit in Kontakt geblieben. David machte es ihr nicht leicht. Er hatte sich geweigert, aus dem Familienhaus auszuziehen, und ohne reguläres Einkommen schien er nicht viele Optionen zu haben.

Natalie bezahlte die Hypothek, die auf dem Haus lag, also war auch sie nicht besonders interessiert daran, auszuziehen. Bis sie eine Lösung gefunden hatten, befanden sie sich in einer Sackgasse. Im Moment wägten sie ihre Optionen ab, aber aus

Natalies Sicht gab es nicht viele, aus denen sie wählen konnten. Außerdem hatten sie es vor ihren Kindern geheim gehalten. Sie hatten darauf gewartet, dass Leigh die Schule für diesen Sommer beendete und dann, dass beide Kinder aus einem einwöchigen Urlaub in Devon bei Davids Vater Eric und seiner Freundin Pam zurückkommen würden. Morgen kamen sie nach Hause und es war an der Zeit, reinen Tisch zu machen.

Natalie scrollte sich durch die Website eines Immobilienmaklers und suchte nach günstigen Mietwohnungen. So sehr sie auch mit ihren Kindern hier wohnen bleiben wollte, sie war zu dem Entschluss gekommen, dass nur sie es sich leisten konnte, auszuziehen. Sie würde weiter die Raten für das Haus und die Miete bezahlen müssen, aber wenn David es schaffte, genug zu verdienen, um für die Kinder Essen auf den Tisch zu bringen, müsste es funktionieren. Abgesehen davon musste jemand für die Kinder da sein, und mit ihren chaotischen Dienststunden konnte sie das nicht immer gewährleisten; es machte Sinn, dass David blieb, auch wenn er in den letzten Wochen nicht bewiesen hatte, besonders zuverlässig zu sein.

Ein Rascheln kündigte seine Ankunft an. »Ich treffe mich heute mit Paul«, sagte er. Paul war sein Sponsor, der Kerl, der ihm mit seiner Spielsucht half.

»Das ist gut«, antwortete sie und ließ ihr Telefon in ihrer Tasche verschwinden.

»Soll ich dir einen Tee machen, während du ein Bad nimmst?«

»David, du musst das nicht tun. Das macht alles nur noch schwerer.«

»Ich habe nur angeboten, dir einen Tee zu machen.«

Sein Gesicht war unrasiert, doch die Stoppeln konnten seine eingesunkenen Wangen nicht verbergen. Die letzten sechs Wochen hatten ihnen beiden viel abverlangt. Es wäre ein Wunder, wenn die Kinder noch nicht mitbekommen hätten, was vor sich ging.

»Ich habe nachgedacht. Es ist nicht ideal, aber wahrscheinlich könnte ich mir für eine Weile etwas in der Nähe des Präsidiums mieten. Dort gibt es ein paar freie Wohnungen. Ich werde sie mir nach der Arbeit oder in meiner Mittagspause ansehen. Du kannst hier wohnen bleiben, bis du wieder auf eigenen Beinen stehst und einer geregelten Arbeit nachgehst, und dann werden wir entscheiden, was wir mit dem Haus machen. Morgen reden wir mit den Kindern darüber und erklären ihnen, was los ist.«

Seine Augen füllten sich mit Tränen. »Müssen wir das tun? Können wir es nicht noch einmal versuchen? Seit Juli hatte ich keinen Rückfall mehr. Das weißt du.«

»Das geht über das Zocken hinaus.«

»Du meinst Mike.«

»Nein. Ich meine, dass ich keine Kraft mehr habe. Ich habe das alles satt – die Arbeit, alles unter einen Hut zu bringen, keine vernünftige Mutter zu sein, weil ich immer Schichtdienst habe, nie zu wissen, ob ich dir vertrauen kann.«

»Du kannst mir auf jeden Fall vertrauen. Das habe ich dir gesagt. Ich treffe mich heute wieder mit Paul, ich kann mich ändern. Gestern war ich beim örtlichen Floristen und sie suchen einen neuen Lieferfahrer, der in ein paar Wochen anfangen soll. Das wäre von neun Uhr bis halb vier, also könnte ich die Kinder von der Schule abholen und mich wie immer um sie kümmern.«

Ihr Magen verkrampfte. Ihr brillanter Ehemann, der einmal Dokumente für die besten Anwaltskanzleien übersetzt hatte, war zum Schatten desjenigen geworden, den sie geheiratet hatte, und dennoch fühlte sie nichts als Mitleid für ihn. Ihr Mangel an Gefühlen widerte sie selbst an. »Vergiss den Tee. Ich werde etwas bei der Arbeit trinken.«

»Natalie. Bitte!«

»Hör auf zu betteln, David. Lass es gut sein. Wir haben alles gesagt, was gesagt werden musste. Es geht jetzt darum, praktisch zu denken. Wir müssen Rücksicht auf die Kinder nehmen. Es geht um sie. Wir sollten mit Eric und Pam reden. Bestimmt werden auch sie ihre Hilfe anbieten.«

David schüttelte den Kopf. »Seit wann bist du so hart und kaltherzig, Nat?«

»Seit du mich und die Kinder wieder einmal im Stich gelassen hast. Und nach all dem hast du mich, was das Trinken und das Glücksspiel betrifft, immer noch angelogen«, antwortete sie.

»Die Menschen flunkern ständig. Ich habe nichts Ungewöhnliches getan. Nur ein paar Notlügen erzählt, um meine Taten zu verschleiern, die niemandem wehgetan haben.«

»Lügen tun denen, die du liebst, immer weh.«

»Sei nicht so melodramatisch. Ich bin nicht Frances.«

Sie biss sich auf die Zunge. David war bestimmt nicht ihre entfremdete Schwester und er hatte sie auch nicht schlecht behandelt, aber seine Lügen haben Konsequenzen, genau wie die von Frances. Sie ging, bevor sich ihre Diskussion in einen ausgewachsenen Streit entwickeln konnte.

Bei der Polizeidienststelle von Samford stieg Natalie aus ihrem Auto, in Gedanken war sie immer noch bei ihrer Unterhaltung mit David. Es wäre nahezu unmöglich, ihr Berufsleben und ihre Rolle als Teilzeitmutter ohne Hilfe unter einen Hut zu bekommen. Ihr Vorschlag, Eric und seine Freundin mit einzubeziehen, war nur vernünftig gewesen. Wenn David wieder eine Anstellung finden würde, könnte er nicht mehr ständig für die Kinder da sein. Es war ein einziges Chaos. Sie hörte nicht, wie DS Lucy Carmichael ihren Namen rief, und drehte sich erst um, als die Frau direkt vor dem Eingang neben ihr stand.

»Entschuldigung, ich war gerade ganz weit weg«, sagte sie.

»Das ist bei allem, was los ist, wenig überraschend«, antwortete Lucy und begrüßte den Beamten hinter der Rezeption.

Während Natalie ihren Ausweis vor den Scanner hielt, um die Glastüren zu öffnen, fragte sie sich kurz, woher Lucy wissen konnte, was in ihrem Privatleben vor sich ging.

Dann sprach Lucy weiter: »Haben Sie gestern Abend Dan Tasker in den Lokalnachrichten gesehen?«

Natalie blinzelte schnell. Lucy sprach von der Ankunft des neuen Polizeipräsenten, der Aileen Melody ersetzen würde. Er hatte für Unruhe gesorgt, und einige der Beamten behaupteten, dass er nicht nur ein Superintendent, sondern auch Handlanger der obersten Elite war, der Verbrechensstatistiken und Leistungszahlen prüfen würde, und dass Stellen verloren gehen würden.

»Das habe ich verpasst.«

»Es war so ziemlich das Gleiche, was er zu uns gesagt hat, als er die Stelle übernommen hat. Wie wir die Kriminalität senken und mehr Beamte auf die Straßen schicken werden. Er passt auf jeden Fall gut ins Fernsehen. Wirkte sehr entspannt und sympathisch.«

Superintendent Dan Tasker hatte neben seiner muskulösen Statur einen starken walisischen Akzent; zusammen mit seinem Brad-Pitt-Aussehen strahlte er viel Charme aus, dennoch wurde er gefürchtet. Jeder, der dachte, Dan Tasker wollte sie schonen, würde noch sein blaues Wunder erleben. Natalie hielt sich bedeckt. Mit Aileen war sie gut zurechtgekommen und sie war etwas besorgt, dass Dan nicht so flexibel sein würde wie ihre vorherige Chefin. Dieser Mann, der dich an einem Tag wohlwollend anlächelte und am nächsten anbrüllte, hatte etwas Befremdliches an sich.

»Es geht das Gerücht um, dass er die Teams durchmischen will, um mehr Leistung zu erzielen.«

»Das würde ich nicht dulden.«

»Das ist erleichternd zu hören. Es brauchte viel Überredungskunst, um Ian an Bord zu behalten. Wenn er in ein anderes Team gesteckt werden würde, würde er garantiert seine

Sachen packen.« Lucy bezog sich auf das Junior-Mitglied ihres Teams, PC Ian Jarvis, der erst Mitte zwanzig war. Seine Ex-Freundin Scarlett hatte ihn wegen seines Jobs und der Gefahren, die damit einhergingen, verlassen. Sie hatte ihr Baby Ruby mitgenommen, die Ian jetzt nur noch eingeschränkt sah. Er hatte ernsthaft in Betracht gezogen, seinen Job aufzugeben, um mit ihnen zusammen sein zu können, doch vorerst blieb er, wo er war – das Team stand für ihn an erster Stelle.

»Haben Sie etwas von Murray gehört?«, fragte Natalie, als sie zusammen die Stufen hochstiegen und zur Seite traten, um eine Gruppe von Polizisten vorbeizulassen. Murray Anderson war ihr anderer DS, eine loyale und zuverlässige Persönlichkeit, die Lucys bester Freund war.

»Wir haben gestern Abend über Snapchat miteinander gesprochen. Er und Yolande waren am Bondi Beach und es waren nur dreizehn Grad. Man sollte meinen, dass sie ihre Urlaube besser planen und dorthin fahren, wenn das Wetter hier Mist und dort besser ist. So ein Idiot!« Natalie wusste, dass Lucy es nicht so meinte. Sie und Murray standen sich näher als Bruder und Schwester. So nahe, dass er ihr und ihrer Partnerin Bethany Samen gespendet hatte, damit sie ein Baby bekommen konnten – ein Baby, das schon sehr bald zur Welt kommen würde.

»Immerhin ist es ruhig, solang er weg ist, und unsere Nerven werden nicht zu sehr beansprucht«, sagte Natalie, als sie auf ihren Flur abbogen und auf ihr Büro zugingen, vor dem ein buntes Ledersofa stand, das Platz für sieben Personen bot. Normalerweise war es leer, aber heute Morgen saß eine dunkelblonde Gestalt darauf, die auf ihre Füße sprang und auf sie zumarschierte.

»Guten Morgen, DI Ward, DS Carmichael«, sagte er und nickte ihnen beiden höflich zu.

»Guten Morgen, Sir«, antwortete Natalie.

»Tut mir leid, dass ich Sie so überfallen muss, aber mein

Büro wird momentan renoviert, weshalb ich Sie nicht zu mir bitten konnte. Ich habe einen Fall für Ihr Team.«

Natalie unterdrückte einen Kommentar. Das Gebäude war relativ neu und sie war sich sicher, dass keines der Büros eine Umdekorierung oder Renovierung erforderte, aber zweifellos hatte der Superintendent diese als Teil des Deals eingefordert, ehe er nach Samford wechselte. Sie zog ihre Karte durch den Sensor am Tastenfeld, um die Tür aufzuschließen, und er hielt sie auf, damit sie und Lucy eintreten konnten, bevor er ihnen in den Raum folgte.

Er legte eine Akte auf dem ersten Schreibtisch ab und fing ohne jede Vorrede an zu erklären, worum es ging. »Gestern Abend fand ein gratis Open-Air-Konzert beim Sunmore Hall statt. Etwa fünftausend Zuschauer waren dort, einschließlich Isabella Sharpe und ihrer älteren Schwester Kerry. Kurz nachdem die Vorband ihre Show beendet hatte, etwa gegen neun, hat Kerry ihre Schwester alleine gelassen. Sie saßen direkt vor dem Triumphbogen. Kerry war nur zehn bis maximal fünfzehn Minuten weg, aber als sie zurückkam, war ihre Schwester verschwunden. Sie hat nach Isabella gesucht, aber konnte sie nicht finden. Um halb zehn hat sie ihre Eltern angerufen, weil sie um die Sicherheit ihrer Schwester fürchtete. Isabella hatte ihr Handy verloren und konnte nicht kontaktiert werden, also haben die Eltern die Polizei angerufen. Das Dezernat für Vermisstenfälle wurde kontaktiert und über die Umstände von Isabellas Verschwinden informiert. Das dreihundert Hektar große Gelände wurde durchsucht. Heute Morgen um zwanzig nach sieben entdeckten die Beamten die Leiche des Mädchens, die in einem Teil, den man ›den Küchengarten‹ nennt, unter einem Busch lag.«

Er öffnete die Akte und offenbarte das Foto eines lebhaften Mädchens mit langen dunklen Haaren und einem gerade geschnittenen Pony, der bis unter ihre Augenbrauen reichte und ihre karamellfarbenen Augen teilweise verdeckte. »Das ist die vierzehnjährige Isabella Sharpe. Laut ihren Eltern war sie eine Einser-Schülerin und eine vorbildliche Tochter, die keinen festen Freund hatte. Ich möchte, dass Sie die Ermittlungen leiten. Ihre bisherige Erfolgsquote ist bemerkenswert und wir brauchen in diesem Fall schnelle Ergebnisse. Es ist wichtig, dass wir das Vertrauen und die Zuversicht der Öffentlichkeit für uns gewinnen. Wir müssen permanent unter Beweis stellen, dass wir über die besten Ermittler, Ressourcen und die Expertise verfügen, das Verbrechen in Staffordshire zu bekämpfen. In letzter Zeit hat die Polizei in diesem Gebiet schlechte Presse bekommen, und es ist von größter Wichtigkeit, dass wir die Meinung der Öffentlichkeit auf unsere Seite ziehen.« Er schenkte ihr ein Lächeln, doch es erreichte nicht seine Augen. Der Subtext war unmissverständlich. Hier ging es um Statistiken. Aileen hatte gegen die Kriminalität gekämpft und das Beste von ihren Ermittlern gefordert, um den Bezirk zu einem sichereren und besseren Ort zum Leben zu machen; Dan wollte aus einem anderen Grund Resultate sehen – um seine Karriere voranzutreiben. Was auch immer sein Grund war, ihr diesen Fall zu übertragen, sie würde alles geben, um Ergebnisse vorzuweisen, aber in ihrem eigenen Tempo und nicht, weil der Superintendent die Antworten schon gestern haben wollte. Ein Kind war unter mysteriösen Umständen gestorben und das war Grund genug für eine gründliche Ermittlung.

»Irgendwelche Hinweise darauf, wie sie gestorben sein könnte?«

»Diese Informationen haben wir noch nicht. Der Rechtsmediziner in diesem Fall ist Ben Hargreaves. Ich verlasse mich darauf, dass Sie mich auf dem Laufenden halten.«

»Ja, Sir.«

»Gut. Wir reden wieder miteinander, wenn Sie mehr Details haben.«

Gerade als er sich der Tür zuwandte, trat Ian herein. Dan beäugte den jungen Mann von oben bis unten, bevor er sagte:

»Wie ich gehört habe, waren Sie in diesem Jahr in eine ernste Messerstecherei verwickelt.«

»Ja, Sir.«

»Und Sie sind nur ein paar Wochen später wieder zur Arbeit gekommen.«

Ian errötete und nickte.

»Dann hoffe ich, dass Ihre Verspätung heute kein Anzeichen dafür ist, dass Sie Ihre Ansprüche vernachlässigen.«

»Nein, Sir. Der Verkehr hat mich aufgehalten.«

»Dann könnte es eine gute Idee sein, früher von zu Hause loszufahren«, erwiderte er und verschwand.

Lucy zuckte zusammen. »Autsch! Das habe ich nicht kommen sehen. Was ist mit Mr Nice Guy passiert?«

Natalie warf einen kurzen Blick zu Ian, dessen Gesicht nichts preisgab, aber seine Hände hatte er unbewusst zu Fäusten geballt. »Uns wurde ein Fall zugewiesen«, sagte sie, um ihn vorübergehend abzulenken. »Isabella Sharpe. Sie war gestern Abend bei einem Konzert beim Sunmore Hall.«

»Das Blasted-Konzert? Da war ich auch.«

»Wirklich?«

»Ja, ich war ganz vorne. Es war brechend voll.«

»Ich schätze, Sie haben dieses Mädchen nicht gesehen«, sagte Natalie und überreichte ihm das Foto.

Ian schüttelte seinen Kopf. »Es war unmöglich, überhaupt jemanden zu erkennen.«

»Wir müssen Ben am Fundort treffen. Wollen Sie damit anfangen, Informationen über sie und ihre Familie herauszusuchen? Schicken Sie mir alles rüber, wenn Sie damit fertig sind. Die Mädchen haben das Konzert von dem Triumphbogen aus beobachtet. Wissen Sie, wo das ist?«

»Das ist ein großes Steinmonument am hinteren Ende des Gartens. Es steht auf einer grasbewachsenen Anhöhe und ist ziemlich auffällig.«

»Okay. Sobald Sie mit den Informationen über die Familie

durch sind, sehen Sie ihre Social-Media-Kanäle durch und finden heraus, ob sie vorhatte, sich mit jemandem zu treffen, oder ob jemand Fotos gemacht hat, auf denen sie zu sehen ist ... Sie kennen den Ablauf. Außerdem hat Isabella ihr Telefon fallen lassen, also sehen Sie nach, ob die Forensik es bereits zurückgeschickt hat, damit es jemand analysieren kann. Lucy, Sie und ich werden zum Tatort fahren und dann die Eltern und die Schwester besuchen.« Sie nahm die Akte auf und betrachtete erneut das Foto, bevor sie zur Tür ging.

Lucy wandte sich noch einmal an Ian. »Lass dich nicht von ihm fertig machen.«

»Das halte ich schon aus. Es geht mir gut.«

»Natürlich tust du das. Aber wie gesagt ... Lass dich nicht fertig machen. Er ist neu hier und lässt seine Muskeln spielen, das ist alles.«

Natalie zögerte an der Tür, bevor sie hinzufügte: »Ich weiß, uns fehlt ein Mann, aber wir werden diese Ermittlung nicht übereilen. Wir halten uns an die Vorschriften, wie immer, verstanden?«

»Verstanden.«

ZWEI

Sunmore Hall war ein beliebtes Herrenhaus und stand etwa fünf Meilen von Samford entfernt, am Rande von Whitmore Stanton, einem alten Dorf, das bereits im Doomsday Book erwähnt wurde und früher einmal eine Siedlung auf einer Waldlichtung war, bevor es Teil des viel größeren Sunmore Estate wurde. Mit weniger als hundert Einwohnern, kleinen Landhäusern, einer anmutigen Kirche mit Glockentürmen aus dem vierzehnten Jahrhundert, einem reetgedeckten Herren-haus, das früher als Schule gedient hatte, und einem Ententeich war das Dorf ein beliebtes Ziel bei Wanderern, die im Famous Grouse Pub einkehren wollten.

Natalie hatte noch nie zuvor einen Fuß an diesen Ort gesetzt, obwohl sie schon oft daran vorbeigefahren war, und als sie jetzt zwischen den beiden würfelförmigen Hütten mit den toskanischen Säulen hindurchfuhr, wurde ihr bewusst, dass er viel größer war, als sie es sich vorgestellt hatte. Doch sie interes-sierte sich weder für die architektonische Pracht des Gebäudes noch für die Skulpturgärten oder die Schilder für Besucher, die auf die verschiedenen Sehenswürdigkeiten und Wanderwege des Anwesens hinwiesen – sie konzentrierte sich darauf, den

Küchengarten zu finden. Als sie neben der Reihe von Polizei-
autos zum Stehen kam, fiel ihr Blick sofort auf eine vertraute
Gestalt, die neben einem der Wagen der Spurensicherung
stand – Mike Sullivan, Leiter der Forensik. Er entdeckte ihr
Auto und kam zu ihr herüber.

Natalie begrüßte ihn. »Hattest du einen schönen
Urlaub?«

»Es war sehr schön, danke.« In seinen Augen schimmerte
ein warmes Funkeln. Das Lächeln sagte mehr als seine Worte,
aber sie beide hatten zugestimmt, ihr Privatleben und den Beruf
zu trennen, also fragte Natalie nicht nach mehr Einzelheiten
und sagte ihm auch nicht, wie sehr sie ihn vermisst hatte. Sie
könnten sich später darüber unterhalten, wenn sie Feierabend
hatten.

»Hast du dir das Opfer schon angesehen?«

»Ja. Sie ist im hinteren Teil des Küchengartens. Das
Gelände ist wirklich riesig. Es hätte Wochen dauern können,
um sie zu finden. Folgt mir. Ich zeige es euch.«

Sie und Lucy folgten ihm, zuerst über Kies, dann durch
eine Öffnung in der Wand, die direkt in den Küchengarten
führte: eine kühle Oase, in der die pastellfarbenen Kletterrosen
in Mauve-, Flieder-, und Cremetönen, in Rosa und blassem
Gelb einen hinreißenden Duft verströmten. Sie waren mit
Drähten an den Wänden befestigt worden und ergänzten die
pastellfarbenen Staudenrabatten, in denen allerlei Blumen und
Pflanzen wuchsen, die Natalie nicht benennen konnte. Es
waren mehrere Holzbänke aufgestellt worden, damit die Besucher sich setzen, den angenehmen Schatten des Gartens
genießen und die geometrisch angelegten Beete bewundern
konnten, die durch befestigte Wege miteinander verbunden
waren. Ihr Blick schweifte über die symmetrisch angeordneten
Parzellen und die Bohnen, die in einer perfekten Reihe wuchsen, die Trauerkirschbäume mit den reif werdenden Früchten
an den dünnen Ästen und die sauber gestutzten Büsche, bis er

schließlich auf die Polizisten fiel, die neben einem großen Gewächshaus standen.

Ben Hargreaves hatte die Untersuchung des Mädchens beendet. Es lag auf der Seite, mit dem Gesicht zur Mauer, ihre glasigen Augen schauten weit geöffnet unter dem sanften Vorhang aus schwarzen Haaren hervor. Ihr Gesicht war alabasterweiß, als wäre sämtliches Blut aus ihrer Haut gewichen, und ihre leicht geöffneten Lippen waren hellblau. Dunkle Strähnen hatten sich aus ihrem ordentlichen Pferdeschwanz gelöst und klebten auf ihrer Wange wie dünne schwarze Fäden, die Natalie am liebsten aus ihrem Gesicht gestrichen hätte. Das Mädchen war noch ein Kind, und etwas in Natalie zerbrach. Wie konnte jemand ein so schönes, junges Leben nehmen? Die Arme des Mädchens waren angewinkelt und ihre Hände leicht zu Fäusten geballt. An ihren Ohrläppchen funkelten rosafarbene, herzförmige Ohrringe, die das Licht einfingen, das von den Glasscheiben neben ihr zurückgeworfen wurde.

»War das Tor zum Küchengarten geöffnet?«, fragte sie Mike, ihre Augen ruhten noch immer auf dem Gesicht des Mädchens.

»Nachts ist es immer zu, aber nicht abgeschlossen. Der leitende Gärtner hat es gestern Abend geschlossen, aber die Polizei hat es offen vorgefunden, als sie ihre Leiche entdeckt haben.«

Isabellas Leiche war gut einsehbar unter einer hölzernen, mit scharlachroten Rosen umrankten Laube abgelegt worden. Blütenblätter hatten sich von den Blumen gelöst und sich wie pflanzliches Konfetti um ihren Körper herum verteilt. Natalie ergriff das Wort. »Dieses Gelände umfasst dreihundert Hektar und doch hat der Täter sie hierhergebracht, wo sie ganz sicher entdeckt werden würde. Diese Gärten werden täglich besucht. Die hier angebauten Produkte werden von dem Restaurant und dem Café genutzt und verkauft. Früher oder später hätte sie jemand gefunden. Das sagt mir, dass die Person, die sie getötet

hat, sich nicht die Mühe machen wollte, ihre Leicht zu verstecken. Es muss zahlreiche Stellen geben, an denen sie hätte
entsorgt werden können. Es gibt einen riesigen Teich, endlose
Wälder ... Warum also hier?«

Lucy kratzte sich an der Nase und schaute sich um. Das
ergab wenig Sinn.

»Vielleicht war sie hier mit jemandem verabredet«,
mutmaßte sie.

Das war eine Möglichkeit. Natalie nickte zustimmend und
wandte sich dann an den Rechtsmediziner Ben Hargreaves, der
gerade seine Ausrüstung eingepackt hatte und bereit zu sein
schien, ihr mitzuteilen, was er herausgefunden hatte. Er nahm
seine Brille ab und polierte die Gläser mit seinem Ärmel, bevor
er etwas sagte. Natalie hatte dieses Verhalten schon bei
mehreren Gelegenheiten an ihm beobachtet und fragte sich, ob
es ihm dabei half, seine Gedanken zu ordnen. In den letzten
Monaten hatte sich sein Aussehen verändert. Der Pferdeschwanz und die ständigen Bartstoppeln waren einem ordentlichen Kurzhaarschnitt und einem Hipster-Bart gewichen. Die
runden Gläser seiner Brille waren durch dunkle, quadratisch
gerahmte ersetzt worden. Lucy hatte gescherzt, dass er offensichtlich seinen inneren Clark Kent zum Ausdruck bringen
wollte, musste aber zugegeben, dass ihm sein neuer Look
tatsächlich stand. Was sich nicht verändert hatte, war seine
Detailgenauigkeit und die Veranlagung, alles, was er entdeckte,
auf eine ruhige, aber entschlossene Art zu erklären.

»Es gibt ausreichend Hinweise, um noch vor der Autopsie
auf die Todesursache schließen zu können: Petechien in beiden
Augen, die einer Asphyxie entsprechen, Kratzspuren von
Fingernägeln, die vermutlich daher stammen, dass sie sich aus
dem Griff befreien wollte, und Blutergüsse sowie Schürf-
wunden um ihren Hals und an der Kehle, die darauf hindeuten,
dass sie gewürgt wurde, und zwar mit beträchtlicher Kraft. Ich
rechne fest damit, dass der Cartilago cricoidea gebrochen ist,

genau wie das Zungenbein und wahrscheinlich auch die Luftröhre.«

Natalie verstand die medizinischen Fachbegriffe und wusste, dass der Cartilago cricoidea – ein Ringknorpel, der die Luftröhre umgab – während einer Erdrosselung fast immer brach.

Ben fuhr fort. »Das werde ich später in meinem Bericht bestätigen. Es gibt sichtbare Einkerbungen«, sagte er und deutete auf die dunklen Bereiche unterhalb des Kiefers auf beiden Seiten des Halses, »die darauf hindeuten, dass der Angreifer sich ihr von hinten genähert hat. Das Gewebe über und unter dem sogenannten Kompressionslevel ist leicht angeschwollen.«

Natalie sah näher hin, aber konnte das geschwollene Hautgewebe, auf das er sich bezog, nicht erkennen – in diesen Dingen waren seine Augen viel geschulter als ihre. Die geplatzten Kapillaren, die roten Punkte in den Augen und auf dem Gesicht des Mädchens, konnte sie jedoch sehen, und auch die winzigen Kratzer, die von ihren eigenen sauber lackierten Nägeln stammten. Sie konnte sich den Kampf gut vorstellen, der hier stattgefunden haben musste. Das Mädchen war zierlich und war ihrem Angreifer höchstwahrscheinlich in keiner Weise gewachsen gewesen.

»Gibt es irgendwelche anderen Verletzungen an ihrem Körper?«, fragte Lucy.

»Überhaupt keine. Sämtliche Auffälligkeiten befinden sich im Bereich des Halses, wie Sie hier sehen können.«

»Wurde etwas unter ihren Nägeln gefunden?«, fragte Natalie.

»Nichts Offensichtliches. Wir haben einen Abstrich gemacht.«

»Sie könnte ihren Angreifer gekratzt haben.«

»Wir werden auf jeden Fall nach Blut und Hautzellen suchen«, sagte Ben. Er beugte sich noch einmal nach unten und tätschelte den Arm des Mädchens sanft, was Natalies Sympathie ihm gegenüber noch verstärkte.

»Bereit, wenn Sie es sind«, sagte er, als er sich wieder erhob.

»Danke, Ben.«

Er trottete mit gesenktem Kopf davon, den Koffer in seiner Hand.

Natalie wandte sich an Mike. »Hast du noch irgendwelche anderen Gedanken?«

»Ich kann in diesem Bereich hier keinen Beweis für einen Kampf sehen. Wenn sie versucht hat, ihren Angreifer abzuwehren, dann hat sie es nicht hier getan.«

»Also könnte sie woanders getötet und dann hierhergebracht worden sein?«, fragte Lucy.

»Ich denke, das sollten wir in Betracht ziehen. An ihrer Kleidung gibt es auch keine Anzeichen für einen Kampf – kein Schmutz, keine Flecken und keine Risse, abgesehen von denen, die schon vorher zu modischen Zwecken in ihrer Jeans waren. Nichts deutet darauf hin, dass sie Zeit hatte, um zu reagieren.«

»Also hat der Mörder sie überrascht?«

»Das erscheint mir die logischste Erklärung zu sein«, antwortete Mike. »Wir werden den ganzen Küchengarten absuchen, aber viel Hoffnung habe ich nicht, Natalie.«

»Warum wurde sie hier abgelegt? Wieso nicht woanders?«

Mike zuckte mit den Schultern. »Diese Frage kann ich auch nicht beantworten.«

»Der Mörder hätte sie überall auf diesem weitläufigen Gelände ablegen können, aber es wurde dieser Platz unter einer mit Rosen behangenen Laube gewählt. Dafür muss es einen Grund geben.« Die gekräuselten Blütenblätter, weich wie Seide, lagen in der Nähe der Leiche auf dem Boden. Eins war auf die Haare des Mädchens gefallen und zog Natalies Blick auf sich. Eisige Finger legten sich um ihr Herz, als sie sich an ein ähnliches Szenario erinnerte: zwei dreizehnjährige Mädchen, Seite an Seite, mit Plastiktüten über ihren Köpfen und Blütenblättern über ihren Körpern. Es war ihre erste Mordermittlung gewesen und hatte sie für immer verändert. Sie atmete tief durch, um sich zu beruhigen. Dies war eine ganz andere Situation. Dieses Mädchen war unter eine Laube gelegt worden. Die Blütenblätter waren von selbst heruntergefallen und waren nicht vorsätzlich auf die Leiche gelegt worden, doch sie konnte die Frage nicht zurückhalten.

»Als sie gefunden wurde, lagen da viele Rosenblätter auf ihr?«

Mike rief den Tatortfotografen zu sich, damit sie gemeinsam die Bilder durchgehen konnten. Sie standen so nah beieinander, dass sie die tröstende Wärme spürte, die von seinem Körper ausging, während sie jedes einzelne Bild gründlich studierte. »Verdammt! Das sind ziemlich viele Rosenblätter«, sagte sie und schätzte, dass etwa fünfzig Blätter auf dem Mädchen verteilt lagen.

»Sie hat die ganze Nacht dort gelegen und die Laube ist mit Rosen bedeckt. Seit wir angekommen sind, sind auch wieder einige heruntergefallen, und eine einzelne Rose hat ziemlich viele Blätter.«

Sie biss sich auf die Unterlippe. Mike hatte recht. Sie reagierte über, aber sie konnte die Bilder der vier Mädchen, die während der Ermittlung, die als der Fall der Blütenzwillinge bekannt geworden war, gestorben waren, nicht aus ihren Erinnerungen vertreiben. Sie schüttelte den Kopf. Hier hatte sie genug gesehen.

»Weißt du zufällig, wo sich der Triumphbogen befindet?«

Mike schüttelte den Kopf, doch der Fotograf wusste es und erklärte ihnen den Weg. Sie dankte den beiden und zusammen mit Lucy ließ sie den kühlen Garten hinter sich und schlenderte zurück in die Sonne. Sie schirmte ihre Augen von den grellen morgendlichen Strahlen ab und überblickte die formal angelegten Gärten, die mit ihren geschwungenen Beeten den Blick direkt zu dem riesigen

Springbrunnen lenkten, auf dem sich Skulpturen von Störchen oder Reihern oder irgendwelchen anderen Vögeln befanden, die am Rande des Wassers entlangwateten. Gemeinsam gingen sie den Kiesweg entlang – unter jedem ihrer Schritte knirschte es –, vorbei an steinernen Pflanzkübeln, die mit purpurroten Blumen gefüllt waren, und in Richtung der gestutzten Hecke, die die Gärten vom Rest der Anlage trennte. Dort angekommen, hielten sie in der breiten Öffnung zwischen den beiden steinernen Säulen inne und blickten auf das endlose Grün hinaus, auf dem sich die weißen Anzüge der forensischen Mitarbeiter ausbreiteten wie riesige weiße Gänseblümchen. Auf einem Hügel in der Ferne erhob sich ein großer Triumphbogen.

Zu ihrer Linken befand sich eine bereits halb abgebaute Bühne, die höher war als sie beide groß, und auf der die Band erst am Vorabend gespielt hatte. Natalie erinnerte sich an einen Dokumentarfilm über eine ihrer Lieblingsbands – Bon Jovi – und daran, dass die Ausstattung immer in einer bestimmten Reihenfolge aufgebaut wurde, wenn es am Veranstaltungsort ankam: Bühnenboden, Bühnenbild, Beleuchtung. Das Bandequipment wurde als Letztes auf die Bühne gebracht und vorbereitet, und nach der Show wurde es zurück in die sonderangefertigten Cases gepackt und mit Lieferwagen abgeholt. Die noch verbliebene Holzkonstruktion sollte wahrscheinlich heute abgebaut werden, aber die gesamte Licht- und Tontechnik war sofort nach dem Auftritt abmontiert worden. Sie fragte sich, wann sich das Gelände geleert hatte – Publikum, Monteure, Tischler, Roadies und Bodenpersonal – und machte sich in Gedanken eine Notiz, dass sie dies in Erfahrung bringen musste.

Lucy neigte ihren Kopf zur Seite, wobei ihr schwerer, blauschwarzer Pony kurz aus ihrem Gesicht fiel. Das Sonnenlicht ließ die flache Narbe auf ihrem Nasenrücken blass schimmern. »Ich glaube nicht, dass sie da drüben umgebracht wurde. Das ist ein ziemlich weiter Weg, um eine Leiche zu tragen. Wie weit, schätzen Sie, ist das?«

»Schwer zu sagen, ohne den Weg einmal gelaufen zu sein. Das müssten etwa zweihundert Meter sein. Kommen Sie.« Natalie warf einen Blick auf die Uhr und ging los. Es war kein schwer zu laufender Weg, aber trotzdem brauchten sie über zweieinhalb Minuten, um das Monument zu erreichen. »Das kommt hin – zuzüglich der Entfernung zum Küchengarten.« Sie drehte sich um und sah wieder zur Bühne, wobei sie sich versuchte vorzustellen, wie der ganze Bereich am Vorabend ausgesehen hatte, gefüllt mit Fans von Blasted, deren Blicke auf ihren Idolen klebten, die live performten. Es war möglich, dass der Angreifer sich Isabella hier geschnappt und sie irgendwo anders hingebracht hatte, bevor sie in den Küchengarten getragen worden war, aber das wäre ein riskantes Unterfangen gewesen. Es hatte hier nur so vor Menschen gewimmelt. Es wäre schwer gewesen, sämtlicher Aufmerksamkeit zu entgehen, selbst inmitten der aufgeregten Fans. Im Moment erschien die Möglichkeit, dass Isabella freiwillig gegangen war, um ihren Angreifer zu treffen, am wahrscheinlichsten; allerdings hatte Natalie schon vor langer Zeit gelernt, dass sie keine voreiligen Schlüsse ziehen durfte. Die Ermittlung im Fall der Blütenzwillinge hatte diesen Punkt sehr deutlich gemacht. Ihr lief ein kalter Schauder über den Rücken. Sie und das Team hatten bei diesem Fall vollkommen versagt.

»Vielleicht spucken die sozialen Medien etwas Nützliches aus«, sagte Lucy.

»Hoffen wir es. Ein Gratiskonzert zieht tausende von Leuten an und es gibt keine Eingangskontrollen. Zurückzuverfolgen, wer gestern alles hier war, ist so gut wie unmöglich«, grummelte Natalie. »Okay, ich habe genug gesehen. Wir sollten gehen und den Eltern die schlechte Nachricht überbringen.«

Sie gingen zum Parkplatz zurück, wo Natalie neben dem Streifenwagen innehielt. »Warten Sie eine Sekunde. Ich will etwas überprüfen«, sagte sie zu Lucy und eilte dann in den Küchengarten zurück.

Mike und sein Team durchkämmten das Gelände – sogar in dem Gewächshaus und den Gemüsebeeten befanden sich Beamte in weißen Anzügen. Als Mike sie auf dem Pfad entdeckte, ging er auf sie zu.

»Was gibt's?«, fragte er.

»Die Rosenblätter«, sagte sie. »Es waren so viele. Gibt es hier noch andere ähnliche Rosenbüsche?«

»Ich glaube, einige wachsen noch an der Mauer hoch«, antwortete er und deutete nach rechts.

Sie ging auf die Büsche zu und blieb vor der Wand stehen. Auch hier waren Blütenblätter heruntergefallen, aber nicht annähernd so viele, wie unter der Laube gelegen hatten.

»Andere Pflanze, anderer Standort, weniger Sonnenlicht – ich würde nicht zu viel in die Tatsache hineininterpretieren, dass hier weniger Blütenblätter liegen«, sagte Mike, als hätte er ihre Gedanken lesen können.

Natalie hatte in ihrer Dienstzeit schon einige schlimme Fälle bearbeitet, aber keiner hatte sie so tief getroffen wie der Fall der Blütenzwillinge. Noch immer fühlte sie sich für den Ausgang dieser Ermittlung verantwortlich, und das Schuldgefühl, das damit einhergegangen war, hatte sie nie verlassen.

»Mir ist nur die Ähnlichkeit aufgefallen, das ist alles«, sagte sie.

Mikes Mundwinkel zogen sich leicht nach oben, als er ihr leise antwortete. »Sie waren Zwillinge, Nat. Das hier ist ein einzelnes Mädchen, das mit ihrer Schwester zu einem Konzert gegangen ist. Die Blütenzwillinge wurden zusammen geschnappt und vorsätzlich so hingelegt, dass sie einander zugewandt und mit Blüten übersät waren, während sie sich an den Händen hielten. Bei Isabella ist das alles nicht der Fall.«

»Sie liegt in einer ähnlichen Position da wie die beiden.«

»Sie liegt auf der Seite, das stimmt, aber es wurde keine

Plastiktüte über ihren Kopf gezogen und es sieht nicht so aus, als hätte jemand vorsätzlich Blütenblätter über sie gestreut.«

»Also interpretiere ich da zu viel hinein?«

»Du stellst sicher, dass du nichts übersiehst«, erwiderte er sanft.

»Ich weiß nicht, was ich machen würde, wenn ...« Sie beendete ihren Satz nicht, aber das musste sie auch nicht. Mike wusste alles über sie und darüber, was sie durchgemacht hatte.

Er strich mit seiner Hand sanft über ihre und holte sie zurück ins Hier und Jetzt. »Diesem Szenario wirst du dich nicht stellen müssen.«

Sie antwortete nicht. Für einen kurzen Moment war sie in die Vergangenheit zurückversetzt worden, zurück zu dem Fall, den sie so verzweifelt versuchte, in der hintersten Ecke ihres Verstands zu begraben. Jedes Mal, wenn sie dahingehend etwas triggerte, erlebte sie Momente der Panik und erinnerte sich an alles, was geschehen war. Sie musste stärker sein und ihre Aufmerksamkeit dem Fall zuwenden, der ihr zugewiesen worden war. Sie durfte sich nicht von den Fehlern aus ihrer Vergangenheit fertigmachen lassen. »Ja. Danke.«

Er nickte und schlenderte zu seinen Kollegen zurück. Als sie sich umdrehte, um zu gehen, fiel ein tiefrotes Blütenblatt neben der Mauer zu Boden. Sie eilte davon, bevor sie sich erneut in ihren Ängsten und Schuldzuweisungen verlieren konnte. Sie musste einen Job erledigen und die Vergangenheit war genau das – vergangen: unabänderlich, aber immer bei dir.

DREI

»Ich war nur ein paar Minuten weg«, weinte Kerry Sharpe, ihre Stimme überschlug sich vor Emotionen. Sie hatte sich auf dem Schoß ihrer Mutter zusammengerollt, und Camilla Sharpe streichelte ihrer Tochter übers Haar, während sie Natalie einen Blick zuwarf, den sie schon viel zu oft auf den Gesichtern der zutiefst schockierten Familienmitglieder der Opfer gesehen hatte. Die Frau hatte die Tatsache, dass ihre Tochter tot war, noch nicht verarbeitet.

PC Tanya Granger, eine Opferberaterin mit zwanzig Jahren Erfahrung im Umgang mit solchen Angelegenheiten, war damit beschäftigt, Tee zu kochen. Ihre hellroten Haare, die sie kürzlich abgeschnitten und durchgestuft hatte, schienen im Widerspruch zu ihrer gemütlichen Ausstrahlung und dem runden Gesicht zu stehen, aber Tanya war sehr mitfühlend und würde sich um die Familie kümmern und ihr helfen, die schwierige Zeit zu überstehen, die ihnen bevorstand. Natalie blickte über die Köpfe von Mutter und Tochter auf dem Sofa hinweg und durch das Fenster des einfachen Backsteinhauses auf ein weiteres Haus, das diesem sehr ähnlich war. Hawthorn Close war eine der Straßen, die diese Gegend von Samford ausmachten, die als Appleby Gardens bekannt war – die Wohnhäuser standen auf den ehemals prächtigen Gärten, die zu einem Todor-Anwesen gehört hatten, das bei einem Brand zerstört worden war. Die Nachbarschaft bestand aus mehreren robusten Häusern, die sich alle in Form und Farbe ähnelten und ohne viel Fantasie entworfen worden waren – ganz im Gegensatz zu der stattlichen Residenz, die früher auf diesem Areal gestanden hatte. Eine Frau, die einen beige-braunen Chihuahua an der Leine führte, blieb neben dem Streifenwagen stehen und spähte auf das Grundstück. Als sie Natalie entdeckte, senkte sie ihren Blick und eilte davon, der kleine Hund tänzelte hinter ihr her.

Camilla schluckte schwer und versuchte zu sprachen, aber sie brachte keinen Ton heraus. Ihr Ehemann Ryan hatte sich nicht von seinem Platz vor dem nicht entzündeten Gaskamin fortbewegt, seit sie ihnen die schrecklichen Nachrichten überbracht hatten. Er hielt den Kopf gesenkt und fixierte mit festem Blick die Hausschuhe an seinen Füßen.

Kerry war die einzige Person, die weinte, und ihre gequälten Schluchzer erfüllten den Raum. Ihre Mutter strich ihr über das seidige Haar, bis das Mädchen schließlich wieder aufsah. »Es tut mir so leid«, flüsterte sie.

Camilla schüttelte den Kopf und fand ihre Stimme wieder. »Niemand gibt dir die Schuld, wirklich nicht.«

»Aber ... ich hatte ... die Verantwortung ...« Sie stieß die Worte hervor, während sie nach Luft schnappte. Ihr Gesicht war durch das Weinen mit roten Flecken übersät, wie bei einem Baby, das sofortige Aufmerksamkeit einforderte, doch diesmal kontrollierte sie ihre Schluchzer, bis sie nur noch leise schniefte.

Natalie wartete, bis Tanya mit den Teetassen erschien, und bat Ryan erneut, sich zu setzen. Bisher hatte er sich geweigert, aber nun ließ er sich von Natalie zu einem Stuhl führen. Lucy blieb an der Seite des Raumes neben einem Regal stehen, das mit zahlreichen Büchern gefüllt war. Das Wohnzimmer war gerade groß genug, dass sie alle hineinpassten, und niemand wollte die Familie verdrängen oder sie mit ihrer Anwesenheit erdrücken.

»Kannst du für uns noch einmal durchgehen, was genau passiert ist?«, fragte Natalie Kerry.

Das Mädchen war schlank und hatte ein hübsches Gesicht mit geschwungenen Lippen und dunklen Augenbrauen, die in zwei gepflegten Bögen über ihren kastanienbraunen Augen thronten. Sie sah jünger aus als siebzehn, und Natalie bemerkte, wie ähnlich sie ihrer toten Schwester sah. Kerry klammerte sich an die Taschentücher, die Tanya ihr gegeben hatte, und kämpfte um ihre Fassung, um antworten zu können.

»Isabella sagte, sie wäre durstig, also bin ich zum Getränkezelt gegangen, nachdem Linear Smooth mit ihrem Auftritt fertig waren. Es gab bereits eine Schlange, also musste ich warten – zehn Minuten, vielleicht fünfzehn. Als ich zurückkam, war sie verschwunden, und dann sind Blasted auf die Bühne gegangen und alle sind aufgesprungen und haben geschrien und gesungen und ich konnte sie nicht finden. Die Leute haben sich alle bewegt und ich habe versucht, nach ihr zu suchen ... Aber sie war nicht da. Irgendwann fiel mir ihr Handy ein, also habe ich sie angerufen, aber dann habe ich es im Gras liegen sehen und wusste, dass etwas passiert sein musste. Ich habe gehofft, dass es nicht so wäre – dass sie vielleicht nur zur Toilette gegangen ist und ihr das Handy dabei aus der Tasche gefallen ist. Niemand wollte mir zuhören. Sie sind alle zur Musik herumgesprungen. Ich habe einen Mitarbeiter der Security gefunden, aber der meinte nur, dass sie wahrscheinlich näher zur Bühne gegangen ist, um die Band sehen zu können, oder zur Toilette, und dass sie bestimmt wegen all der Leute nicht zu mir zurückgefunden hätte. Er hat gesagt, ich solle mir keine Sorgen machen. Ich wusste nicht, was ich noch tun sollte, also bin ich für den Fall, dass sie doch noch auftaucht, zu dem Bogen zurückgegangen, und dann habe ich Mum angerufen.«

Natalie schenkte ihr ein besorgtes Lächeln. »Das muss sehr beunruhigend für dich gewesen sein.«

Sie nickte. »Das war es.«

»Was hast du zu Isabella gesagt, bevor du losgegangen bist, um die Getränke zu kaufen?«

»Ich habe ihr gesagt, dass sie auf mich warten soll und es nicht lange dauern würde.«

»Warum hat sie dich nicht zu dem Zelt begleitet?«

»Wir wollten unsere Plätze nicht verlieren. Wir hatten eine gute Stelle ergattert, von der aus wir einen direkten Blick auf die Bühne hatten. Wir haben meinen Pullover auf den Boden gelegt, und sie hat sich daraufgesetzt, um den Platz freizuhalten.«

»War dein Pullover noch da, als du zurückgekommen bist?«

»Nein, er war weg.«

»Was für ein Pullover war das?«

»Er ist blassblau mit einem großen weißen Stern vorne drauf.«

Lucy machte sich eine Notiz. Natalie fuhr mit ihren Fragen fort.

»Was hat Isabella getan, als du sie zuletzt gesehen hast?«

Es folgte eine Pause. »Gelächelt«, antwortete sie heiser.

»Es war niemand in ihrer Nähe, der gesehen haben könnte, wie du sie alleine gelassen hast?«

»Nein. Da war eine Mädchengruppe direkt neben uns, aber die haben nichts mitbekommen.« Sie zupfte an den Papiertaschentüchern, Tränen rollten über ihre Wangen.

»Schon okay ... Ist okay ...«, sagte Camilla.

»Mrs Sharpe, welchen Eindruck hat Ihre Tochter gestern auf Sie gemacht, bevor sie zu dem Konzert gegangen sind.«

Camilla hob ihren Blick und sagte nur ein einziges Wort: »Aufgeregt.«

Ryan rieb sich mit einer Hand übers Gesicht und schniefte, bevor er ergänzte: »Sie hat sich auf das Konzert gefreut. Hat seit

Tagen von nichts anderem gesprochen. Ich habe sie beide dort abgesetzt. Sie ist praktisch aus dem Auto gesprungen.« Sein Gesicht verzog sich zu einer gequälten Maske.

»Sie hat sich darauf gefreut, die Band zu sehen?«

»Oh ja. Sie kennt alle ihre Lieder. Hat uns seit Tagen verrückt gemacht, weil sie sie rund um die Uhr gesungen hat.« Plötzlich hielt er inne und korrigierte sich selbst, bevor er fortfuhr: »Sie kannte alle ihre Lieder.« Er stieß ein Stöhnen aus, das wie ein leises Brüllen klang, und bedeckte seine Augen mit den Handflächen. »Oh Gott! Nicht Isabella. Das kann nicht wahr sein! Sie war ein glückliches Mädchen.«

Natalie machte weiter. Sie musste unbedingt so viele Informationen wie möglich sammeln, auch wenn es für die Familie des Opfers schmerzhaft war. »Ich weiß, dass das schwer für dich ist, aber ich muss genau wissen, was passiert ist. Hattet ihr einen Streit oder eine Auseinandersetzung, die dazu geführt haben könnte, dass sie möglicherweise weggelaufen ist, Kerry?«

Kerry schüttelte ihren Kopf vehement von einer Seite zur anderen. »Nein, überhaupt nicht. Es war genau so, wie ich es Ihnen gesagt habe. Als ich zu dem Zelt gegangen bin, saß sie auf meinem Pullover.«

Natalie beobachtete die Reaktion des Mädchens ganz genau und konnte keine Anzeichen entdecken, die darauf schließen ließen, dass sie log. Sie war eindeutig sehr aufgewühlt wegen dem, was geschehen war, und hatte Schuldgefühle, aber sonst war nichts zu erkennen. »Hat sie sich für gewöhnlich an das gehalten, was du ihr gesagt hast?«

Es war Ryan, der ihr darauf antwortete. »Wenn Kerry ihr gesagt hätte, dass sie warten soll, dann hätte sie das getan. Sie hat große Stücke auf ihre Schwester gehalten. Ich weiß nicht, was passiert ist, aber jemand muss sie von dort, wo sie gesessen hat, weggebracht haben – ob mit Gewalt oder mit Lügen und Manipulation weiß ich nicht, aber ich kann mit Bestimmtheit sagen, dass Isabella sich nicht von diesem Platz wegbewegt hätte.«

»Das ist wahr. Sie war so ein gutes Mädchen. Wirklich.« Camillas Stimme brach ab.

Natalie war der Meinung, dass Eltern nicht immer die versteckte Wahrheit über ihre Kinder kannten, besonders bei Teenagern. Ihre eigenen Kinder hatten Geheimnisse vor ihr und David – sie hatten herausgefunden, dass Josh Pornos heruntergeladen und Drogen genommen hatte. Wer weiß, was er und Leigh noch für Dinge trieben, von denen sie nichts wusste. Es war möglich, dass die Sharpes entweder sehr naiv waren, was ihre Tochter betraf, oder dass sie sich nur an das Gute erinnerten, weil sie unter Schock standen. Natalie musste die Gründe hinter dem Tod des Mädchens aufdecken und sich eine eigene Meinung bilden, weshalb sie anfangen musste, tiefer zu graben.

»Hatte Isabella einen Freund?«

Ryan schüttelte den Kopf, aber Natalie sah auf ihrer Suche nach einer Antwort zu Kerry. Von ihnen allen würde Kerry am ehesten wissen, was ihre Schwester womöglich vorgehabt hatte.

Kerry putzte ihre rote Nase und warf Natalie einen herzzerreißenden Blick zu. »Nein. Sie war an niemandem interessiert. Mir gegenüber hat sie nie jemanden erwähnt.«

»Und hätte sie das, wenn es jemanden gegeben hätte?«

»Höchstwahrscheinlich schon. Wir standen uns sehr nahe.« Das Mädchen fing wieder an zu schniefen, während neue Tränen fielen.

Natalie war sich nicht sicher, wie nah sich eine Siebzehnjährige und eine Vierzehnjährige stehen konnten, aber sie würde vor dem aufgelösten Mädchen keine Diskussion darüber anfangen.

»Es würde uns sehr helfen, wenn wir einen Blick in ihr Zimmer werfen könnten. Wäre das möglich?«

»Ja, ich denke schon. Wenn Sie denken, dass es Ihnen

weiterhilft«, sagte Ryan. Seine Stimme war kaum mehr als ein Murmeln, seine Mundwinkel hingen herunter, als würde eine unsichtbare Kraft an ihnen ziehen. Er wollte aufstehen, doch Camilla kam ihm zuvor und erhob sich.

»Ich werde es Ihnen zeigen«, sagte sie.

Ryan schlurfte zum Sofa und legte eine Hand auf ihre Schulter. Eine stille Kommunikation fand zwischen ihnen statt – eine geteilte Trauer. Er drückte sie sanft, bevor er seinen Arm zurückzog und sich auf den Platz neben Kerry sinken ließ, einen Arm um sie legte und sie zu sich zog.

Camilla führte Natalie und Lucy in den Flur, doch sobald ihre Hand das Treppengeländer berührte, erstarrte sie. »Ich kann nicht ...«

Ihr Körper fing an zu zittern und Natalie musste mit beruhigender Stimme auf sie einreden, damit sie ihren Griff wieder löste.

»Wir werden alleine gehen. Kommen Sie, gehen Sie zurück ins Wohnzimmer.«

Camilla ließ das Geländer los und akzeptierte, dass sie zurück in den Raum geführt wurde, wo sie sich auf den Sessel fallen ließ, der gerade erst von Ryan verlassen worden war. Sie beugte sich nach vorne und vergrub ihr Gesicht in ihren Händen.

»Mum?« Kerrys Augen weiteten sich schockiert.

Tanya eilte herüber und hockte sich neben sie. »Ist okay. Lass es raus«, sagte sie.

»Warum sie? Warum Isabella?« Der Raum wurde von Camillas Weinen erfüllt, und während Tanya die Frau beruhigte, gingen Natalie und Lucy nach oben.

Die Schluchzer folgten ihnen bis zur obersten Stufe und durch eine Tür, auf der die goldenen Umrisse eines Sterns prangten, in dessen Mitte der Name Isabella stand. Angesichts der Normalität, die das Zimmer ausstrahlte, wurde Natalie schwer ums Herz: das hastig gemachte Bett, in dem ein großer cremefarbener Teddybär auf seinem Rücken lag, die abgelegten Kleidungsstücke, die auf der Bettdecke lagen. Natalie konnte sich gut vorstellen, wie sie sich das Outfit ausgesucht hatte, das sie zu dem Konzert tragen wollte. Der ganze Raum war voller Farben: eine Flamingo-pinke LED-Lichtbox, auf der »Let it Shine« stand, eine Tasse mit einem glücklichen Faultier darauf, eine Regenbogenkerze, eine Sammlung bunter Beanie-Babies, über einem Stuhl hing ein Gryffindor-Schal, die gesamte Reihe der Harry-Potter-Bücher stand in einem Regal neben ihren Schulbüchern und Boxen in fröhlichen Farben, in denen sie Schmuck aufbewahrte, ein personalisiertes Schminktäschchen neben einem Pott mit Füllern und Bleistiften und ein Notizbuch, das mit glücklichen Pandagesichtern übersät war. Natalie öffnete das Buch. Isabella hatte ein Gedicht hineingeschrieben.

Lonely, scared deep inside,
Terrified you'll recognise
The fake person that's really me ...
My personal anxiety

Turn my back to all my friends,
Even those so dear to me.
I have to face this all alone ...
My personal tragedy

Natalie las die Worte laut vor, runzelte die Stirn und fügte dann hinzu: »Denken Sie, sie könnte depressiv gewesen sein?«

»Vielleicht, aber das sind Liedtexte von Blasted«, erwiderte Lucy und trat näher, um über ihre Schulter zu linsen.

Natalie blätterte die Seiten durch.

»Ich glaube, das sind alles Lieder von Blasted. Sie hat die Liedtexte aufgeschrieben. Muss ein großer Fan gewesen sein«, sagte Lucy.

»Das war sie«, sagte eine Stimme an der Tür. Es war Kerry,

die sich an den Türrahmen klammerte und mit großen Augen in das Zimmer starrte, als sähe sie es gerade zum ersten Mal.

»Hey«, sagte Lucy. »Bist du auch ein Fan von ihnen?«

Kerry schüttelte den Kopf. »Nicht wirklich. Isabella mochte sie mehr als ich. Manche Lieder von ihnen sind ganz gut, aber einige sind ein bisschen zu heavy für mich.«

»So wie dieses«, sagte Natalie und las den Titel vor. »Disenchanted.«

»Ja. Das ist ein bisschen deprimierend.«

»Aber Isabella war ein glückliches Mädchen, oder nicht?«, fragte Natalie und studierte Kerrys Reaktion.

»Manchmal. Sie hatte Sorgen wie wir alle.«

»Welche zum Beispiel?«

Kerry blinzelte ein paarmal, bevor sie leise sagte: »Schule, Leistungsdruck, Freunde.«

»Hatte sie Probleme in der Schule?«

»Nein. Sie war wirklich clever, viel klüger als ich. Aber sie fand es schwer den Erwartungen von allen gerecht zu werden.«

»Was waren das für Probleme?«

»Ein oder zwei ihrer Freunde hingen mit ihr nur deshalb rum, weil sie ihnen mit ihren Schularbeiten geholfen hat, und sie hatte es satt, dass sie das als selbstverständlich ansahen.«

»Hat sie dir das erzählt?«

»Ja.« Kerry nickte, aber presste ihre Lippen zusammen, als wäre da noch mehr.

Natalie ging auf sie zu und sprach mit gesenkter Stimme. »War das alles? Oder war da noch mehr? Wurde sie gemobbt?«

Kerry schluckte schwer. »Nicht direkt gemobbt, aber ein paar Kerle haben ihr gesagt, dass sie ihre Hausarbeiten für sie schreiben soll. Sie haben sie erst in Ruhe gelassen, als sie zugestimmt hat.«

»Hat sie gesagt, wer das war?«

»Nein, nur dass sie froh ist, wenn die Schulferien anfangen und sie sie nicht mehr sehen muss.«

»Warum hat sie mit niemandem darüber geredet?«

»Sie sagte, es wäre leichter, ihnen einfach zu helfen, damit sie aufhören, sie zu belästigen.«

»Sie hätte mit ihrem Lehrer darüber reden sollen«, sagte Lucy.

»Und dann was? Schikaniert und verprügelt werden?«

Lucy antwortete nicht. Kerry sah wieder aufgewühlt aus, doch Natalie fuhr mit ihren Fragen fort. Wenn diese Jungs Isabella bedroht hatten, wäre das ein guter Grund, sich mit ihnen zu unterhalten.

»Kerry, wir müssen mit allen sprechen, die Isabella kannten. Das mag dir vielleicht nicht wichtig erscheinen, aber wenn du uns sagen könntest, wer diese Jungen sind, könnte uns das helfen herauszufinden, was mit ihr passiert ist.«

»Ich kenne ihre Namen wirklich nicht.«

»Wer könnte sie kennen?«

»Vielleicht ihre Freundin Minnie Corbett.«

»Kannst du uns ihre Kontaktdaten geben?«

Kerry nickte und verschwand, um sie für Natalie aufzuschreiben.

»Wir müssen uns beeilen«, sagte Natalie.

»Ich werde mit Minnie reden, falls Sie noch hierbleiben wollen«, sagte Lucy.

»Hier gibt es nicht mehr viel herauszufinden. Wir werden es Tanya überlassen, sich um sie zu kümmern, und sehen, ob wir diese Jungs ausfindig machen können.« Natalie sah sich noch ein letztes Mal im Raum um, um ein Gefühl für das Mädchen zu bekommen, das bei dem Konzert ihrer Lieblingsband umgebracht worden war. Ihr Herz war schwer. Der Tod war immer grausam, aber der Tod eines so jungen Menschen war eine regelrechte Tragödie.

———

Mit Minnies Adresse, die in sauberer Handschrift auf einem Zettel stand, brachen Lucy und Natalie auf und fuhren nach Tapleworth, einer Marktstadt etwa dreißig Minuten südlich von Samford und dem Polizeipräsidium. Tapleworth war berühmt für seine Burg, die bis ins neunte Jahrhundert und damit in die angelsächsische Zeit zurückdatiert werden konnte. Sie überblickte den breiten Fluss Taple, nach dem die Stadt benannt worden war. Die Burg wurde von vielen Touristen besucht und bot das ganze Jahr über eine Vielzahl von Attraktionen. Vor einem Jahr war Natalie mit ihrer Familie hergekommen, um das mittelalterliche Turnier im Tjosten anzuschauen. Sie waren die zweihundert gewundenen Stufen zu dem alten Glockenturm emporgestiegen, von dem aus man eine spektakuläre Rundumsicht über das gesamte Burggelände hatte. Auf dem ganzen Weg nach oben hatte Leigh sich beschwert, doch das hatte in der Sekunde aufgehört, in der sie über die Kirche hinweg in Richtung der Stadt gesehen hatte, woraufhin sie verkündete, dass das »wirklich beeindruckend« wäre.

Minnie wohnte in einem schlichten Reihenendhaus in einer belebten Straße im Stadtzentrum. Natalie saß auf dem Rand des Hockers, den man für sie in den beengten Raum gebracht hatte, gegenüber von Minnie Corbett, die von ihren beiden Eltern auf dem Sofa flankiert wurde. Auf dem Boden direkt vor ihnen, lag als Puffer zwischen ihnen und Natalie ein großer Hund mit lockigem Fell und traurigen Augen, welche die bedrückte Stimmung im Zimmer widerspiegelten. Minnies Mutter, eine Frau mit magerem Gesicht und blassen rosafarbenen Haaren, die Shorts und ein T-Shirt trug, hielt Minnies Hand fest in der ihren. Nachdem das Mädchen die Nachricht über den Tod ihrer Freundin gehört hatte, hatte es mit offenem Mund dagesessen. Erst jetzt war sie dank dem guten Zureden ihrer Mutter in der Lage, Natalies Fragen zu beantworten.

»Du würdest uns sehr weiterhelfen, wenn du uns verraten

könntest, wer diese Jungs waren, die sie dazu gedrängt haben, ihre Hausarbeiten zu schreiben«, sagte Natalie behutsam.

Minnie schien aus ihrer Trance zu erwachen, ihre dunklen Augenbrauen zogen sich zusammen und sie schüttelte den Kopf. »Sie wurde nicht dazu gedrängt.«

»Ihre Schwester scheint zu glauben, dass sie unter Druck gesetzt wurde, die Aufgaben der Jungs zu erledigen.«

»So war das nicht. Isabella wurde von ihnen dafür bezahlt.«

Natalie versuchte, sich ihre Überraschung nicht anmerken zu lassen. »Sie hat Geld dafür genommen, anderen mit ihren Hausarbeiten zu helfen?«

»Mhm. Alle wussten, wie klug sie war. Sie war in jedem Fach die Klassenbeste. Dieses Jahr haben wir mit der mittleren Reife begonnen und uns wurden Kursaufgaben zugeteilt. Einige davon waren richtig schwer, also hat sie eine Nachricht an alle in unserer Klasse geschickt, dass man sich bei ihr melden sollte, wenn man Hilfe benötigte – Hausaufgaben, Hausarbeiten, so was alles. Für Hausaufgaben hat sie zehn Pfund berechnet und zwanzig für ihre Hilfe bei Hausarbeiten, je nachdem wie schwer die Aufgabenstellung war.«

»Wie viele Leute haben sich daraufhin bei ihr gemeldet?«

»Sie hat nie gesagt, wie viele sie bezahlt haben, aber ich weiß, dass sie sich mit ihnen in der Bibliothek oder bei ihnen zu Hause getroffen hat, um ihnen zu helfen. Sie hat auf ein neues Handy gespart, weil ihre Eltern sich kein schönes für sie leisten konnten.«

»Hast du vielleicht Vermutungen, wem sie geholfen haben könnte?«, drängte Natalie.

»Ich habe sie ein paarmal draußen vor der Schule mit Tim Dorridge und Fred Sheldon reden sehen, also hat sie denen vielleicht geholfen. Aber sonst weiß ich von niemandem.«

Lucy, die der Familie ebenfalls auf einem Hocker gegenübersaß, notierte sich die Namen.

»Ist Isabella mit allen zurechtgekommen?«

»Ja. Alle mochten sie. Manche der Jungs waren sogar ein bisschen verliebt in sie, weil sie so clever und hübsch war, aber sie war nicht an ihnen interessiert.«

»Sie war überhaupt nicht an Jungs interessiert?«

»Sie mochte Jungs, aber sie stand nicht auf sie, wenn Sie wissen, was ich meine. Sie wollte lieber Spaß mit uns Mädchen haben, als eine ernste Beziehung anzufangen.«

In Natalies Kopf formte sich das Bild eines raffinierten, klugen Mädchens – ein Bild, das fast zu gut war, um wahr zu sein, abgesehen von der Tatsache, dass sie ihre Fähigkeiten nutzte, um anderen beim Betrügen zu helfen.

»Du warst gestern nicht bei dem Konzert beim Sunmore Hall, oder?«

Minnies Vater antwortete. »Sie ist ein großer Fan, aber wir waren auf dem sechzigsten Geburtstag meiner Mutter. Es war eine große Familienfeier, deshalb konnte sie nicht hingehen.«

»Isabella hat mich eingeladen, sie und Kerry zu begleiten«, sagte Minnie, ihre Unterlippe fing an zu zittern. Ihre Mutter drückte ihre Hand, doch dem Mädchen stiegen die Tränen in die Augen und sie neigte ihren Kopf.

»Das war sehr hilfreich, Minnie. Vielen Dank«, sagte Natalie. Sie überreichte der Familie ihre Karte für den Fall, dass Minnie noch etwas einfiel, das ihnen weiterhelfen könnte. Dann verabschiedeten Lucy und sie sich.

Als sie in das Auto stiegen, das sie direkt vor dem Haus geparkt hatten, sagte Lucy: »Isabella klingt fast schon zu perfekt.«

»Nicht wahr? Na ja, abgesehen davon, dass sie ihren Klassenkameraden mit ihren Hausarbeiten geholfen hat.«

»Wir haben alle schon mal unseren Freunden geholfen, oder nicht?«, sagte Lucy.

»Nicht für Geld«, erwiderte Natalie, als sie sich auf den Beifahrersitz fallen ließ. »Wir werden uns ihr Zimmer noch einmal ansehen müssen, um zu sehen, ob wir das Geld finden können. Sie war eine richtige Unternehmerin, nicht wahr?«

»Dafür kann man sie nicht verklagen.«

»Haben Sie die Namen ihrer Klassenkameraden? Ich werde ihre Adressen raussuchen, damit wir ihnen einen Besuch abstatten können.« Natalie rief Ian an, um an die gewünschten Informationen zu kommen, und während sie wartete, fragte sie sich, ob wirklich Schulkinder hinter dem Tod des Mädchens stecken konnten. Überprüfen mussten sie es, aber ihr Bauchgefühl sagte ihr, dass dies das Werk eines Erwachsenen war. Es erinnerte an den Mörder der Blütenzwillinge.

VIER

FREITAG, 10. AUGUST

Zuerst war alles nach Plan gelaufen – das schwarze T-Shirt, auf dem »Blasted Tour« stand, zusammen mit einer Menge falscher Aufrichtigkeit, genug um sie davon zu überzeugen, sich ihm anzuschließen. Isabella hatte, als er sich ihr näherte, mit einem Grinsen auf dem Gesicht auf dem grünen Hügel gesessen, als kenne sie einen Witz, den sie niemandem verraten wollte ...

»Hi. Bist du Isabella Sharpe?«

»Ja ...« Ihre Stimme klang zögerlich.

Er beugt sich zu ihr, damit die schnatternde Mädchengruppe neben ihr ihn nicht hören kann. Sie achten nicht sonderlich auf ihn, aber er will trotzdem nicht, dass sie zuhören.

»Kerry schickt mich. Sie hat Callum Vincetti in dem Getränkezelt getroffen und will, dass ich dich hole, damit du ihn auch kennenlernen kannst.«

»Callum? Du machst Witze.«

Das Gesicht des Mädchens hellt sich auf, als wäre Weihnachten, und sie steht auf. Sie freut sich so sehr darauf, den Leadsänger der Band zu treffen, dass sie nicht mal nach seinem

Namen fragt, als sie aufgeregt wie ein Welpe neben ihm hermarschiert.

Sie suchen sich ihren Weg durch die Menge, er führt sie an. Aufregung und Gelächter liegen in der Luft. Einige der Besucher haben sich ihre eigenen Erfrischungsgetränke mitgebracht und schütten den Inhalt von Bierflaschen herunter oder trinken Wein, während sie darauf warten, dass der Hauptakt auf die Bühne kommt. Niemand achtet auf den Mann mit dem gesenkten Kopf, der mit einem Mädchen an seiner Seite vorbeigeht.

Sie lösen sich von der Menge und gehen um sie herum auf die Bühne vor dem Sunmore Hall zu. Er muss vorsichtig sein, weil die richtige Crew hier herumläuft, also macht er einen Schlenker zur Seite, um der Bühne und den abgesperrten Bereichen aus dem Weg zu gehen, wo ihnen Fragen gestellt werden würden. Sie entfernen sich jetzt, gehen in Richtung des Parkplatzes. Hinter ihnen erhebt sich ein kollektives Summen aus Stimmen, wie der größte Bienenschwarm des Universums, der hin und wieder von schrillem Gelächter und Pfiffen unterbrochen wird, wenn eine unsichtbare Kraft durch die Menge geht und ihre Aufregung anstachelt. Die Lichter auf der Bühne erstrahlen und gehen wieder aus, und ein Jubeln erhebt sich, nur um wieder abzuebben, als ihnen bewusst wird, dass es nur der Techniker ist, der die Strahler für Blasted vorbereitet. Die Band hält sich immer noch im Herrenhaus auf, wo sie sich zurechtmachen, üben und sich geistig darauf vorbereiten, auf die Bühne zu gehen und vor ihren begeisterten Fans auf und ab zu stolzieren und herumzuspringen. Sie werden schon sehr bald anfangen, aber er hat immer noch Zeit, das hier zu tun. Open-Air-Konzerte sind eine der besten Möglichkeiten, Kinder zu entführen, ohne entdeckt zu werden – keine Überwachungskameras, niemand, der bemerkt, was direkt vor ihm vor sich geht.

»Hier drin«, sagt er, als sie das offene Tor passieren, das in den Küchengarten führt. Hier gibt es weder Kameras noch Besu-

cher – es ist der perfekte Ort. Er hält inne, um zu sehen, ob sie ihm seine Geschichte immer noch abkauft, und sie bleibt mit vor Aufregung geröteten Wangen neben ihm stehen.

Als sie in ihre Gesäßtasche greift, verschwindet ihr Lächeln. »Ich habe mein Handy verloren«, sagt sie.

Das ist ein Unglück. Er wollte ihr Telefon benutzen, um Kerry zu sich zu locken, was er jetzt nicht mehr tun kann. Er wird zu dem Platz zurückkehren müssen, an dem er Isabella gefunden hat, um entweder nach ihrer Schwester Ausschau zu halten oder das Telefon zu finden, und das könnte seine Pläne ernsthaft durchkreuzen. Scheiße! Er wollte zwei Mädchen, nicht bloß eins! Er versucht, sich seine Enttäuschung nicht anmerken zu lassen, und sagt: »Ich werde zurückgehen und danach suchen. Keine Sorge. Das taucht schon wieder auf. Bei diesen Veranstaltungen verlieren die Besucher andauernd irgendwas. Ich werde ein paar Leute der Crew danach Ausschau halten lassen.«

»Ich wollte ein Selfie mit Callum machen.«

»Ich glaube, Kerry hat ihr Handy bei sich. Sie kann ein Foto von euch machen«, sagt er.

Die Miene des Mädchens entspannt sich wieder, und ihre Augen wandern umher, suchen nach ihrer Schwester. »Wo ist sie?«

»Hinter dem Gewächshaus. Callum wollte nicht, dass er von allen gesehen wird. Folge mir.« Er geht davon.

Isabella folgt ihm, weil sie ihr Idol unbedingt sehen möchte, aber sie wird auch zunehmend misstrauischer. Ihre Stimme klingt angespannt. »Ich kann hier niemanden sehen.«

»Hi, Callum, Kerry«, ruft er und hebt seine Hand, als würde er jemandem zuwinken. »Ich habe Isabella gefunden.«

Das Mädchen ist immer noch hinter ihm. Er dreht sich um, blockiert den Weg vor ihr und lächelt. »Ich werde euch kurz miteinander reden lassen und nach deinem Handy suchen.«

Damit überzeugt er sie, und als er davongeht und sich Handschuhe überstreift, schleicht sie vorsichtig ein paar Schritte nach vorne und schaut auf der Suche nach ihrer Schwester und dem Leadsänger hinter das Gewächshaus.

»Hallo«, ruft sie mit unsicherer Stimme, doch erhält keine Antwort. Sie will herumwirbeln, doch es ist zu spät. Sie reagiert zu langsam und es dauert nur Sekunden, bis sich seine Hände um ihren Hals legen. Sie erschlafft schnell, was ihn sofort mit dem Gefühl der Euphorie erfüllt, das mit diesem Akt immer einhergeht.

Er hebt seinen Blick zu dem sich verdunkelnden Himmel und lächelt dem tiefschwarzen, unendlichen Raum entgegen. Blut rauscht durch seine Adern wie flüssiges Gold und löst einen gewaltigen Energieschub in ihm aus. Er ist unbesiegbar. Wie er dieses Gefühl liebt! Das leblose Mädchen liegt beinahe schwerelos in seinen Armen. Er weiß genau, wo er sie zurücklassen wird. Er knirscht mit den Zähnen. Das ist nicht die Art und Weise, wie er in Erinnerung bleiben wollte. Es sollten zwei Leichen sein anstatt einer, aber es wäre zu riskant, loszuziehen und nach Kerry zu suchen. Er kann es sich nicht leisten, identifiziert zu werden. Er wird sich mit einem Mädchen zufriedengeben müssen. Er flucht leise, doch dann nähert er sich der mit Rosen bewachsenen Laube und lächelt. Ein Mädchen wird vorerst reichen.

FÜNF

Tim Dorridge und Fred Sheldon, die Isabella bezahlt hatten, damit sie ihre Hausarbeiten schrieb, wohnten nur zehn Minuten vom Stadtzentrum von Samford entfernt in einem Häuserblock, der einen Aldi überblickte. Natalie war froh, beide Jungs in der Erdgeschosswohnung der Dorridges vorzufinden. Tims Vater Steve, ein stämmiger Mann, bat Natalie und Lucy herein und führte sie ins Wohnzimmer, bevor er die Jungs rief.

Tim kam als Erster hinein. Er war blass und schlaksig, hatte schlimme Akne und herabhängende Lippen, die permanent offen zu stehen schienen. Fred war das totale Gegenteil von ihm: dunkelhäutig, klein und ein wenig pummelig, aber mit einem neugierigen Blick. Steve stellte sich breitbeinig in die Tür wie ein Türsteher vor einem Nachtclub, und wies alle an, sich zu setzen.

»Was haben die beiden angestellt?«, fragte er und sah die Jungs aus zusammengekniffenen Augen an.

»Gar nichts«, sagte Tim und ließ sich unbehaglich auf das schmale Sofa sinken. Sein Blick wanderte zu Fred, der nur mit den Schultern zuckte.

»Wir würden gerne mit euch über Isabella Sharpe sprechen. Uns wurde gesagt, dass sie euch mit den Hausarbeiten geholfen hat«, sagte Natalie. Sie konnte nicht wissen, ob die Jungs bereits wussten, dass Isabella tot war, aber ihren Reaktionen nach zu urteilen, machten sie sich ernsthaft Sorgen um irgendetwas.

Jetzt warf Fred Tim einen Blick zu, der leicht den Kopf schüttelte, als wollte er ihm sagen, dass er den Mund halten sollte. Natalie bemerkte diese Bewegung.

»Es hat keinen Zweck, es abzustreiten. Wir wissen, dass sie euch geholfen hat und dass ihr sie dafür bezahlt habt.«

»Was?«, knurrte Tims Vater. »Wie viel habt ihr ihr bezahlt? Und wo hattet ihr das Geld her?«

Natalie bemerkte, dass der Mann nicht so sehr verärgert war, weil sein Sohn betrogen hatte, sondern vielmehr, weil er jemanden bezahlt hatte, um ihm zu helfen.

Tims Lippen verzogen sich zu einem höhnischen Grinsen. »Das war mein Geld, damit kann ich machen, was ich will«, zischte er.

»Du bist ein verdammter Idiot.«

»Ja, ich bin ein Idiot, und deshalb habe ich Isabella gebeten, mir mit meiner Hausarbeit zu helfen. Sonst hätte ich doch nie bestanden, oder?« Seine Grimasse wurde noch ausgeprägter. »Deshalb sind Sie hier? Weil ich Isabella bezahlt habe, um meine Hausarbeit zu schreiben?«

»So in der Art. Hast du eine gute Note dafür bekommen?«, fragte Natalie.

»Es war eine Drei.«

»Keine Eins?« Natalie blieb entspannt und als Antwort erhielt sie ein Kopfschütteln.

»Ich wollte keine Eins. Ich bin nicht vollkommen dämlich. Der Lehrer hätte sofort gewusst, dass ich die Arbeit nicht selbst geschrieben habe, wenn sie so gut ist. Eine Drei ist bestanden.

Ich wollte nur bestehen.« Er verschränkte die Arme und starrte finster geradeaus.

Natalie nickte dem Freund des Jungen zu. »Fred?«

»Das Gleiche. Ich habe eine Drei bekommen. Genau das wollte ich. Ich habe Isabella gebeten, es nicht zu offensichtlich zu machen, dass die Arbeit nicht von mir ist.«

Lucy, die sich fleißig Notizen machte, fragte: »Was für eine Hausarbeit war das?«

Tim stieß ein herablässiges Schnauben aus. »Englische Poesie. Wir mussten ein paar richtig beschissene Gedichte analysieren.«

»Pass auf, was du sagst, Tim«, knurrte sein Vater.

Tim warf ihm einen trotzigen Blick zu. »Tuntige Poesie wird mir keinen Job verschaffen, oder, Dad?«

»Darum geht es nicht. Du sollst aufpassen, was du sagst.«

Tim schnaubte noch einmal, aber fluchte nicht mehr.

Natalie machte weiter. »Gehe ich recht in der Annahme, dass ihr also beide mit diesen Noten zufrieden wart?«

»Ja«, sagte Tim.

»Und sie hat euch in keinem anderen Fach geholfen?«, fragte Lucy.

»Es war nur das eine Mal. Ich verstehe den Sinn von Poesie einfach nicht! Ich bin nicht der Einzige, der Isabella um Hilfe gebeten hat.«

Lucy fixierte den Jungen mit ihrem Blick. »Weißt du, wer es noch getan hat?«

»Nein, aber ich bin mir ziemlich sicher, dass es so war. Es war eine wirklich schwere Aufgabe und keiner außer Isabella hat wirklich verstanden, worum es überhaupt ging. Für Isabella ist alles leicht.«

Natalie stellte fest, dass er von ihr sprach, als wäre sie noch am Leben. »Hat euer Lehrer einen von euch verdächtigt, betrogen zu haben?«

Plötzlich zuckte Freds Blick hinunter zu seinen Turnschuhen. Tim schlang die Arme um seinen Oberkörper. Sie hatte einen Nerv getroffen.«

»Nun?«

Tim räusperte sich. »Mr Nubuck hat mit mir über meine Arbeit gesprochen. Er war überrascht, dass ich so gut abgeschnitten habe.«

Sein Vater schüttelte enttäuscht den Kopf.

»Und was ist dann passiert?«, fragte Natalie.

»Er konnte nichts beweisen.«

»Aber er hatte eine Idee, wer dir geholfen haben könnte?«

»Ja. Sie sollte es mehr so klingen lassen, als hätte ich es geschrieben. Das war Teil des Deals, aber sie hat sich nicht daran gehalten und ein paar seltsame Worte eingebaut, die ich gar nicht kannte. Mr Nubuck wollte mich durchfallen lassen, aber ich habe ihm gesagt, dass ich diese Worte gegoogelt habe und er mich nicht wegen meines Fleißes bestrafen kann. Am Ende meinte er, er würde mich bestehen lassen, aber mich im Auge behalten.« Sein Kinn wanderte nach unten, während er sprach. Er war enttäuscht, dass er erwischt worden war, aber für Natalie schien das kein Grund zu sein, Isabella anzugreifen und umzubringen.

»Was ist mit dir, Fred? Hat er bei deiner Hausarbeit auch gezweifelt?«

»Nein, er meinte, sie wäre gut geschrieben und hat sich gefreut, dass ich mich auf die Poesie eingelassen habe.«

»Mögt ihr beide Isabella?«

Freds Wangen färbten sich dunkelrot, und Natalie hatte ihre Antwort. Er war offensichtlich einer der Jungen, die sie gernhatten. Er nickte.

Tim sprach weniger enthusiastisch von ihr, seine Worte und sein Tonfall waren weniger deutlich. »Ja. Sie ist okay.«

Natalie wartete ein paar Sekunden, bevor sie fragte: »Wo wart ihr gestern Abend?«

Tims Vater machte einen Schritt auf Natalie zu. »Einen

Augenblick mal. Worum geht es hier? Nicht um Hausaufgaben, oder? Ist ihr etwas zugestoßen?«

»Können die Jungs bitte meine Frage beantworten?«, sagte Natalie.

»Wir waren bei einem Konzert beim Sunmore Hall«, sagte Tim.

»Das stimmt. Ich habe sie dort um sechs abgesetzt und danach wieder abgeholt«, sagte sein Vater.

»Wo standet ihr in etwas während des Konzerts?«

»Etwa in der Mitte. Vor der Bühne«, antwortete Fred.

»Habt ihr Isabella oder ihre Schwester Kerry gesehen?«

Tim schüttelte langsam den Kopf. »Nein.«

»Waren sie auch da?«, fragte Fred.

»Ja. Bei dem Bogen. Wisst ihr, wo der ist?«

»Der Steinbogen auf dem Hügel?« Tim zog seine Augenbrauen zusammen.

»Genau der. Hat einer von euch sie dort gesehen?«

Fred zuckte mit den Schultern. »Nein.«

»Tim?«

Wieder schüttelte er seinen Kopf.

Sein Vater ging dazwischen. »Ist diesem Mädchen etwas zugestoßen?«

»Ich fürchte, ja. Es tut mir leid, euch darüber informieren zu müssen, aber Isabella wurde gestern Abend umgebracht.«

Der Mann starrte sie an. »Sie machen Scherze!«

»Wir haben ihre Leiche heute Morgen auf dem Gelände gefunden.«

»Was ist mit ihr passiert?«

»Darüber darf ich noch keine Informationen preisgeben, Sir.«

»Sie können nicht ernsthaft auch nur für eine Sekunde in Betracht ziehen, dass diese Jungs da in irgendeiner Weise mit zu tun haben, oder?« Sein Gesicht verzerrte sich irritiert.

»Ich kann die aktuellen Ermittlungen nicht mit Ihnen

diskutieren, aber ich bin dazu verpflichtet, die Jungs zu befragen«, erwiderte Natalie, ihr Blick lag weiterhin auf ihnen.

Fred sah aus, als würde ihm schlecht werden. Tims Mund stand noch weiter offen als zuvor. Ganz offensichtlich hatten sie keine Ahnung, dass Isabella tot war.

»Hast du gestern Abend bei dem Konzert irgendwelche Fotos gemacht?« Ihre Frage war an Tim gerichtet, der wie betäubt nickte. Er griff in die Tasche seiner Jeans und zog sein Handy heraus.

»Würde es dir etwas ausmachen, wenn DS Carmichael einen Blick darauf wirft?« Lucy steckte den Notizblock in ihre Tasche und trat vor, um das Telefon des Jungen an sich zu nehmen.

»Eine Sekunde. Was geht hier vor?« Tims Vater war noch nähergetreten und stand jetzt zwischen Lucy und den beiden Jungs, seine riesige Gestalt schirmte Tim von ihrem Blick ab.

»Wir versuchen die Bewegungen Ihres Sohnes am gestrigen Abend zu rekonstruieren«, sagte Natalie.

»Wir haben Ihnen bereits gesagt: Sie waren beide bei dem Konzert«, erwiderte der Mann.

»Ich meine, während des Konzerts.«

»Wir haben uns nur die Bands angesehen«, sagte Fred.

»Was ist mit der Pause, bevor Blasted auf die Bühne gekommen ist?«

»Ich bin zur Toilette gegangen«, antwortete Fred.

»Wo war die?«

»Nicht weit weg, oder, Tim? In der Nähe des Getränkezelts.«

»Tim?«, fragte Natalie und wartete auf seine Bestätigung.

»Das stimmt. Ich bin geblieben, wo ich war. Ich bin nirgendwo hingegangen.«

»Kannst du dein Telefon bitte DS Carmichael übergeben? Ich würde auch gerne einen DNA-Abstrich machen.«

»Wow! Das können Sie nicht tun«, sagte Tims Vater.

»Es wäre klüger, uns das zu gestatten, Sir. Isabella wurde während des Konzerts ermordet, wahrscheinlich zu der Zeit, als die Jungs getrennt waren. Ich empfehle, dass Sie uns unseren Job machen lassen.«

»Wir haben sie nicht umgebracht!«, quiekte Fred.

»Vielleicht nicht, aber ihr wollt sicher, dass wir das beweisen, oder nicht?«

Tims Augen wurden groß. »Was passiert, wenn Sie das nicht können?«

»Ich denke nicht, dass ihr euch darüber Sorgen machen müsst, es sei denn, ihr hattet doch Kontakt zu Isabella?«

»Nein. Den hatte ich nicht«, sagte Tim, der nun wieder seinen Kopf senkte. Sein Gesicht war aschfahl, und Natalie konnte nicht ausmachen, ob das an der schockierenden Nachricht über Isabellas Tod lag oder daran, dass er etwas vor ihnen verbarg. Wenn es Letzteres war, dann würde sie dafür sorgen, dass sie es aus ihm herausbekam.

Natalie und Lucy waren zurück im Präsidium, mit den Jungs waren sie fertig. Die DNA-Proben waren zur Analyse weggeschickt worden, und ein Anruf bei Tanya hatte zu der Entdeckung von siebzig Pfund geführt, welche in einer Socke in Isabellas Schrank versteckt gewesen waren. Die Jungs hatten zugegeben, ihr jeweils zwanzig Pfund bezahlt zu haben, also musste es noch weitere Schüler geben, die sich ihre Dienste erkauft hatten.

Natalie fing mit denen in Isabellas Klasse an, weil es ihr am logischsten erschien, dort zu beginnen, aber durch die momentanen Schulferien erwies sich das als logistischer Albtraum. Sie konnte nur vier ihrer Mitschüler ausfindig machen, von denen alle abstritten, sich Isabellas Hilfe erkauft zu haben. Das bremste sie aus. Natalie war nicht glücklich damit, ihre Zeit damit zu verschwenden, Vierzehnjährigen hinterherzujagen, bei denen es ihrer Meinung nach sehr unwahrscheinlich war, dass sie die Angreifer waren, dennoch musste sie ihre Ermittlungen fortsetzen. Sie setzte mehr Hoffnung auf Ian, der ihre Social-Media-Konten und sämtliche Fotos durchgesehen hatte, die von dem Konzert hochgeladen worden waren, dennoch hatte er bisher auf keinem Kerry oder Isabella finden können.

»Es gibt hunderte Selfie-süchtige Menschen da draußen. Das hier dauert ewig und ich bin die grinsenden Gesichter leid«, murrte er.

»Angesichts deiner mürrischen Einstellung in letzter Zeit ist das keine Überraschung, aber du wirst es aushalten müssen, Mr Chuckle«, sagte Lucy, während sie auf ihren eigenen Computerbildschirm starrte.

»Springst du jetzt für Murray ein? Das ist die Art von Kommentar, die von ihm kommen könnte.«

»So ist es. Seine letzte Anweisung an mich war, dass ich sicherstellen soll, dass du deine Arbeit machst, also erfülle ich nur meine Pflicht.«

»Wenn du das nächste Mal mit ihm sprichst, sag ihm, ich hoffe, dass es in Australien schneit ... Nein, sagen wir lieber, dass es hagelt.«

Lucy grinste.

Natalie, die während ihres Schlagabtauschs telefoniert hatte, kam zu ihnen herüber. »Das war Mike. Die Spurensicherung hat Kerrys blauen Pullover gefunden.«

Lucy schaute auf. »Wo war er?«

»Er war um das Parkplatzschild gewickelt.«

»Ein freundlicher Bürger hat ihn gefunden und dort für seinen Besitzer zurückgelassen?«, schlug Lucy vor.

»Das wäre auch meine Vermutung, es sei denn der Mörder hat ihn dort extra drapiert, um uns zu verspotten.«

»Gibt es auf dem Parkplatz irgendwelche Überwachungskameras?«, fragte Ian.

»Ich weiß nicht. Können Sie das überprüfen?«

»Das werde ich. Dadurch bekomme ich eine Pause von den nicht enden wollenden verdammten Selfies.«

»Der Pullover wird jetzt untersucht«, sagte Natalie und kehrte zu ihrem Schreibtisch zurück, um die Karte des Bereiches um Sunmore Hall zu studieren. »Ich frage mich, wo sie ihn verloren hat.«

»Ihr Telefon lag in der Nähe des Platzes, an dem sie gesessen hat. Vielleicht hat jemand an derselben Stelle den Pullover gefunden«, überlegte Lucy laut.

Natalie schloss die Augen und versuchte sich vorzustellen, wie Isabella von dem Ort, von dem aus sie das Konzert beobachtet hatte, zum Ort ihres Todes gelangt war. Es war äußerst unwahrscheinlich, dass sie an exakt dem Platz umgebracht worden war, den sie ausgewählt hatte, um die Band zu beobachten. Auch der Bereich hinter dem Steinbogen war mit Gästen überfüllt gewesen, und dahinter befand sich ein weiteres offenes Feld. Wenn ein Mörder ein Mädchen gegen ihren Willen über diesen ganzen Weg geschleppt hätte, wäre das mit Sicherheit aufgefallen, auch wenn alle Aufmerksamkeit auf der Bühne gelegen hatte und nicht dahinter. Sie legte einen Finger auf den Punkt, wo das Getränkezelt und der provisorische Block aus Dixi-Klos gestanden hatten. Es war ein Rätsel.

Ian meldete sich zu Wort. »Es gibt eine Kamera auf dem Parkplatz, aber die ist auf die Zufahrt des Herrenhauses gerichtet.«

»Also sind darauf keine Parkplatzschilder zu sehen?«

»Nein, ich befürchte nicht.«

Natalie seufzte schwer. Sie hatten noch keinen Anhaltspunkt gefunden und das nagte an ihr. Außerdem war es bereits kurz vor fünf und sie musste zu ihrer Wohnungsbesichtigung gehen. Bis die Berichte reinkamen, gab es nicht viel mehr, was sie tun konnten, also machte sie Feierabend.

. . .

»Und natürlich verfügt sie über eine großzügige Küche mit
Blick auf den Garten«, sagte die zufrieden aussehende Frau, die
nervös mit den Haustürschlüsseln herumspielte. Sie hatte
Natalie erklärt, dass die Wohnung ihrer kürzlich verstorbenen
Mutter gehört hatte. Sie hatte sie ihren beiden Kindern
vermacht. Die Wohnung war frisch gestrichen und für die
Vermietung eingerichtet worden, und in Natalies Augen nicht
auf so zweckmäßige Weise, wie sie befürchtet hatte. Sie vermutete, dass die Schranktüren in der Küche erneuert worden
waren. Der monochrome Schwarz-Weiß-Look, der sich durch
die gesamte Wohnung zog, verlieh ihr eine einfache, aber
moderne Ausstrahlung – ganz und gar nicht das, woran Natalie
gewöhnt war. Es mochte stilvoll sein, aber nicht gemütlich.

Ihr Haus in Castergate war ein Mischmasch aus Dekorati-
onsobjekten und Möbeln – auf manche mochte es chaotisch
wirken, aber es repräsentierte ihr Familienleben. Ihr Brustkorb
zog sich zusammen. Das war schwerer, als sie es sich vorgestellt
hatte. Sie atmete tief ein und ballte ihre Hände kurz zu Fäusten. Hier könnte sie wohnen. Große, eingerahmte Fotos ihrer
Kinder an den Wänden, ein bisschen Schnickschnack und ein
paar Topfpflanzen würden die Räume verwandeln. Auch
Kissen und andere Möbel würden helfen. Einem Teil von ihr
war es egal. Es war einfach nur ein Ort, an dem sie bleiben
konnte, bis sie und David eine dauerhafte Lösung gefunden
hatten und das Familienhaus verkauft worden war. Der
Gedanke daran war deprimierend, und für einen kurzen
Augenblick fragte sie sich, ob sie wirklich den Mut besaß, das
alles durchzuziehen. Der Herzschmerz war erst der Anfang.

»Und, gefällt es Ihnen?«, fragte die Frau.

Natalie nickte und besiegelte mit dieser Bewegung ihre
Entscheidung. »Es ist sehr schön.«

»Ich nehme an, Sie haben noch andere Wohnungen, die Sie
sich ansehen möchten, aber hier sind die nächsten Einkaufs-
möglichkeiten nicht weit entfernt, und zu der Wohnung gehört

ein privater Parkplatz.« Sie drehte die Schlüssel immer wieder um den herzförmigen Ring.

Für diese Lage war die ausgeschriebene Miete berechtigt, und Natalie würde weniger Geld für Sprit ausgeben müssen. In Gedanken rechnete sie kurz nach und sprach dann, bevor sie ihre Meinung ändern konnte.

»Ich nehme sie.«

Die Frau schenkte ihr ein Lächeln, bei dem sich kleine Falten um ihre Augen bildeten. »Das ist großartig. Soll ich die Vermittlungsagentur informieren oder wollen Sie das tun?«

»Ich kümmere mich darum, aber ich würde gerne schon bald einziehen.«

»Natürlich. Sie ist frei. Das sollte kein Problem sein.«

Natalie ging durch das Zimmer und blieb vor dem runden Plastiktisch stehen, der nur Platz für zwei Personen bot. Um es für die potenziellen Mieter hübscher zu machen, wurde eine schwarze Vase mit künstlichen Blumen daraufgestellt. Das war überhaupt nicht ihr Geschmack, aber welche andere Wahl hatte sie? Bei David bleiben oder darauf bestehen, dass er das Familienheim verlässt? Das hier war ein Schritt, den sie gehen musste, und obwohl sich ein mulmiges Gefühl in ihrem Magen ausbreitete, schüttelte sie der Frau die Hand. Sie war entschlossen. Ihr Leben hatte sich soeben für immer verändert.

SECHS

Der Klang ließ Erin und Ivy Westmore laut kichern. Ivy rollte mit den Augen, warf ihrer Schwester einen Blick zu und sagte: »Das ist keine Eule.«

Der Reißverschluss des Zelts öffnete sich und das grinsende Gesicht ihres Vaters erschien. »Das war eine Eule. Ich habe sie verscheucht.«

Erin kam auf ihre Ellbogen, der Rest des Körpers lag in dem Schlafsack versteckt, wodurch sie aussah wie eine Meerjungfrau mit einer zu dicken Flosse. »Das war auf keinen Fall eine Eule, Dad. In unserer Straße gibt es keine Eulen.«

Er blieb auf allen Vieren, nur sein Gesicht war durch den Schlitz zu sehen. Er grinste. »Natürlich gibt es die hier. Große weiße Vögel, die auf den Hecken zwischen den Häusern sitzen und nach einem neuen Herrn oder einer neuen Herrin Ausschau halten, obwohl ich mir nicht sicher bin, ob sie an ein paar Muggeln wie euch interessiert sind.«

»Wir stehen nicht mehr auf Harry Potter«, sagte Ivy. Sie hatte von den beiden Mädchen das schmalere Gesicht, aber viele Eigenschaften teilten sie sich: Stupsnasen, stechend blaue

Augen, ebenholzfarbene Haare, die in gleich langen Bobs auf ihre blass-pinken Wangen fielen.

Chris Westmore grinste und neigte seinen Kopf. »Wirklich?«

»Wirklich«, beharrte Ivy.

»Na gut. Hört zu, Mum schickt mich, um zu sehen, ob ihr noch irgendwas braucht. Wir werden die Hintertür nicht abschließen, für den Fall, dass ihr eure Meinung ändert und doch noch reinkommen wollt.«

»Da-ad! Wir sind keine kleinen Kinder mehr«, sagte Ivy.

In dem gedimmten Licht dachte er, dass sie beide älter als dreizehn Jahre aussahen, und mit jedem Tag wurden sie seiner Frau Judith ähnlicher, aber sie waren trotzdem noch seine kleinen Mädchen und würden es auch immer bleiben. Er setzte ein ernsteres Gesicht auf. »Ich weiß, dass ihr das nicht seid, aber wenn die Temperatur fällt oder ihr plötzlich Angst bekommt oder auf die Toilette müsst, dann habt ihr die Wahl.«

Erin reckte ihr Kinn. »Wir werden nicht reinkommen, oder, Ivy?«

»Nö.«

Er sah den entschlossenen Ausdruck auf den Gesichtern der Mädchen und hob seine Hände. »Okay. Seht mich nicht so an. Ich überbringe die Nachricht nur. Mum war besorgt. Ihr wisst, wie sie ist. Ich lasse euch jetzt allein. Schlaft gut, Mädels, und passt auf diese Eulen auf. Vielleicht versuchen sie, euch zu fangen und nach Hogwarts zu bringen.«

Erin lachte leise, als er sich zurückzog. Ivy lächelte und beobachtete, wie der Reißverschluss surrend nach oben wanderte, dann sagte sie laut: »Gute Nacht, Dad.«

Das krächzen einer Eule ertönte als Antwort und ließ die Mädchen kichern. »Das ist immer noch eine schlechte Nachahmung«, rief Ivy. Das Krächzen der Eule wurde leiser, als er sich zurückzog, und die Mädchen warfen einander einen wissenden Blick zu, bevor sie sich tiefer in ihre Schlafsäcke kuschelten.

———

Seufzend ließ er sich in seinen Sessel sinken. Heute war eine gute Nacht gewesen – eine sehr gute Nacht. Diesmal hatte es keine Fehler gegeben und jetzt warteten zwei Opfer darauf, entdeckt zu werden, nebeneinander und für die Ewigkeit vereint. So süße Mädchen.

Er lächelte. Er würde niemals erwischt werden. Der Grund, warum Serienmörder gefasst wurden, war, dass sie keine Geduld hatten oder dass sie – getrieben vom Blutrausch – dem Töten nicht widerstehen konnten, oder einfach, weil sie viel zu arrogant waren und Fehler machten. Er würde niemals in diese Fallen tappen. Er würde nicht gefunden werden. Er hatte sich bereits gegen den Trend gestellt, indem er eine vierjährige Lücke gelassen hatte, seit er die Leben der Blütenzwillinge genommen hatte, und obwohl die Versuchung, seinen mörderischen Gelüsten nachzugehen, immer da gewesen war, hatte er nicht nachgegeben – bis jetzt.

Er rieb seine Hände über die Armlehnen des Sessels. Sie waren weich und kalt, genau wie das Fleisch der Mädchen. Er erinnerte sich an seine früheren Opfer: die Schwestern Sharon und Karen Hill und die Zwillinge Avril und Faye Moore – mit ihren makellosen Gesichtern und den großen, unschuldigen Augen. Er hatte seine Spuren auf brillante Weise verwischt und die letzten vier Jahre auf den richtigen Moment warten können.

Diese Zeit war gekommen. Als seine Gedanken zu Kerry wanderten, ballten sich seine Hände kurz zu Fäusten. Sie hätte zusammen mit Isabella sterben sollen. Sie hätten das erste Paar sein sollen – seine Ankündigung. Er war immer noch verärgert darüber, dass sein sorgfältiger Plan nicht aufgegangen war, aber was geschehen war, war geschehen, und es würde keine weiteren Fehler geben. Er löste die Spannung in seinen Händen – starke Hände, die heute Nacht ihre Arbeit getan hatten – und labte sich an der Erinnerung.

Er entspannte sich ein wenig mehr, nahm die Geldbörse, die in seinem Schoß lag, und zog das Foto heraus, das er all die Jahre aufbewahrt hatte. Er fuhr mit einem Finger darüber – seine Mädchen. Er starrte das Foto an und lauschte dem langsamen, regelmäßigen Klopfen seines Herzens. Er war stark. Er konnte nicht aufgespürt werden. Die Polizei würde niemals herausfinden, wer dafür verantwortlich war, weil er intelligent und gerissen war und weil er seine Zeit seit den Blütenzwillingen genutzt hatte, um das perfekte Morden zu planen.

SIEBEN

SONNTAG, 12. AUGUST – MORGEN

Natalies Nacken schmerzte und knackte, als sie ihren Kopf drehte. Sie stieß ein langes Seufzen aus. Sie würde ihre neue Wohnung einrichten müssen, und Betten waren teuer. Es wäre so viel einfacher, nicht auszuziehen und in einem Haus wohnen zu bleiben, das sie kannte und liebte, aber das wäre ein feiger Ausweg, und sie hatte sich dazu entschieden, diesen Schritt zu gehen. Heute würden die Kinder nach Hause kommen, und sie und David mussten ihnen die Neuigkeiten beibringen. Auf diese Aussicht freute sie sich kein bisschen, aber sie sagte sich immer wieder, dass viele Kinder das Zerbrechen einer Familie relativ unbeschadet überstanden. Es käme darauf an, wie sie und David es ihnen übermittelten und mit der Situation umgingen. Sie verließ nicht ihre Kinder, um Himmels willen, nur deren Vater. Sie würde ihnen gegenüber ehrlich sein und ihnen versichern, dass sie immer noch die Liebe und Unterstützung von beiden Elternteilen erwarten konnten.

Sie schwang ihre Beine aus dem Bett und starrte auf ihre nackten Füße. Wem wollte sie etwas vormachen? Es würde ein schmerzhaftes Durcheinander werden, und sie war sich nicht sicher, ob sie die Stärke besaß, das durchzustehen. Sie rieb sich ihren Nacken und versuchte, die Spannung in ihren Schultern zu lösen. Was für ein Start in den Tag! Warum brachte sie sich selbst und ihre Familie in diese Situation? Die Antwort war klar und deutlich: weil sie es musste. Sie konnte Davids Lügen und Zockerei nicht mehr ertragen, und außerdem hatte sie Gefühle für Mike, Gefühle, die sie erkunden wollte, aber nicht, bevor sie nicht mit David abgeschlossen hatte. War sie selbstsüchtig? Eine kleine Stimme in ihrem Kopf behauptete das, aber die andere, ruhigere Stimme, die sie durch ihr ganzes Leben begleitet hatte, flüsterte: *Du liebst David nicht. Es ist besser, sich zu trennen und euch beiden die Chance für einen Neustart zu geben. Wenn du bleibst, werdet ihr euch nur gegenseitig verletzen.*

Scheiße, das war so schwer! Sie schob ihre Füße in die Hausschuhe und entschied, sich auf etwas anderes zu konzentrieren: die Ermittlung. Sie stand vorsichtig auf, um sich nicht den Kopf an der Decke zu stoßen, und schlich zu der Treppe und nach unten auf das Podest. Die Tür zu ihrem Schlafzimmer war verschlossen. Als sie nach Hause gekommen war, war David betrunken und wenig kommunikativ gewesen, also hatte sie ihn dem Fernseher und seinem Glas Scotch überlassen und ein Bad genommen, bevor sie sich für eine Nacht voller Zweifel und Sorgen ins Bett gelegt hatte. Sie schienen sich in der Dunkelheit noch zu verstärken.

Sie zog sich im Badezimmer an, wo sie schon in der Nacht zuvor ihre Klamotten abgelegt hatte, und ging nach unten. Als sie den Schrank auf der Suche nach Teebeuteln öffnete, leuchteten ihre Augen. Sie sah eine Schachtel Cornflakes – Leighs Lieblingssorte. Dann schnürte sich ihre Kehle zu. Diese ganze Normalität würde verschwinden, wenn sie in diese Wohnung zog. War sie wirklich bereit dafür? Sie schloss den Schrank wieder und ging stattdessen in den Flur. Sie konnte es nicht ertragen, noch länger in diesem Haus zu bleiben. Sie konnte sich ihren Tee auf dem Weg zur Arbeit besorgen.

Ian starrte auf seinen Computerbildschirm, als Natalie eintraf. In ihrer Hand hielt sie einen Tee in einem To-go-Becher und eine Tüte mit einem Teekuchen, auf den sie eigentlich keinen Appetit hatte.

»Hey, Sie sind früh dran«, sagte sie.

»Konnte nicht schlafen. Der Kerl über mir hat sich um drei Uhr nachts entschlossen, Schlagzeug zu spielen.«

»Nett von ihm.«

»Nicht wahr? Ich wollte an die Decke klopfen und ihm sagen, dass er es lassen soll, aber dann dachte ich, er hört mich sowieso nicht. Außerdem ist er gebaut wie ein Bär. Ich entschied, ihn nicht zu konfrontieren. Dafür ist mir mein Aussehen zu wichtig«, witzelte er.

Natalie hoffte, dass sie in ihrem neuen Haus keine so rücksichtslosen Nachbarn haben würde, und stellte ihren Tee mit einem mulmigen Gefühl im Bauch auf ihren Schreibtisch.

Währenddessen redete Ian weiter. »Ich habe etwas Interessantes in den hochgeladenen Dateien entdeckt. Ich habe eins dieser Bilder genau unter die Lupe genommen und bin mir ziemlich sicher, Tim Dorridge und Fred Sheldon entdeckt zu haben, und wenn ich mich nicht irre, befanden sie sich sehr nah an dem Steinbogen, wo Kerry und Isabella gesessen haben. Ich vergrößere es noch etwas. Sehen Sie sich das an.«

Natalie blickte aus zusammengekniffenen Augen auf den Bildschirm und konnte einen lächelnden Jungen erkennen. Er hatte seine Daumen gehoben und zog eine Grimasse. Hinter ihm konnte sie Fred und Tim sehen, die sich miteinander unterhielten und nicht bemerkten, dass ein Foto geschossen wurde, und hinter den beiden sah man die hohe Steinmauer des Torbogens.

Ian öffnete ein zweites Bild, das den Steinbogen zeigte, um die beiden Fotos miteinander vergleichen und sich vergewissern zu können, wo die beiden Jungs gestanden hatten. »Das ist er definitiv, oder?«

»Das ist er auf jeden Fall, und diese kleinen Scheißer haben behauptet, nicht mal in der Nähe davon gewesen zu sein. Wann wurde das aufgenommen?«

»Es hat keinen Zeitstempel, deshalb kann ich das nicht sagen. Es wurde gestern auf der Facebook-Fanseite von Blasted hochgeladen, aber mehr weiß ich leider nicht.«

Natalie spitzte verärgert die Lippen. »Lügen. Warum lügen sie uns an?«

»Meiner Erfahrung nach lügen Menschen, wenn sie etwas verbergen wollen«, sagte Lucy, die sich vollkommen still zu ihnen gesellt und das Ende ihrer Unterhaltung mit angehört hatte.

»Dem stimme ich zu«, sagte Natalie. »Dann werden wir uns noch einmal mit ihnen unterhalten müssen.«

»Bens Bericht für Isabella ist da«, sagte Ian.

»Und?«

»Sie wurde erdrosselt. Es wurden erhebliche Schädigungen des Hals- und Rachenraums gefunden. Der gemeine Drecks-kerl hat sie zu Tode gewürgt.«

»Armes Kind.« Sie ging zu ihrem Schreibtisch, nahm den Tee und nippte daran. Er war zu süß und milchig, aber immer noch warm genug, um ihn trinken zu können, und während sie das tat, sah sie, wie Mike auf sie zukam. Er wedelte ihr mit einer Akte zu, bevor er das Büro betrat.

»Guten Morgen«, sagte sie und versuchte, sich ihre Freude nicht anmerken zu lassen.

»Sonderlieferung – frisch aus der Druckerpresse«, gab er zurück.

»Was ist das?«, fragte Lucy.

»Das, DS Carmichael, ist der Beweis dafür, dass einer eurer Verdächtigen Kontakt mit Isabella Sharpe hatte.«

Lucy wirbelte mit ihrem Stuhl herum und lief zu Mike, der ihr ein warmes Grinsen schenkte. Seine gute Laune war ansteckend und hob auch Natalies Gemüt. Mike öffnete die Akte und zeigte auf die Ergebnisse.

»Dieser lügende Mistkerl!«, stieß Lucy aus.

Natalie las etwas langsamer und schüttelte den Kopf. Die DNA auf der Rückseite von Isabellas T-Shirt stimmte mit Tims überein, und trotzdem hatte der Junge abgestritten, sie an diesem Tag gesehen zu haben. Natalie seufzte leise und erinnerte sich an die zögerliche Frage des Jungen, was passieren würde, wenn DNA auf ihrer Leiche gefunden werden würde. Er wusste, dass man seine finden würde, trotzdem hatte er einen Abstrich zugelassen. »Das reicht! Wir werden uns sofort noch mal mit ihm unterhalten. Eigentlich müssen wir sogar mit beiden noch mal reden und sie, falls nötig, herbringen.«

»Wollen Sie, dass ich weiter die Fotos durchsehe?«, fragte Ian.

»Ja, für den Fall, dass Kerry oder Isabella auf einem auftauchen.«

Mike schloss die Akte und überreichte sie ihr.

»Danke, dass ihr das in Rekordzeit überprüft habt«, sagte sie.

»Nicht mein Verdienst. Ihr habt eine ruhige Phase erwischt, also konnten wir das schnell bearbeiten. Im Moment wird Kerrys Pullover unter die Lupe genommen.«

»Super, danke.« Sie hatte das Gefühl, noch mehr sagen zu müssen, aber Mike lächelte sie noch einmal an und zog sich wieder zurück. Genau wie sie hielt er sich an die Regeln – und wenn er arbeitete, kam ihm nichts in die Quere, schon gar nicht das Privatleben. Ihre Beziehung, sofern es eine war, würde bis zu ihrem Feierabend warten müssen, und bis sie aus dem Haus ihrer Familie ausgezogen war. Dieser Gedanke verdarb ihre

Laune wieder, also konzentrierte sie sich auf die Arbeit. Zwei potenzielle Verdächtige hatten sie angelogen. Stand sie womöglich kurz davor, diesen Fall zu lösen?

––––––

Ein paar Türen von der Wohnung der Dorridges entfernt, bellte ein Hund – der klagende, sich ständig wiederholende Laut eines Tieres, das für den Tag sich selbst überlassen worden war. In den meisten Fenstern waren die Vorhänge zugezogen, auch in denen der Wohnung, bei der sie geklopft hatten. Natalie hämmerte erneut gegen die Tür, zum dritten Mal, und trat zurück, als auf der anderen Seite eine Kette entriegelt wurde. Vor ihr erschien eine Frau mit bleichem Gesicht, die ein Nachthemd trug. Ihre blassen Haare standen wie winzige Korkenzieher von ihrem Kopf ab.

»Was wollen –«, setzte sie aggressiv an, doch hielt in der Sekunde inne, in der sie die Ausweise sah, die ihr entgegengehalten wurden.

»Wir würden gerne mit Tim sprechen.«

Sie trat einen Schritt zurück und beäugte sie misstrauisch. »Warum?«

Natalie hatte nicht die Chance, ihr zu antworten, denn ein dunkler Schatten erschien in der Tür. Tims Vater schob seine Frau mit seiner großen Hand zur Seite und hinter die Tür. Er neigte seinen Kopf und sprach leise. »Mein Junge hat nichts mit dem Tod dieses Mädchens zu tun.« An seinem bulligen Hals pulsierte eine Vene.

Natalie würde sich von diesem Mann nicht einschüchtern lassen. »Können wir bitte hereinkommen?«

»Nein, das können Sie nicht.« Seine fleischige Hand lag auf der Tür und schien bereit, sie jeden Augenblick zuzuschlagen.

»Ich will nicht, dass das hier unangenehm wird. Wir

müssen ihrem Sohn ein paar weitere Fragen stellen. Es sind neue Beweise aufgetaucht.«

»Was für Beweise?« Er funkelte sie böse an.

»Ich bin nicht bereit, das vor Ihrer Haustür zu besprechen. Wenn Sie uns nicht hereinbitten wollen, werden wir Tim für die Befragung mit aufs Präsidium nehmen müssen.«

Hinter der Tür ertönte ein Aufschrei. »Nein. Er hat nichts getan.« Die Frau schob ihr Gesicht an ihrem Mann vorbei, um mit Natalie zu sprechen. »Sie können nicht wirklich glauben, dass er damit etwas zu tun hat.«

»Wir müssen ein paar Dinge klären. Ihr Sohn hat uns angelogen.«

»Lass sie rein«, sagte die Frau zu ihrem Mann. »Wir müssen das in Ordnung bringen.«

Seine Nasenflügel blähten sich auf, aber er gab nach und trat zur Seite, um Natalie und Lucy hereinzulassen. Tims Mutter war im Flur verschwunden, vermutlich um ihren Sohn zu holen. Im Halbdunkel sah die Wohnung trüb aus, alles wirkte farblos. Diesmal wurden sie nicht gebeten, im Wohnzimmer Platz zu nehmen, sondern warteten in dem schmalen Flur, bewacht von Tims Vater, der kein Wort sagte.

Es dauerte einige Minuten, bevor die Frau zurückkam. Sie hatte sich einen Morgenmantel und Hausschuhe angezogen und watschelte auf sie zu.

»Er kommt sofort. Steve, warum hast du sie nicht ins Wohnzimmer geführt?«

Der Mann zuckte mit den Schultern, woraufhin sie ihm einen bösen Blick zuwarf. »Tut mir leid. Bitte hier entlang«, sagte sie zu Natalie und Lucy. »Kann ich Ihnen einen Tee oder Kaffee anbieten?«

»Nein, danke«, sagte Natalie. Lucy lehnte ebenfalls mit einem Kopfschütteln ab.

»Das ist kein Freundschaftsbesuch«, fauchte Steven Dorridge und fing sich einen eisigen Blick ein.

»Höflichkeit kostet nichts«, gab sie zurück.

Die Unterhaltung wurde von der Ankunft ihres Sohnes unterbrochen, der mit gesenktem Kopf eintrat.

»Hallo, Tim.«

Der Junge antwortete nicht, aber nickte ihr knapp zu. Natalie sprach direkt mit ihm.

»Ich muss mit dir noch mal über Isabella sprechen. Gestern habe ich dich gefragt, ob du sie bei dem Konzert gesehen hast.«

Der Kopf des Jungen sackte noch weiter nach unten, aber er antwortete nicht.

Beide Eltern sahen ihren Sohn an, Steve trat näher zu ihm und legte eine Hand auf seine Schulter. »Ist okay, mein Junge. Sag ihnen einfach die Wahrheit, dann lassen sie uns in Ruhe.«

Natalie startete einen neuen Versuch. »Tim, wir wissen, dass du Isabella gesehen hast. Es hat keinen Zweck, das abzustreiten.«

»Legen Sie ihm keine Worte in den Mund!«, sagte Steve abwehrend.

»Tim, erzähl mir, was passiert ist.«

Der Junge schluckte schwer. »Ich habe sie nicht gesehen.«

»Wir wissen, dass das nicht stimmt«, erwiderte Natalie.

»Wenn er sagt, dass er sie nicht gesehen hat, dann hat er das auch nicht!« Steves Augen verengten sich zu Schlitzen, während er sprach.

»Ich weiß es sehr zu schätzen, dass sie ihren Sohn verteidigen wollen, aber ich befürchte, er lügt. Wir haben ein Foto gefunden, das ihn und seinen Freund Fred vor dem Steinbogen zeigt, von wo aus auch Isabella und ihre Schwester das Konzert beobachtet haben, und wir haben DNA auf Isabellas T-Shirt gefunden, die mit der Ihres Sohnes übereinstimmt. Er hat sie nicht nur gesehen, er hatte direkten Kontakt mit ihr.«

Seine Mutter führte ihre Hand zum Mund und schnappte nach Luft.

»Nein. Tim. Ist das wahr?«

Die Antwort war so leise, dass Natalie Mühe hatte, sie zu verstehen. »Ja.«

Sein Vater schüttelte den Kopf. »Tim, Kumpel, du hast gesagt, dass du sie nicht gesehen hast. Jetzt sagst du das Gegenteil. Was ist nun wahr?«

»Okay. Ich habe sie gesehen, aber nicht bei dem Torbogen. Da war ich mit Fred, aber noch bevor das Konzert angefangen hat. Wir haben nach einem guten Platz gesucht und entschieden, dass wir näher zur Bühne wollten. Ich schwöre, da habe ich sie nicht gesehen. Das war später, als Fred zur Toilette gegangen ist. Sie hat mich im Vorbeigehen angerempelt. Zuerst habe ich gar nicht realisiert, dass sie es war, und als ich es habe, war sie schon fast wieder weg.«

»Wo ist sie hingelaufen?«

»Ich weiß es nicht. Sie hat sich durch die Leute gedrängt und ist in Richtung der Toiletten verschwunden. Sie hat mich angerempelt und ich habe etwas gesagt wie ›Pass doch auf!‹, aber dann war sie verschwunden.«

»War sie alleine?«, fragte Lucy. Tim hob seinen Blick und sah sie an, als würde er sie jetzt erst wahrnehmen.

»Ich glaube schon. Ich habe da gerade mit ein paar Freunden über Snapchat gesprochen. Ich habe nach unten geguckt, als sie in mich reingerannt ist. So muss meine DNA auf ihr T-Shirt gekommen sein.«

Da war noch mehr. Natalie konnte es am Gesicht des Jungen ablesen. »Das ist eher unwahrscheinlich, Tim. Du sagtest, sie hat sich an vielen Leuten vorbeigedrängt, und wenn es so funktionieren würde, hätten wir verschiedene Zellen auf ihrem T-Shirt finden müssen, aber das haben wir nicht – nur deine.« Sie ließ ihre Worte so stehen, bis Tim schließlich das Gesicht verzog.

»Okay. Ich habe sie gesehen. Sie erschien wie aus dem Nichts, als Fred auf Toilette war. Sie war vor mir und schob sich zwischen den Leuten durch. Ich war immer noch sauer wegen dieser Hausarbeit. Sie hätte mich bei Mr Nubuck fast richtig in die Scheiße geritten und ist mir seitdem aus dem Weg gegangen. Ich habe nach ihr gerufen. Ich wollte sie darauf ansprechen, um vielleicht mein Geld zurückzubekommen, aber sie hat mich entweder nicht gehört oder sie hat mich ignoriert, also bin ich ihr nachgelaufen. Ich habe nach ihrem T-Shirt gegriffen und daran gezogen, um sie aufzuhalten. Als sie mich gesehen hat, sagte sie: ›Jetzt nicht. Später.‹ Dann ist sie davongelaufen. Das ist die Wahrheit.« Sein Blick huschte zwischen Natalie und Lucy hin und her. Seine Augen waren feucht und seine Stirn wies tiefe Sorgenfalten auf. Auf Natalie wirkte er aufrichtig.

»Also willst du sagen, dass du nicht mehr als ein paar Worte mit ihr gewechselt hast?«

»Ja. Sie ist davongeeilt und ich habe sie nicht wiedergesehen.«

»Wie hat sie auf dich gewirkt?«

Er zuckte mit den Schultern. »Sie hatte es eilig. Ich habe nicht darauf geachtet. Ich war genervt von ihr und wollte ihr sagen, dass sie es beinahe vermasselt hätte, aber sie hat nur gelächelt … hat mich wirklich nett angelächelt … und ist abgehauen.« In seiner Stimme lag Überraschung über Isabellas Reaktion.

»Du sagtest, dass sie dir seit dem Vorfall mit eurem Lehrer aus dem Weg gegangen ist?«, fragte Lucy.

»Das stimmt.«

»Aber du hättest sie über die sozialen Medien kontaktieren oder sie anrufen können, oder nicht?«

»Sie hat mich auf Facebook als Freund gelöscht und ihre Nummer habe ich nicht.«

»Warum hat sie dich als Freund gelöscht?«, hakte Lucy nach.

»Ich weiß es nicht. Sie hat es einfach getan.«

»Das können wir überprüfen«, sagte Natalie warnend und

in der Hoffnung, dass er noch mehr ausplaudern würde, aber er schüttelte den Kopf.

»Ich habe immer nur in der Schule mit ihr gesprochen.«

»Wusstest du, wo sie wohnt?«

»Nicht wirklich. In irgendeiner großen Siedlung, glaube ich.« Seine Schultern sackten ein und sein Gesicht war ein einziges Bild des Elends.

»Was ist mit Fred? Stand er mit ihr in Kontakt?«

»Ja, aber Fred mochte Isabella wirklich. Deshalb hat er sie überhaupt erst gebeten, ihm mit der Hausarbeit zu helfen. Eigentlich brauchte er keine Hilfe, aber er dachte, so könnte er ihr näherkommen, und er hat mich gebeten, sie ebenfalls zu fragen, damit es nicht so komisch rüberkommt. Mir ist es wirklich egal, ob ich durchfalle oder bestehe. Ich hasse Poesie und Englisch. Ich wollte eigentlich nicht betrügen, aber er wollte Isabella nicht alleine fragen. Er hat für uns beide bezahlt. Ich habe Isabella das Geld nicht gegeben. Das war er.« Er sah zu seinem Vater, der ihm als moralische Unterstützung eine Hand auf die Schulter legte. Der Junge war in sich zusammengeschrumpft, seine Angeberei hatte sich in Luft aufgelöst und zurück blieb ein verängstigter Teenager in einem Superman-T-Shirt und Pyjamahosen. Natalie kam zu dem Entschluss, dass er ihnen endlich die Wahrheit gesagt hatte. Ein Gespräch mit Fred würde seine Geschichte bestätigen.

»Du sagtest, dass sie alleine war, als du mit ihr gesprochen hast. Du erinnerst dich nicht daran, jemanden in ihrer Nähe gesehen zu haben, der ihr gefolgt sein könnte, oder doch?«, fragte Lucy.

»Da war niemand.«

»Nicht mal ihre Schwester?« Lucy hielt ein Foto von Kerry hoch, um seinem Gedächtnis auf die Sprünge zu helfen, aber er schüttelte den Kopf.

»Niemand. Als ich mit ihr geredet habe, war sie alleine.«

»Und sie schien nicht verängstigt oder besorgt?«

»Nein. Sie sah ... glücklich aus.« Der Junge rieb sich übers Gesicht.

Natalie entschied, die Befragung zu beenden und mit Fred zu sprechen. Das hier sah nach einer Sackgasse aus.

———

Tau glitzerte wie winzige Kristalle auf den Grashalmen, als Judith Westmore in ihren gefütterten Pantoffeln über den Rasen stapfte. Die Feuchtigkeit schien bis zu ihren nackten Füßen durchzudringen, aber die Morgensonne wärmte ihr Gesicht. Es würde wieder ein wunderbarer Tag werden. Sie hatte geschlafen wie ein Stein und hoffte, dass es den Mädchen ähnlich ergangen war. Es war schon zehn Uhr und sie waren immer noch im Bett, also waren sie wahrscheinlich den Großteil der Nacht wach gewesen und mussten nun Schlaf nachholen.

Sie näherte sich den Leyland-Zypressen, die eine Seite ihres Gartens von dem der Nachbarn trennten, und trat auf die Erde statt auf das Gras. Vor ihr zerrte eine Amsel einen Wurm aus dem Boden und flog mit ihrem Frühstück im Schnabel davon, bevor sie sie erreichen konnte. Dahinter, in einer Ecke des Gartens, neben dem Geräteschuppen ihres Mannes, stand das leuchtend orangefarbene Zelt, das die Mädchen vom Dachboden geholt hatten, weil sie sich in den Kopf gesetzt hatten, Camping auf die einfachste Art auszuprobieren: zu Hause. Der Gedanke ließ sie lächeln. Ihre Mädchen waren nicht sonderlich abenteuerlustig, ganz anders als Judith, als sie in ihrem Alter war. Sie und ihre Eltern waren oft Zelten und sind während der Schulferien Campen gefahren. Erin und Ivy zogen es vor, mit ihren Smartphones im Haus zu bleiben oder in ihrem Zimmer miteinander zu spielen, anstatt nach draußen zu gehen, also war es eine angenehme Überraschung gewesen, als sie gefragt hatten, ob sie das Zelt am hinteren Ende des schmalen Gartenstreifens aufstellen und eine Nacht unter den Sternen verbringen durften. Vielleicht hatte es ihnen so sehr gefallen, dass sie einen richtigen Campingurlaub mit ihr und Chris in Betracht ziehen würden.

Chris hatte den Rasen am Vortag gemäht, und jetzt blieben kleine Klumpen davon an ihren Puschen kleben, als sie auf das Zelt zuging. Sie hätte richtige Schuhe anziehen sollen. Doch sie könnte sie einfach abwischen und in der Morgensonne trocknen lassen.

Aus dem Zelt drangen keine Stimmen nach draußen. Die Mädchen mussten offenbar immer noch schlafen. Sie hielt inne und überlegte, ob sie die beiden wecken sollte. Dann zog sie den Reißverschluss leise hinunter. Sie linste hinein und zog ihn dann ganz herunter. Sie ließ sich auf ihre Knie sinken. »Ivy? Erin?«

Sie kroch in das Zelt und tätschelte den ersten Schlafsack. Irgendetwas schien ihn auszupolstern. Sie tastete hinein und zog einen pfirsichfarbenen Morgenmantel und einen Pyjama mit Blumenmuster hervor, die Erin gehörten. Sie überprüfte den anderen Schlafsack und fand darin Ivys Schlafanzug. Keines der Mädchen war da. Verwirrung legte sich über ihr Gesicht. Am Abend zuvor waren die Mädchen in genau diesen Klamotten zum Zelt gegangen und hätten so auch am nächsten Morgen ins Haus zurückkommen sollen, um sich für den Tag anzuziehen. Was ging hier vor? Warum hatten sie ihre Kleidung ausgezogen und sie in die Schlafsäcke gestopft? Wo waren ihre Töchter? Sie kroch aus dem Zelt, stand auf und drehte sich um dreihundertsechzig Grad.

»Erin! Ivy!«

Abgesehen von einem wütenden Zirpen der Amsel, die sie mit ihren Rufen aufgescheucht hatte, erhielt sie keine Antwort.

Die Mädchen waren verschwunden.

ACHT

Der Aschenbecher auf dem Tisch war mit Zigarettenstummeln gefüllt. Mrs Sheldon hatte ein Fenster geöffnet, um frische Luft hereinzulassen, als Natalie und Lucy eingetroffen waren, aber der abgestandene Gestank von Nikotin hing in der ganzen Wohnung: in den gelben Wänden, dem Teppich und sogar in dem Stuhl, auf dem Natalie saß. Fred Sheldon hatte bestätigt, was sie bereits wussten: Es war seine Idee gewesen, Isabella um Hilfe für ihre Hausarbeiten zu bitten, und er hatte ihr vierzig Pfund bezahlt – die gesammelten Kosten für beide Jungs –, die er von seinem Sparkonto abgehoben hatte. Er saß neben seiner Mutter auf einem Stuhl in der Küche, in einer Wohnung, die der der Dorridges in der Größe ähnelte, aber drei Stockwerke weiter oben lag. Seine Mutter, eine Frau mit matter Haut, einer stark zerknitterten Stirn und zarten Fältchen um die Lippen, von denen Natalie vermutete, dass sie vom starken Zigarettenkonsum herrührten, war vollkommen geplättet von der Enthüllung, dass sein Sohn in der Schule betrogen hatte.

»Warum?«, hatte sie geschrien. »Du hast so gute Noten. Warum um Himmels willen hast du deine Ersparnisse angerührt, damit jemand anderes deine Hausaufgaben für dich macht? Was hast du dir dabei gedacht?«

Der Junge hatte nicht geantwortet, er hatte nur beschämt sein von Akne gezeichnetes Gesicht hängen lassen, während seine Mutter weiterschimpfte, bis Natalie schließlich dazwischenging. Sie wusste, warum er Isabella nach Hilfe bei seiner Arbeit gefragt hatte. Tim hatte es ihr bereits erzählt – der Junge hatte gewollt, dass Isabella Notiz von ihm nahm, und da schien ihm das der einzige Weg zu sein, das zu erreichen.

Natalie wandte sich direkt an Fred. »Tim hat zugegeben, Isabella gesehen zu haben, als du zur Toilette gegangen bist. Hat er dir davon erzählt?«

»Ja. Er meinte, die wäre an ihm vorbeigelaufen, aber hätte nicht angehalten, um mit ihm zu reden.«

»Hast du sie auch gesehen?«

»Nein, das habe ich nicht.«

»Tim hat uns erzählt, dass du sie sehr mochtest. Ist das wahr?«

Seine Wangen erröteten. »Ja. Das stimmt.«

»Und du bist ihr in den sozialen Medien gefolgt?«

Er nickte.

»Wusstest du, wo sie wohnt?«

Wieder ein kleines Schütteln seines Kopfes. Samford war riesig, weitläufig und erstreckte sich bis in die umliegenden Städte und Dörfer, also war es gut möglich, dass die Jungen Isabellas Adresse nicht kannten, es sei denn, sie hätten sie danach gefragt oder sie anderweitig ausfindig gemacht. Natalie hielt ein Foto von Kerry hoch und zeigte es ihm.

»Hast du Isabella oder ihre Schwester Kerry gesehen, als du mit Tim in der Nähe des Steinbogen standest?«

»Wenn ich das getan hätte, wäre ich wahrscheinlich zu ihnen gegangen, um mit Isabella zu reden, aber nein, sie waren nicht da.«

»Warum seid ihr nicht bei dem Bogen geblieben, um euch

das Konzert anzuschauen? Von dort aus hättet ihr eine viel bessere Sicht gehabt.«

»Das war uns zu weit von der Bühne entfernt. Wir wollten näher dran sein.«

Fred hatte Tims Version der Ereignisse weitestgehend bestätigt, und obwohl Natalie sich diesmal sicher war, dass keiner der Jungs noch etwas verheimlichte, wollte sie für alles offen bleiben. Was sie brauchte, waren mehr Beweise – etwas Konkretes, das sie zu Isabellas Mörder führen würde. Im Moment hatte sie nicht viel und musste darauf hoffen, dass Ian in den hochgeladenen Bildern etwas fand, oder dass sich jemand bei ihnen melden würde. Sie mussten einen Appell an die Öffentlichkeit richten. Sie sah zu Lucy hinüber, die sich während des gesamten Gesprächs Notizen gemacht hatte, aber die schüttelte auch nur mit dem Kopf, um ihr zu verstehen zu geben, dass auch sie keine weiteren Fragen hatte. Natalie verabschiedete sich und ließ den niedergeschlagenen Fred mit dem Zorn seiner Mutter zurück.

Zurück im Präsidium war Ian kein Durchbruch mit den Fotos gelungen.

»Auf keinem dieser Bilder habe ich die Mädchen gesehen«, grummelte er.

Natalie realisierte, wie riesig die Aufgabe war, die vor ihnen lag. »Ich werde Superintendent Tasker bitten, sich mit einem Aufruf an die Öffentlichkeit zu wenden. Es gibt zu viele Leute, die wir aufsuchen und befragen müssen, also brauchen wir jemanden, der auf uns zukommt. Wer hat das Getränkezelt betrieben?«

»Eine Firma namens DrinkQuick. Sie sind bei vielen Open-Air-Veranstaltungen und haben ihren Hauptsitz in Wayfield.« Das Dorf lag zehn Meilen östlich von Samford und nur eine kurze Fahrt von Sunmore Hall entfernt und war bekannt für seine riesengroße Allmende, ein beliebter Erholungsort für die Anwohner und Schauplatz vieler Wanderausstellungen.

»Kontaktieren Sie sie. Es ist ein Schuss ins Blaue, aber vielleicht erinnern sie sich an Kerry.«

»Sie denken nicht, dass sie etwas mit dem Tod ihrer Schwester zu tun hat, oder?«, fragte Ian.

»Wir müssen alle Möglichkeiten in Betracht ziehen und überprüfen, ob sie die Wahrheit gesagt hat«, antwortete Natalie. So gingen sie immer vor. Jeder war ein Verdächtiger, bis sie das Gegenteil bewiesen hatten. Sie hatte bereits mit angesehen, was passierte, wenn Ermittlungen übereilt wurden oder über Verdächtige hinweggesehen wurde. Fehler wurden gemacht, und das würde nicht noch einmal passieren, wenn sie eine Ermittlung leitete.

Sie wies ihr Team an, den Familienhintergrund zu überprüfen und Isabellas Social-Media-Accounts durchzugehen, in der Hoffnung, dass sie nützliche Informationen aufdecken würden. Sie ging nach oben, um mit ihrem Vorgesetzten zu sprechen. Er war nicht da, also lief sie zur Rezeption, um in Erfahrung zu bringen, ob er im Haus war, doch ihr wurde gesagt, dass er rausgerufen worden war.

»Irgendeine Idee, wie lange er weg sein wird?«

Die Kollegin hinter dem Schalter schüttelte den Kopf. »Vor etwa einer Stunde ist die Hölle losgebrochen. Zwei Mädchen sind über Nacht aus ihrem Garten verschwunden, wo sie gezeltet haben. Die Familie befürchtet, dass sie entführt worden sind. Er wollte dorthin fahren, um mit dem Dezernat für Vermisstenfälle zusammenzuarbeiten.«

Es gab so viele vermisste Kinder. Sie hoffte, dass diese beiden gefunden werden würden. Sie musste nur ein Jahr zurückdenken, als Leigh weggelaufen war, und erinnerte sich an die Angst, die jede Faser ihres Körpers durchdrungen hatte, als sie glaubte, ihre Tochter wäre in Gefahr. Sie fühlte mit den Eltern mit.

Sie war schon mit einem Fuß auf der Treppe, als ihr vom Empfang zugerufen wurde. »Er ist wieder da. Gerade auf den Parkplatz gefahren.«

Natalie schlenderte zurück zur Rezeption und wartete dort auf ihn. Es dauerte nicht lange, bis seine athletische Gestalt zielsicher auf das Gebäude zulief und die automatischen Türen sich öffneten.

Er sah sie sofort. »Sie haben auf mich gewartet, DI Ward?«

»Ja, Sir, ich muss mit ihnen reden. Es geht um einen öffentlichen Appell an alle, die am Freitagabend bei dem Konzert waren«, sagte sie mit gedämpfter Stimme, während sie sich seinen Schritten in Richtung der Treppe anpasste.

Er blieb stehen, machte mit einem »Folgen Sie mir« auf dem Absatz kehrt und ging auf den Flur zu, in dem sich die Befragungs- und Besprechungsräume befanden. Vor dem ersten Befragungsraum stoppte er, und nachdem er sich versichert hatte, dass das grüne Licht zeigte, dass er leer war, öffnete er die Tür und wies Natalie an, ihm zu folgen. Es war ein Raum, den sie schon bei vielen Gelegenheiten benutzt hatte, in der Mitte stand ein breiter Tisch und um ihn herum vier Stühle. An der hinteren Wand stand ein weiterer Tisch, auf dem die Aufnahmegeräte standen. Er blieb vor dem Tisch in der Mitte des kleinen Raums stehen, lehnte sich ihr zugewandt entgegen und fixierte ihr Gesicht.

»Ich befürchte, das kann ich noch nicht genehmigen. Ich habe gerade erfahren, dass zwei Schwestern über Nacht aus ihrem Garten verschwunden sind, und in ein paar Stunden ist ein öffentlicher Appell fürs Fernsehen geplant. Es ist absolut dringend, dass wir diese Mädchen sicher nach Hause bringen. Ich will nicht direkt davor oder danach einen zweiten Appell starten, weil das eine Panik in der Bevölkerung auslösen könnte, wenn sie denken, dass es einen Zusammenhang zwischen diesen beiden Fällen gibt. Tut mir leid, aber Isabella ist tot, und obwohl ich zustimme, dass wir alles in unserer Macht Stehende tun müssen, um ihren Mörder zu fassen, muss ich den Fall priorisieren, bei dem die Mädchen möglicherweise noch am Leben und wohlauf sind. Wenn ein Appell sie unbeschadet zurück nach Hause bringt, ist das ein positives Ergebnis, und dann werden wir darüber nachdenken, nach Zeugen für die Momente zu fragen, die zu Isabellas Tod geführt haben.«

Natalie verzog das Gesicht. »Es ist wichtig, dass wir diese Informationen so schnell wie möglich zusammentragen, Sir. Das müssen Sie verstehen. Wenn wir das nicht tun, könnte ihr Mörder davonkommen.«

Er schlug einen Fuß über den anderen und seufzte schwer. »Ich weiß Ihre Sorgen sehr zu schätzen, aber Sie werden andere Wege und Optionen in Betracht ziehen müssen, die Leute ausfindig zu machen, die Isabella gesehen haben könnten. Der Onkel der Zwillinge arbeitet bei dem örtlichen BBC-Sender und die Eltern haben ihn bereits kontaktiert. Sie sind davon überzeugt, dass die Mädchen entführt wurden, und obwohl wir noch nicht wissen, was genau vorgefallen ist, kann ich sie unmöglich davon abhalten, sich an die Medien zu wenden. Ich kann nur wiederholen, was ich Ihnen bereits gesagt habe: Wir können keinen Appell über vermisste Kinder und zeitgleich einen über ein ermordetes Kind an die Öffentlichkeit richten. Die Leute würden sofort voreilige Schlüsse ziehen und uns würde ein PR-Albtraum bevorstehen, wenn wir das nicht vorsichtig angehen.«

Das war der wahre Grund für seine Verweigerung: das Image. Er machte sich mehr Sorgen über den Ruf des Präsidiums. Sie wäre wütend geworden, wäre da nicht dieses eine Wort gewesen. Natalie blinzelte mehrere Male. »Zwillinge?«

»Ja, Erin und Ivy Westmore.«

Natalies Herz hämmerte im Staccato. Es war wie bei den Rosenblättern auf Isabellas Leiche, die ebenfalls die Erinnerungen an die Blütenzwillinge zurückgebracht hatten. »Sir, wie alt sind die Zwillinge?«

»Dreizehn. Warum fragen Sie?«

Sie wollte nicht dramatisch erscheinen, also hielt sie ihre Stimme ruhig und ihr Gesicht ungerührt. »Es ist nur so, dass wir vor ein paar Jahren einen Fall hatten, als ich noch in Manchester war – zwei Mädchen, ebenfalls dreizehn Jahre alt, wurden aus ihrem Vorgarten entführt und ermordet. Ich frage mich, ob es sich möglicherweise um einen Nachahmungstäter handelt.«

Sein Blick blieb ruhig. »Das zuständige Dezernat arbeitet an dem Fall und versucht herauszufinden, ob die Mädchen ausgerissen sind. Sie kennen die Statistiken genauso gut wie ich. Die meisten Kinder, die weglaufen, tauchen innerhalb von vierundzwanzig Stunden wieder auf. Lassen Sie uns die Sache nicht überstürzen, in Ordnung?«

Natalie gefiel sein Ton nicht, aber sie antwortete nur mit einem leisen »Ja, Sir«.

Er stellte seine Beine wieder nebeneinander auf den Boden und stieß sich vom Tisch ab. »Ich bin mir sicher, ein DI mit beeindruckendem Ruf wie Sie entdeckt andere Wege, um Isabellas Mörder zu finden.«

»Sir.«

Er ging zur Tür und verließ den Raum, seine raschen Schritte hallten durch den Flur, als er wieder auf die Treppe zumarschierte. Natalie atmete tief durch, bevor sie ihm nach oben folgte, doch im ersten Obergeschoss machte sie eine Pause und dachte nach. Es war nicht sehr wahrscheinlich, dass sich ein Nachahmungstäter die Zwillinge geschnappt hatte, oder? Der Gedanke an die Ermittlungen im Fall der Blütenzwillinge ließ Gänsehaut über ihre Arme wandern. Es war ein Desaster gewesen. Während sie in dem Fall der Schwestern Karen und Sharon Hill ermittelt hatten, war es dem Mörder gelungen, erneut zuzuschlagen, bevor sie ihn hatten schnappen können, und er hatte die Zwillinge Avril und Faye Moore umgebracht. Sie hatten nicht schnell genug gehandelt und bis zum heutigen Tag wünschte sie sich, dass sie die richtigen Entscheidungen getroffen und damit das Leben der Mädchen gerettet hätte. Sie würde sich mit DI Graham Kilburn unterhalten müssen, einem der Ermittler, der im Dezernat für Vermisstenfälle arbeitete und ihr geholfen hatte, Leigh zu finden. Obwohl es nicht ihr Fall war und sie sich nicht einmischen sollte, musste sie sich vergewissern, dass es keine Ähnlichkeiten gab, und sei es nur, um die quälenden Gedanken zu vertreiben, die sie verfolgten. Sie hatte einen eigenen Fall, auf den sie sich konzentrieren musste.

Oben war ihr Team immer noch in die Suche nach Informationen vertieft. Eilig wählte sie Grahams Nummer und hörte ein schroffes »DI Kilburn«.

»Graham, hier ist Natalie Ward. Arbeiten Sie an dem Fall der verschwundenen Westmore-Zwillinge?«

»Das tue ich.«

Sie sah den ernsten Mann in seinen Sechzigern vor sich, mit seinem müden Blick und dem kahler werdenden Kopf. Das letzte Mal hatten sie miteinander gesprochen, kurz nachdem er ihre eigene Tochter nach Hause gebracht hatte. Seitdem hatten sich ihre Wege nicht mehr gekreuzt. »Dürfte ich Sie um einen kurzen Überblick über diese Untersuchung bitten? Vor ein paar Jahren habe ich an einem Fall gearbeitet. Ich weiß nicht ... Ich habe mich gefragt, ob es irgendwelche Gemeinsamkeiten gibt.«

»Wir sind noch dabei, alles zu prüfen, deshalb kann ich nicht viel sagen. Sie haben im Garten hinter dem Haus gezeltet und sind irgendwann zwischen zehn Uhr abends und zehn Uhr morgens verschwunden. Der einzige Weg aus dem Garten heraus führt durch ein großes Holztor, das von innen abgeschlossen war. Heute Morgen war es unverschlossen und wir konnten Erins Fingerabdrücke auf dem Schloss und dem

Schlüssel finden, weshalb wir davon ausgehen, dass die Mädchen sich selbst rausgelassen haben.«

»Es ist nicht möglich, dass jemand über das Tor geklettert ist, um sie zu holen, und sie dann nach draußen getrieben hat?«

»Dann müsste es ein verdammt guter und vor allem leiser Athlet gewesen sein. Zwei Häuser weiter wohnen zwei Rottweiler, die sind immer draußen, aber haben nicht angeschlagen. Sagen wir, es ist unwahrscheinlich. Alles scheint darauf hinzuweisen, dass die Mädchen von selbst hinausgegangen sind. Sie haben ihre Pyjamas zurückgelassen. Ihre Mutter ist ihre Schränke durchgegangen und denkt, dass sie Jeans, orange-gelb gestreifte Tops und Turnschuhe tragen.«

»Gibt es irgendeinen Grund, aus dem sie hätten weglaufen sollen?«

»Mr und Mrs Westmore fiel keiner ein. Bei Kindern weiß man das nie. Sie können sehr verschwiegen sein. Wir überprüfen jetzt ihre sozialen Medien und ihre Freunde.«

»Keine Lösegeldforderung?«

»Nichts.«

Natalie rieb gedankenverloren ihre Lippen aufeinander. Oberflächlich betrachtet schien es so, als wären die Zwillinge weggelaufen, aber genau das hatte man auch bei Avril and Faye Moore angenommen. *An diesen plötzlichen Sorgen sind die Rosenblätter schuld. Sie haben die alten Erinnerungen wieder aufleben lassen.*

»Kommt Ihnen das bekannt vor?«, fragte Graham nach einer Weile.

»Irgendwie schon. In unserem Fall haben die Zwillinge in einem eingezäunten Vorgarten gespielt. Die Mutter war sich nicht sicher, ob das Tor zu dem Zeitpunkt verschlossen war, und wir haben es nie herausgefunden. Alles, was wir wissen, ist, dass die Mädchen in dem Zeitraum verschwunden sind, den ihre Mutter benötigt hat, um das Obergeschoss aufzuräumen.«

»Nun gut. Wollen Sie, dass ich Sie über neue Entwicklungen auf dem Laufenden halte?«

»Würden Sie das tun? Und wenn es nur für meinen Seelenfrieden ist. Wahrscheinlich bin ich melodramatisch.«

»Ganz und gar nicht. Sie sind eine Mutter. Es ist nur natürlich, dass Sie besorgt sind.«

»Dann lasse ich Sie jetzt weitermachen.«

»Danke. Wir haben Suchtrupps organisiert. Die Eltern wollen einen Appell an die Öffentlichkeit richten, über den ich noch mit ihnen sprechen muss.«

»Viel Erfolg.«

Sie beendete das Telefonat. Es gab nichts, was sie tun konnte. Wenn jemand die Zwillinge finden würde, dann Graham und sein Team. Sie vertraute ihnen. Die leise Stimme in ihrem Kopf flüsterte: *Aber was, wenn es bereits zu spät ist?* Sie blinzelte angestrengt, bis sie verstummte. Sie hatte eigene Arbeit, um die sie sich kümmern musste.

Lucy hatte den Eigentümer von DrinkQuick kontaktiert, Brent Harding, der in Wayfield wohnte und bereit war, mit ihnen über das Konzert zu sprechen.

»Kommen Sie mit den Hintergrundchecks voran, Ian?«, fragte Natalie.

»Klar. Ich gehe gerade die sozialen Medien durch und habe alle nützlichen Informationen, die ich über die Familie finden konnte, ausgedruckt. Kerry ist Friseurin und Nageldesignerin in Sally's Bar. Sallys Privatadresse hat dieselbe Anschrift.« Er deutete auf den Ordner auf seinem Schreibtisch.

»Danke. Ich werde im Auto einen Blick darauf werfen. Lucy, wir machen uns auf den Weg. Ich werde versuchen, Sally zu erreichen, während wir unterwegs sind«, sagte Natalie. Eine halbe Stunde außerhalb des Präsidiums könnte helfen, ihre Ängste zu beruhigen, außerdem wollte sie sich Sunmore Hall noch einmal ansehen, in der Hoffnung, dass es Licht ins Dunkel bringen würde. Tim hatte gesagt, dass Isabella durch die Menge geeilt war. Natalie musste ihn dazu bringen, ihr auf einer Karte, die sie gezeichnet hatte, seinen ungefähren Standpunkt zu zeigen, und fragte sich, ob Isabella auf dem Weg in den Küchengarten gewesen sein könnte. Sie nahm den Ordner auf und ging zu ihrer Kollegin, die bereits an der Tür wartete.

»Lassen Sie es mich wissen, falls Sie etwas entdecken«, sagte sie zu Ian. »Egal was.«

Ohne einen öffentlichen Zeugenaufruf musste sie etliche Hürden überwinden, um die Person ausfindig zu machen, die für Isabellas Tod verantwortlich war.

NEUN

Es war schon fast Mittag, als Lucy und Natalie an der Allmende von Wayfield vorbeifuhren, die an die Hauptstraße angrenzte und nach hinten hin von dichten Wäldern gesäumt wurde. Der Parkplatz war mit Fahrzeugen überfüllt: Wohnwagen, Autos aller Marken und Modelle, und eine Reihe von glänzenden Motorrädern, deren Besitzer in Lederkombis sich um einen Eiswagen in der Nähe versammelt hatten und ein erfrischendes Eis am Stiel genossen. Es war nur noch wenig Rasenfläche sichtbar, der Großteil wurde von Menschen belegt, die in unterschiedlichem Maße entkleidet waren und ihre Körper in der Sonne ausstreckten. Eine Horde von etwa fünfzehn Kindern versuchte, in dem einzigen nicht belegten Bereich Fußball zu spielen, während Erwachsene und Jugendliche in Gruppen herumsaßen oder sich auf Handtüchern ausgebreitet hatten. Manche lagen unter provisorisch aufgestellten Sonnenschirmen, als wären sie am Strand.

Lucy stieß ein langes Seufzen aus. »Heißester Tag des Jahres«, bemerkte sie.

Natalie murmelte eine Antwort. Sie interessierte sich nicht für den Sonnenschein. Für gewöhnlich wurde ihre Haut rot, anstatt sich in ein beneidenswertes goldenes Braun zu verwandeln. Ihr gefielen die hellen Tage des Frühlings besser, an denen die Luft morgens noch arktisch kühl war, aber angenehm warm am Mittag.

Wayfield war ein kleines Dorf mit ungefähr einhundertfünfzig Häusern und ehemals ein Teil des Sunmore-Anwesens. Die meisten Häuser standen an der Hauptstraße, aber Lucy bog nach rechts auf einen geschwungenen Weg ab. Sie passierten Felder und gemütliche Landhäuser, bis sie den Bungalow von Brent Harding erreichten, der diskret hinter einer privaten Zufahrt lag. Es war ein bescheidenes Häuschen aus rotem Backstein mit frisch gestrichenen grauen Fensterrahmen und einer dazu passenden Haustür, außerdem gab es eine angrenzende Doppelgarage mit einem ebenfalls grauen Schwingtor. Auf dem sauber gemähten Rasen stand die lebensgroße Bronzeskulptur eines Pfaus, und in den Beeten unter den Fenstern blühten gelbe und orange Ringelblumen.

Brent Harding, der Kakishorts und ein weißes T-Shirt trug, muss ihre Ankunft bemerkt haben und öffnete die Tür, wobei seine Hand das Halsband eines aufgeregten Golden Retrievers festhielt. Lucy übernahm die Begrüßung, und nachdem sie das Tier gestreichelt hatten, folgten sie dem Mann in eine helle Küche mit einer breiten Terrassentür, die in einen großen Garten führte. Er öffnete die Tür, um den Hund rauszulassen, der seine Freiheit kaum erwarten konnte. »Na los. Raus mit dir.«

Das Tier schoss davon und ließ sie in Ruhe. Brent bot den beiden Frauen an, sich zu setzen, bevor er sich selbst in den kirschroten Stuhl neben dem runden weißen Tisch sinken ließ, von dem aus er den Garten überblicken konnte. Die Küche war recht klein und der Duft von verbranntem Toast hing in der Luft. Er fuhr sich mit der Hand durch sein langes, glattes, dunkles Haar und fragte: »Wie kann ich Ihnen helfen?«

Lucy führte die Befragung durch. »Nun, wie Sie wissen,

ermitteln wir zu dem Mord eines jungen Mädchens, der entweder während oder nach dem Blasted-Konzert am Freitagabend stattgefunden hat. Zunächst einmal würden wir gerne wissen, ob Sie sie gesehen haben.« Sie zeigte ihm ein Foto von Isabella.

Er rümpfte die Nase und schüttelte dann langsam den Kopf. »Tut mir leid, ich kann mich nicht erinnern, sie gesehen zu haben.«

»Sie trug ein pinkes T-Shirt, zerrissene Jeans und Turnschuhe. Außerdem pinke Ohrringe in Form von Herzen«, fügte sie für den Fall hinzu, dass er sie doch von Nahem gesehen hatte.

»Nein. Da klingelt bei mir gar nichts. In der Pause war das Zelt brechend voll. Wenn sie vorher gekommen wäre, stünden die Chancen besser, dass ich sie bemerkt hätte.«

»Wie groß ist das Zelt?«

»Eigentlich sind es zwei sechs mal drei Meter große Pavillons, die wir zu einem großen zusammengefügt haben.«

»Wie viele Leute passen dort hinein?«

»Na ja, wahrscheinlich maximal sechzig, aber mit Personal, den Klapptischen und Kühlschränken und so weiter würde ich schätzen, dass etwa vierzig hineingepasst haben.«

»Bleiben viele Leute im Zelt, um zu trinken?«

»Nein. Das ist nicht wie ein Pub oder ein Bewirtungszelt. Es ist eher wie ein Laden. Sobald sie ihre Getränke haben, gehen sie wieder nach draußen.«

»Haben Sie Alkohol ausgeschenkt?«

»Nein, das war eine alkoholfreie Veranstaltung. Wir haben hauptsächlich Wasser und Softdrinks verkauft. Der Veranstalter hatte keine Lizenz zum Ausschenken von Alkohol, und so war es auch für uns einfacher.«

»Wie viele Angestellte waren im Zelt?«

»Fünf. Es hätten sechs sein sollen, aber einer von uns war krank.«

»Wir bräuchten bitte die Namen und Kontaktdaten dieser Angestellten.«

»Natürlich. Ich werde sie –«

Das Rascheln von Taschen ließ ihn mitten im Satz abbrechen und kündigte die Ankunft einer Frau an. Brent sprang auf die Füße. »Du hättest mich rufen sollen. Ich hätte dir geholfen, sie reinzutragen. Du weißt doch, dass du es ruhig angehen sollst.«

»Ich habe das Polizeiauto in der Einfahrt gesehen«, sagte sie und überreichte ihm die Plastiktüten. »Ich wollte nicht stören.«

Brent stellte sie auf dem Boden neben dem Kühlschrank ab. »Das ist meine Frau, Sophia.«

Die Frau kam herüber und begrüßte Natalie und Lucy. »Sie sind wegen des Mädchens hier, das während des Konzerts gestorben ist?«

»Das ist korrekt.«

»Schrecklich. Einfach schrecklich.« Sie schob ihr schulterlanges kastanienbraunes Haar hinter ihre Ohren und ließ sich auf den Stuhl sinken, den ihr Ehemann gerade erst verlassen hatte. Der Hund war vor der Glastür erschienen und wartete schwanzwedelnd darauf, reingelassen zu werden. Sie ignorierte sein Winseln. »Ist sie das?«, fragte sie und nickte zu dem Foto, das Lucy Brent gezeigt hatte.

»Ja.« Sie überreichte es Sophia, die es traurig betrachtete. »Sie ist in etwa so alt wie unsere Tochter.«

»Isabella war vierzehn.«

»Scheiße! So jung. Alex wird demnächst sechzehn. Im Moment ist sie mit der Familie ihrer besten Freundin in Devon im Urlaub. Ich vermisse sie jeden Tag. Diese armen Eltern. Ich kann mir gar nicht vorstellen, was sie durchmachen müssen.« Sie gab Lucy das Bild zurück und schüttelte betrübt den Kopf.

»Waren Sie auch bei dem Konzert?«, fragte Lucy.

»Ja, ich war da. Aber dieses Mädchen habe ich nicht gesehen.« Sie sah Natalie an, die das Gespräch schweigend beobachtete.

Lucy fuhr mit ihren behutsamen Fragen fort. »Vielleicht haben Sie ihre Schwester gesehen. Sie ist in das Getränkezelt gekommen, um zwei Dosen Cola zu kaufen, nachdem die Vorband ihren Auftritt beendet hat und bevor Blasted auf die Bühne gekommen sind.« Lucy hob ein zweites Foto hoch, diesmal zeigte es Kerry.

Sophia schüttelte ihren Kopf, aber Brents Augen verengten sich. »Es war wirklich viel los ... Ich bin mir nicht sicher, aber das Mädchen könnte ich gesehen haben.«

»Sie trug ein blaues, ärmelloses Top und einen kurzen weißen Faltenrock.«

»Ich glaube, ich habe sie gesehen ... Ja, das habe ich!« Seine Stimme wurde lauter, als er sich an die Situation erinnerte. »Aber ich habe sie nicht bedient. Sie stand in meiner Schlange, aber kurz bevor sie dran war, hat sie es sich anders überlegt und ist weggegangen. Ein paar Minuten später habe ich sie wieder gesehen. Sie stand in der Schlange, die Fergus bedient hat.«

»Fergus ...?« Lucy wartete auf einen Nachnamen.

»Doherty. Er wohnt in Samford. Er ist über den Sommer als Aushilfe bei uns eingestellt. Im September geht er aufs College. Oh, Sie wollten die Kontaktdaten haben, nicht wahr? Ich werde sie für Sie raussuchen.« Er stand schwungvoll auf und ging zur Arbeitsplatte hinüber, wo sein Handy am Ladekabel hing, und scrollte sich durch seine Kontakte, bis er etwas auf ein Stück Papier kritzelte.

»Können Sie ungefähr sagen, wann Sie Kerry gesehen haben?«, fragte Lucy, nachdem er zurückgekehrt war und ihr den Zettel überreicht hatte.

»Tut mir leid, das weiß ich nicht.«

»Ich nehme nicht an, dass Sie irgendetwas Verdächtiges beobachtet haben, vielleicht beim Abbauen – irgendjemand, der alleine herumgewandert ist, oder irgendetwas anderes, was Ihnen seltsam vorkam?«

Er kratzte sich gedankenverloren am Kinn, bevor er antwortete. »Nichts. Nachdem Blasted die Bühne betreten haben, hatten wir nicht mehr viele Kunden, also haben wir etwa fünfzehn oder zwanzig Minuten vor Ende des Konzerts Feierabend gemacht. Ich habe mich darauf konzentriert, zusammenzupacken und nach Hause zu kommen. Die Band hat gespielt. Das Publikum hat mitgesungen. Es war ein ganz normales Konzert. Soweit ich weiß, hat sich niemand mehr in oder hinter das Zelt verirrt.«

»Sophia?«

»Ich habe nichts Seltsames gesehen. Ich habe in einem der Vans darauf gewartet, dass Brent fertig wurde, und habe unserer Tochter Alex geschrieben.«

»Wo stand dieser Van?«

»Direkt hinter dem Zelt.«

»Könnten Sie mir den Standort auf diesem Plan zeigen?«, fragte Natalie und brach damit ihr Schweigen, während sie ihre Zeichnung aus dem Ordner zog.

Brent tippte mit dem Finger auf einen Punkt links von dem Steinbogen.

»Da. An der Seite«, sagte er. »An dem Platz sind wir eigentlich immer, wenn wir für eine Veranstaltung dort sind.«

»Und in welche Richtung hat der parkende Van gezeigt?«

»Richtung Herrenhaus und Parkplatz. Wir dürfen über einen abgesperrten Grünstreifen zum Parkplatz fahren. Hier«, sagte er und zeigte noch einmal auf einen Punkt in der Nähe des Parkplatzes.

Natalie dankte ihm und nickte Lucy zu, damit sie mit ihrer Befragung weitermachte.

»Ist Ihnen jemand aufgefallen, der zum Herrenhaus oder Parkplatz gegangen ist oder von dort zurückkam, Sophia?«

»Nein. Es waren viele Leute da, die sich das Konzert angehört haben. Einzelne Personen konnte man nicht erkennen – es war nur eine gigantische Masse. Ein paar Sicherheitsleute waren da – Männer und Frauen in Schwarz, die auf dem Gelände verteilt standen –, aber sonst ist mir niemand aufgefallen.«

»Wer hat den anderen Van gefahren?« Diese Frage war an Brent gerichtet.

»Fergus.«

»Und Sie sind alle zur selben Zeit gefahren?«

»So ziemlich, ja. Fergus war der Letzte.«

Lucy las die Namen, die Brent aufgeschrieben hatte. Sie wollte sichergehen, dass sie alle nötigen Informationen hatte, um diese potenziellen Zeugen ausfindig machen zu können. Als sie bei Fergus' Adresse angelangte, hielt sie inne und fragte: »War Fergus den ganzen Abend mit Ihnen in dem Zelt?«

Sophia antwortete: »Nicht die ganze Zeit. Er und Evie sind bei beiden Bands zwischendurch rausgegangen, um sie sich anzusehen. Das ist einer der Vorteile des Jobs. Während die Bands spielen, ist es oft ruhig und wir lassen das Personal rausgehen.«

»Aber während der Pause war er durchgängig da.«

»Ja ...« Sophia brach ab, ihre Stirn runzelte sich. »Abgesehen davon, dass er zum Van gegangen ist, um noch mehr Wasserflaschen zu holen. Die sind uns ausgegangen, oder zumindest dachte er das. Es standen noch einige unter einem der Tische, aber die muss er übersehen haben. Er war nur ein paar Minuten weg. Denken Sie, er könnte etwas gesehen haben?«

»Es ist den Versuch auf jeden Fall wert, ihm diese Frage zu stellen«, erwiderte Lucy.

Mit den Adressen der anderen Mitarbeiter bewaffnet, dankten sie und Natalie den Hardings und verabschiedeten sich. Sobald sie draußen waren, überreichte Lucy Natalie den Zettel mit den Kontaktdaten. »Fergus' Adresse«, sagte sie. »Das

ist in Appleby Gardens, dasselbe alte Anwesen, auf dem
Isabella Sharp lebte. Deshalb habe ich nach ihm gefragt.«

»Okay. Mit ihm sollten wir uns zuerst unterhalten. Wenn er
sich die Band aus der Nähe des Zeltes angeschaut hat, könnte
er sie gesehen haben. So weit standen Kerry und Isabella nicht
von ihnen entfernt. Aber bevor wir ihn befragen, will ich mir
Sunmore Hall noch einmal ansehen.«

———

Auf der Suche nach Beweisen durchkämmten die Mitarbeiter
der Spurensicherung das Gelände um Sunmore Hall noch
immer, und vor dem Eingang zum Küchengarten flatterte das
Absperrband der Polizei. Natalie stieg aus dem Streifenwagen
aus und versuchte sich vorzustellen, wie das Gelände mit all
den Konzertbesuchern ausgesehen hatte. Auf dem Parkplatz in
der Nähe der Wiese, auf der sich die Besucher aufgehalten
hatten, standen immer noch zehn Toilettenwagen und warteten
auf ihren nächsten Einsatz. Sie wanderte an den Toiletten
vorbei zu den Pfaden. Ein Weg war mit »Chinesische Pagode«
beschildert und führte nach vorne zu der immer noch
stehenden Bühne und dann in einen dichter bewachsenen
Bereich. Der andere zum »Triumphbogen« führte sie dort
vorbei, wo die Getränkezelte gestanden hatten, und endete auf
dem grasbewachsenen Hügel vor dem steinernen Monument.
Die Absperrung, die den Platz, wo das Publikum stand, abge-
grenzt hatte, war noch immer angebracht. Das Band hing
zwischen zwei niedrigen, in den Boden geschlagenen Pfählen
und flatterte im Wind. Es wäre leicht, darüber zu steigen, und
diente lediglich als Markierung für die Menge. Natalie konnte
sich vorstellen, dass mehrere Mitarbeiter auf beiden Seiten des
Feldes darauf hatten achten müssen, dass die Konzertbesucher
sich nicht zu weit davon entfernten.

»Wie viel Sicherheitspersonal war hier?«, fragte sie Lucy.

»Dreißig Mann.«

»Das ist nicht gerade viel für fünftausend Leute.«

»Ich habe vorhin mit dem Veranstaltungsleiter gesprochen, Vince Day, und er hat mir erklärt, dass die größte Bedrohung für die Sicherheit die sei, wenn man die Leute nicht vom Platz runterbekommt. Hier handelte es sich um ein offenes Konzert mit zahlreichen Fluchtwegen und ohne Alkohol, also haben sie die Anzahl der Mitarbeiter auf ein Minimum reduziert. Sie haben damit gerechnet, dass drei- bis viertausend Gäste kommen und einen Mitarbeiter pro einhundertfünfzig Personen geplant. Die Band hatte zusätzliches Sicherheitspersonal, damit die Fans nicht zu nah an die Bühne kamen.«

»Ich vermute, dass sie alle die Menschenmenge beobachtet haben, wie es ihre Aufgabe war – nach innen gerichtet und auf alles Verdächtige achtend – und trotzdem ist keinem von ihnen etwas aufgefallen? Niemand hat gemerkt, dass sich ein vierzehnjähriges Mädchen davongeschlichen hat oder gegen ihren Willen mitgenommen wurde?« Natalie schaffte es nicht, ihre Frustration darüber zu verbergen.

»Scheint so. Ich habe ihre Kontaktdaten eingefordert, damit wir uns einzeln mit ihnen unterhalten können, aber Vince sagte, sie hätten erst davon erfahren, dass Isabella vermisst wird, als Kerry sie um Hilfe gebeten hat, um sie zu finden.«

»Verdammter Mist! Ich will, dass jeder einzelne Security-Mitarbeiter befragt wird. Kümmern Sie sich darum.« Natalie marschierte zu dem Platz zurück, wo das Zelt gestanden hatte, und wandte sich dem Herrenhaus zu. Sie reckte den Hals, um zu sehen, ob der Küchengarten von hier aus sichtbar war. Er war es nicht. Die Toilettenwagen verdeckten ihre Sicht. Selbst wenn Isabella mit jemandem in den Küchengarten gegangen wäre, während Fergus draußen war, hätte er nichts sehen können. Sie seufzte frustriert.

———

Appleby Gardens bestand eigentlich aus sechs Straßen, die sich aus der Luft betrachtet um einen grünen Park schlängelten, nach dem die Gegend benannt worden war. Während die Familie Sharp sehr nah am Zentrum in Hawthorn Close wohnte, lebte Fergus Doherty in der Gate Street, einer der am weitesten vom Zentrum entfernten Straßen, die direkt mit der Hauptstraße verbunden war und etwa fünf Minuten Fußweg vom Haus der Sharpes entfernt lag. Fergus hatte einen spärlichen Ziegenbart und strohblondes Haar, trug locker sitzende Kleidung und eine Brille, die Natalie an Shaggy Rogers aus der Zeichentrickserie *Scooby-Doo* erinnerte. Doch anders als die Figur war er nicht entspannt – ganz im Gegenteil. Er war wortgewandt und sehr bemüht zu gefallen, als er die Ermittler in das Haus seiner Eltern einlud und sie ins Wohnzimmer führte. Er hockte sich auf die Armlehne eines Sessels, legte die Hände in seinen Schoß und hörte zu, was Natalie zu sagen hatte.

»Brent denkt, dass Sie dieses Mädchen bedient haben könnten. Kerry Sharpe.« Sie überreichte ihm das Foto.

Sofort wippte sein Kopf hoch und runter und er sagte: »Ich kenne Kerry. Wir sind zusammen zur Schule gegangen. Ich war einen Jahrgang über ihr. Sie wohnt irgendwo hier in der Nähe.«

»Sie wissen nicht, wo genau?«

»Nein. Aber ich habe sie immer zur Bushaltestelle gehen sehen, also schätze ich, nicht sehr weit entfernt. Ja, ich habe sie bedient.«

»Haben Sie sich mit ihr unterhalten?«

»Wir hatten keine Zeit, um uns großartig zu unterhalten. Es waren zu viele Leute da, die bedient werden wollten. Ich weiß nicht mal mehr, was sie gekauft hat – zwei Dosen, glaube ich.«

»Haben Sie ihre Schwester irgendwo gesehen?«

»Sie war nicht bei Kerry.«

»Aber Sie kennen Isabella?«

»Ich habe sie hin und wieder gesehen – zusammen mit

Kerry. Aber ich habe nie mit ihr geredet. War sie das Mädchen, das umgebracht wurde?«

»Ja.«

Er erwiderte nichts, nickte lediglich einmal.

»Sie sind ein paarmal rausgegangen, um sich die Bands anzuschauen, nicht wahr?«

»Ja, das ist richtig. Ich habe sie mir von der Motorhaube des Vans aus angesehen. Das war genauso gut wie jeder andere Platz, vielleicht sogar etwas besser.«

»Und während Sie dort saßen, ist Ihnen nichts Ungewöhnliches aufgefallen?«

»Nein, ich habe nichts bemerkt.«

»Und später, als Sie zusammengepackt haben?«

»Nichts, woran ich mich erinnern könnte.« Er hob seine klaren Augen und schüttelte den Kopf. Seine Hände blieben entspannt in seinem Schoß liegen.

»Während der Pause haben Sie das Zelt einmal verlassen, um Wasser zu holen. Ist das richtig?«

Er runzelte eine Sekunde lang die Stirn, dann nickte er. »Ja. Ich dachte, es würde uns ausgehen. Ich bin zum Van gegangen, um Nachschub zu holen. Direkt danach habe ich mehrere Kisten unter einem der Tische stehen sehen!«

»Und wieder ist Ihnen, als Sie draußen waren, nichts Ungewöhnliches aufgefallen?«

Er lächelte sie entschuldigend an. »Oh, abgesehen von dem Moment, als ich weggefahren bin. Ich habe Kerry mit zwei Security-Männern in der Nähe der Toiletten stehen sehen. Sie hat geweint.« Sein Blick wurde traurig. »Vielleicht hätte ich anhalten sollen.«

»Sie konnten nicht wissen, was passiert ist.«

»Nein. Aber jetzt fühle ich mich schlecht. Ich habe nicht gedacht, dass es irgendwas Wichtiges ist. Ich war müde und wollte nach Hause und musste den Van vorher noch zurück zu der Scheune bringen, wo er immer steht, und mein Auto abholen.«

»Bei Brent zu Hause?«

»Nein. Er hat die Straße runter eine Scheune von einem Bauern gemietet, wo er all sein Zeug aufbewahrt. Scheiße! Ich hätte wirklich anhalten sollen, oder?«

»Zu dem Zeitpunkt wurde die Polizei bereits informiert. Es gibt nichts, was Sie hätten tun können.«

Er blies seine Wangen auf. »Ich wünschte trotzdem, dass ich angehalten hätte.«

Erst als sie und Lucy zurück im Auto und auf dem Weg zum nächsten Mitglied des Getränketeams waren, überkam sie der Gedanke, dass Fergus ein bisschen zu hilfsbereit gewesen war und über das, was Isabella zugestoßen war, wenig bestürzt zu sein schien. Sie teilte Lucy ihre Gedanken mit.

»Was halten Sie von ihm?«

»Er schien sehr hilfsbereit zu sein, nur leider konnte er uns nichts Hilfreiches verraten. Natalie«, Lucy neigte ihren Kopf, ehe sie weitersprach, »ich denke jetzt nur laut – wahrscheinlich ist es verrückt –, aber Sie denken nicht, dass er Isabella irgendwie in den Van gelockt und sie dann später umgebracht haben könnte, oder? Ist die Idee zu verrückt?«

Natalies Nasenflügel blähten sich auf, als sie einatmete. War das möglich? »Nicht zu verrückt. Fergus war in dem betreffenden Zeitraum für eine Weile verschwunden und er wohnt in der Nähe der Sharpes. Wir werden ihn durchleuchten und sehen, ob es noch irgendetwas anderes gibt, das ihn mit ihrer Familie in Verbindung bringt. Allerdings hätte er sehr schnell sein müssen. Erst hätte er warten müssen, bis Kerry das Zelt betritt, um dann zu verschwinden und sich Isabella zu schnappen und in den Van zu bringen. Dann hätte er wieder zurückkehren müssen, um Kerry zu bedienen.«

»Ja, Sie haben recht. Wenn Sie es so sagen, klingt es zu weit hergeholt. Wie gesagt, war nur ein Gedanke.«

»Es lohnt sich immer, Gedanken auszutauschen. Im Moment haben wir nichts anderes.« Dann wurde Natalie wieder still. Hatte sie während des Gesprächs mit Fergus etwas bemerkt, das ihn in irgendeiner Art und Weise verdächtig machte? Die Antwort darauf war Nein, aber das bedeutete nicht, dass Lucy sich irrte, und Natalie war mehr als bereit, jedem möglichen Ansatz zu folgen, der sie zu dem Mörder führen könnte.

ZEHN

Evie, das letzte Mitglied des DrinkQuick-Teams, das in dem Getränkezelt gearbeitet hatte, hatte nichts Ungewöhnliches bemerkt und erkannte weder Isabella noch Kerry auf den Fotos wieder. Damit kehrten Natalie und Lucy für ihre letzte Befragung nach Samford zurück.

Sonnenlicht fiel durch die Scheiben des Friseursalons, in dem sie mit der Besitzerin Sally Downs verabredet waren. Es war ein moderner Laden, der in einem ehemaligen Pub eingerichtet worden war und aus zwei Räumen bestand. Sally hatte versucht, einen Teil seiner Geschichte zu bewahren, indem sie viele der ursprünglichen Merkmale erhalten hatte: einen großen Kamin im vorderen Zimmer und schwarze Holzbalken, die über die Decke verliefen, sowie vier aufrechte Pfosten, die als Raumteiler dienten. Vor dem Kamin stand ein schwarzes Zweiersofa, und vor vier runden Spiegeln standen dazu passende schwarze, gepolsterte Sessel. Im Kamin leuchtete ein tanzendes Licht, das den Anschein von zuckenden Flammen erwecken sollte, und darüber hingen Fotografien von stylischen jungen Männern und Frauen.

Sallys Schlüssel klimperten, als sie sie neben ihrer Tasche

auf den Tresen fallen ließ. Natalie hatte ihre Akte gelesen und wusste, dass sie ungefähr in ihrem Alter war – Mitte vierzig –, obwohl sie mit ihrem professionellen Make-up und den langen blonden Haarextensions auch als jünger hätte durchgehen können.

»Vielen Dank, dass Sie uns hier treffen«, sagte Natalie.

»Ich wäre sowieso hergekommen, um ein paar Dinge für morgen vorzubereiten.«

»Ich nehme an, Sie haben gehört, was mit Isabella Sharp passiert ist?«

Sally senkte ihren Blick. »Ja. Kerrys Vater hat mich angerufen, um zu sagen, dass sie diese Woche nicht zur Arbeit kommen würde. Das Kind tut mir so leid – sie alle.«

»Kannten Sie Isabella?«

»Mehr oder weniger. Sie ist ein paarmal vorbeigekommen, um Kerry Hallo zu sagen.«

»Also haben sie sich gut verstanden?«

»Oh Gott, ja. So wie Kerry mit ihr gesprochen hat, hätte man manchmal denken können, dass sie nicht nur Schwestern sind, sondern Zwillinge. Trotz ihres Altersunterschieds schienen sie viel Zeit miteinander zu verbringen.«

Natalie spürte, wie sich bei der Erwähnung von Zwillingen eine unsichtbare Hand um ihr Herz legte und zudrückte. Sie wanderte in Gedanken zurück zu Graham. Sie hoffte, dass er die Westmore-Zwillinge mittlerweile gefunden hatte.

»Hat Kerry Ihnen von dem Konzert erzählt?«

Das Gesicht der Frau wurde noch ernster. »Das hat sie. Sie hat sich darauf gefreut. Was für eine Tragödie. Ich weiß nicht, wie sie das verkraften soll.« Ihre Augen füllten sich mit Tränen und sie hob eine Hand, die ihnen signalisierte, dass sie im Moment nicht sprechen konnte. Nach mehrfachem Schniefen versuchte sie es erneut. »Ich hoffe, Sie fassen das Monster, das dafür verantwortlich ist.«

Genau das hatte Natalie vor, aber sie konnte keine Versprechungen machen. Sie brauchten Beweise und etwas Glück, wenn sie den Bastard festnageln wollten, der Isabella ermordet hatte. Sie befürchtete, dass es nicht viel gab, was Sally ihnen erzählen konnte, aber trotzdem ging sie das Standardprozedere durch und fragte, was sie über Kerry und Isabella wusste.

»Wie gesagt, sie standen sich sehr nahe. Kerry hat sie zweifellos sehr geliebt. Sie hat die Schule nach der mittleren Reife verlassen, aber Isabella war klüger und Kerry war sehr stolz auf ihre kleine Schwester.«

»Sie denken also nicht, dass es irgendwelche Feindseligkeiten zwischen ihnen gab?«

»Gott, bei Weitem nicht. Ich habe immer gehört, wie sie mit den Kunden über ihre Schwester gesprochen hat. Ich kann mir nicht vorstellen, wie es für sie sein muss, dass Isabella jetzt von uns gegangen ist.«

Lucy räusperte sich, bevor sie das Wort ergriff. »Kerry erschien Ihnen nicht abgelenkt oder besorgt, oder doch?«

»Nicht mehr als sonst auch. Manchmal ist sie ein bisschen zerstreut. Sie ist ein nettes Mädchen, aber vergisst hin und wieder Dinge.«

»Wie zum Beispiel?«

»Die Trockenhaube bei einer Kundin zu entfernen oder wo sie ihre Scheren hingelegt hat – nur kleine Dinge. Manchmal ist sie in ihrer eigenen Welt. Aber sie ist lernwillig. Sie belegt neben der Arbeit einen Diplomkurs, um Haardesignerin zu werden.« Sally schenkte Lucy ein trauriges Lächeln, bevor sie ihre Aufmerksamkeit wieder auf Natalie richtete, die noch eine Frage an sie hatte.

»Wie lang arbeitet sie schon für Sie?«

»Seit acht Monaten. Vorher war sie in Eddie Fords Salon, aber sie sind nicht miteinander zurechtgekommen. Sein Pech. Ich kann mich über ihre Arbeit nicht beschweren.«

Natalie kannte Eddie. Er war der Friseur, der Leighs Haare schnitt. Leigh hatte darauf bestanden, von dem alten Friseursalon in Castergate, wo sie wohnten, zu Eddies modernerem in der Greenhill Road in Samford zu wechseln, weil ihre Freundin Zoe dorthin ging. Er hatte auch schon ein paarmal Natalies Haare gestylt und einen großartigen Job gemacht, aber heutzutage hatte sie kaum noch genug Zeit oder Geld für Salonbesuche und färbte ihre Haare zu Hause selbst, um die grauen Flecken zu überdecken, die immer häufiger auftauchten. Leigh mochte Eddie, der sie behandelte wie eine Prinzessin. Aber Kerry hatte Natalie dort nie gesehen. Sie würde ihn fragen, warum sie nicht miteinander zurechtgekommen sind. Je mehr Informationen sie über die Familie zusammentragen konnte, desto besser.

»Kannten Sie Mr und Mrs Sharpe?«

»Nein. Ich habe sie nie getroffen.«

»Schienen Isabella und Kerry zu Hause glücklich zu sein?«, fragte Lucy. »Ich meine, hat Kerry jemals etwas erwähnt, was Sie glauben ließ, dass es dort irgendwelche Probleme gab?«

»Sie hat nie schlecht über sie gesprochen, falls Sie das meinen, und ich hatte nicht den Eindruck, dass es Probleme gibt, obwohl Kerry sich hin und wieder darüber beschwerte, dass sie abends nicht so lange wegbleiben durfte wie einige ihrer Freunde.«

Zu Hause schien alles in Ordnung gewesen zu sein, oder zumindest hatte Kerry diesen Eindruck vermittelt. Konnte es jemand anderen geben, der Kerry und Isabella Schaden zufügen wollte? Dann kam Natalie ein Gedanke – möglicherweise ein Freund oder Ex-Freund. »Wissen Sie, ob Kerry einen festen Freund hat?«

»Nein. Letztes Jahr ist sie mit einem Jungen ausgegangen, ein paar Wochen lang, aber daraus ist nichts geworden.«

»Kennen Sie seinen Namen?«

»Sie hat nie einen Namen erwähnt, nur dass er Rettungssanitäter werden wollte und nach London gezogen ist. Das arme Mädchen. Die ganze Familie muss am Boden zerstört sein, und

Kerry ist ohne ihre Schwester völlig verloren.« Sally zog ein Taschentuch aus ihrer Tasche und schnäuzte sich die Nase. Natalie hatte keine weiteren Fragen an die Frau und beendete das Gespräch. Sie hatten immer noch nicht viel herausgefunden, abgesehen davon, dass die Mädchen sich nahestanden, und sie hatten keine Ahnung, wer Isabella hätte umbringen wollen. Natalie stapfte auf den Streifenwagen zu, entschlossen, jedes einzelne Mitglied der Security zu befragen, auch wenn es den ganzen Tag und die ganze Nacht dauern würde. Sie brauchten Antworten. Irgendjemand musste etwas gesehen haben. Sie warf die Tür auf und schwang sich auf den Beifahrersitz. Wer war dafür verantwortlich, eine so glückliche Familie zerstört zu haben?

Im Präsidium war es ausgesprochen ruhig. Das Team hatte sich mit Kaffeebechern und Sandwiches im Büro verteilt und ging die Hintergrundinformationen von Fergus und Isabellas Familie durch, aber sie konnten nichts finden, was ihre Alarmglocken hätte läuten lassen.

Nachdem sie die Kontaktinformationen vom Leiter des Sicherheitsdienstes der Veranstaltung bekommen hatte, entschied Natalie, dass sie schnellstmöglich damit anfangen sollten, das Personal zu befragen, das bei dem Konzert anwesend war. Als sie einen Blick auf die Uhr warf, wurde ihr bewusst, dass ihre Kinder wahrscheinlich schon zu Hause angekommen waren. Sie hatte vor, heute mit ihnen über sich und David zu sprechen, und darüber, dass sie sich trennen würden. Sie rieb sich die Schläfen. Das war kein guter Zeitpunkt. Aber war je ein guter Zeitpunkt, um seinen Kindern zu erzählen, dass ihre Eltern sich scheiden lassen würden? Sie entschuldigte sich und ging auf die Dachterrasse, wo zwei Polizisten ein paar Minuten Sonnenschein und eine Zigarette genossen. Sie nickte ihnen zu und ging auf die gegenüberliegende Seite, wo es am unwahrscheinlichsten war, dass sie ihre Unterhaltung mit anhören konnten. Dann rief sie David an.

Er klang verärgert. »Ich dachte, du wärst mittlerweile zu Hause.«

»Das hatte ich auch vor, aber du weißt ja, wie das ist. Sind die Kinder schon zu Hause?« Sie wollte sich nicht streiten.

»Ja. Sind vor einer halben Stunde angekommen. Sie sind beide in ihre Zimmer gegangen und Dad ist wieder gefahren. Natalie, das geht nicht. Ich halte es nicht eine Minute länger aus, mit einem Grinsen herumzulaufen und sie mit offenen Armen zu empfangen, wenn ich weiß, dass ich ihre Leben zerstören werde. Du hättest vor ihnen zu Hause sein sollen. Das war der Plan. Das war deine Idee.«

Sie konnte seine Frustration verstehen, aber sie konnte sich bei einer so wichtigen Ermittlung nicht davonschleichen. »Ich weiß, und es tut mir leid. Vielleicht sollten wir bis morgen warten.«

»Und dann? Du wirst genauso beschäftigt sein wie heute, und wir warten wieder bis zum nächsten Tag! Das ist Heuchelei«, zischte er. »Ich kann nicht wie du so tun, als wäre alles in Ordnung, wenn es das nicht ist. Ich werde es ihnen sagen, mit dir oder ohne dich.«

»Nein! Tu das nicht!«

»Dann entscheide dich, Natalie, und komm nach Hause.«

»Um Himmels willen!« Sie trat gegen die Wand und lenkte den Blick der Polizisten auf sich, bevor sie sich schnell wieder abwandten. Sie neigte ihren Kopf und senkte die Stimme. »Setz mich nicht so unter Druck. Wir müssen beide anwesend sein, um das vernünftig zu machen. Sei nicht so ein Arsch.«

»Ich bin nicht derjenige, der unsere Familie auseinander-reißen will. Das bist du, also hör auf, *mich* zu beleidigen.« Seine Stimme klang kühl und bedrohlich – diese Seite von David bekam sie nicht sehr oft zu sehen.

Ist es das, was passiert, wenn sich einer der Partner betrogen fühlt? Wenden sie sich gegen den anderen? Für einen kurzen Augenblick war sie perplex. Sie hatte törichterweise angenommen, dass sie ihre Beziehung friedlich beenden konnten; immerhin lagen Jahrzehnte der Liebe hinter ihnen. Bestimmt konnten sie sich verhalten wie Erwachsene? Doch ihre innere Stimme erinnerte sie daran, dass sich Erwachsene genau so verhielten, besonders wenn sie verletzt worden waren. Sie hatte diese Entscheidung getroffen – die einzige, die sie hatte treffen können.

»Ich werde nach Hause kommen.«

Am anderen Ende herrschte Stille, dann kam ein »In Ordnung«.

»Wir werden zusammen mit ihnen sprechen. Ich bin bald zurück.«

»Okay.« Er legte auf.

Unter ihr staute sich der Abendverkehr, Autos gefüllt mit Familien, die den Tag zusammen verbracht hatten. Natalie schluckte den dicken Kloß herunter, der sich in ihrer Kehle gebildet hatte. Sie konnte jetzt keinen Rückzieher machen. Das würde das Schwierigste werden, was sie je getan hatte, aber sie musste es hinter sich bringen. Sie würde Lucy und Ian die Ermittlung überlassen und nach Castergate fahren, um sich ihren Kindern zu stellen und ihnen die Neuigkeiten so sanft wie möglich beizubringen.

Die beiden Polizisten lehnten immer noch mit ihren Rücken an der Wand und ließen sich die Sonne auf ihre Gesichter scheinen. Sie sah sie nicht an, als sie auf die Treppen zu trottete, jeder einzelne Schritt fühlte sich schwerfällig an, als würde die Schwerkraft ihre Stiefel nach unten ziehen. Auf dem Weg hinunter klingelte ihr Telefon und das Display blinkte auf – Mike. Sie überlegte zweimal, bevor sie den Anruf entgegennahm. Er klang nervös. »Nat, ich bin in Blithbury Marsh. Du musst herkommen und dir das ansehen.«

»Was ist los?«

»Nichts Gutes. Es sind die Westmore-Zwillinge.«

Ihre Lippen wurden taub und für eine Sekunde schien sich die Welt um sie herum zu drehen. »Mike ...«

»Komm einfach her und sieh es dir an.«

Seine Worte – oder eher das, was er nicht aussprach – verrieten ihr, dass es übel werden würde.

ELF

Blithbury Marsh war ein malerisches Feuchtgebiet von etwa einhundertzehn Hektar in der Nähe von Samfords Zentrum. Die flachen Wege, die einen Großteil der wilden Mooslandschaft bedeckten, waren ideal für Wanderungen, Spaziergänge mit Hunden und Vogelbeobachtung.

Natalie und Lucy fuhren auf den Parkplatz eines Supermarktes und parkten neben den beiden Krankenwagen und mehreren Streifenwagen. Von hier aus konnten sie leicht einen der Eingänge zum Reservat erreichen, der jetzt von zwei Polizisten bewacht wurde. Auf dem Parkplatz hatten sich Schaulustige jeden Alters versammelt, um herauszufinden, was hier vor sich ging, und Natalie entdeckte das ihr bekannte Gesicht von Bev Gardiner von der *Hatfield Herald*, eine Reporterin, die es in der Vergangenheit auf Natalie abgesehen hatte und beinahe das Leben ihrer Tochter gefährdet hätte. Auf keinen Fall würde sie mit dieser Frau sprechen. Glücklicherweise hielten die Polizisten die Menge im Zaum, und sie und Lucy konnten sich dem Eingang nähern, wo Mike mit schmerzverzerrtem Gesicht auf sie wartete. Als sie ihn so sah, konnte Natalie das Hämmern in ihrer Brust kaum noch kontrollieren. Sie wusste bereits, was sie erwartete, und befürchtete, dass sie doch recht behalten würde. Sie und Lucy marschierten schweigend vorwärts, und sobald ihre Namen im Protokoll vermerkt worden waren, folgten sie Mike wortlos.

Natalie hatte diese Gegend früher mit ihren eigenen Kindern besucht, als sie noch jünger gewesen waren, und war mit ihnen auf dem Rundweg im Zentrum des Reservats spazieren gegangen, um nach den nummerierten Tafeln zu suchen, auf denen Informationen über die dort lebenden Wildtiere standen. Sie war mit ihnen im Teich schwimmen gegangen. Der Kloß in ihrem Hals war zurückgekehrt, machte sie sprachlos. Dies war ein Ort für Familien und Paare – erfüllt von Vogelgezwitscher, Natur und Leben –, kein Ort für den Tod. Eine Wolke aus Uferschnepfen erhob sich und spiegelte sich auf der Wasseroberfläche. Sie waren von den Polizisten gestört worden, die in dem hohen Gras nach Beweisen suchten. Kiebitze flogen über ihre Köpfe hinweg und stießen laute Schreie aus, bevor sie schließlich im Rohrkolbenschilf verschwanden. Der Kloß in ihrem Hals wurde immer größer, während sich die goldenen Gräser in der sanften Brise wiegten und sie näher und näher an den Wasserrand lockten.

»Hier entlang.« Mike führte sie zum Wasser und blieb neben einer Fläche mit leuchtend pinken Blumen stehen. Er ließ sein Kinn sinken und Natalie folgte seinem Blick. Erin und Ivy Westmore lagen Seite an Seite, die Knie waren gebeugt und sie waren einander zugewandt. Natalie blinzelte mehrere Male, dann schluckte sie schwer. Sie waren vollständig angezogen, trugen die gleichen orange-gelb gestreiften Tops und Jeans und schienen sich an den Händen zu halten, aber ihre Gesichter waren von den durchsichtigen Plastiktüten, mit denen sie erstickt worden waren, verdeckt, ihre Gesichtszüge verzerrt. Natalie öffnete den Mund, um etwas zu sagen, aber schloss ihn wieder. »Alles okay?«, fragte Mike.

Sie antwortete mit einem schwachen »Ja«. Die Anstrengung des Sprechens löste sie aus ihrer Starre. Sie trat näher, um jedes Detail sehen zu können, und starrte auf die Körper, die mit tiefrosa Blütenblättern von wunderschönen Blumen bedeckt waren, die wie ein Nebel in der Luft zu hängen schienen, aber an hohen dunkelgrünen Stängeln wuchsen, die im Sumpfgebiet verstreut üppig gediehen. »Die Plastiktüten ... Die Positionierung ihrer Körper ... Es ist identisch.« Ihre Stimme war heiser. Das nagende Gefühl in ihr wurde stärker, als sie den schrecklichen Anblick vor ihr in sich aufnahm. »Er kann es nicht sein; er ist im Gefängnis gestorben.« *Aber was, wenn es ein Nachahmungstäter war? Was, wenn es mehr als einen Täter gegeben hatte?*

»Also suchen wir nach einem Nachahmungstäter?«, fragte Lucy, die an Natalies Seite stand. Auf dem Weg hierher hatte Natalie sie über den Fall der Blütenzwillinge informiert, also wusste sie Bescheid.

»Es scheint so, aber ...« Natalie begegnete Mikes Blick, der sie aufmerksam beobachtete.

»Es kann nicht Hoskins sein, Nat. Es muss ein Nachahmungstäter sein.«

Neil Hoskins, ein vierzigjähriger, alleinstehender Mann, war angehalten worden, nachdem er eine rote Ampel überfahren hatte, nur zwei Straßen von dem Friedhof entfernt, auf dem Avril und Faye Moore gefunden worden waren. Er war der Klavierlehrer der beiden Mädchen gewesen und hatte auch die Schwestern Sharon und Karen Hill unterrichtet, die schon vor ihnen ermordet worden waren. In seinem Auto wurde die DNA der Zwillinge gefunden. Obwohl er behauptet hatte, dass er sie einmal zu einem Laden gefahren hatte, hatte er kein Alibi für die Tatzeit, und auf seinem Laptop wurden Kinderpornos gefunden, was ihnen genug Gründe gab, ihn zu befragen. Nach einem intensiven Verhör war er eingeknickt und hatte die Morde an allen vier Mädchen zugegeben. Er war zu einer lebenslangen Haftstrafe verurteilt worden, nur um drei Monate später in Haft Selbstmord zu begehen.

»Ich weiß, dass er es nicht sein kann. Es ist nur so, dass wir nicht alle Details preisgegeben haben. Wir haben niemandem gesagt, dass die Zwillinge sich an den Händen gehalten haben und einander zugewandt waren. Niemand sonst wusste es.«

»Irgendjemand hat es durchsickern lassen, oder Hopkins hat mit jemandem gesprochen, bevor er gestorben ist«, vermutete Mike.

»Oder wir hatten den Falschen«, erwiderte sie leise.

»Nein, Nat, das ist nicht sehr wahrscheinlich. Er hat gestanden«, sagte Mike.

Lucy schaute sich um und sagte: »Da sind eine Menge Blüten. Sie wurden vorsätzlich auf den Leichen verteilt.«

Mike nickte. »Sie wurden von Blumen in der Nähe gepflückt. Man kann sehen, wo die Stängel angeschnitten wurden.« Er deutete auf die nackten Stängel, bei denen die Blütenköpfe abgetrennt worden waren.

»Es muss ewig gedauert haben, die ganzen Blüten zu entfernen. Was für eine Blume ist das?«

»Die Person, die sie gefunden hat, ist ein ehrenamtlicher Mitarbeiter hier. Er hat mir gesagt, dass es sich um sogenannte Kuckucks-Lichtnelken handelt, zu erkennen an den ausgefranst oder zerfleddert aussehenden Blütenblättern.«

»Hat es einen Grund, dass der Mörder ausgerechnet diese Blume benutzt hat?«, fragte Lucy und runzelte die Stirn.

Natalie antwortete: »Vermutlich, weil hier so viele davon wachsen. Ich glaube nicht, dass in der Wahl der Blumen eine versteckte Botschaft lauert. Sharon und Karen Hill wurden auf einer Wiese zurückgelassen und mit Gänseblümchen bestreut, die dort gewachsen sind. Die Leichen von Avril und Faye Moore wurden mit Kirschblüten bedeckt.« Sie verschluckte sich beinahe an ihrer Antwort, als sie sich an die jungen Mädchen erinnerte, die auf dem Friedhof unter dem Kirschbaum Händchen gehalten hatten. Sie räusperte sich. Diese Mädchen tauchten immer noch hin und wieder in ihren Träumen auf – für immer jung, für immer zusammen. Sie war Teil des Teams, das für ihren Tod verantwortlich war. Sie hatten der falschen Person nachgejagt und dem Mörder dadurch ermöglicht, zu handeln. Avril und Faye könnten heute noch am Leben sein. Sie schob diese Gedanken beiseite und konzentrierte sich. »Das ist eine Art Ritual. Als wir damals ermittelt haben, konnten wir nicht verstehen, warum der Mörder Blumen auf den Leichen hinterlässt. Wir haben angenommen, dass es Trauerblumen waren oder dass sie eine Art ›Beileidsbekundung‹ ausdrücken sollten. Wer hat sie gefunden, Mike?«, fragte sie, löste ihren Blick von den Mädchen und musste erneut die Erinnerungen verdrängen.

»Einer der Ehrenamtlichen hier. Er wollte die Aussichtstürme für die Vogelbeobachtung kontrollieren, als er auf sie gestoßen ist. Er gehört zusammen mit anderen freiwilligen Helfern und Angestellten zum Wildtierzentrum. Sie wurden gebeten, ihre Aussagen zu machen. DI Graham Kilburn ist auch da. Superintendent Tasker ist auf dem Weg. Wie du sehen kannst, bin ich einer der Ersten hier. Ich habe dich sofort angerufen, als ich die Mädchen gesehen habe. Ich hatte das Gefühl ...« Er beendete seinen Satz nicht.

Natalie zuckte zusammen und seufzte. »Wir können das nicht übernehmen. Ich werde mit Superintendent Tasker sprechen. Außerdem ermitteln wir in einem anderen Mordfall.« Noch während sie sprach, ließ die Stimme in ihrem Kopf ihre Gedanken herumwirbeln. Als sie Isabella gesehen hatte, hatte sie die Position des Mädchens sofort an Avril Moore und Sharon Hill erinnert. Obwohl Isabella keine Tüte über ihrem Kopf gehabt hatte, könnten die Morde von ein und demselben Täter begangen worden sein. Ihre Gedanken überschlugen sich. *Waren alle diese Tode das Werk einer Person?* Kerry und Isabella waren keine Zwillinge, aber sie sahen sich sehr ähnlich.

Genau wie sich Sharon und Karen Hill ähnlich gesehen hatten, mit ihrem langen rötlichen Haar, den hellen Wimpern und den blassen bernsteinfarbenen Augen. Hatte die Person, die für Isabellas Tod verantwortlich war, auch Kerry umbringen und sie zu ihrer Schwester legen wollen? Möglich wäre es, obwohl Kerry älter war als die anderen Opfer. Sharon Hill war ein Jahr älter als ihre vierzehnjährige Schwester Karen, und die Moore-Zwillinge waren dreizehn gewesen. Mit siebzehn war Kerry wesentlich älter. Es gab ein Muster, doch es wollte sich Natalie noch nicht ganz offenbaren. Sie presste ihre Finger auf den Druckpunkt zwischen ihren Augenbrauen, um den plötzlichen Schmerz zu lindern, der sich in ihrem Kopf ausgebreitet hatte. Sie hatte gehofft, nie wieder etwas Derartiges sehen zu müssen. Sie hatten die Person ausfindig gemacht, die für die Morde an den Hill-Schwestern und den Moore-Zwillingen verantwortlich war. Neil Hoskins war verurteilt und ins Gefängnis gebracht worden, wo er plötzlich seine Unschuld beteuert und sich später mit einer aus der Dusche geschmuggelten Rasierklinge die Pulsadern aufgeschnitten hatte. Der Schmerz wurde stärker – Nadeln stachen von hinten in ihre Augen. Das war nicht gut. Sie musste mit Dan Tasker sprechen und sicherstellen, dass er jemand anderen mit diesem Fall betraute. Sie konnte ihn nicht übernehmen.

Als sie sich von den Leichen entfernte, entdeckte sie den Rechtsmediziner Ben Hargreaves, der auf sie zukam. Neben ihm lief der Superintendent. Sie ging ihnen entgegen und begrüßte sie. Ben erwiderte ihren Gruß mit einem knappen Nicken. Fälle, bei denen Kinder involviert waren, waren immer schwierig, besonders für diejenigen, die wie er eine junge Familie hatten. Natalie respektierte den jungen Mann, der bereits an mehreren Fällen mit ihr gearbeitet hatte, sie konnte sich darauf verlassen, dass er gründlich und effizient arbeitete.

Dan blieb stehen, sodass er alleine mit Natalie sprechen konnte. »Was sind Ihre ersten Gedanken, DI Ward?«

»Die Art und Weise, wie die Mädchen ermordet und positioniert wurden, weißt auffällige Ähnlichkeiten mit dem Fall auf, in dem wir 2014 in Manchester ermittelt haben. Wir haben die Schwestern Sharon und Karen Hill und die Zwillinge Avril und Faye Moore gefunden, in fast identischen Positionen und mit Plastiktüten über ihren Köpfen, obwohl später festgestellt wurde, dass sie stranguliert und die Tüten später hinzugefügt worden waren, als sie bereits tot waren. Ihre Leichen wurden mit Blumen oder Blütenblättern bestreut.«

»Die Blütenzwillinge ... Konnten Sie herausfinden, warum sie umgebracht wurden?«

»Nein. Neil Hoskins, der für die Morde verurteilt wurde, hat sich uns gegenüber nie erklärt.«

»Was bedeuten die Blumen?«

»Er hat behauptet, das wäre seine Art, sich zu entschuldigen.«

Dan atmete tief durch und wandte sich an den Rechtsmediziner, der sich gerade über die beiden Zwillinge beugte. »Ben, können Sie uns sagen, ob sie erstickt sind oder ob sie vorher stranguliert wurden?«

»Tut mir leid, eine definitive Antwort werde ich erst geben können, nachdem ich die Autopsie durchgeführt habe«, antwortete Ben, sein Akzent aus Birmingham ließ seine Worte beinahe melodisch klingen.

»Okay, aber das hat Priorität.«

Natalie sprach mit gesenkter Stimme weiter. »Ich glaube, dass jemand Einzelheiten über diesen Fall kennt, die nie an die Öffentlichkeit getragen wurden, und die Morde nachahmt. Es könnte jemand sein, der Neil Hoskins Taten verehrt oder jemand, der ihn persönlich kannte. Vielleicht hat auch ein Mitglied des ermittelnden Teams Informationen durchsickern lassen. Ich kann es wirklich nicht sagen.«

Dans helle Augenbrauen zogen sich zusammen. »Ist das

derselbe Fall, über den Sie vorhin mit mir gesprochen haben? Die Mädchen, die aus dem Vorgarten verschwunden sind?«

»Ja, Sir.«

Er spitzte die Lippen, bevor er fragte: »Wie sicher sind Sie sich, dass eine Verbindung besteht?«

»Da wäre die Tatsache, dass die Mädchen Zwillinge sind, die Plastiktüten, die Positionierung ihrer Körper, die verstreuten Blüten ... Ich würde sagen zu fast einhundert Prozent.«

»Dann werde ich diese Ermittlung Ihnen übertragen müssen.«

»Sir, wir arbeiten bereits an dem Mord an Isabella Sharpe. Das können wir nicht auf Eis legen.« Ihr Herz pochte gegen ihre Rippen. Sie hatte einen Verdacht, aber sie wollte nicht, dass Isabellas Tod mit diesem Fall zusammenhing, und sie wollte auch nicht dafür verantwortlich sein, den Bastard zu finden, der den Zwillingen das angetan hatte. Noch eine Ermittlung wie die im Fall der Blütenzwillinge würde sie nicht ertragen.

»Ich verstehe Ihre Zurückhaltung, aber Sie waren in diese Ermittlung involviert und sind die beste Person, um diesen Fall zu übernehmen. Drei Kinder wurden innerhalb von achtundvierzig Stunden umgebracht ...« Er machte eine Pause, um sein Argument wirken zu lassen.

Natalie musste gar nicht mehr hören.

Dans knappe Ansprache hatte sie zurück in die Gegenwart geholt. »Zunächst einmal möchte ich, dass Sie bestimmen, ob es irgendeine Verbindung zwischen diesen Fällen gibt. Falls nicht werde ich den Fall von Isabella Sharpe an einen anderen DI übergeben.«

»Das ist ziemlich viel –«, setzte sie an, doch wurde von seinem erhobenen Finger zum Schweigen gebracht.

»Ich versichere Ihnen, dass Sie Unterstützung bekommen werden – ab sofort.«

»Sir.« So sehr sie sich auch von dieser Ermittlung entfernen wollte, sie konnte es nicht. Sie steckte bereits mittendrin. Die Arbeit an den Morden der Blütenzwillinge hatte ihr emotional und körperlich alles abverlangt und ihr so schreckliche Albträume bereitet, dass sie einen Psychiater hatte aufsuchen müssen – Hilfe, auf die sie noch jahrelang angewiesen gewesen war. War sie stark genug, sich erneut einem solchen Trauma auszusetzen, vor allem wenn ihr Privatleben in Scherben lag?

Er saugte seine Wangen ein. »Ich muss Sie wohl nicht daran erinnern, wie heikel dieser Fall ist. Drei ermordete Kinder in so kurzer Zeit werden in ganz Staffordshire die Alarmglocken läuten lassen. Wir müssen die Dinge so gut im Zaum halten, wie wir können. Ich werde mit unserer Pressestelle sprechen und sehen, ob wir eine Schadensbegrenzung vornehmen können, damit die Leute nicht in Panik geraten. Wenn Sie mir die Information geben, dass die beiden Fälle nicht zusammenhängen, wäre das sehr hilfreich.« Seine Miene blieb ungerührt, und sein kalter Blick ruhte auf ihr. Dan Tasker ging es nur um den Ruf – um seinen eigenen und den der Polizei; das war für ihn wichtiger als die Opfer. Es ging um mehr als die beiden Leben der süßen Kinder, die hier im Gras lagen, und diese Tatsache allein reichte aus, um ihre Meinung zu ändern: Sie würde denjenigen finden, der für den Tod all dieser Mädchen verantwortlich war, koste es, was es wolle – auch ihre eigene Gesundheit oder ihren Verstand. Seit den Ermittlungen im Fall der Blütenzwillinge hatte sich viel verändert. Sie hatte ein gutes Team, das sie unterstützte. Sie konnte das schaffen. Sie reckte ihr Kinn.

»Ja, Sir.«

»Gut. Dann lasse ich Sie anfangen.«

»Wurden die Eltern schon informiert?«

»Ja, und ihnen wurde gesagt, dass sie nicht mit der Presse reden sollen. Im Moment sind zwei Opferbetreuer bei ihnen. Ich glaube, Tanya Granger ist eine von ihnen.«

»Ich werde dort vorbeischauen, sobald ich mit den Angestellten hier gesprochen habe.«

Sie wollte sich in Bewegung setzen, doch wurde von einem leisen »DI Ward« aufgehalten.

»Ja, Sir?«

»Setzen Sie alle Hebel in Bewegung. Wir dürfen nicht zulassen, dass die Sache aus dem Ruder läuft. Ich verlasse mich auf Sie.«

»Sir.«

Ein kurzes Verneigen seines Kopfes war alles, was sie als Antwort erhielt. Er ging davon, zurück zum Eingang, und ließ Natalie brodelnd zurück. Sein Verhalten war unwirsch und herzlos. Drei Kinder waren tot und der einzige Grund, aus dem er schnell ihren Mörder finden wollte, war der, dass er nicht sein Gesicht verlieren wollte.

Lucy näherte sich zögerlich, als hätte sie gewusst, dass ihre Unterhaltung wenig positiv verlaufen war. »Sie ziehen ein Gesicht wie sieben Tage Regenwetter«, bemerkte sie.

»Es geht mir gut. Ich muss das nur verarbeiten.«

»Haben wir den Fall?«

»Ja. Wir werden beide Ermittlungen durchführen.«

»Sie machen Scherze! Wie sollen wir das denn schaffen?«

»Wir bekommen Hilfe – weitere Officer.«

Lucy stieß ein abfälliges Schnauben aus. »Großartig! Leute von außen. Es wäre besser, wenn Murray stattdessen nach Hause kommen würde.«

»Wir können ihn nicht aus Australien herbeordern. Wir werden es so schaffen müssen. Können Sie zum Besucherzentrum gehen und mit den Zeugen sprechen? Ich muss mal telefonieren.«

»Klar. Soll ich Ian anrufen?«

»Ja. Lassen Sie ihn wissen, was passiert ist, aber er soll vorerst da weitermachen, wo er gerade dran ist.«

Sie entfernte sich ein paar Schritte und rief David an.

»Wo bist du?«

»David, ich kann noch nicht nach Hause kommen.«

»Warum zum Teufel kannst du das nicht?«

»Erinnerst du dich an den Fall der Blütenzwillinge?«

»Natürlich tue ich das. Warum?«

»Ich bin an einem Tatort ... Es ist ...« Sie durfte eine Ermittlung mit niemandem von außen diskutieren, nicht einmal mit ihrem Ehemann, also beließ sie es dabei und er musste zwei und zwei zusammenzählen. »Ich kann hier nicht weg. Es tut mir leid. Ich komme nach Hause, sobald ich kann. Können wir dieses ... Gespräch ... auf später verschieben? Bitte.«

Es gab eine bedeutungsschwere Pause, in der sie hören konnte, wie der Fernseher im Hintergrund lief, dann seufzte er. »Ja, klar. Wir reden später.«

»Danke. Es tut mir wirklich leid.«

»Ich weiß.«

»Wir sehen uns später.«

»Ja. Okay.«

Sie schob das Handy in ihre Tasche und ging zu Erin und Ivy Westmore zurück. Ben hatte die Plastiktüten entfernt und begutachtete ihre Hälse. Natalie bemerkte den Kontrast, den die dunklen, seidigen Haarsträhnen auf den sanften, weißen Wangen bildeten. Beide Mädchen glichen der Figur aus einem Märchen: Schneewittchen. Ben hatte sich hingekniet und war in seine Arbeit vertieft, betrachtete die Ligaturen und überprüfte die Augen auf Anzeichen, die auf einen Erstickungstod hinwiesen. Mike beobachtete ihn schweigend.

»Superintendent Tasker hat mir die Ermittlungen anvertraut«, sagte sie schließlich.

Mike neigte seinen Kopf zur Seite. »Und du hast sie angenommen?«

Sie nickte. »Ja. Ich habe meine Meinung geändert. Ich will diesen Penner festnageln.«

Er schenkte ihr ein schwaches Lächeln. »Dann werde ich

mich mal besser auf die Suche nach Beweisen machen, um dich dabei zu unterstützen.«

»Ben, können Sie mir eine Einschätzung geben, wie sie gestorben sind?«

»Es gibt keine Anzeichen für Blutergüsse um den Mund, das Kinn oder die Nase. Und es gibt keine Blutergüsse auf der Innenseite des Mundes, die normalerweise durch den Druck der Lippen oder Zähne entstehen würden, wenn die Opfer erstickt worden wären. Ich kann es noch nicht mit Sicherheit sagen, aber ich vermute, dass beide Mädchen stranguliert und nicht erstickt wurden. Ist das in etwa, was Sie erwartet haben zu hören?«

»Ja.«

»Das ist alles noch inoffiziell. Ich könnte noch etwas anderes entdecken, wenn ich sie untersuche.«

»Ich verstehe«, sagte Natalie. Damit konnte sie arbeiten. Sie war überzeugter denn je, dass dieser Fall mit den Morden von damals zusammenhing, und dass sie sich für das, was ihnen bevorstand, wappnen musste.

ZWÖLF

DAMALS

»Jennifer, das kannst du mir nicht antun!«, jammert er.

Sie durchbohrt ihn mit ihren zusammengekniffenen Augen vom Beifahrersitz aus. Der Sicherheitsgurt spannt sich über die Rundung ihres Bauches, und ihre Hände liegen beschützend darauf, als wolle sie seine Babys von ihrem Vater abschirmen. Sie ist unvernünftig. Mehr als unvernünftig.

»Es hätte nicht dazu kommen müssen, wenn du nicht so narzisstisch wärst oder dazu in der Lage, deinen Schwanz in deiner Hose zu behalten.«

»Um Himmels willen. Ich habe mich entschuldigt. Ich habe dir gesagt, dass es nie wieder vorkommen wird.«

»Ganz richtig, das wird es nicht. Ich werde dir nicht die Chance dazu geben, dass es noch mal passiert. Du willst andere Frauen vögeln, nur zu. Es interessiert mich nicht mehr. Dir werde ich keine Träne mehr hinterherweinen. Du verdienst meine Liebe nicht, aber diese Babys schon. Sie gehören mir und ich werde auf sie achtgeben, sie lieben und sie aufziehen … ohne dich.«

»Ich habe auch meine Rechte, weißt du?«

»Ja, und ich werde dir nicht verbieten, sie zu sehen, aber

wir werden nicht so tun, als wären wir eine glückliche Familie. Wir sind durch.« Sie seufzt und lehnt sich zurück an die Kopfstütze.

Er weiß nicht, was er erwartet hat – vielleicht doch noch eine Versöhnung in letzter Minute oder zumindest, dass sie sich trennen würden, ohne dass so viel Feindseligkeit in der Luft liegt. Er hat Fehler gemacht, aber das bedeutet nicht, dass er Jennifer nicht liebt. Er wäre ein guter Vater. Das weiß er. Seine Mädchen würden zu ihm aufsehen und ihn bewundern. Er braucht nur noch eine Chance. Die Reise nach Cornwall war lang und anstrengend, erfüllt von unangenehmem Schweigen, aber er wollte sie nicht selbst fahren lassen, nicht in ihrem Zustand – der Geburtstermin der Babys ist in zwei Monaten. Außerdem braucht er diese sechsstündige Fahrt, um sie davon zu überzeugen, dass er sich ändern kann, um der Mann zu sein, den sie haben will.

»Hör mal, wieso denkst du nicht wenigstens darüber nach? Ich kann in dieses Gebiet wechseln. Wir können die Mädchen zusammen großziehen, am Meer, und wir kaufen uns ein Haus in der Nähe deiner Eltern. Du müsstest nicht wieder anfangen zu arbeiten. Wie du weißt, haben Anwälte sehr lange Arbeitszeiten. Du kannst rund um die Uhr für sie da sein, nicht nur nach der Arbeit. Sie werden dich brauchen.«

Sie schließt ihre Augen und spricht mit monotoner Stimme. »Das sind wir schon tausendmal durchgegangen. Ich habe es satt, darüber zu diskutieren. Ich werde mir etwas in der Nähe von Mum und Dad mieten, damit sie mir helfen können, und wenn die Babys alt genug für die Krippe sind, werde ich meine alte Position bei der Arbeit wieder aufnehmen, und das war's. Mehr muss nicht gesagt werden. Ich habe schon alles organisiert. Die örtliche Kinderkrippe ist fabelhaft und bietet eine Einzelbetreuung für Babys an, es wird ihnen an nichts mangeln. Mum und Dad werden für sie zur Verfügung stehen und auch meine Schwester Louise, also lass es gut sein, okay? Ich werde meine

Meinung nicht mehr ändern.« Sie öffnet ihre Augen wieder und wirft ihm einen kalten Blick zu.

Seine Hände klammern sich um das Lenkrad. Er hat sich so viel Mühe gegeben. In den letzten sechs Stunden war er wirklich nett zu ihr gewesen, hat sich ihr Gemecker angehört, sich für den Schmerz entschuldigt, den er verursacht hat, hat Versprechungen gemacht, von denen er sich nicht sicher war, ob er sie halten könnte, und sie angefleht. Seine Knöchel werden weiß und seine Zähne knirschen. Jennifer nimmt ihm seine Mädchen weg und er kann verdammt noch mal nichts dagegen unternehmen, weil sie ihre Mutter ist, eine Frau mit besseren Qualifikationen, als er sie hat, und einem gut bezahlten Job in der Anwaltskanzlei ihres Vaters, der auf sie wartet; eine Frau, die sich ohne seine Hilfe um seine Babys kümmern kann, und alles, was sie ihm anbietet, sind Besuchs- und Urlaubsrechte. Er dreht sich zu ihr und versucht, sich nicht von ihrer mütterlichen Schönheit, der strahlenden Haut und den roten Wangen verführen zu lassen. Sie trägt ihre Kinder in sich und er will Wiedergutmachung leisten, noch mal von vorne anfangen. Er will gerade etwas sagen, als er den Schrecken auf ihrem Gesicht sieht. Sie öffnet ihren Mund, aber es kommt kein Ton heraus. Im nächsten Augenblick entdeckt er das Auto, das auf sie zurast, und reißt das Lenkrad herum, um zurück auf ihre Spur zu gelangen, aber er schießt über das Ziel hinaus und hört einen Schrei, der seine Ohren durchdringt und sich in sein Gehirn bohrt, als sein BMW zur Seite kippt und sich immer und immer wieder überschlägt. Und als er das Bewusstsein verliert, realisiert er, dass die Schreie aufgehört haben und seine Frau ihre Augen geschlossen hat.

DREIZEHN

SONNTAG, 12. AUGUST – ABEND

Chris und Judith Westmore saßen Seite an Seite auf einem großen blauen Sofa, ihre Oberschenkel waren aneinandergepresst, ihre Finger ineinander verschränkt. Judiths Augen waren blutunterlaufen und ihr Gesicht war mit roten Flecken übersät, während Chris eher grau aussah, seine Wangen waren eingefallen und die Trauer schien sein Gesicht verlängert zu haben. Tanyas Stimme war beruhigend, als sie Judith dazu ermutigte, Natalie, die auf einem Stuhl in der Nähe hockte, zu helfen. Ein zweiter Opferbetreuer, ein Mann in seinen späten Zwanzigern, stand schweigend in der Nähe der Tür.

»Ich kann das nicht noch mal durchgehen«, sagte Judith zitternd.

»DI Ward braucht so viele Informationen wie möglich, Judith«, sagte Tanya. »Alles, was Sie ihr sagen, könnte helfen.«

»Alles, was ich weiß, ist, dass sie weg waren. Meine Babys. Sie waren nicht in dem Zelt und ich weiß nicht, warum.« Judith schüttelte ununterbrochen ihren Kopf, während sie sprach. Dann fielen neue Tränen.

Chris drückte ihre Hand und streichelte mit seiner freien Hand über ihr Gesicht, bevor er sprach. Seine Stimme klang belegt. »Judith ist gegen zehn Uhr nach draußen gegangen, um die Mädchen zu wecken. Wir dachten, dass sie lange aufgeblieben sind und deshalb noch schlafen würden. Als sie dort ankam, war das Zelt leer. Sie ist zurück ins Haus gelaufen, um zu sehen, ob sie über Nacht vielleicht doch wieder reingekommen waren. Ich war in der Küche und habe das Frühstück vorbereitet. Sie sagte: ›Sie sind nicht da.‹ Dann ist sie nach oben gegangen, um in ihrem Zimmer nachzusehen, aber da waren sie auch nicht. Wir haben sie gerufen und ich bin in den Garten gegangen. Ich habe ihre Namen gerufen, aber dann bemerkte ich, dass das Tor nicht abgeschlossen war. Ich bin die ganze Straße rauf und runter gerannt, aber konnte sie nirgendwo entdecken. Währenddessen hat Judith die Polizei gerufen. Das ist alles, was ich Ihnen sagen kann. Das alles haben wir schon DI Kilburn erzählt. Bestimmt können Sie mit ihm darüber reden. Wir brauchen ... Zeit.« Tränen liefen über seine Wimpern, als er die Hand seiner Frau drückte.

Natalie lehnte sich nach vorne und sprach leise. »Ich weiß, dass es furchtbar schwer für Sie sein muss, aber wie Tanya bereits gesagt hat, alles, was Sie mir erzählen, könnte helfen, uns ein Bild davon zu machen, was passiert ist. Können Sie mir von dem Abend erzählen, bevor sie verschwunden sind?«

Chris ließ die Hand seiner Frau los und rieb sich übers Gesicht, als müsste er seine Haut abschrubben. Er kämpfte mit seinen Tränen, bevor er ihr antwortete. »Die Zwillinge haben Abendbrot gegessen und sind auf ihr Zimmer gegangen. Um neun Uhr kamen sie runter, trugen bereits ihre Schlafanzüge und sagten, dass sie bereit fürs Bett wären. Sie haben uns beiden Gutenachtküsse gegeben, bevor sie ins Zelt gegangen sind, und schienen vollkommen glücklich zu sein.« Nach den letzte Worten schluckte er schwer, eine einzelne Träne rollte über sein Gesicht und verfing sich in seinen Bartstoppeln.

»Haben sie in ihren Schlafsäcken geschlafen, als Sie nach ihnen gesehen haben?«

»Ja.«

»Sind Ihnen im Zelt irgendwelche anderen Klamotten aufgefallen?«

»Nur ihre Morgenmäntel und Hausschuhe. Die Mädchen hatten ihre Pyjamas an und lagen in ihren Schlafsäcken, aber die wurden zusammen mit den Morgenmänteln und Hausschuhen im Zelt zurückgelassen. Wir wurden gebeten, nichts davon zu entfernen.« Er schien an seiner Antwort zu ersticken, und Judith griff nach seiner Hand. Erst nachdem er mehrmals durchgeatmet hatte, konnte er Natalies nächste Frage beantworten.

»Sie wussten nicht, dass sie noch andere Klamotten bei sich hatten?«

»Nein.«

»Haben sie eine Tasche mit ins Zelt genommen?«

Er konnte nicht antworten. Die Tränen flossen. Es war Judith, die für ihn übernahm. »Sie hatten einen Rucksack bei sich – ich dachte, da wären Bücher und Spiele drin. Ich habe nicht danach gefragt.«

»Ist der Rucksack noch da?«

»Ja, aber er ist leer.«

»Das mag grausam für Sie klingen, aber ich meine es nicht so. Ich will nur verstehen, warum sie weggelaufen sein könnten. Waren die Zwillinge glücklich?«

»Sehr sogar«, sagte Judith.

»Fällt Ihnen irgendein Grund ein, weshalb sie sich weggeschlichen haben könnten?«

»Nein. Wir sind eine sehr glückliche Familie.« Ihre Lippen zitterten, als sie sich selbst korrigierte. »Wir *waren* eine sehr glückliche Familie. Wir sind so gut zurechtgekommen – haben gelacht und Witze gemacht. Es gab keine Wutausbrüche und die Mädchen waren unzertrennlich. Wirklich gute Freundinnen. Ich verstehe nicht …«

Natalie wandte sich wieder an Chris und fragte: »Chris,

heute Morgen war das Tor nicht verschlossen. Sind Sie sicher, dass es abgeschlossen war, als Sie gestern Abend ins Bett gegangen sind?«

»Auf jeden Fall. Ich habe es überprüft. Niemand hätte in den Garten kommen können, außer es wurde irgendwie geöffnet oder sie sind darüber geklettert, um es zu öffnen. Durch die Gärten der Nachbarn wären sie niemals reingekommen. Das ist unmöglich. Ich verstehe nicht, was passiert ist. Bitte finden Sie denjenigen, der dafür verantwortlich ist. Finden Sie den kranken Bastard, der unseren Mädchen das angetan hat.«

»Wir tun, was wir können.« Natalie wusste, dass sie ihnen nichts versprechen konnte. Vielleicht würden sie nie herausfinden, was vorgefallen war, aber sie musste es versuchen. Sie würde alles daran setzen, diesem Paar die Antwort zu liefern, nach der sie sich so sehr sehnten.

─────

Lucy gesellte sich in dem Besucherzentrum von Blithbury Marsh zu DI Graham Kilburn, dem Leiter des Dezernats für Vermisstenfälle. Mit dem hängenden Kinn und den eingefallenen Wangen sah Graham aus, als wäre das Leben aus ihm herausgesaugt worden. Das letzte Mal, dass sie ihn gesehen hatte, war früher in diesem Jahr gewesen, als Natalies Tochter verschwunden war, aber seitdem hatte er an Gewicht verloren, wodurch er älter wirkte.

Graham war gerade in eine Unterhaltung mit einem rotgesichtigen Mann in Tarnjacke und olivgrüner Hose vertieft, als Lucy eintrat, doch als er sie sah, rief er sie sofort zu sich herüber. Sie schob sich an Tafeln mit Karten über das Marschland und Fotografien der dort lebenden Wildtiere vorbei, um zu ihnen zu gelangen. Auf Lucy wirkte der Raum wie ein Klassenzimmer mit Tischen, die genauso angeordnet waren wie die

Tische in ihrer Schule. Es lag sogar ein leichter Geruch von Textmarkern in der Luft.

»DS Carmichael«, sagte Graham. »Gehe ich recht in der Annahme, dass DI Ward diesen Fall übernehmen wird?«

»Ja, Sir. Sie hat mich gebeten, mit Ihnen und dem Gentleman zu sprechen, der die Leichen gefunden hat.«

»Das wäre dann ich«, sagte der Mann und senkte seinen Kopf respektvoll, wodurch er eine große, kahle Stelle entblößte, die mit Sommersprossen übersät war.

»Ich würde gerne noch mal alles mit Ihnen durchgehen, wenn es Ihnen nichts ausmacht, Mr ...?«

»Porter. Doug Porter.«

»Mr Porter, können Sie mir sagen, wann und wie Sie die Leichen gefunden haben?«

»Ich kam am Nachmittag hier an wie jeden Sonntag. Ich habe mich mit den anderen über die neuesten Vogelaktivitäten ausgetauscht und bin gegen fünf Uhr losgegangen, um die Aussichtstürme zu kontrollieren und zu sehen, ob eine der Kameras neue Aufnahmen von den Europäischen Bienenfressern gemacht hat, die vor ein paar Tagen hier waren – die sind sehr selten, verstehen Sie? Ich habe beide Aussichtstürme überprüft, mit einigen der regelmäßigen Vogelbeobachtern gesprochen und war auf dem Rückweg zum Zentrum, als ich eine ungewöhnliche Vogelaktivität in der Nähe des Wassers bemerkt habe – sie waren sehr aufgeregt, also bin ich hingegangen, um zu sehen, ob ein Raubtier in der Nähe war, das die Vögel aufgescheucht hatte ... und habe sie gefunden.« Seine Augenbrauen wanderten nach oben, während er sprach, und er öffnete seine Hände. »Sie lagen einfach da. Ich wusste sofort, dass sie tot waren ... die Tüten ... Ich habe die Polizei von meinem Handy aus angerufen und bin sofort hierher zurückgelaufen, um den anderen Bescheid zu geben. Wir haben die Leute vom Gelände heruntergeschickt und Schilder aufgehängt, dass geschlossen ist, um andere fernzuhalten. Das war doch richtig, oder?«

»Ja, das war es. Waren zu der Zeit viele Leute auf dem Gelände?«

»Glücklicherweise nicht. Nur ein Dutzend, maximal. Der Tag ging dem Ende zu. Sonntags gehen die meisten gegen fünf. Wir haben versucht, sie alle aus der unmittelbaren Umgebung des Tatorts, wie Sie es nennen, fernzuhalten.«

Er schenkte ihr ein kleines Lächeln, eifrig wie der Musterschüler eines Lehrers. Lucy notierte sich seine Antwort, doch war von seinem Enthusiasmus, ihnen zu helfen, leicht irritiert.

»Sie haben die Leichen nicht angefasst?«, fragte sie.

Seine Augen wurden groß. »Nein ... nein, auf keinen Fall. Ich wollte den Tatort nicht kontaminieren.«

Er war offensichtlich ein Mann, der viele Krimiserien schaute. Er rieb seine Hände aneinander und wartete auf die nächste Frage.

»Sie haben die Mädchen nicht wiedererkannt ... an ihren Klamotten? Ich meine, Sie haben sie nicht vorher schon mal gesehen?«, fügte sie schnell hinzu, als ihr bewusst wurde, dass die Plastiktüten die Sicht auf ihre Gesichter verdeckt hatten.

»Ich befürchte nicht.«

»Hat jemand der anderen die Mädchen gesehen?«, fragte sie Graham, der den Kopf schüttelte.

»Sie haben alle ausgesagt, aber niemand hat etwas Ungewöhnliches bemerkt oder die Leichen gesehen, bevor Doug sie gefunden hat. Ich wurde sofort hergerufen und habe sie anhand von Merkmalen identifiziert – Erin hat ein großes Muttermal auf dem linken Oberschenkel und Ivy eine sternförmige Narbe auf dem rechten Knie. Es bestanden kaum Zweifel daran, dass sie es sind.«

Er trat unbehaglich von einem Fuß auf den anderen und Lucy vermutete, dass er das volle Gewicht der Ermittlung auf seinen Schultern spürte. Sein Dezernat hatte eine gute Bilanz, wenn es darum ging, Teenager aufzuspüren, die von zu Hause weggelaufen waren, aber im Laufe des letzten Jahres waren einige dieser Fälle zu Mordermittlungen geworden. Lucy beendete ihre Befragung des Mannes, der die Leichen gefunden hatte, und sprach unter vier Augen mit Graham.

»Was können Sie mir sagen, das uns helfen könnte?«, fragte sie ihn leise.

»Nicht viel. Als wir heute Morgen angerufen wurden, weil die Zwillinge verschwunden waren, war ich mir sicher, dass sie weggelaufen sind. Es schien geplant gewesen zu sein: Sie hatten darauf bestanden, letzte Nacht zu zelten, was den beiden Mädchen offenbar nicht ähnlich sah; sie haben ihre Pyjamas angezogen und haben sich in die Schlafsäcke gelegt, um ihren Vater davon zu überzeugen, dass sie gleich schlafen würden, aber hatten zusätzliche Kleidung dabei. Auf ihren Social-Media-Accounts konnten wir nichts finden, das darauf hindeutete, was sie geplant hatten, aber es ist so gut wie unmöglich, dass jemand in ihren Garten eingedrungen ist und sie sich dort geschnappt hat. Das Gartentor wurde von innen aufgeschlossen, und auf dem Schloss und dem Schlüssel waren die Fingerabdrücke von Erin und ihrem Vater. Wir haben versucht, ihre Mobiltelefone zu orten, aber sie senden kein Signal und wir konnten sie noch immer nicht finden. Ich bleibe dabei, dass die Zwillinge vorsätzlich weggelaufen sind, aber den Eltern fällt kein einziger Grund ein, warum sie das getan haben sollten. Wir haben uns auch bei den engsten Freundinnen und dem Rest der Familie umgehört und die gleichen Antworten erhalten – die Zwillinge liebten ihre Eltern und haben sich nicht mit ihnen zerstritten. Es ergibt keinen Sinn, dass sie weglaufen sind.« Er fuhr sich mit der Hand über die Wangen und zog die Haut noch weiter herunter, sodass es aussah, als würde sein Gesicht schmelzen. »Dann übergebe ich an Sie, Sergeant. Ich werde sofort meinen Bericht für DI Ward schreiben und ihn rüberschicken lassen. Gibt es sonst noch etwas, womit ich Ihnen helfen könnte?«

»Nein, Sir.«

»Okay, dann mache ich mich auf den Weg. Viel Erfolg.« Er trottete mit hängenden Schultern davon, ein Mann, der von den Schrecken des Lebens gebrochen worden war.

Lucy kam zur selben Zeit im Präsidium an wie Natalie, die jedoch einen Stopp bei den Toiletten im Erdgeschoss einlegte. Mittlerweile war es schon spät, fast acht Uhr, aber Ian saß immer noch an seinem Schreibtisch.

»Ich gehe die Aufnahmen der Überwachungskameras rund um das Haus der Westmores in der Emerson Lane durch«, sagte er. »Es gibt eine Kamera vor dem Möbellager direkt gegenüber von ihnen, aber die wurde beschädigt. Die Mitarbeiter des Lagerhauses denken, dass es irgendwann zwischen Freitagabend und Samstagmorgen passiert sein muss. Jemand hat die Linse mit roter Farbe übersprüht. Das war die einzige Kamera, die unschädlich gemacht wurde. In Anbetracht der Tatsache, dass es erst vor einem Tag passiert ist und die Kamera auch die gegenüberliegende Straßenseite erfasst, fand ich das ein bisschen verdächtig.«

Lucy nickte. »Das kann kein Zufall sein, oder?«

»Ich habe trotzdem nach dem Filmmaterial gefragt, für den Fall, dass schon vorher etwas aufgezeichnet wurde.« Seine Finger rasten über die Tastatur, während er die Zeit weiter zurückspulte, um den Moment zu finden, in dem die Kamera außer Gefecht gesetzt wurde.

»Klingt sinnvoll für mich.«

Ein Klopfen an der Tür ließ sie beide herumwirbeln. Ein dunkelhaariger Mann mit ernsten braunen Augen stand im Türrahmen, seine Lederjacke hatte er lässig über eine Schulter geworfen.

»Hi. Ich bin DS John Briggs. Ich habe den Befehl erhalten, Sie zu unterstützen. Entschuldigt bitte die Klamotten. Ich war bei einem Date, als ich den Anruf erhalten habe. Musste die Dame hängen lassen.« Er strich mit seiner Hand über das weiße Hemd und seine eng anliegenden Jeans.

»Oh, richtig. Sie sind aber schnell hergekommen«, sagte Lucy und trat auf ihn zu, um ihm die Hand zu schütteln.

»Offenbar wohnt dieser Ermittlung eine gewisse Dringlichkeit inne. Mir wurde gesagt, dass ich alles stehen und liegen lassen soll, einschließlich meiner reizenden Partnerin.«

»Ah«, sagte Lucy und zuckte mit den Schultern. »So ist die Arbeit bei der Polizei. Wir müssen alle Opfer bringen.«

John fuhr fort: »Ich habe gehört, dass der Fall von DI Wart geleitet wird.«

»Das ist richtig. Sie sollte jeden Augenblick hier sein. Das ist PC Ian Jarvis«, sagte sie.

Ian nickte in seine Richtung.

»Wie weit sind Sie bisher? Haben Sie schon irgendwelche Ideen?« Er folgte Lucy ins Zimmer und warf seine Jacke über die Rückenlehne des erstbesten Stuhls, der an dem Schreibtisch stand, den Natalie besetzt hatte. Lucy runzelte die Stirn. Es war offensichtlich, dass dieser Schreibtisch genutzt wurde – die Wasserflasche, die Kaffeetasse und viel Papierkram machten es offensichtlich, dass er besetzt war –, doch dem schenkte er keine Aufmerksamkeit, als er durch das Büro schlenderte, um sich einen Eindruck davon zu verschaffen, wo er die nächste Zeit über arbeiten würde. Er schritt auf die bodentiefen Fenster zu und pfiff leise. »Nette Aussicht!«

Lucy warf ihm einen skeptischen Blick zu, aber er ignorierte sie. »Wahrscheinlich ist es das Beste, wenn Natalie Sie auf den aktuellen Stand bringt. Richten Sie sich solang bei einem freien Schreibtisch ein. Dieser ist besetzt.«

Er grinste sie an, aber machte keine Anstalten, seine Jacke zu entfernen. Stattdessen ging er zu Ian und beugte sich hinunter, um auf den Computerbildschirm schauen zu können. »Da ist nichts.«

»Die Überwachungskamera ist außer Betrieb. Scheinbar wurde die Linse mit Farbe besprüht.«

»Und warum sehen Sie sich das dann an?«

»Ich dachte, vielleicht finde ich etwas auf den Aufnahmen, bevor sie schwarz geworden sind – vielleicht einen Hinweis darauf, wer die Kamera beschädigt haben könnte, oder verdächtige Bewegungen in der Nähe. Das ist die einzige Kamera in der Umgebung, die demoliert wurde, und ich frage mich, warum.«

»Wen interessiert's? Wenn die Kamera nicht funktioniert, nützt sie der Ermittlung nicht. Damit verschwenden Sie Ihre Zeit, Kumpel«, sagte John.

Ian und Lucy tauschten einen Blick aus, dann ergriff sie das Wort. »Wir müssen jede Möglichkeit in Betracht ziehen. Diese Kamera ist direkt vor dem Wohnhaus der Westmores in der Emerson Lane. Es wäre fahrlässig von uns, das nicht zu überprüfen.«

John schnaubte leise. »Höchstwahrscheinlich ein zufälliger Fall von Vandalismus. Sie werden eine Gruppe von halbstarken Gangstern schnappen. Sie sollten sich auf andere Kameras in der Umgebung konzentrieren und auf deren Material nach verdächtigen Aktivitäten suchen.«

Kaum war er fertig mit seinem Kommentar, erschien Natalie. Als sie den Mann erblickte, hielt sie mitten im Gehen inne. Er lächelte ihr zu, aber es erreichte seine Augen nicht.

»Schön, Sie wiederzusehen, Natalie«, sagte er.

Sie zögerte, bevor sie antwortete: »Ich schätze, Sie sollen unser Team unterstützen.«

»Superintendent Tasker dachte, es könnte hilfreich für Sie sein, wenn ich dabei bin.«

Sie nickte knapp, bevor sie sich an die anderen wandte. »Für den Fall, dass Sie einander noch nicht vorgestellt haben, das ist DS John Briggs. Er und ich haben bei den Ermittlungen zu den Blütenzwillingen zusammengearbeitet.«

Er nickte leicht, um das zu bestätigen. Natalie wischte ihre Handflächen an ihrer Hose ab. *Verdammt! Von allen Leuten ausgerechnet er!* John Briggs war das arroganteste Arschloch, das ihr je begegnet war, und hatte auf die Beförderung gehofft, die sie bekommen hatte. Er war schwierig im Umgang, rechthaberisch und die letzte Person, von der sie sich Unterstützung wünschte. Darüber hinaus gab es noch einen persönlicheren Grund, weshalb sie diesen Mann nicht mochte. Während ihrer Arbeit am Fall der Blütenzwillinge hatte er sich ihr gegenüber unangemessen verhalten. Er hatte sie eingeladen, etwas mit ihm trinken zu gehen, obwohl er genau gewusst hatte, dass sie verheiratet war und Kinder hatte, und als sie abgelehnt hatte, hatte er sie eine kalte Schlampe genannt und ihr vorgeworfen, ihn verführt zu haben, nur um ihn im nächsten Augenblick wieder fallen zu lassen. Nichts davon war wahr, doch eine jüngere, weniger selbstbewusste und etwas verwirrte Natalie hatte zu diesem Vorfall geschwiegen. Er hatte sie nicht noch einmal gefragt, aber seitdem war sie ihm gegenüber misstrauisch. Was hatte sich Dan dabei gedacht? Die Antwort darauf kannte sie – er wollte den Fall so schnell wie möglich schließen, und John war der richtige Mann dafür. Wieder rieb sie sich ihre feuchten Handflächen ab. Dadurch würden die Ermittlungen plötzlich noch anstrengender werden; aber sie schuldete es den Familien, Antworten zu liefern, weshalb sie vorerst mit diesem Mann zusammenarbeiten musste. Sie straffte ihre Schultern und hoffte inständig, dass sie ihn unter Kontrolle halten konnte. Sie konnte es sich nicht leisten, dass er sie in die falsche Richtung ermitteln ließ, wie er es bei den Blütenzwillingen getan hatte.

VIERZEHN

ERIN UND IVY

Erin öffnet vorsichtig das Zelt und streckt ihren Kopf heraus. Nach der Wärme des Zeltes fühlt sich die Luft draußen kühl an. Es ist kompliziert gewesen, sich auf diesem engen Raum anzuziehen und sie haben gekichert und sind mehrfach aneinandergestoßen, während sie ihre zusammenpassenden Outfits angezogen und sich gegenseitig geschminkt haben, und das alles nur mithilfe der Taschenlampen-App auf ihren Handys. Sie könnten tatsächlich als sechzehn durchgehen.

Im Garten ist es still, Erin kriecht aus dem Zelt und wirft einen Blick auf das Haus, das in vollständiger Dunkelheit daliegt. »Okay«, flüstert sie.

Ivy kommt nach draußen und nachdem sie den Zeltreißverschluss wieder verschlossen hat, folgt sie ihr wie ein Schatten zum Tor. Sie reden nicht, als Erin den Schlüssel umdreht und das Tor öffnet, prüft, ob die Luft rein ist und dann hindurchschlüpft. Ivy ist direkt hinter ihr und behält den Weg im Auge, während Erin das Tor wieder schließt. Sie überqueren sofort die Straße und gehen auf das Möbellager zu, weg von den Häusern, wo die Leute sie unter den Laternen, die den gesamten Weg säumen, sehen könnten.

Am Ende der Straße biegen sie nach links ab und gehen Arm in Arm in Richtung der Adresse, die ihnen gegeben wurde.

»Bist du sicher, dass du weißt, wo die Party ist?«, fragt Ivy.

»Natürlich weiß ich das. Ich habe die Adresse bei Google Maps eingegeben. Es ist nicht weit.«

»Ist das nicht unglaublich?« Ivys Gesicht ist vor Aufregung ganz rot.

»Das ist fantastisch.«

»Sag mir noch mal, was Tom gesagt hat. Na los. Wort für Wort«, drängt Ivy sie.

»Du warst dabei. Du weißt genau, was er uns gesagt hat.«

»Ich weiß, aber erzähl es mir noch mal.« Ivys Begeisterung ist ansteckend.

Erin lächelt und sagt: »Dass Blasted eine private Party schmeißen, bevor sie auf Europatour gehen, und Tom hat uns eingeladen –«

»Und Callum wird auch da sein und will uns treffen!« Ivy beendet den Satz und drückt den Arm ihrer Schwester. »Das wird so cool. Wir werden Callum Vincetti kennenlernen! Alle werden so eifersüchtig sein.«

»Wir müssen aufpassen, wem wir es erzählen. Mum und Dad dürfen nichts davon erfahren.«

»Ich weiß, aber Ashra können wir es erzählen. Wirst du es Noah sagen?«, fragt Ivy.

»Nein. Wir sind durch. Er will aufs nächste Level gehen, aber dafür mag ich ihn nicht genug.«

Ivy nickt über die weisen Worte ihrer Schwester.

»Das ist eine wirklich lange Straße«, sagt Erin und hält nach den Hausnummern Ausschau.

»Zwölf. Das ist es«, sagt Ivy und zeigt auf das nächste Haus. Fast wäre sie vor Freude gehüpft.

Es ist ein freistehendes, unscheinbares Haus. Bunte Discobeleuchtung blitzt hinter den Vorhängen auf, die vollständig zugezogen wurden. Erin stößt ein leises, aufgeregtes Quietschen aus. »Das ist es.«

Sie überprüfen noch einmal gegenseitig ihr Aussehen, gehen ein Stück um das Haus herum, bevor sie stehen bleiben und einen Blick durch den Schlitz zwischen den Vorhängen werfen. Die Farbe des Zimmers verändert sich von einem satten Blau zu einem leuchtenden Pink, Erin schnappt nach Luft und sagt: »Ich glaube, ich kann Callum sehen.«

Ivy streckt sich, um besser sehen zu können, und entdeckt die Gestalt eines jungen Mannes, der sich dem Fenster zugewandt hat. Das Licht wechselt zu einem grellen Gelb.

»Er ist es. Ich erkenne seine Frisur.«

»Komm. Er soll uns doch nicht dabei erwischen, wie wir durch das Fenster gaffen.«

Sie eilen den Weg zur Vordertür entlang. Aus dem Innern dringt Musik und hin und wieder ertönt Gelächter. Erin sieht ihre Schwester an und grinst sie aufgeregt an. Die Tür öffnet sich und ein Mann in einer Militärjacke und Jeans steht vor ihnen. In seiner Hand hält er eine Bierflasche. Bevor sie etwas sagen können, zeigt er mit der Flasche in ihre Richtung und sagt: »Ihr seid die Zwillinge – Erin und ... Ivy. War das richtig? Tom hat gesagt, dass ihr kommen würdet. Schön, dass ihr es schaffen konntet. Ich bin der Bandmanager. Kommt rein. Was kann ich euch zu trinken anbieten ... Bier, Wein, Champagner?« Er tritt zurück und die Mädchen betreten das Haus. Aus dem Zimmer zu ihrer Rechten dröhnt Musik – eins der Lieder von Blasted – und laute Unterhaltungen sind zu hören.

»Orangensaft reicht völlig«, sagt Erin.

»Orangensaft soll es sein. Tom ist in der Küche – ich werde ihm sagen, dass ihr da seid.« Er zeigt auf die Tür, die in den nächsten Raum führt, und sagt: »Geht nur rein und sagt den Jungs Hallo. Callum freut sich schon darauf, euch beide kennenzulernen.« Er schlendert durch den Flur auf ein anderes Zimmer zu und ruft: »Tom, deine Freundinnen sind da.«

Ein breites Grinsen legt sich über Erins Gesicht. »Na komm«, sagt sie zu Ivy. Sie drückt die Türklinke nach unten und betritt den Raum. Farben zucken über den Teppich – pink, blau, grün – und die Musik ist laut. Als ihre Augen sich daran gewöhnen, sieht sie sich verwirrt um. Der Raum ist nur ein Raum – ein Wohnzimmer mit einem Sofa, einer Schrankwand und einem Fernseher. Die Musik von Blasted dröhnt aus einem Lautsprecher, und das seltsame Gelächter und die Gespräche kommen aus einem anderen, der an einen Laptop angeschlossen ist, der geöffnet auf einem Tisch steht. Es ist niemand in diesem Zimmer und die Person, die dem Fenster zugewandt ist, ist gar keine Person – es ist ein lebensgroßer Pappaufsteller. Irgendetwas stimmt hier nicht. Irgendetwas stimmt hier ganz und gar nicht. Sie müssen verschwinden. Erin macht auf dem Absatz kehrt, den Mund geöffnet und bereit, Ivy zum Rennen aufzufordern, um diesen Ort zu verlassen, aber bei dem Anblick vor ihr bleibt sie wie erstarrt stehen. Der Mann hält ihre Schwester fest. Und jetzt lächelt er nicht mehr.

FÜNFZEHN

Nach dem Update von Natalie, richtete DS John Briggs sich ein, holte sich eine Tasse Tee aus dem Automaten im Erdgeschoss und las sich die Fallakte durch, wobei er sein Kinn gelegentlich auf seiner Hand abstützte und gedankenverloren in die Ferne blickte. Natalie ging die Informationen über Isabella und ihre Schwester Kerry durch, während Lucy sich über ihren Laptop beugte und nach einer Verbindung zu den Westmore-Zwillingen suchte. Ian durchbrach schließlich die Stille, indem er seinen Stuhl zurückschob und sagte: »Ich habe etwas, Natalie.«

Sie erhob sich, doch John war bereits vor ihr und beugte sich dem Bildschirm entgegen. Er wich schnell wieder zurück, aber sie entdeckte das kleine, zufriedene Lächeln auf seinem Gesicht, das seine Mundwinkel nach oben zog, als er sich dafür entschuldigte, ihr die Sicht versperrt zu haben.

Eine männliche Gestalt in einem Kapuzenpulli marschierte die Greenfield Road in Richtung Emerson Lane herunter, die Straße, in der die Familie Westmore wohnte.

Natalie konnte auf der Aufnahme keinen Zeitstempel entdecken. »Wann wurde das aufgenommen?«

»Um zwanzig nach eins am Samstagmorgen. Die Zwillinge sind am selben Tag, jedoch viel später verschwunden, aber dieser Mann verhält sich definitiv verdächtig. Er bleibt immer wieder stehen.« Ian spielte die Aufnahme ab und tatsächlich schien der Mann mehrfach stehen zu bleiben, sich um sich selbst zu drehen und sich umzusehen, bevor er weiterging.

»Können wir ihn uns genauer ansehen?«

Ian zoomte an das Bild heran, während seine Finger über die Tastatur strichen, und schaffte es, es zu vergrößern.

»Wann wurde die Überwachungskamera gegenüber dem Westmore-Haus beschädigt?«, fragte Natalie.

»Um halb zwei am Samstagmorgen«, antwortete Ian.

»Das ist schon ein ziemlicher Zufall, nicht wahr? Ich will wissen, wer dieser Kerl ist und was zum Teufel er da getrieben hat.«

»Wahrscheinlich sollten wir es ins Labor schicken, damit die eine Gesichtserkennungssoftware drüber laufen lassen können«, schlug John vor.

»Genau das wollte ich gerade tun«, erwiderte Ian.

»Klar.« John nickte und kehrte zu seinem Schreibtisch zurück.

»Es ist schon ziemlich spät und wir müssen morgen fit sein, also schlage ich vor, dass wir für heute Schluss machen und morgen Früh um sieben weitermachen«, sagte Natalie.

»Ich könnte bleiben und abwarten, ob die Techniker diesen Kerl identifizieren können«, sagte John.

»Ich werde sicherstellen, dass ich informiert werde, sobald sie einen Namen haben, und dann entscheide ich, ob wir handeln oder nicht«, gab Natalie zurück.

John starrte sie für eine Sekunde an. »Natürlich.«

Natalie war sich nicht sicher, ob er sie alle absichtlich provozierte, oder ob er einfach nur begierig war, die Ermittlung voranzutreiben. In ihrem Team war kein Platz für Büropolitik, aber da Dan Tasker ihr im Nacken saß und Ergebnisse forderte, hatte sie keine andere Wahl, als mit ihm zurechtzukommen. Sie entließ Lucy und Ian und bat John, noch zu bleiben. Er wartete an seinem Schreibtisch, und sobald die anderen gegangen waren, sagte er zu Natalie: »Ich habe Ihnen nie zu der Beförderung gratuliert. Gut gemacht.«

Als er lächelte, blieben seine Augen matt. Natalie stützte sich mit den Händen auf ihrem Schreibtisch ab. »Ich weiß, dass das ein wenig seltsam für Sie sein muss, aber wir haben das gleiche Ziel. Wir wollen herausfinden, wer für diese Morde verantwortlich ist, und zwar so schnell wie möglich, aber lassen Sie mich eins klarstellen – ich leite diese Ermittlung und ich gebe die Befehle.«

»In Ordnung. War's das?«

Verärgert über seine Unverschämtheit behielt sie ihre Haltung bei. Die Arme vor sich ausgestreckt und die Hände auf der Tischplatte aufgestützt, durchbohrte sie ihn mit ihrem Blick. »Nein. Die Vergangenheit ist vergangen und ich will nicht, dass irgendein Groll oder Problem in dieses Büro gebracht wird. Superintendent Tasker hat Sie aus gutem Grund hierherbeordert. Er denkt offensichtlich, dass Sie eine Hilfe sein werden, und genau das brauchen wir, wenn es also etwas gibt, das Sie sagen wollen, irgendwas, das raus muss, dann tun Sie das bitte jetzt, damit wir dann weitermachen und denjenigen, der diese Kinder ermordet hat, schnappen können.«

»Ich habe kein Problem damit, dass Sie hier das Sagen haben, Natalie. Haben Sie irgendwelche Bedenken, weil ich Teil des Teams bin?«

Sie sah ihm in die Augen. »Nein.«

»Gut.«

»Aber halten Sie sich an die Regeln, John.«

»Das tue ich immer.«

»Ich will nicht, dass Sie irgendetwas unternehmen, ohne es vorher mit mir besprochen zu haben. Verstanden?«

»Verstanden.« Er stand auf, nahm seine Jacke und zog sie

an, bevor er sich ihr zuwandte. »Ich trage nicht die Schuld an dem, was passiert ist, wissen Sie? Ich war nicht derjenige, der entschieden hat, die falsche Person zu verfolgen.«

»Sie haben dem DI diese Informationen gegeben, und wenn ich mich recht erinnere, waren Sie sehr begierig darauf, dem nachzugehen, obwohl wir noch andere Verdächtige auf dem Tisch hatten.«

»Ich war nur enthusiastisch, das ist alles. Ich habe die Befehle nicht gegeben.«

Natalie atmete ein, bevor sie sagte: »Ich weiß. Ich will hier nur keine Fehltritte sehen.«

»Bei allem Respekt, aber Zeit damit zu verschwenden, nach Leuten zu suchen, die eine Kamera besprüht haben, bringt uns nicht weiter.«

»Es mag nicht in Ihren Büchern stehen, aber es steht in meinen und heißt gründlich sein.«

»Wir sollten mehr Druck auf alle ausüben, die die Mädchen kannten, einschließlich ihrer Familie und Freunde«, fuhr er unbeirrt fort.

»Und das werden wir auch, aber wir machen es so, wie ich es will. Zuerst erledigen wir unsere Hausaufgaben.«

»Ich schätze, dann werde ich mich fügen müssen. Immerhin sind Sie diejenige, die befördert wurde, und nicht ich.«

Als Natalie auf die Einfahrt fuhr, drehte sich ihr der Magen um. Sie freute sich darauf, ihre Kinder wiederzusehen, aber sie wusste, dass es schrecklich werden würde, ihre Leben auf den Kopf zu stellen. Jeder Muskel in ihrem Körper war angespannt, und in ihrem Kopf machte sich ein vertrautes Pochen breit – ein Anspannungskopfschmerz braute sich zusammen, zuerst der Stress mit der Ermittlung, dann hatte sie John Briggs wiedersehen müssen und jetzt das hier.

Sie blieb im Auto sitzen, wollte sich bewegen, aber konnte

es nicht. *Der verdammte, streitsüchtige John Briggs.* Sie waren noch nie gut miteinander ausgekommen. Das lag nicht daran, dass sie es nicht versucht hätte, aber John war immer der Ehrgeizigere von ihnen gewesen, der Sergeant, der als Erster mit Antworten und Vorschlägen um sich warf und permanent versuchte, seine Vorgesetzten zu beeindrucken, während Natalie Befehle befolgte und jedem einzelnen Hinweis nachging. Sein Versagen im Fall der Blütenzwillinge hatte ihn die Beförderung gekostet, nach der er sich so sehr gesehnt hatte. Stattdessen war Natalie befördert worden, und es schien, als hätte er es in den Jahren, seitdem sie Manchester verlassen hatte, nicht geschafft, diesen Schritt auf der Karriereleiter zu machen. Sie war überrascht über Dan Taskers Entscheidung, diesen Mann herzubringen, damit er sich der Ermittlung anschloss, aber solang sie das den Superintendenten nicht persönlich fragte, würde sie nie erfahren, was ihn dazu getrieben hatte, John Briggs hinzuzuziehen. Zudem war sie verärgert, dass sie bei dieser Entscheidung umgangen worden war und es erst erfahren hatte, als John schon in ihrem Büro stand.

Ihre Beine fühlten sich schwer an, doch sie schaffte es, die Autotür aufzudrücken. Das musste sie nun alles zur Seite schieben. Hier war sie nicht DI Ward. Hier war sie Mum.

Im Haus duftete es nach warmen, italienischen Kräutern, dem verführerischen Aroma von Knoblauch und Oregano, das sie immer an Davids hausgemachte Lasagne erinnerte – sein Leibgericht mit welligen, samtweichen Nudelblättern, die mit cremiger Béchamelsoße bedeckt und von oben perfekt gebräunt waren. Ihr Magen knurrte vor Vorfreude.

Aus dem Wohnzimmer ertönte Klatschen und Jubeln – irgendeine Show im Fernsehen. Sie streifte ihre Schuhe ab und tapste über den schmal zulaufenden Teppich in Richtung der Geräusche.

»Mum!« Ihre Tochter kam gerade die Treppe hinunter, bei

ihrem Anblick schlich sich ein Lächeln auf Natalies Mund. Leighs Haare waren zu festen Zöpfen geflochten, und mit ihrem weißen Top und den kurzen Jeansshorts, über denen sie einen Kimono trug, sah sie für Natalie sehr trendig und erwachsen aus. Das Mädchen hüpfte die Stufen herunter und drehte sich.

»Wirklich schön«, sagte Natalie anerkennend.

»Das hat Grandpa mir gekauft. Pam hat mir beim Aussuchen geholfen. Ist das nicht süß?«

Obwohl sie in ihren späten Fünfzigern war und ihr einziges Kind ein bereits erwachsener Sohn war, schien Pam ein Auge dafür zu haben, ein junges Mädchen einzukleiden.

»Fantastisch.«

»Ich habe auch einen grünen mit blassblauen Blumen bekommen. Willst du ihn sehen?«

»Auf jeden Fall.«

Wie ein aufgeregter Welpe hüpfte das Mädchen die Treppe wieder hinauf. Natalie steckte ihren Kopf ins Wohnzimmer, wo ihr Sohn Josh in einem Sessel hockte und auf seinem Handy herumtippte, ohne auf die Menge im Fernseher zu achten, die einem Hund bei einem Wettbewerb zujubelten.

»Hi, Josh.«

Er blickte auf und nickte ihre zu. »Hey, Mum.«

»Hattest du einen schönen Urlaub?«

»Ja. Es war super.«

»Er hat *jemanden* kennengelernt.« Leigh war zurück und hielt ein pastellgrünes Oberteil in den Händen. »Sie heißt Pippa.« Sie grinste verschmitzt und ihre Augen funkelten. Josh knurrte sie an, aber sie hörte nicht auf. »Sie ist genauso alt wie er und reich.«

»Das ist sie nicht. Du redest Schwachsinn.«

»Sie wohnt in einer Villa mit eigenem Pferdestall und ist super vornehm.«

»Halt den Mund! Sie ist nicht vornehm. Sie ist ganz

normal, so wie wir.« Josh warf seiner Schwester einen bösen Blick zu.

Natalie nahm Leigh den Kimono ab, hielt ihn vor das Mädchen und nickte zustimmend. Er hob ihren pfirsichfarbenen Teint und die grünen Augen hervor. Sie würde umwerfend darin aussehen. »Ich liebe ihn. Und deine Haare gefallen mir auch.«

»Danke. Zoe hat mir gezeigt, wie das geht.« Zoe war Leighs beste Freundin. »So hat Rita Ora ihr Haar immer getragen.« Leighs Musikgeschmack veränderte sich ständig, und Natalie konnte sich nie merken, wer gerade angesagt war.

»Schreibst du Pippa?«, fragte Leigh spitzbübisch ihren Bruder, der sich wieder über sein Handy gebeugt hatte. »Ehrlich, Mum, sie ist richtig vornehm.«

»Halt den Mund!«, fauchte Josh.

»Okay, das reicht. Josh wird mir von Pippa erzählen, wenn er es möchte, und du solltest diesen wunderschönen Kimono wieder nach oben bringen, bevor er hinter das Sofa fällt oder so. Du weißt doch, wie du mit deinen Klamotten umgehst. Wo ist Dad?«

»Ich bin hier. Ich habe den Heizkörper auf der Terrasse aufgestellt.« David stand hinter ihr, er sah unbehaglich aus. »Du kommst genau richtig. Wir wollten gerade essen. Ich dachte, es wäre schön, draußen zu essen.«

»Super, ich werde den Tisch decken.« Sie sah den verletzten Blick in seinen Augen, den ihre falsche Begeisterung bei ihm auslöste.

»Alles erledigt, abgesehen von einem Platz für dich, aber das können wir schnell richten. Leigh, holst du Gabel und Messer für Mum?«

»Es gibt Lasagne und Knoblauchbrot«, sagte Leigh, als sie auf ihrem Weg in die Küche an David vorbeiging und ihm einen flüchtigen Kuss auf die Wange gab.

»Das bereitet ihr offenbar gute Laune«, sagte Natalie, wohlwissend dass Davids hausgemachte Lasagne eines der Lieblingsgerichte ihrer Tochter war.

»So ist sie schon, seit sie nach Hause gekommen ist. Ich glaube, sie wurde letzte Woche ein bisschen zu sehr verwöhnt.« Er rollte mit den Augen.

»Das wurde sie. Es ging nur ›Grandpa, kann ich das haben? Grandpa, kannst du mir das kaufen?‹«, grummelte Josh.

»Und du hast dich ausgeschlossen gefühlt?«, fragte David.

»Na ja, nicht wirklich, aber du weißt, wie sie ist. Sie versucht immer erst mal alles. Bei dir macht sie das auch.«

Diese Szene ließ Wärme durch Natalies Körper fließen. Für gewöhnlich achtete Josh nicht darauf, was um ihn herum geschah, aber ihr Sohn hatte sich in kurzer Zeit sehr verändert. Er war von der Reise nicht nur sonnengebräunt, sondern auch um einiges selbstbewusster zurückgekehrt. Sie fragte sich, ob er das seiner neuen Beziehung zu verdanken hatte. »Also, hast du ein Foto für mich?«, fragte sie.

»Ja, ein oder zwei.«

»Ich werde nach der Lasagne sehen«, sagte David. »Die sollte fertig sein.« Er ließ sie allein.

»Rutsch rüber. Dann sehen wir uns das mal an«, sagte sie und balancierte auf der breiten Armlehne des Sessels, um auf Joshs Display sehen zu können.

Er protestierte nicht und klickte sich durch einige Fotos von Stränden und dem perfekten, weiß getünchten Haus, das Eric und Pam gemietet hatten. Einige Bilder zeigten die beiden zusammen mit Leigh. Sie standen auf einer gepflasterten Straße, während über ihnen ein Wimpel flatterte. Ein Foto zeigte ein zierliches Mädchen mit herzförmigem Gesicht, weichen Zügen und stark geschminkten Augen, über denen ein Regenbogen aus Blau, Lila und Pink schwebte. Es hatte zu einem Pferdeschwanz geflochtenes, schwarzes Haar. Ihr Lächeln erhellte ihr ganzes Gesicht. »Das muss Pippa sein. Hübsches Mädchen.«

»Ja, sie ist cool.«

»Aber nicht vornehm«, sagte Natalie mit einem Grinsen.

Josh erwiderte es, was ihr Herz etwas leichter werden ließ. Er war so hübsch, wenn er lächelte. Wenn dieses Mädchen ihn öfter zum Lächeln bringen würde, dann mochte sie sie bereits.

»Manchmal redet Leigh einfach nur Unsinn. Sie haben in einer gemieteten Wohnung in der Stadt gewohnt, bis ihre Mum einen Job als Haushälterin auf einem großen Anwesen in Derby bekommen hat, in das sie mit einziehen sollte. Die eigentlichen Besitzer sind viel unterwegs. Sie wohnen in einem kleineren Haus auf dem Gelände.«

»Derby ist gar nicht so weit weg.«

»Nein, ist es nicht.« Er führte es nicht weiter aus, aber Natalie vermutete, dass er vorhatte, sich weiter mit Pippa zu treffen.

Leigh erschien und verkündete: »Dad sagt, es ist alles so weit und wir sollen rauskommen.«

Natalie erhob sich. Josh ließ das Handy in die Tasche seiner Jeans gleiten und stand ebenfalls auf. Für einen Moment, jetzt da ihre beiden Kinder so nah bei ihr waren und in dieser geselligen Atmosphäre, fragte sie sich, ob sie das Richtige tat. Sie hielt sie hin, gab vor, dass alles normal war, und bald würde sie die Neuigkeiten über sie hereinbrechen lassen. Sie sollte noch warten. Dem mehr Zeit geben. Es war ihnen gegenüber nicht fair. Als sie sich ihren Weg durch die Hintertür bahnten, die von der Küche in ihren kleinen Garten führte, begegnete sie Davids Blick, und ihr rutschte das Herz in die Hose. Was sie tat, war unfassbar falsch. Sie sollte es nicht weiter aufschieben, ihnen von ihr und David zu erzählen. Der »richtige« Zeitpunkt dafür würde niemals kommen. Sie musste sich dieser Sache stellen und zwar bald – sehr bald.

—

Nachdem die Kinder gegessen und sich in ihr jeweiliges Zimmer zurückgezogen hatten, blieben David und Natalie im Garten sitzen und unterhielten sich mit gesenkten Stimmen. Die zwei Gläser Wein hatten sie etwas beruhigt, und als David sagte, dass es ihm leidtäte, von der Ermittlung zu hören, seufzte sie schwer.

»Das ist so ein verdammtes Chaos. Ich hätte mich von Anfang an mit Bestimmtheit weigern sollen, die Ermittlung zu leiten, und mir Zeit nehmen sollen, um mich um das alles zu kümmern – uns, die Kinder, und dennoch ...«

David starrte in sein Weinglas und schwenkte den Inhalt vorsichtig. »Du wärst nicht du, wenn du davongelaufen wärst, besonders wenn diese Sache mit den Blütenzwillingen zu tun hat. Ich sage das nur, weil mir etwas an dir liegt, aber pass auf dich auf, Natalie. Du weißt, was das letzte Mal nach diesem Fall passiert ist. Ich würde nicht wollen, dass du das noch mal durchmachen musst.«

»Danke.« Seine Worte berührten sie. Er war an ihrer Seite gewesen, als sie unter grauenvollen Albträumen gelitten hatte, die sie nachts schreiend hatten aufschrecken lassen, und auch während ihrer tiefsten Momente, als er sie zu ihren Therapiestunden gefahren und vor der Tür gewartet hatte, um sie dann ohne Fragen zu stellen zurück nach Hause zu fahren, wo er ihr Tee gekocht und sie gehalten hatte, wenn sie weinen musste. Es hatte so viel Liebe und Zärtlichkeit zwischen ihnen geherrscht, und doch waren diese Gefühle abgeklungen und hatten zwei Menschen zurückgelassen, die kurz davorstanden, einander zu zerstören. Die Traurigkeit legte sich wie Blei über ihre Brust.

Er räusperte sich. »Ich habe nachgedacht ... über uns. Wenn du noch warten möchtest, bis du mit dieser Ermittlung weiter bist, bevor wir es den Kindern sagen, werde ich mitspielen, aber ich weiß nicht, ob sie die Spannung zwischen uns nicht mitbekommen und eins und eins zusammenzählen. Ich sage es nur.«

»Ich weiß. Sie sind kluge Kinder. Wir müssen es ihnen

sagen. Die Ermittlungen können Monate dauern. Gib mir nur ein paar Tage.«

»Du willst das immer noch durchziehen?«

Sie begegnete seinem Blick und sagte dann leise: »Ja.«

Er leerte sein Glas in einem Zug.

»Ich habe mir gestern eine Wohnung angesehen und gesagt, dass ich sie nehme. Sie ist in der Nähe der Arbeit. Ich werde mit den Hypothekenraten aushelfen, bis du wieder auf eigenen Beinen stehst, und dann können wir entscheiden, was wir mit dem Haus machen.«

Seine Augen verengten sich. »Oh, ich verstehe. Du hast das schon gut durchdacht, nicht wahr?«

Die plötzliche Kälte in seiner Stimme ließ sie zusammenzucken, und jegliches Gefühl der Entspannung löste sich in Luft auf. »Ich denke nur praktisch. Ich dachte, ich würde helfen.«

Er nahm sein leeres Glas und stand auf, um ins Haus zu gehen.

»Geh nicht so weg«, sagte sie.

»Wie?«

»Wütend.«

»Was hast du denn erwartet, wie ich mich verhalte? Dass ich grinse und sage ›Ja, Natalie. Nein, Natalie. Tolle Idee, Natalie?‹ Es spielt keine Rolle mehr, was ich sage oder tue. Du hast deine Entscheidung getroffen. Wenn du gehen und in eine Wohnung ziehen willst, dann mach es. Die Kinder werden hierbleiben, hier in unserem Haus, mit mir. Du willst alle verlassen, die sich um dich sorgen und dich lieben, dann mach es. Ich werde dich nicht aufhalten. Ich habe es versucht. Gott weiß, wie sehr ich es versucht habe, dir zu beweisen, dass es mir leidtut, um dich zur Vernunft zu bringen, um es wiedergutzumachen, aber das ist dir alles nicht genug. Und weißt du was? Ich bin es leid, es zu versuchen. Wenn du bereit bist, dich zusammenzusetzen und mit Josh und Leigh darüber zu reden, dann lass es mich wissen. Und ich schlage vor, dass du auf dem Dachboden nicht zu viel Lärm machst, wenn du nicht willst, dass sie es schon vorher herausfinden.« Er verschwand durch die Küchentür und sie fröstelte.

Das alles entwickelte sich in eine unerträgliche Situation. Hatte sie wirklich den Mut und den Mumm, das durchzuziehen? Sie würde die Herzen derer brechen, die sie am meisten liebte. Sie schloss ihre Augen und erinnerte sich an den Grund, weshalb sie ging: David. Sie rief in ihrem Innersten nach einer Antwort, und sie kam zurück wie ein Echo – sie vertraute ihm nicht und liebte ihn nicht mehr genug, um zu bleiben. Es gab kein zurück. Ihre Entscheidung war getroffen. Eine Träne lief über ihr Gesicht. Das war ohne Zweifel das Härteste, was sie je hatte tun müssen.

SECHZEHN

Erst nach ihrer morgendlichen Einsatzbesprechung erhielt Natalie die Informationen vom Technikteam bezüglich der Identifikation des Mannes, der über die Greenfield Road gelaufen war. Natalie nahm John mit, um mit dem Mann zu sprechen, einem dreißigjährigen arbeitslosen Graffitikünstler, der bei der Polizei als Sludge bekannt war.

»Warum wird er Sludge genannt?«, fragte John, als sie auf das Haus in der Dovedale Avenue zufuhren.

»Das ist sein Aushängeschild – seine Signatur. Sein richtiger Name ist Rowan Stevenson. Er wurde 2016 angeklagt und saß drei Monate wegen Sachbeschädigung. Seitdem gab es keine Vorfälle mehr«, antwortete Natalie, bog in eine Straße ab und drosselte das Tempo, um Hausnummer 119 zu finden.

John schwenkte seinen Kopf von einer Seite zur anderen und deutete schließlich nach links. »Noch ein bisschen weiter. Das ist Nummer 115. Wir müssen zum nächsten Haus.«

Natalie hielt hinter einem VW Beetle aus den Sechzigern mit blassem purpurfarbenem Lack und einem platten Reifen. John betrachtete die heruntergekommene Doppelhaushälfte, vor dessen Fenster schwere Vorhänge hingen, und bemerkte:

»Ich denke, hier sind wir richtig. Was für eine Müllhalde!« Er stieß die Beifahrertür auf, trat auf den Gehweg und wartete dort auf Natalie, wo einmal ein Tor und ein Weg zur Vordertür gewesen waren. Letzterer wurde jetzt von Gras und Moos überwuchert. Von der bogenförmigen Veranda hing eine kaputte Lampe herab, und die Klingel funktionierte nicht. Natalie klopfte laut. Aus dem Innern des Gebäudes ertönte ein gedämpftes Meckern, aber niemand öffnete die Tür. Sie klopfte erneut und trat zurück, um nach Bewegungen Ausschau zu halten. Ein Vorhang im Erdgeschoss bewegte sich und es erschien ein Gesicht im Fenster. Natalie hielt ihren Ausweis hoch und bedeutete der Person, aufzumachen.

»Soll ich hintenrum gehen?«, fragte John.

»Geben Sie ihm eine Sekunde«, antwortete sie. Kurz darauf öffnete sich die Tür und eine junge Frau erschien. Hinter ihr lag ein dunkler Flur, in dem sich die Tapete löste und nackte, schmutzige Wände entblößte. In der Luft lag der Geruch von verrottenden Zwiebeln, aber Natalie unterdrückte ihren Impuls, bei diesem abstoßenden Gestank die Nase zu rümpfen. »Wir würden gerne mit Rowan Stevenson sprechen«, sagte sie und zeigte ihr noch einmal ihren Ausweis.

Die Frau, die nicht älter als zwanzig sein konnte, hatte ein eingefallenes Gesicht. Sie kratzte sich unterhalb der Nase und schniefte. »Weiß nicht, ob er da ist.«

»Dann gehen Sie und finden Sie es heraus«, sagte John, seine Augen blitzten auf. »Oder wir kommen rein und sehen selbst nach.«

Seine Worte zeigten Wirkung. Die Frau wich zurück und knallte die Tür zu. Er fluchte leise.

Natalie ärgerte sich darüber, dass er sich eingemischt hatte, und klopfte erneut an die Tür. »Aufmachen. Wir müssen mit Rowan sprechen. Es ist wichtig«, rief sie.

»Ich versuche es bei der Hintertür«, sagte John und marschierte in Richtung des Seiteneingangs davon. Das Tor war verschlossen und er rüttelte vergeblich an der Klinke. »Diese Penner«, murrte er.

»Es kommt jemand«, sagte Natalie. Wieder öffnete sich die Tür, doch diesmal stand ein Mann mit langem Hipster-Bart, einem gewachsten Schnurbart und einem Man-Bun vor ihnen. Es war Sludge.

»Rowan Stevenson?«

»Ja.«

»Ich bin DI Ward und das ist DS Briggs von der Polizei in Samford. Wir ermitteln im Mordfall von zwei jungen Mädchen und glauben, dass Sie am frühen Samstagmorgen in der Nähe ihres Zuhauses waren, etwa zu dem Zeitpunkt, als eine Überwachungskamera beschädigt wurde. Könnten wir reinkommen und diese Sache mit Ihnen besprechen?«

Er schüttelte den Kopf. »Niemand kommt rein. Ich werde hier mit Ihnen reden.«

»Wir könnten das auch aufs Präsidium verlegen.«

»Wie auch immer«, gab er zurück.

»Wo waren Sie am Samstagmorgen um zwanzig nach eins?«

»Ich war unterwegs.«

»Waren Sie in der Greenfield Road?«

»Ich weiß nicht, ob ich da war oder nicht.«

»Wie meinen Sie das?«

»Ich habe meine Umgebung nicht wahrgenommen.«

»Waren Sie betrunken?«

»Kein Kommentar.«

Natalie unterdrückte ein Seufzen. »Sie sind nicht in Gewahrsam. Was meinen Sie damit? Waren Sie high?«

»Vielleicht«, antwortete er.

»Haben Sie Drogen genommen?«

»Ich erinnere mich nicht mehr, wohin ich gegangen bin.«

»Dann lassen Sie mich Ihre Erinnerung auffrischen. Eine Überwachungskamera hat sie um zwanzig nach eins in der Greenfield Road gefilmt. Wo sind Sie danach hingegangen?«

»Kann mich nicht erinnern.«

»Okay, das mache ich nicht mit. Steigen Sie ins Auto. Wir werden das vernünftig angehen.«

Sludge zuckte gleichgültig mit den Schultern und schloss die Tür hinter sich, bevor er auf den Streifenwagen zuging. John öffnete die hintere Tür, legte eine feste Hand auf den Kopf des Mannes und schubste ihn ins Auto.

»Vorsichtig. Sie wollen doch nicht, dass ich zur Presse gehe und mich über Polizeigewalt beschwere«, sagte Sludge.

»Halt's Maul und steig ein«, knurrte John.

Natalie warf ihm einen ernsten Blick zu, doch dem wich er aus und stieg auf der Beifahrerseite ein. Sie musste sich mehr anstrengen, den Mann zu kontrollieren. Im Moment benahm er sich wie ein ungezogener Rottweiler.

——————

Sludge hatte gefordert, dass während seiner Befragung ein Anwalt anwesend war, und während sie darauf warteten, dass der Pflichtverteidiger eintraf, rief Natalie Eddie Ford an, den Friseur, der Leighs Haare schnitt und stylte und bei dem Isabellas Schwester für eine Weile gearbeitet hatte.

Sie konnte das Summen der Haartrockner im Hintergrund hören, hin und wieder ertönte eine laute Stimme und sie konnte sich die Wärme und den Duft der Pflegeprodukte vorstellen, die in diesem Salon ständig in der Luft zu hängen schienen. Eddies schottischer Akzent durchbrach die Hintergrundkulisse.

»Hi, Natalie, willst du einen Termin für dich oder für Leigh?«

»Im Moment weder noch, danke, Eddie, obwohl ich vermute, dass Leigh bald wieder zu dir kommen will. Gestern Abend hat sie sich über Spliss in den Spitzen beschwert.«

»Sie ist so eine Diva. Aber ich liebe sie über alles. Okay, ich höre.«

»Ich rufe wegen einer offiziellen Sache an. Es geht um Kerry Sharpe.«

»Ok-ay. Was ist mit ihr?«

»Wie ich gehört habe, hat sie für kurze Zeit für dich gearbeitet.«

»Drei Wochen und einen Tag, um genau zu sein.«

»Warum hast du sie gefeuert?«

»Ähm, weil sie schlecht in ihrem Job war. Hat jede freie Minute an ihrem Handy verbracht und eine meiner Kundinnen so lange unter dem Haartrockner sitzen lassen, bis sie fast geschmolzen wäre. Sie hatte eine lausige Arbeitseinstellung.«

Seinem Ton nach zu urteilen, hatte Kerry ihn frustriert. »Ich kann nicht zufällig vorbeikommen und mich mit dir über sie unterhalten, oder?«

»Worum geht es denn?«

»Hast du noch nicht von ihrer Schwester gehört?«

»Nein. Was ist mit ihr?«

»Sie wurde letzten Freitagabend ermordet.«

»Oh mein Gott! Tut mir leid, das zu hören. Ich kannte sie nicht, aber trotzdem ... An welche Uhrzeit hast du denn gedacht?«

»Zur Mittagszeit? Es sei denn, du könntest hierher ins Präsidium kommen.«

»Klar, das kann ich machen. Lass mich nur meine Termine checken.« Plötzlich herrschte Stille, als der Haartrockner aufhörte zu summen, dann sagte er: »Es wurde gerade eben etwas storniert. Ich könnte in einer halben Stunde vorbeischauen, wenn dir das passt.«

»Ja, das würde es.«

»Okay. Dann bis gleich.«

Sie beendete das Telefonat und sah sich Eddies Informationen auf dem Bildschirm vor sich an. Sein Salon war in der

Greenfield Road, einer Straße, die an die Emerson Lane grenzte, wo die Westmore-Familie wohnte, und er befand sich in derselben Straße, von der sie annahmen, Sludge dort auf einem Überwachungsvideo entdeckt zu haben. Sie tippte mit ihrem Stift gegen ihre Schneidezähne. Konnte das ein Zufall sein? Als sie sein Foto betrachtete, konnte sie einige Ähnlichkeiten zwischen ihm und Sludge ausmachen. Beide waren etwa dreißig und beide trugen Gesichtsbehaarung – doch wenn ihre Erinnerung sie nicht trübte, war Eddies Bart kürzer und ordentlicher als der des Mannes auf dem Video, und er trug eine Brille. Der Mann auf dem Video trug keine. Sie dachte darüber nach. Sie musste mit beiden Männern sprechen – irgendetwas hieran kam ihr komisch vor.

Lucy und John waren losgefahren, um das Sicherheitspersonal zu befragen, das am Freitagabend beim Sunmore Hall Dienst gehabt hatte. Ian war es gelungen, die Identität einer Konzertbesucherin aufzudecken, die sich in der Nähe von Kerry und Isabella befunden hatte, und war unten, um sie zu befragen. Da es niemanden gab, mit dem sie ihre Gedanken hätte teilen können, rief sie Mike an.

»Guten Morgen!« Seine Stimme hob ihre Laune.

»Hi. Wie kommt ihr voran?«

»Wir sind immer noch in Blithbury Marsh beschäftigt. Keine Spur von den Handys der Mädchen.«

»Ich habe eine Frage an dich. Wie akkurat ist die Technik bei der automatisierten Gesichtserkennung?«

Sie hörte, wie er leise einatmete. »Hmm. Ich würde mich für die Technologie aussprechen – angeblich soll sie eine Genauigkeitsrate von siebenundneunzig Prozent haben –, aber Lichteinfall und Entfernung zwischen dem Subjekt und der Kamera können Einfluss darauf haben. Es gibt Berichte, die vermuten lassen, dass sie nicht immer sehr akkurat ist, besonders bei bestimmten ethnischen Gruppen.«

»Also könnte es sein, dass ein Fehler vorliegt?«

»Warum fragst du?«

»Ich habe einen Verdächtigen, den ich gleich verhören werde, der behauptet, er könne sich nicht daran erinnern, wo er Samstag in den frühen Morgenstunden gewesen ist, aber eine Aufnahme einer Überwachungskamera, die wir ins Labor geschickt haben, hat seinen Namen ausgespuckt. Ich habe Zweifel. Vor allem, weil ich mich gleich auch mit jemandem unterhalten werde, der dem Verdächtigen recht ähnlichsieht. Ich wollte nur meine Gedanken loswerden, das ist alles.« *Und deine Stimme hören.*

»Du solltest nicht zulassen, dass irgendetwas dein Urteilsvermögen trübt«, antwortete er.

Das war die richtige Antwort. Sie durfte sich keine Vorurteile erlauben oder voreilige Schlüsse ziehen. Es gab nur einen Weg – sich systematisch an alle vorgegebenen Prozedere halten.

»Danke.«

»Gibt es sonst noch etwas, wobei ich dir behilflich sein kann?«

»Finde Beweise für mich«, erwiderte sie.

»Ich gebe mein Bestes. Wir sehen uns später.«

Als sie das Lächeln in seiner Stimme hörte, fühlte sie sich besser.

————

Auf ihren Anruf bei Mike folgte schon bald Ians Rückkehr, der sie wissen ließ, dass der Pflichtverteidiger für Sludge eingetroffen war.

»Wie sind Sie mit Ihrer Zeugin vorangekommen – dem Mädchen vom Konzert?«

»Alles Zeitverschwendung. Sie hat Kerry das erste Mal wahrgenommen, als sie ihre Gruppe gefragt hat, ob sie Isabella gesehen haben. Sie meinte, keine von ihnen hätte etwas Ungewöhnliches bemerkt, aber sie hat mir die Kontaktdaten ihrer

Freundinnen dagelassen, damit ich es bei ihnen versuchen kann. Ich bezweifle jedoch, dass sie viel aufmerksamer waren.« Er schüttelte ungläubig den Kopf.

»Versuchen Sie es später bei ihnen. Ich hätte gerne, dass Sie Sludge mit mir verhören.« Sie sammelte ihre Notizen zusammen und machte sich auf den Weg nach unten. Ian schlenderte neben ihr her.

Nachdem das Aufnahmegerät vorbereitet war, alle einander vorgestellt worden waren und der Anwalt still neben Sludge Platz genommen hatte, versuchte Natalie herauszufinden, wo dieser in den frühen Morgenstunden am Samstag gewesen ist.

»Rowan, wir würden gerne wissen, wo Sie sich am Freitagabend und Samstagmorgen aufgehalten haben.«

»Sludge.«

»Wie bitte?«

»Niemand nennt mich Rowan. Ich bin Sludge.«

»Würden Sie bitte die Frage beantworten?«

»Ich erinnere mich nicht daran, wo ich war.«

»Warum nicht?«

»Ich war hackedicht«, antwortete er grinsend.

»Soll das heißen, dass Sie alkoholisiert waren?«

»Alkoholisiert, betrunken, voll, sternhagelvoll ... Wie auch immer Sie es nennen wollen.«

»Können Sie mir erzählen, an was Sie sich erinnern?«

»Ich bin gegen sieben in den Pub gegangen, um mich mit ein paar Kerlen zu treffen, die ich dort kennengelernt habe. Sie waren alle schon ziemlich voll, und das Nächste, woran ich mich erinnere, ist, dass wir alle zu einer Party bei diesem Kerl zu Hause eingeladen waren, irgendwo in Samford. Das war großartig ... Ich habe viel zu viel getrunken. Dann wird es etwas vage, ich glaube, ich bin zwischendurch eingenickt. Wie auch immer, irgendwann entschloss ich mich, zu gehen, aber die anderen waren schon weg und ich hatte kein Geld für ein Taxi, also bin ich gelaufen. Danach erinnere ich mich nicht mehr an sehr viel – vielleicht bin ich ein paarmal falsch abgebogen. Ich weiß nur, dass ich in ein paar Büschen in der Nähe meines Hauses aufgewacht bin.« Er schmunzelte und Natalie musste sich zurückhalten, ihn nicht anzuschreien.

»Wer waren diese Männer, die Sie in dem Pub getroffen haben?«

»Buzz ... Garth ... Robbie.«

»Ich brauche die vollen Namen.«

»Ich kenne ihre vollen Namen nicht. Hin und wieder treffen wir uns im Pub und reden. Manchmal spielen wir Dart oder Karten.«

»Kommen Sie schon. Sie wissen mehr als das. Versuchen Sie nicht, mich zu verarschen.«

»Ich kenne ihre Namen genauso wenig wie sie meinen richtigen Namen kennen.« Er zuckte locker mit den Schultern und wandte sich an seinen Anwalt. »Ich kenne sie nicht, in Ordnung? Das will ich klarstellen.«

»Können Sie diese Männer beschreiben? Wo wohnen oder arbeiten sie?«, fragte Natalie.

»Ich weiß nicht, wo sie wohnen, und auch sonst nicht viel über sie. Ich glaube Buzz hat eine Freundin oder eine Frau, bin mir aber nicht sicher. Robbie arbeitet in einer Lackiererei. Das ist alles. Sie waren am Freitagabend da, also fragen Sie sie selbst.«

Natalie seufzte. »Okay, in welchem Pub haben Sie sich mit ihnen getroffen?«

»Bean and Whistle.«

Ian notierte sich den Namen pflichtbewusst. Natalie starrte Sludge an, der den Blick mit lässig verschränkten Armen erwiderte.

»Ich habe nichts Falsches gemacht«, sagte er, ein Lächeln umspielte seine Lippen.

»Das behaupte ich auch gar nicht. Können Sie mir sagen,

welche Klamotten Sie anhatten, als Sie in den Pub gegangen sind?«

Er zuckte mit den Schultern. »Jeans, T-Shirt, Pullover.«

»War das ein Kapuzenpullover?«

Er neigte seinen Kopf zur Seite und antwortete: »Könnte möglich sein.«

Natalie schaffte es, ihre Stimme ruhig zu halten, obwohl sie langsam verzweifelte. »Bestimmt wissen Sie noch, welche Kleidung Sie getragen haben.«

Der Anwalt flüsterte ihm etwas zu und er nickte. »Ja, ich habe mir ein Sweatshirt geliehen, das in unserer Ecke herumlag. Ich weiß nicht, wem es gehört. Ich glaube, das wurde von einem Typen zurückgelassen, der letzte Woche weggezogen ist. Es könnte eine Kapuze gehabt haben. Ich habe sie nicht bemerkt. Es war dunkelblau, glaube ich, oder schwarz. Als ich aufgewacht bin, hatte ich es nicht mehr an, deshalb kann ich es nicht sicher sagen.«

Natalie zog ein Standbild der Überwachungskamera hervor und zeigte es ihm. »Sind Sie das?«

Er betrachtete es mit zusammengekniffenen Augen. »Schwer zu sagen, nicht wahr?«

»Gehen wir mal für einen Moment davon aus, dass Sie das sind. Können Sie erklären, warum Sie am Samstagmorgen um zwanzig nach eins in der Greenfield Road waren?«

»Wie ich Ihnen bereits sagte, ich habe keine Ahnung, wo ich in dieser Nacht langgelaufen bin. Ich bin umhergewandert und habe mich verlaufen. Ich bin einige Häuser von meinem entfernt aufgewacht.«

»Und das wäre in der Dovedale Avenue gewesen?«

»Ja.«

»Wo war diese Party, zu der Sie gegangen sind?«

Er gab eine unverständliche Antwort von sich.

»Sludge, wo war diese Party?«

»Irgendwo in der Nähe des Pubs. Ich war da schon ein bisschen voll und habe nicht darauf geachtet, wo wir hingegangen sind. Ich bin nur den anderen gefolgt.«

Natalie versuchte es mit einem anderen Ansatz, um ihn aus der Ruhe zu bringen. »Kenne Sie Chris und Judith Westmore?«

»Nein.«

»Kennen Sie deren Kinder, Erin und Ivy? Sie sind Zwillinge und dreizehn Jahre alt.«

Er runzelte die Stirn. »Nein.«

Natalie zeigte ihm ein Foto der Familie, doch er schüttelte den Kopf.

»Die habe ich noch nie gesehen.«

»Was ist mit diesen Mädchen?« Sie überreichte ihm ein Foto von Kerry und Isabella, und wieder schüttelte er den Kopf.

»Erkennen Sie dieses Gebäude?« Sie zeigte ihm ein Foto des Möbellagers gegenüber dem Westmore-Haus.

»Ja, das kenne ich. Ein Möbellager, nicht wahr?«

»Die Überwachungskamera vor diesem Gebäude wurde am frühen Samstagmorgen beschädigt. Wissen Sie etwas darüber?«

»Nein.«

»Irgendjemand hat sie mit roter Farbe besprüht.«

Er hielt ihren Blickkontakt, doch erwiderte nichts.

»Wie ich hörte, wurden Sie in der Vergangenheit wegen Vandalismus an öffentlichen Orten, Wänden und Gebäuden belangt.«

»Meine Zeit dafür habe ich abgesessen.«

»Ich weiß aus zuverlässiger Quelle, dass Sie ausnahmslos rote Farbe verwendet haben, um fremdes Eigentum zu beschädigen.«

Er rutschte auf seinem Stuhl umher, aber hielt Natalies Blick stand. »Seit meiner Entlassung habe ich nichts mehr mit Graffitis beschmiert.«

»Mr Stevenson ist nicht hier, um über vergangene Ordnungswidrigkeiten zu sprechen, DI Ward. Ich schlage Ihnen vor, dass Sie relevante Fragen stellen«, sagte der Anwalt.

»Mr Stevenson hat keine Erinnerung daran, was er in der Nacht getan hat, als eine Überwachungskamera unschädlich gemacht wurde, indem jemand sie mit roter Farbe besprüht hat. Und wir konnten eine Aufnahme mithilfe einer Gesichtserkennungssoftware Mr Stevenson zuordnen.«

Der Anwalt lächelte knapp. »Ich befürchte, das ist nicht absolut sicher. Es war dunkel. Die Person, die von dieser Kamera aufgezeichnet wurde, hat eine gewisse Ähnlichkeit mit Mr Stevenson, das gebe ich zu, aber ich bin mir sicher, dass es viele Männer von vergleichbarer Statur und Größe gibt, die einen ähnlichen Bart tragen und als Mr Stevenson durchgehen könnten.«

Natalies Hände ballten sich zu Fäusten. Dieser elende Mann hatte recht. Sie hatte gehofft, dass Sludge kooperativer sein und sich nach dieser Enthüllung öffnen würde. Das tat er nicht. Es brachte ihn nur ein weiteres Mal zum Schmunzeln. Sie kämpfte eine Schlacht, die zum Scheitern verurteilt war. Sie müsste diese sogenannten Freunde ausfindig machen und seine genauen Aufenthaltsorte offenlegen. Es war die reinste Zeitverschwendung.

Sie appellierte an Sludge. »Wir ermitteln in der Entführung und Ermordung von drei Kindern – zwei von ihnen wohnten gegenüber von dem Gebäude, dessen Überwachungskamera beschädigt wurde. Es wäre uns eine riesengroße Hilfe, wenn Sie uns wenigstens einen Grund geben könnten, Sie aus unseren Ermittlungen zu streichen, oder uns einen Beweis dafür liefern könnten, wo Sie sich zu dieser Zeit aufgehalten haben.« Für den Bruchteil einer Sekunde dachte sie, eine Regung auf seinem Gesicht entdeckt zu haben, aber dann kehrte sein Grinsen zurück und er schüttelte den Kopf.

»Ich kann Ihnen nicht helfen«, sagte er.

Natalie lief im Flur auf und ab. Sie durfte keine Zeit verschwenden und Sludge nachzujagen war genau das, was sie gehofft hatte, vermeiden zu können. Sie hatte Ian oben gelassen, damit er weiter Sludges Aufenthaltsorten auf den Grund ging, und hatte Sludge und seinen Anwalt gebeten, noch einen Moment zu bleiben, um sie bei ihren Nachforschungen zu unterstützen.

Ein Sergeant rief sie vom anderen Ende des Flurs, und sie eilte zu ihm. »Sie haben einen Besucher. Er sagt, Sie erwarten ihn – Eddie Ford. Eigentümer eines Friseursalons«, sagte er.

»Ja, danke, das ist richtig. Ich werde ihn abholen.« Sie ging zur Rezeption und entdeckte den Mann, der aufstand und auf sie zukam, sobald er sie sah. Sie hatte ihn mindestens einen Monat lang nicht mehr gesehen, und seitdem war sein Bart gewachsen. Er ähnelte dem Mann auf dem Überwachungsvideo von der Greenfield Road noch stärker, als sie zunächst angenommen hatte. Konnten sich die Techniker getäuscht haben?

SIEBZEHN

Eddie saß mit überkreuzten Beinen da, seine Augenbrauen hatten sich zusammengezogen. »Kerry war eine richtige Madame. Ich hatte den Eindruck, dass ihr alles zu viel wurde. Manchmal hat sie mir freche Antworten gegeben, und das hat mich geärgert. Sie hatte gerade erst angefangen. Ich hätte mehr Respekt von ihr erwartet.«

»Scheint, als hättest du sie gewarnt, bevor sie gefeuert wurde.«

»Oh, natürlich, aber das schien sie nicht zu interessieren. Ich habe mich immer gefragt, warum sie den Job überhaupt haben wollte.«

Das klang so gar nicht nach dem Mädchen, das momentan in Sally Downs Salon angestellt war.

»Hast du jemals ihre Schwester Isabella kennengelernt?«

»Nein.«

»Ihre Eltern?«

»Einmal. Ich habe ihren Vater getroffen. Er hat sie bei der Arbeit abgesetzt und ist mit reingekommen. Er hat mich zur Rede gestellt, dieser freche Kerl, und gemeint, ich hätte Kerry verärgert.«

»Aber du hattest sie nicht verärgert?«

»Vielleicht habe ich das. Ich habe sie an ihrem verdammten Telefon erwischt, anstatt sich um eine Kundin zu kümmern, und ich habe sie gewarnt, dass sie rausfliegen würde, wenn sie sich noch so einen Fehler erlaubte. Ihr Vater sagte, dass ihre Version des Vorfalls ganz anders aussähe und dass ich sie nicht angewiesen hätte, den Haartrockner bei der Kundin zu entfernen, sondern ohne Grund zu ihr nach hinten gestürmt wäre und sie angeschrien hätte. Das war eine Lüge. Die anderen Friseure haben mich unterstützt, aber danach hat er sich nicht mehr gemeldet. Kerrys Benehmen hat sich nicht sonderlich verbessert. Am Ende musste ich mich von ihr trennen, weil sie ständig an ihrem Handy war und Jungs vor dem Laden herumgelungert haben, um mit ihr zu reden.«

»Jungs?«

»Rüpelhafte Gestalten. Ich hatte den Eindruck, dass sie sich mit einem oder sogar beiden von ihnen getroffen hat, aber sie hat nie etwas über sie erzählt. Sie ging in ihren Pausen raus, lachte mit ihnen und kam dann mit einem selbstgefälligen Ausdruck auf dem Gesicht wieder rein.«

Wieder stimmte seine Aussage nicht mit dem überein, was Sally ihr erzählt hatte. Laut Kerrys aktueller Arbeitgeberin hatte sie sich seit dem Jungen, der weggezogen war, um Rettungssanitäter zu werden, mit niemandem mehr getroffen. Was ging hier wirklich vor sich? Nur Kerry könnte ihr das sagen, die jetzt auf ihrer Liste der zu Befragenden ganz oben stand. Es war wichtig, alle Möglichkeiten zu verfolgen, auch wenn sie noch so obskur oder unwahrscheinlich zu sein schienen. *Wenn sie bei den Ermittlungen zu den Blütenzwillingen doch nur gründlicher gewesen wären.*

»Eddie, kennst du Chris und Judith Westmore?«

»Bei den Namen klingelt etwas.«

»Sie haben Töchter – Zwillinge –, Erin und Ivy.«

»Ich weiß, wen du meinst. Die Zwillinge waren vor etwa

einem Monat im Salon. Sie sind zu einer Feier gegangen und wollten, dass Blumen in ihre Haare geflochten werden.«

»Wusstest du, dass sie in der Emerson Lane wohnen? Das ist in der Nähe des Salons, nicht wahr?«

»Ja, das ist die Straße am Ende der Greenhill Road, aber nein, ich wusste nicht, wo sie wohnen.«

»Du hast sie dort nie gesehen?«

»Ich habe sie das erste Mal gesehen, als sie in meinen Salon gekommen sind.«

»Würde es dir etwas ausmachen, mir zu sagen, wo du am Freitagabend warst?«

»Ich habe den Salon um sechs Uhr abends abgeschlossen, bin kurz in die Stadt gegangen, um die Einnahmen zum Geldautomaten zu bringen, und war etwa eine halbe Stunde später zu Hause. Danach bin ich nicht mehr rausgegangen.«

»Überhaupt nicht?«

»Nein. Ich habe ein Glas Wein getrunken, mir eine Fertigmahlzeit im Ofen warmgemacht und Fernsehen geschaut.«

»Kann das jemand bezeugen?«

»Nein.«

»Was ist mit Samstagabend?«

»Der war ziemlich ähnlich. Ich habe die Tageseinnahmen zur Bank gebracht, nachdem ich Feierabend gemacht habe. Den Abend habe ich damit verbracht, bei *Game of Thrones* aufzuholen. Ich habe erst vor Kurzem angefangen, diese Serie zu schauen. Alle machen so einen Wirbel darum und ich möchte nicht zu sehr abgehängt werden. Meine Kunden reden ständig darüber.«

»Du lebst nicht alleine, oder?« Sie kannte die Antwort auf diese Frage bereits, aber so hatte sie die Chance, seine Reaktion zu beobachten.

Seine Stirn runzelte sich irritiert. »Nein, ich lebe mit meiner Frau Nia zusammen. Wir haben eine vierjährige Tochter, Pixie, aber beide sind über ein langes Wochenende in

Blackpool bei Freunden. Nia mag *Game of Thrones* nicht, also habe ich die Zeit genutzt, um mich zu entspannen und etwas aufzuholen. Darf ich fragen, worum es hier geht?«

»Die Zwillinge sind Samstagnacht verschwunden, und eine Überwachungskamera gegenüber von ihrem Haus wurde unschädlich gemacht. Eine Kamera in der Greenfield Road hat einen Mann aufgezeichnet, der in Richtung Emerson Lane geht, etwa zehn Minuten bevor die andere Kamera beschädigt wurde. Eddie, warst du diese Person?«

Er schüttelte den Kopf. »Auf gar keinen Fall! Ich war die ganze Nacht im Haus.«

»Du hast in den frühen Morgenstunden keinen Spaziergang gemacht?«

»Nein, da habe ich geschlafen. Ich bin gegen elf ins Bett gegangen. Ich dachte, du hättest mich hergebeten, um über Kerry zu sprechen, nicht über die Zwillinge. Ich wollte dir helfen.«

»Und das hast du auch. Vielen Dank.« Natalie gab nach. Sie würde nichts gewinnen, wenn sie ihn gegen sich aufbrachte.

»Habt ihr sie gefunden ... die Mädchen?« Er klang besorgt, und sie konnte nicht sagen, ob er ihr das nur vorspielte oder nicht.

»Sie wurden gestern gefunden.« Ihr Gesicht sagte mehr als ihre Worte, was ihm nicht entging.

»Sind sie tot?«

Sie nickte knapp.

Ihm fiel theatralisch die Kinnlade herunter, bevor er eine Hand über seinen Mund legte. »Nein!«

»Ich befürchte doch, deshalb wirst du verstehen, warum ich so begierig darauf bin, mit jedem zu reden, der zu dieser Zeit auf der Greenfield Road unterwegs gewesen sein könnte. Diese Person könnte denjenigen, der für die Beschädigung der Kamera verantwortlich ist, gesehen haben.«

»Ich war es nicht. Ich habe meine Wohnung über dem

Salon nicht verlassen. Tut mir leid, dass ich dir nicht helfen kann.«

Sie betrachtete die Momentaufnahme der Überwachungskamera. Die Person darauf trug keine viereckige Brille, genauso wenig wie Eddie. »Mir fällt gerade auf, was anders an dir ist«, sagte sie beiläufig. »Du trägst keine Brille. Hast du dich einer Laser-Operation unterzogen?«

»Ich trage Kontaktlinsen.«

»Ich wusste gar nicht, dass du Kontaktlinsen hast.«

»Bei der Arbeit trage ich sie selten. Meine Augen werden trocken und wund, also bleibe ich bei meiner Brille.«

Sie nickte und lächelte, bevor sie fragte: »Du streitest also ausdrücklich ab, deine Wohnung verlassen zu haben und in den frühen Morgenstunden am Samstag in dieser Straße unterwegs gewesen zu sein?«

»Ja. Wer auch immer diese Person ist, ich bin es nicht.«

Es gab nur wenig, was sie tun konnte. Eddie stritt es ab, seine Wohnung über dem Laden verlassen zu haben, und momentan konnte sie nicht das Gegenteil beweisen. Aber sie war zunehmend davon überzeugt, dass wer auch immer die Kamera gegenüber dem Westmore-Haus außer Betrieb gesetzt hatte, es vorsätzlich getan hatte. Es musste einen Weg geben, um zu beweisen, wer dafür verantwortlich war. Vorerst würde sie Eddie gehen lassen.

Ihr Handy vibrierte und sie ging in den Flur, um den Anruf entgegenzunehmen. John und Lucy hatten bei ihrer Befragung des Sicherheitspersonals, das während des Konzerts Dienst gehabt hatte, nichts herausgefunden.

»Niemand hat etwas gesehen«, sagte Lucy und konnte die Frustration in ihrer Stimme nur schwerlich verbergen. »Niemand will gesehen haben, wie Isabella durch die Menge und in Richtung Küchengarten verschwunden ist. Können Sie das glauben?«

Das konnte Natalie. Das ganze Gelände war überfüllt

gewesen. Das Personal dort hatte nach potenziellen Unruhestiftern Ausschau gehalten, nicht nach einem unschuldig aussehenden jungen Mädchen. Doch das bedeutete, dass ihre Ermittlungen ins Stocken gerieten, und das erfüllte sie mit Furcht. Sie musste den Täter finden, bevor er entschied, erneut zuzuschlagen, denn die leise Stimme in ihrem Kopf warnte sie davor, dass das schon bald geschehen würde.

Als sie vom Empfang zurückkam, nachdem sie Eddie hinausbegleitet hatte, war sie froh, dass Ian bereits auf sie wartete. Er hatte nach Informationen über Sludge gesucht, während sie sich mit Eddie unterhalten hatte, und seinem Ausdruck nach zu urteilen, hatte er etwas gefunden.

»Laut dem Wirt des Bean and Whistle waren Sludge und die anderen bis zehn Uhr abends dort. Er sagt, die Überwachungskamera des Pubs kann das beweisen, und schickt uns die Aufnahmen zu, damit ich sie mir selbst ansehen kann. Er hat auch von der Party gehört, die in High Bank stattgefunden hat. Ein Blick auf die Karte zeigt, dass Sludge auf seinem Nachhauseweg auf keinen Fall über die Greenfield Road gekommen sein kann. Die liegt in einer völlig anderen Richtung.«

»Aber wenn er betrunken oder high oder beides war, wie er angedeutet hat, könnte er aus Versehen in die falsche Richtung gelaufen sein.«

Ian zeigte ihr eine Karte auf seinem iPad. »Selbst wenn er in die falsche Richtung gelaufen wäre, wäre er über die Market Street bis zu der Unterführung der Ortsumgehung von Samford gelaufen. Auch vollkommen betrunken müsste ihm aufgefallen sein, dass er nicht auf dem richtigen Weg war.«

»Das ist ein guter Anhaltspunkt, aber er ist noch nicht konkret genug. Besorgen Sie die vollen Namen dieser Leute, die er erwähnt hat – Buzz, Garth und Robbie – und reden Sie mit ihnen. Finden Sie heraus, was in dieser Nacht wirklich passiert ist. Und sagen Sie Sludge, dass er vorerst wieder gehen kann, aber dass wir ihn noch einmal befragen werden.«

»Schon dabei.«

Sie ging auf die Treppe zu, doch hielt inne, als der Kollege vom Empfang zu ihr aufschloss.

»Ein Brief für Sie. Ich hatte ihn in den Postkasten gelegt, aber da Sie sowieso gerade hier unten sind ...« Für gewöhnlich wurde die Post unten gesammelt und an die verschiedenen Büros verteilt, wenn jemand die Zeit dazu hatte.«

»Danke, Malcolm.« Der Brief war am Samstagmorgen verschickt, in Samford abgestempelt und an sie persönlich adressiert worden. Geistesabwesend riss sie ihn auf, während sie an ihren nächsten Ermittlungsschritt dachte. Sie musste herausfinden, ob die Fälle miteinander in Verbindung standen. Sie zog ein einzelnes weißes Blatt Papier heraus und faltete es auf, als sie die Stufen emporstieg, dann blieb sie abrupt stehen. Die in großen, fetten Buchstaben getippte Nachricht war kurz:

Ich bin zurück!

ACHTZEHN

MONTAG, 13. AUGUST – NACHMITTAG

Natalie brachte den Brief umgehend zur Spurensicherung und ging in den zweiten Stock, um ihren Superintendenten zu informieren. Dan lehnte sich in seinem Stuhl zurück und drehte einen silberfarbenen Füllfederhalter zwischen seinen Fingern.

»Könnte von irgendeinem Spinner stammen.«

»Sir, ich denke, diese Nachricht stammt von dem Mörder der Zwillinge.«

»Das ist unlogisch. Wie hätte der Täter überhaupt wissen sollen, dass Sie die Ermittlungen zu diesem Verbrechen leiten? Der Brief wurde am Samstag abgestempelt, was bedeutet, dass er vermutlich irgendwann nach der letzten Abholung am Freitag und der ersten am Samstag eingeworfen wurde. Zu dieser Zeit waren die Zwillinge noch zu Hause und am Leben. Sie ziehen voreilige Schlüsse. Angesichts der Ähnlichkeit dieses Falls mit dem, den Sie 2014 bearbeitet haben, verstehe ich Ihre Sorgen, aber ich denke, dass Sie zulassen, dass es Ihr Urteilsvermögen beeinflusst. Soweit ich weiß, wurde die Person, die für die Blütenzwillinge verantwortlich war, Neil Hoskins, verurteilt und ist kurz darauf gestorben. Wir suchen hier nach einem Nachahmungstäter, und das müssen Sie verstehen. Es könnte hilfreich für Sie sein, den alten Fall mit DS Briggs durchzusprechen, um Klarheit in diese Situation zu bringen.«

Ihr stockte der Atem. Wollte er damit andeuten, dass John Briggs bei den Ermittlungen zu den Blütenzwillingen besonnener vorgegangen war als sie?

»Was das angeht, Sir. Es wäre richtig gewesen, mich vor der Zuweisung von DS Briggs zu meinem Team zu informieren.«

»Wenn ich mich recht erinnere, habe ich Sie darüber informiert, dass Sie Hilfe erwarten können.«

»Das haben Sie, aber es wäre hilfreich gewesen zu wissen, an wen Sie dabei denken.«

Er hörte auf, den Stift zu drehen, und lehnte sich nach vorn. »Gibt es ein Problem, DI Ward?«

»Nein, Sir ...«

»Gut. Es war meine Entscheidung, DS Briggs anzufordern, damit er sich Ihren Ermittlungen anschließt. Er besitzt ebenso wie Sie Kenntnisse aus erster Hand zu den damaligen Ermittlungen und wird sich als wertvolle Hilfe erweisen. Nun, konnten Sie eine Verbindung zwischen dem Mord an Isabella Sharpe und dem der Zwillinge herstellen?«

»Noch nicht, Sir.«

»Dann würde ich vorschlagen, dass Sie zu Ihrem Team zurückkehren und herausfinden, ob es eine gibt.«

»Sir.«

Sie machte auf dem Absatz kehrt, sein Verhalten ließ sie vor Wut kochen. Er behandelte sie wie eine Anfängerin und nahm ihre Sorgen nicht ernst. Wie konnte er es verdammt noch mal wagen! Aileen Melody hätte ihr zugehört und ihre Ängste ernst genommen. *Aber Aileen ist weg und du bist auf dich allein gestellt.* Sie stapfte zurück in ihr Büro, wütend über die Attitüde ihres Vorgesetzten, aber auch über sich selbst, weil sie sofort zu ihm geeilt war, ohne darauf zu warten, dass die Nachricht untersucht worden war.

Das Team arbeitete als Einheit zusammen, im Büro

herrschte reges Treiben. Lucy und John waren zurückgekehrt und saßen an ihren Schreibtischen, ihre Köpfe waren über ihre Laptops gebeugt und zwischen Schulter und Kinn klemmten ihre Telefone. Sie setzte sich an den Schreibtisch, die Muskeln in ihrem Hals und den Schultern waren angespannt. Sie schaltete ihren Laptop ein und starrte mit leeren Augen auf den Bildschirm. Was übersah sie? War Isabellas Tod irgendwie mit den anderen verbunden? Der Mörder im Fall der Blütenzwillinge hatte immer in Paaren getötet. Wenn dieser Täter also Neil Hoskins nacheiferte, würde es keinen Sinn ergeben, dass er nur ein Mädchen umgebracht hatte. Es müsste zwei geben.

Sie zog ein Foto von Isabella hervor und legte es neben das Bild der Zwillinge. Isabella und Erin waren in eine ähnliche Position gelegt worden, aber während Erin ihrer Schwester Ivy zugewandt war, lag Isabella vor einer Mauer. Natalies Blick wurde von den Rosenblättern angezogen. Waren sie auf der Leiche verteilt und dann hinuntergeweht worden? Sie betrachtete das Foto erneut, bevor sie es vergrößerte. Mike hatte angenommen, dass die Blütenblätter von allein auf Isabellas Leiche gefallen waren, aber als sie die Tatortfotos jetzt genauer betrachtete, fiel ihr auf, dass auf und um ihren Körper herum viel mehr Blüten lagen als unter dem Rest der Laube. Isabella war allein, aber ihr Körper war beinahe genauso positioniert worden wie der von Erin. Es musste das Werk desselben Täters sein, auch wenn keine Plastiktüte über Isabellas Kopf gestülpt worden war und die zweite Leiche – die ihrer Schwester – fehlte. Sie war so tief in Gedanken versunken, dass sie nicht bemerkt hatte, wie Lucy zu ihr herübergekommen war.

»Natalie, wir haben die Aufnahmen von Bean and Whistle erhalten, die Sludges Aussage bezüglich des Freitagabends stützen. Er war auf jeden Fall mit drei weiteren Männern an der Bar. Sie konnten als Barry ›Buzz‹ Woodsman, Garth Langford und Robert Moss identifiziert werden. Letzterer wird von seinen Freunden Robbie genannt. Sludge stand die meiste Zeit neben der Bar und ist gegen zehn Uhr mit drei anderen Männern verschwunden, die erst eine halbe Stunde vorher gegen halb zehn eintrafen und sich hauptsächlich mit Robbie unterhielten, während Sludge und Garth Dart spielten.«

»Irgendeine Ahnung, wer die anderen Männer sind?«

»Ian hat noch mal mit dem Wirt gesprochen, und er konnte einen von ihnen identifizieren – Simon Vaughn. Er hat bestätigt, dass er alle zu sich nach Hause zu einer Party eingeladen hat. Er ist ein Altmetallhändler, dem es plötzlich recht gut geht. Früher wohnte er in einem Reihenhaus in der Nähe, jetzt lebt er in einem großen Anwesen in High Bank. Aber er ist immer noch einer der Stammkunden des Pubs. Ich werde zu ihm fahren und mich mit ihm über Sludge unterhalten.«

»Versuchen Sie, seine Bewegungen, nachdem er diese Party verlassen hat, zu lokalisieren. Ich glaube nicht, dass sein Erinnerungsvermögen derart gelitten hat. Ich denke, dass er uns etwas verschweigt. Nehmen Sie Ian mit, der kennt sich auf den Straßen dort gut aus.«

Sobald Lucy und Ian aufgebrochen waren, schlenderte sie auf John zu und blieb vor seinem Schreibtisch stehen. Er hob seinen Blick und sagte: »Wir konnten aus dem Sicherheitspersonal beim Sunmore Hall nichts Hilfreiches herausbekommen, also habe ich versucht, die persönlichen Security-Teams der beiden Bands zu kontaktieren. Die Vorband ist sofort nach ihrem Auftritt verschwunden, also hatte ich bei denen kein Glück, und Blasted ist momentan in Deutschland unterwegs, was es schwer macht, jemanden zu erreichen, der uns helfen könnte.«

»John, ich würde gerne etwas mit Ihnen durchsprechen. Sie konnten sich die Fotos des Tatorts von Sunmore Hall mittlerweile ansehen. Ist Ihnen aufgefallen, dass die Art und Weise, in der Isabellas Leiche positioniert wurde, der Position von Erin Westmore sehr ähnelt, und darüber hinaus auch der von Sharon Hill und Avril Moore damals 2014?«

Er schob sich vom Schreibtisch zurück und verschränkte seine Arme. »Ja, ich hatte ganz ähnliche Gedanken. Die Position ist identisch, es geht meiner Meinung nach weit über ›ähnlich‹ hinaus. Isabella wurde vorsätzlich so zurückgelassen.«

Natalie nickte. Sie hatte gehofft, dass er zu demselben Schluss kommen würde wie sie.

»Was fehlt, ist ein weiteres Mädchen, eine Schwester, die ihr gegenüberliegt, und natürlich die Plastiktüten.«

»Aus diesem Grund frage ich mich, ob die beiden Fälle miteinander verbunden sind. Was denken Sie?«, fragte Natalie.

Sein Kopf wippte hin und her, während er versuchte, sich für eine Antwort zu entscheiden. »Ich denke, dass es möglich ist, aber noch konnten wir keine Verbindung zwischen Isabella und den Zwillingen finden, also stochern wir mehr oder weniger im Dunkeln herum. Bei den Moore-Zwillingen und den Hill-Schwestern war Neil Hoskins unsere Verbindung. Er kannte alle vier Opfer.«

Natalie nickte. Die einzige Person, von der sie momentan wusste, dass sie sowohl die Westmore-Zwillinge als auch Kerry und Isabella kannte, war Eddie Ford. Obwohl er keine offensichtlichen Motive hatte, die Mädchen umzubringen, gab es niemanden, der seine Behauptung, zu Hause gewesen zu sein, bestätigen konnte, und das ließ bei ihr die Alarmglocken läuten. Sie hatten Sludge befragt, in der Hoffnung, dass er die Kamera gegenüber dem Westmore-Haus beschädigt hatte oder Licht ins Dunkel bringen konnte, wer dafür verantwortlich war. Sie hatten angenommen, dass die Kamera vorsätzlich sabotiert worden war, damit sich jemand die Zwillinge schnappen konnte. Es waren reine Annahmen, und aus welchem Winkel sie es auch immer betrachtete, es war nicht mehr als ein Schuss ins Dunkle. Aber welche andere Möglichkeit hatte sie ohne weitere Beweise?«

Natalie musste sich mehr anstrengen. Sie überlegte, John von dem Brief zu erzählen, aber nach der Standpauke von Dan entschied sie, dass es besser wäre, zu warten, bis die Spurensicherung mit ihm fertig war, bevor sie diese besondere Information mit jemandem teilte. Allerdings war John der einzige andere hier, der sich mit den Details im Fall der Blütenzwillinge so gut auskannte wie sie, und der ein ebenso großes persönliches Interesse daran hatte, diesen Täter zu fassen. Immerhin hatte er seinen Teil dazu beigetragen, dass ihnen Neil durch die Finger gerutscht war, sodass er Avril und Faye ermorden konnte. Wahrscheinlich trug er mehr Schuld mit sich herum als jeder andere. Sie musste ihm eine Chance geben, sich zu beweisen.

———

Lucy und Ian fuhren bei Simon Vaughns Haus vor, einem halbrenovierten Bauernhaus mit einem kleinen Stallgebäude. Eine Frau in Jeans stand neben dem Tor und striegelte gerade ein Pferd, als sie sich mit gezückten Ausweisen näherten.

Lucy stellte sie vor. »DS Lucy Carmichael und PC Ian Jarvis. Wir sind hier, um mit Simon Vaughn über die Party am Freitagabend zu sprechen. Ist er zu Hause?«

»Ja, er arbeitet von zu Hause aus. Oh, da ist er! Si ... Polizei für dich.«

Ein Mann mit rötlichem Gesicht, offenem kurzärmeligem Hemd, Shorts, Flipflops und Sonnenbrille schritt mit der Selbstsicherheit eines Selfmademans auf sie zu. Er blieb vor ihnen stehen und streckte ihnen seine Hand entgegen. Doch seine Stimme verriet seine Herkunft aus der Arbeiterklasse, er sprach mit rauem, dunklem Ton. »Guten Tag! Kann ich Ihnen helfen?«

»Mr Vaughn, wir sind hier, um mit Ihnen über Ihre Party am Freitagabend zu sprechen.«

Er grinste. »Wir haben nicht schon wieder unsere versnobten Nachbarn verärgert, oder? Ich weiß ja nicht –

angeblich senken wir das Niveau der Nachbarschaft, nicht wahr, Mandy?« Er zwinkerte der Frau zu.

»Darüber weiß ich nichts, Sir. Wir sind hier, um mit Ihnen über Rowan Stevenson zu sprechen«, antwortete Lucy.

»Wer zum Henker soll das sein?«

»Sie kennen ihn vielleicht unter dem Namen Sludge.«

»Ich kenne niemanden mit diesem Namen.«

Die Frau streichelte das Pferd, das seelenruhig neben ihr stand. »Ich kenne ihn, ein kleiner, dürrer Mann mit Bart und Man-Bun. Er hat die Party mehr oder weniger gecrasht. Si ist mit ein paar Freunden in den Pub gefahren, um noch etwas zu trinken, bevor die Party losgehen sollte, und ist mit dem halben Pub im Schlepptau zurückgekommen.«

Simon schenkte ihr ein halbherziges verlegenes Grinsen. »Ich bin Stammgast im Bean and Whistle und habe dort vorbeigeschaut, bevor die Party steigen sollte. Ich hatte mit meinen Kumpels schon ein paar Drinks genommen und habe mich ... sagen wir mal ›spendabel‹ gefühlt, also habe ich ein paar der Jungs dort eingeladen, mit zur Party zu kommen. Aber an den Kerl, den Sie meinen, erinnere ich mich nicht.«

Wieder ergriff Mandy das Wort. »Ich habe mich eine Weile mit ihm unterhalten, aber er hatte nicht viel zu erzählen. Er hat immer wieder auf sein Telefon gesehen, als würde er einen Anruf erwarten. Er war ein bisschen anders als alle anderen. Ich habe mich gefragt, warum er überhaupt mitgekommen ist, denn es sah aus, als wäre ihm nicht ganz wohl dabei.«

»Jetzt erinnere ich mich an ihn! Ja, er ist mit Robbie mitgekommen. Aber ich weiß auch nicht, warum er hergekommen ist, denn er war eine echte Spaßbremse. Ich habe ihm ein Getränk nach dem anderen angeboten, aber er hat nur seinen Fruchtsaft getrunken. Fruchtsaft, ich bitte dich!«

»Sie sagen, dass er keinen Alkohol getrunken hat?«

»Von mir hat er keinen angenommen. Von dir?«, fragte Simon Mandy.

Sie rieb über die Nüstern ihres Pferdes. »Nein. Ich bin ein paarmal mit Wein rumgegangen, aber er hat immer abgelehnt.«

»Ich nehme an, Sie wissen nicht zufällig, wann er gegangen ist?«

»Machen Sie Witze? Es war mein Geburtstag. Ich habe gefeiert. Mandy? Hast du das mitbekommen?«

Die Frau runzelte die Nase, aber ihre Stirn blieb unbewegt und glatt. »Ich bin nicht ganz sicher, aber gegen Mitternacht habe ich mich mit ihm unterhalten. Er war auf dem Treppenpodest und hat nach den Toiletten gesucht. Ich habe ihm gesagt, wo er sie findet. Und ich erinnere mich daran, dass Robbie gegen ein Uhr gegangen ist – wir haben uns gerade verabschiedet, als ich ihm sagte, er solle nicht vergessen, Sludge mitzunehmen. Er hat gelacht und gemeint, dass der schon weg ist.«

»Als Sie Sludge auf der Treppe begegnet sind, wie hat er da auf Sie gewirkt?«

»Gelangweilt. Distanziert. Nicht der beste Partygast«, antwortete Mandy.

»Worüber hat er sich früher an diesem Abend mit Ihnen unterhalten?«

»Ich habe die meiste Zeit geredet. Er hat viel genuschelt. Man merkt, wenn jemand einem wirklich zuhört. Na ja, er hat es nicht getan.«

»Also hat keiner von Ihnen gesehen, wie er gegangen ist?«

»Nein.«

»Können Sie sich daran erinnern, welche Kleidung er getragen hat?«

Mandy antwortete. »Jeans und ein dunkelblaues Sweatshirt. Ich erinnere mich daran, weil es so schäbig aussah. Nicht dass es mich sonst interessiert, was die Leute tragen, aber er ist schon aufgefallen.«

»Hatte dieses Sweatshirt eine Kapuze?«

»Ja. Die hatte es.«

———

Nachdem Lucy und Ian sich alles notiert und ihre Befragung beendet hatten, riefen sie Natalie an, um ihr die Informationen durchzugeben. Obwohl es schien, als wäre Sludges Alibi bis Mitternacht wasserdicht, hatte keiner der Gastgeber ihn danach mehr gesehen, und eines war sicher: Er war weder betrunken noch high gewesen und hatte mit Sicherheit gewusst, in welche Richtung er gehen musste. Natalie forderte an, dass der Mann für weitere Befragungen zurück aufs Präsidium gebracht wurde, und bat John, die weiteren Videoaufnahmen der Überwachungskameras zu durchsuchen, um Sludges Weg verfolgen zu können, wenn sie ihn das nächste Mal befragten.

Sie überließ ihn seiner Aufgabe und brach auf, um sich noch einmal mit Kerry Sharpe zu unterhalten. Seit sie mit Eddie über das Mädchen gesprochen hatte, fragte sie sich, was wirklich in Eddies Salon vorgefallen war. Ganz im Gegensatz zu ihm hatte Sally Down, die momentane Arbeitgeberin des Mädchens, nur gut von ihr gesprochen. Er hatte auch erwähnt, dass Kerry sich vor dem Salon mit Jungs unterhalten hatte, während Sally ausgesagt hatte, dass Kerry sich seit dem Kerl, der weggezogen war, auf niemanden mehr eingelassen hatte. In Natalies Kopf gab es zwei verschiedene Bilder von Isabellas Schwester, und das musste sie klären. Schließlich war Kerry die letzte Person, von der sie wussten, dass sie ihre Schwester lebend gesehen hatte.

NEUNZEHN

Natalie parkte auf der Straße vor dem Haus der Sharpes. Von außen sah es aus wie ein ganz gewöhnliches Haus, doch hinter der Backsteinfassade befand sich eine Welt des Schmerzes. Auf dem Bürgersteig vor dem Haus standen drei Reporter, die alle in ihre Richtung blickten, in ihren Augen lag Wissensdurst nach neuen Details. Natalie entdeckte auch Tanya Grangers Auto, das drei Plätze vor dem ihren stand, und war froh zu sehen, dass die Opferbetreuerin bei der Familie war. Tanya gelang es immer wieder, die Familien mit Geduld und Einfühlungsvermögen durch diese schreckliche Zeit zu führen, und Natalie bewunderte ihre Fähigkeit, für alle, die sie brauchten, eine Freundin und Beraterin zu sein.

Sie beantwortete alle Fragen, die ihr entgegengeschleudert wurden, mit einem knappen »Kein Kommentar«, klingelte an der Tür und wartete darauf, dass ihr jemand aufmachte. In einem Fenster im Nebengebäude erschien das Gesicht eines Nachbarn und verschwand wieder, als die Person sah, dass Natalie den Blick erwiderte. Sie klingelte erneut und wartete eine lange Minute, bis die Tür geöffnet wurde und Ryan Sharpe ihr gegenüberstand. Er hatte sich nicht rasiert, seit sie ihn das letzte Mal gesehen hatte, und kittfarbene Stoppeln klebten in Form von unregelmäßigen Flecken an Kinn und Wangen.

»Haben Sie Neuigkeiten für uns?«, fragte er.

»Tut mir leid, nein. Ich bin gekommen, um Kerry noch ein paar Fragen zu stellen, wenn ich darf.«

»Oh. Natürlich. Sie ist oben. Soll ich sie holen?«

»Wenn es Ihnen nichts ausmacht.«

Er stapfte davon und sah aus, als wäre er um zwanzig Jahre gealtert. Natalie konnte hören, wie Tanya mit beruhigender Stimme auf Camilla einredete, und ging auf die offen stehende Küchentür zu, um Hallo zu sagen. Camilla hatte sich über den Tisch gebeugt, ihr Kopf lag in ihren Händen. Natalie klopfte leise gegen den Türrahmen, woraufhin sie ihren Kopf hob.

»Tut mir leid, dass ich störe. Ich bin gekommen, um mit Kerry zu reden.«

»In Ordnung. Tanya hat uns geholfen. Ich will meine Tochter sehen. Ich will Isabella sehen und ich will, dass sie von diesem Ort weggeschafft wird, damit wir uns von ihr verabschieden können ... Damit wir uns angemessen verabschieden können.«

Natalie hatte schon andere Eltern in ähnlichen Situationen erlebt. Es war nur natürlich, dass sie sich einen Abschluss wünschten, und für viele kam dieser erst, wenn der Leichnam eines geliebten Menschen von der Rechtmedizin freigegeben wurde.

Tanya sprach. »Ich kümmere mich darum, dass Camilla und Ryan Isabella sehen können.«

Natalie nickte. Das war nicht ihr Bereich. Das war Tanyas Aufgabe. Natalie musste die schrecklichen Nachrichten überbringen, und Tanja und ihre Kollegen halfen den Familien, die Splitter ihres zerbrochenen Lebens sofort danach wieder aufzusammeln, und sie blieben bei ihnen, bis sie wieder allein zurechtkamen.

Als sie eine Bewegung hinter sich wahrnahm, drehte sie sich um. Ryan hatte einen Arm um Kerrys Schulter gelegt. Ihre Augen waren rot unterlaufen und ihre Wangen eingefallen. Der Kummer hatte das Mädchen, das mit gesenktem Kopf vor ihr stand, verschlungen. »Hi«, sagte sie leise.

»Hi, Kerry. Wäre es okay, wenn wir uns über Eddie Ford unterhalten?«

Ryans Augen wurden groß. »Ist Eddie in die Sache involviert?«

»Wir befragen alle, von denen wir glauben, dass sie eine relevante Verbindung zu Kerry und Isabella haben. Ich habe auch schon mit Sally Downs gesprochen.«

»Oh. Okay.« Seine Augen wurden wieder matt.

Natalie sah Kerry an. »Willst du dich lieber in der Küche oder im Wohnzimmer unterhalten?«

»Im Wohnzimmer.«

»Soll ich mitkommen?«, fragte Ryan.

»Nein, es geht schon«, sagte Kerry.

Er löste seinen Arm von ihr und trat zurück, damit Natalie und Kerry in das gegenüberliegende Zimmer gehen konnten. Natalie ließ die Tür auf und nahm neben Kerry auf dem Sofa Platz.

»Ich versuche herauszufinden, was in Eddies Salon vorgefallen ist, und warum er dich gefeuert hat«, fing Natalie an. »Warum erzählst du mir nicht deine Version davon?«

»Da gibt es nicht viel zu erzählen. Egal, was ich gemacht habe, ich habe ihn verärgert. Ich konnte nichts richtig machen. Ich war nur eine Anfängerin. Es war mein erster Job und ich wusste nicht viel, aber jedes Mal, wenn ich einen Fehler gemacht habe, hat er mich angeschnauzt. Ich habe Dad davon erzählt und er wurde wütend deswegen und hat sich mit ihm unterhalten. Danach hat er mich ein paar Tage lang nicht ausgeschimpft, aber dann hat er mich gefeuert.«

»Was war der Grund dafür?«

»Er meinte, ich hätte eine Kundin vorsätzlich unter einem heißen Haartrockner gelassen, aber das stimmt nicht. Er hatte den Timer nicht richtig gestellt, weshalb es nicht geklingelt hat, als es hätte klingeln sollen. Ihre Strähnchen haben zu viel Hitze abbekommen und ihre Haare sind ausgetrocknet. Danach musste er einen Haufen Conditioner einmassieren, damit die Enden nicht abbrachen. Dafür hat er mir die Schuld gegeben, aber ich hatte nichts damit zu tun. Zu dem Zeitpunkt war es mir schon egal. Ich war froh, da rauszukommen, und hatte Sally schon kennengelernt. Sie hat sich gefreut, mir einen Job anbieten zu können.«

»Isabella ist ein paarmal vorbeigekommen, um dich in dem Salon zu besuchen, nicht wahr?«

»Ja. Als sie das erste Mal da war, war Eddie ganz nett und schmeichlerisch ihr gegenüber. Beim zweiten Mal kam sie während meiner Mittagspause vorbei, um mir mein Essen zu bringen, und wir saßen im Hinterzimmer und haben uns unterhalten, als er hereingestürmt kam und ihr gesagt hat, dass sie gehen muss, weil sie nicht zum Personal gehört. Er hat mich deswegen richtig fertig gemacht und mir gesagt, dass ich mein Privatleben und die Arbeit trennen muss.«

»Warum war er so wütend?«

»Ich weiß nicht. Vielleicht hat er etwas mit angehört?«

»Wie zum Beispiel?«

Kerry rutschte leicht hin und her. »Ich glaube, Isabella hat einen Kommentar über seine dumme viereckige Brille gemacht. Vielleicht hat er ihn gehört.«

Kerry benahm sich immer noch wie das unschuldige Mädchen, aber Eddie hatte ihr unhöfliches Verhalten und freche Antworten vorgeworfen, also hatte vielleicht sie diesen Kommentar abgegeben und nicht Isabella. Und dann war da noch die Sache mit den Jungs, die vor dem Salon auf sie gewartet hatten, als sie hätte arbeiten sollen. »Bist du zu der

Zeit, in der du für Eddie gearbeitet hast, mit irgendjemandem ausgegangen?«

Kerrys ordentliche Augenbrauen hoben sich überrascht. »Was meinen Sie damit?«

»Hattest du einen Freund?«

»Was hat das mit Isabellas Tod zu tun?« Ryan war erschienen und sah verwirrt aus.

»Ich versuche herauszufinden, warum Eddie Ihre Tochter gefeuert hat.«

»Weil er ein Tyrann war«, antwortete Ryan. »Er hatte es von Anfang an auf Kerry abgesehen. Manchmal ist sie weinend nach Hause gekommen. Ich habe mit ihm darüber gesprochen, aber natürlich hat er alles abgestritten. Ich habe Kerry sogar geraten, den Job hinzuschmeißen, aber das muss man ihr hoch anrechnen, sie hat es durchgezogen, bis er sich ihr entledigt hat.« Er lächelte stolz.

Natalie spürte eine Veränderung in Kerrys Haltung. Sie senkte ihren Kopf und starrte auf ihre lackierten Fingernägel.

»Was hat Eddie über Kerry gesagt?«

»Nichts, worüber Sie sich Sorgen machen müssten«, sagte Natalie.

»Warum haben Sie nach einem Freund gefragt?«

»Eddie erwähnte, dass er ein paar Jungs vor dem Salon sah, die auf Kerry gewartet haben.«

»Nein, er irrt sich, nicht wahr, Kerry?«

Sie nickte. »Er lag falsch. Ich habe mich mit niemandem getroffen. Ich bin ein oder zwei Mal rausgegangen, um ein paar Jungs Hallo zu sagen, mit denen ich früher zur Schule gegangen bin, aber das war alles. Ich habe mich vor einem Jahr von Curtis getrennt.«

»Ich nehme an, Curtis ist der junge Mann, der Rettungssanitäter geworden ist?«

»Ja. Er ist nach London gezogen. Seitdem habe ich ihn nicht mehr gesehen.«

»Ich verstehe nicht, was das mit Ihren Ermittlungen zu tun haben soll«, sagte Ryan zögerlich.

»Ich will nur die Tatsachen klären. Gibt es sonst noch etwas, das du mir sagen möchtest, Kerry?«, fragte Natalie.

Das Mädchen schüttelte den Kopf, aber Natalie spürte, dass da noch etwas war.

»Wenn dir noch irgendetwas einfällt, kannst du mich jederzeit anrufen, in Ordnung?«

Kerrys Antwort war leise. »Ja.«

»Haben Sie schon eine Ahnung, wer dahinterstecken könnte?«, fragte Ryan.

»Wir tun unser Bestes, das herauszufinden.«

»Bitte. Finden Sie denjenigen. Bringen Sie meinem Mädchen Gerechtigkeit.« Während er sprach, füllten sich seine Augen mit Tränen.

»Wir tun wirklich alles, was wir können«, wiederholte Natalie, wohl wissend, dass es ganz egal war, was sie taten, es würde niemals genug sein, um die gebrochenen Herzen unter diesem Dach zu heilen.

Als Natalie ins Präsidium zurückkehrte, sah sie, dass Lucy und Ian Sludge bereits wieder in den Befragungsraum gebracht hatten. John war auch fleißig gewesen und hatte wertvolle Informationen zusammengetragen, die ihnen bei der Befragung helfen würden, also nahm sie ihn mit, um mit dem Graffiti-Künstler zu sprechen.

»Ich habe Ihnen schon alles gesagt, woran ich mich erinnere«, meckerte er und warf seinem Anwalt einen Hilfe suchenden Blick zu.

Natalie stieß ein zweifelndes Seufzen aus. »Ich bin mir sicher, dass Sie sich bereits denken können, dass wir neue Beweise haben, die widerlegen, dass Sie betrunken oder high gewesen sind, als sie die Party in High Bank zwischen Mitternacht und ein Uhr nachts verlassen haben. Seit wir uns das letzte Mal unterhalten haben, konnten wir weitere Videoaufnahmen sichten, die zeigen, wie Sie um fünf vor eins in der Nacht über die Market Street in Richtung der Unterführung gehen. Von da aus ist es ein zehnminütiger Spaziergang zur Greenhill Road, wo sie erneut von einer Überwachungskamera aufgezeichnet wurden.«

Er schaute an die Decke, wich Natalies Blick aus. Sie hatte ihn. Sie zog drei Fotografien aus einem Ordner und breitete sie vor ihm auf dem Tisch aus.

John sprach ins Diktiergerät. »DI Ward zeigt Rowan Stevenson drei Aufnahmen: JB301, JB302 und JB303.«

Dann sprach Natalie weiter: »Ich hätte gerne, dass Sie bestätigen, dass die Person auf all diesen Fotos Sie sind.«

Nach einer Weile blickte Sludge nach unten und antwortete resigniert: »Ja.«

»Wie Sie am Zeitstempel in der oberen rechten Ecke sehen können, wurden diese Aufnahmen in einem Zeitabstand von jeweils einer Minute aufgenommen: 0:55 Uhr, 0:56 Uhr und 0:57 Uhr. Auf dem ersten Bild, JB301, scheinen Sie in einen Mülleimer vor dem Rocket Café in der Market Street zu greifen. Auf dem zweiten Bild, JB302, ziehen Sie ein Objekt heraus, und auf dem dritten Bild, JB303, ist deutlich zu sehen, dass Sie das Objekt in der Hand halten. Was ist das für ein Gegenstand, Rowan?«

»Sludge. Nicht Rowan.«

»Sludge, was haben Sie dort aus dem Mülleimer gefischt?«

Er sah zu seinem Anwalt und wieder zurück zu Natalie, bevor er die Wahrheit gestand. »Es war eine Spraydose.«

»Und welche Farbe hatte der Lack in dieser Dose?«

»Rot.«

»Woher wussten Sie, dass sie in diesem Mülleimer war?«

»Mir wurde gesagt, dass ich sie dort abholen soll.«

»Wie haben Sie diese Anweisung erhalten? Über eine Text-nachricht, einen Anruf?«

Sludge presste seine Lippen aufeinander.

»Sie wollen nicht zurück ins Gefängnis, oder? Die Verun-staltung von Privateigentum ist eine Straftat, wissen Sie? Wir könnten Ihnen helfen, wenn Sie mit uns sprechen.«

Wieder sah er zu seinem Anwalt, der nickte und ihm riet, sich zu erklären. Sludge atmete tief durch, bevor er sein Geständnis ablegte. »Vor ein paar Tagen hing dieser Kerl vor unserem Haus rum. Er hat mir einhundert Pfund versprochen, wenn ich die Überwachungskamera in der Emerson Lane besprühe – die Hälfte des Geldes gab es im Voraus, die andere Hälfte danach. Es war leicht verdientes Geld. Ich habe keinen wirklichen Schaden angerichtet.«

»Und Sie haben diesen Mann nicht gefragt, warum er wollte, dass diese Kamera außer Betrieb gesetzt wird?«

»Doch, natürlich habe ich das. Er meinte, er hätte in dem Lager als Nachtwächter gearbeitet, aber die hätten ihn gefeuert und stattdessen diese Kamera aufgehängt, also wollte er sich an ihnen rächen.«

»Und das haben Sie ihm geglaubt? Das ist eine öffentliche Überwachungskamera. Sie ist nicht auf irgendein Privatgrund-stück gerichtet.« Natalie war fassungslos.

Sludge hob seine Hände. »Das hat keine Rolle gespielt. Einhundert Pfund für nahezu nichts! Das war nur ein bisschen Farbe. Die ließ sich leicht wieder abwaschen.«

»Warum die ganze Heimlichtuerei mit einer in einem Müll-eimer versteckten Farbdose? Warum hat er sie Ihnen nicht sofort an Ort und Stelle gegeben, oder Ihnen gesagt, dass Sie sie kaufen sollen?«

»Er meinte, er wolle nicht, dass es auf mich oder ihn zurück-geführt werden kann, also hat er den Mülleimer als Ablageort vorgeschlagen, wie bei Spionen, die sich Informationen zukommen lassen. Ich fand ihn ziemlich verrückt, aber habe trotzdem mitgespielt.«

»Bitte beschreiben Sie uns diesen Mann.«

»Etwa eins achtzig groß. Vielleicht sogar größer. Er trug eine Militärjacke mit hochgestelltem Kragen, eine Sonnenbrille und eine Baseballkappe, die er sich über die Stirn gezogen hatte. Ich glaube, er hatte lange Haare und einen Bart, in etwa so wie meiner, und er hat mit einem schottischen Akzent gesprochen.«

Natalie klammerte sich an ihren Ordner voller Notizen. Diese Beschreibung passte zu Eddie Ford, der einen starken schottischen Akzent hatte. Sie suchte nach einem Foto des Mannes und zeigte es Sludge. »Sah dieser Mann so aus?«

Sludge betrachtete das Bild und zog eine Grimasse. »Schwer zu sagen.«

»Warum hat er den Mülleimer vor dem Rocket Café in der Market Street ausgewählt?«

»Keine Ahnung. Er hat mir gesagt, dass ich etwa um Viertel vor eins dort sein soll, um die Dose einzusammeln. Dann sollte ich zur Emerson Lane gehen und die Kamera des Möbellagers einsprühen.«

»Wann haben Sie den Rest des Geldes erhalten?«

»Direkt danach. Es war in einem Mülleimer bei der Unterführung.« Er schaute auf den Tisch hinunter.

Etwas an dieser Bewegung ließ sie sagen: »Einen Augenblick mal. Sie sind schon auf dem Weg zum Lagerhaus an der Unterführung vorbeigekommen. Sie hätten das Geld im Voraus einsammeln können. Sie hätten das Geld einfach nehmen können, ohne die Kamera zu besprühen.«

Er studierte weiter die Tischplatte. »Aber ich hatte ihm gesagt, dass ich es tun würde.«

Sludge kam ihr nicht gerade wie ein sehr ehrenwerter Mann vor. »Haben Sie den Mülleimer nicht schon auf dem

Weg zum Lagerhaus überprüft? Für den Fall, dass das Geld
bereits hineingelegt wurde?«

»Ja ... Okay. Ich habe den Mülleimer in der Hoffnung überprüft, dass er es bereits dort deponiert hatte, aber das hatte er
nicht.«

»Aber als Sie später zurückkamen, war es da?«

»Ja, dann war es da.«

»Gehe ich recht in der Annahme, dass in den zwanzig
Minuten, die sie gebraucht haben, um den Mülleimer zu überprüfen, die Kamera unschädlich zu machen und zur Unterführung zurückzukehren, das Geld aufgetaucht ist?«

»Ja. Es war in einem Umschlag.«

»Haben Sie diesen Umschlag noch?«

»Nein. Ich habe ihn weggeworfen.«

»Wo?«

»Ich habe ihn sofort zurück in den Mülleimer geworfen.«

Es schien, als hätte derjenige, der Sludge dafür bezahlt
hatte, die Kamera zu beschädigen, ihn im Auge behalten, doch
die Kameras hatten zu dieser Zeit niemand anderen aufgezeichnet. Sie machte sich in Gedanken eine Notiz, dass sie die Mülleimer in der Market Street und an der Unterführung
durchsuchen mussten, für den Fall dass sie noch nicht ausge-
leert worden waren.«

»Haben Sie den Mann zu irgendeinem Zeitpunkt wiedergesehen?«

»Nein.«

»Und was haben Sie danach mit der Farbdose gemacht?«

»Ich habe sie in denselben Mülleimer geworfen, in dem das
Geld deponiert war.«

»Hatten Sie diesen Mann vorher schon einmal gesehen?«

»Nein.«

»Haben Sie ihn seitdem noch einmal gesehen?«

»Nein.«

»Hat er Ihnen irgendwelche Kontaktinformationen gegeben?«

»Nein.«

»Sie wollen mir also sagen, dass sie fünfzig Pfund von einem völlig Fremden angenommen und darauf vertraut haben, dass er Ihnen weitere fünfzig Pfund gibt, wenn Sie einer Reihe seltsamer Anweisungen folgen und öffentliches Eigentum beschädigen?«

Er zuckte halbherzig mit den Schultern. »Bei Ihnen klingt das seltsamer, als es war.«

»Nein ... Das ist tatsächlich seltsam.«

»Schon möglich, aber es ist die Wahrheit.«

»Was haben Sie mit dem Geld gemacht?«

»Ich habe es ausgegeben.«

»Jetzt schon? Wofür?«

»Einen Teil davon habe ich meinen Kumpels geschuldet, und von dem Rest habe ich ein paar Flaschen Wodka und etwas zu essen gekauft.«

Natalie seufzte. »Okay, sagen Sie mir genau, wo Sie einkaufen waren und was Sie dort gekauft haben.« Sie musste einen Hinweis dafür finden, dass er die Wahrheit sagte, denn das alles klang immer bizarrer.

Er lehnte sich mit ernster Miene nach vorne. »Das ist alles wahr«, sagte er. »Wirklich.«

Natalie hatte das Gefühl, dass er die Wahrheit sagte. Die verantwortliche Person hatte eine so ausgeklügelte Spur ausgelegt, dass es beängstigend war. Mittlerweile befürchtete Natalie, dass sie es mit einer Person zu tun hatten, die viel cleverer war, als sie zunächst vermutet hatte.

Natalie verließ den Befragungsraum mit entschlossenen Schritten. John folgte ihr und rief ihr nach: »Nicht nötig, mir dafür zu danken, dass ich die Aufnahmen von Sludge vor dem Rocket Café gefunden habe.«

Sie blieb stehen und wandte sich ihm zu. »Wenn Sie erwarten, dass ich Ihnen jedes Mal danke, wenn Sie Ihren verdammten Job machen, dann liegen Sie falsch. Wir verdienen uns unsere Lorbeeren als Team, also versuchen Sie nicht, sich zu rühmen.«

»Ma'am«, erwiderte er nur.

Natalie setzte sich wieder in Bewegung, nahm zwei Stufen auf einmal und marschierte in ihr Büro, wo sie Lucy und Ian ihre Anweisungen zurief. »Überprüfen Sie den Lebensmittelladen in Samford und stellen Sie sicher, dass Sludge heute Früh dort war, um diese Sachen einzukaufen.« Sie warf die Liste auf einen der Schreibtische. »Sehen Sie nach, ob die Mülleimer bei der Unterführung und in der Market Street schon ausgeleert wurden. Ich will wissen, ob es jemals einen Nachtwächter bei dem Möbellager in der Emerson Lane gab, und falls ja, wer zum Teufel das war. Am besten kontrollieren Sie alle Angestellten dort. Schauen Sie nach, ob vor Kurzem jemand entlassen wurde ... und ich will alles haben, was Sie über Eddie Ford finden können, er ist der Eigentümer von Eddie's Hair Salon. Na los, wir haben keine Zeit zu verlieren.«

ZWANZIG

DAMALS

Jennifers Brust hebt und senkt sich, begleitet von einem Zischen und Pfeifen, in etwa wie das Geräusch, das eine Fußpumpe von sich gibt – eine Pumpe, die eine Luftmatratze aufpumpen soll. Er schließt seine Augen. Seine kleinen Mädchen laufen über einen Sandstrand, ihre winzigen Hände klammern sich schutzsuchend an seine viel größeren, während sie zusammen auf die Wellen zulaufen und vor Aufregung quietschen. Eine von ihnen hält einen blauen Eimer in ihrer freien Hand, der mit lustigen, bunten Fischen übersät ist. Die andere hält eine kleine aufblasbare Luftmatratze in einem hellen Rosa, die er aufgepumpt hat, damit sie auf den Wellen reiten können, und ihre Augen funkeln vor Freude.

»Ja!«, ruft eine von ihnen, als sie das Meer erreichen und das kalte Wasser ihnen den Atem raubt. Sie stehen in einer Reihe und lassen sich von den Wellen umspülen, und wenn sie sich zurückziehen, saugt sich der Sand an ihren Füßen fest. Er hält sie an den Händen, damit sie nicht hinfallen. Die Mädchen strahlen zu ihm hinauf, und in diesem Moment schwillt sein Herz vor Stolz an. Er ist ein guter Vater.

Die Maschine, die seine Frau am Leben hält, klappert wieder einmal leise und holt ihn zurück in die Gegenwart. Er öffnet seine Augen und betrachtet sie. Mit den schwarz umrandeten, geschwollen Augen und dem bandagierten Kopf ist sie kaum wiederzuerkennen. Er kann nicht erkennen, wo ein Schlauch in ihren Körper eintritt und ein anderer ihn wieder verlässt, es gibt zu viele, und sie alle befördern Flüssigkeiten in oder aus ihrem Körper. Die Maske, die ihre Nase und den Mund bedeckt, versorgt sie mit Sauerstoff, den sie und die Babys brauchen, und die Maschine, die summt und monoton klappert, lässt ihre Lungen weiterhin arbeiten. Die blinkenden Lichter des Herzmonitors zeigen, dass sie noch am Leben ist, obwohl die Definition von Leben fragwürdig ist. Sie hat wenig bis gar keine Gehirnfunktion mehr und es ist unwahrscheinlich, dass sie noch einmal ihr Bewusstsein zurückerlangt. Ohne die lebenserhaltenden Maßnahmen wäre sie schon nicht mehr hier, und wären die Babys nicht, hätten sie schon lange den Stecker gezogen. Aber seine kleinen Mädchen sind noch nicht bereit, geboren zu werden. Er greift nach ihrer Hand und drückte sie sanft. »Halte durch«, flüstert er. »Für unsere Mädchen. Sie brauchen dich.«

Sein Blick wandert zu dem Fenster, durch das er die Krankenschwestern in ihren weißen Uniformen über den Flur eilen sieht. Er und seine Frau sind in diese Welt eingehüllt, in dieses klinisch weiße Zimmer, das bis unter die Decke mit Technik gefüllt ist. Sie wird es nie wieder verlassen. Sie wird nie wieder in ihren Job zurückkehren. Sie wird ihm seine Mädchen nicht mehr wegnehmen können. Er lässt ihre Hand los und lehnt sich in dem Stuhl zurück, den die Krankenschwester mit den großen grauen Augen ihm gebracht hat. Sie stand ihm voller Sorge und Sympathie gegenüber, ihre Trauer drang aus jeder Pore, während ihre Hand auf seiner lag und er seine Krokodilstränen weinte. Er erlaubt sich ein Lächeln. Er ist sich sicher, dass die hübsche Krankenschwester ihn gerne trösten wird, wenn er es braucht.

Vielleicht irgendwann, aber vorerst muss seine Frau noch etwas länger am Leben bleiben.

Oh ja, er wird ein großartiger Vater werden.

EINUNDZWANZIG

MONTAG, 13. AUGUST – SPÄTER NACHMITTAG

»Hallo, Natalie«, sagte Eddie aus seiner gebückten Position heraus, in der er einer Frau mit schnellen, geschickten Bewegungen das schulterlange Haar schnitt. Er richtete sich auf, legte eine Hand auf die Schulter der Frau und sagte: »Entschuldige mich einen Augenblick.«

Die Frau, die in eine Zeitschrift vertieft war, lächelte ihn an und wandte sich dann wieder ihrem Artikel zu. Eddie behielt seine Scheren in der Hand, als er auf Lucy und Natalie zuging.

»Du musst uns noch ein paar Fragen beantworten, Eddie«, sagte Natalie.

»Können wir das hier machen?«

»Auf dem Präsidium wäre es mir lieber.«

Eddie warf ihr einen flehenden Blick zu. »Ich bin gerade mittendrin, einer Kundin die Haare zu schneiden«, flüsterte er. »Reicht es, wenn wir ins Hinterzimmer gehen?«

Widerwillig stimmte Natalie zu und folgte ihm in eine kleine Küche, die hinter dem Salon eingerichtet worden war. Er legte die Scheren auf die aufgeplatzte Resopal-Tischplatte und wandte sich Natalie zu. Der Aufenthaltsraum für die Mitarbeiter stand in starkem Kontrast zu dem schicken Salon, den die

Kunden sahen. Ungewaschene Tassen standen herum, auf dem Regal über der Spüle stapelten sich Kartons voll mit Haarpflegeprodukten und ein gelber Schleier offenbarte das Alter des Kühlschranks in der Ecke.

»Ich habe dir schon alles gesagt, was ich über Kerry weiß«, zischte Eddie.

»Diesmal geht es um dich und nicht um Kerry. Ich muss ein paar Dinge mit dir durchgehen. Du wurdest in Glasgow geboren.«

»Ja.«

»Aber 2012 hast du Schottland verlassen.«

»Ja. Ich bin nach Manchester gezogen.«

»Gab es einen bestimmten Grund dafür?«

»Ich brachte einen Tapetenwechsel. Seit meiner Geburt habe ich in Glasgow gelebt.«

»Zwischen 2013 und 2014 hast du an der Toni and Guy Academy in Manchester gelernt.«

»Das ist korrekt.«

»Und dann bist du im Dezember 2014 nach Samford gezogen.«

»Ja. Ich habe im Toni and Guy Salon hier gearbeitet, bevor ich nach einem Jahr meinen eigenen aufgemacht habe.«

»Als du in Manchester gewohnt hast, bist du da je über die Namen Karen und Sharon Hill oder Avril und Faye Moore gestolpert?«

Seine Augenbrauen zogen sich zusammen und er zögerte kurz, bevor er fragte: »Waren die nicht in den Nachrichten? Der Fall der Blütenzwillinge?«

»Das ist korrekt.«

»Definitiv nicht. Ich habe dort nur an älteren Modellen gearbeitet – an Männern und Frauen.«

Natalie wartete eine Sekunde, dann nickte sie und sagte: »Ich muss dich noch mal nach der Nacht neulich fragen. Du hast behauptet, am Freitagabend im Haus geblieben zu sein.«

»Das ist richtig. Das war ich.«

»Du hast das Haus überhaupt nicht mehr verlassen?«

»Nein.«

»Kennst du die Market Street?«

»Wer hier kennt die nicht?«

»Bitte beantworte meine Frage.«

»Ja. Ich kenne die Market Street.«

»Bist du am Freitagabend über die Market Street gelaufen?«

»Ja, ich habe die Einnahmen des Ladens zur Bank gebracht.«

»Um wie viel Uhr war das?«

»Nachdem ich den Salon geschlossen habe. Gegen sechs. Das habe ich dir schon gesagt, als wir über Isabella gesprochen haben.«

»Hast du etwas in den Mülleimer direkt vor dem Rocket Café in der Market Street geworfen?«

Die Falten zwischen seinen Augen wurden tiefer und er kratzte sich gedankenversunken am Bart, während er über seine Antwort nachdachte. All das wurde von Natalie beobachtet, die versuchte, Hinweise darauf zu finden, ob er log oder nicht. »Ich habe ein Sandwich gekauft und das Papier draußen in den Müll geworfen. Ich hatte nichts zu Mittag gegessen.«

»Ich dachte, du hättest ein Fertigmahlzeit zu Hause gehabt.«

»Die habe ich später gegessen. Ich hatte Hunger, als ich zur Bank gegangen bin, und habe ein Sandwich gekauft, um die Zeit zum Abendessen zu überbrücken.«

Natalie zog eine Fotografie hervor und hielt sie ihm entgegen. Es war ein Bild von ihm, wie er etwas nicht Erkennbares in denselben Mülleimer wirft, aus dem Sludge einige Stunden später die Farbdose gezogen hatte. Das Video wurde am Freitagabend um zehn nach sechs aufgenommen.

»Bist du das, Eddie?«

Sein Mund öffnete sich, doch es kamen keine Worte heraus. »Eddie?«

»Ja. Das bin ich. Was ist hier los? Warum habt ihr dieses Bild aufgenommen?«

»Das stammt von einer Überwachungskamera in der Market Street. Wie du sehen kannst, sieht es aus, als würdest du etwas in den Mülleimer werfen.«

»Die Sandwich-Verpackung – das war eine dieser Pappschachteln.«

»Aber wo ist das Sandwich?«

»Das habe ich im Café gegessen.«

»Also hast du das Sandwich im Café gegessen, aber bist nach draußen gegangen, um die Verpackung wegzuwerfen?«

»Ganz genau. Kannst du mir bitte erklären, was hier vor sich geht?«

»Du sagst aus, dass du die Sandwich-Verpackung in den Mülleimer vor dem Rocket Café geworfen hast.«

»Ja. Warum?«

Schließlich erklärte Natalie sich. »Wir haben einen Zeugen, der behauptet, ein Mann, der große Ähnlichkeit mit dir hat, hätte ihn bezahlt, um die Überwachungskamera des Möbellagers in der Emerson Lane zu beschädigen, und dieser Mann hätte eine Farbdose in genau diesem Mülleimer deponiert, wo er sie einsammeln sollte. Hast du uns dazu etwas zu sagen?«

Ihm fiel die Kinnlade herunter, seine Augen blinzelten schnell, bevor er stammelte: »Das ist eine Lüge. Ich habe nichts dergleichen getan.«

»Der Mann hatte einen schottischen Akzent, lange schwarze Haare und einen Bart, und er trug eine Militärjacke. Besitzt du so eine Jacke?«

»Nein. So eine hatte ich noch nie.«

»Du streitest ab, jemanden angesprochen und ihn dafür bezahlt zu haben, eine Überwachungskamera zu beschädigen?«

»Ganz genau, das tue ich. Warum sollte ich so etwas machen?«

Natalie antwortete ihm nicht, sondern sprach einfach weiter. »Du hast mir gesagt, dass du die Eltern der Zwillinge, Judith und Chris Westmore, bis vor Kurzem nicht kanntest.«

»Das stimmt. Ich habe sie das erste Mal gesehen, als sie vor einem Monat in den Salon gekommen sind.«

»Hattest du jemals eine Kundin namens Amber Dunn?«

»Tut mir leid, ich weiß nicht, worauf du hinauswillst.«

»Amber Dunn ist die Tante der Zwillinge und ich glaube, sie war vor zwei Wochen in diesem Salon.«

»Ich verstehe immer noch nicht.«

Mit einem Nicken gab Natalie Lucy zu verstehen, dass sie ihren Notizblock ziehen sollte. »Wir haben Amber Dunn kontaktiert, und sie hat uns Folgendes erzählt: ›Letzten Monat habe ich meine Schwester Judith für ein paar Tage besucht. Ich hatte eine schwere Zeit hinter mir und beschloss, mich mit einem Friseurbesuch aufzuheitern. Ich habe einen Termin am Freitag bekommen, den 27. Juli, in Eddie Fords Salon, um mir meine braunen Haare blond färben zu lassen. Ich hatte den Termin bei Eddie persönlich und wir haben uns darauf geeinigt, dass er mein Haar honigblond färben sollte. Nachdem er die erste Farbe aufgetragen hatte, waren meine Haare knallorange. Zuerst habe ich mir darum noch keine Sorgen gemacht und dachte, das gehört zum Prozess dazu. Ich habe wirklich gedacht, dass meine Haare noch blond werden, wenn die Farbe rausgewaschen wird, aber auch nachdem er sie gewaschen hat, waren sie definitiv orange, und ich habe ihn darauf angesprochen. Er hat es abgestritten und gesagt, dass es ein wundervolles Honigblond wäre und dass Haare wie meine mit einem warmen Ton immer zu dieser Farbe würden. Er meinte, ich hätte natürlich rote Strähnen in meinem braunen Haar, und die hätten diesen Effekt auf die Blondierung. Das entsprach ganz und gar nicht der Farbe, die ich wollte und die mir in den

Mustern gezeigt wurde, und ich habe sie gehasst, also habe ich mich geweigert, ihn dafür zu bezahlen. An diesem Punkt wurde er sehr wütend und meinte, er hätte genau das getan, was ich von ihm verlangt habe. Sein Verhalten hat mir richtig Angst eingejagt, aber ich habe den Salon trotzdem verlassen, ohne zu bezahlen. Er ist mir auf die Straße gefolgt und hat mich am Ellbogen gepackt. Ich habe ihm gesagt, dass er mich loslassen soll, oder ich würde meine Schwester Judith anrufen, die Anwältin ist. Daraufhin hat er mich losgelassen, aber er war immer noch wütend und sagte: ›Das ist noch nicht vorbei.‹ Sein Verhalten hat mich sehr erschüttert. Ich bin zum Haus meiner Schwester zurückgekehrt und als sie mich fragte, ob ich mit meiner Frisur zufrieden sei, habe ich Ja gesagt. Ich hatte den Eindruck, dass Eddie Ford ein mieser Kerl ist, und dass es sie nur in Schwierigkeiten bringen würde, wenn sie sich da mit reinziehen ließe.‹« Lucy blickte von ihren Notizen auf.

Eddie rieb sich über die Stirn und schüttelte den Kopf. »Nein. Das ist alles falsch. Ich erinnere mich an die Frau, aber ich wusste nicht, dass sie mit den Zwillingen verwandt war. Es stimmt, ich war wütend auf sie. Ich habe genau das getan, worum sie mich gebeten hat. In letzter Minute ist sie ausgeflippt und hat sich geweigert, zu bezahlen. Natürlich war ich nicht glücklich darüber, dass sie sich weigerte, ihre Rechnung zu bezahlen, und als sie aus dem Laden marschiert ist, bin ich ihr nachgelaufen, um sie zu fragen, ob sie nicht wenigstens die Hälfte bezahlen wollte, aber sie war sehr defensiv, also habe ich aufgegeben. Ich hatte keine Ahnung ...« Er presste die Finger beider Hände gegen seine Stirn und stöhnte. »Ich wusste es nicht.«

»Es ist normal, dass sich ein Friseur mit seinen Kunden unterhält, und Amber muss eine Zeit lang hier gewesen sein, wenn ihre Haare gefärbt wurden. Ich finde es überraschend, dass sie nicht erzählt hat, warum sie bei dir im Salon war – immerhin war sie eine Neukundin –, oder dass sie nicht erwähnt hat, dass sie ihre Schwester besucht, oder dass sie nicht über die Zwillinge geredet hat, die Anfang des Monats hier waren, um sich für eine Feier Blumen in ihre Haare flechten zu lassen«, sagte Natalie.

»Das hat sie nicht. Und wenn sie es getan hat, dann habe ich es nicht mitbekommen. Manchmal schalte ich ab, wenn meine Kunden reden. Ich konzentriere mich auf das, was ich tue, und nicht auf ihre Geschichten.«

»Du hast dich in keiner Weise an ihr gerächt?«

»Nein!«

»Was meintest du mit ›Das ist noch nicht vorbei‹?«

»Nichts. Ich meinte absolut nichts damit. Das waren nur … Worte.« Er zupfte nervös an seinem Bart. »Ich war wütend. Ich arbeite schwer, um diesen Salon über Wasser zu halten, und ihre Haarfarbe war teuer. Das alles kostet Geld und ich muss auch an meinen Profit und meinen Ruf denken. Die Farbe war in Ordnung. Sie hätte ihre Rechnung bezahlen sollen. Ich habe keine Drohungen wahr gemacht. Wirklich nicht.«

»Ich habe mit Kerry gesprochen, und sie sagte, du wärst ihr gegenüber auch einmal wütend geworden und hättest Isabella aus dem Salon geworfen.«

»Sie haben gekichert und hier drin herumgehangen und gemeine Kommentare über meine Kunden gemacht, die ich draußen hören konnte, also habe ich Isabella gesagt, dass sie gehen müsste, wenn sie nicht leise sein könnte, und sie ist abgezischt.«

»Gibt es jemanden, der das bezeugen kann?«

»Ich glaube nicht. Ich weiß nicht.« Er blickte auf und seufzte. »Nein. Ich glaube, die anderen Stylisten waren zu der Zeit in ihrer Mittagspause.«

»Wir müssen nachweisen können, wo du dich in den Nächten am Freitag und Samstag aufgehalten hast – von dem Moment an, als du im Salon Feierabend gemacht hast.«

»Das hab ich dir schon gesagt. Ich bin zu Hause geblieben – oben. Allein.«

»Bist du online gegangen oder hast mit jemandem gesprochen?«, versuchte Natalie, ihm auf die Sprünge zu helfen.

Eddie sah aus, als würde ihm schlecht werden. Sein Gesicht war blass und seine Hände zitterten. »Nein. Doch! Moment. Ich habe mit meiner Tochter Pixie gesprochen. Sie hatte einen Albtraum und konnte nicht wieder einschlafen. Sie wollte meine Stimme hören, also hat Nia sie mich anrufen lassen.«

»Um wie viel Uhr war das?«

Eddie fummelte in seiner Tasche herum und zog ein iPhone hervor, scrollte sich durch die Liste seiner eingegangenen Anrufe und blickte dann erleichtert zu Natalie auf. »Das war fünf vor zwei am Samstagmorgen. Nia hat sich entschuldigt, weil sie mich geweckt hat, aber das hat mir nichts ausgemacht. Ich habe mich ein paar Minuten lang mit Pixie unterhalten.«

Natalie würde herausfinden können, ob der Anruf in der Nähe seines Salons oder woanders entgegengenommen worden war, aber das würde nicht die Frage beantworten, ob er Sludge dafür bezahlt hatte, die Kamera vor dem Möbellager zu beschädigen, und es gab ihm auch kein Alibi für den Zeitraum, in dem die Zwillinge verschwunden waren. »Ich brauche eine DNA-Probe.«

»Aber ich habe nichts Falsches getan«, erwiderte er.

»Weigerst du dich, uns eine Probe zu geben?«

Er schüttelte den Kopf und fuhr sich mit der Hand durch seinen Bart, bevor sich seine Augen überrascht weiteten. »Nein. Ich weigere mich nicht, aber du kannst doch nicht wirklich denken –«

»Wir brauchen sie, um dich von unseren Ermittlungen auszuschließen.«

»Ja, natürlich.« Wieder rieb er sich über seinen Bart.

»Wir nehmen die Probe und dann verschwinden wir.«

Während Lucy einen Abstrich von Eddies Mund machte, schrieb Natalie eine Nachricht an Ian, um ihn zu bitten herauszufinden, ob irgendein Mitglied der Familien Hill oder Moore im Jahr 2014 die Toni and Guy Academy besucht hatte, aber sie hatte das Gefühl, dass es zu nichts führen würde. Obwohl einige der Beweise auf Eddie verwiesen, vermutete sie, dass der wahre Mörder wollte, dass die Polizei dem Friseur hinterherjagte. Er ging regelmäßig zur Bank, um dort nach Feierabend Geld einzuzahlen. Der Mörder hätte dem Mann nur ein paarmal folgen müssen, um das zu wissen. Aber wer wusste genug über Eddie, um ihn derart belasten zu können? Und warum sollte das jemand tun?

Nachdem Lucy die Probe eingetütet hatte, wandte Natalie sich noch einmal an den Mann. »Möglicherweise müssen wir noch einmal wiederkommen, um mit dir zu sprechen.«

Er hob seine Scheren und sagte: »Ich habe nichts davon getan. Das schwöre ich.«

»Dann werden wir uns Mühe geben, das zu beweisen«, erwiderte Natalie.

Wieder draußen begegnete sie Lucys Blick. »Ich glaube nicht, dass er derjenige ist, den wir suchen.« Sie öffnete die Autotür, stieg ein und schlug die Tür hinter sich zu. »Jemand spielt mit uns, Lucy. Irgendjemand, der ein verdammt cleverer Bastard ist.«

ZWEIUNDZWANZIG

MONTAG, 13. AUGUST – ABEND

Ian schüttelte den Kopf. »In dem Lagerhaus wurde niemand gefeuert und es gab auch nie einen Nachtwächter oder anderes Sicherheitspersonal dort.«

»Das habe ich mir schon gedacht«, antwortete Natalie. »Zumindest wissen wir das jetzt mit Sicherheit.«

Ian fuhr fort: »Alle Mülleimer in der Market Street und auch die in der Unterführung wurden heute Morgen ausge-leert, zusammen mit den Mülleimern im Zentrum von Samford, also können wir weder Spraydose noch Briefumschlag als Beweise nutzen. Außerdem habe ich mit dem Leiter des Super-marktes in Samford gesprochen, und er erinnert sich an Sludge. Er ist sich ziemlich sicher, dass Sludge Wodka gekauft hat, aber an die anderen Sachen erinnert er sich nicht. Höchstwahr-scheinlich hat Sludge das Geld genau so ausgegeben, wie er es uns gesagt hat. Und bei der Toni and Guy Academy konnte ich auch nichts finden. Sie führen Buch über ihre Models und Kunden und für das Jahr 2014 gibt es keinen Eintrag mit dem Namen Hill oder Moore.«

»Eddie ist auch sauber«, sagte Lucy. »Er bringt die Einnahmen des Salons fast jeden Abend zur Bank. Ich habe mit der Geschäftsführerin des Rocket Cafés gesprochen und er ist dort ein Stammkunde. Am Freitagabend hat er dort auf jeden Fall ein Sandwich gekauft. Sie erinnert sich daran, weil er das Mittagessen ausgelassen hatte und kurz vorm Verhungern war.«

»Er könnte die Spraydose trotzdem noch zusammen mit dem Sandwichpapier weggeworfen haben. Das könnte eine einzige Täuschung sein«, sagte John, der breitbeinig dasaß und die Ellbogen auf seinen Oberschenkeln balancierte. Natalie konnte beinahe das Testosteron spüren, das er ausstrahlte.

Sie tippte verärgert mit ihrem Stift gegen die Schreibtischplatte. Ihr Bauchgefühl sagte ihr, dass Eddie nichts mit der Sache zu tun hatte. Sie hatte in den letzten paar Jahren schon oft mit dem Mann gesprochen. Er hatte Leighs Haare geschnitten – und auch ihre eigenen – und hatte sich währenddessen freundlich mit ihnen unterhalten. Nichts an seinem Verhalten deutete darauf hin, dass er zu so einer Täuschung in der Lage wäre. Oder lag es nur daran, dass sie sich nicht eingestehen wollte, diesen Mann falsch eingeschätzt zu haben? Sie war immer stolz darauf gewesen, Menschen gut beurteilen zu können.

»Ich glaube, dass er vorsätzlich ausgesucht wurde«, sagte sie.

»Okay. Warum?«, fragte John.

»Zunächst einmal ist sein Salon nur einen Steinwurf entfernt vom Haus der Westmores. Es ist wahrscheinlich, dass er sie kennt.«

»Aber andere Leute in dieser Straße kennen sie auch.« John winkte ihr Argument ab. »Tut mir leid, aber das ist Quatsch. Mal ehrlich: Kein Mörder verbringt so lange damit, nach einem potenziellen falschen Täter zu suchen.«

»Doch, das wäre möglich«, sagte Ian. »Der Täter könnte auch gewusst haben, dass Kerry für Eddie gearbeitet hat.«

»Um Himmels willen! Ich wette, viele Leute wussten das: ihre Freunde, seine Angestellten, Kunden, Eltern, seine

Freunde, Kontakte aus den sozialen Medien – diese Liste ist endlos, Kumpel«, sagte John. »Er hat für beide Nächte kein Alibi. Was soll's, dass die Leute ihn regelmäßig in der Market Street gesehen haben? Es ist viel wahrscheinlicher, dass er diesen Verhaltensmustern vorsätzlich gefolgt ist, damit ihn niemand verdächtigt, wenn er eine Spraydose in diesen Mülleimer wirft ... Und was ist mit seiner Frau, die rein zufällig das ganze Wochenende verreist war? Genau an dem Wochenende, an dem Isabella, Erin und Ivy ermordet wurden. Der Bastard lügt.« John spuckte seine Worte geradezu aus.

Natalie würde sich diesbezüglich nicht unter Druck setzen lassen. Das hatte John schon mal getan, in Manchester, wo er den DI von der Schuld einer Person überzeugt hatte, als sie einen anderen hätten jagen sollen. Sie widersprach dem, was er sagte, nicht; aber sie wollte sich die anderen Wege offenhalten. »Okay, wir werden auf ihn zurückkommen. Was ist mit den anderen Verdächtigen?«, fragte sie.

»Was ist mit dem Kerl, der verschwunden ist, um neue Wasserflaschen zu holen – Fergus? Hat er eine Verbindung zu den Zwillingen und deren Eltern?«, fragte John matt.

»Ich konnte keine entdecken«, antwortete Ian.

»Hat er ein Alibi für Freitagabend und Samstagmorgen, oder Samstagabend bis Sonntagmorgen, als die Westmore-Zwillinge getötet wurden?«, insistierte John.

»Er hat den DrinkQuick-Van in der Scheune in Wayfield geparkt, dann ist er nach Hause gefahren und ins Bett gegangen. Er ist erst Samstagvormittag wieder aufgestanden, am Abend und bis Sonntagmorgen war er zu Hause.«

»Kann das jemand bezeugen?«

»Er ist in seinem Zimmer online gegangen, aber er sagt, dass seine Mutter zu Hause war und bezeugen könnte, dass er ebenfalls dort war.«

»Irgendwelche neuen DNA-Beweise an den Leichen?« John gab nicht auf.

»Nichts.«

Er grunzte. »Sieht aus, als wären wir am Arsch, oder wir unternehmen *tatsächlich* etwas und verfolgen Eddie Ford weiter.«

Diese Bemerkung verärgerte Natalie. Sie waren weit davon entfernt, keine Optionen mehr zu haben, und sie würde nicht ihre gesamte Energie auf einen Mann konzentrieren. »Nein, wir fangen wieder von vorne an. Isabella hat sich von ihren Klassenkameraden für Schularbeiten bezahlen lassen. Ich weiß, dass einige davon momentan im Urlaub sind, aber machen Sie sie ausfindig und reden Sie mit ihnen. Einer von ihnen könnte etwas wissen. Zeitgleich werden wir uns mit den Freunden der Zwillinge unterhalten. Es sieht so aus, als hätten sie das Gartentor in der Nacht selbst geöffnet, wahrscheinlich wollten sie sich mit jemandem treffen. Es gibt eine Verbindung – wir müssen sie nur finden.«

»Besteht die Chance, dass wir vorher eine Pause machen?«, fragte John. »Ich könnte etwas zu essen vertragen.«

Natalie warf einen Blick auf die Wanduhr. Es war kurz vor sechs und ihr war nicht aufgefallen, wie ihr die Zeit davonlief. Normalerweise forderte ihr Team keine Pausen ein, wenn sie an einem so wichtigen Fall arbeiteten. Sie waren daran gewöhnt, sich Snacks aus dem Automaten zu holen oder sich etwas zum Mitnehmen zu bestellen, wenn sie unterwegs waren. Aber John war noch nicht an die Arbeit in ihrem Team gewöhnt, also beschloss sie, eine Ausnahme zu machen. »In Ordnung. Machen Sie eine Pause.«

»Danke.« Er schob seinen Stuhl zurück und schlenderte davon.

Dann wandte Natalie sich an die anderen beiden. »Sie haben nonstop gearbeitet. Sie beide sollten sich auch eine Auszeit nehmen.«

»Geht schon, danke«, antwortete Ian.

»Er ist eine Maschine«, sagte Lucy grinsend. »Eine ununterbrochen arbeitende Maschine.«

»Irgendein Penner läuft herum und tötet Kinder. Ich werde mir Zeit zum Essen nehmen, wenn wir eine Ahnung haben, wer es sein könnte«, sagte Ian. Sein Gesicht verzog sich, während er sprach.

»Neuigkeiten von Ben Hargreaves«, rief Lucy, klickte die E-Mail an und öffnete die Anhänge. Stille legte sich über den Raum, als sie den rechtsmedizinischen Bericht durchlas. Natalie spürte, wie sie den Atem anhielt, bis Lucy schließlich sagte: »Beträchtliche Blutergüsse und ernste Beschädigungen der Halsstruktur und Fraktur des Zungenbeins bei beiden Kindern, was auf erhebliche Krafteinwirkung hindeutet. Keine Ligaturspuren, aber Abschürfungen, Male und innere Verletzungen, die zu einer Erdrosselung passen.« Sie blickte auf.

»Genau wie bei Isabell.« Natalie legte ihren Kopf in den Nacken und seufzte. »Verdammt. Wir wissen, dass diese Fälle miteinander in Verbindung stehen. Wir müssen nur herausfinden, wie. Ich werde den Superintendenten wissen lassen, wo wir stehen. Sie versuchen mit so vielen Freunden dieser Mädchen Kontakt aufzunehmen wie möglich.«

Auf ihrem Weg nach oben kam ihr John entgegen. »Ich dachte, Sie wollten sich etwas zu essen holen?«

»Das habe ich. Ich habe es auf dem Dach gegessen und noch schnell eine gedampft. Übrigens hat der Superintendent mich gerade gefragt, wo wir bei den Ermittlungen stehen, und ich habe ihm gesagt, dass wir immer noch Eddie Ford im Auge behalten.«

»Was hat Ihnen das Recht gegeben, die Ermittlung mit ihm zu besprechen?«

»Er hat mich gefragt. Was hätte ich denn sagen sollen? Keine Ahnung, woran wir arbeiten, Sir?« Er straffte seine

Schultern, aber sie würde sich von seiner aggressiven Art nicht einschüchtern lassen.

Sie deutete mit dem Finger auf ihn und sagte: »Sie hätten ihn an den leitenden Officer verweisen sollen, der zufällig *ich* bin.«

Seine Lippen zuckten für den Bruchteil einer Sekunde, aber dann fing er sich und verzog seinen Mund zu einem Lächeln. »Beim nächsten Mal werde ich mich daran erinnern.«

»Das sollten Sie auch. Wir haben hier keine Zeit für Büropolitik. Muss ich Sie daran erinnern, dass da draußen ein Mörder herumläuft, der drei Mädchen umgebracht hat und der höchstwahrscheinlich erneut zuschlagen wird?«

»Denken Sie, dass er das tun wird?«

»Ja, verdammt, natürlich tue ich das. Und jetzt runter mit Ihnen und helfen Sie Ihren Kollegen.«

Sie stieg die Stufen weiter empor, obwohl sie nun keinen Grund mehr hatte, bei Dan vorbeizuschauen. Sie brauchte Luft und stieß die Tür zur Dachterrasse auf, ging bis zur hinteren Ecke und trat einmal fest gegen die Wand. Schmerz pulsierte durch ihr Schienbein. *Verdammt!* Dieser Mann war unmöglich. Sie atmete ein paarmal durch, nahm tiefe Atemzüge, bis sie sich wieder unter Kontrolle hatte. Ihr Handy klingelte – es war das Vermittlungsbüro ihrer Mietwohnung –, und sie nahm den Anruf entgegen.

»Detective Ward? Hier ist Mary Dubrovnik von den Samford Lettings. Ich rufe nur an, um zu sehen, ob Sie mit unseren Geschäftsbedingungen zufrieden sind, die wir Ihnen heute per E-Mail zugeschickt haben.«

»Tut mir leid, ich bin noch nicht dazu gekommen, mir das anzusehen.«

»Nun, wenn Sie das tun, laden Sie bitte das Dokument herunter und unterschreiben Sie den Vertrag, dann können wir loslegen. Und darf ich Sie daran erinnern, dass wir laut der Vereinbarung zwei Monatsmieten im Voraus fordern.«

»Zwei Monatsmieten?«, wiederholte sie abwesend. Darüber hatte sie in ihrer Eile, eine Wohnung zu finden, nicht nachgedacht. Das war ein ziemlicher Batzen Geld.

»Ja, im Voraus.«

Sie würde einen Kleinkredit aufnehmen müssen. Nein. Das würde nicht ausreichen – Mist! Wo sollte sie das Geld für die Kaution herbekommen? In diesem Moment gelang es ihrem Verstand nicht, das zu verarbeiten. Es gab wichtigere Dinge, um die sie sich kümmern musste.

»Ich werde die E-Mail lesen, sobald ich kann. Ich stecke gerade bis zum Hals in Arbeit.«

Die Stimme war sanft. »Natürlich. Ich dachte nur, ich lasse Sie wissen, dass wir Ihnen den Vertrag zugeschickt haben.«

»Ich melde mich bei Ihnen, sobald ich kann.« Natalie wollte die Frau loswerden. Bei all dem anderen, was vor sich ging, konnte sie das nicht auch noch ertragen.

»Natürlich.«

Sie stopfte das Handy zurück in ihre Tasche. Das war verrückt. Alles stapelte sich um sie herum, und sie hatte keine Zeit, sich um alles gleichzeitig zu kümmern. Die Erinnerung an Johns höhnisches Gesicht ließ sie zurück ins Gebäude gehen. Das war ihre Ermittlung, und sie würde sich nicht von diesem arroganten Arsch aus der Bahn bringen lassen.

Bis neun Uhr hatten sie mit vielen Freunden der Jugendlichen gesprochen, aber nichts Brauchbares gefunden. Sie hatten immer noch eine lange Liste mit anderen Kontakten für den nächsten Tag übrig. Natalie hatte per E-Mail ein Update an den Superintendenten geschickt, einschließlich der Ergebnisse der rechtsmedizinischen Berichte, und brauchte, genau wie der Rest ihres Teams, Ruhe.

»Zeit, nach Hause zu gehen. Für heute sind wir fertig.«

John streckte seinen ganzen Körper, die Arme über seinem

Kopf. »Ich könnte etwas zu trinken vertragen. Will mir jemand Gesellschaft leisten?«

»Bethany erwartet mich«, sagte Lucy entschuldigend, während sie ihre Sachen zusammensuchte und verschwand.

»Tut mir leid. Ein anderes Mal«, sagte Ian und folgte ihr.

»Was ist mit Ihnen, Natalie?«, fragte er.

»Ohne mich. Ich muss mich um meine Familie kümmern«, antwortete sie und bemerkte das Schmunzeln, das seine Lippen umspielte. Sie war sich sicher, dass er sich an das letzte Mal erinnerte, als er sie eingeladen hatte, mit ihm auszugehen.

Er schob seinen Stuhl zurück und schlenderte an ihr vorbei, wobei er kurz stehenblieb und mit leiser Stimme sagte: »Wenn Sie Ihre Meinung ändern, wissen Sie ja, wie Sie mich erreichen.«

»Das werde ich nicht.«

Er lächelte nur und schlenderte davon, mit einem leichten Schwung in seinem athletischen Gang. Sie zählte bis zwanzig, bevor sie ihm folgte und das Gebäude verließ.

Natalie war erleichtert, als sie feststellte, dass ihre Familie unterwegs war, als sie nach Hause kam. Sie fand eine mit Kugelschreiber geschriebene und von Leigh unterzeichnete Notiz, die sie darüber informierte, dass sie alle mit Zoe und Joshs Freund Toby ins Nando's gegangen waren und dann zur Bowlingbahn wollten. Kurz fragte sie sich, was David wohl tat, während die Kinder beim Bowling waren, doch dann entschied sie, dass es sie nichts anging, und sah im Kühlschrank nach, ob es etwas zu essen gab. Da sie keine Lust und Energie zum Kochen hatte, begnügte sie sich mit etwas Käse und Keksen und goss sich ein Glas Wein ein.

Sie setzte sich vor den Fernseher und schaltete durch die endlosen Kanäle mit Gesichtern und Szenen, auf die sie sich nicht konzentrieren konnte, bis sie schließlich auf den Dachboden ging und sich ins Bett legte. Sie hörte nicht, wie die Kinder und David nach Hause kamen. Sie war zu gefangen in Albträumen, in denen John Briggs ihr Vorgesetzter war, und in denen sie wegen groben Fehlverhaltens vor Gericht gestellt wurde.

DREIUNDZWANZIG

DIENSTAG, 14. AUGUST – MORGEN

»Update zu Eddie Ford«, sagte Natalie, womit sie die Aufmerksamkeit von Lucy und Ian auf sich zog. »Sein Mobiltelefon hat sein Haus weder Freitag- noch Samstagnacht verlassen, und am Samstagmorgen hat er einen Anruf von seiner Partnerin Nia bekommen, der fast sechs Minuten gedauert hat. Weder auf den Leichen und der Kleidung der Zwillinge noch bei Isabella Sharpe konnte DNA sichergestellt werden, die mit seiner übereinstimmt. Im Moment haben wir einfach nicht genug Beweise gegen ihn in der Hand, um ihn verhaften zu können. Ich hätte gerne, dass Sie Nia befragen. Sie ist gestern Abend aus Blackpool zurückgekommen.«

Ihre Augen richteten sich auf den Flur, wo sich John mit einem Einweg-Kaffeebecher in der Hand näherte. Er trat mit hocherhobenem Haupt ein und hatte einen überlegenen Ausdruck in seinen Augen.

»Guten Morgen, John. Ich habe gerade erzählt, dass Eddies Telefon weder Freitag- noch Samstagnacht sein Haus verlassen hat.«

John blieb stehen. »Was Eddie angeht. Ich bin heute

Morgen zum Rocket Café gegangen und habe mit der Geschäftsführerin gesprochen.«

Natalie kochte vor Wut. Das hatte er mit ihr nicht abgesprochen und sie hatte ihm nicht die Befugnis dazu erteilt. Er ahnte bereits, dass sie verärgert war. »Ich verstehe, warum ich das wahrscheinlich mit Ihnen hätte absprechen sollen, aber ich bin nur einer Vermutung gefolgt. Ich denke nicht, dass es jemandem wehtut, wenn ich die Initiative ergreife.«

Normalerweise ermutigte sie ihr Team, genau das zu tun, aber hier ging es um John Briggs – einen Mann, dem sie nicht restlos vertraute. Doch sie unterdrückte ihre Gefühle – sie konnte ihm nicht vor Lucy und Ian eine Standpauke halten. »Und was haben Sie herausgefunden?«

»Eddie hat uns erzählt, dass er das Café regelmäßig besucht. Mir kam der Gedanke, dass die Zwillinge durch die Nähe zur Emerson Lane auch dort gewesen sein könnten, und wie sich herausstellte, hatte ich recht. Sie waren häufig mit Freunden nach der Schule dort und manchmal auch Samstag nachmittags. Die Geschäftsführerin hat sogar ausgesagt, dass Eddie bei mehreren Gelegenheiten zur selben Zeit wie die Mädchen da war, und, obwohl sie sich nicht sicher sein konnte, meinte sie, er hätte sich mit ihnen unterhalten.«

Natalie spürte, wie sich ihr die Kehle zuschnürte. Wieder läuteten ihre Alarmglocken. Eddie hatte gelogen, als er gesagt hatte, die Zwillinge vor ihrem Besuch im Salon noch nie gesehen zu haben. Es war richtig von John gewesen, dem nachzugehen. »Er hat definitiv geleugnet, die Zwillinge besser zu kennen, und das bedeutet, dass er gelogen hat. Dem sollten wir nachgehen und mit Nia sprechen.«

»Wir sollten sie auch über ihre Zeit in Manchester befragen und herausfinden, ob sie damals schon ein Paar waren.«

»Dem stimme ich zu. Allerdings finde ich, dass all die Beweise, die auf ihn hindeuten, ein bisschen zu *passend* sind.«

»Passend?«, fragte John.

»Ja. Die Tatsache, dass er Kerry aus seinem Salon gefeuert hat, dass er in der Nähe der Westmore-Zwillinge lebt und arbeitet, und dass er sogar einen Streit mit der Tante der Mädchen hatte. Alles, einschließlich der Tatsache, dass er von den Überwachungskameras dabei gefilmt wurde, wie er etwas, das wir nicht identifizieren können, in denselben Mülleimer wirft, aus der Sludge die Spraydose gezogen hat. Das ist zu sauber. Was uns fehlt, ist ein klares Motiv, warum er irgendeins der Mädchen hätte umbringen sollen. Ich möchte nicht, dass wir uns Scheuklappen aufsetzen und zu viel dort hineininterpretieren. Wir werden unseren Job gründlich machen und die richtigen Ergebnisse bekommen.«

Johns Ausdruck zeugte von Entschlossenheit, und sie fragte sich, ob sie sich nur weigerte, Eddie hinterherzujagen, weil John darauf bestand, dass sie es taten. Sie durfte nicht zulassen, dass ihre persönlichen Angelegenheiten ihr Urteilsvermögen beeinflussten. Also nickte sie in seine Richtung und sagte: »Okay. Sie folgen dieser Spur und sprechen mit Nia. Lucy und ich werden uns mit den Freunden der Zwillinge unterhalten und sehen, ob wir irgendeinen weiteren Hebel in Bewegung setzen können.«

John würdigte ihren Befehl mit einem knappen Nicken, setzte sich an den Schreibtisch ihr gegenüber und stellte seinen Becher ab. Das Logo des Rocket Cafés zeigte in ihre Richtung, und Natalie fragte sich, ob er den Becher vorsätzlich so positioniert hatte, damit sie es sehen konnte. Sie tat den Gedanken als kindisch ab. Doch als sie das kleine Schmunzeln auf seinem Gesicht entdeckte, entschied sie, dass es doch Absicht gewesen sein musste. Er hatte gepunktet und ließ sie wissen, dass er diese Runde gewonnen hatte.

»Wie gesagt, ich will, dass wir uns weiter mit den Freunden der Opfer unterhalten. Wir müssen herausfinden, was Erin und Ivy in der Nacht, als sie verschwunden sind, vorhatten. Sie haben ihre Schlafanzüge wieder aus- und etwas anderes angezogen, um jemanden zu treffen. Und wir müssen eine Verbindung zwischen Erin und Ivy Westmore und Isabella Sharpe finden. Und ... wir müssen schnell arbeiten.«

»Wie wäre es, wenn wir mit der Schulleiterin der Zwillinge sprechen, um zu hören, wie sie sich in der Schule benommen haben. Eltern wissen oft nur die Hälfte. Möglicherweise waren sie ein bisschen rebellisch«, vermutete Lucy.

»Glauben Sie?« John verzog skeptisch das Gesicht.

»Ich war es in dem Alter, also warum nicht?«, erwiderte Lucy, ohne sich beirren zu lassen.

»Ja. Warum nicht?« Er hob seinen Kaffeebecher und trank, sein Blick lag auf Natalie.

Dann ergriff Ian das Wort. »Ich bin alle Videoaufnahmen der Kameras durchgegangen, die auf der und um die Emerson Lane, wo die Zwillinge gewohnt haben, installiert sind, und sie wurden von keiner einzigen Kamera eingefangen. Einschließlich der privaten Überwachungskameras.«

»Nicht ein einziges Zeichen von ihnen? Vielleicht wurden sie von einem Fahrzeug eingesammelt?«, vermutete Natalie.

Ian antwortete mit einem Kopfschütteln. »Wenn sie eingesammelt wurden, wird es sehr schwer sein, das zurückzuverfolgen. In dem Bereich gibt es ein hohes Verkehrsaufkommen. Die Emerson Lane befindet sich nicht nur in der Nähe der Umgehungsstraße, sondern grenzt auch an eine Hauptverkehrsstraße und eine Bundesstraße, die direkt durch das Stadtzentrum führt.«

Die einzige andere Gegend, die sie untersuchen könnten, war die in der Nähe von Blithbury Marsh, wo die Leichen der Zwillinge gefunden worden waren, aber es würde eine riesige Menge an technischen Daten und Zeit erfordern, um alle Fahrzeuge zu überprüfen, die in Blithbury Marsh und in der Nähe der Emerson Lane gesichtet worden waren, und das könnte sich als vergebliche Mühe herausstellen. Trotzdem würde sie sich mit dieser Frage an die passende Abteilung wenden. »Ich werde mit dem Technikteam sprechen und sehen, ob es eine Möglichkeit gibt, die Fahrzeuge zu identifizieren und zu prüfen, ob sie sowohl in Blithbury Marsh als auch auf der Emerson Lane gesichtet worden sind. Um die Leichen der Zwillinge dort abzulegen, muss jemand sehr nah an dem Feuchtgebiet geparkt haben.«

»Am nächsten gelegen ist wohl der Parkplatz direkt neben dem Eingang, aber die Kameras dort sind nur Attrappen«, sagte Ian.

»Mist. Ich werde sie trotzdem fragen.«

»Sollten wir eine Gegenüberstellung arrangieren, damit Sludge versuchen kann, Eddie zu identifizieren?« John war wie ein Hund mit einem Knochen. Er ging Natalie auf die Nerven. Sie hatte zugestimmt, dass sie den Mann weiter im Auge behalten werden, und sehr deutlich gemacht, dass sie sich auch auf andere Möglichkeiten konzentrieren sollten.

»Darüber werden wir nachdenken, wenn neue Beweise ans Licht gekommen sind, aber bis dahin werden wir auch unseren anderen Ermittlungsansätzen folgen«, sagte Natalie bestimmt und begegnete Johns Blick. Seine Nasenflügel blähten sich auf, aber er beharrte nicht auf seinem Vorschlag. »Wir werden damit weitermachen, die Freunde der Zwillinge und die von Isabella zu befragen. Alles klar?«

Lucy und Ian bejahten, während sie ihre Unterlagen zu einem sauberen Stapel zusammenschob und sie in einen Ordner steckte, bevor sie sich auf den Weg machte. Sie musste drei Klassenkameraden befragen. Sie zog es vor, sich in einen Fall genauso stark einzubringen wie ihr Team, anstatt nur zu delegieren, besonders wenn der Fall so wichtig war wie dieser. Sie blickte zu John hinüber, der sich jetzt über seinen Schreibtisch beugte und ihr den Rücken zuwandte. Dieser Mann war ihr ein Dorn im Auge. Es wäre wirklich eine große Hilfe, wenn er sie darin unterstützen würde, andere Verdächtige zu finden, anstatt so versessen darauf zu sein, Eddie festzunehmen. Allerdings konnte auch sie die

Tatsachen nicht ignorieren, sie mussten alle Möglichkeiten im Auge behalten. Eddie hatte ihnen verschwiegen, die Zwillinge in dem Café gesehen zu haben, und es war gut, dass John dieser Spur nachging. Ihre Gedanken drehten sich um die Befragungen, die ihr bevorstanden, als sie nach unten ging und überrascht und froh war, Mike am Empfang stehen zu sehen.

»Gehst du weg?«, fragte er.

»Ja.«

»Ich werde dich zum Auto begleiten. Meins steht gleich hier oben.«

»Meins steht hinten, unter der Eiche.«

Sie traten nach draußen in das warme Sonnenlicht und beeilten sich nicht. Mike lächelte sie an. »Alles okay?«

»Ich halte irgendwie durch. Und bei dir?«

»Wie immer. Ich hatte gehofft, dass wir etwas Zeit finden würden, um ... na ja ... uns zu unterhalten.«

»Das ist im Moment einfach unmöglich. Ich wollte dieses Wochenende mit den Kindern reden, aber mit diesem Fall ...« Ihre Augenbrauen wanderten entschuldigend nach oben.

»Das verstehe ich. Mach dir keinen Stress. Du hast alle Hände voll zu tun. Wie läuft es mit John Briggs?«

Sie seufzte. »Er lässt seine Muskeln spielen und versucht, sich zu beweisen. Mit ihm ist es schwieriger als mit Murray, aber ich kann seinen Enthusiasmus wohl kaum verurteilen.«

»Du weißt, dass er und Dan Kumpel sind, oder?«

»Kumpel?« Sie blieb stehen.

»Na ja ... Bekannte. John war letztes Jahr bei dem Undercover-Einsatz in Frone dabei.«

Frone war eine Marktstadt am Trent und einmal ein wichtiger Haltepunkt der Postkutschen gewesen, die über eine im achtzehnten Jahrhundert ausgebaute Straße unterwegs gewesen waren. Heute zeugten mehrere Pubs und Hotels von dieser bedeutenden Vergangenheit, und die Stadt, in der noch immer ein lebhafter Wochenmarkt abgehalten wurde, lag nur zwölf Meilen nördlich von Samford.

Mike sprach mit gesenkter Stimme weiter. »Er und Dan haben schon vorher zusammengearbeitet. Es geht das Gerücht um, dass John Briggs sein Goldjunge ist und Dan versucht, ihn zu sich zu holen. Anscheinend steht Briggs ganz oben auf der Liste für eine Beförderung und eine Festanstellung in Samford.«

»Das erklärt vieles«, sagte sie und schnaubte. »Der Penner hat hinter meinem Rücken mit Dan über den Fall gesprochen. Ich dachte, er wäre nur übereifrig, aber der Sack kümmert sich nur um sich selbst. Er versucht, uns einen Schritt voraus zu sein. Ich werden aufpassen müssen, dass ich keine Fehltritte mache.«

»Das wirst du nicht. Außerdem gilt: Gefahr erkannt, Gefahr gebannt.«

»Danke für die Vorwarnung.«

»Jederzeit. Ich dachte, das solltest du wissen. Hör mal, wenn du irgendwann einen Augenblick Zeit hast, dann schreib mir und wir können uns treffen, nur für fünf Minuten.«

»Du weißt, dass das noch eine Weile nicht möglich sein wird. Vor allem jetzt, da sich John bei Dan einschleimt.«

»Es wäre schön, sich richtig unterhalten zu können – ich könnte dir von meiner Reise mit Thea erzählen ... nur ein bisschen plaudern.«

Sein plötzlicher amerikanischer Tonfall ließ sie lächeln. »Ja, klar. Das würde mir gefallen ... sehr sogar.«

»Großartig. Ich muss los. Ich war gerade auf dem Weg nach Blithbury Marsh.«

»Gibt es irgendetwas Neues?«

»Ich wünschte, es wäre so. Du erfährst es als Erste, wenn wir irgendwelche Fortschritte machen. Oh, Sekunde, diese Nachricht, die du ins Labor gebracht hast ... Es gibt ein paar Teilfingerabdrücke auf dem Umschlag, die mit keinem Eintrag in unserer Datenbank übereinstimmen, auf der Nachricht selbst war nichts zu finden. Wer auch immer sie geschickt hat, war sehr darauf bedacht, keine Spuren zu hinterlassen. Das verwendete Papier ist weißes HP-Kopierpapier, das man so gut wie überall kaufen kann, wo es Büromaterial gibt, oder auch online. Es handelt sich um eine Standardschrift, die mit sechzehn allerdings etwas größer ist als die übliche Schriftgröße von zwölf. Das ist alles, was ich dir im Moment sagen kann.«

»Also nichts, woran man sich halten könnte?«

»Nicht viel. Tut mir leid.« Er blieb neben einem BMW stehen und drückte auf den Knopf auf seinem Schlüssel, um die Türen zu entriegeln. »Wir sehen uns später.«

Sie ging weiter zu ihrem eigenen Wagen, ohne zurückzuschauen. Wenn jemand aus einem der oberen Fenster auf sie heruntersah, wollte sie nicht, dass sie mehr sahen als zwei Kollegen, die kurz einen Fall diskutierten, an dem sie beide arbeiteten. Sie schnalzte mit der Zunge. Ihr Herz pochte gegen ihren Brustkorb. Dieser verdammte John Briggs. Sie wusste, dass er ihr Ärger machen würde. Er sollte besser nicht ihre Ermittlung oder ihre Karriere vermasseln. Wie sie diese Scheißpolitik hasste. Das alles machte es nur noch schwieriger, ihren Job zu erledigen, und dass Dan und John befreundet waren, bedeutete, dass sie noch mehr aufpassen musste als sonst. Sie entriegelte ihre Autotür und stieg ein. Lucy kam gerade aus dem Gebäude und ging auf den Streifenwagen zu. Sie wartete ab, ob John auch erscheinen würde, doch als er das nach ein paar Minuten nicht getan hatte, startete sie den Motor und fuhr davon. *Konzentrier dich auf die Ermittlung*, sagte sie zu sich selbst. Das war der einzige Weg nach vorne.

Es dauerte nur fünf Minuten, bis sie die Swift Terrace erreichte, eine schmale Straße mit Reihenhäusern, in denen einmal die Arbeiter aus einer der drei Mühlen gelebt hatten, die

Anfang des neunzehnten Jahrhunderts so wichtig gewesen waren, bevor der Kanal die Einfuhr von Mehl ermöglicht hatte und die Mühlen abgerissen worden waren. Heute war alles, was von diesem Teil der Geschichte noch übrig geblieben war, ein Pub mit dem Namen *The Mill*. Die Wohnungen waren entsprechend renoviert worden, um die Vorzüge des modernen Lebens zu bieten: Heizungen, Beleuchtung und Sanitäranlagen. Diese Häuser waren nicht glamourös, aber weit von dem entfernt, was früher hier gestanden hatte – winzige Gebäude mit Außentoiletten und beengtem Wohnraum.

Sie klingelte bei Hausnummer 23 und wartete. Die Tür öffnete sich und offenbarte ein kleines, rundes Gesicht mit großen, braunen Augen. Das Kind, das etwa drei Jahre alt sein musste, wurde sofort von einer aufmerksamen Frau in weiter Hose und einem locker sitzenden Oberteil auf den Arm genommen. »Du sollst Fremden nicht die Tür aufmachen, wenn ich nicht bei dir bin«, rügte sie das Kind, der Ton ihrer Stimme offenbarte die Zuneigung, die sie für das Kind empfand.

»Mrs Khatri, ich bin DI Natalie Ward – wir haben telefoniert. Ich würde mich gerne kurz mit Ashra unterhalten, wenn es geht.« Sie hielt ihren Ausweis hoch, damit die Frau ihn sich ansehen konnte, und wurde hereingebeten.

Der Fernseher im Wohnzimmer lief, vor ihm lagen Plastikfiguren, ein brauner Spielzeughund in einem gestreiften Pullover, ein Buch mit einem farbenfrohen Cover und mehrere andere Spielzeuge verteilt, die dem kleinen Kind zu gehören schienen. Auf dem Bildschirm erkannte sie Peppa Wutz, und das Kind wand sich wie ein Aal aus den Armen ihrer Mutter und wanderte direkt zu dem Bildschirm, wo sie von den magischen Worten vor ihr eingenommen wurde. Ashra, die sich mit einem iPad auf einem Sessel zusammengerollt hatte, stand auf, sobald sie Natalie sah.

»Hi, Ashra, ich bin Natalie.«

»Hi.«

»Ist es für dich okay, wenn wir uns über Erin und Ivy unterhalten?«

»Ja.«

»Wollen Sie hierbleiben oder lieber in die Küche gehen?«, fragte Mrs Khatri. Das Kleinkind vor dem Fernseher kicherte laut und ließ sich auf den Boden plumpsen, von wo aus es mit überkreuzten Beinen das Programm verfolgte. »Vielleicht ist es in der Küche etwas ruhiger«, fügte sie noch hinzu.

»Hier ist es in Ordnung«, sagte Natalie, weil sie nicht wollte, dass das ohnehin schon nervöse Mädchen noch mehr eingeschüchtert wurde. Die Anwesenheit ihrer kleinen Schwester würde helfen.«

»Wenn Sie meinen.«

Natalie lächelte und nahm auf dem ihr angebotenen Sessel Platz. Dann legte sie mit ihren Fragen los. »Du weißt, warum ich hier bin, nicht wahr?«

»Ivy und Erin wurden umgebracht«, flüsterte das Mädchen.

»Das stimmt. Du warst mit ihnen in einer Klasse, richtig?« Ihre Augen füllten sich mit Tränen. »Ja.«

»Warst du gut mit ihnen befreundet?«

»Ja.«

»Hast du sie auch außerhalb der Schule getroffen?«

»Manchmal.«

»Hier?«

»Ja.«

»Und auch bei ihnen zu Hause?«

»Ja.«

»Warst du jemals mit ihnen in dem Rocket Café in der Stadt?«

Das Mädchen nickte. »Dort waren wir oft.«

»Hast du diesen Mann schon einmal in dem Café gesehen?« Sie zog ein Foto von Eddie hervor und zeigte es dem Mädchen, das einmal mehr nickte. »Hat er sich je mit euch unterhalten?«

Ashra runzelte die Stirn, während sie über ihre Antwort nachdachte. »Ja, er hat den Zwillingen gesagt, dass sie schöne Haare haben und sie irgendwann mal in seinen Salon kommen sollten – dass er nach Haarmodellen sucht, an denen geübt werden kann.«

»Das hat er wirklich gesagt?«

»Ja. Die Zwillinge fanden ihn seltsam, aber dann haben sie herausgefunden, dass er wirklich einen Friseursalon hat und haben darüber gesprochen, tatsächlich hinzugehen. Sie hätten coole neue Frisuren bekommen und wären sogar zu Shows mitgefahren und so weiter, wenn sie es getan hätten.«

»Und sind sie dort hingegangen, um Haarmodelle zu werden?«

»Erin wollte es dann doch nicht mehr, also ist Ivy auch nicht hingegangen.«

»Aber im Juli waren sie in diesem Salon, nicht wahr?«

»Oh, ja. Das hatte ich vergessen. Sie haben sich für eine Feier Blumen in die Haare flechten lassen. Das sah wirklich hübsch aus.«

»Haben sie danach noch mal über die Haarmodell-Sache gesprochen?«

»Nein. Ich glaube nicht, dass sie mit ihm darüber gesprochen haben.«

»Hast du den Mann danach noch einmal in dem Café gesehen?«

»Nein. Ich habe ihn nicht mehr gesehen. Wenn er da war, ist er mir nicht aufgefallen. Ich habe nur Zeit mit meinen Freundinnen verbracht.« Ihre Augen schimmerten, aber sie schlug sich tapfer.

Natalie lächelte ihr ermutigend zu, bevor sie leise sagte: »Du machst das sehr gut.«

Ihre Mutter unterstützte sie und sagte: »Ja. Sehr gut, Ashra.«

Dann übernahm Natalie wieder. »Vermutlich weißt du

nicht mehr genau, wann dieser Mann die Zwillinge darauf angesprochen hat, dass sie Haarmodelle werden könnten, oder?«

»Nicht wirklich. Das ist schon ewig her ... Nicht in den Osterferien ...« Sie dachte angestrengt nach. »Es war irgendwann danach in den Halbjahresferien.«

Die Schulferien waren auf Ende Mai gelegt worden, damit sie auf Pfingsten fielen. Das begrenzte es auf die letzte Maiwoche.

»Das ist sehr hilfreich, Ashra.«

Das Mädchen blinzelte ihre Tränen zurück.

»Haben die Zwillinge irgendwelche Geheimnisse mit dir geteilt?«

»Ein paar.«

»Haben sie dir erzählt, was sie Samstagnacht geplant hatten?«

»Nein.«

»Haben sie erwähnt, dass sie die Nacht in einem Zelt verbringen wollten?«

»Nein.« Sie schüttelte den Kopf.

»Sie haben dir gegenüber gar nichts erwähnt?«

»Nein. Warum waren sie in einem Zelt?« Auf dem Gesicht des Mädchens machte sich Verwirrung breit. »Ich dachte, sie wären zu Hause. Wir haben uns lange über Snapchat unterhalten und sie meinten, sie wären zu Hause in ihrem Zimmer. Sie haben nichts von einem Zelt gesagt.«

»Habt ihr oft online miteinander kommuniziert?«

»Die ganze Zeit.« Ihre Worte klangen qualvoll. Ashra hatte zwei gute Freundinnen verloren und das ungeheure Ausmaß davon hatte sie noch nicht ganz erreicht.

Natalie redete weiter, bevor die Emotionen des Mädchens die Kontrolle übernahmen und sie ihr nicht mehr weiterhelfen konnte. »Fällt dir irgendjemand ein, den die Zwillinge möglicherweise hätten treffen können?« Als sie keine Antwort erhielt, versuchte sie es mit: »Vielleicht jemand, über den sie gesprochen haben? Jemand, den sie mochten? Jemand, von dem sie ihren Eltern nichts erzählt haben?«

Ashra schluckte. »Da waren zwei Jungs ... Nicht von unserer Schule ... von der Samford Academy ...«

»Red nur weiter, Ashra«, sagte ihre Mutter. Das Kind vor dem Fernseher lachte herzhaft über die Mätzchen des rosafarbenen Schweins, unbeirrt von der Unterhaltung hinter ihr.

»Sie sind älter als wir. In letzter Zeit hingen die Zwillinge mit ihnen rum.«

»Kennst du ihre Namen?«

»Harry Brown und Noah Powers.«

So wie sie die Namen der Jungen aussprach, mochte sie sie nicht besonders.

»Weißt du, wo sie wohnen?«

»Ich glaube, einer von ihnen wohnt in Appleby Gardens.«

Natalie schrieb sich die Namen auf und notierte sich die Adresse – Fergus Doherty, der Kerry bei dem Konzert bedient hatte, und die Sharpe-Familie lebten ebenfalls in dieser Gegend.

»Kennst du zufällig Isabella Sharpe?«

Das Mädchen sah sie ausdruckslos an. »Nein. Ich kenne sie nicht.«

»Sie ist auf eure Schule gegangen. Vielleicht war sie einen Jahrgang über euch?«

Das Mädchen schüttelte den Kopf. Fröhliche Musik verkündete das Ende des Fernsehprogramms, woraufhin sich das Kind auf die Beine kämpfte und zu Ashra eilte, um sich neben sie auf den Sessel zu werfen. Sie starrte Natalie an. Ashra legte einen Arm um ihre kleine Schwester. Diese natürliche Geste rührte Natalie. Das Bild ihrer Schwester Frances blitzte vor ihrem inneren Auge auf. Es hatte eine Zeit gegeben, in der sie sich genauso nah gestanden hatten, Sessel miteinander geteilt und ihre Arme umeinander gelegt hatten. Doch diese Erinnerung drohte sie abzulenken, also blinzelte sie sie fort.

»Warum stellt diese Frau Fragen?«, fragte das Kind.

»Damit sie die böse Person finden kann, die Ashras Freundinnen wehgetan hat«, sagte ihre Mutter.

»Oh!« Die Augen des Mädchens waren noch immer groß, und sie kuschelte sich näher an ihre Schwester.

Natalie fuhr fort: »Ist noch jemand anderes aus eurer Klasse mit dir, Erin und Ivy in das Rocket Café gegangen?«

»Normalerweise waren wir nur zu dritt. Wir haben näher am Café gewohnt als die anderen und wir waren gerne dort. Alle anderen gehen lieber ins Costa, aber wir mochten das Café.« Sie wischte sich über die Augen, und diese Bewegung entging ihrer Schwester nicht.

»Ashra ist traurig«, sagte ihre kleine Schwester.

»Das liegt daran, dass ihr die Sache mit Erin und Ivy sehr nahegeht«, sagte Mrs Khatri und warf Natalie einen kurzen Blick zu.

»Ja, aber du wirst rausfinden, wer ihnen wehgetan hat«, sagte das Kind und sah ebenfalls zu Natalie.

»Ich werde es versuchen«, antwortete Natalie. »Ich werde auf jeden Fall tun, was ich kann.«

VIERUNDZWANZIG

Nachdem sie sich von Ashra und ihrer Familie verabschiedet hatte, fuhr Natalie auf direktem Weg zum Rocket Café. Es bereitete ihr große Sorgen, dass Eddie schon wieder gelogen hatte. Er hatte abgestritten, die Zwillinge gekannt zu haben, bevor sie im Juli zu ihm in den Salon gekommen waren, und doch hatte er sie im Mai in dem Café angesprochen. Wieder einmal deuteten alle Hinweise in seine Richtung.

Vor dem Rocket Café an der Hauptstraße standen zwei kleine, orangefarbene Tische und dazu passende Stühle auf dem Bürgersteig, beide waren besetzt. Natalie drückte die Tür auf und sah, dass sich das trendige Innere weiter nach hinten erstreckte, als sie angenommen hatte. In dem dunkleren Bereich hinter dem Serviertresen befanden sich auf der einen Seite Sitznischen und auf der anderen Seite hohe Tische und Hocker. Eine Frau mit kurzen, braunen Haaren und einem breiten Lächeln begrüßte sie.

»Ich bin DI Ward«, sagte Natalie leise und zückte ihren Ausweis. »Ich würde Ihnen gerne ein paar Fragen stellen.«

»Ich habe heute Morgen schon mit einem Ihrer Kollegen gesprochen«, erwiderte die Frau.

»DS John Briggs?«

»Ja. Das war sein Name.«

»Ich würde gerne an diese Unterhaltung anschließen.«

Die Frau nickte und wandte sich zur Tür, die nach hinten in die Küche führte: »Jamie, kannst du die Theke für ein paar Minuten im Auge behalten?«

»Klar«, kam seine Antwort.

»Hier entlang«, sagte sie zu Natalie. Sie passierten die Tische und Sitznischen und traten durch die Hintertür in einen kleinen, gepflegten Garten, an dem ein orangefarbener Tisch stand, ähnlich wie die vor dem Café. Sie setzte sich auf einen der Stühle und Natalie gesellte sich zu ihr.

»Ich bin übrigens Tina. Geht es wieder um Eddie?«

»Ich will nur einige Fakten überprüfen.«

»Er war am Freitag auf jeden Fall hier. Das habe ich auch schon DS Briggs gesagt.«

»Ja, vielen Dank dafür. Aber ich bin hier, um mit Ihnen über Erin und Ivy zu sprechen.«

»Die Zwillinge?«

»Ja. Ich vermute, Sie haben die schlechten Nachrichten bereits gehört.«

»Das habe ich und es ist absolut schrecklich, was ihnen zugestoßen ist. Ich kann es immer noch nicht glauben.«

»Sind sie oft hergekommen?«

»Mindestens einmal pro Woche. Sie saßen immer an dem Tisch vorm Fenster – an dem großen, runden.«

»Eine ihrer Freundinnen sagte, dass Eddie mit ihnen über die Möglichkeit gesprochen hat, Haarmodelle zu werden.«

»Hat er das? Davon weiß ich nichts.«

»Aber er kommt auch regelmäßig her, nicht wahr?«

»Er ist oft hier – holt sich etwas zum Mittagessen oder einen Kaffee. DS Briggs hat mir dieselben Fragen gestellt und wollte herausfinden, ob Eddie die Mädchen kannte.«

»Und kannte er sie?«

»Ich werden Ihnen sagen, was ich auch schon DS Briggs gesagt habe: Ich glaube schon. Es könnte sein, dass die Mädchen schon an ihrem üblichen Tisch gesessen haben, wenn er manchmal spät vorbeikam, um ein Sandwich zu kaufen, aber ganz sicher bin ich mir nicht. Wenn die Schule aus ist, kommen viele Kunden her, und ich bin zu beschäftigt, um zu beobachten, was die Leute so treiben.« John hatte die Wahrheit zu seinen Gunsten verdreht – Tina schien sich nicht so sicher zu sein, Eddie mit den Mädchen reden gesehen zu haben, wie er es hatte klingen lassen.

»Kannten Sie die Zwillinge gut?«

»Ich kannte sie eigentlich kaum. Sie waren nicht sehr gesprächig. Ich habe ihnen Milchshakes gebracht oder was auch immer sie bestellt haben, aber ich weiß nichts über sie.«

»Sie waren häufig mit einem anderen Mädchen hier?«

»Ruhiges, kleines Ding. Ja. Sie saß immer bei ihnen.«

»Kennen Sie ihren Namen?«

»Nein.«

»Waren sie jemals zusammen mit zwei Jungen hier?«

»Witzig, dass Sie fragen. Das waren sie, erst letzte Woche – am Mittwochmorgen. Es war sehr ruhig und ich habe die Tische abgewischt, als sie hereingekommen sind.«

»Sie sind alle zusammen hergekommen?«

»Nein, ich meine die Zwillinge waren mit den Jungs hier. Aber das andere Mädchen war nicht dabei.«

»Können Sie diese Jungen beschreiben?«

Tina hob ihre Augenbrauen. »Jetzt da Sie mich fragen ... Ähm ... Einer war recht groß – größer als ich, und er hatte einen dieser modischen Haarschnitte. In etwa so wie Jamies Frisur – eine Art kurze Dauerwelle, aber hinten und an den Seiten kurz rasiert. Den anderen Jungen konnte ich nicht so gut sehen, aber er hatte dunkle Augen und schien griesgrämig zu sein.«

»Was meinen Sie damit?«

»Einfach griesgrämig ... Sie wissen schon ... ein bisschen mürrisch.«

»Waren sie Ihnen gegenüber unhöflich?«

»Mir gegenüber nicht. Die Zwillinge haben den Jungs Limonade gekauft und haben sich mit ihnen zusammen hingesetzt. Einer der anderen Kunden hat sich beschwert, weil er sie hat fluchen hören, und ich wollte sie darauf ansprechen, aber sie sind aufgebrochen, bevor ich die Chance dazu hatte.«

»Waren die Zwillinge Ihnen gegenüber jemals unhöflich?«

»Nein. Sie waren nett. Alle drei Mädchen waren für gewöhnlich ruhig, weshalb es mir nichts ausmachte, dass sie meinen Tisch besetzten, auch wenn sie meistens nicht viel bestellten.«

»Sie kennen nicht zufällig dieses Mädchen, oder?« Sie zeigte Tina ein Bild von Isabella Sharpe. Tina betrachtete es gründlich, aber dann gab sie es kopfschüttelnd zurück.

»Tut mir leid, ich erinnere mich nicht an sie, und ich habe ein gutes Gedächtnis, wenn es um Gesichter geht.«

»Würden Sie sagen, dass Sie viele Ihrer Kunden gut kennen?«

»Gut kenne ich nur ein paar. Viele Leute kommen rein und kaufen sich ein Getränk to go oder etwas zu essen auf die Hand. Aber es gibt auch Stammkunden, die mehr reden wollen als andere.«

»Was ist mit Eddie? Ist er gesprächig?«

»Er ist mein Friseur, also tauschen wir natürlich ein paar Worte aus.«

»Ich vermute, Sie kannten auch seine Frau.«

»Nicht so gut wie Eddie. Sie war erst ein paarmal mit ihrem kleinen Mädchen da – Pixie. Ich glaube, sie arbeitet irgendwo in Birmingham, deshalb sehe ich sie nicht sehr oft.«

»Wie viele Angestellte haben Sie?«

»Nur Jamie, aber er bedient die Kunden nicht. Er arbeitet zur Mittagszeit in der Küche. Normalerweise würde er jetzt schon Feierabend machen«, sagte sie und warf einen Blick auf ihre Uhr.

Da sie nicht annahm, noch viel mehr von Tina erfahren zu können, nahm Natalie die Geste als Zeichen, um aufzubrechen. Sie hatte John gesagt, dass er sich um Eddie kümmern sollte, also ging sie nicht zum Salon. Stattdessen kehrte sie ins Präsidium zurück und versuchte, etwas über die beiden Jungs in Erfahrung zu bringen, die Ashra erwähnt hatte.

———

Lucy und Ian wussten ebenfalls über Noah Powers und Harry Brown Bescheid. Sie hatten sich mit dem Klassenlehrer der Zwillinge, Alan Huntsman, unterhalten, der extra von seinem Familienurlaub in Wales zurückgekehrt war, um ihnen bei den Ermittlungen zu helfen.

»Die Zwillinge waren unzertrennlich«, sagte er. »Sie haben in jedem Fach denselben Kurs besucht. Auch ihre Leistungen waren ähnlich – beide waren gut in Englisch, aber schlecht in Mathe; beide waren gut in Leichtathletik, hatten aber Schwierigkeiten bei den Mannschaftssportarten. Sie waren fast in jeder Hinsicht identisch. Sie waren wunderbare Mädchen mit einem freundlichen Charakter. Das ist so ein tragischer Verlust.«

»Ist Ihnen in letzter Zeit eine Verhaltensänderung an ihnen aufgefallen?«, fragte Lucy.

»Komischerweise ist es das, ja. Ich habe sie in einer Mittagspause im Flur erwischt. Die Kinder sollen sich während ihrer Pausen nicht dort aufhalten, und es war sehr ungewöhnlich für sie. Sie waren immer sehr brav, aber an diesem Tag lungerten sie bei den Schließfächern herum, mit zwei fünfzehnjährigen Jungs in Uniformen der Samford Academy. Die Mädchen meinten, sie würden ihnen nur die Schule zeigen. Als ich ihnen sagte, dass sie alle gehen sollten, habe ich von den Jungs ein paar freche Kommentare zu hören bekommen. Ich habe einen Kollegen angerufen, der in der Samford Academy arbeitet, und habe die Jungs beschrieben. Er war sich ziemlich sicher, zu wissen, wer sie waren: Noah Powers und Harry Brown. Anscheinend waren sie dafür bekannt, Unruhe zu stiften, also habe ich alle Kollegen bei uns gewarnt, sie im Auge zu behalten, für den Fall, dass sie etwas im Schilde führen, aber ich glaube nicht, dass sie noch einmal hergekommen sind. Wie auch immer, ich weiß nicht, ob es an diesem Vorfall lag, aber am nächsten Tag waren Erin und Ivy nicht mehr dieselben. Sie haben mich ignoriert, wenn ich mit ihnen gesprochen habe, und mir böse Blicke zugeworfen – es waren nur kleine Unterschiede und an und für sich nicht signifikant, aber ja, ich denke, die Einstellung der Mädchen hatte sich verändert.«

»Haben Sie sie danach noch einmal zusammen mit Harry und Noah gesehen?«

»Ein paar Tage nach diesem Vorfall habe ich sie vor der Bibliothek in Samford gesehen.«

»Erinnern Sie sich noch daran, wann Sie sie bei den Schließfächern erwischt haben?«

»Ein paar Wochen vor Ende des Schuljahres. Ich erinnere mich noch, wie ich dachte, dass es gut war, dass uns die Sommerferien bevorstanden, und hoffte, dass die Zwillinge die beiden wieder vergessen würden. Sie waren nette Mädchen – wirklich reizend. Es ist absolut schrecklich, was da passiert ist. Wer konnte so eine grausame Tat begehen?«

»Genau das versuchen wir herauszufinden«, antwortete Lucy.

―――――

Natalie war es gelungen, Informationen über Noah Powers und Harry Brown zusammenzutragen, die beide negativ in der Schule aufgefallen waren. Sie hatte herausgefunden, dass Noah und sein Vater Glenn in einem Mietshaus in der Gate Street wohnten – dieselbe Straße, in der auch Fergus Doherty lebte. Sie bereitete sich gerade darauf vor, den Vater anzurufen, als John mit ernstem Gesicht das Büro betrat.

»Wir müssen darüber nachdenken, Eddie herzuholen«, sagte er.

»Haben Sie etwas herausgefunden?«

»Nein. Seine Partnerin Nia hat mir nur erzählt, was für ein toller Kerl er ist, aber das kaufe ich denen nicht ab. Ich bin mir sicher, dass er etwas vor uns verheimlicht.« Während er sprach, warf er seine Jacke über die Stuhllehne und krempelte die Ärmel seines Hemdes hoch.

Natalie beobachtete ihn einen Moment, bevor sie antwortete. Sie wollte seine Reaktion auf ihren nächsten Kommentar nicht verpassen. »Ich habe Tina einen Besuch abgestattet, die Eigentümerin des Rocket Cafés.«

»Oh, ja.«

»Und sie war sich nicht vollkommen sicher, dass Eddie mit den Zwillingen gesprochen hat. Es klang nicht nach dem, was Sie uns erzählt haben.«

Er sah sie ausdruckslos an. »Mir hat sie etwas anderes gesagt. Sie war sich sicher, dass er mit ihnen gesprochen hat.«

Natalie schüttelte ihren Kopf. »Hören Sie auf, mich zu verarschen, John. Sie haben nicht das berichtet, was tatsächlich ausgesagt wurde. Sie haben ihre Worte so verdreht, wie es Ihnen gepasst hat. Sie haben es auf Eddie abgesehen, und zwar nur auf Eddie.«

»Das ist Schwachsinn! Tina hat mir gesagt, dass sie glaubt, dass er mit den Zwillingen gesprochen hat. Eddie ist ein Lügner und wir müssen diesen Bastard festnageln. Wenn Sie denken, dass ich falschliege, dann sagen Sie es.«

Sie schüttelte den Kopf. Obwohl sie seine Methoden nicht guthieß, gab es gute Gründe, Eddie zu verdächtigen. »Okay, ich glaube Ihnen, dass Sie die Wahrheit sagen, aber als ich mit Tina gesprochen habe, war sie sich ganz und gar nicht sicher. Ich habe kein Interesse, daraus eine große Sache zu machen, aber wir müssen uns an ein bestimmtes Vorgehen halten. Wir können es uns nicht leisten, einen Fehler zu machen.«

»Das wird nicht passieren.«

»Gut. Es scheint, dass eine Freundin der Mädchen behauptet, dass Eddie die Zwillinge angesprochen und ihnen vorgeschlagen hat, Haarmodelle in seinem Salon zu werden.«

»Modelle?«

»Haarmodelle. Friseursalons suchen oft nach Modellen. So können die Auszubildenden üben und manchmal nutzen sie auch Modelle, um bei großen Events zu zeigen, was sie können.«

»Dann hatte ich also recht, oder nicht? Der Bastard lügt nach Strich und Faden.«

»Das tut er, aber Sie müssen sich zurückhalten. Ich will nicht, dass Sie etwas überstürzen. Es hat sich noch etwas ergeben – ein paar Jungs von der Samford Academy haben kürzlich angefangen, Zeit mit den Zwillingen zu verbringen. Beide haben den Ruf weg, rebellisch und verhaltensauffällig zu sein, und einer von ihnen, Noah Powers, wurde von seiner letzten Schule in Manchester suspendiert. Er ist im März dieses Jahres nach Samford gezogen und ... er wohnt in der Gate Street in Appleby Gardens.«

»Ist das nicht dieselbe Straße, in der der Kerl wohnt, der Kerry Sharpe bei dem Konzert die Getränke verkauft hat?«

»Ja – und das Haus der Sharpes ist nur einen kurzen Fußweg entfernt.«

Er legte einen Finger an seine Lippen, bevor er sagte: »Okay, das klingt alles sehr interessant, aber als ich Eddie überprüfen wollte, weil alle Indizien auf ihn hindeuten, haben Sie mich zur Schnecke gemacht und gesagt, dass alles, was auf Eddie hinweist, zu *passend* ist. Gilt das dann nicht auch für diesen Jungen – für diesen Noah –, wenn er die Zwillinge kannte und in der Nähe von Isabella wohnt?« Er betrachtete sie kühl.

»Dem stimme ich zu, aber genau wie bei Eddie werden wir dem auf den Grund gehen.«

Er verdrehte die Augen und stieß ein leises Schnauben aus. »Eine Sekunde mal, vor ein paar Minuten haben Sie bestätigt, dass Eddie ein lügendes Stück Scheiße ist, und jetzt wollen Sie Zeit damit verschwenden, ein paar Jugendliche zu befragen.«

»Nichts davon ist Zeitverschwendung«, antwortete sie.

»So wie ich das sehe, ist es das. Ich finde, wir sollten mit Eddie sprechen.«

»Das werden wir, aber vorher will ich diese Jungs überprüfen. Sie könnten etwas wissen – vielleicht sogar, wo die Zwillinge Samstagnacht hinwollten.«

John spitzte die Lippen und sagte: »Ich denke, wir sollten unsere Indizien dem Superintendenten vorlegen und ihn entscheiden lassen.«

»Auf gar keinen Fall. Ich trage die Verantwortung für diese Ermittlung und ich sage, wir reden zuerst mit diesen Teenagern.« Das Klingeln ihres Telefons rettete sie davor, einen Streit mit John vom Zaun zu brechen. Lucy rief sie an, um sie auf den neuesten Stand zu bringen. Natalie hörte aufmerksam zu, bevor sie antwortete: »Genau die beiden habe ich mir auch gerade angesehen. Ja. Verfolgen Sie das weiter.«

Sie beendete das Telefonat und sagte: »Lucy und Ian haben mit dem Klassenlehrer der Zwillinge gesprochen, der sich Sorgen gemacht hat, weil sie mit ein paar Unruhestiftern einer anderen Schule rumhingen – Noah Powers und Harry Brown. Sie werden die Jungs befragen. Wir werden noch mal zu den Westmores fahren, um mit ihnen zu sprechen.«

John warf ihr einen vielsagenden Blick zu, ging dann aber ohne ein Wort zu seinem Schreibtisch, um seine Jacke zu holen.

FÜNFUNDZWANZIG

DIENSTAG, 14. AUGUST – SPÄTER NACHMITTAG

Der Streifenwagen fuhr vor Hausnummer 62 auf der Gate Street vor, und Ian und Lucy stiegen aus. Eine brusthohe Steinmauer verbarg einen mit Unkraut überwucherten Vorgarten und die unter einem Fenster aufgereihten Mülltonnen. Das Haus war recht weit von Fergus Dohertys entfernt, aber mit seinen roten Steinen, den weißen Fensterrahmen und der dazu passenden Haustür sahen sie sich sehr ähnlich.

Glenn Powers trug Kakishorts und ein dazu passendes T-Shirt mit dem Logo eines Logistikunternehmens, als er ihnen die Tür öffnete und sie in die Küche führte, wo sein Sohn Noah mit einem getoasteten Sandwich in der Hand auf einem Stuhl hockte. Als Begrüßung nickte er in ihre Richtung und sagte: »Alles klar?«, bevor er einen großen Bissen nahm. An der Seite quoll Tomatenketchup heraus und tropfte auf den Teller.

»Tut mir leid, Sie stören zu müssen, aber wir müssen Noah ein paar Fragen über Erin und Ivy Westmore stellen«, sagte Lucy und nickte dem Jungen zu.

Die Augen seines Vaters verengten sich. »Warum?«

»Ist Ihnen bekannt, dass die Zwillinge am Sonntagnachmittag tot aufgefunden wurden?«

»Ja. Noah hat mir davon erzählt. Er weiß es von seinen Freunden.«

»Du kanntest die Mädchen gut, nicht wahr?«, fragte Lucy den Teenager.

Noah schluckte sein Essen herunter. »Nicht direkt.«

»Wie gut kanntest du sie?«

»Was meinen Sie?«, fragte er lässig.

»Na ja, du kanntest sie gut genug, um letzten Mittwoch mit ihnen ins Rocket Café zu gehen.«

Er überlegte kurz, bevor er antwortete. »Ja. Das stimmt. Wir haben etwas mit ihnen getrunken.«

»Und?«

»Das ist alles. Sie sind nach Hause gegangen.«

Ian warf einen Blick auf seinen Notizblock. »Habt ihr euch noch bei anderen Gelegenheiten getroffen?«

»Ein paarmal.«

»Hast du sie regelmäßig gesehen?«, fragte Ian.

»Wir haben ein bisschen rumgehangen.«

Ian nickte. »Wir? Damit meinst du dich und Harry Brown?«

»Ja.«

Ian machte sich eine Notiz zu dem Namen und gab Lucy ein Zeichen, weiterzumachen. »Wann hast du die Zwillinge das letzte Mal gesehen?«

»Am Mittwoch. Wir haben sie vor der Bibliothek getroffen und sind dann alle in das Café gegangen.« Anstatt Lucy anzusehen, betrachtete er sein Sandwich, und sie fragte sich, ob er die Wahrheit sagte.

»Ist das alles, was ihr gemacht habt? Mit den Mädchen rumgehangen?«

»Ich weiß nicht, was Sie meinen«, erwiderte er und warf einen verstohlenen Blick in die Richtung seines Vaters, der Lucy nicht entging.

»Seid ihr mit ihnen ausgegangen?«, fragte sie.

»Ausgegangen?« Diese Andeutung ließ ihn höhnisch grinsen. »Das klingt so ernst und erwachsen.«

»Du weißt, was ich meine.«

»Sie meinen, ob wir was miteinander hatten?« Er schüttelte immer noch schmunzelnd den Kopf, als hätte Lucy etwas Amüsantes gesagt. Als sie nichts erwiderte, antwortete er: »Nein.«

»Ihr wurdet bei mehr als einer Gelegenheit zusammen mit den Zwillingen gesehen – eine davon war während einer Mittagspause in der Schule, als ihr euch im Schulgebäude aufgehalten habt, was gegen die Regeln verstößt. Was habt ihr bei den Schließfächern gemacht?«

»Wir haben uns nur ihre Schule angesehen. Das war ihre Idee. Wir haben uns unterhalten, als einer ihrer Lehrer uns gesagt hat, dass wir uns verziehen sollen.«

»Worüber habt ihr euch unterhalten?«

»Ich weiß nicht mehr.«

»Du kannst dich nicht erinnern?«

»Nein. Das ist schon ewig her.« Er zuckte mit den Schultern, riss ein Stück seines Sandwiches ab und warf es in seinen Mund, bevor er mit offenem Mund darauf herumkaute.

Lucy versuchte es noch mal. »Wir versuchen herauszufinden, warum die Zwillinge Samstagnacht ihr Haus verlassen haben. Es wäre eine riesige Hilfe, wenn du uns sagen könntest, ob du etwas darüber weißt. Haben sie mit dir darüber geredet, wo sie am Samstag hinwollten?«

Er schüttelte den Kopf, die Lippen waren gespitzt.

»Hatten sie vor, dich zu treffen?«

»Nein.«

Ian schaltete sich ein. »Was ist mit deinem Freund Harry? Hatten sie vielleicht geplant, sich mit ihm zu treffen?«

»Nein.«

Lucy starrte den Jungen an. »Noah, wo warst du am Samstagabend?«

»Hier. Mit Harry. Wir haben Videospiele gezockt.«

Sie sah zu Glenn Powers, der ihr zunickte. »Ich bin ausgegangen. Sie waren beide hier, als ich gefahren bin.«

»Wann sind Sie zurückgekommen?«, fragte sie Glenn.

»Gegen Mitternacht. Als ich reingekommen bin, waren sie immer noch hier.«

»Wo waren Sie?«

»Was? Bin ich jetzt ein Verdächtiger?«

»Wir wollen uns nur ein klares Bild verschaffen, Sir.«

Glenn rollte mit den Augen, ignorierte Lucy und wandte sich an Ian. »Ich bin nach Derby gefahren, um mich mit einer *Freundin* zu treffen.«

»Und diese Freundin wird das bestätigen?«, fragte Lucy.

»Wenn es sein muss, dann ja. Ich dachte, Sie wollten mit Noah sprechen und nicht mit mir. Wie auch immer, ich wüsste nicht, wie er Ihnen noch weiterhelfen könnte. Er hat Ihnen bereits gesagt, dass er die Zwillinge Samstagabend nicht getroffen hat und nicht weiß, wohin sie wollten.«

Er reckte trotzig sein Kinn, aber Lucy hielt seinem Blick stand und sagte: »Wir versuchen herauszufinden, was den Zwillingen Samstagnacht zugestoßen ist. Ihr Sohn und sein Freund wurden zusammen mit Erin und Ivy gesehen, weshalb es nötig ist, dass wir herausfinden, in was für einer Beziehung sie zueinander standen, und ob die Mädchen einem von ihnen ihre Pläne offengelegt haben.«

»Haben sie das?«, fragte Glenn seinen Sohn. »Haben diese Mädchen euch erzählt, was sie vorhatten?«

Noah schnaubte. »Nein, natürlich nicht.«

Glenn sah zurück zu Lucy. »Da haben Sie Ihre Antwort. Wenn Sie jetzt gehen würden, damit wir unsere Mahlzeit beenden können?«

Aber so würde sich Lucy nicht abspeisen lassen. Sie war noch nicht fertig mit ihm. »Noah, haben Erin und Ivy jemals einen Mann namens Eddie erwähnt?«

»Ich glaube nicht.«

»Haben sie vielleicht darüber geredet, von zu Hause weglaufen zu wollen?«

Er schnaubte. »Nein. Sie haben nie gesagt, dass sie weglaufen wollten.«

»Hattet ihr auch online Kontakt?«

»Hin und wieder.«

»Snapchat?«

»Nein. Das ist was für Mädchen.«

»WhatsApp?«

»Ja.«

»Und ihr habt hin und wieder mit ihnen rumgehangen?«

»Das habe ich Ihnen doch schon gesagt, oder nicht?«

»Okay. Danke. Kennst du einen Fergus Doherty?«

Einen Moment lang verzog sich sein Gesicht irritiert. »Nein, wer soll das sein?«

Lucy umging seine Frage. »Kennen Sie ihn, Mr Powers?«, fragte sie.

»Nie von ihm gehört. Sind wir jetzt fertig?«

»Vielen Dank, ja. Kannten Sie die Zwillinge, Mr Powers?«

»Nein, ich kannte sie nicht.« Er marschierte davon und öffnete die Haustür, wo er darauf wartete, dass Lucy und Ian verschwanden. Sobald sie draußen waren, schlug die Tür hinter ihnen mit einem lauten Knall zu.

»Ein wenig aggressiv«, sagte Ian.

»Vielleicht liegt das daran, dass sie etwas zu verbergen haben«, vermutete Lucy.

———

Eine flauschige, graue Katze lag ausgestreckt auf dem Sofa, auf dem Judith und Chris Westmore saßen. Sie hielten sich an den Händen, ihre Finger waren ineinander verschränkt. Natalie war auf ihrem Sessel nach vorne gerutscht und versuchte, nicht in dem viel zu weichen Polster zu versinken. John hatte auf einem Stuhl Platz genommen, der extra aus dem Esszimmer hergebracht worden war, und saß schweigend da, während Natalie ihre Fragen stellte.

»Ist Ihnen im letzten Monat irgendeine Veränderung im Verhalten Ihrer Töchter aufgefallen?«

Judith schüttelte den Kopf, Spuren von Tränen glitzerten auf ihren Wangen. »Nein«, flüsterte sie.

»Sie waren kein bisschen aufsässig, rebellisch oder streitsüchtig?«

»Nein. Sie waren überhaupt nicht bockig. Nicht so wie die Kinder mancher unserer Freunde. Wir haben immer gesagt, was für ein Glück wir haben«, sagte Chris traurig.

»Haben Sie mit ihnen über ihre Freunde geredet?«

»Nicht wirklich. Sie haben Namen erwähnt, erzählt was für komische Sachen der und der im Unterricht gemacht hat, oder so. Abgesehen von Ashra hatten sie keine sehr guten Freunde. Sie waren einander die besten Freundinnen.« Judith suchte Chris' bestätigenden Blick, und er nickte.

»Sie waren sehr eigenständig. Waren sich immer nah«, sagte er.

»Kennt einer von Ihnen Eddie Ford?«

»Eddie, den Friseur?«, fragte Judith.

»Ja.«

»Er hat meiner Schwester die Haare gemacht, und einmal auch den Zwillingen.«

»Aber Sie waren nicht regelmäßig bei ihm?«, fragte Natalie.

»Nein, normalerweise gehen wir in einen der größeren Salons in der Stadt. Vor ein paar Wochen habe ich die Zwillinge zu Eddie gebracht, weil es praktischer war und unser anderer Friseur keinen Termin frei hatte. Sie wollten sich die Haare für eine Feier machen lassen, und Eddies Laden ist gleich die Straße runter.«

»Ihre Schwester hat uns erzählt, dass sie mit ihrem Besuch bei ihm nicht zufrieden war«, sagte Natalie.

»Bei mir hat sie sich nicht beschwert. Ich habe sie sogar gefragt, ob sie zufrieden ist, weil sie eigentlich blond werden wollte, aber mit einer Art Orangeton zurückkam. Sie sagte, dass ihr die Farbe so besser gefällt. War das eine Lüge?«

»Sie wollte Sie da nicht mit reinziehen.«

»Warum nicht?«

»Ich weiß nur, dass sie nicht wollte, dass daraus eine größere Sache gemacht wird.«

»Sie hätte es mir sagen sollen. Dann wäre ich mit ihr zu Eddie gegangen, um das zu klären.«

»Aber Sie wussten nichts davon?«

»Nein.«

»Haben Erin oder Ivy erwähnt, dass Eddie sie gefragt hat, ob sie Haarmodelle werden wollen?«

»Wirklich? Davon haben sie mir nichts erzählt.« Judiths Gesicht zeigte nichts als Verwirrung.

Natalie konnte spüren, wie John auf seinem Stuhl herumzappelte, bevor er ihn fragen hörte: »Sind Sie gut mit Eddie zurechtgekommen?«

»Ich kannte den Mann nicht.«

»Aber Sie haben seinen Salon gemieden«, beharrte John. »Obwohl er viel näher ist als die in der Stadt.«

»Sein Laden hat mir nicht zugesagt. Das ist alles. Ich habe nur ein paar Worte mit ihm gewechselt, und das war, als ich mit den Zwillingen dort war, um sie frisieren zu lassen.«

»Trotzdem ist Ihre Schwester dorthin gegangen anstatt zu dem Salon, den Sie besuchen.«

»Was soll das? Warum fragen Sie nach Amber? Sie hat eine Trennung durchgemacht und wollte einen neuen Look, um sich aufzuheitern. Das war eine spontane Entscheidung, und da sein Salon nicht zu weit weg war, ist sie dorthin gegangen. Sie hat nichts davon gesagt, dass sie mit dem Ergebnis nicht zufrieden war. Ich verstehe nicht, was das damit zu tun hat, dass meine Kinder ermordet wurden.«

Natalie spürte Judiths plötzlich Anspannung und unterbrach sie. »Wir wollen nur alle Details klären. Ich wüsste gerne, ob Sie jemanden mit dem Namen ›Powers‹ kennen.« Sie bemerkte, wie sich ein Muskel in Chris' Hals verspannte, und sprach weiter: »Noah Powers.«

Er tauschte einen Blick mit seiner Frau aus. Natalie hatte einen Nerv getroffen. Chris war derjenige, der ihr antwortete. »Vor ein paar Monaten hat Judith die Zwillinge mit zwei Jungs in der Stadt gesehen, die offensichtlich älter waren als sie. Einer der Jungs, ein Kerl namens Noah, hatte seinen Arm um Erins Schultern gelegt. Nun, natürlich haben wir mit den Mädchen über die Tatsache gesprochen, dass sie erst dreizehn und vielleicht noch etwas zu jung für eine Beziehung sind. Wir haben das Thema nicht hochgespielt, aber wir haben unsere Sorgen geäußert und die Mädchen schienen es zu verstehen. Ivy hat der Gedanke, dass sie mit den Jungs eine romantische Beziehung hätten, sogar zum Lachen gebracht, und sie sagte, das würde nicht passieren. Sie haben die beiden im Samford Shopping Center kennengelernt und sich mit ihnen angefreundet.

Wir haben unseren Töchtern vertraut und es auf sich beruhen lassen, aber dann tauchten die Jungs regelmäßig hier auf, gingen immer wieder am Haus vorbei oder sind stehen geblieben und haben zum Fenster ihres Zimmers hochgestarrt. Irgendwann habe ich beschlossen, sie darauf anzusprechen. Als sie das nächste Mal vorbeiliefen, bin ich nach draußen gegangen, um mich mit ihnen zu unterhalten, und habe nichts als Beleidigungen zu hören bekommen. Die Zwillinge haben abgestritten, die Jungs dazu ermutigt zu haben, vorbeizukommen, und als ich sie ein paar Tage später auf dem Bürgersteig vor unserem Haus sah, habe ich gedroht, die Polizei zu rufen und sie wegen Belästigung anzuzeigen. Sie waren vulgär und ich dachte tatsächlich, dass Noah mich schlagen oder noch Schlimmeres tun würde. Er ist mit so einem bedrohlichen Ausdruck in seinen Augen auf mich zugekommen, dass ich für eine Sekunde dachte, er hätte ein Messer oder eine andere Waffe. Aber sein Kumpel hat ihn zurückgehalten. Ich habe die Nerven verloren und gesagt, dass ich die Polizei rufen würde.

Am nächsten Tag stand Noahs Vater vor unserer Tür und wollte wissen, was mir das Recht geben würde, seinen Sohn zu bedrohen. Er meinte, Noah und Erin würden miteinander gehen und dass ich mich damit abfinden müsste. Als ich das abstritt, lachte er mir ins Gesicht und meinte, ich solle meine Töchter besser im Auge behalten – sie wären nicht so unschuldig, wie sie taten, und wären schon oft bei ihm zu Hause gewesen.

Wir haben darüber gestritten und er stieß mir in die Brust und sagte, dass wenn ich seinen Sohn schikanieren würde, ich es mit ihm zu tun bekommen würde. Ich hatte ihn nicht schikaniert! Dieser Mann war noch schlimmer als sein Sohn – er hat geschrien und geflucht und gesagt, dass meine Töchter kleine Flittchen wären. Natürlich habe ich die Mädchen darauf angesprochen, ob sie bei Noah zu Hause gewesen wären, und das haben sie auch zugegeben, aber nur, um zusammen Onlinespiele zu spielen. Sie haben jede Beziehung zu den Jungs abgestritten. Erin hat nach diesem Vorwurf sogar geweint. Sie hatte noch nie auch nur einen Jungen geküsst.«

»Und Sie haben den Mädchen geglaubt?«, fragte Natalie.

Er sah ihr in die Augen. »DI Ward, Sie kannten meine Töchter nicht. Sie waren gute Mädchen. Sie waren keine Engel, aber sie waren ehrliche, gute Mädchen, und wenn sie gesagt haben, dass sie bei Noah zu Hause nur Onlinespiele gespielt haben, dann ist auch genau das passiert. Diese zwei Pisser hingegen ... denen traue ich nicht über den Weg.«

»Haben die Zwillinge danach aufgehört, sich mit den Jungs zu treffen?«

»Ja. Sie haben sich von ihnen ferngehalten?«

»Sind Sie sicher?«

»Definitiv. Sie waren sehr vertrauenswürdig«, sagte Chris.

Natalie wollte die Eltern nicht noch mehr aufregen, als sie es ohnehin schon waren, indem sie ihnen sagte, dass ihre Töchter nicht nur über WhatsApp mit den Jungs in Kontakt standen, sondern sich auch am Mittwoch mit Noah und Harry im Rocket Café getroffen hatten. Allerdings platzte John mit dieser Info heraus. »Wir glauben, dass die Zwillinge sich letzten Mittwochmorgen mit diesen Jungs getroffen haben.«

Judith saß kerzengerade da. »Das ist unmöglich. Da waren sie bei Ashra zu Hause. Sie sind dorthin gegangen, oder nicht, Chris? Sie hätten uns niemals angelogen.«

»Wir werden uns mit Ashra unterhalten«, sagte Natalie ruhig und brachte John mit einem eisigen Blick zum Schweigen.

»Diese Jungs ...«, sagte Judith. »Haben sie Erin und Ivy umgebracht?«

»Wir suchen noch nach der Person oder den Personen, die dafür verantwortlich sind, und tragen aktuell alle Fakten zusammen.«

Chris fuhr sich mit der Hand übers Kinn, seine Bartstoppeln kratzten über seine Finger. »Sie könnten sich nicht rausgeschlichen haben, um sich mit ihnen zu treffen, oder?«

»Das ist eine der Möglichkeiten, die wir versuchen zu ermitteln«, antwortete Natalie.

Die noch verbliebene Farbe wich aus Chris' Gesicht, er stöhnte und ließ die Hand seiner Frau los. »Was haben wir getan?«

»Chris, was meinen Sie damit?«, fragte Natalie.

»Ich habe Noahs Vater gesagt, dass ich die Sache selbst in die Hand nehme, wenn sein Junge oder dessen Freund noch mal bei uns auftauchen.«

»Sie haben ihm gedroht?«

»Er hat meinen Töchtern vorgeworfen, Flittchen zu sein!

Ich habe nicht *ihn* bedroht. Ich habe ihm gesagt, dass wenn sein Sohn und dessen Freund noch mal in die Nähe meiner Töchter kommen, ich sicherstellen werde, dass sie sich nie wieder irgendwelchen Mädchen nähern werden. Ich war rasend vor Wut, aber das war nichts als heiße Luft. Das war alles, aber was ... was, wenn ... er und sein Sohn sich deshalb gerächt haben? Was, wenn es meine Schuld war?«

»Ich denke, dass Sie da zu viel hineininterpretieren. Für gewöhnlich greift niemand nur wegen einer Auseinandersetzung Kinder an«, sagte Natalie ruhig. Sie ignorierte den Ausdruck auf Johns Gesicht, der genau das Gegenteil auszudrücken schien. Es stimmte: Menschen töteten aus allen möglichen Gründen, und Glenn Powers und sein Sohn könnten durchaus hinter dem Tod der Zwillinge stecken. Doch wenn das der Fall war, was in aller Welt war ihre Verbindung zu Isabella? Die Ermittlung wurde immer komplexer, wobei ihr schmerzlich bewusst war, dass der Täter jederzeit wieder zuschlagen konnte.

———

Das Puder schoss durch seine Nasenlöcher, die sich vor Vorfreude weiteten. Er schniefte ein paarmal, um sicherzustellen, dass er auch alles eingeatmet hatte, dann wischte er sich die Nase mit der Rückseite seiner Hand ab und räumte die Beweise von dem Spülkasten der Toilette. Er legte seinen Kopf in den Nacken und starrte an die Decke, seine Synapsen zuckten wild umher wie Kanonenkugeln. Ein Lächeln klebte auf seinen Lippen, zog sie weit auseinander. Der Plan lief so gut, dass er auch ohne Drogen hätte total high sein müssen, aber er brauchte den Kick, um die Intensität von dem, was er sich vorgenommen hatte, aufrechtzuerhalten.

Eine leise Stimme in seinem Kopf erinnerte ihn daran, dass

er das Koks regelmäßig nahm, mindestens zweimal die Woche.
»Das ist Freizeitkonsum«, knurrte er sie an.

Was ist mit den Amphetaminen?, *erinnerte die Stimme ihn.*

»Verpiss dich!«, fauchte er, dann schloss er seine Augen und wartete.

Die Droge wirkte schnell und bald durchfuhr ein angenehmes Gefühl seinen Körper. Das Lächeln kehrte zurück, zerrte an seinen Mundwinkeln, als er über seinen nächsten Schritt nachdachte. Er war dem Team, das zu den Morden ermittelte, so weit voraus, dass er ihnen fast Hinweise hinterlassen wollte, um ihnen zu helfen, aber das könnte ihm zum Verhängnis werden. Manche Mörder wurden zu übermütig und machten genau diesen Fehler, der dann zu ihrem Untergang führte. Er musste nicht beweisen, dass er intelligenter als die Polizisten war, die ihn jagten – er wusste, dass er es war.

Sein Gewissen meldete sich ein letztes Mal, um ihn zu warnen, dass er zu viel nahm, aber er brachte es zum Schweigen und erinnerte sich daran, dass er intelligent war und niemals zu härteren Drogen greifen würde, wie es seine willensschwache Mutter getan hatte. Sie hatte jeden möglichen Scheiß eingeworfen, der sie richtig fertig gemacht hatte, obwohl sie auf ein Kind aufpassen musste – Schlampe!

Er war sich der kurz- und langfristigen Auswirkungen von dem, was er nahm, bewusst: Geselligkeit, die Illusion von Selbstvertrauen, das Gefühl, einfach fantastisch zu sein! Natürlich war er es. Die Polizisten des dämlichen Haufens, der dafür verantwortlich war, ihn zu finden, konnten ihre Ärsche nicht von ihren Ellbogen unterscheiden. Natürlich war er ihnen weit überlegen. Er brauchte den Stoff nicht, um das zu wissen.

SECHSUNDZWANZIG

DIENSTAG, 14. AUGUST – ABEND

Harry Brown war kleiner als sein Freund und hatte ein düsteres, grüblerisches Aussehen. Als Lucy und Ian eintrafen, starrte er sie feindselig an, aber als sie ihn nach den Zwillingen fragten, zeigte er etwas mehr Reue als Noah. Lucy war sich nicht sicher, ob es an der Anwesenheit seiner Mutter lag, dass er empfänglicher für ihre Fragen war, oder ob er einfach weniger aggressiv als sein Freund war, aber er hockte auf einem abgenutzten Küchenstuhl und versuchte, ihnen zu helfen.

»Sie waren Kumpel«, sagte er auf Lucys Frage hin.

»Waren sie nicht ein bisschen jung, um eure Kumpel zu sein?«

Harry streichelte den Staffordshire Bullterrier, der auf seinem Schoß saß. Seine Mutter stand mit verschränkten Armen vor der Spüle und hörte der Unterhaltung zu.

»Als wir sie das erste Mal getroffen haben, wussten wir nicht, wie alt sie sind. Sie haben sich älter verhalten.«

Ian hielt seinen Notizblock bereit und hatte einige Fragen zu stellen. »Wie oft habt ihr euch mit ihnen getroffen?«

Der Blick des Jungen wanderte von Lucy zu Ian. »Ein

paarmal die Woche nach dem Unterricht. Manchmal sind wir ins Shoppingcenter gegangen, manchmal zur Bibliothek.«

»Sind sie jemals mit hierhergekommen?«

»Nein.«

»Wie ist es mit dem Haus von Noah?«

»Ja, manchmal. Sein Dad ist fast immer unterwegs und die haben einen abgefahrenen Fernseher. Der ist wirklich gut für Videospiele.«

»Und das ist alles, was ihr getan habt?«

»Ja.«

»Sonst nichts?«

Der Junge blinzelte ein paarmal, bevor er sagte: »Nicht viel.«

Lucy hatte seine Reaktion bemerkt und schaltete sich ein: »Wart ihr mehr als nur Freunde?«

»Nein, wir haben nur herumgealbert, das ist alles.« Seine Hand lag immer noch auf dem Hund, der Lucy aus halb geschlossenen Augen beobachtete.

»Kannst du erklären, was du mit *herumgealbert* meinst?«

»Ähm ...«

»Habt ihr euch geküsst?«

Der Junge kraulte den Hund hinter den Ohren und wich Lucys stählernem Blick aus. »Wir sind nicht über die erste Base hinausgegangen.«

Lucy war sich nicht sicher, ob sie ihm glaubte, aber wechselte trotzdem das Thema. »Habt ihr auch mal ihre Freundin Ashra kennengelernt?«

»Sie wollte mal mitkommen, aber die Zwillinge wollten sie nicht dabeihaben. Als Noah ihr sagte, dass sie sich verziehen soll, hat sie sich aufgeregt. Hat ihn ein Arschloch genannt und ist davongestapft.«

»Also waren es für gewöhnlich du, Noah und die Zwillinge?«

»Das ist richtig.«

»Wart ihr letzten Mittwoch mit ihnen im Rocket Café?«, fragte Ian.

»Ja, aber da war es totlangweilig, also sind wir nicht lange geblieben.«

»Wohin seid ihr danach gegangen?«

»Zu Noah«, murmelte er.

Lucy übernahm wieder. »Waren die Mädchen zu Hause unglücklich?«

»Ich glaube nicht. Sie haben sich darüber beschwert, dass sie wie kleine Kinder behandelt werden, aber sie haben nie gesagt, dass sie unglücklich sind.«

»Wart ihr mit einer von ihnen über die sozialen Medien in Kontakt?«

»Nur über WhatsApp.«

»Haben sie euch erzählt, wo sie Samstagnacht hingehen wollten?«

Der Hund stieß ein zufriedenes Seufzen aus. Der Junge begegnete Lucys Blick und sagte: »Sie haben nichts davon erzählt, dass sie irgendwohin gehen wollten.«

»An diesem Abend warst du bei Noah, richtig?«

»Ja. Bei ihm zu Hause.«

»Was habt ihr den ganzen Abend gemacht?«

»Gezockt. Um zehn bin ich wieder nach Hause gekommen, nicht wahr, Mum?«

»Das ist korrekt. Er war um zehn Uhr wieder zu Hause«, sagte seine Mutter.

»Ich muss dich das fragen, und ich möchte, dass du gründlich nachdenkst, bevor du antwortest. Hattet ihr euch für Samstagnacht mit den Zwillingen verabredet?«, fragte Lucy.

»Nein. Sie meinten, sie hätten keine Zeit.«

»Also habt ihr sie eingeladen?«

»Ja, wir haben gefragt, ob sie rüberkommen und mit uns chillen wollen.«

»Und was genau haben sie geantwortet? Das ist wichtig,

Harry, also bitte sag uns genau, woran du dich erinnern kannst.«

»Sie könnten nicht kommen, weil sie keine Zeit hätten«, wiederholte er.

»Haben sie gesagt, warum sie keine Zeit hatten?«

»Nein.«

»Habt ihr sie nicht gefragt?«

»Nein. So sehr hat uns das nicht gestört.«

Ian runzelte konzentriert die Stirn. »Wann hast du das letzte Mal mit ihnen gesprochen?«

»Mittwoch. Nachdem wir im Café waren, sind wir zu Noah gegangen, aber nach zehn Minuten haben sie sich wieder verabschiedet. Danach haben sie uns nicht mehr kontaktiert.«

»War das nicht ungewöhnlich?«, fragte Ian.

»Ja. Ich denke, sie haben das Interesse an uns verloren. Noah meinte, dass Erin sich nicht mehr melden würde, und Ivy hat sich mir gegenüber komisch verhalten. Wir dachten, dass sie uns ghosten wollten. Und jetzt sind sie tot.« Seine Mundwinkel wanderten nach unten und seine Unterlippe zitterte. Er fing wieder an, den Hund zu streicheln, als müsste er sich ablenken.

Lucy nahm seine Bewegung wahr. »Haben die Zwillinge jemals einen Mann namens Eddie erwähnt?«

»Nein.« Genauso hatte Noah reagiert. Doch dann sagte er: »Vielleicht. Ivy erzählte etwas von einem Kerl namens Eddie, der sie gefragt hat, ob sie Modelle werden wollen. Das kam mir komisch vor. Man geht nicht einfach zu irgendwelchen Mädchen und fragt sie so etwas, oder?«

»Haben sie sein Angebot angenommen?«

»Ich weiß nicht. Das haben sie nie gesagt.«

»Fällt dir irgendetwas ein, was sie in dieser Nacht vorgehabt haben könnten?«

Seine Hand ruhte auf dem Kopf des Hundes, als er antwortete: »Nein. Keine Ahnung.«

———

Noch einmal fuhr Natalie zu Ashra, diesmal zusammen mit John, um ihr Fragen zu stellen. »Wir werden Sie nicht lange aufhalten. Wir müssen nur ein paar offene Fragen klären«, sagte Natalie.

Mrs Khatri führte sie ins Wohnzimmer und holte ihre Tochter, die unbehaglich vor den Polizisten stehen blieb. Ihre Finger rieben über das glitzernde Armband an ihrem Handgelenk. Das Kleinkind von vorhin war nicht zu sehen, und Natalie nahm an, dass es schlief.

»Ashra, wir haben mit Mr und Mrs Westmore gesprochen, und sie sagten, dass die Zwillinge am letzten Mittwoch hier waren, aber das stimmt nicht, oder?«

»Das waren sie.«

»Wir wissen, dass sie mit Noah und Harry unterwegs waren, also musst du sie nicht mehr decken.«

»Das tue ich nicht. Sie sind hergekommen ... etwa gegen halb drei.«

Das war, nachdem sie mit den Jungs im Café gewesen waren. Natalie war froh, dass sie den trauernden Eltern nicht sagen musste, dass ihre Töchter gelogen hatten.

»Wusstest du, dass sie ihren Eltern gesagt haben, dass sie bei dir waren?«

»Nein ... Na ja ... Ich schätze schon.«

»Du bist nicht in Schwierigkeiten. Wir müssen nur herausfinden, was Erin und Ivy vorhatten. Haben sie dich jemals gebeten, sie zu decken? Solltest du sagen, dass sie hier waren, obwohl sie es nicht waren?«

»Ja. Aber mich hat niemand nach ihnen gefragt.« Ihre Augen wurden groß, bevor ihr Blick zu ihrer Mutter wanderte. »Ich habe nicht für sie gelogen.«

»Warum brauchten sie dich, um sie zu decken?«

»Damit sie Noah und Harry treffen konnten. Ihre Mum

und ihr Dad wollten nicht, dass sie das tun. Sie meinten, sie wären zu jung, um einen Freund zu haben.«

»Und waren Noah und Harry ihre festen Freunde?«

»Irgendwie schon.«

»Haben die Zwillinge dich regelmäßig gebeten, ihnen Deckung zu geben?«

»Etwa fünf oder sechs Mal. Hauptsächlich seit die Ferien angefangen haben. Ich wollte es nicht tun, aber sie haben mich darum gebeten und wir waren Freundinnen.« Ihre Augen wurden wässrig und ihre Finger streiften langsam über den Armreif, drehten ihn immer und immer wieder.

»Das muss schwer für dich gewesen sein. Haben sie dich nicht eingeladen, sie zu Noah und Harry zu begleiten?«

»Nein.«

»Ich vermute, du hast dich ausgeschlossen gefühlt.«

»Ich mochte sie nicht – die Jungs –, sie waren gemein zu mir. Ich weiß nicht, warum Erin und Ivy sie so sehr mochten. Erin stand richtig auf Noah. Ich habe ihr gesagt, dass sie sich von ihm fernhalten sollte, aber sie mochte ihn wirklich, und Ivy stand auf Harry. Ich war nicht ... Ich war nicht willkommen.« Eine Träne löste sich und rollte über ihr Gesicht.

»Ihr wart schon sehr lange befreundet, nicht wahr?«, sagte Natalie.

Ashra drehte weiter ihr Armband, jetzt etwas schneller. »Ja.«

»Wann hast du sie das letzte Mal gesehen?«

»Als sie am Mittwoch vorbeigekommen sind, nachdem sie mit Noah und Harry unterwegs waren. Sie meinten, sie hätten die beiden abserviert. Wir wollten uns dieses Wochenende wieder treffen – nur wir Mädchen.«

»Sie haben die Jungs abserviert?«

»Das haben sie mir auf jeden Fall erzählt.«

»Also hatten sie nicht vor, sich am Samstag mit ihnen zu treffen?«

»Ich glaube nicht. Sie sagten, dass sie nicht mehr mit ihnen rumhängen würden.«

»Das ist sehr hilfreich. Vielen Dank.«

»Waren das alle Fragen?«, fragte Mrs Khatri.

»Ich denke schon. Das mit deinen Freundinnen tut mir wirklich leid, Ashra«, sagte Natalie, als sie aufbrechen wollten.

Die Augen des Mädchens füllten sich mit Tränen und sie nickte.

»Sie war eine sehr gute Freundin für sie«, sagte ihre Mutter.

»Ja, da bin ich mir sicher.« Natalie lächelte ihnen beiden sanft zu und verabschiedete sich.

John bedankte sich noch einmal, dann folgte er ihr. »Wenn es nicht die beiden waren, mit wem zum Teufel wollten sie sich dann treffen?«, sagte er auf ihrem Weg zum Auto.

»Keine Ahnung, aber wir müssen der Sache auf den Grund gehen.«

»Könnte Eddie gewesen sein. Vielleicht hatte es was mit dieser Modellsache zu tun.« John warf sich auf den Fahrersitz.

Natalie schlug die Tür hinter sich zu. »Diese Möglichkeit werde ich nicht ausschließen.«

Er startete den Motor, und gerade als sie losfuhren, meldete sich Lucys Stimme über das Funkgerät. »Wir haben ein Update für Sie, Natalie. Noah war definitiv nervös, aber sein Vater hat uns die Tür gezeigt, bevor wir mehr aus ihm herausbekommen konnten. Harry war etwas offener und sagt, dass sie die Zwillinge seit letztem Mittwoch nicht mehr gesehen haben.«

»Das stimmt mit dem überein, was wir in Erfahrung gebracht haben. Die Zwillinge haben ihrer besten Freundin Ashra am Mittwoch erzählt, dass sie die Jungs nicht mehr treffen würden. Und Glenn hat Sie beide rausgeschmissen? Interessant. Er hatte vor ein paar Wochen eine Auseinandersetzung mit Chris Westmore, es ging um die Zwillinge.«

Das Funkgerät knisterte laut, bevor wieder Lucys Stimme

ertönte. »Glenn ist Samstagabend ausgegangen. Er behauptet, er wäre nach Derby zu einer *Freundin* gefahren.«

»Wissen wir, um welche Freundin es sich handelt?«

»Nein. Was das anging, war er sehr zurückhaltend.«

»Vielleicht wäre es gut, ihn für eine weitere Befragung ins Präsidium zu bringen. Könnten Sie das übernehmen?«

»Wird erledigt«, sagte Lucy.

Das Funkgerät verstummte, und Natalie sah zu John, dessen Stirn tiefe Falten warf. »Wir müssen Glenns Alibi überprüfen«, sagte sie.

»Was ist mit Eddie? Wir sind mit ihm noch nicht fertig, oder?«

»Nein, aber ich will wissen, wo uns das hier hinführt.«

John trommelte mit seinen Fingern auf das Lenkrad. »Glenn Powers hat keinerlei Verbindung zu Isabella Sharpe.«

»Keine, von der wir wissen, abgesehen davon, dass er in Appleby Gardens und damit in der Nähe beider Familien wohnt. Das müssen wir untersuchen.«

»Warum legen Sie es so darauf an, Eddie zu ignorieren?«

»Das tue ich nicht. Ich führe diese Ermittlung so durch, wie ich es für richtig halte. Wir sollten das weiterverfolgen.«

»Sie tragen die Verantwortung.«

Seine Worte verärgerten sie, doch ihr war bewusst, dass er genau das beabsichtigte. Sie nickte knapp und sagte: »Mal sehen, was wir noch herausfinden können, bevor Glenn zu seiner Befragung auftaucht.«

Eine Stunde später fingen Natalie und Lucy an, Noahs Vater, Glenn Powers, zu befragen. Er saß auf seinem Stuhl, streckte die Beine aus und starrte sie finster an.

»Ich verstehe nicht, warum Sie mich hierhergebracht haben«, sagte er zu Natalie. »Dazu haben Sie nicht das Recht, oder?«

Der Pflichtverteidiger versicherte ihm, dass alles legal zuging.

»Mr Powers, bitte bestätigen Sie uns, wo Sie am Samstagabend waren.«

»Ich bin für einen Drink nach Derby zu einer Freundin gefahren.«

»Und wie ist der Name dieser Freundin?«

»Sheila Newport.«

»Waren Sie den ganzen Abend mit Sheila zusammen?«

»Ja. Wir haben uns um halb acht im Queen's Head Pub in der Union Street getroffen.«

»Um wie viel Uhr haben Sie den Pub wieder verlassen?«

»So gegen neun. Ich bin noch für eine Weile mit zu ihr gefahren und dann gegen Mitternacht nach Hause gekommen.«

»Und Noah und Harry waren noch wach, als Sie zurückgekommen sind?«

»Noah war in seinem Zimmer.«

»Sie haben meinen Kollegen erzählt, dass beide Jungs noch wach waren, als Sie zurückgekommen sind. Ist das korrekt?«

»Ich meinte, dass sie beide da waren, als ich gefahren bin, und Noah war auch noch da, als ich zurückgekommen bin.«

»Aber Sie sagten: ›Als ich reingekommen bin, waren sie immer noch hier.‹ War das nicht so?«

Er blies theatralisch seine Wangen auf. »Ich wollte nicht, dass sie denkt, die Jungs hätten irgendetwas angestellt. Das haben sie nicht.«

»Mit ›sie‹ meinen Sie DS Carmichael?«, fragte Natalie mit ungerührter Miene.

»Ja. DS Carmichael. Tut mir leid, aber sie und der andere Officer waren den Jungen misstrauisch gegenüber. Ich bin eingesprungen, um ihnen zu helfen.«

»Indem sie gelogen haben.«

»Das war keine so riesige Lüge. Noah *war* in seinem Schlafzimmer. Harry war zurück nach Hause gegangen. Wo ist das Problem?«

»Das Problem ist, dass Sie uns nicht genau erzählt haben, was passiert ist, während wir in einem Mordfall ermitteln. Was haben Sie uns noch verschwiegen, Mr Powers?«

»Gar nichts!« Er hob seine Hände in einer abwehrenden Geste.

»Die Zwillinge waren bei mehreren Gelegenheiten bei Ihnen zu Hause.«

»Na und? Die Zwillinge haben die Jungs besucht. Das bedeutet gar nichts. Meine Jungs haben sie nicht umgebracht. Ich habe sie nicht umgebracht!«

»Es wäre sehr hilfreich gewesen, wenn Sie uns das gesagt hätten. Sie haben Informationen zurückgehalten.«

»Ich wollte nicht, dass Sie falsche Schlüsse über Noah und seinen Freund ziehen.«

»Sie haben DS Carmichael gesagt, dass Sie die Zwillinge nicht kannten, aber sie waren mehrfach bei Ihnen zu Hause, um mit Noah und Harry Computerspiele zu spielen.«

»Ich kannte sie nicht! Ich hab ihnen nur Hallo gesagt, wenn ich von der Arbeit wiedergekommen bin.«

Natalie unterdrückte eine bissige Antwort. »Wir werden mit Sheila Newport reden müssen, damit sie uns bestätigt, was Sie uns erzählt haben. Könnten Sie uns bitte ihre Kontaktdaten geben?«

»Ich habe nur ihre Telefonnummer.« Er griff in seine Tasche und zog ein Nokia hervor, scrollte durch seine Kontakte und las eine Nummer vor, die Lucy sich notierte, bevor sie sich entschuldigte.

Natalie fuhr mit der Befragung fort. »Ich würde auch gerne wissen, wo Sie am Freitagabend waren.«

»Ich war zu Hause.«

»Allein?«

»Ja.«

»Wo war Ihr Sohn?«

»Unterwegs.«

»Irgendeine Ahnung, wo er war?«

»Nein.« Er verschränkte seine Arme und tippte mit dem Zeigefinger gegen seinen Bizeps, eine ungeduldige Geste, die Natalie nicht entging.

»Sie scheinen verärgert zu sein.«

»Das bin ich auch. Was soll das hier? Ich habe nichts falsch gemacht.«

»Wir haben uns mit Mr Westmore unterhalten, und er sagte uns, dass Sie beide vor ein paar Wochen eine Auseinandersetzung hatten.«

Das verärgerte Tippen stoppte. »Das war nur ein kleiner Wutausbruch.«

»Ein Wutausbruch, bei dem Sie seine Töchter beschuldigt haben, Flittchen zu sein, und den Mann bedroht haben. Können Sie das erklären?«

»Noah hat mir erzählt, dass der hochnäsige Bastard damit gedroht hat, ihm die Polizei auf den Hals zu hetzen, wenn er sich noch mal bei den Zwillingen zu Hause blicken lässt. Davon war ich nicht sehr begeistert, vor allem weil seine Töchter schon oft bei uns zu Hause gewesen waren, und immer, wenn ich sie gesehen habe, klebten sie regelrecht an Noah und Harry. Ich war sogar verdammt wütend. Westmore ist ein eingebildeter Idiot, der sich für etwas Besseres hält, also bin ich zu ihm nach Hause gefahren und habe ihn in die Schranken gewiesen.«

»Sie haben ihn bedroht«, wiederholte Natalie.

Er hob seinen Blick an die Decke und seufzte schwer. »Ich hatte getrunken. Ich war stinksauer und habe nicht darüber nachgedacht, was ich sage. Ich habe ihn weder verletzt noch ernsthaft bedroht.«

»Mr Westmore hat etwas anderes ausgesagt.«

Er senkte seinen Blick wieder, seine Nasenflügel blähten sich auf. »Dann ist er ein verdammter Lügner. Er hat von mir bekommen, was er verdient hat, und dann meinte er, er würde mir die Polizei auf den Hals jagen. Penner!«

»Sie haben uns wertvolle Informationen vorenthalten, Mr Powers.«

»Ich dachte nicht, dass das wichtig wäre.«

»Für wen zum Teufel halten Sie sich, dass Sie denken entscheiden zu können, was wichtig ist und was nicht? Zwei dreizehnjährige Mädchen sind tot!«, fauchte Natalie.

Glenns Blick fiel auf den Tisch. »Ich habe sie nicht umgebracht, genauso wenig wie mein Junge.«

»Dann sollten Sie besser anfangen, die Wahrheit zu sagen, denn noch eine Lüge und ich stecke Sie in eine Zelle.«

Oben im Büro telefonierte Lucy mit Sheila Newport.

»Ja, Glenn war am Samstagabend bei mir. Ist er in Schwierigkeiten?«

»Im Moment hilft er uns bei unseren Nachforschungen. Könnten Sie mir bitte genaue Uhrzeiten nennen?«

»Ich habe ihn im Queen's Head Pub in der Union Street in Derby getroffen, so gegen halb acht. Wir haben ein bisschen getrunken und dann ist er mit zu mir gekommen, ich wohne in der Nähe des Pubs.«

»Und um wie viel Uhr hat er Ihr Haus wieder verlassen?«

Es folgte eine Pause, dann: »Nicht viel später als zehn.«

»Kennen Sie ihn schon lange?«

»Das war unser zweites Date.«

»Wie haben Sie ihn kennengelernt?«

»Über eine Dating-App. Das erste Mal haben wir uns tagsüber in einem Café getroffen. Wir haben uns gut verstanden, also haben wir ein weiteres Date vereinbart ...«

Ihr Zögern verriet Lucy, dass da noch mehr war, also wartete sie und wurde für ihre Geduld belohnt.

»Samstagabend war es auch okay, aber sobald wir bei mir zu Hause waren, wurde mir bewusst, dass er nichts für mich ist.«

»Warum das?«

»Er wollte durchstarten, aber ich war noch nicht bereit dazu. Ich habe ihm gesagt, dass ich ihn vorher besser kennenlernen will, aber er hat nicht lockergelassen. Also habe ich ihm gesagt, dass er verschwinden soll.«

»Durchstarten?«

»Er wollte Sex.«

»Ist er aggressiv geworden?«

»Nein, aber er war sehr verärgert, weil ich ihn angeblich auf eine falsche Fährte gelockt habe.«

»Haben Sie das?«

»Wir haben uns ein paar Wochen lang Nachrichten geschrieben und geflirtet – nichts Ungewöhnliches – und ich mochte ihn wirklich. Erst als wir Samstagabend wieder bei mir waren, ist mit klar geworden, dass ich ihn nicht genug mag, um mit ihm zu schlafen. Das hat ihn sehr verärgert.«

»Können Sie mir bestätigen, dass Sie ihn gegen zehn Uhr gebeten haben zu gehen?«

»Das ist richtig.«

»Und er ist einfach gegangen?«

»Er hat mich eine Kuh genannt, sich seine Jacke geschnappt und ist rausgestürmt.«

»Hat er Sie seitdem noch mal kontaktiert?«

»Nein.«

Die Tür zum Befragungszimmer wurde geöffnet und Lucy kehrte mit einem Blatt Papier zurück. Sie überreichte es Natalie, die es aufmerksam las, bevor sie sich wieder an ihn wandte. »Gehen wir noch mal zum Samstagabend zurück. Sie sind nach Derby gefahren, um etwas mit Sheila im Queen's Head Pub zu trinken.«

»Ja.«

»Sie sagten, dass Sie den Pub gegen neun Uhr verlassen haben und zu ihr nach Hause gegangen sind, und dann waren Sie gegen Mitternacht wieder bei sich zu Hause.«

»Das ist richtig.«

»Laut Sheila haben Sie ihr Haus etwa um zehn Uhr verlassen.«

Seine Lippen pressten sich zusammen und ein dunkler Schatten legte sich über sein Gesicht.

»Was haben Sie zwischen zehn Uhr und Mitternacht gemacht?«

»Ich war in meinem Auto.«

»Zwei Stunden lang?«

»Ich hatte getrunken! Ich hatte meine Grenzen über-schritten und nicht damit gerechnet, so bald nach Hause zu fahren. Ich bin LKW-Fahrer. Ich kann es mir nicht leisten, meinen Führerschein zu verlieren. Sobald ich Sheilas Haus verlassen hatte, ist mir bewusst geworden, dass es dumm wäre zu fahren, also hielt ich wieder an. Ich wollte nicht von einem Bullen angehalten werden.« Seine Miene strahlte Frust aus.

»Worüber haben Sie und Sheila sich gestritten?«

»Das wissen Sie wahrscheinlich schon, wenn Sie mit ihr gesprochen haben.«

»Bitte beantworten Sie die Frage.«

»Sex. Es lief gut, aber dann hat sie mir plötzlich die kalte Schulter gezeigt und mich rausgeworfen. Sind Sie jetzt zufrieden?«

»Würden Sie sagen, dass Sie sich sexuell frustriert und wütend gefühlt haben, als Sie Sheilas Haus verlassen haben?«

Seine Augen wurden zu so dünnen Schlitzen, dass Natalie kaum noch seine Pupillen sehen konnte. »Das muss ich nicht beantworten. Das geht Sie nichts an.«

»Es geht mich etwas an, wenn zwei Mädchen, die Sie beschuldigt haben ›Flittchen‹ zu sein, in genau dem Zeitraum verschwunden sind, in dem Sie frustriert und wütend in Ihrem Auto saßen.«

»Ja, ich war wütend. Ich dachte, dass wir auf derselben Wellenlänge wären, aber wie sich herausstellte, waren wir das nicht. Sie hat mich verarscht.«

»Wo genau sind Sie hingefahren, nachdem Sie Sheilas Haus verlassen haben? Das ist sehr wichtig.«

»Ich habe auf einem Rastplatz angehalten und Radio gehört.«

»Auf welchem Rastplatz?«

»Ich weiß nicht? Zu dem Zeitpunkt war ich betrunken. Es war einfach irgendein Rastplatz.«

»Wie weit war der von Sheilas Haus entfernt?«

»Das weiß ich nicht genau. Ich war wütend. Ich habe nicht darauf geachtet, wo ich war.«

»Das ist keine wirklich gute Ausrede. Wir können Ihr Fahrzeug für diese Nacht verfolgen, oder Sie können uns das Leben leichter machen. Was davon soll es sein?«

Seine Lippen verzogen sich und er knurrte: »Ich erinnere mich nicht.«

Natalie spürte, wie sich seine Wut aufbaute, doch sie fuhr unbeirrt fort: »Sie müssen kooperativer sein. Das hier ist, wie ich bereits erklärt habe, eine Mordermittlung. In genau dieser Nacht haben zwei Mädchen ihr Zuhause verlassen und wurden am nächsten Tag tot aufgefunden – zwei Mädchen, die mit Ihrem Sohn und seinem Freund Kontakt hatten. Jetzt könnten wir Ihr Auto über die Verkehrskameras verfolgen und wertvolle Zeit und Ressourcen verschwenden, oder Sie könnten uns helfen, indem Sie uns genau sagen, wo Sie am Samstag zu welcher Uhrzeit waren. Zum letzten Mal, wo waren Sie Samstagabend zwischen zehn Uhr und Mitternacht?«

Glenn schloss seine Augen und atmete tief durch, bevor er sagte: »Kein Kommentar.«

Die Zeiger der Wanduhr zeigten einundzwanzig Uhr zweiundvierzig an, und die Deckenbeleuchtung erhellte das mittlerweile dunkle Büro. Draußen hatte sich der klare Nachthimmel in dunkles Blau verwandelt, das von den ersten Sternen durchbrochen wurde. Natalie war vor fünf Minuten ins Büro gekommen und kochte noch immer vor Wut. Sie schlug mit der Faust auf ihren Schreibtisch. »Warum zum Teufel verschweigt uns Glenn etwas?«

»Weil er etwas zu verbergen hat«, sagte John.

Natalie konnte dem nur zustimmen, aber was hatte dieser Mann zu verbergen, und war es relevant für diesen Fall? Trotz der Paracetamol, die sie genommen hatte, pochte ihr Kopf noch immer.

»Ich habe das Technikteam kontaktiert. Sie durchsuchen die Videoaufnahmen nach seinem Fahrzeug«, sagte Ian.

Natalie antwortete mit: »Dieser Bastard verschwendet unsere wertvolle Zeit. Verdammter Mistkerl. Er wird dieses Gebäude nicht verlassen, ehe wir nicht wissen, wo er war, nachdem er Sheilas Haus verlassen hat. Wir werden ihn über Nacht in eine Zelle stecken und sehen, ob ihm das hilft, kooperativer zu werden. Ian, weiß das Sozialamt über Noah Bescheid?«

»Ja, sie schicken jemanden, der heute Nacht bei ihm bleibt.«

»Gut. In dem Fall werden wir Glenn etwas schmoren lassen und uns morgen Früh noch mal mit ihm unterhalten, und wir werden noch mal mit Eddie sprechen«, sagte sie, wobei sie John einen Blick zuwarf, der es mit einem Nicken zur Kenntnis nahm. »Okay, Leute, geht nach Hause. Wir machen Feierabend.«

Ian räumte hastig seinen Schreibtisch auf und war der Erste, der verschwand.

Lucy ließ sich etwas mehr Zeit und hob einen Umschlag hoch. »Das hätte ich fast vergessen. Hier ist ein Brief für Sie«, sagte sie und legte ihn auf ihrem Weg zur Tür vor Natalie ab.

Natalie erkannte die Briefmarke aus Samford und die maschinengeschriebene Adresse und erstarrte. »Wann ist der angekommen?«

»Ich weiß nicht. Der lag auf meinem Schreibtisch, als ich vorhin reingekommen bin. Wir sehen uns morgen.« Damit schlenderte sie in den Flur hinaus.

»Scheiße!«, fluchte Natalie leise.

»Alles okay?«, fragte John.

»Können Sie noch einen Moment hierbleiben?«

»Klar.« Er beugte sich über ihren Tisch und beobachtete, wie sie ein Paar Einmalhandschuhe überzog, bevor sie den Umschlag öffnete. Sie hielt den Atem an, als sie den einzelnen Zettel herauszog, der sich darin befand. Wie schon bei der ersten Nachricht, die sie bekommen hatte, war auch diese in fetter Schrift getippt worden. Es war nur ein Satz:

Erinnern Sie sich an mich?

SIEBENUNDZWANZIG

DAMALS

Klapper ... Surr ... Pfeif.

Die Vertrautheit dieses Geräuschs wirkt beinahe freundlich, wie ein Willkommensgruß, als er hereinschneit und sich gerade noch rechtzeitig fasst. Die reizende Krankenschwester mit den großen grauen Augen, Pearl, beugt sich über seine Frau Jennifer, und er hat nur den Bruchteil einer Sekunde Zeit, um seine antrainierte besorgte Miene aufzusetzen, bevor sie ihn begrüßt.

»Wie geht es ihr?«

Er stellt immer dieselbe Frage in demselben hoffnungsvollen Ton, als gäbe es eine Aussicht auf Verbesserung, und wenn er die Antwort »Sie hält durch« hört, täuscht er einen enttäuschten Blick vor.

»Und die Mädchen?«, fragt er und genießt den Anblick der Wärme, die von Pearls Augen ausgeht. Sie ist verzaubert von ihrer Zähigkeit – seine kleinen Kämpferinnen. Sie ist eine alleinerziehende Mutter mit einer elfjährigen Tochter namens Mikayla. Unwillkürlich fragt er sich, was sie wohl für eine Stiefmutter sein würde, doch verdrängt den Gedanken beinahe sofort wieder. Er alleine wird im Zentrum des Universums seiner Töchter stehen. Er wird sie mit all der Liebe und Aufmerksam-

keit überschütten, die er als Kind nie erhalten hat. Er blinzelt die Erinnerung an die Frau weg, die er einmal gekannt hat. Die Frau mit wilden Augen und zurückgeworfenem Kopf, wenn sie nach ihrem nächsten Schuss schrie. Er wird für seine Kinder da sein, sie führen und sie mehr lieben, als man einen anderen Menschen überhaupt lieben kann.

Klapper ... Surr ... Pfeif.

»Wie geht es Ihnen?«, fragt Pearl.

Die Wahrheit ist, dass er nie glücklicher gewesen ist. Es gibt niemanden, der ihm im Nacken sitzt, der sich beschwert, wenn er nicht zu Hause ist, oder seine Taschen und sein Telefon überprüft, um zu sehen, was er so treibt. Diese Freiheit ist berauschend, aber nicht so berauschend wie das Wissen, dass er bald Vater sein wird. Jennifers Eltern und ihre Schwester Louise waren die letzten beiden Tage hier, mit dumpfen Augen und grimmigen Gesichtern. Das war hart. Sie wollen die Verantwortung, die Mädchen großzuziehen, teilen. Sie haben irgendeinen Scheiß darüber erzählt, dass sie sie an Jennifer erinnern werden, und er hat genickt und zugestimmt und die Fassade des dankbaren Schwiegersohns, der ohne ihre Hilfe nicht zurechtkommen würde, aufrechterhalten. Er hat sogar Tränen aus seinen beinahe ausgetrockneten Augen gedrückt und versprochen, dass die Zwillinge bei ihnen bleiben würden, doch das würde niemals geschehen. Jennifer hatte versucht, ihm die Mädchen wegzunehmen, und ihre Eltern waren Teil dieses Komplotts gewesen. Sie verdienen die Babys nicht. Ihr Spiel war aus – sobald die Babys sich weit genug entwickelt haben, werden sie per Kaiserschnitt geboren werden, und dann werden die lebenserhaltenden Maßnahmen abgestellt. Der Gedanke, endlich seine Töchter kennenzulernen, ließ sein Herz pochen. Er hat ihre Namen schon ausgewählt. Jennifer wollte sie Carly und Orla nennen und hat seine Meinung vollkommen ignoriert, aber jetzt lag es ganz bei ihm, und er hat die perfekten Namen für sie.

Klapper ... Surr ... Pfeif.

Pearl wuselt zwischen den Maschinen herum, die das Bett seiner Frau umgeben, und obwohl er nicht direkt mit ihr flirtet, erröten ihre Wangen reizend, als er ihr sagt, dass sie gut duftet.

»Worüber denken Sie nach?«, fragt sie.

»Über die Namen für die Zwillinge.«

»Haben Sie schon welche ausgewählt?«

»Ja, wir haben uns schon vor einer Weile entschieden«, antwortet er. »Lily und Rose.«

Sie nickt anerkennend. »Das sind wunderschöne Namen. Ich wette, die Mädchen werden genauso hübsch sein wie diese Blumen.«

»Das werden sie – zart und wunderschön, wie ihre Mutter«, sagt er und muss sich Mühe geben, über diese unwahre Aussage nicht zu grinsen.

Sie schenkt ihm ein warmes Lächeln und überprüft Jennifers Vitalfunktionen.

Er beobachtet sie schweigend. Er wird jede Unterstützung vom Krankenhaus bekommen, die er braucht, um seine Kinder in diese Welt zu bringen. Sie sind Kämpferinnen und alle hier lieben sie. Danach werden sie die Maschinen abstellen, die Jennifer am Leben erhalten, und ihre ganze Familie wird anwesend sein. Natürlich wird er die ein oder andere Träne vergießen müssen, aber wenn das vorbei ist, werden er und seine Kinder verschwinden.

Klapper …

Er will gerade wieder etwas sagen, als eine der Maschinen einen hellen Ton von sich gibt, der immer lauter wird.

»Sie kollabiert!«, schreit Pearl.

Ein Arzt in einem weißen Kittel stürmt ins Zimmer und ruft nach einem Reanimationswagen. Die Monitore, die die Herzschläge seiner Frau und Kinder anzeigen, flackern. Die Linie, die das Herz seiner Frau darstellt, flacht ab, und die roten Zahlen, die den Blutdruck wiedergeben, fallen rapide …

»Herzstillstand«, ruft der Arzt.

Er kann seinen Blick nicht von dem Monitor lösen. Alles um ihn herum verschwimmt, bis auf die beiden Linien, die stetig weiterzucken und sich nicht verändern. »Kämpft!«, haucht er kaum hörbar.

Plötzlich ist das Zimmer voll mit Menschen, die sich um das Bett seiner Frau drängen. Pearls Finger graben sich in seine Schulter und sie drängt ihn aus dem Raum, als ein Wagen mit lauter kompliziert aussehenden Gerätschaften hereingeschoben wird. Er will sie nicht verlassen. Der Arzt schreit ihn an, dass er rausgehen soll. Seine Augen kleben an dem Monitor. Flimmer ... Flimmer. Dann plötzlich zucken die Herzschläge seiner Babys wie ein einziger und fallen ab.

»Die Mädchen!«, schreit er, aber er wird in den Flur geschoben und die Tür schließt sich. Er drückt sein Gesicht gegen die Scheibe, seine Handflächen liegen flach auf dem Glas. Die Decke wird von Jennifers Körper gezogen und Elektroden werden an ihrer Brust angebracht. Der Arzt nimmt zwei Blöcke auf, weist die Krankenschwestern an, zurückzutreten, und drückt sie auf den Körper seiner Frau. Strom fährt durch sie hindurch. Seine Augen sind so voller Tränen, dass er nicht mehr klar sehen kann.

»Kommen Sie. Sie können nichts unternehmen.« Pearls Stimme dringt laut an sein Ohr, als sie an seinem Ärmel zieht.

Er bewegt sich wie ein Geist durch den Flur, ist sich seiner Schritte und Pearls Hand, die noch immer auf seinem Arm liegt, nicht bewusst, als er ihr blumiges Parfüm einatmet, durch eine Tür tritt und sich von ihr auf einen Stuhl setzen lässt. Heiße Tränen rollen über seine Wangen. Pearl hockt sich vor ihn, ihre Augen spiegeln seine eigenen Sorgen wider, als sie ihn fixieren. »Sie werden alles tun, was sie können, um sie zu retten«, sagt sie, aber das Herz in seiner Brust rast – er darf seine Mädchen nicht verlieren.

ACHTUNDZWANZIG

DIENSTAG, 14. AUGUST – SPÄTER ABEND

»Ich gebe zu, das sieht verdächtig aus, aber wir dürfen nicht automatisch davon ausgehen, dass diese Nachricht mit der Ermittlung zusammenhängt. Das könnte nur ein Scherz sein«, sagte John.

Natalie ließ sich nicht beirren. »Ich glaube, dass es eine Verbindung gibt, und ich denke, dass der Mörder uns Nachrichten schickt.«

»Warum glauben Sie das?«

»Der Brief ist an mich adressiert, und es ist schon der zweite, den ich bekommen habe. Der andere ist im Labor, um auf Fingerabdrücke untersucht zu werden.«

»Das haben Sie gar nicht erzählt.«

»Ich war mir nicht sicher, ob eine Verbindung besteht, aber jetzt halte ich das für sehr wahrscheinlich.«

»Was stand in dem anderen Brief?«

»Da stand: ›Ich bin zurück.‹ Denken Sie mal darüber nach, John. Zuerst bekomme ich eine Nachricht, in der steht: ›Ich bin zurück‹, kurz nachdem wir die Zwillinge entdeckt haben, und jetzt diese: ›Erinnern Sie sich an mich?‹«

John lief einen Moment auf und ab, bevor er sagte: »Das

würde bedeuten, dass wir 2014 im Fall der Blütenzwillinge nicht den Richtigen erwischt haben, und dass der tatsächliche Mörder hier ist und wieder mordet.«

Er fuhr sich mit der Hand übers Gesicht, das plötzlich alt und erschöpft wirkte. »Wenn Neil Hoskins nicht der Mörder war, würde das alles durcheinanderbringen.«

»Nachdem er angeklagt und inhaftiert worden war, hat Neil behauptet, dass er nicht der Mörder war.«

»Aber vorher hat er zugegeben, die Mädchen umgebracht zu haben.«

»Später hat er behauptet, unschuldig zu sein. Er hat versucht, seiner Strafe zu entgehen. Er hat um eine Wiederaufnahme des Verfahrens gefleht, und als er mit seiner Bitte nichts erreichte, hat er Selbstmord begangen.«

John rieb sich die Augen und seufzte laut. »Nein. Das kann nicht sein. Wir waren gründlich, oder nicht? Alles hat auf Neil hingedeutet. Er war unser Mann. Diese Morde können nicht von derselben Person begangen worden sein wie die von 2014. Es muss jemand anderes sein.«

»Okay, mal angenommen, Neil war schuldig und hat Suizid begangen, weil er das Gefängnis hasste oder sich schuldig gefühlt hat oder was auch immer – er hat sich das Leben genommen. Mit wem haben wir es jetzt zu tun? Dieser Mörder kennt Details, die nie veröffentlicht wurden. Zum Beispiel waren die Leichen genauso positioniert wie Sharon und Karen Hill und Avril und Faye Moore. Woher könnte dieser Täter das wissen? Eins zu eins dieselbe Position, John: einander zugewandt, sie halten sich an den Händen. Und dann sind da noch diese Blüten, die über ihren Körpern verstreut wurden.«

»Wir können uns nicht geirrt haben, Natalie. Sie waren bei der Ermittlung dabei und wissen, wie gründlich wir waren.«

Natalie wollte ihren Standpunkt verteidigen, aber sie wollte sich nicht mit John streiten. Fakt war, dass sie ihrer Meinung nach nicht gründlich genug gearbeitet hatten, und der leitende

Officer der Ermittlung hatte Neils Geständnis ohne zu zögern akzeptiert. So wenig sie John Briggs auch mochte, er war die einzige andere Person hier, die genau wusste, wie die Ermittlung damals abgelaufen war, und obwohl er zu denjenigen gehört hatte, die froh waren, Neil Hoskins einzusperren, war er auch ein Polizist, der Gerechtigkeit wollte. »Ich sage nur, dass wir diese Möglichkeit zumindest in Betracht ziehen sollten. In der Zwischenzeit werde ich diese Nachricht in die Forensik bringen.«

»Haben sie auf dem anderen Brief etwas gefunden?«

»Auf dem Umschlag befinden sich teilweise Fingerabdrücke, die aber noch nicht identifiziert werden konnten, und ich vermute, dass sie auch einfach vom Briefträger stammen könnten.«

»Wieso wurden die Nachrichten an Sie adressiert? Woher weiß diese Person, dass Sie die Ermittlung leiten?«

»Bev Gardiner, eine unserer lokalen Reporterinnen, hat über den Fall in der *Hatfield Herald* geschrieben. Es ist nicht schwer, herauszufinden, wer der leitende Ermittler ist.« Sie schob die Nachricht wieder in den Umschlag, um ihn nach oben zu den Forensikern zu bringen.

»Natalie ...«, sagte er plötzlich, seine Augenbrauen zogen sich zusammen. »Sie denken nicht, dass wir im Fall der Blütenzwillinge Mist gebaut haben, oder?«

»Ich weiß es wirklich nicht, aber mir fällt sonst kein anderer Grund ein, weshalb ein Mörder diese Details kennen sollte, es sei denn, er kannte Neil und hat diese Informationen direkt von ihm bekommen.«

John kratzte sich am Kinn, sein Kopf bewegte sich leicht auf und ab, eine kleine Bewegung, die seinen Gedankengang begleitete. »Es bestünde tatsächlich die Möglichkeit, dass genau das der Fall ist. Vielleicht hat Neil nicht alleine gearbeitet. Ich bin mir sicher, dass wir mit Neil richtig lagen. Das muss die

Erklärung sein. Er hatte einen Komplizen oder einen Partner, der all seine Geheimnisse kannte.«

Natalie gab zu, dass das eine logische Erklärung wäre. John schien die Nachricht mitgenommen zu haben; seine sonst so präsente Großspurigkeit war verschwunden. »Ich werde das jetzt ins Labor bringen. Morgen werden wir Glenn und Eddie überprüfen. Wenn wir es nicht mit demselben Mörder zu tun haben, ist es ein Nachahmungstäter und wahrscheinlich jemand, der Neil kannte. Diese Möglichkeit werden wir berücksichtigen. Sind Sie damit zufrieden?«, sagte Natalie zu ihm.

Er räusperte sich, dann platzten die Worte aus ihm heraus. »Ja. Hören Sie ... Ich weiß, dass ich ein bisschen übermütig rüberkommen kann, aber ich wünsche mir dasselbe Ergebnis wie Sie, und mal unter uns ... Das hier ist eine riesige Chance, mich zu beweisen. Ich habe schwer auf eine Beförderung hingearbeitet, und diese Ermittlung könnte mir die Tür dazu öffnen, also möchte ich natürlich, dass es gut läuft und wir Ergebnisse erzielen ... die richtigen Ergebnisse.«

Es war seltsam, den sonst so selbstsicheren John so ehrlich sprechen zu hören, aber sie verstand es. Manchmal führte Übereifer jedoch zu Fehlern. Aber diese Predigt musste John nicht hören. Die Tatsache, dass die Möglichkeit bestand, dass Neil nicht der Mörder der Blütenzwillinge war, ließ ihn genug zweifeln, um einen Gang herunterzuschalten.

»Danke, dass Sie mich das haben wissen lassen«, sagte er und deutete auf den Umschlag.

»Wir sehen uns morgen«, antwortete sie.

»Ja. Gute Nacht, Natalie.«

Im Haus war es still, als Natalie heimkam. Sie fühlte sich wie ein Einbrecher, als sie vorsichtig über die Stufen schlich, um zu vermeiden, dass sie knarrten. Sie wollte niemanden aufwecken. Sie wollte kein falsches Lächeln aufsetzen müssen, um vor den Kindern so zu tun, als wäre alles in Ordnung. David hatte die Tür zum Elternschlafzimmer geschlossen, aber die von Leigh stand wie immer offen. Ihre Tochter hasste die Dunkelheit noch immer und schlief nicht nur mit offener Tür, sondern auch mit einer Lichterkette über ihrem Bett, die ihr Zimmer wie eine verwunschene Höhle aussehen ließ. Natalie stand im Türrahmen. Leigh schlief tief und fest, ihr Handy lag auf dem Boden neben dem Bett, es war heruntergefallen. Natalie schlich sich ins Zimmer und betrachtete das Gesicht des Mädchens, versuchte jedes Detail in sich aufzunehmen und es sich einzuprägen. Ihre beiden Kinder verwandelten sich in Erwachsene, und sie wollte jede Station ihres Lebens in Erinnerung behalten. Sobald sie und David ihnen gesagt hätten, dass sie sich trennten, würden die Dinge sich verändern. Momente wie dieser waren wertvoll. Sie gab ihrer Tochter einen Kuss auf die Stirn und trat rückwärts in den Flur, wo sie fast mit ihrem Sohn zusammenstieß.«

»Oh, tut mir leid!«, sagte Josh, der immer noch Jeans und Sweatshirt trug.

»Schon okay. Ich wollte niemanden aufwecken.«

»Ich war noch wach.«

»Am PC?«

»Ja. Ich musste auf Toilette.«

»Nur zu.«

»Sicher?«

Er lief ins Badezimmer, während sie in sein Zimmer ging. Der Computer war erleuchtet und das Spiel darauf pausiert worden, ein Scharfschütze, der mit seiner Waffe direkt auf ihr Herz zielte, war auf dem Bildschirm eingefroren. Joshs Headset lag neben der Tastatur, und sie musste an Erin und Ivy denken, die online mit Noah und Harry gespielt hatten. Als sie in ihrem Alter gewesen war, war die Welt noch eine andere gewesen. Damals hatte es kein Internet und keine Online-Aktivitäten oder virtuellen Orte gegeben, an denen Kinder diskutieren und ihr Leben vor ihren Eltern verstecken konnten. Als sie dreizehn gewesen war, war sie draußen Fahrrad gefahren oder hatte Brettspiele mit ihrer Schwester gespielt – mit ihrer Schwester, die sie kaum noch kannte. Sie schüttelte den Kopf und verdrängte die Erinnerung an Frances. Josh kehrte zurück und ließ sich auf seinem Stuhl vor dem Computer nieder. Als er sein Headset wieder aufsetzte, schenkte sie ihm ein Lächeln.

»Bleib nicht zu lange auf«, formte sie mit ihren Lippen, obwohl sie genau wusste, dass er so lange spielen würde, wie er wollte. Er hatte am nächsten Tag weder Schule noch einen Job, für den er früh aufstehen musste. Auf diese Art verbrachten viele Teenager heutzutage ihre Zeit, und obwohl sie sich Mühe gab, mit ihren Kindern mitzuhalten, war das eine Welt, die sie noch nicht ganz verstand. Sie warf ihm einen Luftkuss zu und machte sich auf den Weg ins Badezimmer. Ihr Kopf pochte immer noch und ihre Knochen schmerzten vor Erschöpfung. So sehr sie auch weitermachen wollte, der Fall würde warten müssen. Sie brauchte Schlaf, und wenn sie die Person finden wollte, die für die Morde an Isabella, Erin und Ivy verantwortlich war, dann musste sie bei klarem Verstand bleiben. Sie nahm ihre Kontaktlinsen heraus, schälte sich aus ihren Klamotten und nahm sich Davids altes T-Shirt, das hinter der Tür an einem Haken hing und in dem sie immer schlief. Sie hielt kurz inne, bevor sie es anzog. Sie sollte sich ein neues Nachthemd kaufen. Dieses war eine Erinnerung an die Vergangenheit, und sie musste nach vorne blicken. In diesem Moment hatte sie keine andere Option, also zog sie es über und putzte sich die Zähne. Morgen war ein neuer Tag. Sie hoffte, dass es kein schlimmer werden würde.

———

Er lehnte sich in seinem Sessel zurück und genoss den Whisky, erlaubte dem Alkohol seinen Mund zu erkunden, bevor die brennende Flüssigkeit in seinem Hals verschwand.

Es lief einfach gut. Er hatte eine zweite Nachricht verschickt und mittlerweile würde DI Ward sich fragen, mit wem sie es zu tun hatte. Die Antwort war leicht: Sie hatte es mit jemandem zu tun, der sie und ihr Team mit Leichtigkeit überlisten konnte. Er war ihr mehrere Schritte voraus und so würde es auch bleiben. Seine freie Hand ruhte auf der Armlehne, während er sich durch die Fotos auf seinem Handy scrollte, die er im Mai von seinen potenziellen Opfern gemacht hatte. Er war geduldig gewesen und jetzt würde sich seine Geduld auszahlen. Seit den West-more-Zwillingen hatte er nicht mehr zugeschlagen, aber das konnte DI Ward nicht wissen. Sie würde warten und sich Sorgen machen, ob irgendwo bereits zwei weitere Opfer versteckt waren. Er schwenkte die bernsteinfarbene Flüssigkeit in seinem Glas und fragte sich, was er als Nächstes tun sollte. Er führte das Glas an seine Lippen und nippte daran, als er entschied, dass es bald geschehen würde. Im gefiel der Gedanke, dass DI Ward sich im Kreis drehen würde, ohne seinen nächsten Schritt vorhersagen zu können.

Er würde nicht vorhersehbar handeln. Das war der Grund, weshalb er damit davonkommen würde. Oh Mann! Natalie Ward würde den Tag noch bereuen, an dem sie in Samford aufgetaucht war. Er war ihr schon einmal entwischt und er würde es wieder tun.

Ene, mene, muh ... Oh! Diese beiden. Die wären perfekt.

NEUNUNDZWANZIG

MITTWOCH, 15. AUGUST – MORGEN

Natalie hatte es geschafft, das Haus zu verlassen, ohne David oder den Kindern zu begegnen, und holte sich auf dem Weg zur Arbeit einen Tee und einen Egg Muffin. Allerdings war sie nicht die Erste im Büro. John saß bereits an seinem Schreibtisch und fixierte den Computerbildschirm. Als sie eintrat, blickte er sofort auf.

»Ich habe über das, was Sie gestern über die Nachrichten und den Mörder der Blütenzwillinge gesagt haben, nachgedacht«, fing er an. »Ich glaube, dass wir versuchen sollten, eine Verbindung zwischen den Leuten, die wir bisher befragt haben, und Neil Hoskins herzustellen, für den Fall, dass einer von ihnen ihn kannte. Ich habe das Gefängnis kontaktiert und die Aufzeichnungen zu seinen Besuchen sowie E-Mails angefordert. Wenn das ein Nachahmungstäter ist, dann muss er Kontakt zu diesem Mann gehabt haben.«

»Das ist gut«, sagte Natalie und meinte es auch so. John hatte ihre Sorgen über die Nachrichten ernst genommen. »Ich dachte, wir fangen mit Eddie Ford an, bevor er heute seinen Salon eröffnet. Mal sehen, was er uns dazu zu sagen hat, dass er sich doch mit den Zwillingen unterhalten hat. Wollen Sie mitkommen?«

»Bin dabei. Ich habe schon nach einer möglichen Verbindung zwischen ihm und Neil gesucht, aber noch nichts gefunden.«

»Wir werden ihn einfach direkt fragen. Kommen Sie.«

Eddie Ford lehnte mit verschränkten Armen und überkreuzten Beinen an der riesigen Kühl- und Gefrierkombination in der Küche. Seine Frau Nia stand ihm gegenüber vor der Spüle, rieb mit einem Lappen über einen Teller und schien das Geschehen hinter ihr zu ignorieren. Es war das erste Mal, dass Natalie seine Frau traf, und sie fand sie ein wenig distanziert. Nia war offensichtlich gut zehn bis fünfzehn Jahre älter als Eddie, ihre hellbraunen Haare hatte sie sich aus dem ernsten, blassen Gesicht gekämmt und mit einer glitzernden, pinken Haarspange fixiert, die nicht zu den ausgewaschenen schwarzen Leggings und dem locker sitzenden T-Shirt passte.

Eddie wirkte gereizt. »Ich erinnere mich wirklich nicht an irgendeine Unterhaltung mit den Zwillingen.«

»Du warst im Rocket Café, als du die beiden gefragt hast, ob sie gerne Haarmodelle wären. Sie saßen an einem Tisch am Fenster, zusammen mit ihrer Freundin Ashra.«

Eddie zog eine Grimasse. »Vielleicht habe ich das, aber ich erinnere mich ehrlich nicht mehr daran.«

»Leute, die immer wieder das Wort ehrlich wiederholen, lügen für gewöhnlich«, bemerkte John.

»Um Himmels willen! Ich lüge *nicht*. Ihr belästigt mich bei jeder sich bietenden Gelegenheit und das geht mir langsam auf die Nerven. Wenn ihr einen Sündenbock wollt, dann sucht gefälligst woanders. Ich habe nichts mit ihrem Tod zu tun.«

»Nia, Sie waren letztes Wochenende unterwegs, in Blackpool, ist das richtig?«, sagte Natalie.

Nia sah zu ihr, hielt den Teller in der einen und den Lappen in der anderen Hand. »Das stimmt.«

»War diese Reise schon länger geplant?«

»Etwa einen Monat«, antwortete sie. »Die kleine Tochter meiner Freundin ist genauso alt wie Pixie. Wir dachten, es wäre nett, wenn wir mit ihnen gemeinsam wegfahren würden.«

»Wann haben Sie Eddie erzählt, dass Sie fortgehen würden?«

»Zur selben Zeit, als ich das Hotel gebucht habe.«

»Haben Sie die Westmore-Zwillinge je im Salon gesehen?«

»Normalerweise gehe ich nicht in den Salon runter, nur wenn ich mit Eddie sprechen muss.«

»Was machen Sie tagsüber?«

»Ich arbeite drei Tage pro Woche in der Verwaltung einer Kinderhilfsorganisation in Birmingham. An diesen Tagen geht Pixie in den Kindergarten. Den Rest der Zeit bin ich eine Vollzeit-Mum.«

»Bereiten Sie für Pixie Mittagessen zu, wenn sie zu Hause ist?«

»Ja, außer wir gehen mit Freunden aus.«

»Aber für Eddie bereiten Sie für gewöhnlich kein Mittagessen zu?«

»Nur manchmal.«

»Eddie, warum isst du nicht hier oben, anstatt dir etwas zu essen zu kaufen?«

Er zuckte mit den Schultern. »Das mache ich hin und wieder, aber ich habe nicht immer Lust, mich selbst um mein Mittagessen zu kümmern, wenn ich auch etwas Fertiges kaufen kann. Das Café ist nicht weit entfernt und ich bekomme eine Pause vom Salon.«

»Es erscheint mir merkwürdig, dass du gleich unten arbeitest, aber nicht hochkommst, um deine Frau und deine Tochter während der Arbeitszeit zu sehen. Ich dachte, das wäre einer der großen Vorteile davon.«

Nias Stimme klang scharf. »Das macht er, wenn wir nicht beim Schwimmen oder mit Freunden im Park sind. Wir sitzen nicht den ganzen Tag herum und warten darauf, dass Eddie eine Pause macht.«

»Eddie, hast du diesem Mann irgendwann schon mal die Haare geschnitten?«

John überreichte ihm ein Foto des verstorbenen Neil Hoskins.

»Wer ist das?«, fragte Eddie.

»Sein Name war Neil Hoskins.«

Nia sah über die Schulter ihres Mannes auf das Bild. »Ich weiß, wen Sie meinen. Er war der Mörder der Blütenzwillinge. Das kam ständig in den Nachrichten.«

»Das ist korrekt.«

»Ich habe ihn nicht gekannt«, sagte Eddie.

»Ich auch nicht«, murmelte Nia und erschauderte.

John nahm das Foto von Eddie zurück und legte es wieder in seinen Ordner.

»Ich würde gerne noch einmal auf Erin und Ivy Westmore zurückkommen«, sagte Natalie. »Wie oft fragst du Mädchen, ob sie Haarmodelle werden wollen?«

»Ich frage eine Menge Leute – alt und jung. Ich bin immer auf der Suche. Es steht auch ein Schild im Schaufenster, dass wir Modelle suchen. An manchen Tagen frage ich auch vollkommen Fremde auf der Straße. Einige dieser Leute schauen im Salon vorbei, um zu sehen, worum genau es geht. Es gibt so viel Konkurrenz in dieser Stadt. Ich muss irgendwie auf mich aufmerksam machen. Aber ich erinnere mich nicht daran, die Zwillinge gefragt zu haben. Vielleicht habe ich das, aber wenn dem so war, war ich zu dem Zeitpunkt in Gedanken woanders.«

»Wo genau?«

»Im Salon, bei der nächsten Produktbestellung, bei meiner Buchhaltung – bei allen möglichen Dingen.«

»Das ist sehr zweckdienlich«, sagte John finster.

»Aber es ist die Wahrheit«, erwiderte Eddie.

Da sie mit Eddie keine Fortschritte machten und keine Verbindung zwischen ihm und Neil Hoskins finden konnten, kehrten Natalie und John zur Dienststelle zurück, um Noahs Vater Glenn Powers zu befragen, der die Nacht in einer Zelle verbracht hatte. Lucy war damit beauftragt worden, herauszufinden, ob es eine Verbindung zwischen ihm und Neil gab, und hatte herausgefunden, dass Glenn mehrere Lieferungen an das große Elektrofachgeschäft vorgenommen hatte, in dem Neil gearbeitet hatte.

Lucy präsentierte die Fakten und fügte hinzu: »Zu der Zeit hat Neil Hoskins als Verkäufer in einem Großraumbüro im zweiten Stock gearbeitet.«

»Ich dachte, er war Klavierlehrer. Er hat seinen Opfern Klavierunterricht gegeben«, sagte Ian.

»Er war Teilzeit-Musiklehrer, aber hat auch im Verkauf von Tindford Electronics gearbeitet.«

»Also könnten Glenn und Neil sich begegnet sein, wenn er dort Waren abgeliefert hat?«, fragte Natalie.

»Unwahrscheinlich. Mir wurde gesagt, dass die Verkäufer überhaupt nichts mit den Lieferungen zu tun haben. In den Gesundheits- und Sicherheitsvorschriften steht, dass sich nur Lagerarbeiter im Lagerhaus aufhalten dürfen.«

Natalie war nicht überzeugt. »Das ist trotzdem noch eine wichtige Verknüpfung. Neil könnte dort auf Glenn gestoßen sein. Nur weil die Interaktion mit Lieferfahrern nicht in seiner Jobbeschreibung stand, bedeutet es nicht, dass er Glenn nicht zufällig getroffen oder ihn irgendwie anders kennengelernt hat. Verfolgen Sie das weiter, Lucy. Kontaktieren Sie Neils ehemalige Kollegen und unterhalten Sie sich mit ihnen. Ist Glenns Anwalt da?«, fragte sie an Lucy gerichtet.

»Ja, er ist im Befragungsraum bei Glenn. Wir haben einige

Informationen über Glenns Aufenthaltsorte vom Samstagabend erhalten. Das Technikteam hat sein Auto außerhalb von
Derby auf der Hauptstraße ausgemacht, wo er gegen Viertel
nach zehn in Richtung Uptown gefahren ist. Um zwanzig vor
elf hat er eine weitere Kamera außerhalb von Uptown passiert
und um Viertel vor zwölf wurde er wieder auf der Hauptstraße
Richtung Samford gesehen. Ein letztes Mal wurde sein Auto in
der Nähe seines Wohnortes gesichtet, das war zwei Minuten
vor Mitternacht. Es sieht aus, als hätte er zwischen Uptown
und Samford irgendwo angehalten, aber das Team konnte
seinen Wagen auf keiner der Straßen ausfindig machen, die zur
Hauptstraße führen.«

»Er hat also nicht unmittelbar angehalten, nachdem er
Sheilas Haus in Derby verlassen hat, so wie er behauptet hat.
Er ist bis nach Uptown weitergefahren. Ich denke, es ist an der
Zeit, dass wir herausfinden, wo Glenn wirklich angehalten hat,
und ob es irgendeine Verbindung zwischen ihm und Neil
gibt.«

John begleitete Natalie durch den Flur und redete auf sie
ein. »Ich will nicht zu sehr drängen, aber wenn Glenn Powers
Neil Hoskins kannte, dann ist das ein riesiger Schritt nach
vorne.«

»Das verstehe ich und sehe es genauso, aber davon dürfen
wir nicht einfach ausgehen. Sie wissen genauso gut wie ich,
dass wir Fakten brauchen. Fakten und Beweise. Wir haben
weder das eine noch das andere.«

»Aber wenn wir ihn dazu bringen, zuzugeben, dass er Neil
kannte –«

Sie brachte ihn mit einem Kopfschütteln zum Schweigen
und sagte: »So haben wir Neil festgenagelt. Diesmal will ich
Beweise und Fakten.«

Er hielt seinen Mund, während sie weiter auf den Befragungsraum zugingen, um erneut mit dem Verhör zu beginnen.

»Guten Morgen, Glenn. Wie fühlen Sie sich?«, fragte

Natalie freundlich, während John das Aufnahmegerät vorbereitete.

»Müde.«

»Sobald Sie unsere Fragen beantwortet haben, können Sie nach Hause zurückkehren und sich ausruhen.«

Glenn sackte auf seinem Stuhl zusammen und schloss für einen kurzen Moment die Augen. »Dann los.«

»Ich weiß Ihre Kooperation sehr zu schätzen.« Sie wartete, bis John Platz genommen hatte. »Es ist Mittwoch, der 15. August, acht Uhr fünfundvierzig, Befragung von Glenn Powers. Anwesend sind: DI Ward, DS Briggs, Mr Rupert Baker-Jones und Glenn Powers. Glenn, gestern haben wir Sie gefragt, wo Sie sich am Samstagabend zwischen zehn Uhr und Mitternacht aufgehalten haben. Können Sie uns verraten, wo Sie waren?«

»Kein Kommentar.«

Natalie lächelte knapp, dann sagte sie: »Sie haben uns angelogen, als Sie uns sagten, dass Sie am Samstag kurz nach dem Verlassen von Sheila Newports Haus anhielten. Was hatten Sie noch gleich gesagt?« Sie hob ihre Notizen hoch. »Ah ja: ›Ich hatte getrunken! Ich hatte meine Grenzen überschritten und nicht damit gerechnet, so bald nach Hause zu fahren. Ich bin LKW-Fahrer. Ich kann es mir nicht leisten, meinen Führerschein zu verlieren. Sobald ich Sheilas Haus verlassen hatte, ist mir bewusst geworden, dass es dumm wäre zu fahren, also hielt ich wieder an. Ich wollte nicht von einem Bullen angehalten werden.‹«

Sie studierte ihn, um sicherzugehen, dass er wusste, worauf sie hinauswollte. Sein Gesicht verzog sich resigniert.

»Wir haben Ihren Wagen verfolgen können und wissen, dass Sie ohne Pause von Derby nach Uptown gefahren sind. Die Zeit zwischen den Aufnahmen der Kameras in Derby und der Kamera, die Sie in Uptown aufgezeichnet hat, beträgt fünfundzwanzig Minuten. Das entspricht genau der Zeit, die man für diese Strecke für gewöhnlich braucht. Während dieser Zeit haben Sie Ihre Fahrt nicht unterbrochen. Ich hätte gerne, dass Sie mir das erklären, Glenn.«

Glenn seufzte, dann sagte er: »Ich habe auf einem Rastplatz angehalten.«

»Auf welchem Rastplatz haben Sie angehalten?«

»Auf der Hauptstraße zwischen Samford und Uptown, in der Nähe des McDonald's.«

»Der Rastplatz, der auch ein bekannter Treffpunkt für Menschen ist, die öffentlich Geschlechtsverkehr haben?«

»Ja.«

»Wollen Sie damit sagen, dass Sie eine Stunde lang andere Leute beim Sex beobachtet haben?«

»Nein. Ich war unter denjenigen, die von anderen beobachtet wurden.«

»Warum haben Sie nicht gestern schon reinen Tisch gemacht und uns diese ganze Mühe erspart?«

»Mr Powers war besorgt, dass er nach dem Sexual Offences Act 2003 verurteilt oder wegen Erregung öffentlichen Ärgernisses belangt werden könnte«, sagte sein Anwalt. »Außerdem befürchtete er, dass sein Name in der Kartei für Sexualstraftäter aufgeführt werden könnte.«

»Können Sie das beweisen?«, fragte John an Glenn gerichtet. »Sagen Sie uns den Namen der Frau, mit der Sie Geschlechtsverkehr hatten.«

Sein Anwalt nickte ihm ermutigend zu.

»Ich habe keine genauen Kontaktinformationen von ihr und auch keine Ahnung, wo sie wohnt. Ich kennen nur ihren Vornamen – Goldie – und weiß, dass sie einen Audi A2 fährt. Wir haben uns schon ein paarmal getroffen.«

»Erinnern Sie sich an das Kennzeichen des Wagens?«, fragte John gereizt und nahm einen Stift. Natalie hielt es für sehr unwahrscheinlich, dass der Mann sich an ein solches Detail erinnerte, sagte aber nichts, während John Glenn einen harten Blick zuwarf. Der Mann befeuchtete seine Lippen.

»Nicht wirklich. Ich glaube, es war ein 65er Kennzeichen, aber sicher bin ich mir nicht.«

»Ist Ihnen bewusst, dass Sie unserer Ermittlung hätten helfen können, wenn Sie uns das alles früher erzählt hätten?«, fragte Natalie.

»Ja.«

»Sie haben wertvolle Zeit verschwendet«, sagte John und zeigte mit seinem Finger in die Richtung des Mannes. Sein Stuhl kratzte geräuschvoll über den Boden, als er aufstand, um die Informationen zu überprüfen, die sie gerade bekommen hatten. »DS Briggs verlässt den Raum«, sagte er laut und warf Glenn einen letzten kalten Blick zu.

Sobald sich die Tür hinter ihm geschlossen hatte, fuhr Natalie mit der Befragung fort. »Wie lange wohnen Sie schon in Samford?«

»Seit März dieses Jahres.«

»Davor haben Sie in Manchester gelebt. Ist das richtig?«

»Ja.«

»Und dort haben Sie für Javil Logistics gearbeitet.«

»Korrekt.«

»Was hat dieser Job beinhaltet?«

»Ich war Lieferfahrer.«

»Was haben Sie ausgeliefert?«

»Hauptsächlich elektronische Haushaltsgeräte.«

»Haben Sie auch Tindford Electronics beliefert?«

»Ja.«

»Haben Sie dort jemanden namens Neil Hoskins kennengelernt?«

»Ich glaube nicht. Ich habe viele Leute getroffen, da ist es schwer, sich an die Namen zu erinnern.«

»Mit wem hatten Sie bei Tindford Electronics Kontakt?«

»Daran erinnere ich mich. Das war ein alter Kerl namens Ron aus Ungarn. Ron war nicht sein echter Name, aber er meinte, den könnte niemand aussprechen, also würden ihn alle

Ron nennen. Es waren auch ein paar jüngere Kerle da, aber zu denen habe ich nie mehr als Hallo und Tschüss gesagt. Es war immer Ron, der die Waren abgeladen und die Lieferscheine unterschrieben hat.«

»Haben Sie jemals den Namen Neil Hoskins gehört?«

Sein Gesicht und seine Körpersprache deuteten nicht darauf hin, dass er log, als er sagte: »Nein.«

»Das letzte Mal, als wir miteinander gesprochen haben, sagten Sie uns, Erin und Ivy Westmore wären mehrmals bei Ihnen zu Hause gewesen.«

»Das ist korrekt.«

»Haben Sie mit Ihnen gesprochen?«

»Nur, um Hallo zu sagen.«

»Sie haben außerdem Mr Westmore bei sich zu Hause aufgesucht und ihm gedroht.«

»Das habe ich bereits erklärt. Ich hatte etwas getrunken und nachdem Noah mir davon erzählt hat, dass der Kerl ihm dumm gekommen ist, habe ich ihm einen Besuch abgestattet. Ich meinte nichts von dem, was ich gesagt habe. Ich war einfach nur sauer auf ihn. Noah hatte auf seiner letzten Schule schon eine harte Zeit, und ich hatte gehofft, dass es hier in Samford besser wird.«

»Damals wurde er der Schule verwiesen, nicht wahr?«

Er inspizierte kurz seine Fingernägel. »Ja.«

»Warum wurde er suspendiert?«

»Besitz von gefährlichen Waffen – ein Messer. Er hat einem Kind damit gedroht. Es wurde keine Anzeige erstattet, aber die Schule hat sich darum gekümmert. Er hatte das Messer nur zu seinem Selbstschutz bei sich. Die anderen Kinder haben ihm viel Ärger gemacht.«

»Inwiefern?«

»Das weiß ich ehrlich gesagt nicht. Noah wollte nicht darüber reden. Er meinte nur, dass sie rassistische Kommentare über seine Mutter gemacht hätten.« Er pulte imaginären

Schmutz unter einem seiner Daumennägel weg und sprach leise. »Sie kam aus Ghana. Sie ist vor ein paar Jahren gestorben.« Als er seinen Blick hob, blitzte Schmerz in seinen Augen auf. »Noah ist kein schlechter Junge. Er hat nur Vertrauensprobleme, aber jetzt hat er in Harry einen Freund gefunden. Ich dachte, er hätte sich hier gut eingelebt, und ich wollte nicht, dass irgendjemand ihm das kaputtmacht. Leute wie Chris Westmore sind voreingenommen. Sie sehen ihn an und gehen automatisch davon aus, dass er Ärger macht, aber das ist nicht so. Er hat in den letzten paar Jahren viel durchgemacht.«

»Können Sie noch einmal wiederholen, was Sie am Freitagabend gemacht haben?«

»Ich war zu Hause. Die ganze Nacht.«

»Und wo war Noah?«

»Unterwegs.«

»Wo?«

»Das hat er nicht gesagt.«

»Haben Sie ihn nicht gefragt?«

»Nein. Er macht dicht, wenn ich ihn zu sehr bedränge.«

»Aber Sie tragen die Verantwortung für ihn, und er ist minderjährig. Bestimmt haben Sie sich Sorgen gemacht, wo er ist und was er treibt? Als Chris Westmore gedroht hat, die Polizei zu rufen, waren Sie offensichtlich verärgert.«

Er ließ seinen Kopf hängen, als er antwortete: »Es ist nicht immer einfach alleinerziehend zu sein. Noah hat Mauern um sich herum gebaut, und … es ist schon schwer genug, sich nicht über jede Kleinigkeit zu streiten.«

Natalie verstand, wie schwierig seine Situation war. An manchen Tagen war es auch mit ihren Kindern kompliziert, einen gemeinsamen Nenner zu finden.

»Sie wohnen in Appleby Gardens in der Gate Street, richtig?«, fragte Natalie.

»Das ist korrekt.«

»Haben Sie jemals Isabella Sharpe kennengelernt?« Sein

Haus war nur ein paar Straßen von dem entfernt, in dem die Sharpes lebten.

»Nein.«

»Sie war nie bei Ihnen zu Hause?« Natalie überreichte ihm ein Foto von Isabella. »DI Ward zeigt Glenn Powers ein Bild von Isabella Sharpe.«

»Ich habe sie gesehen. Einmal kam sie vorbei, um Hausaufgaben oder so was für Noah abzugeben. Das war vor etwa einem Monat, aber sie hat sich mir nicht vorgestellt. Sie wollte auch nicht reinkommen oder mit Noah sprechen. Hat nur gefragt, ob ich ihm den Ordner geben könnte, was ich auch getan habe.«

»Haben Sie sie noch einmal wiedergesehen?«

»Nein.«

Die Tür öffnete sich und John verkündete seine Rückkehr. Er zeigte Natalie einen Zettel, auf dem stand: *Goldie kontaktiert. Geschichte bestätigt.* Sie legte ihre Handflächen auf den Tisch und wandte sich an den Anwalt. »Mr Baker-Jones, Ihrem Klienten steht es vorerst frei zu gehen, aber ich werde mich noch einmal mit seinem Sohn unterhalten müssen.«

»Das war's?«, fragte Glenn.

»Ja.«

»Ich habe die ganze Nacht hier verbracht. War das wirklich nötig?«

»Wenn Sie früher mit uns kooperiert hätten, dann hätten Sie es vermeiden können«, erwiderte sie.

»Und ich kann jetzt gehen?«

»Ja. Aber es ist möglich, dass wir noch mal mit Ihnen reden müssen, also vermeiden Sie es bitte, zu verreisen.«

Glenn hievte sich auf seine Beine und murmelte: »Verdammt noch mal. Was für ein Theater.«

John schaltete das Aufnahmegerät ab und wartete darauf, dass sowohl Glenn als auch der Anwalt den Raum verließen.

Nachdem er die Tür hinter ihnen geschlossen hatte, fragte er: »Und was jetzt?«

»Überprüfen Sie einen ungarischen Mann namens Ron. Er arbeitet im Lager von Tindford Electronics. Finden Sie heraus, ob er sich daran erinnert, dass Glenn ihn beliefert hat, und fragen Sie ihn, ob Neil Hoskins jemals in das Lagerhaus gekommen ist.«

»Obwohl Glenn auf dem Rastplatz war, als die Zwillinge verschwunden sind?«

»Ja. Ich will ganz sicher sein. Goldie könnte ihn auch nur decken. Und wir werden noch mal mit Noah reden müssen. Er kannte Isabella, und wir wissen noch nicht mit Sicherheit, wo die beiden Jungs sich Freitag- und Samstagabend aufgehalten haben.«

»Das stimmt schon, aber seien wir mal ehrlich: Noah passt nicht in das Profil des Kerls, der Sludge bezahlt hat, um die Kamera zu beschmieren.«

»Dessen bin ich mir bewusst, aber wir müssen der Tatsache, dass er Isabella kannte, auf den Grund gehen, also finden Sie heraus, wo er ist, in Ordnung?«

Er trat von einem Fuß auf den anderen, bevor er sagte: »Ich sollte darauf hinweisen, dass das Zeitverschwendung ist und wir bei dieser Ermittlung meiner Meinung nach zu langsam vorankommen. Der Mörder könnte jederzeit wieder zuschlagen. Sie wissen, was in Manchester passiert ist.«

Natalie wusste nur zu gut, was dort passiert war. Während sie einem für die Morde an Sharon und Karen Hill potenziell Verdächtigen nachgejagt hatten, hatte der Mörder sich Avril und Faye Moore geschnappt und sie umgebracht. Diesem Szenario wollte sie sich nicht noch einmal stellen müssen. Sie hob ihren Stuhl an, damit er nicht über den Boden kratzte, als sie aufstand.

»Ich habe Ihre Gedanken zur Kenntnis genommen. Jetzt finden Sie heraus, wo Noah ist.«

DREISSIG

Sobald Natalie hörte, dass Noah bei seinem Freud Harry war, verschwendete sie keine Zeit mehr. Sie warf sich ihre Jacke über und war bereit, aufzubrechen, als John im Türrahmen erschien.

»Ich habe diesen ungarischen Kerl ausfindig gemacht, Ron, der in dem Lager bei Tindford Electronics in Manchester arbeitet, und mit ihm gesprochen. Er erinnert sich an Neil Hoskins und den Fall der Blütenzwillinge, als wäre es gestern gewesen. Er meinte, er hätte den Mann nur gesehen, wenn sie zur selben Zeit Feierabend hatten und gleichzeitig zum Parkplatz gegangen sind. Neil war auf jeden Fall nie im Lager. Außerdem meinte Ron, dass er überrascht wäre, wenn Glenn und Neil sich gekannt hätten. Glenn kam grundsätzlich zu spät, hat alles so schnell wie möglich abgeladen und sich dann sofort auf den Weg zu seinem nächsten Ziel gemacht. Ron hat ihn immer den galoppierenden Glenn genannt, weil er immer sofort weitergefahren ist. Ich schätze, wir können sagen, dass es unwahrscheinlich ist, dass Glenn und Neil sich kannten. Sie hatten recht. Das musste überprüft werden.«

Natalie nickte lediglich.

»Und unten an der Rezeption wartet Goldie Broadchurch, Glenns Sexualpartnerin«, sagte er.

»Können Sie sich um sie kümmern? Sie muss sich zu einhundert Prozent sicher sein, dass Glenn am Samstagabend mit ihr zusammen war.«

»Klar.« Er machte auf dem Absatz kehrt und eilte davon.

»Lucy, Sie kommen mit mir«, sagte Natalie.

»Ian hat Isabellas Freunde kontaktiert, und keiner von ihnen wusste, dass sie Noah kannte«, sagte Lucy und machte eine Pause, als sie andere Officer im Flur grüßten. »Familie Sharpe kannte Neil Hoskins nicht, obwohl sie sich daran erinnern, von dem Fall, dem Prozess und seiner Verurteilung in den Nachrichten gehört zu haben. Denken Sie immer noch, dass es eine Verbindung zwischen dem Fall von 2014 und diesem hier gibt?«

»Ja, das tue ich. Diesen Gedanken kann ich einfach nicht abschütteln.«

»Ein Instinkt?«

»Mehr als das.« Sie würde nicht aufhören, in diese Richtung zu ermitteln, so lange sie sich nicht sicher sein konnte, dass die Fälle nicht miteinander verknüpft waren. *Sie können das, was passiert ist, nicht ungeschehen machen.* Die Stimme ihrer Psychiaterin hallte in ihrem Kopf wider. Manche Ermittlungen zerrissen die Officer, und diese hatte ihren psychischen Zustand ernsthaft beeinträchtigt. Sie konnte das, was geschehen war, nicht mehr ändern: Vier Mädchen waren tot. Zwei dieser Tode, die von Avril und Faye Moore, lasteten schwer auf ihren Schultern, obwohl sie nicht diejenige gewesen war, die die Entscheidungen getroffen hatte. Doch jetzt war sie für die Ermittlung verantwortlich, und das, was geschehen war, trieb sie nur noch weiter an.

———

Noah und Harry saßen auf der Bettkante in Harrys Zimmer. Obwohl es recht aufgeräumt war, roch der Raum nach alten Socken.

»Ihr müsst ehrlich sein«, sagte Natalie. »Spielt keine Spielchen, sonst werden wir euch direkt ins Präsidium bringen und dafür belangen, die Zeit der Polizei verschwendet zu haben.«

Harrys Mutter stand im Türrahmen. Die Jungs hielten ihre Köpfe gesenkt.

»Kennt einer von euch dieses Mädchen?«

Natalie zeigte ihnen ein Foto von Isabella. Noah öffnete seinen Mund, um zu antworten, aber erhielt von Harry einen subtilen Stoß in die Rippen. »Nein«, antwortete Harry.«

»Okay, ab ins Auto«, sagte Natalie. »Wir werden es auf die harte Tour im Präsidium machen müssen.«

»Hey!«, sagte Harrys Mutter. »Sie können sie nicht einfach mitnehmen.«

»Und ob wir das können«, sagte Natalie kalt. »Sie verschweigen uns etwas und dafür haben wir keine Zeit.«

Wieder öffnete Noah seinen Mund und diesmal ignorierte er den Blick seines Freundes. »Wir kannten Isabella, obwohl sie nicht auf unsere Schule gegangen ist. Wir waren nicht befreundet oder so, aber ich habe von einem der Kids aus ihrer Klasse gehört, dass sie eine Art Genie war. Sie hat ihnen für ein paar Pfund mit Hausarbeiten und Hausaufgaben und was auch immer geholfen. Mein Dad saß mir wegen meiner Noten im Nacken. Nachdem ich von meiner letzten Schule geflogen bin, hat er richtig Stress gemacht und mich genervt, weil ich mich nicht genug angestrengt habe. Dann kamen so dämliche Matheaufgaben, die ich nicht verstand. Ich habe Harry gefragt, aber er konnte es auch nicht, also habe ich an der Bushaltestelle auf sie gewartet, an der sie immer in den Bus steigt, und habe sie gefragt, ob sie mir hilft. Ich habe ihr fünf Pfund dafür bezahlt. Sie wohnte nicht weit weg, also ist sie auf ihrem Heimweg vorbeigekommen, um mir die Aufgaben abzuliefern.«

»War das das einzige Mal, dass du mit ihr Kontakt hattest?«

»Ja.«

»Was hast du gemacht, wenn du bei anderen Hausaufgaben Probleme hattest?«

»Dann habe ich mir von Freunden helfen lassen.«

Sie bemerkte Harrys rote Wangen und schloss daraus, dass Noah mit seinen Schulaufgaben für gewöhnlich zu ihm ging.

»Was habt ihr Freitagabend gemacht?«

»Gechillt.«

»Wo?«

»Wir waren eine Weile in der Stadt. Dann sind wir hierher zurückgekommen und haben PS4 gezockt«, sagte Noah. Das könnten sie mit den Aufnahmen der Überwachungskameras in der Stadt überprüfen.

»Was ist mit Samstagabend?«

»Wir waren bei mir zu Hause. Harry ist gegen zehn Uhr abgehauen.« Es war die gleiche Geschichte, die sie schon zuvor von ihnen gehört hatte.

»Erzähl mir von Erin und Ivy. Wie oft, würdest du sagen, habt ihr euch mit ihnen getroffen?«

»Wir haben sie in der Schule gesehen. Manchmal haben wir uns danach im Shoppingcenter oder der Bibliothek getroffen. Hin und wieder sind sie mit uns gekommen, und wir haben bei mir zu Hause gechillt.«

»Erinnerst du dich noch daran, wie ihr die Zwillinge kennengelernt habt?«

»Wir haben sie Anfang Mai im Samford Shopping Center getroffen. Sie ließen sich gerade mit einer Pappfigur für einen Wettbewerb fotografieren. Sie waren süß, also haben wir angehalten und uns mit ihnen unterhalten.«

Natalie sah Noah scharf an. »Was für ein Wettbewerb?«

»Man konnte ein Treffen mit dem Leadsänger von Blasted gewinnen und auf dem Cover ihres nächsten Albums sein. Sie haben nach Zwillingen gesucht, und die Mädchen dachten, das wäre witzig.«

Natalie und Lucy tauschten einen Blick aus. Das war dieselbe Gruppe, die das Gratiskonzert gegeben hatte, bei dem Isabella ermordet worden war. »Erzähl mir mehr davon.«

Noah zuckte mit den Schultern. »Da war ein Kerl mit einer Kamera und einem großen Pappaufsteller von Callum Vincetti. Daneben stand ein Schild, auf dem so was stand wie: ›Trefft den Leadsänger und werdet Covermodels für das nächste Blasted-Album.‹«

»Worum ging es bei diesem Wettbewerb?«

»Der Kerl hat ein Foto von den Zwillingen gemacht, während sie auf je einer Seite des Pappaufstellers standen, und dann hat er sie für den Wettbewerb registriert.«

»Hat er nach irgendwelchen Kontaktinformationen gefragt?«

»Ja, nach der E-Mail-Adresse und ihren Telefonnummern. Sie waren ziemlich aufgeregt, weil sie eine E-Mail von dem Werbefuzzi bekommen haben, in der stand, dass sie es in die engere Auswahl geschafft haben.«

»Hast du diese E-Mail gesehen?«

»Ja. Sie waren sehr aufgeregt deswegen. Haben eine ganze Weile über nichts anderes mehr geredet.«

»Erinnerst du dich an den Namen dieses PR-Mannes?«

Noah sah kurz zu Harry, bevor er sagte: »Tom irgendwas.«

»Könnt ihr den Mann beschreiben, der die Fotos gemacht hat?«, fragte Lucy.

Die Blicke der Jungs waren leer. »Nicht wirklich. Er hatte einen Bart«, sagte Noah.

Harry dachte einen Moment nach. »Er trug eine Baseballkappe.«

»Was könnt ihr uns noch über ihn sagen?« Lucy schrieb schnell. Sie hatten eine neue Spur, und die war sehr vielversprechend.

»Er hatte einen Akzent«, sagte Noah.

»Was für einen?«

»Schottisch.«

Natalies Puls beschleunigte sich. Einen Monat später waren die Zwillinge in Eddies Salon gewesen. Wenn dieser Mann Eddie gewesen war, dann hätten sie ihn bestimmt erkannt, und außerdem kannten viele Leute hier Eddie und er hätte es nicht riskiert, bei so einer Aktion im lokalen Shoppingcenter gesehen zu werden. Das war ein weiterer Beweis dafür, dass sie Eddie als Verdächtigen ausschließen konnte, wenn auch nicht der entscheidende. »Haben die Zwillinge erwähnt, sich mit diesem Tom getroffen zu haben?«

Noah zog eine Grimasse. »Nein, aber am Mittwoch haben sie erzählt, dass sie mit ihm telefoniert haben, und es war offensichtlich, dass sie uns davon erzählen wollten. Für uns war das keine große Sache. Sie wurden wütend und meinten, wir wären bloß eifersüchtig, was Quatsch ist. Das waren wir nicht. Es hat uns nicht interessiert, ob sie diesen Wettbewerb gewonnen haben oder nicht.«

»Denkt ihr, dass sie gewonnen haben könnten?«

»Sie schienen sehr mit sich zufrieden zu sein, also ja, vielleicht.«

»Aber sie haben euch nicht gesagt, dass sie gewonnen haben?«

Harry schüttelte den Kopf. »Nein, aber sie haben sich über irgendetwas extrem gefreut.«

Vor dem Hintergrund dieser Informationen wollte Natalie unbedingt noch einmal mit Kerry sprechen. Falls sie und Isabella auch ein Foto von sich haben machen lassen, um auf das Cover des Albums zu kommen, könnten sie dem Mörder einen bedeutenden Schritt näher gekommen sein.

EINUNDDREISSIG

Bis auf das laute Zwitschern der Spatzen vor dem Küchenfenster war es still im Haus. Camilla Sharpes eingefallene Augen waren auf die Kühe gerichtet, die auf den Keramikbecher vor ihr gemalt waren. Tanya Granger war im Haus gewesen, als Lucy und Natalie eingetroffen waren, und machte nun Tee für alle. Auf dem Tisch lag eine Ausgabe der *Hatfield Herald* mit der Schlagzeile »Polizei sucht nach Kindermörder«. Natalie hatte den Artikel nicht gelesen, aber war sich des Fotos darin bewusst: ein altes Bild von ihr in ihrer Uniform, auf dem sie grimmig in die Kamera starrte, bereit, den Täter seiner Strafe zuzuführen.

»Ich habe mich gefragt, ob wir noch einmal über Isabella reden können. Wäre das für dich in Ordnung?«, fragte sie Kerry. Wieder fiel ihr die Ähnlichkeit zwischen dem Mädchen und ihrer toten Schwester auf: die dunklen Haare, die geschwungenen Lippen und die gleichen Augen. Je länger sie das Mädchen betrachtete, desto überzeugter war sie, dass Kerry und Isabella sich sehr ähnlich sahen – fast wie Zwillinge.

»Ja.«

»Haben du und Isabella an einem Wettbewerb teilgenommen, um den Leadsänger von Blasted kennenzulernen?«

Kerry klammerte sich an das Taschentuch, das sie in den Händen hielt, und flüsterte: »Ja. Im Samford Shopping Center. Sie haben nach Zwillingen für das neue Albumcover gesucht. Ich habe dem Mann gesagt, dass wir keine Zwillinge sind, aber er meinte, sie würden auch Schwestern fotografieren und dass wir mitmachen sollten. Isabella war scharf darauf, also habe ich mitgemacht. Wir haben Mum davon erzählt.«

Camilla nickte.

»Wann war das?«

»Das ist schon ewig her. Anfang Mai. Mum?«

»Das war, als dein Dad und ich Granny besucht haben. Ich glaube, der zweite Samstag im Mai. Du hast dir einen Tag freigenommen«, sagte Camilla.

»Oh, ja. Ähm ... Das muss der zweite Samstag gewesen sein. Isabella und ich sind zusammen ins Shoppingcenter gegangen.«

»Wo hat dieser Wettbewerb stattgefunden?«

»Direkt hinter dem Haupteingang neben den Türen.«

»Hatte dieser Fotograf auch einen Namen?«

»Nick irgendwas. Er trug einen offiziellen Blasted-Ausweis um den Hals und meinte, er gehöre zum Werbeteam der Band.«

»Hatte dieser Nick einen Akzent?«

»Schottisch, glaube ich.«

»Kannst du ihn beschreiben?«

»Er hatte einen Bart und trug ein Blasted-T-Shirt und eine Baseballkappe.« Natalie wusste, dass es sich nicht um Eddie handeln konnte. Kerry kannte ihn und sie brachte diesen Mann nicht mit ihrem ehemaligen Arbeitgeber in Verbindung. Eddie war unschuldig.

»Was ist passiert, nachdem das Foto von euch gemacht worden war?«

»Ich habe ihm meine E-Mail-Adresse gegeben.«

»Hast du ihm auch eine Telefonnummer gegeben?«

»Zu dem Zeitpunkt noch nicht. Ich habe sie Tom gegeben, nachdem er uns kontaktiert und gesagt hat, dass wir in die engere Auswahl gekommen sind.«

»Wann war das?«

»Etwa vor einem Monat.«

»Wer ist dieser Tom?«

»Tom Perry. Er ist Juniormitglied des Werbeteams. Er hat uns gebeten, Angaben zu unseren Personen zu machen – Hobbys, Jobs, so was alles. Wir haben Mum und Dad davon erzählt.«

»Wir haben uns das angesehen, und es schien alles in Ordnung zu sein«, sagte Camilla.

»Hast du danach noch etwas von Tom gehört?«, fragte Natalie.

»Er hat angerufen, um zu sagen, dass wir nicht gewonnen haben. Mum und Dad waren etwas enttäuscht. Isabella war wirklich traurig. Sie hatte so viel Hoffnung, vor allem nachdem wir in die engere Auswahl gekommen waren.«

»Und danach? Hast du danach noch ein weiteres Mal von Tom oder einem anderen Teammitglied gehört?«

»Ja. Tom hat mir eine E-Mail geschickt, in der stand, wie leid es ihm tut, dass wir nicht gewonnen haben, und wir haben ein bisschen hin- und hergeschrieben. Er hat mir von dem Gratiskonzert erzählt.«

»Seid ihr deshalb zu dem Konzert gegangen, weil er dir davon erzählt hat?«

»Nein. Wir wussten schon vorher davon und Isabella hatte mich bereits gefragt, ob ich mit ihr hingehe, weil sie alleine nicht gedurft hätte. Ich schrieb Tom, dass wir hingehen, und er meinte, er wäre auch da. Er hat vorgeschlagen, dass wir uns in der Pause treffen, um einander einmal richtig kennenzulernen. Ich dachte, das wäre nett. Ich habe mich sehr gut mit ihm verstanden und es war eine Möglichkeit, ihn tatsächlich zu treffen.«

»Ist das der Grund, weshalb du während der Pause zum DrinkQuick-Zelt gegangen bist?«

Tränen traten in ihre Augen. »Ehrlich, ich war gar nicht lange weg. Ich habe nur kurz gewartet, aber er ist nicht aufgetaucht, also habe ich die Getränke gekauft und bin wieder gegangen. Ich dachte, er hätte mich vielleicht vergessen oder einfach zu viel zu tun gehabt.«

»Hattest du nach dem Konzert Kontakt zu ihm und hast herausgefunden, weshalb er dich nicht getroffen hat?«, fragte Natalie.

»Er hat mir am nächsten Tag geschrieben, um sich zu entschuldigen. Er musste in letzter Sekunde aufbrechen, um das Marketing für die Tour in Übersee zu organisieren, und sagte, er würde mich anrufen, sobald er zurück sei. Ich habe ihm erzählt, was mit Isabella geschehen ist, aber darauf hat er nicht mehr geantwortet.«

Natalie konnte beinahe spüren, wie sich die Puzzleteile zusammenfügten. Diese Person hatte die Mädchen überlistet, damit sie persönliche Informationen von sich preisgaben, die er dann für einen komplizierten Komplott verwendete, um sie umzubringen. Ein Komplott, der die Polizei verwirren würde. »Hast du Tom von deinem Job im Friseursalon erzählt?«

Kerry biss sich auf die Unterlippe und nickte. »Ja, ich habe alle meine Jobs in eine Tabelle eingetragen und er fragte mich, warum ich bei Eddie aufgehört hätte. Ich habe es ihm erzählt und er schien wirklich sauer darüber zu sein, wie Eddie mich behandelt hat. Er meinte, ich hätte ihn vor Gericht zerren und wegen ungerechtfertigter Entlassung verklagen sollen.«

Tom hatte das Mädchen für sich gewonnen, indem er sich auf ihre Seite geschlagen hatte. Kein Wunder, dass sie ihn gemocht hatte. Das würde auch erklären, wie der Mörder von Eddie erfahren hatte und die Polizei auf eine falsche Fährte hatte locken können, indem er sie glauben ließ, Eddie würde hinter diesen Morden stecken.

»Was hat Tom dir über sich selbst erzählt?«

»Er ist zwanzig – sein Geburtstag ist im September – und er wohnt in Manchester. Seine Mom ist gestorben, als er acht war, weshalb er und seine Schwester Astrid sich sehr nahestehen. Sie arbeitet im Moment bei McDonald's, will aber Schauspielerin werden. Sie teilt sich eine Wohnung mit zwei anderen Mädchen und einer Katze namens Archibald. Er studiert Musik an der Manchester University und arbeitet für ein paar bekannte Bands und ist auf vielen Festivals und Konzerten. Dieses Jahr hat er sich dem Werbeteam von Blasted angeschlossen, aber er steht nicht wirklich auf ihre Musik. Er mag mehr das, was ich auch gerne höre ...« Sie presste ihre Lippen aufeinander, bevor sie sagte: »Das waren alles Lügen, nicht wahr?«

Diese Naivität machte Natalie traurig. Das Mädchen war ganz offensichtlich von dieser Person hereingelegt worden. »Hast du Isabella davon erzählt, dass du Tom treffen wolltest?«

»Nein.«

»Warum hast du ihr gegenüber nichts erwähnt?«

»Ich wollte nicht, dass sie glaubt, ich würde sie nur benutzen, um ihn kennenzulernen.« Ihre Lippe zitterte, während sie sprach.

Natalie versuchte, sie von den Schuldgefühlen abzulenken, die offenbar immer stärker wurden. »Was hattest du mit Tom vereinbart?«

»Dass er am Eingang des Getränkezeltes warten und nach mir Ausschau halten würde.«

»Hat er sich für dich beschrieben?«

»Mhm. Eins achtzig groß, grüne Augen, braune Haare. Er hat gewitzelt, dass er ein bisschen wie Harry Styles mit längeren Haaren aussehen würde.«

»Erzähl mir ganz genau, was passiert ist, während du gewartet hast. Vielleicht hat dich jemand angesehen, von dem du dachtest, dass er es hätte sein können? Was auch immer dir einfällt.«

»Ich bin zum Zelt gegangen, aber habe niemanden gesehen, also habe ich mich in die Schlange gestellt, um Getränke zu kaufen. Er meinte, er würde schwarze Jeans und ein Blasted-T-Shirt tragen, auf dessen Rücken groß ›Crew‹ steht. Ich habe nach ihm Ausschau gehalten, während ich gewartet habe, und einmal dachte ich, ich hätte ihn gesehen, also bin ich aus der Reihe getreten und zu dem Kerl gegangen, aber er war es nicht. Ich hatte meinen Platz in der Schlange verloren und musste mich neu anstellen, um bedient zu werden.«

»Fergus Doherty hat dir die Getränke verkauft, nicht wahr?«

»Das stimmt. Ich wollte ihn fragen, ob er möglicherweise jemanden warten gesehen hat, aber habe einen Rückzieher gemacht. Fergus macht mir Angst und ich wollte nicht wie ein Loser dastehen, der versetzt wurde. Schließlich entschied ich, dass Tom nicht mehr auftauchen würde, und bin zurück zu Isabella gegangen, aber sie war verschwunden.«

Lucy, die bisher geschwiegen hatte, fragte: »Warum macht Fergus dir Angst?«

»Es ist die Art, wie er mich ansieht. Als wir noch zur Schule gegangen sind, stand er immer neben dem Tor und hat mich und meine Freundinnen angestarrt.«

»Hat er dich jemals gefragt, ob du mit ihm ausgehst?«

»Fergus? Nein!«

»Er wohnt ganz in der Nähe, nicht wahr?«

»Ja.«

»Siehst du ihn oft?«, fuhr Lucy fort.

»Hin und wieder, aber wir haben nie miteinander geredet.«

Jetzt übernahm Natalie wieder die Befragung. »Besteht die Möglichkeit, dass Isabella alleine mit Tom gesprochen hat?«

»Auf keinen Fall. Ich habe nur meine E-Mail-Adresse und meine Handynummer rausgegeben.«

»Hast du die E-Mails noch, die Tom dir geschickt hat?«

»Als wir die Nachricht bekommen haben, dass wir den

Wettbewerb nicht gewonnen haben, habe ich sie gelöscht, also habe ich nur noch ein paar aus der letzten Woche, als Tom mir fast jeden Tag geschrieben hat.«

»Wir werden dein Telefon mitnehmen und sie überprüfen müssen.«

»Das ist kein Problem.« Sie nickte zu dem Handy auf dem Tisch, und Natalie nahm es an sich.

»Hast du einen Computer?«, fragte Natalie.

»Nein. Ich benutze für alles mein Smartphone.« Das Mädchen zupfte an dem Papiertaschentuch in ihrer Hand, ihre Augen huschten von links nach rechts, während sie versuchte, dem, was sie gefragt wurde, einen Sinn abzugewinnen.

Natalie schenkte ihr ein schwaches Lächeln und sagte: »Ich weiß, dass das sehr schwer für dich ist, aber kannst du dich daran erinnern, dass sich irgendjemand seltsam verhalten hat? Vielleicht hat jemand dich und deine Schwester während des Konzerts angestarrt?«

»Nein. Niemand. Denken Sie, dass Tom Isabella umgebracht hat?« Die Augen des Mädchens wurden groß.

»Ich möchte zu diesem Zeitpunkt noch keine voreiligen Schlüsse ziehen.«

»Aber wenn er es war ... dann ist es wirklich meine Schuld.« Sie wandte sich an ihre Mutter.

»Sag das nicht. Nichts davon ist deine Schuld«, sagte Camilla. Doch es war nicht genug. Plötzlich beugte sich das Mädchen nach vorne und schlug ihre Hände über ihre Augen. Ihre Schultern zuckten, während sie weinte. Ihre Mutter legte einen Arm um sie und versuchte vergeblich, sie zu beruhigen.

Tanya warf Natalie einen Blick zu. Stumm verständigten sie sich, ehe Natalie sich erhob. »Wir werden jetzt gehen, aber kommen zurück, sobald wir etwas Neues wissen«, sagte sie zu Camilla, die ihr zunickte, während ihre Tochter leise in ihren Armen schluchzte.

———

Lucy war die Erste, die die Stille durchbrach, als sie mit flotten Schritten auf ihr Auto zugingen. Ihre Stimme klang dringlich. »Fergus Doherty war bei dem Konzert. Er könnte tatsächlich dieser Tom Perry sein. Er ist während der Pause für eine Weile verschwunden, um Wasser zu holen, das gar nicht benötigt wurde. Er wusste, dass Kerry im Zelt war und er kannte Isabella.«

»Ich verstehe, worauf Sie hinauswollen, aber die Zeit hätte nicht ausgereicht. Fergus war rechtzeitig wieder zurück im Zelt, um Kerry zu bedienen. Außerdem hat Kerry Toms Stimme nicht wiedererkannt, als er sie angerufen hat, aber sie kannte Fergus. Darüber hinaus widerspricht das der Theorie, dass es sich um denselben Mörder handelt, der schon 2014 in Manchester gemordet hat. Fergus war zu dieser Zeit nicht in Manchester, und selbst wenn, dann wäre er noch sehr jung gewesen.«

»Vielleicht hat er etwas von diesen Morden gehört oder er kannte Neil Hoskins und versucht, ihn nachzuahmen.«

»Das ist unwahrscheinlich, Lucy. Wirklich sehr unwahrscheinlich.«

»Wir sind gar nicht weit von seinem Haus entfernt. Wir können uns wenigstens mit ihm unterhalten, und sei es nur, um ihn ein für alle Mal aus unseren Ermittlungen auszuschließen.«

»Okay, aber zuerst will ich wissen, ob es tatsächlich einen Tom Perry gibt, der im Werbeteam von Blasted ist, und ich will, dass die Techniker informiert werden. Wir müssen Kerrys Handy so schnell wie möglich ins Labor bringen. Ich verstehe nicht viel davon, aber ich weiß, dass man viel über die IP-Adressen herausfinden kann. Vielleicht können sie feststellen, wo Toms Telefon war, als er Kerry angerufen hat.« Sie scrollte sich durch Kerrys E-Mails. Sie hatte die Wahrheit gesagt. In der Woche zuvor hatte Tom ihr jeden Tag geschrieben, und alle E-Mails waren zwischen vier und fünf Uhr versendet worden. Es war seltsam, dass er ihr nur zu dieser Tageszeit geschrieben hatte, aber es war dennoch ein guter Ausgangspunkt.

Natalie schickte die Korrespondenz ans Präsidium, wählte die Nummer ihres Büros und erklärte John, was sie herausgefunden hatten. »Ich habe die E-Mails weitergeleitet. Sobald Sie sie an die Technikabteilung weitergeschickt haben, möchte ich, dass Sie herausfinden, ob es im Samford Shopping Center Überwachungskameras gibt, und ob wir mehr über dieses Fotoshooting im Eingangsbereich herausfinden können. Wir wissen nur vom 12. Mai, aber finden Sie heraus, ob es noch andere Veranstaltungen gab. Ich werde Kerrys Telefon vorbeibringen, damit sie versuchen können, gelöschte E-Mails wiederherzustellen. Wie kommen Sie mit Goldie voran?«

»Goldie war am Samstagabend definitiv mit Glenn Powers zusammen. Sie ist eine verheiratete Frau mit einem Fetisch für öffentlichen Geschlechtsverkehr. Und sie will nicht, dass ihr Ehemann etwas von ihren außerehelichen Aktivitäten erfährt.«

»Gibt es Beweise? Textnachrichten oder irgendwas?«

»Nein, aber wenn wir später zu diesem Rastplatz fahren, würden wir bestimmt auf einige Zeugen treffen. Ich glaube jedoch nicht, dass das etwas bringt. Glenn war definitiv mit ihr zusammen. Sie haben das in den vergangenen Wochen häufiger getan.«

»Einverstanden. Fürs Erste sind wir mit Glenn fertig.«

»Okay. Ich werde die Techniker wissen lassen, dass sie bald mit Kerrys Telefon rechnen dürfen. Sind Sie sicher, dass Eddie nicht in die Morde verwickelt ist?«

»Kerry hätte ihn definitiv wiedererkannt, wenn er der Mann im Shoppingcenter gewesen wäre. Ich glaube, der Mörder hat versucht, Eddie geschickt in die Sache zu verwickeln, um uns von der richtigen Spur abzubringen.«

Sie wartete darauf, dass John ihr widersprach, doch das tat

er nicht. Stattdessen sagte er: »Dann mache ich mich sofort an die Arbeit.«

—————

Fergus Kinn zuckte. »Was gibt's?«

»Wir hätten noch ein paar Fragen an Sie, wenn es Ihnen nichts ausmacht«, sagte Natalie.

»Okay ...«

»Dürfen wir reinkommen?«

Er trat von einem Fuß auf den anderen, doch dann führte er sie hinein. Der Fernseher im Wohnzimmer lief, und davor war eine PS4 aufgebaut. Lucy betrachtete die Spiele, die neben dem Fernseher auf dem Boden verstreut lagen, und den Titeln nach zu urteilen waren es fast ausschließlich Kriegsspiele.

»Was haben Sie letzte Woche gemacht?«, fragte Natalie.

»Die ganze Woche?«

»Jeden Nachmittag, zwischen vier und fünf.«

Der überraschte Ausdruck auf seinem Gesicht legte sich schnell wieder. »Ähm. Ich weiß nicht genau. Montag war ich hier. Dienstag war ich unterwegs, bei einem Freund zu Hause. An Mittwoch erinnere ich mich nicht. Oh, doch. Ich musste mit Brent zum Großhandelsmarkt fahren. Donnerstag bin ich in die Stadt gefahren und Freitag habe ich Brent geholfen, die Zelte für ein Konzert aufzubauen.«

»Waren Sie an einem dieser Tage zwischen vier und fünf Uhr online?«

»Ich glaube nicht.«

Das würde nirgendwohin führen. Wenn Brent den Besuch im Großhandelsmarkt bestätigte, war es sehr unwahrscheinlich, dass Fergus in die Sache involviert war. Dennoch stellte sie ihm eine letzte wichtige Frage. »Haben Sie jemals den Namen Neil Hoskins gehört?«

Er sah sie ausdruckslos an. »Nein.«

Das reichte ihr. Hier standen sie vor einer Sackgasse. Sie dankte ihm für seine Zeit und marschierte aus dem Haus.

Lucy verzog das Gesicht. »Ich werde mich bei Brent vergewissern, dass Fergus uns die Wahrheit gesagt hat. Es war es wert, der Sache nachzugehen«, sagte sie.

Natalie stimmte ihr zu. Es war immer das Beste, allem nachzugehen. So war es unwahrscheinlicher, dass Fehler gemacht wurden.

ZWEIUNDDREISSIG

Leigh Ward lehnte sich an ihr Kissen und scrollte durch ihr Handy.

»Mir ist totlangweilig«, sagte ihre beste Freundin Zoe.

»Mir auch.«

»Sollen wir in die Stadt gehen?«

»Ich habe kein Geld.« Leigh zog eine Grimasse. Sie hatte gehofft, dass ihr Dad ihr etwas geben würde, aber er war in seinem Büro und arbeitete an einer Übersetzung, und als sie vorhin versucht hatte, mit ihm zu sprechen, hatte er schlechte Laune gehabt und ihr gesagt, dass er kein Geld übrig hätte. Das war nicht fair. Alle ihre Freunde bekamen mehr Taschengeld als sie.

»Ja, ich habe mein Taschengeld auch schon ausgegeben«, sagte Zoe, hielt ihr Telefon nach oben und zog einen Schmollmund für ihr Selfie. Sie zeigte Leigh das Ergebnis, die ihren Daumen nach oben hielt.

»Das solltest du auf jeden Fall bei Insta posten. Zieh mal das grüne Oberteil an.«

Zoe stöberte in Leighs Kleiderschrank. Sie hatte schon fast jedes Outfit und jede erdenkliche Pose ausprobiert. Sie hob den

Pullover an, aber legte ihn seufzend wieder zurück. »Lass uns irgendwohin gehen.«

»Und wohin?«

»Zum alten Sportplatz.« Auf diesem Freizeitgelände trafen sich viele der Teenager, wenn sie nichts zu tun hatten.

»Es ist noch viel zu früh. Da wird jetzt noch niemand sein.«

»Was schlägst du vor?«

»Keine Ahnung.« Sie schoss ein Foto von ihrer Freundin und fügte Hasenohren und eine Schleife hinzu.

Zoe setzte sich zu ihr aufs Bett und beobachtete Leigh dabei, dann schüttelte sie den Kopf. »Lösch das. Ich sehe scheußlich aus.«

»Nein, tust du nicht. Das sieht süß aus.«

»Lösch es trotzdem. Ich sehe aus, als wäre ich zehn.«

Leigh löschte das Bild und warf ihr Handy auf die Bettdecke.

Zoes Telefon klingelte. »Heilige Scheiße!«, sagte sie.

»Was ist los?«

»Tom hat mir geschrieben.«

Leigh hob ihren Blick. »Was sagt er?«

»Er entschuldigt sich noch einmal dafür, dass wir nicht für das Cover ausgesucht wurden. Er fand uns von allen am besten, auch wenn wir eigentlich keine Schwestern waren, aber er hat gute Neuigkeiten für uns.« Zoes Wangen erröteten, als sie weiterlas.

»Lies weiter. Was sagt er?«

»Das errätst du nie.«

»Was denn?«

Zoes Augen funkelten. »Er könnte uns vielleicht, nur vielleicht, auf die Gästeliste für eine geheime Party setzen, um Blasted zu treffen. Er will sich später melden, um mich wissen zu lassen, ob es funktioniert hat.«

»Du verarschst mich!«

»Nein, sieh selbst.« Sie hielt Leigh ihr Telefon entgegen.

Leigh las die E-Mail, dann sprang sie auf und warf sich ihrer Freundin in die Arme, drückte sie an sich. »Das ist mega!«

»Ich weiß.«

»Warte, bis ich Mum und Dad davon erzählt habe.«

Zoe schüttelte den Kopf. »Nein. Das geht nicht. Du hast die E-Mail gelesen. Es ist eine geheime Party. Du darfst niemandem davon erzählen. Nicht, bis wir auf der Liste stehen.«

»Okay, aber dann sage ich es ihnen.«

»Ja. Klar. So wie du ihnen von dem Wettbewerb für das Albumcover erzählt hast.«

Leigh zog eine Grimasse. »Na ja, ich wollte nicht, dass Mum ausflippt. Du weißt, wie sie ist. Sie hätte alles darüber wissen wollen und mir dann gesagt, dass ich nicht teilnehmen darf.«

Zoe grinste sie an. »Wir werden Callum Vincetti treffen. Das ist so verdammt cool.«

Leigh konnte ihr glückliches Lächeln nur erwidern und ihr zustimmen. Das war wirklich cool.

———

Sobald Natalie durch die Tür trat, brachte Ian sie auf den neusten Stand. »Blasted sind momentan auf Europatour und es ist unmöglich, jemanden zu erreichen, der mir Fragen über das Werbeteam beantworten kann.«

»Versuchen Sie es weiter«, erwiderte sie.

»Tom wird nicht sein echter Name sein«, murmelte John hinter seinem Schreibtisch.

»Nein, vermutlich nicht; aber wir müssen es trotzdem versuchen.« Natalie stellte ihre Tasche neben ihrem Schreibtisch auf den Boden und ließ sich in ihren Stuhl fallen. John schien wieder in einen pingeligen Modus verfallen zu sein. Der Mann konnte wirklich launisch sein. Sie erinnerte sich, dass er während der Ermittlungen zu den Blütenzwillingen genauso gewesen war, ständig hatte er den damals diensthabenden DI herausgefordert.

»Wie kommen Sie beim Samford Shopping Center voran?«

»Es gibt keine Aufnahmen von den Überwachungskameras, die so weit zurückreichen, und die Angestellten wussten nichts von einem Pop-up-Fotowettbewerb in der Nähe des Eingangs. Das Einzige, was wir jetzt noch tun können, ist die einzelnen Ladenbesitzer zu fragen, ob sie diesen Kerl gesehen haben, und das wird eine verdammte Ewigkeit dauern.«

»Woran arbeiten Sie gerade?«, fragte sie.

»Ich habe einen Kumpel, der sich gut mit Computern und dem ganzen technischen Quatsch auskennt. Ich versuche, herauszufinden, ob wir Tom ausfindig machen können, oder wie auch immer er heißt.«

»Ich dachte, das Technikteam würde sich darum kümmern.«

Er hob seinen Blick. »Es kann doch nicht schaden, einen Experten von außerhalb hinzuzuziehen, oder? Dieser Kerl ist ein verdammtes Genie – ein Technikfreak.«

Natalie erwiderte nichts. Sie mussten diese Person schnell ausfindig machen, wie auch immer sein richtiger Name sein mochte, und wenn John jemanden kannte, der ihnen dabei helfen konnte, dann würde sie diese Hilfe annehmen. Ein wenig ärgerte sie sich darüber, dass sie im Moment nicht mehr tun konnte. Dann stand sie wieder auf, ging zur Kaffeemaschine und dann nach oben auf die Dachterrasse, wo sie eine kurze Nachricht in ihr Handy tippte.

Es dauerte nur wenige Minuten, bis Mike erschien. »Ich habe deine Nachricht bekommen. Ist alles in Ordnung?«, fragte er.

»Ich wollte nur Hallo sagen und dein freundliches Gesicht sehen.« Sie reichte ihm einen Kaffee.

»Woher wusstest du, dass ich einen Kaffee gebrauchen könnte?«

»Wusste ich nicht. Ich stand vor der Maschine und habe zwei gezogen, damit es wenigstens so aussieht, als wärst du aus einem anderen Grund hier und nicht nur, um mich zu treffen.«

»Clever. Das gefällt mir. Wie geht es unserem Wunderknaben? Hilft er dem Superintendenten, einen Bösewicht in Gotham City zu schnappen?«

Trotz ihres Stresses musste sie lächeln. »Er bringt sich ein. Er hat einen Kumpel hinzugezogen, um die IP des Täters ausfindig zu machen.«

»Ich dachte, darum würden sich die Jungs in der Technikabteilung kümmern?«

»Das tun sie. Er wollte die Sache beschleunigen. Ein Teil von mir heißt seine Methode gut, aber ein anderer Teil fühlt sich unbehaglich. Es liegt nicht daran, dass er die Initiative ergreift – das heiße ich gut; es liegt daran, dass er gar nicht erst darauf gewartet hat, ob die Techniker ein Ergebnis abliefern können. Ich bin so verdammt spießig und finde, dass alles über die offiziellen Kanäle laufen sollte. Vielleicht sollte ich selbst hin und wieder etwas eigenbrötlerischer sein.«

»So kann ich mir dich nur schwer vorstellen.« Kleine Falten bildeten sich um seine Augen, als er sie aus zusammengekniffenen Lidern betrachtete. »Nein. Eigenbrötlerisch bist du nicht.«

»Dann ist es vielleicht gut, dass wir ihn im Team haben.«

»Eine Änderung der Haltung. Das ist interessant.«

»Er war ehrlich, was seine Beförderung und den Grund, weshalb er diesen Fall so schnell vorantreiben will, betrifft.«

Mike nippte an seinem Kaffee. »Er trägt also jetzt das Herz auf seiner Zunge? Ich vertraue ihm trotzdem noch nicht. Er ist ein Experte darin, sich einzuschleimen.«

»Ich vertraue ihm auch nicht, aber er gibt sich Mühe, Ergebnisse zu liefern.«

»Das ist gut. Aber ich wette, du vermisst Murray.«

»Murray macht unser Team irgendwie komplett. John passt nicht so gut dazu. Immer wenn er den Mund aufmacht, sehe ich, wie Lucy und Ian sich Blicke zuwerfen. Ich glaube, sie vermissen Murray sogar noch mehr als ich.« Sie hob den Becher an ihre Lippen.

»Das könnte sich ändern, wenn er deinem Team dauerhaft zugewiesen wird.

»Du willst mich verarschen, oder?«, sagte sie, nachdem sie sich fast verschluckt hätte.

Mike zuckte mit den Schultern. »Na ja, wenn er befördert wird natürlich nicht.«

»Woher weißt du das alles? Wir arbeiten im selben Gebäude und ich höre nie diesen Klatsch oder irgendwelche Gerüchte.«

»Das liegt daran, dass du nicht bei der Spurensicherung rumhängst, wo alle hinkommen, um sich über die neuesten Ereignisse und Entwicklungen auszutauschen. Mein Team weiß alles, was in diesem Gebäude vor sich geht.«

»Jetzt weiß ich, dass du nur Scherze machst.«

»Vielleicht. Es hat dich zum Lächeln gebracht, oder?«

Sie drückte ihren Pappbecher zusammen und warf ihn in Richtung des Mülleimers. Er landete genau in der Mitte, und Mike applaudierte. »Danke, jetzt fühle ich mich besser.«

»Dann ist meine Arbeit hier erledigt.«

»Nein, das ist sie nicht. Ich wollte dir sagen, dass ich bereit bin. Ich werde heute Abend oder spätestens morgen mit den Kindern reden. Ich halte es einfach nicht mehr länger aus. Ich schleiche mich wie eine Fremde durch das Haus und versuche, allen aus dem Weg zu gehen, weil ich sie nicht anlügen möchte. Es ist verrückt. Ich werde mir eine Wohnung hier in der Nähe mieten. Sobald ich es ihnen gesagt habe, werde ich ausziehen.«

Er betrachtete sie eingehend, dann sagte er: »Und du bist dir sicher, dass du für all das bereit bist? Das wird für eine

Weile sehr schwer werden. Ich spreche aus eigener Erfahrung, wenn ich dir sage, was für eine Hölle das wird – Streit, Beschimpfungen und sogar Hass. Bist du auf all das vorbereitet?«

»Das bin ich.«

»Dann wirst du dich dem nicht alleine stellen müssen«, sagte er. Er wollte sich gerade zu ihr beugen, als Schritte auf der Treppe zu hören waren und kurz darauf Lucy erschien.

»Natalie, Johns Freund konnte die IP-Adresse von Tom Perry zurückverfolgen – es ist die Bibliothek von Samford.«

»Sieht aus, als wäre er doch ein hilfreiches Teammitglied«, murmelte Mike. »Wir sehen uns später.«

»Das werden wir.« Sie eilte Lucy hinterher und fühlte sich optimistisch – nur nicht bezüglich ihrer privaten Umstände, obwohl sie sich angesichts dessen, was sie tun musste, weniger entmutigt fühlte, seit sie mit Mike gesprochen hatte. Wenn sie die korrekte IP-Adresse zurückverfolgt hatten, könnten es nur noch wenige Schritte sein, bis sie dem Mörder auf die Spur kamen.

Die Samford Bibliothek sah von außen aus wie ein gewöhnliches Bürogebäude aus Glas, das sich in einer Straße mit ähnlichen Gebäuden befand, aber sobald sie durch die Drehtür getreten war, fand Natalie sich in einer Welt wieder, die jenseits aller Bibliotheken lag, die sie je besucht hatte.

Der weitgehend weiße Innenraum, der von roten Farbtupfern unterbrochen wurde, war mit einem satten blaugrauen Teppichboden ausgelegt und so konzipiert, dass der Raum nicht nur zum Auswählen von Büchern, sondern auch zum Entspannen genutzt werden konnte. Das Erdgeschoss wurde von geschwungenen weißen Bücherregalen geteilt, die jeweils eine private Leseecke bildeten, welche mit runden, purpurfarbenen Sofas ausgestattet waren.

Es schien niemand da zu sein, also ging Lucy auf eine Tür zu, auf der »privat« stand, während Natalie bis zum Ende des Raumes schritt, in der Hoffnung, einem Mitarbeiter zu begegnen.

Natalie hatte die Bibliothek nicht mehr besucht, seit ihre Kinder viel jünger gewesen waren. Sie hatte nie Zeit, um zu lesen, es sei denn, sie war im Urlaub, doch den hatten sie schon lange nicht mehr gehabt. Der Teppich unter ihren Füßen war neu und federte ihre Schritte ab. An diesem Ort war nichts verstaubt oder alt. Als sie das Ende erreichte, war sie überrascht, eine Kaffeemaschine und Tassen in einer Regalnische vorzufinden. Davor standen mehrere rote Sessel, die auf eine Wand gerichtet waren, an der ein Flachbildfernseher hing – auf dem Bildschirm zuckten die Flammen eines Kaminfeuers. Der Gesamteindruck vermittelte Intimität und Gemütlichkeit.

Als Lucy sie rief, blickte sie zurück zum Eingang. Eine Frau in einer geblümten Bluse und einem Rock stand neben ihr, über ihrer Schulter hing eine große Tasche. Sie ließ ihre Autoschlüssel klappern.

»Tut mir leid, aber wir haben schon geschlossen. Ich war noch hinten. Ich dachte, Bradley hätte abgeschlossen.« Sie schaute sich auf der Suche nach dem Mann um. »Bradley Foster ist unser Wachmann.«

»Ein Wachmann in der Bibliothek!« Lucys Augenbrauen wanderten nach oben, während sie sprach.

»Sie wären überrascht, wenn Sie wüssten, was in einer Bibliothek alles vor sich geht, und diese hier hat kürzlich einen Haufen Geld investiert. Oben stehen hochwertige Computer, die die Leute benutzen können. Sie sind mit Sicherheitsetiketten versehen, die einen Alarm auslösen, wenn sie entfernt werden, aber wir brauchen Bradley trotzdem aus allen möglichen Gründen.« Ihr Kopf wanderte von links nach rechts, als sie nach dem Mann suchte. »Ich muss wirklich los. Er sollte hier irgendwo sein. Und er hätte eigentlich schon die Türen abschließen sollen.« Sie atmete erleichtert auf, als ein Mann in seinen späten Fünfzigern mit durchschnittlicher Körpergröße – aber selbstbewusst, mit rasiertem Kopf und einer kräftigen Gestalt, die sich unter seiner dunkelblauen Uniform abzeichnete – aus einer Tür trat, die mit der Aufschrift »Toiletten« gekennzeichnet war.

»Alles in Ordnung, Val?«, fragte er.

»Die Polizei ist da.« Die Frau spielte nervös mit ihrem Schlüssel.

Natalie stellte sich und Lucy vor und erklärte, weshalb sie gekommen waren. »Wir versuchen herauszufinden, wer in der Bibliothek war und die Computer zu bestimmten Zeiten genutzt haben könnte.«

»Ich bin mir nicht sicher, wie das Vorgehen in einem solchen Fall ist. Ich arbeite nur am Empfang. Vielleicht sollten sie mit meiner Chefin Debbie Yarlet sprechen.«

»Können wir uns die Computer ansehen?«

»Sie sind ausgeschaltet und erfordern einen bestimmten Code, damit man sich einloggen kann.«

»Können wir uns hier wenigstens umsehen?«

Die Frau sah auf ihre Uhr. »Ich würde Ihnen wirklich gerne helfen, aber ich muss meine Kinder von der Tagesmutter abholen.«

»Schon okay, Val. Ich kann mich darum kümmern«, sagte Bradley.

Sie warf ihm einen dankbaren Blick zu. »Bist du sicher?«

»Klar.«

Die Frau eilte davon und Bradley schlenderte zu den Türen, wo er einen Knopf drückte, um sie abzuschließen. »Wir wollen doch nicht, dass jemand hier unten herumschleicht, während wir oben sind«, sagte er.

Sie folgten ihm in den ersten Stock, der die Nachschlagewerke beherbergte. Es gab mehrere private Arbeitsplätze, die mit je zwei roten Designerstühlen und Steckdosen ausgestattet waren, an denen die Besucher ihre Handys oder Laptops anschließen konnten, während sie arbeiteten. Runde rote und graue Hocker standen herum, die wie riesige Trittsteine wirkten, und nach Belieben von den Besuchern herumgeschoben werden konnten, wenn sie einen ruhigen Ort zum Lesen suchten, und zwischen den Bücherregalen fanden sich größere Tische, an denen mehrere Leute Platz nehmen konnten.

Bradley führte sie an einem weiteren Regal vorbei zu einer Wand, vor der drei Computer standen. Er wies auf die Kabel, die in einer subtilen Vertäfelung verschwanden, und sagte: »Die gehören der Bibliothek. Sie sind alle mit einem Element ausgestattet, das einen lauten Alarm auslöst, wenn sie von der Wand getrennt werden – das ist das Gleiche, was man an einigen elektrischen Geräten in den Läden findet, damit sie nicht gestohlen werden. Wir haben hier zwar eine Überwachungskamera, aber für gewöhnlich bin ich am Nachmittag als Abschreckung hier, denn dann gibt es gelegentlich Probleme mit Schulkindern, die es allen anderen hier verderben wollen.«

Natalie musste an die Zwillinge denken, die angefangen hatten, sich mit bekannten Störenfrieden zu treffen. Sie griff in ihrer Tasche nach einem Ordner und zog ein Foto von Erin und Ivy Westmore heraus. »Waren diese Mädchen öfter hier?«

»Oh, die beiden kenne ich. Sie sind Zwillinge. Vor ein paar Wochen musste ich sie darauf hinweisen, mit dem Fluchen aufzuhören. Sie waren mit ein paar Jungs hier, die herumgelungert haben, dann fingen sie an, Bücher aus den Regalen zu ziehen und sie durch die Gegend zu werfen. Sie schienen das lustig zu finden. Nachdem ich mit ihnen gesprochen habe, sind sie abgehauen.«

»Können Sie diese Jungs beschreiben?«

»Beide waren eingebildet, hatten viel Selbstbewusstsein. Einer war etwa so groß wie Sie«, sagte er und deutete auf Natalie. »Er hatte dunkle Haare, die an den Seiten kurz und oben lockig waren. Der andere war kleiner, aber nicht weniger unhöflich.«

»Ich vermute nicht, dass Sie ihre Namen kennen?«

»Ich glaube, einer wurde von den Zwillingen einmal Harry genannt. Muss aber nicht sein richtiger Name gewesen sein.«

»Kennen Sie die Namen der Zwillinge?«

»Nein, aber die Angestellten vermutlich. Sie nehmen die ausgeliehenen Bücher zurück und geben neue heraus. Ich achte nur darauf, dass niemand Ärger macht, und helfe gelegentlich dabei, Möbel zu bewegen.«

Natalie steckte das Foto zurück und nahm das von Isabella heraus. »Kennen Sie dieses Mädchen?«

Er nickte. »Das ist Isabella. Sie wurde umgebracht, nicht wahr?«

»Ja, das wurde sie. Am Freitag.«

»Schrecklich. In was für einer grausamen Welt wir leben, oder? Sie war ein paarmal hier.« Bradley schien noch nicht zu wissen, dass die Zwillinge ebenfalls tot aufgefunden worden waren, und war überrascht, als Natalie ihm davon berichtete.

»Oh Mann! Ich hatte keine Ahnung. Das ist ja grauenvoll.«

»Ihre Namen wurden erst kürzlich veröffentlicht.«

»Ich lese keine Zeitung. Die ist immer voll von deprimierenden Nachrichten. Deshalb gefällt es mir hier. Wenn es ruhiger ist, habe ich Zeit, um die Bücher zu lesen.« Er seufzte, als er an die Zwillinge dachte.

Natalie wollte mehr über Isabella erfahren. Konnte es mehr als nur ein Zufall sein, dass alle Opfer regelmäßig in der Bibliothek gewesen waren? »Wie war Isabella so, wenn sie hier war?«

»Man soll nicht schlecht von den Toten sprechen, aber sie war auch ein vorlautes Fräulein.«

Das überraschte Natalie. »Sie war unhöflich?«

»Eher eingebildet als unhöflich. Sie und ihre Klassenkameraden haben sich meistens unten etwas zu trinken geholt, einen der größeren Tische eingenommen und sich laut unterhalten.

Für sie schien das hier eher ein Café als eine Bibliothek zu sein. Dieser Bereich ist für Recherchen und Arbeit am Rechner vorgesehen, und sie und ihre Freunde haben alle anderen Besucher genervt. Ich habe sie mehrfach gebeten, die Lautstärke zu drosseln, aber habe nur schnippische Antworten zu hören bekommen, und sie war keinen Deut besser als die anderen. Dann hat sie angefangen zu telefonieren, was aus offensichtlichen Gründen gegen die Regeln ist. Ich habe sie gebeten, ihr Telefon auszuschalten, und sie sagte mir, ich solle mich verziehen. Schließlich musste ich sie bitten zu gehen, aber dem hat sie sich verweigert und gesagt, dass ich sie nicht rauswerfen könnte, dass ich sie nicht anrühren dürfte, sonst würde sie mich wegen Belästigung anzeigen.«

»Und wie haben Sie darauf reagiert?«

»Ich habe Val geholt, die sie gerade kennengelernt haben, um mich zu begleiten und sicherzustellen, dass ich das Mädchen nicht belästige. Ich habe sie an ihrem Oberarm gepackt und sie aus dem Gebäude geleitet. Sie hat mich angeschrien, aber das halte ich aus. Manche dieser Teenager können ganz schön anstrengend werden.«

»Ist sie noch mal hergekommen?«

»Nicht nach diesem Vorfall. Wenn sie hergekommen wäre, hätte ich sie wieder rausgeschickt. Es ist trotzdem schrecklich, was ihr zugestoßen ist.«

»Sind diese Mädchen, über die wir bisher gesprochen haben, noch mit anderen Mitarbeitern aneinandergeraten?«

»In der Tat, ja. Sie haben Val das Leben hin und wieder schwer gemacht, und vor ein paar Wochen hatte Shaun Probleme mit den Zwillingen, als ich freihatte.«

»Shaun?«

»Shaun Castle. Er war der leitende Bibliothekar in Uptown, aber die stellen den Betrieb ein, deshalb kommt er hin und wieder her. In dieser Zweigstelle gibt es diese Position nicht. Die zuständigen Behörden haben viel Geld in die Renovierung investiert, aber das Personal wurde auf ein paar Teilzeitkräfte reduziert. Verrückt, nicht wahr? Wie auch immer, Shaun hatte vor ein paar Wochen Probleme mit diesen beiden Jungs, als ich nicht da war, und er hat sie rausgeworfen – sie und die Zwillinge.«

»Hat er gesagt, warum?«

»Einer der Jungs hatte ein obszönes Bild in die Arbeitsplatte von einem der Schreibtische geritzt. Er musste abgebaut und ersetzt werden – noch eine Verschwendung von Steuergeldern«, fügte er hinzu.

»Sie sagten, dass sie immer nachmittags hier sind; erinnern Sie sich womöglich daran, wer an bestimmten Tagen an diesen Computern gesessen hat?«

»Tut mir leid, ich bin meistens unten und sehe nicht, was hier oben vor sich geht.«

»Können die Leute ihre eigenen Laptops herbringen?«, fragte Natalie.

»Oh, natürlich. Sie können sich in das Wi-Fi der Bibliothek einloggen, aber müssen einen Zeitslot buchen, um ihre eigenen Geräte nutzen zu können, also gibt es genaue Aufzeichnungen darüber, wer das getan hat. Ich selbst habe keinen Zugriff darauf, aber ich könnte organisieren, dass Ihnen diese Informationen morgen zugeschickt werden.«

»Das wäre sehr hilfreich.« Sie schaute sich um, um herauszufinden, wo sich die Überwachungskameras befanden, und entdeckte eine, die auf die Computer gerichtet war. Unten hatte sie nur eine weitere Kamera gesehen, die den Eingang überblickte. Sie forderte das Bildmaterial trotzdem an, damit sie überprüfen konnten, ob zu den Zeiten, in denen Tom online gewesen war, jemand Verdächtiges in der Bibliothek gewesen war.

Sie und Lucy bedankten sich bei Bradley und machten sich auf den Weg Richtung Ausgang. Er entriegelte die Tür, wünschte ihnen einen schönen Abend und verschwand wieder im Inneren. Natalie schaute durch das Fenster, ignorierte das große Plakat, auf dem für eine bevorstehende Signierstunde eines Autors geworben wurde, und beobachtete, wie er sich entfernte. Er hob ein Handy an sein Ohr und verschwand hinter einer Tür, auf der stand: »Zutritt nur für Personal.«

Hinter ihr ertönte Lucys Stimme. »Drei Opfer, und alle von ihnen hatten Probleme wegen unverschämten Verhaltens in der Bibliothek, was zufällig genau der Ort ist, an dem Tom sich eingeloggt hat. Ich weiß, was ich darüber denke.«

»Geht mir genauso. Würden Sie diesen Security-Kerl für mich überprüfen? Ich werde mich um den leitenden Bibliothekar kümmern, Shaun Castle. Irgendetwas stinkt hier ganz gewaltig.«

DREIUNDDREISSIG

MITTWOCH, 15. AUGUST – ABEND

Natalie fand Ian immer noch vollkommen fixiert auf seinen Computerbildschirm vor, wo er sich durch Bilder von Gesichtern klickte, die während des Blasted Konzerts beim Sunmore Hall aufgenommen worden waren. Er hatte das Bild einer jungen Frau mit bunten Haaren isoliert, ihre Arme waren ausgestreckt und lagen auf den Schultern von zwei älteren Jungen, während sie alle in der Nähe des Steinbogens standen.

»Ich konnte eine Frau identifizieren, die sich am Abend des Konzerts möglicherweise in der Nähe von Kerry und Isabella aufgehalten hat«, sagte Ian.

»Wen hast du gefunden?«

»Laut ihrem Instagram-Account heißt sie Merry Darcey. Ich konnte eine neunzehnjährige Merry Darcey in Tapleworth ausfindig machen und bezweifle, dass es in der Gegend sehr viele junge Frauen mit dem gleichen Namen gibt.«

»Großartig. Wollen Sie das weiterverfolgen?«, fragte sie.

»Ich wollte es mit Ihnen abklären, bevor ich das tue.«

»Nur zu.«

Lucy meldete sich zu Wort. »Ich brauche immer noch die Bestätigung von Brent, dem Eigentümer von DrinkQuick, dass

Fergus letzten Mittwoch mit ihm zum Großhändler gefahren ist.«

»Okay. John, sind Sie beschäftigt?«

»Das ist nichts, was nicht warten könnte.«

»Finden Sie so viel wie möglich über Bradley Foster heraus. Er arbeitet im Moment in der Bibliothek von Samford als Wachmann.«

»Kein Problem.« Er loggte sich in die Datenbank der Polizei ein und machte sich auf die Suche.

Natalie ließ sich an ihrem Arbeitsplatz nieder und begann mit ihrer eigenen Recherche. Shaun Castle, ein zweiundvierzig Jahre alter Bibliothekar, hatte keine Vorstrafen und war laut dem Nationalregister verheiratet und hatte zwei Töchter, zehn und drei Jahre alt. Auf der Website der örtlichen Behörde fand sie ein Foto des Mannes. Mit seinem hellbraunen, dünnen Haar und dem langen, blassen Gesicht wirkte er wie ein ernster, harmloser Mann. Allerdings war sie sich nur zu bewusst, dass der Schein trügen könnte und sie ihn befragen musste.

Ian beendete sein Telefonat und unterbrach ihre Gedanken mit der Neuigkeit, dass Merry nicht an ihr Telefon gegangen war, das ausgeschaltet zu sein schien. Daraufhin hatte er ihre Eltern angerufen, die sagten, dass es nicht ungewöhnlich für sie sei, weil sie Tänzerin wäre und momentan bei einer Musical-Produktion mitwirkte, die nicht vor halb elf endete.

»Ich habe ihr eine Nachricht hinterlassen, dass sie uns kontaktieren soll, ich könnte aber auch nach Tapleworth rüberfahren und nach der Vorstellung mir ihr reden.«

»Nein, das kann bis morgen warten«, sagte Natalie, die wusste, dass Ian eine gute Stunde von Tapleworth entfernt wohnte, und selbst wenn das Mädchen etwas beobachtet hätte, könnte er mit diesen Informationen nicht vor dem nächsten Tag weiterarbeiten. Ihr Team musste frisch und ausgeruht sein, nicht ausgelaugt und anfällig für Fehler.

John schaltete sich ein. »Zu Bradley Foster konnte ich

nichts finden. Er ist ein ehemaliger Soldat der Army, verheiratet und dreifacher Großvater. Er hat eine Medaille für seinen langjährigen Dienst bekommen und wurde mit der Good Conduct Medal ausgezeichnet. Außerdem hat er für seinen Einsatz in der Obdachlosenhilfe den Bürgerpreis verliehen bekommen.«

Natalie grunzte. An der Oberfläche war der Mann blitzsauber. »Gehen Sie der Sache trotzdem weiter nach.«

Lucy legte den Hörer ihres Telefons ab und schüttelte den Kopf. »Brent hat Fergus' Aussage bestätigt. Wir können ihn von unserer Liste potenzieller Verdächtiger streichen.«

Natalie lehnte sich in ihrem Stuhl zurück und scrollte sich durch den Rest des Artikels über Shaun Castle, während sie sprach. »Ich würde vorschlagen, dass Sie nach Hause gehen. Es war ein langer Tag und wir müssen immer noch –« Sie hielt inne, ihre Augen waren auf die Worte auf ihrem Bildschirm geheftet. »Sieh an, sieh an. Shaun Castle, der leitende Bibliothekar, hat diese Position erst seit 2015. Davor war er in einer Bibliothek in Manchester angestellt.«

John ließ seine Jacke zurück auf seinen Stuhl fallen und beugte sich über ihre Schulter, um den Artikel zu lesen. »Diese Bibliothek ist ganz in der Nähe des Wohnhauses von Avril und Faye Moore. Ich erinnere mich an diese Region – Livingwell.«

Natalie war wieder hellwach, ihre Gedanken rasten. Livingwell war die Region, in der alle der damaligen Opfer gewohnt hatten. »Jetzt können wir nicht mehr viel machen, aber morgen Früh überprüfen wir als Erstes den Hauptcomputer der Bibliothek, um herauszufinden, ob die Zeiten, in denen Tom online war, mit den Arbeitszeiten von Shaun in der Bibliothek übereinstimmen.«

»Wenn er unser Täter ist, bezweifle ich, dass er die Computer der Bibliothek genutzt hat, um seinen Opfern zu schreiben«, fügte Lucy hastig hinzu.

»Genau mein Gedanke. Wenn er etwas damit zu tun hat, dann hat er wahrscheinlich sein eigenes Gerät genutzt und sich über die IP-Adresse der Bibliothek eingeloggt. Aber eins nach dem anderen, zuerst müssen wir herausfinden, zu welchen Zeiten er in der Bibliothek war und ob er die Möglichkeit dazu hatte, dieses Fotoshooting im Shoppingcenter zu organisieren. Lucy, stellen Sie sicher, dass John alle nötigen Daten und Uhrzeiten bekommt, bezüglich derer wir annehmen, dass diese Person dort online war, bevor Sie gehen.«

Sie las sich den Rest des Artikels durch und klickte sich auf der Suche nach weiteren Informationen durch ein paar Seiten, aber sie konnte nichts finden. Er hatte kein einziges Profil in den sozialen Medien. Vage nahm sie ein paar »Gute-Nacht«-Rufe wahr, aber ihre Konzentration lag bei Shaun Castle, dem leitenden Bibliothekar. War er ihr Mörder?

»Ich rufe an, sobald ich die Infos zusammen habe«, sagte John. »Das klingt vielversprechend.«

»Wir dürfen uns noch nicht zu sehr freuen, bis wir uns nicht sicher sind«, sagte sie, wobei sie sich bewusst war, wie schrecklich vorsichtig sie klang. »Allerdings ist das die beste Spur, die wir bisher haben.«

Er verließ den Raum mit schnellen, entschlossenen Schritten, und sie verstand seinen Eifer. Auch sie arbeitete hart, wenngleich ihr Enthusiasmus immer mit der Notwendigkeit einherging, sich zu vergewissern, dass sie die Vorschriften einhielt und alle richtigen Schritte unternahm. Wenn sie diesen Fall knackten, würde John wahrscheinlich die Beförderung bekommen, die er sich so sehr wünschte, und das könnte ihn zum Besseren verändern. Sie sammelte ihre Habseligkeiten zusammen, doch zögerte, bevor sie das Büro verließ. Würde sie heute Abend mit ihren Kindern sprechen oder es auf morgen verschieben, wenn sie der Antwort auf die Frage, wer Isabella, Erin und Ivy getötet hatte, möglicherweise schon näher gekommen waren und sie klarer denken konnte? Sie traf eine Entscheidung. Sie würde es morgen tun. Heute Abend würde sie das Drama nicht aushalten. Sie schloss die Bürotür und wollte sich auf den Weg machen, als Dan Tasker auf sie zukam.

»Wie ich hörte, machen Sie Fortschritte«, sagte er.

Sie spürte, wie sich ihre Gesichtszüge verhärteten. Schon wieder hatte John Briggs Informationen weitergegeben. Alle großzügigen Gedanken ihm gegenüber lösten sich in Luft auf.

»Wir haben eine Spur, Sir.«

»Ich verstehe – ein Bibliothekar. Sie schicken John los, um das zu überprüfen.«

Ihr Kiefer zuckte vor Anspannung, aber sie erwiderte: »Das ist korrekt. Wir müssen sicherstellen, dass diese Person sich zu der Zeit in dem Gebäude aufgehalten hat, als unser Täter online war, und wenn das der Fall ist, werden wir seine elektronischen Geräte beschlagnahmen und sie überprüfen.«

»Haben Sie einen Durchsuchungsbefehl?«

»Ich werde einen veranlassen, sollte es nötig sein, Sir.«

»In Ordnung. Gute Arbeit, DI Ward. Gute Nacht.« Damit verschwand er wieder, ging mit zügigen Schritten durch den Flur, und Natalie fiel auf, wie John diesem Mann nacheiferte – die abgehackten Sätze, die Art, wie er den Leuten direkt in die Augen starrte, wenn er sie befragte, und der Gang mit dem selbstbewussten Schwung eines Mannes, der es zu etwas bringen wollte.

Ein Augenblick der Klarheit überkam sie. John Briggs bemühte sich nicht um eine Beförderung – sie war ihm bereits versprochen worden.

Zurück zu Hause traf sie David in der Küche an, der sich gerade ein Glas Wein einschenkte.

»Bevor du etwas sagst, das ist mein erstes«, sagte er.

»Das wollte ich gar nicht. Würdest du mir auch eins eingießen?«

Er tat es, ohne etwas zu erwidern. Sie war zu müde, um sich zu streiten, nahm auf einem der Küchenstühle Platz, griff nach dem Glas und nahm einen Schluck. Der Wein war kühl und fruchtig und genau das, was sie nach den letzten paar Tagen brauchte.

»Hi, Mum.« Leigh stand in der Tür.

»Hey.«

Leigh ging auf den Kühlschrank zu, kramte darin herum und zog einen Joghurt heraus. Sie betrachtete ihn mit gerunzelter Stirn. »Haben wir keinen mehr mit Erdbeere?«

»Nicht, wenn die magische Einkaufsfee nicht unterwegs war, während ich gearbeitet habe«, antwortete Natalie und erntete ein schiefes Grinsen.

»Die Einkaufsfee musste selbst arbeiten«, ertönte eine Antwort von der Spüle.

»Eine Übersetzung?«, fragte sie.

Er nickte, aber blieb stehen, eine Hand steckte in der Tasche seiner Jogginghose, die andere war um den Stiel des Glases gewickelt.

»Mum, Dad, kann ich morgen zu Zoe gehen?«

»Ich wüsste nicht, warum nicht. Was habt ihr vor?«

»Chillen.«

»Das habt ihr heute schon hier gemacht«, sagte David.

»Und morgen will ich zu ihr nach Hause gehen. Hier gibt es für uns nichts zu tun.«

»Und was ist so anders an Zoes Haus?«, fragte David.

»Zunächst einmal wohnt sie näher an den Läden und zum anderen hat sie keinen Bruder, der ihr auf die Nerven geht.« Sie zog den Deckel des Joghurts ab und schob sich einen kleinen Löffel davon in den Mund. »Es sind Ferien und wir machen überhaupt nichts Lustiges.«

Das Mädchen hatte nicht Unrecht. Sie hatte eine schöne Zeit bei ihrem Großvater und dessen Freundin verbracht, und jetzt war sie zu Hause und musste Däumchen drehen. »Wir könnten bald für ein paar Tage wegfahren«, bot Natalie ihr an.

Leigh aß halbherzig ihren Joghurt. Sie schien noch nicht überzeugt zu sein. David blieb still, als erwartete er, dass Natalie Leigh jeden Augenblick erzählen würde, dass ihre Mutter bald aus dem Haus ausziehen würde. Aber das war nicht der richtige Moment, um damit herauszuplatzen.

»Aber das werden wir nicht. Du wirst noch ewig an diesem Fall hängen und dann sind die Ferien vorbei.« Sie starrte ihre Mutter an, auf ihrem Gesicht lag keine Feindseligkeit, aber Natalie musste zugeben, dass das möglich war. Selbst wenn sie einen Durchbruch bei der Ermittlung hätten, könnte es noch eine ganze Weile dauern, bis sie den Täter vor Gericht bringen konnten, und so wie die Dinge bei der Arbeit liefen, mit Johns immer wahrscheinlicher werdenden Beförderung, fing sie an sich Sorgen zu machen, dass sie ihre eigene Position verlor. Es war offensichtlich, dass Dan John favorisierte, und ihrer Erfahrung nach wurden die, bei denen das nicht der Fall war, weitergereicht.

»Nein, wir unternehmen etwas – vielleicht ein Wochenende in Blackpool.«

Das schien zu wirken. »Also kann ich morgen zu Zoe gehen? Dad ist beschäftigt und Josh spielt den ganzen Tag Videospiele oder hängt mit seinen Kumpels rum.«

»Ja, du kannst sie besuchen«, sagte David.

Natalie nickte zustimmend.

Leighs Gesicht hellte sich auf. »Ich werde ihr schreiben.« Sie stellte den halb aufgegessenen Joghurt auf die Arbeitsplatte und lief davon.

»Hey, was ist damit? Du hast ihn nicht aufgegessen«, rief David ihr nach.

»Ich mag Kirsche nicht. Ich mag nur die mit Erdbeere«, rief sie zurück.

David rollte mit den Augen.

»Sie hätte ihn auch stehen gelassen, wenn er mit Erdbeere

gewesen wäre. Sie wollte uns nur dazu bringen, ihr zu erlauben, morgen ihre Freundin zu besuchen.«

»Denkst du, das wüsste ich nicht?«, sagte er gereizt.

»Ich meine ja nur.«

»Man muss kein Detective sein, um das zu verstehen.« Er kippte seinen Wein herunter und sagte: »Also, hast du dich schon entschieden, wann du uns verlässt? Du schleichst durch dieses Haus und gehst uns allen aus dem Weg, also musst du es kaum erwarten können.«

»Dieses Wochenende.« So, die Entscheidung war getroffen.

»Sag mir, Natalie, würdest du mich auch verlassen, wenn es Mike nicht geben würde?« Er betrachtete den Inhalt seines Glases, als hätte er Angst vor der Antwort.

Sie gab sie ihm trotzdem. Es hatte keinen Zweck, seine Gefühle zu schonen. Sie mussten damit abschließen und weiterleben, und der einzige Weg, um das tun zu können, war brutale Ehrlichkeit. »Ja, das würde ich.«

»Wegen der Glücksspiele?«

»Nein, David, weil du mich angelogen hast, und auch nachdem du mir versprochen hast, mich nie wieder anzulügen, hast du es trotzdem wieder getan. Es geht hier um Vertrauen, und ich kann dir nicht mehr vertrauen.«

»Aber du liebst mich noch?« Seine Augen füllten sich mit Tränen und es brach ihr das Herz, ihn leiden zu sehen.

»Ich sorge mich um dich.«

»Wer weicht jetzt der Frage aus?«

»Ich will ganz ehrlich sein. Liebe ist keine Einheitsgröße. Es gibt verschiedene Ebenen von Zuneigung und Liebe. Wir waren jahrelang zusammen und diese lange Zeit und der emotionale Zusammenhalt verschwinden nicht einfach über Nacht. Ich sorge mich sehr um dich und will nur das Beste für dich. Du bist ein großartiger Vater und du warst über die Jahre ein guter Ehemann. Aber die Zeiten und Umstände verändern sich, und ich habe mich genauso sehr verändert wie du. Es ist an der Zeit, weiterzuziehen. Du bist verletzt wegen Mike, aber ich habe mich nicht hinter deinem Rücken mit ihm getroffen, während das hier vor sich geht. Ich habe dir versprochen, dass ich mich auf niemanden einlassen würde, solang wir noch nicht mit den Kindern darüber gesprochen haben, und daran habe ich mich auch gehalten.«

»Erwartest du, dass ich dir das glaube?«

Sie widerstand dem Drang, ihm an die Kehle zu gehen, und versuchte ruhig und offen zu bleiben. Das Mindeste, was er tun konnte, war, das ebenfalls zu versuchen, doch gleichzeitig verstand sie, wie verletzt er war. Sie musste auf seine Gefühle Rücksicht nehmen. »Ja.«

»Du hast unsere Ehe kaputt gemacht, nicht ich«, fauchte er plötzlich, sein Gesicht lief rot an. »Du und Mike. Ich habe euch im Auto gesehen, in der Nacht, als ihr Josh nach Hause gebracht habt. Du hintergehst mich schon viel länger, als du zugeben willst. Du legst so viel Wert auf Ehrlichkeit und bist meinen Fehlern gegenüber so kritisch, dabei bist du selbst nur eine Heuchlerin. Gib es zu: Du und Mike habt schon viel länger was miteinander, als du gesagt hast.«

Sie konnte nicht lügen. Sie wurde herausgefordert und sie musste die Wahrheit sagen; ob sie ihm gefiel oder nicht, war nicht mehr ihr Problem. »Okay. Er und ich hatten einen One-Night-Stand, als ich das erste Mal von deiner Spielsucht erfahren habe und du all unsere Ersparnisse verzockt hast. Es war nur ein Mal und wir haben es nie wiederholt. Ich war wütend und verletzt und dachte zu der Zeit, dass ich dich verlassen würde. Ich habe es sofort bereut und Mike gesagt, dass ich das nie wieder tun könnte.« Jetzt war es raus.

David sah sie mit traurigen Augen an. »Ich wusste es. Ich hatte keine Chance.«

Doch er löste nicht das Mitleid in ihr aus, auf das er es offensichtlich abgesehen hatte. Sein armseliger Gesichtsausdruck bestärkte sie nur in ihrer Entscheidung. »Du hattest einen Haufen Chancen. Mehr Chancen, als du verdammt noch mal verdient hast. Ich habe dich über Wasser gehalten, David. Während der ganzen Zeit, in der du Hilfe für deine Sucht brauchtest, habe ich mich abgekämpft, um diese Familie zusammenzuhalten. Ich wollte den alten David zurück. Ich konnte nicht mehr tun, als dir zu helfen und dich zu unterstützen, aber gerade als ich dachte, dass du endlich wieder auf dem richtigen Weg bist, hast du wieder angefangen zu zocken. Du hattest mehr als genug Chancen, David, und du hast jede einzelne von ihnen mit Füßen getreten.« Sie stand auf, nahm ihr Glas in die Hand und ging ins Wohnzimmer. Sie mochte nur noch ein paar Tage hier sein, aber sie würde nicht wieder anfangen, sich schuldig zu fühlen.

Sie nahm ihr Handy zur Hand und prüfte ihr Bankkonto. Es war nicht genug Geld darauf, um für die Kaution und die Kosten für das Haus aufzukommen. Dank Davids Schwäche würden ihre Kinder nicht ohne sie auskommen. Sie rechnete ein wenig herum und ging auf die Website eines Kleinkreditunternehmens, aber die Zinsraten waren schockierend hoch. Sie würde einen Termin bei ihrer Bank machen müssen, um einen ordentlichen Kredit aufzunehmen, ohne diese lächerlichen Rückzahlungsraten. Das war der Weg nach vorne. Ob es mit Mike klappte oder nicht, ihre Kinder würden immer an erster Stelle stehen, und sie war niemandem außer sich selbst verpflichtet.

VIERUNDDREISSIG

DAMALS

Er hält den Atem an und starrt auf die Inkubatoren. Die Zwillinge liegen Seite an Seite, zappeln unter ihren Decken und ihre Gesichter sind von medizinischen Gerätschaften verdeckt, sodass nur ihre winzigen Fäuste zu sehen sind. Seine Mädchen. Jennifer hatte nicht so viel Glück gehabt, aber dank der Fähigkeiten des Chirurgen hatten seine kleinen Kämpferinnen es geschafft.

Ein Hauch von blumigem Parfüm. Pearl ist an seiner Seite.

»Kann ich sie berühren?«, fragt er.

»Noch nicht.« Als sie den enttäuschten Ausdruck auf seinem Gesicht sieht, fügt sie hinzu: »Aber bald.«

Er wird seinen Job an den Nagel hängen. Das wird auch Zeit. Er gefällt ihm ohnehin nicht mehr und er müsste eine Anstellung finden, die es ihm erlaubt, mehr Zeit zu Hause zu verbringen; immerhin brauchen seine Mädchen ihn. Er wird Betreuung und Unterstützung bekommen, aber er will so viel Zeit wie möglich mit ihnen verbringen.

Pearl schenkt ihm einen warmen Blick. Da ist ein Funke. Sie beide wissen es. Dann sieht er wieder auf die Mädchen.

»Sie sind so klein«, sagt er und kann die Träne nicht zurück-

halten, die sich bei dem Wunder, das vor ihnen liegt, ihren Weg über seine Wange bahnt.

»Aber stark«, sagt Pearl. »Wie ihr Vater.«

Er erlaubt sich ein kleines Lächeln. Er ist stark. Viel stärker als Jennifer es ihm je zugestanden hat. Sie dachte, sie hätte alle Trümpfe in Händen gehalten, aber sie hatte sich geirrt, denn sieh einer an, wer von ihnen beiden noch übrig war – er.

»Haben Sie keine andere, eigene Familie?«, fragt Pearl. Es erscheint ihr seltsam, dass er immer alleine ist. Abgesehen von Jennifers Eltern und ihrer Schwester ist niemand hergekommen, und auch die können ihm nicht mehr in die Augen sehen. War er wirklich ein so schlechter Ehemann? Oder ist es die Schuld, die sie spüren, weil sie Jennifer dazu überredet haben, ihn zu verlassen?

Er schüttelt den Kopf. Seine Mutter war eine Heroinsüchtige, die eine Überdosis genommen hatte, während er in der Schule war. Vor seinen Augen blitzt eine Erinnerung auf, die er nicht wegblinzeln kann ...

Er ist sechs Jahre alt und wartet auf der Mauer des Spielplatzes, weiße Socken umschließen seine Knöchel, er strampelt mit den Beinen und scharrt mit den Sohlen seiner Schuhe, ohne sich darum zu kümmern, dass er Ärger bekommen wird, weil er sie ruiniert hat. Seine Mutter ist spät dran – noch später als sonst. Er hält ein Bild in der Hand, das er für sie gemalt hat – ein Bild von ihnen in einem Haus, über ihnen strahlt eine große Sonne und draußen steht ein rotes Auto. Es ist ihr Traumhaus, das, in welches sie eines Tages einziehen werden, wenn sie genug Geld gespart hat, um die Wohnung verlassen zu können, die sie sich mit einer anderen Mutter und ihrem Baby, das die ganze Zeit schreit, teilen. Sie wird dieses Bild lieben und sie wird ihn umarmen und es in ihrem Schlafzimmer aufhängen. Er betrachtet es und ist stolz, wie sorgfältig er den blauen Himmel ausgemalt hat – das ist ihre Lieblingsfarbe –, und auch auf die Bäume und Blumen, die er hinzugefügt hat und die sie in ihrem Garten haben werden.

Die meisten Kinder sind schon gegangen, eine laute, schnatternde Menge, deren Lärm langsam leiser wurde, als sie sich die Straße hinunter- und von der Schule wegbewegten. Nur wenige sind zurückgeblieben, die noch abgeholt werden müssen. Die anderen, die noch warten, kennt er nicht. Sie sind älter als er und stehen in Paaren oder kleinen Gruppen zusammen und unterhalten sich. Seine Klassenkameraden sind alle schon weg, also sitzt er alleine da, mit dem Bild in seiner Hand und dem Rucksack über seinen Schultern. Die Zeit vergeht. Vereinzelt eilen Eltern herbei, lächeln und entschuldigen sich, als sie ihre Kinder an die Hand nehmen und mit ihnen zu den geparkten Autos schlendern. Er beobachtet, wie sie sich entfernen, als würde er einen Film schauen, und fühlt sich irgendwie losgelöst, als wäre er kein Teil dieser Welt mehr. Miss Hastings hat Aufsicht und sieht zu ihm herüber. Sie ist seine Klassenlehrerin und weiß nur zu gut, dass sich seine Mutter oft verspätet. Nachdem sie dem letzten anderen Kind zum Abschied zuwinkt, geht sie über den kleinen Pausenhof und legt eine Hand auf seine Schulter.

»Komm mit rein. Wir werden dort auf sie warten.« Sie führt ihn zurück in den Klassenraum und bietet ihm einen Keks aus ihrer Schublade an, dann geht sie in den Flur und unterhält sich leise mit der Schulleiterin.

Er betrachtet den Keks, er ist rund und mit Zucker und dunklen Punkten gespickt. Er kratzt einen mit seinem Fingernagel ab und leckt daran. Es ist eine saftige Rosine. Er beißt in den Keks und genießt, wie der Zucker sich auf seiner Zunge auflöst. Normalerweise bekommt er nur die einfachen Kekse, also ist das hier etwas Besonderes. Er isst ihn restlos auf und schaut aus dem Fenster über den Hof bis hin zum Tor, aber seine Mutter ist nicht in Sicht. Dann studiert er wieder sein Bild und fährt das Lächeln auf dem Gesicht seiner Mutter mit dem Finger *nach. Sie wird sich so sehr darüber freuen. Er zieht einen Stift aus seiner Tasche und fügt der Szene einen großen braunen Hund hinzu. Er hätte gerne einen Hund, mit dem er spielen könnte. Wenn sie umziehen, würden sie einen Hund bekommen. Er ist so in sein Kunstwerk vertieft, dass er nicht hört, wie die Tür sich öffnet. Er blickt auf und erwartet, das Gesicht seiner Mutter vor sich zu sehen, doch stattdessen stehen eine Polizistin und eine Frau, die ein ernstes Gesicht, aber freundliche Augen hat, in der Tür. Miss Hastings weint und plötzlich versteht er ... Seine Mutter wird nicht kommen – nie wieder.*

»Nein. Ich habe keine Familie mehr«, sagt er zu Pearl. »Nur noch die Mädchen.«

Sie nimmt seine Hand und drückt sie sanft. Ihre Haut ist seidig weich. Schließlich umfasst er die ihre. Sie passt perfekt in seine Hand. Die Dinge würden besser werden. Die Zukunft ist heller. Er hat jetzt eine Familie. Eine Familie, die er wirklich seine eigene nennen kann.

FÜNFUNDDREISSIG

DONNERSTAG, 16. AUGUST – MORGEN

Natalie schluckte die Paracetamol und kippte den restlichen Inhalt der Wasserflasche herunter. Kein Essen und zu wenig Schlaf in Kombination mit zwei weiteren Gläsern Wein forderten ihren Tribut. Ihr Kopf fühlte sich benebelt an, aber sie war immer noch fest entschlossen. Sie aß das Brot, das sie zuvor in den Toaster gesteckt hatte, obwohl sie sich am liebsten übergeben hätte, und trank ihren Tee. Im Haus war es wieder still, und das fühlte sich komisch an. Morgens herrschte immer ein reges Treiben, wenn Josh auf der Treppe saß und durch sein Handy scrollte und David nach Leigh rief, damit sie sich beeilte. Sie war an so viel Ruhe nicht gewöhnt. Sie trottete in den Flur, um ihre Autoschlüssel zu holen, und entdeckte Josh auf der Treppe. Er trug seinen Pyjama und rieb sich den Schlaf aus den Augen.

»Guten Morgen. Was hast du denn vor?«

»Ich habe heute ein Vorstellungsgespräch – für die Küchencrew bei McDonald's. Es geht nur ums Abwaschen und so, aber es bringt Geld und ich könnte fünfunddreißig Stunden pro Woche arbeiten.«

Ihr fiel überrascht die Kinnlade herunter. Bisher hatte Josh sich geweigert, in den Ferien einen Job anzunehmen, obwohl seine Eltern ihn schon öfter versucht hatten zu überreden. »Das ist ja großartig.«

»Sollte ich für das Vorstellungsgespräch einen Anzug anziehen?«

»Vielleicht keinen Anzug, aber eine schicke Hose und ein Hemd«, sagte sie.

»Danke.«

»Weiß Dad darüber Bescheid?«

»Nein. Ich habe es erst spät gestern Abend erfahren. Ich werde es ihm später erzählen.«

»Wie kommst du zu dem Vorstellungsgespräch? Soll ich dich fahren?«

»Nee. Ich nehme den Bus.«

Sie grinste. »Wo ist Josh?«

Er sah verwirrt aus. »Was meinst du?«

»Komm schon. Du bist ein Alien, nicht wahr? Gib es zu. Du hast dich hier runtergebeamt und von Joshs Körper Besitzt ergriffen.« Sie wusste, dass es ein lahmer Scherz war, aber er brachte ihn trotzdem zum Lächeln.

»Nicht witzig, Mum. Ich will etwas Geld verdienen. Alle meine Freunde gehen ständig aus – ins Kino, skaten, was auch immer – und ich habe nie genug Geld, um mich ihnen anzuschließen.«

Ihre Miene veränderte sich. »Tut mir leid.«

»Das ist nicht deine Schuld. Manche Familien sind ärmer als andere.«

Sie trat nach vorne und zog ihn in eine Umarmung, wobei sie spürte, wie sich sein Körper leicht anspannte.

»Mu-um! Das ist nur ein blöder Job in einer Küche.«

»Ich bin stolz auf dich.«

»Noch habe ich ihn nicht bekommen.«

»Ich weiß, aber ich bin trotzdem stolz auf dich, weil du dich so verantwortungsvoll verhältst.«

»Ja. Okay.«

»Zieh deine schwarze Schulhose an und ein Hemd und putz deine Schuhe. Geh nicht in Sportschuhen zu dem Vorstellungsgespräch und vergiss nicht, deinen Lebenslauf mitzunehmen und … schreib mir sofort, wenn du den Job bekommen hast.«

Ein Lächeln legte sich über sein Gesicht. »Klar.«

Sie eilte mit neuem Mut aus dem Haus. Ihr Sohn wurde so schnell erwachsen und nachdem sie einen Funken des Mannes gesehen hatte, der er einmal werden würde, war sie sich sicher, dass es ihm gut ergehen würde.

——————

Er hatte definitiv zu viel Koks geschnupft. Er hatte auf Wolke sieben geschwebt, direkt neben seiner geliebten, verstorbenen Mutter. Er hatte ihrer imaginären Gestalt zugewunken und gerufen: »Huhu, Mummy. Ich bin hier oben bei dir«, dann hatte er seinen Kopf an den Sessel gelehnt und sich in dem nackten Zimmer umgesehen, bis sein Verstand wieder klarer geworden war.

Er hatte den Pappaufsteller des Leadsängers Callum Vincetti weggeschafft, den er auf einer Blasted-Fanseite gekauft hatte. Das Wohnzimmer sah vollkommen normal aus: ein Fernseher, Bücherregale, ein ausgeblichenes Sofa, ein bisschen Deko und Bilder, die er bei einem Garagenflohmarkt erstanden hatte. Nichts davon ließ vermuten, wer er wirklich war oder was er getan hatte.

Er war verdammt noch mal unbesiegbar!

Er hob die Zeitung hoch, die er nach seiner morgendlichen Laufrunde aufgesammelt hatte. Die Schlagzeile darauf lautete: »Kindermörder immer noch auf freiem Fuß.« Das war er, er war auf freiem Fuß. Er glückste und ließ die Zeitung auf den Boden fallen, griff nach seinem Handtrainer und drückte ihn mehrere

Male zusammen. Seine Hände waren mächtig. Es waren große, unscheinbare Hände, die das Leben aus einem Teenager drücken konnten. Er starrte sie an. Auch als er verheiratet gewesen war, hatte er keinen Ehering getragen. Was bedeutete schon ein Band aus Gold oder Platin? Es stärkte auf jeden Fall weder eine Ehe noch eine Beziehung.

Seine Gedanken wanderten zu Pearl und Mikayla zurück. Zunächst hatte er das Mädchen so sehr geliebt. Sie hatte ihn schnell angenommen und war ihm sogar entgegengelaufen, wenn er von der Arbeit nach Hause gekommen war, hatte ihre Arme um seine Taille geworfen und ihn »Daddy« genannt. Er hätte alles für sie getan. Sie war so ein süßes Ding gewesen und noch weit davon entfernt, der mürrische Teenager zu werden, in den sie sich plötzlich verwandelt hatte, mit ihrem schmutzigen Mundwerk und der schlechten Laune. Sein Griff wurde noch fester. Mikayla, Isabella, Erin und Ivy. Sie alle waren wie die meisten Mädchen heutzutage – so unhöflich, so arrogant, so vulgär. Seine Töchter wären niemals so geworden. Rose und Lily hätten in einer anderen Liga gespielt. Gedanken an seine Töchter gingen ihm durch den Kopf, und er ließ es zu. Seine Mädchen wären perfekt gewesen.

Die durch das Kokain ausgelöste Euphorie ebbte ab, er war fokussiert und zuversichtlich.

Genug von diesem Unsinn. Er musste sich konzentrieren. Morgen stand ihm ein großer Tag bevor. Seine Opfer waren vorbereitet und konnten es kaum erwarten, ihn zu treffen. Er rieb vergnügt seine Hände aneinander. Morgen würde ein guter Tag werden.

———

Ian hatte eine Nachricht auf Natalies Schreibtisch hinterlassen, in der stand, dass Merry Darcey unten in Raum 1C war. Sie gesellte sich zu ihnen, um das Ende des Gesprächs mitzubekommen.

»Ich erinnere mich an sie«, sagte Merry, während sie das Foto von Isabella betrachtete. »Sie saß während der Pause auf dem Gras.«

»Haben Sie mit ihr gesprochen?«

»Nein. Sie saß auf einem Pullover und einer von der Security ging zu ihr und redete mit ihr. Sie sprang auf und eilte ihm nach. Das ist mir nur aufgefallen, weil sie so glücklich aussah.«

»Ein Wachmann der Security hat mit ihr gesprochen?«

»Mhm. Davon sind da viele rumgelaufen, sie trugen alle das gleiche schwarze Tour-T-Shirt und hatten diese Stecker im Ohr wie Bodyguards und Ausweise, die sie um die Hälse trugen. Ich weiß nicht, was er zu ihr gesagt hat, aber es können keine schlechten Nachrichten gewesen sein, nicht so, wie sie gestrahlt hat. Sie hat sich nur noch den Pullover geschnappt, auf dem sie saß, und ist verschwunden.«

»Können Sie diesen Wachmann beschreiben?«

»Ich habe ihn nur für den Bruchteil einer Sekunde gesehen.«

»Versuchen Sie es. War er groß?«

»Ich erinnere mich nicht.«

»Welche Haarfarbe hatte er?«

»Die Haare waren dunkel. Braun oder schwarz, glaube ich. Auf jeden Fall hatte er einen Bart.«

Ian zog ein Foto aus dem Ordner vor sich und legte es vor Merry auf den Tisch. »Haben Sie diesen Mann gesehen?«

»Der sieht ihm ein bisschen ähnlich, aber ganz sicher bin ich mir nicht.«

»Haben Sie gesehen, wohin er gegangen ist?«

»Nein, tut mir leid.«

»Haben Sie gesehen, wohin Isabella gegangen ist?«

»Nein. Sie ist in der Menge verschwunden, danach habe

ich sie nicht mehr gesehen. Ich wusste gar nicht, dass sie vermisst wurde.«

»Haben Sie gesehen, wie ihre Schwester nach ihr gesucht hat?«

»Tut mir leid. Nein.«

Natalie sah sich das Bild an. Es war ein Foto von Eddie Ford, dem Friseur, obwohl sie wusste, dass Eddie nicht hinter den Morden steckte. Irgendwie hatte der Mörder es geschafft, Eddie ähnlich zu sehen und Isabella davon zu überzeugen, ihm zu folgen. Ihr Handy klingelte, und als sie Johns Namen sah, entschuldigte sie sich, um den Anruf entgegenzunehmen.

»Es besteht kein Zweifel daran, dass Shaun zu allen betreffenden Daten und Uhrzeiten in der Bibliothek war. Die Mitarbeiter der Samford Bibliothek sagen, dass er sich den Großteil des Nachmittags in sein Büro zurückzieht und sie keine Ahnung haben, was er da drin macht. Er hat sich einen Tag freigenommen, also würde ich gerne direkt zu ihm nach Hause fahren, um mich kurz umzusehen und ihn für die Befragung ins Präsidium zu bringen.«

»In Ordnung. Ich werde dafür sorgen, dass Sie einen Durchsuchungsbefehl bekommen.« Sie gab sich Mühe, nicht genervt zu klingen. Dan mochte am Vorabend schroff zu ihr gewesen sein, und John würde höchstwahrscheinlich befördert werden und könnte ihr Team übernehmen, aber sie würde professionell bleiben. Sie könnte nicht zur Verantwortung gezogen werden, wenn sie keine Fehler machte, und sie würde darum kämpfen, ihre Position zu behalten. Ihre Erfolgsbilanz sprach für sich. »Lucy wird bei Shaun zu Ihnen stoßen.« Sie beendete das Telefonat und eilte nach oben, um alles zu organisieren. Shaun Castle, der Mann mit dem ernsten Gesicht. Hatte er all diese Mädchen auf dem Gewissen?

————

Nachdem sie Lucy mit dem Durchsuchungsbeschluss losgeschickt hatte, gesellte Natalie sich noch einmal zu Ian und Merry in den Befragungsraum. Merry hatte Ian alles gesagt, woran sie sich erinnerte, und hatte ihm die Namen ihrer Freunde genannt, die ebenfalls bei dem Gratiskonzert gewesen waren. Sie wollte gerade aufbrechen, und ein Officer wartete bereits, um sie zurück zum Empfang zu begleiten.

»Vielen Dank, dass Sie hergekommen sind«, sagte Ian und hielt ihr die Tür auf.

»Kein Problem. Ich hoffe, Sie finden diesen Mann.«

Natalie wartete, bis sich die Tür wieder geschlossen hatte, bevor sie ihm berichtete, was sie über Shaun Castle erfahren hatte.

»Bedeutet das, dass wir diesen Tom endlich aufgespürt haben?«, fragte Ian.

»Da können wir noch nicht sicher sein. Je mehr Beweise wir gegen diese Person in der Hand haben, desto besser stehen unsere Chancen, ihn zu überführen. Oh, und den Wachmann der Samford Bibliothek können wir fallen lassen, Bradley Foster. Er hat für beide Nächte ein Alibi.«

»Dann werde ich mich mit Merrys Freunden unterhalten und sehen, ob einer von ihnen etwas Ungewöhnliches bei dem Konzert beobachtet hat?«

»Ja. Wir brauchen so viel wie möglich, was wir dieser Person vorwerfen können, und zwar schnell. Ich will nicht, dass noch mehr Mädchen verschwinden.« Ihre Unterhaltung wurde von dem Summen ihres Handys unterbrochen, das eine Textnachricht von ihrem Sohn anzeigte. Sie war nicht lang.

Habe den Job bekommen.
Fange morgen an.
X

Das zauberte ein Lächeln auf ihre Lippen. Wenigstens

eines ihrer Kinder würde sich während der Sommerferien nicht mehr langweilen, und er würde etwas Geld verdienen, von dem er sich die Dinge kaufen konnte, die er brauchte. Damit war nur noch Leigh über, bei der sie nicht weiterwusste. Sie schrieb ihm zurück.

Glückwunsch. Das ist super.
Ich bin so stolz auf dich. X

Dann machte sie sich wieder an die Arbeit. Irgendwann heute müsste sie ihre Bank kontaktieren und nach einem Kredit fragen. Sie musste ihr Leben ordnen und die Kaution für die Wohnung zusammenbekommen. Aber jetzt galt ihre Aufmerksamkeit der Aufgabe, den richtigen Mann zu finden. Sie fügte sämtliche Informationen zusammen, die sie über Shaun Castle finden konnte. Wenn sie eine Verbindung zwischen ihm und Neil Hoskins herstellen konnten, hätten sie einen Grund mehr, ihn verhaften zu lassen.

SECHSUNDDREISSIG

DONNERSTAG, 16. AUGUST – SPÄTER MORGEN

»Ich habe keine Ahnung, wo er ist«, sagte Shaun Castles Ehefrau zum dritten Mal. Sie stand neben der Spüle und hielt ein Handtuch in den Händen. In der Küche herrschte ein heilloses Durcheinander aus Müslipackungen und Milchflaschen, die auf der Arbeitsplatte verteilt standen, schmutzigen Frühstücksschalen, die sich immer noch auf dem Tisch befanden, und einem Kleinkind mit laufender Nase, das mit einem Löffel in der Hand in einem Stuhl saß und Lucy anstarrte. Ein Spaniel raste durch den Raum, jagte einem Ball nach, der unter dem Herd stecken blieb, und presste seine Schnauze dagegen, um ihn erreichen zu können. Dann scharrte er mit seinen Pfoten auf den Fliesen, bis Kim Castle ihn zur Seite schob, sich hinkniete und nach dem Ball tastete, während sie sich weiter mit Lucy unterhielt.

»Er stand in letzter Zeit sehr unter Druck, weil die Bibliothek in Uptown schließt und sein Job auf dem Prüfstand steht. Und ich arbeite nicht, nicht, solang sie noch zu Hause ist«, sagte Kim und nickte zu dem Kind, das aufgehört hatte, sie anzustarren und sich das Schokoladenmüsli in den Mund schob.

Lucy sah sich um. Es war das, was sie als freundliches

Chaos bezeichnen würde, mit Kinderbildern, die wahllos an Wandabschnitte geklebt worden waren, die nicht durch Geräte oder Schränke belegt waren. Am Kühlschrank hafteten Plastikbuchstaben, die das Wort »Daisy« ergaben.

»Ist das dein Name? Daisy?«, fragte Lucy das Kind.

Das Mädchen nickte bestimmt, nahm einen Schokoring mit den pummeligen Fingern und schob ihn sich in den Mund.

»Hier, Schätzchen, lass uns deine Nase putzen«, sagte Kim und zog ein Tuch aus der Schachtel auf der Arbeitsplatte. Sie näherte sich ihrer Tochter mit geübten Bewegungen und half dem Kind gekonnt, seine Nase zu putzen.

»Mrs Castle, war Shaun letzten Freitagabend hier?«

»Nein, er musste zu einem Meeting – ein letzter Versuch, die Bibliothek zu retten.«

»Um wie viel Uhr ist er aufgebrochen?«

»Um halb sieben.«

»Und wann war er wieder zu Hause?«

»Nach ein Uhr. Ich habe auf ihn gewartet, um zu hören, wie es gelaufen ist.«

»Das war ein ziemlich langes Meeting.«

»Ja, es hat lächerlich lange gedauert. Darüber hat Shaun sich auch beschwert. Er meinte, die Ratsmitglieder hätten es ihnen absichtlich schwer gemacht und die Diskussion immer wieder unterbrochen, um die Vorschläge im Privaten zu besprechen. Shaun hat sich zwischendurch gemeldet, damit ich mir keine Sorgen mache, weil er noch nicht zu Hause war.«

»Wo war dieses Meeting?«

»In der Bibliothek von Samford.«

»Und wie erschien er Ihnen, als er nach Hause kam?«

»Aufgewühlt. Er war nicht sehr hoffnungsvoll.«

»Waren Sie am Samstagabend beide hier?«

»Shaun war hier. Ich bin um acht Uhr ausgegangen. Es war mein Mädelsabend. Wir gehen einmal im Monat weg, jeden Monat an denselben Ort – in die Weinbar in Uptown. Wir essen etwas und trinken ein paar Gläser zusammen. Shaun hat auf die Kinder aufgepasst.«

»Haben Sie mit ihm telefoniert, während Sie unterwegs waren?«

»Nein.«

»Wann waren Sie wieder zu Hause?«

»Gegen eins. Ganz genau weiß ich es nicht.«

Dann schaltete John sich ein. »Wir haben einen Durchsuchungsbeschluss, um den Computer Ihres Mannes zu überprüfen.«

»Warum sollten Sie das tun wollen?«

»Wo bewahrt er ihn auf?«, fragte John barsch.

»Im Gästezimmer. Das benutzt er als Homeoffice.«

»Oben?«

»Ja, aber warum tun Sie das? Was hat er getan?« Das Flehen der Frau war vergeblich. John marschierte davon und sie blickte zu Lucy.

»Wir müssen ihn im Rahmen unserer Ermittlungen überprüfen. Er könnte mit drei kürzlichen Mordopfern Kontakt gehabt haben.«

»Shaun? Unmöglich! Das ergibt doch keinen Sinn.«

»Die Opfer waren alle junge Mädchen, die die Bibliothek in Samford genutzt haben, und Shaun ist mit zwei von ihnen aneinandergeraten – mit den Zwillingen Erin und Ivy Westmore. Wir suchen nach jemandem, der sich an bestimmten Tagen über die IP-Adresse der Bibliothek eingeloggt hat – und Ihr Mann hat zu diesen Zeiten in der Zweigestelle in Samford gearbeitet«, erklärte sie.

Daisy aß ihr Müsli weiter, ein Stück nach dem anderen.

Kim rieb sich über die Stirn, ihre Augenbrauen zogen sich zusammen, als sie versuchte, diese Informationen zu verarbeiten. »Er hat mir von Teenagern erzählt, die ihn beleidigt haben. Dieses Verhalten ist unnötig. Immerhin ist das eine Bibliothek. Das hat ihn sehr aufgebracht.«

»War er wütend über das, was an diesem Tag vorgefallen ist?«

»Vielmehr traurig. Er ist eher altmodisch und hasst es, zu fluchen.«

»Wissen Sie zufällig, was Ihr Mann am zweiten Samstag im Mai gemacht hat? Das war der zwölfte.«

»Sie machen Witze, oder? Ich erinnere mich kaum noch daran, was wir letztes Wochenende getan haben, und schon gar nicht, wenn es so lange zurückliegt.«

»Arbeitet er an Samstagen?«

»Nein.«

»Also verbringen Sie die Samstage zusammen?«

»Meistens. Manchmal fährt er in eine der Bibliotheken, um ein paar Stunden aufzuarbeiten. Warum fragen Sie mich das alles?«

»Wir möchten nur ein paar Details klären. Nutzen Sie das Samford Shopping Center?« Das Shoppingcenter war nicht weit von der Bibliothek entfernt.

»Nur hin und wieder.«

John trat zurück in die Küche. »Oben ist kein Laptop.«

»Hier unten ist er auch nicht«, sagte sie.

»Wo könnte er sein?«

»Ich weiß es nicht. Er ist rausgegangen, um den Kopf freizubekommen. Ich bin mir sicher, dass er ihn nicht bei sich hatte, es sei denn, er lag schon vorher in seinem Auto. Sind Sie sicher, dass er nicht oben ist?«

»Da ist nichts. Würden Sie bitte noch einmal versuchen, ihn anzurufen?«, fragte John. Kurz nach ihrer Ankunft hatte sie es schon einmal versucht, aber Shaun hatte nicht geantwortet.

Sie kam seiner Bitte nach, aber als sie ihr Telefon hochhielt, konnten sie hören, dass sie sofort an die Mailbox weitergeleitet wurde.

»Erzählen Sie uns, wie er sich in letzter Zeit verhalten hat.

Sie sagten, er hätte wegen seines Jobs sehr unter Stress gestanden«, sagte Lucy.

»In den vergangenen Jahren gab es in dem Sektor so viele Personalkürzungen, und sie haben eine Bibliothek nach der anderen geschlossen. Shaun hat sein ganzes Leben in diesem Bereich gearbeitet, und obwohl er wusste, dass sein Job gefährdet war, mussten wir weiter abwarten. Heute Morgen kam der offizielle Brief, in dem stand, dass es kein neues Stellenangebot für ihn geben würde.«

»Ich habe gehört, dass die Bibliothek in Uptown ihre Türen schon vor einem Monat geschlossen hat?«, sagte Lucy.

»Das ist richtig, aber Shaun hat dort immer noch gearbeitet, die Bücher katalogisiert und sie an andere Bibliotheken verschickt. Ein paar Tage in der Woche ist er in die Bibliothek in Samford gefahren, und auch nach Trove. Dort gab es keinen leitenden Bibliothekar.« Trove war einmal die blühende Töpferindustrie in der Gegend, aber mit deren Untergang gingen ein hohes Maß an Arbeitslosigkeit und Kriminalität einher.

John schaltete sich ein. »Sie haben mal in Manchester gewohnt, nicht wahr?«

»Ja.«

»Und Shaun war in Livingwell ebenfalls leitender Bibliothekar?«

»Ja.«

»Warum sind Sie umgezogen?«

»Ihm wurde angeboten, die Bibliothek in Uptown zu leiten. Er hat sie sich angesehen und sie gefiel ihm, also hat er den Job angenommen.«

»Gehe ich richtig in der Annahme, dass Sie Ihr Leben in Manchester aufgegeben haben, um nach Uptown zu ziehen?«

»Ja.«

»Haben Sie Familie dort zurückgelassen?«, fragte John schnell, ohne ihr zwischen den Fragen eine Pause zu gönnen.

»Meine Eltern leben dort. Shauns Familie wohnt in Wales.«

»Besuchen Sie Ihre Familie noch hin und wieder?«

»Natürlich. Warum?«

»Sagt Ihnen der Name Neil Hoskins etwas?«

»Nein.«

»Denken Sie gut nach. Neil Hoskins.«

»Nein.«

»Klingelt beim Fall der Blütenzwillinge irgendwas?«, fragte er.

Ihre Augenbrauen wölbten sich überrascht. »Oh, er. Der Mann, der ... die Mädchen in Manchester«, sagte sie leise, dann nickte sie zu ihrem Kind, um ihnen mitzuteilen, dass sie die genauen Details zu diesem Fall nicht vor ihrer Tochter besprechen wollte.

John nahm ihre Geste wahr, doch fuhr trotzdem fort: »Ja. Kannten Sie Neil Hoskins?«

»Nein. Natürlich nicht.«

»Hat Shaun ihn jemals erwähnt?«

»Er kannte ihn auch nicht.«

»Hat er ihn erwähnt?«, wiederholte er.

»Nur beiläufig, wenn der Fall in den Nachrichten diskutiert wurde. Was wollen Sie hier andeuten? Sind Sie verrückt?« Ihr Gesicht wurde rot. »Wenn Sie hergekommen sind, um irgendwelche lächerlichen Anschuldigungen zu machen, dann können Sie sofort wieder gehen. Das werde ich nicht dulden.«

»Nein, wir beschuldigen ihn definitiv nicht. Shaun könnte uns helfen, ein bisschen Licht ins Dunkel zu bringen«, sagte Lucy schnell, bevor John die Frau mit seiner barschen Art noch mehr verärgern würde.

»Kommt es nicht gelegen, dass er nicht hier ist und sein Telefon ausgeschaltet ist?«

»Wollen Sie andeuten, dass er Ihnen vorsätzlich aus dem Weg geht?«

»Das haben Sie gesagt, nicht ich.« John starrte sie hart an, aber sie wandte ihren Blick nicht ab. »Wir haben einen Durchsuchungsbefehl für dieses Haus, also werde ich weiter nach seinem Laptop suchen«, sagte er und verließ das Zimmer, ohne auf eine Antwort zu warten.

Kim sah zu Daisy, die die Erwachsenen ignorierte und in ihrem Müsli einen Smiley formte. »Er war in letzter Zeit so abgelenkt, er könnte einfach vergessen haben, sein Handy aufzuladen, bei all dem Druck. Das alles hat ihn sehr aufgewühlt. Er hasst, was in der Welt vor sich geht – und er macht das Internet für den Zerfall der Gesellschaft verantwortlich. Ich spreche nicht nur von der Tatsache, dass weniger Leute die Bibliotheken nutzen, sondern auch von der Einstellung der jüngeren Generation. Diese Kinder vor ein paar Wochen haben ihn wirklich verärgert und das hat ihn aufgeregt. Für einen erwachsenen Mann ist er sehr sensibel. Das Internet ist hier ein echtes Ärgernis. Shaun beschränkt die Zeit, die unsere älteste Tochter Cara online gehen darf, und weigert sich schlicht und einfach, ihr ein Smartphone zu kaufen.«

»Wie alt ist Cara?«

»Zehn. Er findet sie zu jung dafür, aber alle ihre Freunde haben schon eins. Im Moment ist sie bei einer Freundin.«

»Ich vermute, das hat zu einigen Auseinandersetzungen geführt.«

»Gelegentlich gibt es Meinungsverschiedenheiten, aber Shaun ist sehr sanftmütig und benennt seine Gründe, warum es keine gute Idee ist. Er ist nicht so einer.«

»So einer?«

»Ich meine, er streitet sich nicht. Wenn ihn etwas verärgert, dann nimmt er es sich zu Herzen und es nagt an ihm und das ist es, was ihn so niedergeschlagen macht.«

Daisy hatte ihr Müsligesicht vollendet und kletterte von ihrem Stuhl. Sie ging zu ihrer Mutter und stellte sich beschützend vor sie. Diese Geste berührte Lucy – das Kind passte auf seine Mutter auf. In etwa einem Monat würden sie und Bethany auch Eltern sein. Knöllchen würde zweifellos ein genauso süßes Kind werden wie Daisy. »Ich mag den lauten Mann nicht«, sagte Daisy leise.

Lucy lächelte sie beide an. »Man gewöhnt sich an ihn. Also, Daisy, was hast du heute noch so vor?«

»Wir gehen in den Park.«

Eine Welle der Wärme durchflutete Lucy, als ihr bewusst wurde, dass sie schon bald mit ihrem eigenen Kind in den Park gehen konnte. Daisy erinnerte sie an das, was im Leben für sie am wertvollsten war – Bethany und Knöllchen.

»Und was magst du dort am liebsten?«

»Die Rutsche.«

»Das ist eine sehr gute Wahl.«

Das Kind bewegte sich nicht, ihre Mutter legte eine Hand auf ihren Kopf und streichelte sie sanft.

»Es wird alles wieder gut werden, oder?«, fragte Kim.

Lucy schenkte Daisy ein letztes Lächeln, bevor sie zurück in ihre professionelle Rolle fand. »Es würde uns wirklich helfen, wenn wir mit Shaun reden könnten. Haben Sie irgendeine Idee, wo er sein könnte?«

»Er könnte in der Bibliothek sein. Diese Woche muss er seine Schlüssel abgeben und seinen Schreibtisch räumen, also ist er vielleicht dorthin gefahren. Das ist ein wirklich besonderer Ort für ihn. Uptown war sein Herzensprojekt und es ist so eine entzückende, altmodische Bibliothek – genau nach Shauns Geschmack. Er hat es geliebt, dort zu arbeiten. Er sagte immer, es sei wie eine Zeitreise zurück in eine bessere, schönere Ära. Ihm wurde versprochen, dass er die Bibliothek genau nach seinen Vorstellungen leiten könnte, und er hat so viel Zeit und Energie investiert, um für sie zu werben, hat dort Veranstaltungen ausgetragen und versucht, sie bekannt zu machen. Und genau das macht es noch schwerer. Wenn er in Livingwell geblieben wäre, hätte er seinen Job wahrscheinlich behalten können.«

»Ich nehme an, dass er in den Augen der Behörden nicht so erfolgreich war, wie sie es sich erhofft hatten?«

»Er war sehr erfolgreich, weshalb wir nicht verstehen können, warum die Behörden plötzlich entschieden haben, die Bibliothek ohne irgendeine Vorwarnung zu schließen. Shaun glaubt, dass es daran liegt, dass sie für die Renovierung in Samford zu viel Geld ausgegeben haben, und dass sie die Bibliothek in Uptown verkaufen müssen, um für die Schulden aufzukommen. Sie hätten ihn darüber informieren sollen, aber sie haben ihn im Dunkeln gelassen, und es gibt nichts, was er dagegen unternehmen kann.«

»Und ihm wurde keine Position in Samford oder Trove angeboten?«

»Nein, er hat nichts bekommen außer einem Brief, in dem Danke und Tschüss steht.«

Lucy verstand, warum Shaun aufgebracht war, aber das erklärte nicht, warum er junge Mädchen hätte ermorden sollen.

»Wie würden Sie Shaun beschreiben?«

»Höflich und sanft. Er verdient es nicht, seinen Job zu verlieren.« Tränen schimmerten in ihren Augen. »Ich verstehe nicht, warum Sie mit ihm sprechen wollen. Er hat nichts Falsches getan und hatte keinen Kontakt mit irgendwelchen Mädchen. Er ist ein guter Mann.«

Lucy ließ ihren Blick noch einmal durch den Raum und über die Bilder an der Wand schweifen. Eins davon fiel ihr besonders ins Auge: ein strichmännchenartiger Mann mit einem Lächeln auf dem Gesicht und dem Wort »Daddy« neben einem großen Kussmund.

John kehrte zurück; diesmal hielt er ein kleines Fläschchen Tabletten in der Hand. »Gehören die Ihnen?«

»Nein. Das sind die von Shaun. Sein Name steht auf dem Etikett.«

Er las den Namen des Medikaments laut vor. »Prozac.«

Sie seufzte und sagte: »Das ist gegen seine Depression.«

»Ich weiß, was das ist. Das ist ein selektiver Serotonin-Wiederaufnahmehemmer, auch bekannt als SSRI, und eines der meistverschriebenen Medikamente bei Depressionen. Wie lange nimmt er die schon?«

Seine mangelnde Empathie ließ Lucy zusammenzucken.

»Seit März, als es damit losging, dass unsere Zukunft unsicher wurde.«

»DS Carmichael, könnte ich Sie kurz sprechen?«, sagte John und ging in den Flur. Als sie sich zu ihm gesellte, flüsterte er ihr mit gedämpfter Stimme zu. »Er nimmt eine starke Dosis. Ich denke, dass er instabil ist, und wenn er Wind davon bekommt, dass wir hinter ihm her sind, könnte er wieder zur Tat schreiten. Außerdem habe ich das gefunden.« Er überreichte ihr einen Terminkalender, der den heutigen Tag anzeigte.

Sie starrte auf die Zeichnung: eine Reihe wütender kreisförmiger Kritzeleien und roter Flecken um das Bild einer schlecht gezeichneten Figur herum, die an einer Schlinge baumelte. Das Wort »Tod« stand in Großbuchstaben darüber und war mit schwarzer Farbe mehrfach nachgefahren worden. Sie blätterte sich durch den Kalender. Es gab ein paar Einträge zu Besprechungen, aber keine weiteren Zeichnungen. »Er war definitiv verstört«, sagte sie.

»Ich weiß nicht, ob das von Bedeutung ist, aber es sieht definitiv so aus«, sagte John. Es war unmöglich zu sagen, welches Geschlecht oder Alter diese Gestalt haben sollte, aber sie schien ein Kleid oder Gewand zu tragen. »Er ist wütend, aufgebracht und nimmt Antidepressiva. Er ist unser Mann und wir müssen ihn so schnell wie möglich ausfindig machen, bevor er wieder zuschlägt.«

Lucy nickte knapp und ging zurück in die Küche, wo sie Kim den Terminkalender zeigte. »Gehört der Shaun?«

»Das ist sein Arbeitskalender. Wieso?«

»Wir müssen ihn mitnehmen.«

»Ich verstehe nicht.«

»Er könnte für unsere Ermittlung relevant sein. Wir werden es in der Bibliothek versuchen, wie Sie es vorgeschlagen haben. Falls er in der Zwischenzeit nach Hause kommen sollte, sagen Sie ihm bitte, dass er sich sofort bei uns melden soll.«

Lucy ließ sich auf den Beifahrersitz fallen und gab an John weiter, was Kim ihr über Shaun erzählt hatte. »Sie glaubt, dass er sanftmütig ist«, sagte sie.

»Ach, es sind die Ruhigen, die man im Auge behalten muss. Ich habe alle möglichen komischen Sexspielzeuge in ihrem Schlafzimmer gefunden.«

»Was hat das damit zu tun, ob er Kontakt zu den Opfern hatte? Sie wurden nicht sexuell belästigt.«

»Das zeigt, dass der Schein täuschen kann – ein scheinbar ruhiger Bibliothekar trägt eine Gimp-Maske. Man kann niemandem trauen«, sagte er zuversichtlich.

Die Bibliothek von Uptown war ganz anders als die in Samford und stellte sich als hübsches, dreistöckiges Gebäude mit roter Backsteinfassade aus dem späten achtzehnten Jahrhundert heraus. Jedes der fünf großen Fenster war mit dicken grauen Steinen eingerahmt, genauso wie die sechsflüglige Eingangstür, über der sich ein halbrundes Oberlicht mit zartem Maßwerk befand, das wie die Strahlen einer untergehenden Sonne wirkte. Steinsäulen flankierten die Tür, vor der zwei große, steinerne Urnen standen, die mit Blumen bepflanzt waren, die schlaff nach unten hingen – sie mussten dringend gegossen werden. Lucy und John erklommen die wenigen Stufen und rüttelten an der Tür. John lehnte sich gegen das gusseiserne

Geländer, hob seinen Kopf und suchte die Fenster nach Bewegungen ab.

»Versuch es noch mal«, sagte er, als niemand kam, um ihnen zu öffnen.

Sie tat es. Links von ihr standen die Öffnungszeiten auf einer sauberen, blauen Tafel. Das Schild direkt an der Tür verkündete, dass das Gebäude jetzt geschlossen war, und verwies auf die nächstgelegene Bibliothek in Samford.

»Er ist hier irgendwo«, sagte John. Der Kia in der Einfahrt war der Beweis dafür. Eine schnelle Überprüfung des Nummernschildes hatte bestätigt, dass es sich um Shauns Fahrzeug handelte. »Ich werde nicht mehr länger warten!« Er klopfte an die Tür und rief: »Shaun Castle, aufmachen. Hier ist die Polizei. Wir wissen, dass Sie hier sind.«

Es kam keine Antwort. Er rüttelte am Türgriff, aber die Tür war fest verschlossen, dann fluchte er und sagte: »Wir haben lange genug gewartet. Ich werde es hinten versuchen. Sie bleiben hier, falls er versucht, abzuhauen.

Er eilte davon und ließ Lucy allein zurück. Der Kia in der Einfahrt war zehn Jahre alt, die Beule und die blasse silberne Lackierung zeugten von seinem Alter. Auf einem Sticker auf der Windschutzscheibe stand »Baby an Bord«, und auf dem Rücksitz lagen ein Kindersitz und mehrere Plüschspielzeuge. Alles an Shaun schien gewöhnlich zu sein, und doch waren sie hier und jagten ihm nach – einem potenziellen Mörder. Lucy überraschte nichts mehr. Sie hatte schon alles gesehen, und das meiste davon war passiert, bevor sie zur Polizei gegangen war, als sie ihre jungen Jahre in Pflegefamilien verbracht hatte. Ein Schrei riss sie aus ihren Gedanken, sie stapfte über die Auffahrt und einen kleinen Abhang hinunter zur Rückseite des Gebäudes. John hatte die Hintertür aufgebrochen.

»Das ist nicht gerade legal.«

»Das war schon so, als ich hier angekommen bin«, gab er zurück, was sie schwer bezweifelte. Wenn Shaun hier war, besaß er einen Schlüssel, und es wäre nicht nötig, sich mit Gewalt Eintritt zu verschaffen. John war eingetreten und stieg die Stufen zur ersten Etage empor, wo sich der Haupteingang befand, vor dem sie gestanden hatten.

»Shaun!«, rief er. »Hier ist die Polizei. Sie können sich nicht verstecken. Zeigen Sie sich. Wir möchten uns mit Ihnen unterhalten. Kommen Sie, Shaun. Wir wissen, dass Sie letzten Freitag nicht in der Bibliothek in Samford waren.«

Lucys Augenbrauen zogen sich zusammen. Sie hätte einen sanfteren Ansatz bevorzugt. Sie folgte John und öffnete Türen, während sie durch das Gebäude gingen und jeden Raum überprüften; die meisten ähnelten den Leseräumen in großen Villen, in denen sich deckenhohe Bücherregale aus dunklem Holz, polierte Holztische und verzierte Sitzgarnituren befanden. Es wirkte eher wie ein Museum als eine Bibliothek, ein Ort, der mit seinen großen Kaminen und seiner der Zeit entsprechenden Einrichtung im achtzehnten Jahrhundert stecken geblieben war. Im Flur wiesen eingerahmte Plakate auf verschiedene Veranstaltungen hin, die geplant worden waren, um neue Leser in die Bibliothek zu locken: eine Wissenschaftsmesse, ein Tag unter dem Motto »Kleide dich wie dein Lieblingsbuchcharakter«, ein Leseclub für Kinder nach der Schule. Shaun hatte jeden Versuch unternommen, um die Bibliothek am Leben zu erhalten. Lucy verstand, warum es ihn derart mitgenommen hatte, mitansehen zu müssen, wie ein so historisches Gebäude in ein modernes Wohnhaus umgewandelt werden sollte.

Sie stiegen die Treppen in den zweiten Stock hinauf, wo die Räume für kleinere Versammlungen ausgerichtet waren. In einem davon standen Wasserflaschen und lagen Notizblöcke in der Mitte des großen Tisches, um den sich gepolsterte Stühle sauber ausgerichtet aneinanderreihten. In einem anderen Raum befanden sich dicke Nachschlagewerke, die muffig rochen und Lucy an die Bibliothek in ihrer Schule erinnerten –

ein Ort, den sie gemieden hatte. Die Schule hatte sie nur wenig interessiert. Es war ein Ort gewesen, an den sie gezwungen worden war zu gehen, bis sie alt genug gewesen war, um von dort auszubrechen.

»Shaun Castle. Hier ist die Polizei. Kommen Sie raus. Sie machen es nur noch schlimmer!«

»Hören Sie auf, ihn zu rufen. Sie verschrecken ihn, er könnte abhauen«, zischte sie.

»Haben Sie jetzt plötzlich das Sagen?«

»Ich habe nur meine Meinung geäußert.«

»Und meine Meinung ist, dass der Bastard hier irgendwo hockt und überzeugt werden muss, herauszukommen und sich mit uns zu unterhalten.«

Sie verkniff sich eine Erwiderung. Schlussendlich spielte es keine Rolle, wie sie ihn bekamen, die Hauptsache war, dass sie ihn schnappten.

»Castle! Sie können jetzt rauskommen. Geben Sie es auf!«, rief John jetzt noch lauter. Plötzlich ertönte oben ein Knarren. »Oberstes Stockwerk!«, rief er und stürmte die Treppe nach oben in einen schmalen Flur, von dem zwei weitere Räume abgingen. Der erste war ein Büro – zweifelsohne das von Shaun, auf seinem Schreibtisch stand ein Foto seiner Familie. John schaute sich kurz um, dann ging er weiter. Die zweite Tür führte in eine Küche, die gleichzeitig ein Ruheraum für das Personal und mit Stühlen, Kaffeetischen und Büchern ausgestattet war. »Wo zum Teufel ist er?« John setzte sich wieder in Bewegung. Er marschierte auf eine kleinere Tür am Ende des Flurs zu und warf sie auf. Vor ihm führten fünf Stufen auf das Dach.

John ging die Stufen vorsichtig nach oben, dann erstarrte er. Da Lucy das Schlusslicht bildete, konnte sie nicht sehen, was vor sich ging, und stieß ihm in den Rücken, damit er weiterging. Johns Stimme war jetzt ruhiger. »Shaun. Tun Sie das nicht,

Kumpel. Wir können darüber reden.« Lucy stieß ihn nicht noch einmal an. Shaun wollte sich offenbar das Leben nehmen.

»Gehen Sie weg«, kam seine Antwort. »Es ist vorbei.«

»Es gibt Leute, die Ihnen helfen können.«

Shaun lachte – es war ein trockenes, humorloses Lachen. »Die Kinder von heute wollen nicht mehr lesen. Sie können einem nicht mal mehr Respekt zeigen.« Wütende Tränen liefen über sein Gesicht. »Ich passe nicht in diese Welt.«

»Natürlich tun Sie das. Sie hatten etwas Pech, das ist alles. Sie haben das Gefühl, im Stich gelassen worden zu sein, aber diese Situation kann wieder in Ordnung gebracht werden.«

»Sie wollen es einfach nicht verstehen, oder? Ich bin ein einsamer Kreuzritter und meine Mission ist fehlgeschlagen. Für mich gibt es keine anderen Optionen. Sagen Sie Kim und den Kindern, dass es mir leidtut. Mir tut einfach alles leid«, sagte Shaun.

»Hey, ganz ruhig«, sagte John und trat einen Schritt auf den Mann zu.

Jetzt konnte auch Lucy Shaun sehen. Er stand mit ausgestreckten Armen auf der Mauer, um sein Gleichgewicht zu halten. Er würde springen. Sie durften keine Zeit verschwenden.

John drehte sich leicht, sodass sie sein drängendes Flüstern hören konnte. »Wir brauchen einen professionellen Vermittler – sofort. Holen Sie einen her.«

Sie wich zurück, um seinem Befehl Folge zu leisten, und hörte John sagen: »Wir können über alles reden.« Sie hörte Shauns Stimme antworten, aber verstand nicht, was er sagte, und als sie ihr Funkgerät an ihre Lippen gebracht hatte, hörte sie John schreien. »Nein!« Er schoss nach vorne, Lucy war ihm dicht auf den Fersen, aber es war zu spät. Shaun Castle war gesprungen.

SIEBENUNDDREISSIG

DAMALS

Pearl sieht ihn besorgt an.

»Aber sie haben sich so gut geschlagen.« Die Worte sind
nicht mehr als ein Murmeln, das von seinen Lippen erstickt
wird, die nicht richtig arbeiten wollen, als hätte er Alkohol
getrunken – hat er aber nicht.

*»Es tut mir so leid«, sagt die Ärztin, die mit ihrer Erklärung
fortfährt, warum seine beiden Babys plötzlich verstorben sind.
Ihre Worte sind nur bruchstückhaft zu hören, wie bei einem
schlecht eingestellten Radio ...* »akutes Lungenversagen« ...
*»Lungen« ... »häufig bei Frühchen vor der vierunddreißigsten
Woche«. Er kann sich nicht auf ihre Worte konzentrieren, also
fokussiert er sich stattdessen auf das große braune Muttermal
auf ihrem Kinn, das aussieht wie eine zerquetschte Fliege.*

*»Aber ihre Atmung war in Ordnung«, bringt er schließlich
heraus, seine Stimme ist vor Emotionen ganz rau. Es spielt keine
Rolle, was er sagt. Seine Mädchen waren von ihm gegangen und
ihm würde erlaubt werden, sie zu sehen, sie zu halten, als wären
sie noch am Leben. Ihm wurde gesagt, dass er sie anziehen und
so viel Zeit mit ihnen verbringen kann, wie er möchte, er kann*

sie sogar mit nach Hause nehmen. Aber er ist sich nicht sicher, ob er das alles tun kann.

»Es wird Ihnen bei der Bewältigung Ihrer Trauer helfen«, sagt die Ärztin. »Sie sollten Erinnerungen erzeugen und ihre Existenz anerkennen. Wir haben alle medizinischen Gerätschaften entfernt, damit Sie sie richtig sehen können.«

»Ich schaffe das nicht allein«, sagt er, die Angst kriecht wie Eiswasser durch seine Adern. Er sieht zu Pearl. »Hilf mir. Bitte.«

ACHTUNDDREISSIG

»Das Haus, die Bibliothek und sein Auto sind von oben bis unten durchsucht worden, aber keine verdammte Spur von seinem Laptop«, sagte John.

»Das ist wirklich ärgerlich. Wir brauchen stichhaltige Beweise«, erwiderte Natalie.

»Wir haben genug, um weiterzumachen. Zunächst mal haben wir den Kalender mit der Zeichnung und er hat gestanden. Das da waren seine Worte.« Er nahm den Bericht von Natalies Schreibtisch und las laut vor: »›Ich bin ein einsamer Kreuzritter und meine Mission ist fehlgeschlagen. Für mich gibt es keine anderen Optionen. Sagen Sie Kim und den Kindern, dass es mir leidtut. Mir tut einfach alles leid.‹ Und kurz bevor er gesprungen ist, war seine Antwort auf meine Aussage ›Wir können über alles reden‹: ›Vergib mir, Vater, denn ich habe gesündigt.‹«

»Nur Sie haben ihn das sagen hören. Lucy konnte seine Antwort nicht verstehen, und nach dem, was wir wissen, war er nicht sehr religiös. Er ist nie in die Kirche gegangen.«

»Nennen Sie mich einen Lügner?«

»Ich sage, dass das vor Gericht keinen Bestand haben wird.

›Vergib mir, Vater, denn ich habe gesündigt‹ wird nicht unbedingt als Geständnis für Mord durchgehen.«

»Mein Wort ist Ihnen nicht gut genug, nicht wahr? Meine Meinung zählt nicht. *Ich* weiß, dass er die Morde gestehen wollte. Ich habe ihm in die Augen gesehen. Ich bin ein altgedienter Polizist mit verdammt viel Erfahrung und ich weiß, was ich gesehen habe«, beharrte John. Er listete alles auf, was sie herausgefunden hatten, und zählte jeden Punkt an seinen Fingern ab. »Tatsache ist, dass Shaun am Freitagabend unterwegs war, aber kein Meeting in der Bibliothek in Samford stattgefunden hat, wie seine Frau uns gesagt hat. Auch in seinem Kalender stand nichts von irgendeinem Treffen. Samstagabend war er angeblich zu Hause, aber das kann niemand bezeugen. Wir haben eine Zeichnung von etwas, das aussieht wie ein Mädchen, das an einer Schlinge baumelt, und er hat immer wieder das Wort ›Tod‹ geschrieben.«

Natalie sah sich das Bild an. »Wir können nicht sicher sein, dass Shaun das tatsächlich gemalt hat.«

»Das ist sein Terminkalender, um Himmels willen!«

»Aber wir wissen nicht mit Sicherheit, dass er es gemalt hat.«

»Was glauben Sie denn, wer das gemalt haben soll? Eine seiner Töchter?« Johns Gesicht lief vor Wut ganz rot an.

Natalie blieb ruhig. »Ich bleibe unvoreingenommen. Selbst wenn er es getan hat, ist das noch kein Beweis dafür, dass er die Mädchen umgebracht hat. Das ist nur eine vage Zeichnung von einer Person, die an einer Schlinge zu hängen scheint – eine Kritzelei. Auch wenn es finsteres Gekritzel ist. Shaun litt an einer Depression, also ist es möglich, dass er das gemalt hat, als es ihm nicht gut ging. Wir können nicht sicher sein, welches Geschlecht diese Person haben soll oder wie alt sie ist, also können wir nicht mit Bestimmtheit sagen, dass es eines seiner Opfer darstellt. Wir haben herausgefunden, dass er nicht bei dem fiktiven Treffen in der Bibliothek von

Samford war, aber wir wissen auch nicht, ob er beim Sunmore Hall war. Genauso wenig wissen wir, ob er sein Haus am Samstagabend verlassen hat, und wir können auch nicht beweisen, dass er im Mai im Shoppingcenter in Samford war, um Mädchen dazu zu bringen, sich bei einem fiktiven Wettbewerb anzumelden.«

»Seine Kinder waren im Bett. Er hätte sie einfach alleine lassen und sich rausschleichen können. Er wusste, dass seine Frau nicht früher nach Hause kommen würde. Ich wette, wenn wir seinen Laptop hätten, würden wir die E-Mail-Adressen aller Opfer darauf finden.«

»Das ist reine Spekulation, John.« Natalie schüttelte den Kopf, während sie sprach. Obwohl alles auf Shaun hindeutete, fühlte sie sich nicht wohl dabei, ihn des Mordes zu beschuldigen, solang sie keinen greifbaren Beweis dafür hatten.

John fuhr mit seinen Argumenten fort. »Wir wissen, dass er ein Wegwerfhandy benutzt hat, um Kerry und die Zwillinge zu kontaktieren. Die Techniker haben herausgefunden, dass es im Bereich der Bibliothek genutzt worden ist. Er muss es gewesen sein. Er ist die einzige Person, die sich zu den Zeiten, in denen Kerry diese E-Mails bekommen hat, über die IP-Adresse der Bibliothek eingeloggt haben kann.«

»Aber er hat die Morde nicht wirklich zugegeben.«

»Warum ignorieren Sie vorsätzlich, was sich direkt vor Ihren Augen abspielt?« Johns Stimme wurde lauter. »Das ist persönlich, nicht wahr? Sie vertrauen meinem Urteil nicht.«

»Ich will konkrete Beweise, die die Tatsache stützen, dass Shaun Castle unser Mörder ist. Ich werde keinen unschuldigen Mann beschuldigen.«

»Dieser Mann hat sich von dem verdammten Dach der Bibliothek geworfen, weil er mit der Schuld nicht mehr leben konnte – was für einen elenden Beweis brauchen Sie denn noch?«

»Er litt unter Depressionen! Haben Sie mal daran gedacht,

dass er aus einer ganzen Reihe anderer Gründe suizidgefährdet sein konnte?«

»Er war völlig fertig. Er hat Medikamente genommen und Lügen über ein Meeting am Freitagabend erzählt, das offenkundig nicht stattgefunden hat, und er hatte sich in sein Büro zurückgezogen, als Kerry die E-Mails von diesem Tom bekommen hat. Shaun hat sie umgebracht. Sehen Sie es ein. Lassen Sie nicht zu, dass Ihre persönlichen Gefühle für mich Ihr Urteilsvermögen benebeln.«

Natalie ließ sich nicht beirren. John hatte den DI im Fall der Blütenzwillinge in die Enge gedrängt, und sie würde nicht zulassen, dass er das Gleiche mit ihr machte. »Ich werde das nicht weiter diskutieren.«

Er schlug mit seiner Faust auf den Schreibtisch und brüllte: »Das ist absurd! Macht Sie das an, oder was? Sie haben es auf mich abgesehen, nicht wahr?«

Sie begegnete ihm mit einem stählernen Blick. »Der Fall bleibt offen, jetzt gehen Sie und kommen Sie mal wieder runter.«

»Sie machen einen riesigen Fehler«, sagte er und riss seine Jacke von der Lehne seines Stuhls. Er marschierte aus dem Büro und ging ohne ein Wort an Lucy vorbei.«

»Habe ich was verpasst?«, fragte sie.

»Ich werde diesen Fall noch nicht schließen. DS Briggs denkt, dass es ein Fehler ist, ihn offen zu lassen.«

»DS Briggs ist ein Mann, der gerne Ergebnisse sehen will und sich nicht viel darum schert, wie er sie bekommt«, sagte Lucy, als sie sich an ihren Platz setzte.

Natalie legte Shauns Zeichnung zur Seite und sagte: »Sludge hat den Mann, der ihn bezahlt hat, als groß bezeichnet, eins achtzig, vielleicht sogar größer. Shaun könnte versucht haben, seine wahre Identität zu verschleiern, aber wie groß war er?«

»Eins achtundsechzig.«

»Er ist zu klein, um unser Täter zu sein. Wir wissen, dass der Mann mit dem Bart sich auf dem Blasted-Konzert als Mitglied der Security ausgegeben hat. Wir sollten uns die Aufnahmen der Überwachungskamera auf dem Parkplatz vorm Sunmore Hall ansehen und prüfen, ob Shauns Auto an diesem Abend dort geparkt hat, und wir müssen mit seinem Mobilfunkanbieter sprechen. Er hat seiner Frau Freitagabend eine Nachricht geschrieben, also sollten sie in der Lage sein, seinen Standort zu diesem Zeitpunkt auszumachen. Und es gibt noch etwas anderes, das wir tun können – die Überwachungsvideos der Bibliothek überprüfen. Bradley, der Wachmann, hat ausgesagt, dass er nicht wusste, wer oben die Computer benutzt hat. Was, wenn der Mörder sich reingeschlichen hat, um heimlich online zu gehen? Ein cleverer Täter wie er könnte die erforderliche Buchung der Onlinezeit umgangen haben. Er könnte sich anderweitig eingeloggt haben. Alles, was er dafür gebraucht hätte, wäre das Passwort der Bibliothek gewesen. Wer überprüft schon, wer genau online war? Sie sind so unterbesetzt, dass sie unmöglich einen Überblick darüber haben können, wer das Wi-Fi der Bibliothek benutzt. Ich werde mit dem Technikteam sprechen.«

»Ich werde es bei seinem Mobilfunkanbieter versuchen.«

»Ian ist gerade kurz weg, um einen Happen zu essen. Er wird bald zurück sein und Ihnen mit den Aufnahmen des Parkplatzes helfen können. Ich werde auch nicht lange weg sein.« Sie schnappte sich ihr Handy und ließ Lucy allein.

Auf Shauns Suizid zu bauen, war zu bequem, und sie würde sicherstellen, dass Superintendent Tasker über ihre Intentionen, den Fall offen zu lassen, Bescheid wusste. Sie würde nicht zulassen, dass John sie hierbei überging. Wenn er versuchen würde, sich ihr in den Weg zu stellen und sie zu einem Rücktritt zu zwingen, dann würde sie kämpfen. John Briggs mochte befördert werden, aber er war nicht derjenige, der diese Ermittlung leitete. Und solang sie das noch tat, würde sie es genau so machen, wie sie es für richtig hielt.

———

Leigh und Zoe hatten sich im Garten ausgestreckt und waren bei bester Laune.

»Ich kann es nicht glauben«, sagte Leigh.

»Wir werden tatsächlich *den* Callum Vincetti treffen. Ich werde hunderte Selfies mit ihm machen und sie alle auf Insta hochladen. ›Seht mich an ... Ich kenne Callum!‹« Zoe übte ihren sexy Schmollmund.

»Was macht man auf einem privaten Wohltätigkeitsevent?«

»Rumstehen und die Band beobachten, wie man es sonst auch tut«, sagte Zoe, ihre Augen funkelten. »Aber andere werden sie nicht kennenlernen und mit ihnen reden, wie wir es tun werden. Das wird so genial!«

»Ich weiß nicht. Ein bisschen komisch ist es schon. Wir kennen Tom nicht. Mum sagt, dass wir online vorsichtig sein müssen. Man weiß nie, mit wem man wirklich redet.«

»Oh, bitte! Deine Mum ist ein Detective. Sie muss so etwas sagen. Außerdem kennen wir Tom. Ich habe ihm E-Mails geschrieben und sogar mit ihm telefoniert, und er klingt sehr freundlich. Was kann schon schiefgehen? Wir werden zusammen hingehen, und es ist ja nicht so, als würden wir mitten in der Nacht zu irgendeinem Haus oder in ein Hotelzimmer gehen. Es findet am Nachmittag statt, im Saal der methodistischen Kirche! Da werden auch noch andere Leute sein. Falls es zu seltsam aussieht, hauen wir einfach wieder ab.«

»Schätze, du hast recht«, sagte Leigh, aber sah weiterhin misstrauisch aus. »Es gefällt mir nicht, dass es ein Geheimnis ist. Wir sollten unseren Eltern erzählen, wohin wir gehen.«

»Nein, das dürfen wir nicht. Du weißt, was Tom uns gesagt hat. Es darf nicht an die Presse geraten, sonst werden die anderen Callum-Fans es herausfinden und er wird nicht mehr mit uns sprechen können. Er wird nur drei Lieder singen. Wir werden gar nicht lange dort sein.«

»Wir sollten wenigstens herausfinden, ob dort wirklich eine geheime Wohltätigkeitsveranstaltung stattfindet.«

»Das wird uns aber niemand verraten. Nicht, wenn sie geheim sein soll. Wir werden es prüfen, wenn wir da sind.« Zoe griff nach dem Arm ihrer Freundin. »Wir müssen los. Komm. Tom hat gesagt, wenn wir da sind, bevor das Event losgeht und während sie sich noch vorbereiten, dann können wir mit der Band reden – wenn nicht, dann bekommen wir vielleicht keine Chance mehr, Callum und die Band zu treffen. Bitte, Leigh.«

Leigh biss sich auf die Unterlippe, bevor sie sagte: »Ja. Ich schätze, das geht in Ordnung.«

»Super! Jetzt ruf deinen Dad an und frag ihn, ob du morgen auch wieder herkommen kannst.«

»Ich kann ihn auch heute Abend fragen.«

»Auf keinen Fall! Was ist, wenn er Nein sagt oder plant, selbst etwas mit dir zu unternehmen?«

»Das bezweifle ich. Er ist immer am Arbeiten.«

»Aber möglich wäre es. Na los. Mach es jetzt, dann wissen wir es sicher. Komm schon, Leigh. Das ist wichtig. Ich will nicht alleine gehen müssen.«

Das reichte aus, um sie zu überzeugen. Sie wollte ebenso wenig, dass ihre beste Freundin ohne sie dorthin ging. »Okay.« Sie rief zu Hause an. Die ganze Zeit über beobachtete Zoe sie mit flehendem Blick.

»Hi, Dad.«

»Hey, alles okay?«

»Ja. Super. Zoe hat mich eingeladen, morgen wieder herzukommen. Ist das in Ordnung?«

»Ich wüsste nicht, warum nicht. An welche Uhrzeit habt ihr gedacht?«

»Mittags, um halb zwölf.«

»Klingt gut für mich. Klar.«

»Danke, Dad.«

»Vielen Dank, Mr Ward.«

»War das Zoe?«

»Ja.«

»Hi, Zoe. Kein Problem. Bis später.«

»Hab dich lieb, Dad.«

»Ich habe dich auch lieb.«

Leigh beendete das Gespräch und sah Zoe einen Moment lang mit offenem Mund an.

»Wow, das war viel leichter als erwartet«, sagte sie.

Zoe klatschte vor Freude in die Hände. »Dein Dad ist super. Also, dann wäre das geklärt und wir werden Blasted treffen. Yay! Der Enthusiasmus ihrer Freundin ließ Leigh grinsen. »Und jetzt das Wichtigste ... Was werden wir anziehen?«

———

Da sie Dan Tasker nicht finden konnte, ging Natalie ins Labor der Spurensicherung, wo sie ihre Gedanken mit Mike teilte.

»Hast du darüber schon mit den Technikern gesprochen?«

»Sie gehen in Arbeit unter und können frühestens am Wochenende anfangen, die Aufnahmen der Überwachungskameras durchzusehen. So viel Zeit habe ich nicht. Wenn ich recht behalte und Shaun nicht für die Morde an diesen Mädchen verantwortlich ist, dann wird der wahre Mörder sehr zufrieden sein, weil wir ihn noch nicht gefunden haben. Ich mache mir Sorgen, dass er wieder zuschlägt, nur um etwas zu beweisen. Die Bibliothek speichert die Videoaufnahmen der Überwachungskameras nur für vierzehn Tage, also haben wir nur die Aufnahmen von Freitag, dem 3. August, bis heute, und ich bin nur an den ersten neun Tagen interessiert. Nicht an dem, was nach dem Elften kam. Da war Isabella schon tot.«

»Bittest du mich, dir zu helfen?«

»Warum sollte ich sonst hier sein?«, sagte sie.

»Na ja ...« Er beließ es dabei. Das war nicht der richtige Zeitpunkt zum Flirten.

»Die Aufnahmen wurden dir per E-Mail zugeschickt, also hast du Zugriff auf sie.«

»Wonach genau suchen wir?«

Sie überreichte ihm einen Zettel mit dem E-Mail-Verkehr zwischen Kerry und Tom. Die Zeiten, zu denen die E-Mails empfangen worden waren, waren grün hervorgehoben. »Fang mit den Leuten an, die in der Bibliothek waren, als diese E-Mails an Kerry Sharpe geschickt wurden, dann könnte noch das Kommen und Gehen beobachtet werden, während Isabella und die Zwillinge in der Bibliothek waren.«

»Denkst du, dass der Mörder sie ausspioniert hat?«

»Vielleicht. Ich will nur sichergehen, dass ich nichts übersehe. Wie lange wird das dauern?«

»Wie tief ist das Meer?«

»Ich brauche es noch heute.«

Er grunzte. »Ich werde das Team darauf ansetzen.«

»Danke. Das bedeutet mir viel.«

»Ich weiß.«

———

Er presste den Handtrainer zusammen, während er das Bild im Spiegel anstarrte. Das Koks wirkte und erfüllte seinen Zweck, als er sich auf seine Verabredung mit seinen nächsten beiden Opfern vorbereitete. Nachdem er seine Finger gestärkt hatte, legte er das Gerät weg und schob den Siegelring wieder über seinen kleinen Finger. Er war ein Geschenk von Jennifer gewesen, an dem Tag, als sie ihm verraten hatte, dass sie schwanger war – ein Geschenk, um dieses bedeutende Ereignis zu feiern. Er trug ein Wappen – den Arm eines Ritters in seiner Rüstung, der nach oben gerichtet war und den Bogen mit einem Pfeil spannte, als wollte er alle Feinde abwehren, die seine Liebsten gefährdeten. Es war, so hatte sie es ihm erzählt, ein Familienwappen. Die Worte hallten in seinem Verstand wider ...

»Das ist dein Familienwappen.«

»Ich verstehe nicht.«

»Bisher hattest du nie wirklich eine Familie, aber jetzt hast du eine. Du bist das Familienoberhaupt, und das ist dein Wappen, um das zu beweisen.«

Sie legt eine Hand auf ihren Bauch und plötzlich versteht er das riesige Ausmaß von dem, was sie sagt.

»Du bekommst ein Baby?«

Sie lächelt. »Nein ... Ich bekomme zwei Babys. Wir werden eine richtige Familie sein. Das ist ein Neuanfang für dich, für uns alle.«

Der Ring hätte ein Symbol von Stolz sein sollen, nicht von Trauer, und er hätte der Welt zeigen sollen, dass er ein richtiger Familienmensch war. Das war alles, was er sich je gewünscht hatte.

Er griff in sein Portemonnaie und zog das kostbare Ultraschallbild heraus, das er all die Jahre bei sich getragen hatte ...

————

Die Hebamme fährt mit der Kamera über den geschwollenen Bauch seiner Frau. Er kann seine Augen nicht von dem Bildschirm lösen. Da sind seine Babys, einander zugewandt, als würden sie sich miteinander unterhalten. Es raubt ihm den Atem.

»Sie sehen aus, als würden sie Händchen halten«, sagt Jennifer gerührt.

»Das tun sie«, sagt die Hebamme.

Er ist so ergriffen, dass sich ihm die Kehle zuschnürt und er Tränen in den Augen spürt. Das ist mit Abstand das Schönste, was er je gesehen hat. Er dreht den Ring um seinen kleinen Finger. Er wird sie beschützen. Das ist seine Pflicht. Diese Babys werden seine Welt auf den Kopf stellen. Von heute an wird er sich verändern. Die Zwillinge werden ihn zu einem besseren Menschen machen, als er es je gewesen ist.

Er warf einen letzten Blick auf das Bild – auf Rose und Lily. Sie hätten leben sollen. Mit diesem Gedanken steckte er das Bild zurück in sein Portemonnaie und schob es in seine Jackentasche.

Morgen würde er erneut morden, und dann würde er den Ball ein Jahr lang flach halten, bevor er wieder zuschlug, irgendwo an einem ganz anderen Ort. Ein Lächeln legte sich über sein Gesicht.

Er war ein verrückter, brillanter Mistkerl und die Polizei würde ihn niemals schnappen.

NEUNUNDDREISSIG

»Was dauert bei dem Telefonanbieter denn so lange?«, knurrte Natalie. »Sie hatten mehr als genug Zeit, herauszufinden, von wo aus Shaun seiner Frau die Nachricht geschickt hat. Das frisst zu viel von unserer Ermittlungszeit. Versuchen Sie es noch mal, Lucy.«

»Ich kann sein Auto nirgendwo auf dem Parkplatz des Sunmore Hall entdecken«, sagte Ian und unterdrückte ein Gähnen. »Wenn er dort geparkt hat, können wir es nicht beweisen.«

Natalie drückte auf den Druckknopf ihres Stiftes, bis er einrastete, dann wiederholte sie den Vorgang, bevor sie ihre Gedanken mit ihrem Team teilte. »Wenn Shauns Wagen nicht auf dem Parkplatz war, bedeutet das, dass er gar nicht da war, oder hat er einfach nicht in der Nähe dieser Überwachungskamera geparkt?«

»Er könnte auch mit einem anderen Fahrzeug da gewesen sein. Der Mörder ist gerissen«, sagte Ian und streckte seine Beine vor sich aus, woraufhin er aufgrund der unbequemen Haltung, in der er zu lange verharrt hatte, das Gesicht verzog.

»Der Mörder war wirklich clever und schamlos. Er hatte sich den Blicken so vieler Leute ausgesetzt.«

»Also meinen Sie, er hat an einem offensichtlichen Ort geparkt?«, fragte Ian.

Natalie knipste wieder an ihrem Stift herum. Er gab ein befriedigendes *Klick-klick* von sich. »Ich weiß es einfach nicht. Ich wünschte, ich wüsste es.«

Lucy beendete ihr Telefonat und sagte: »Sie machen sich jetzt daran. Es gab technische Schwierigkeiten. Ihr System ist abgestürzt.«

»Oh, großartig! Dann hoffen wir, dass sie sich jetzt beeilen«, sagte Natalie, wobei sie sich bewusst war, dass ihre Geduld am seidenen Faden hing. »Das wird uns dabei helfen, herauszufinden, wo Shaun an diesem Abend wirklich war. Ich glaube nicht, dass er in seinem Familienwagen nach Sunmore Hall gefahren ist, dort verkleidet ein Konzert besucht hat, Isabella weggelockt und umgebracht hat und dann wieder nach Hause gefahren ist. Nennen Sie es Instinkt oder was auch immer, aber das erscheint mir einfach nicht richtig. Und wir haben absolut keinen Beweis oder auch nur einen Hinweis dafür gefunden, dass er der Mörder ist: kein Laptop, nichts Verdächtiges auf seinem Telefon.«

Natalies Gedanken flatterten herum wie unruhige Schmetterlinge. »Ian, als Sie vorhin mit Tim Dorridge gesprochen haben, hat er bestätigt, den Security-Mitarbeiter gesehen zu haben, direkt bevor Isabella verschwunden ist, nicht wahr? Sagen Sie mir noch mal genau, was er gesagt hat.«

Ian zog seinen Notizblock zu sich und blätterte darin, bis er die richtige Seite gefunden hatte. »Er war ein wirklich großer Kerl mit Pferdeschwanz und einem Bart. Ich habe ihn nicht lange gesehen, aber ich glaube, er ist in Richtung des Parkplatzes gegangen.«

»Na also, das kann nicht Shaun gewesen sein. Das sage ich schon die ganze Zeit. Er war nicht mal eins siebzig groß. Je länger ich darüber nachdenke, desto sicherer bin ich mir, dass Shaun nicht hinter diesen Morden steckt, weshalb auch sein Auto nicht auf diesem verdammten Parkplatz stand.« Sie lehnte sich in ihrem Stuhl zurück, ihre Frustration wuchs.

»Aber wo war er Freitagabend, wenn nicht in der Bibliothek in Samford?«, fragte Lucy.

Natalie warf ihre Hände in die Luft. »Ich habe absolut keine Ahnung.«

»Bei einer Geliebten?«, schlug Ian vor.

»Das wäre möglich«, sagte Lucy.

Natalie klickte ein letztes Mal mit ihrem Stift, bevor sie ihn auf ihren Schreibtisch warf. Wenn sie nur Shauns Laptop hätten, das würde wirklich sehr weiterhelfen. »Ich frage mich, wo sein Laptop ist, und warum wir ihn nicht finden konnten.«

Lucy streckte ihre Beine aus und sagte: »Ich nehme an, er wollte Beweise verstecken – E-Mails zwischen ihm und den Opfern, der Beweis, dass er mit ihnen in Kontakt stand.«

»Das dachte ich zuerst auch, aber der Mann hasste das Internet mit blinder Leidenschaft. Er hat die Onlinezeiten seiner zehnjährigen Tochter beschränkt und hat ihr nicht erlaubt, ein Handy zu bekommen. Er gab dem Internet die Schuld am Untergang der Bibliotheken, und dann soll er angeblich ein ausgeklügeltes System entwickelt haben, um Mädchen zur Herausgabe von E-Mail-Adressen zu überreden und über das Internet persönliche Informationen von ihnen anzufordern – über ihre Hobbys, ihr Leben und ihre Hoffnungen. Ich verstehe, warum wir ihn nicht ignorieren dürfen, aber ich habe große Schwierigkeiten mir vorzustellen, dass er hinter all dem steckt. Und was wäre sein Motiv?«

»Da ist was dran«, sagte Ian.

Der Computer gab einen Signalton von sich und kündigte die Ankunft einer E-Mail an. Lucy beugte sich vor. »Der Mobilfunkanbieter«, sagte sie und ließ ihre Augen über die E-Mail huschen.

Natalie setzte sich gerade auf. »Na endlich.«

»Die Telefongesellschaft hat das Signal eingegrenzt, die Nachrichten wurden alle von demselben Ort in Samford geschickt, in diesem Bereich.« Sie deutete auf eine grau unterlegte Fläche, die den Standort des Telefons zum Zeitpunkt der Übermittlung markierte.

Natalie stöhnte. »Da steht diese verfluchte Bibliothek!«

»Was um alles in der Welt hat er da getrieben?«, fragte Ian.

Lucy zuckte mit den Schultern. »Wer weiß oder will wissen, was er vorhatte. Wichtig ist, dass es beweist, dass er nicht mal in der Nähe von Sunmore Hall war. Wir können ihn definitiv als Mörder ausschließen und uns darauf konzentrieren, wer diese Mädchen wirklich umgebracht hat.«

Natalie lehnte sich erneut zurück und nahm ihren Stift wieder auf. War alles wirklich so, wie es schien? Sie würde sich sicherer fühlen, wenn sie genau wüsste, was Shaun an diesem Abend getan hatte. Der Detective in ihr wusste, dass die Tatsache, dass aus diesem Gebiet eine Nachricht von seinem Telefon aus gesendet wurde, nicht zwangsläufig hieß, dass er sie auch selbst verschickt hatte. Allerdings konnte er nicht der angebliche Security-Mann bei dem Konzert gewesen sein, und sie sollte froh sein, dass sie einen Beweis gefunden hatte, der diese Annahme untermauerte. Wieder warf sie ihren Stift weg. Sie war allem gegenüber misstrauisch – zu misstrauisch und benebelt. Sie brauchte eine Pause von dem Ganzen, um wieder klar denken zu können.

»Ich glaube nicht, dass wir heute noch einen Durchbruch landen. Ich mache Feierabend«, sagte sie, legte ihre Handflächen auf die Schreibtischplatte und wollte aufstehen.

»Ich werde mich auf dem Heimweg noch kurz bei der Bibliothek umsehen, vielleicht finde ich jemanden, der Shaun dort am Freitag gesehen hat«, sagte Lucy.

»Ich komme mit«, sagte Ian. »Das liegt auf meinem Weg.«

»Danke. Eine Sache noch: Hat einer von Ihnen mit John gesprochen?«

»Ich habe ihn nicht gesehen.«

Natalie rollte mit den Augen. Der Mann war ein Einzelgänger. Wahrscheinlich war er mit Dan einen trinken und erzählte ihm, wie schlecht ihre Entscheidung war, den Fall noch nicht zu schließen. Aber das störte sie nicht wirklich. Es gab andere Dinge, um die sie sich kümmern musste, und eins davon war es, die Schlüssel ihrer neuen Wohnung abzuholen. Sie hatte die Zeit gefunden, mit ihrer Bank zu sprechen und einen Kredit zu organisieren, sodass das Geld für die Kaution bereits auf ihrem Konto wartete.

Natalie hatte schon den halben Weg hinter sich gebracht, als ihr Handy klingelte und Dan darum bat, sie umgehend in ihrem Büro zu sprechen. Sie hatte einen Verdacht, worum es gehen könnte, und war nicht überrascht, als sie von einem ernsten Gesicht begrüßt wurde.

»Ich habe eine offizielle Beschwerde über Ihr Verhalten erhalten.«

Jeder einzelne Muskel in ihrem Gesicht war angespannt. »John hat sich beschwert, nicht wahr?«

»Ich habe John ausdrücklich gebeten, sich Ihrem Team anzuschließen. Er hat Erfahrung und besitzt die Sachkenntnis, die nötig ist, um diese Ermittlung zu einem schnellen Ergebnis zu führen. Ich habe ihn an Bord geholt, weil ich ihn als Polizisten wertschätze. Es scheint jedoch, dass Ihre persönliche Beziehung mit John den reibungslosen Ablauf dieser Ermittlung gefährdet. Sie haben nicht nur sein Urteilsvermögen in Frage gestellt, sondern sich auch geweigert, seine Schilderung der heutigen Ereignisse zu akzeptieren, womit Sie ihn als Officer diskreditieren.«

»Sir, das stimmt so nicht. Ich habe keine *persönliche Beziehung* zu diesem Mann.«

Er hörte ihr nicht zu, sondern fuhr fort: »Sie haben zugelassen, dass Ihre Gefühle ihm gegenüber Ihr Urteilsvermögen beeinträchtigen.« Das waren exakt dieselben Worte, die John gebraucht hatte, und es verärgerte sie, dass Dan ihm dermaßen aus der Hand fraß. Sie würde sich nicht ins Abseits drängen lassen. Sie würde nicht zulassen, dass John Dan gegen sie aufbrachte, und sie würde auch nicht aufgeben, ohne zu kämpfen.

»Sir, ich habe John nicht anders behandelt als meine anderen Officer. Ich habe mich wortgetreu an unser Vorgehen gehalten. Weder habe ich Johns Erkenntnisse ignoriert noch habe ich sie ihm nicht geglaubt oder seine Aussage diskreditiert. Ich habe ihn lediglich darauf hingewiesen, dass sie vor Gericht nicht standhalten wird, und dass wir richtige Beweise brauchen, bevor wir kategorisch festlegen, dass Shaun Castle derjenige ist, der für die Morde an Isabella Sharpe und Erin und Ivy Westmore verantwortlich ist. Sie wissen, dass wir wenig bis keine Beweise haben, um diese Anschuldigung zu untermauern, und als DI ist es meine Pflicht, sicherzustellen, dass wir diese Beweise auftreiben. Das wollte John nicht akzeptieren, also habe ich ihn rausgeschickt, um sich zu beruhigen. Er ist nicht ins Büro zurückgekehrt, also hatte ich noch nicht die Möglichkeit, diesen Vorfall weiter mit ihm zu besprechen.«

Dan ließ sie ausreden, bevor er sagte: »John erzählt eine andere Geschichte. Er sagt, Sie hätten ihn bei jeder sich bietenden Gelegenheit ausgebremst und sich geweigert, seine Erkenntnisse zu akzeptieren oder nach ihnen zu handeln. Er hat das Gefühl, dass Sie nicht die richtige Person sind, um diese Ermittlung zu leiten.«

Natalie vergrub ihre Fingernägel in ihren Handflächen, aber schaffte es, ihre Stimme ruhig zu halten. »Sie denken also, dass ich den Fall schließen sollte, ohne stichhaltige Beweise dafür zu haben, dass ein klinisch depressiver Mann, der sich sein Leben genommen hat, für die Morde an drei Mädchen verantwortlich ist?«

»Nein, das sage ich ganz und gar nicht. Ich gebe zu, dass der Fall gegen Shaun Castle ohne Beweise sehr schwach ist. Dennoch wurden Anschuldigungen gegen Sie erhoben, die mir Sorgen bereiten. Ich hatte sie als Teamplayer eingeschätzt, als gute Anführerin, und doch scheint es, dass Sie nicht in der Lage sind, mit jemand anderem als Ihrem üblichen Team zu arbeiten. Sie haben Ihre Entscheidungen von kleinlichen Differenzen beeinflussen lassen, und das ist ein Grund zur Sorge.«

»Nichts anderes als gute Polizeiarbeit hat jemals meine Entscheidungen beeinflusst. Außerdem haben wir neue Beweise, die zeigen, dass er nicht unser Mörder ist.«

Er brachte sie zum Schweigen, indem er seine Hand hob. »John hat mich gebeten, ihn für die Dauer dieser Ermittlung aus Ihrem Team zu nehmen. Er fühlt sich nicht dazu in der Lage, mit jemandem zusammenzuarbeiten, der Groll gegen ihn hegt und seine Meinung nicht ernst nimmt. Ich habe zugestimmt, dass er sich ein paar Tage frei nehmen sollte, und wenn er zurückkehrt, wird er einem anderen Team hier in der Hauptverwaltung zugeteilt. Finden Sie die nötigen Beweise für diesen Fall, DI Ward, aber von nun an werden Sie das ohne zusätzliche Hilfe tun müssen. Wenn Sie dazu nicht in der Lage sind, werde ich den Fall einem anderen Officer zuteilen müssen, der es kann.«

»Sir, Shaun Castle ist nicht der Mörder. Er war zum Zeitpunkt des Mordes an Isabella in der Nähe der Bibliothek.«

»Dann sollten Sie besser stichhaltige Beweise finden, die uns sagen, wer dafür verantwortlich ist, bevor sich diese Ermittlung in eine Farce verwandelt.«

Er warf ihr einen letzten eisigen Blick zu, bevor er sich zurückzog. Als sein Rücken aus ihrem Blickfeld verschwunden war, schlug sie hart mit der Unterseite ihrer Faust auf ihren Schreibtisch. *Dieser verfluchte John Briggs!*

Natalie saß in ihrem geparkten Auto und schloss für eine Minute ihre Augen. Die Agentur hatte immer noch geöffnet. Jetzt oder nie. Wenn sie aus dem Wagen steigen und die Papiere unterzeichnen würde, gäbe es kein Zurück mehr. Ihre Kinder würden ihr Leben lang zwischen ihr und David hin- und herpendeln müssen. Es würde Tränen und Wutausbrüche und großen Unmut geben, bevor sich die Dinge ansatzweise beruhigen und sie wieder einen Schein von Normalität verspüren würde. Sie würde nicht mehr jeden Abend zu einem kalten Glas Wein zurückkehren, das in dem Haus, das sie liebte und das sie mit ihrer Familie teilte, auf sie wartete. Sie trommelte mit den Fingern auf das abgenutzte Lenkrad. Es würde nicht leicht werden, aber zu bleiben und zuzulassen, dass es so weiterging, wäre noch schwieriger.

Sie atmete tief durch, zog an dem Türgriff und trat auf den Bürgersteig.

Es gab kein Zurück.

VIERZIG

DAMALS

Pearl wirft ihm einen harten Blick zu. »Fick dich«, sagt sie.

»Das war eine einmalige Sache«, antwortet er.

»Denkst du, ich bin von gestern?«, gibt sie zurück, ihre Augen blitzen auf. Du hast ein Problem und du weigerst dich, dir das einzugestehen. Du weißt, welche Schäden Drogen anrichten können, und ich werde nicht zulassen, dass Mikayla diesen Dingen ausgesetzt wird.«

»Tu mir das nicht an. Du weißt, was ich für dich und Mikayla empfinde. Du kannst sie mir nicht einfach so wegnehmen.«

»Ich weiß ganz genau, was du für mich empfindest. Es geht hier nicht nur um die Drogen. Du warst in letzter Zeit viel zu streng zu Mikayla.«

»Sie gerät außer Kontrolle. Sie widerspricht mir.«

»Sie ist ein Kind und sie hat Angst vor dir.«

»Verdammt. Ich würde ihr niemals wehtun.«

»Du hast ihr gedroht. Ich habe dich gehört und kann dir in ihrer Nähe nicht mehr vertrauen.«

»Sie braucht eine strenge Hand, Pearl. Du lässt sie mit allen *möglichen Dingen durchkommen – sie zieht sich an, als wäre sie achtzehn, und sie ist frech.«*

»Sie ist ein normaler Teenager und du hast nicht das Recht, so mit ihr zu reden, wie du es tust. Seien wir mal ehrlich ... Sie ist nicht mal deine Tochter!«

Dieser Kommentar ist der schlimmste, den Pearl hatte von sich geben können, und er weiß, dass sie sich dessen Wirkung bewusst ist. Sie war bei ihm, als seine eigenen Töchter nur wenige Minuten hintereinander in den Inkubatoren gestorben sind. Zuerst Rose, dicht gefolgt von Lily, als hätte sie gemerkt, dass ihre geliebte Zwillingsschwester den Planeten verlassen hatte. Pearl hatte ihn im Flur gehalten, als er weinte – als sein Herz zerbrach. Sie hat seinen Monate andauernden Schmerz gesehen und beobachtet, wie er sich Stückchen für Stückchen erholte. Sie weiß, wie viel ihm ihr eigenes Kind bedeutet.

»Wir können das wieder in Ordnung bringen«, sagt er.

Der Blick, den sie ihm zuwirft, spricht Bände. »Nein. Ich bin hier fertig. Du hast mich gebrochen. Bring dein Leben in Ordnung.«

»Aber ich werde mich ändern.«

Sie schüttelt den Kopf. »Selbst wenn du das tust, macht es keinen Unterschied mehr. Ich habe lange und gründlich darüber nachgedacht, was wir wirklich haben und wie ich fühle. In dieser Beziehung gibt es keine wahres Versprechen.«

»Du weißt, dass ich nicht noch mal heiraten möchte.«

»Ich dachte, du würdest deine Meinung ändern, aber jetzt ist klar, dass das nie der Fall sein wird. Du lebst mit mir zusammen, weil es so einfacher für dich ist.«

»Nein. Das stimmt nicht.«

»Tut es nicht?«

Tatsache ist, dass sie recht hat. Seine Gefühle für sie rühren eher von Dankbarkeit als Liebe her. In seinem Herzen gibt es keinen Platz für sie. Es ist bereits mit der Liebe zu zwei toten

Kindern erfüllt. Aber ihre Worte kommen trotzdem überraschend.

»Ich liebe dich nicht mehr. Ich will dich nicht mehr in
meinem Leben haben und ich vertraue nicht darauf, dass du
meine Entscheidung respektierst und dich fernhältst, deshalb
werde ich Mikayla wegbringen. Ich gehe zurück nach Trinidad.
Ich hätte schon vor einer ganzen Weile gehen sollen«, sagt sie.

»Du hast das geplant?«

»Ja. Das habe ich.«

»Dazwischen liegt ein verdammter Ozean. Wie soll ich da
bitte Mikayla sehen können?«

»Das wirst du nicht.«

Er blickt zu den Koffern im Flur. Wäre er nicht unerwartet
nach Hause gekommen, wäre sie gegangen, ohne ihm Bescheid
zu sagen. Diese Kuh hat das seit Wochen geplant. Es war alles
andere als ein spontaner Entschluss. Mikayla ist oben in ihrem
Zimmer, versteckt sich vor dem streitenden Paar und wartet
darauf, dass ihre Mutter sie ruft und sie aufbrechen können.

»Versuch nicht, mich aufzuhalten«, sagt Pearl. Ich habe
meine Entscheidung getroffen. Das hier ist das Ende unseres
gemeinsamen Lebens.«

Ein glühender Schürhaken bohrt sich in sein Herz, Flammen
lodern in dem Loch, das in seine Brust gerissen wurde. Seine
Wut ist beinahe greifbar und er muss seine Fäuste zügeln, die sie
am liebsten schlagen und zu Boden werfen würden. Sein Körper
vibriert vor Zorn und sie ahnt, dass nicht viel fehlt, um in ernsten
Schwierigkeiten zu sein. Sie ruft den Namen ihrer Tochter und
Mikayla erscheint. Über ihren Schultern hängt ein großer Rucksack, ihre Augen sind aufgerissen und ihr Haar hat sie zu zwei
Büscheln gebunden, die wie haarige Antennen von ihrem Kopf
abstehen. Sie senkt ihren Blick, als sie an ihm vorbei auf die
Haustür zugeht. Er will seine Hand nach ihr ausstrecken und sie
umarmen, aber Pearl formt ein »Nicht« mit ihren Lippen,

woraufhin er seine Fäuste noch fester zusammenballt, aber nichts erwidert.

Sie hebt ihren schweren Koffer an und sagt: »Öffne die Tür, Liebling.«

Mikayla tut wie befohlen und wirft ihm einen letzten Blick zu. »Tschüss!«, ist alles, was sie sagt.

Pearl kämpft sich nach draußen zu dem wartenden Taxi, während er wie angewurzelt dasteht, unfähig sich zu bewegen, als sie in das Fahrzeug klettern und davonfahren, in ein neues Leben, und ihm nichts als Erinnerungen zurücklassen.

EINUNDVIERZIG

FREITAG, 17. AUGUST – MORGEN

Die Schlüssel zu Natalies Wohnung fühlten sich schwerer als ihr bisheriger Haustürschlüssel an, als sie sie aus der Tasche ihres Rocks in ein kleines Fach in ihrer Handtasche gleiten ließ. Später würde sie einen Zwischenstopp bei der Wohnung machen, um zu sehen, welche grundlegenden Dinge sie noch brauchte, um einziehen zu können. Was auch immer heute bei der Arbeit geschah, an diesem Abend würde sie mit ihrer Familie über die ganze Sache sprechen. Noch weiter durfte sie es nicht aufschieben. Es würde niemals der richtige Zeitpunkt dafür kommen, und wenn Josh zu Hause und nicht im Kino gewesen wäre, als sie nach Hause gekommen war, dann hätte sie es ihnen schon gestern Abend erzählt.

»Kommt John heute noch?«, fragte Lucy, als sie sich mit einem Einwegbecher Tee in der Hand an ihren Schreibtisch lehnte.

»Er ist nicht mehr im Team«, sagte Natalie. Sie wollte nicht darüber reden und Lucy stellte keine weiteren Fragen.

»Ich dachte, ich könnte später noch mal Shauns Frau besuchen, wenn ich die Chance dazu habe. Sie tut mir wirklich leid. Als wir ihr gestern die Nachricht von Shauns Tod überbracht haben, war sie völlig aufgelöst. Ich will sichergehen, dass es ihr gut geht.«

»Ja, klar.« Natalie warf ihr einen flüchtigen Blick zu. Es sah Lucy nicht ähnlich, sich emotional auf die Opfer oder deren Familien einzulassen. Darum kümmerten sich die Opferberater; ihr Job war es, die Täter zu fassen. Aber sie wies sie nicht darauf hin. Wenn Lucy das Gefühl hatte, mit Kim Castle sprechen zu müssen, dann sollte sie das tun.

Nachdem Ian das Büro mit mattem Gesicht betreten hatte, nahm er den Ranzen ab, den er sich über die Brust gespannt hatte.

»Was soll die Männerhandtasche?«, fragte Lucy.

»Ich fahre heute Abend zu Scarlett und passe auf Ruby auf. Ich habe mein Schlafzeug direkt mit zur Arbeit gebracht.«

»Das ist großartig.«

Es war das erste Mal, dass Ians Ex-Freundin ihn auf ihr Kind aufpassen ließ, seit sie ihn verlassen hatte. Seine Lippen bebten, als sie sich zu einem schwachen Lächeln verzogen.

»Wird schon schiefgehen«, war alles, was er sagte. Er schob die Tasche unter seinen Schreibtisch, damit niemand darüber stolperte.

Natalie wartete kurz ab, bevor sie das Wort ergriff. »John hat das Team verlassen, also fehlt uns ein Mann und wir müssen doppelt so hart arbeiten. Wie sind Sie gestern Abend noch vorangekommen?«

Ian druckte eine Karte des Gebiets um Samford aus und überreicht sie Natalie. »Dieser gesamte Bereich besteht aus Unternehmen, Geschäften und Bürogebäuden, die alle schon geschlossen hatten. Wir haben es bei jedem Haus versucht, aber es waren keine Angestellten mehr da, mit denen wir hätten reden können. Diese Straße hier besteht nur aus Läden und Imbissbuden. Wieder haben wir es bei jedem einzelnen Haus probiert und konnten mit einigen Angestellten sprechen, aber keiner von ihnen hat Shaun am Freitag gesehen, oder sie haben angegeben, ihn noch nie getroffen zu haben. Diese beiden Straßen, die in die andere Richtung führen, aber noch im Bereich der von dem Telefonanbieter gekennzeichneten Zone liegen, bestehen aus Wohnhäusern. Wir haben beide Straßen abgeklappert, aber konnten wieder nichts finden. Aber das hier ist eine Kirche«, sagte er und deutete auf ein graues Quadrat. »St Bede's. Das Gebäude war leer, aber die Lichter waren an und die Tür geöffnet. Der Gemeindevorsteher hat uns darüber informiert, dass die Türen über Nacht immer geöffnet sind, falls Obdachlose eine Unterkunft benötigen. Es bestünde die Möglichkeit, dass Shaun den Abend dort verbracht hat. Der Vorsteher war an diesem Abend nicht mehr in der Kirche, also kann er nicht bestätigen, ob Shaun da war oder nicht, aber er wird die freiwilligen Helfer von *Help the Homeless* fragen, die regelmäßig vorbeischauen, ob einer von ihnen Shaun gesehen hat.«

»Gute Arbeit. Das erscheint logisch zu sein – der Mann verschwindet für einen Abend, ohne seiner Frau zu erzählen, wohin er geht, weil er um Vergebung bitten oder sich selbst auf seinen Selbstmord vorbereiten möchte. Das könnte auch seine letzten Worte erklären: ›Vergib mir, Vater, denn ich habe gesündigt.‹ Ich glaube, in einigen Religionen wird es als Sünde angesehen, sich selbst das Leben zu nehmen. Aber ich verstehe es trotzdem nicht. Er war kein religiöser Mann.« Sie hörte auf zu reden, als ihr Blick plötzlich zum Flur wanderte, wo Mike entschlossen auf sie zukam. Sie stand auf und öffnete ihm die Tür.

»Ihr müsst mal mit nach oben kommen. Wir haben etwas auf den Aufnahmen der Überwachungskameras entdeckt«, sagte er.

Hastig wurden Stühle zurückgeschoben und alle drei folgten ihm ins Labor, wo ein paar Assistenten an den Arbeitsstationen saßen. Auf einem der Monitore prangte das Bild eines

Mannes mit Bart, Sonnenbrille und einer Baseballkappe, die er sich tief ins Gesicht gezogen hatte.

»Das ist der Mann«, sagte Lucy und lief zu dem Bildschirm.

»Wann wurde das aufgenommen?«, fragte Natalie den Assistenten, der davorsaß.

»Dieses hier wurde um zwanzig vor elf am Mittwochmorgen aufgenommen, nur ein paar Minuten nachdem Erin und Ivy Westmore die Bibliothek betreten haben.«

»Ich dachte, an dem Morgen waren sie in diesem Café«, sagte Natalie.

Ian meldete sich zu Wort. »Sie haben die Jungs vor der Bibliothek getroffen und sind dann zusammen zum Café gegangen.«

Der Assistent fuhr fort: »Wir haben ihre Bewegungen ein paar Minuten lang verfolgt, und dann ist dieser Typ mit der Kappe aufgetaucht.« Er deutete auf den anderen Bildschirm. »Das Bild wurde am Montag um Viertel nach elf von ihm aufgenommen, wieder nur ein paar Minuten, nachdem Isabella Sharp die Bibliothek betreten hat.«

»Er ist den Mädchen in die Bibliothek gefolgt?«, fragte Ian.

»Es scheint so. An beiden Tagen lagen nur drei bis vier Minuten zwischen der Ankunft der Mädchen und seinem Auftauchen.«

»Was ist mit den Zeiten, in denen er das Internet dort genutzt hat?«, hakte Natalie nach. »Haben Sie da auch Aufnahmen von ihm gefunden?«

»Abgesehen von diesen beiden Gelegenheiten, als er ins Bild der Überwachungskamera gelaufen ist, konnten wir ihn nirgendwo finden.«

»Verdammt! Dann hat er nicht die Internetverbindung der Bibliothek benutzt«, sagte Natalie.

Mike hob einen Finger. »Nicht so voreilig. Er mag vielleicht nicht in die Bibliothek gegangen sein, um das Wi-Fi dort zu nutzen, aber Elliot hier hat eine plausible Theorie aufgestellt, wie er noch online gegangen und die IP-Adresse der Bibliothek genutzt haben könnte. Man hat tatsächlich auch von außen Zugriff auf das Internet. Dafür muss man das Gebäude selbst nicht betreten. Ein starkes Signal könnte bis zur Straße oder sogar noch weiter reichen, also könnte auch jemand in seinem Auto vor der Bibliothek sitzen und sich einloggen.« Er sah zu dem glatzköpfigen Assistenten hinüber, der zustimmend nickte.

»Das ist die wahrscheinlichste Erklärung. Wir können es überprüfen, um ganz sicher zu gehen«, sagte Elliot.

Ian linste noch mal auf das Standbild und murmelte: »Das kann nicht Shaun sein – warum sollte er sich in seiner eigenen Bibliothek verkleiden?«

»Vielleicht wollte er nicht von den anderen Mitarbeitern erkannt werden«, vermutete Mike.

Natalie schüttelte den Kopf. »Wir sind zu dem Entschluss gekommen, dass Shaun zu klein war, um dieser Mann zu sein.«

»Absätze unter den Schuhen?«, sagte Mike.

»Das müssten schon riesige Absätze gewesen sein. Er war nicht mal eins siebzig und dieser Kerl ist mindestens eins achtzig. Okay, es gibt noch einen Weg, um zu beweisen, dass das nicht Shaun ist. Lucy, überprüfen Sie seine Arbeitszeiten und finden Sie heraus, wo er jeweils war, als diese Bilder aufgenommen wurden«, sagte Natalie.

Lucy eilte davon.

»Können wir ein klareres Bild von ihm bekommen?«, fragte Natalie an Elliot gerichtet.

»Wir können es versuchen.«

Er tippte einige Nummern in ein Feld, das auf dem Bildschirm aufgetaucht war, dann verschwand das Bild, nur um kurz darauf vergrößert wieder zu erscheinen. Aber es war immer noch nicht scharf genug. Er tippte ein paar weitere Zahlen ein, aber das Bild war immer noch zu verschwommen, um irgendeine Eigenschaft oder ein Identifikationsmerkmal erkennen zu können. Natalie kniff die Augen zusammen.

Lucy erschien leicht außer Atem und hielt eine Akte in der Hand. »Am Montag war Shaun in Uptown und am Mittwoch war er in der Bibliothek in Trove. Er ist es nicht.«

Elliot machte mit seiner Arbeit weiter und nach und nach wurde das Bild etwas schärfer. Natalie betrachtete es angestrengt. Es gab nichts, das darauf hinwies, um welche Person es sich handeln könnte. Sie stieß ein verärgertes Seufzen aus, dann fiel ihr Blick auf die Hand des Mannes, die er erhoben hatte. Sie blinzelte mehrfach. »Können Sie an seine Hand heranzoomen?«

Der Laborassistent tippte wieder auf seine Tastatur ein, das Bild verschwand und tauchte wieder auf – es war eine Serie aus verpixelten Vierecken, bis sie klar und deutlich das vor sich sah, was sie dachte, sich nur eingebildet zu haben: ein Siegelring am kleinen Finger des Mörders.

»Ich kenne diesen Ring«, flüsterte sie und rief sich ein vergangenes Gespräch ins Gedächtnis.

Lucy betrachtete den monogrammierten Ring, auf dem ein in einer Rüstung steckender Arm einen Bogen mit einem Pfeil hob, bereit ihn abzufeuern.

»Das ist das Briggs-Familienwappen. John Briggs trägt genau so einen an seinem kleinen Finger.«

Niemand sagte ein Wort. Sie arbeiteten in stillem Schrecken, mit Angst vor dem, was sie finden könnten. Sie hatten John Briggs Unterlagen angefordert, und langsam setzte sich vor ihnen das Bild seines bisherigen Lebens zusammen. Natalie massierte sich die Schläfen, ihr Herz pochte, während sie arbeitete. Ein Mörder in den eigenen Rängen. Das war undenkbar, und dennoch häuften sich die Beweise gegen John Briggs. Sie hatte nicht viel Zeit, bevor sie ihn für eine Befragung herbringen lassen müsste, und sie musste sich verflucht sicher sein, dass er ihr Mann war. Wenn sie sich irrte, wären die

Folgen katastrophal. Ihr Gewissen fragte sich, ob sie nur gegen ihn ermittelte, weil sie eine tiefsitzende Abneigung gegen John hegte. Sie brachte die Stimme in ihrem Kopf zum Schweigen. Es gab nur einen Weg, sicher zu sein, und das war das Aufdecken von Fakten und Beweisen.

Sie hatte mit Johns früherem DCI gesprochen, der ihn in hohen Tönen gelobt hatte: vorbildlich, engagiert – derartige Worte hatten sich gehäuft – fleißig, entschlossen. Mit wem hatte sie es hier zu tun? Sie waren vorsichtig vorgegangen, um keinen Verdacht zu erheben und dafür zu sorgen, dass keine dieser Informationen an John weitergegeben wurde. Aus der Unterhaltung war eine entscheidende Information hervorgegangen: Nicht lange, bevor er ihrem Team zugeteilt worden war, hatte John einen zweiwöchigen Urlaub beantragt. Als Grund hatte er persönliche Umstände angegeben, die nicht infrage gestellt worden waren. Und solang sie nicht wussten, was er in diesen zwei Wochen getan hatte, könnten sie nicht herausfinden, wo er am Montag, als der Täter Isabella in die Bibliothek gefolgt war, oder am Mittwoch, als dieselbe Person die Zwillinge ausspioniert hatte, gewesen war.

Lucy hatte ein paar beunruhigende Neuigkeiten über seine aktuelle Wohnsituation aufgedeckt. »Die Adresse, die John dem Präsidium gegeben hat, ist ein B&B hier in Samford. Ich habe mit der Vermieterin gesprochen und sie sagte, dass John das Zimmer zwar gemietet hätte, sie ihn aber seit Sonntagnachmittag nicht mehr zu Gesicht bekommen hätte, als er im Voraus für das Zimmer bezahlt und ihr erzählt hatte, dass er hier arbeite. Sie hat es für mich überprüft, er hat das Zimmer nicht genutzt.«

»Wo zum Henker wohnt er dann? Versuchen Sie es bei der Vermittlungsagentur, bei Freunden, egal bei wem. Er muss irgendwo in der Nähe untergekommen sein.«

»Werden Sie ihn zu einem Verhör herbringen lassen?«, fragte Ian.

Wenn sie sich irrte, würde das zu schwerwiegenden Problemen führen. Sie könnte nicht nur seinen Ruf, sondern auch ihren eigenen beschädigen. Die Schlinge lag bereits um ihren Hals, und sie brauchte mehr Beweise, bevor sie Dan Tasker diesen Fall präsentieren konnte. Aber andererseits, wenn John diese drei Mädchen umgebracht hatte, dann musste sie handeln. »Wir sollten herausfinden, was die Agentur zu sagen hat.«

Das Warten fühlte sich an wie Folter, also ging sie noch mal sämtliche Informationen durch, die sie über John zusammengetragen hatten, bis Lucy schließlich Neuigkeiten für sie hatte.

»Laut der Vermittlungsagentur hat John vor drei Monaten ein Haus in Samford gemietet. Das war lange bevor er wusste, dass er hier arbeiten würde.«

»Er hat in Frone gearbeitet. Ich nehme an, es wäre denkbar, dass er es gemietet hat, um zu pendeln, aber das ist bestimmt zwölf Meilen entfernt. Er hätte auch etwas Näheres oder etwas direkt in Frone mieten können. Und das beantwortet nicht die Frage, warum er hier zusätzlich ein B&B gemietet hat. Wo ist dieses Haus?«

»Harrington Rise.«

»Wo genau ist das?«, fragte Natalie und öffnete eine Karte der Stadt. Sie tippte die Adresse ein und starrte auf die Markierung, die vor ihr erschien. »Scheiße! Ich würde sagen, das ist zu Fuß keine zehn Minuten vom Haus der Westmores entfernt.«

Natalie griff nach ihrem Handy, rief John an und bereitete sich darauf vor, möglichst unauffällig nach seinem Standort zu fragen, doch er ging nicht ran. »Orten Sie sein Handy«, sagte sie angespannt.

»Was fährt er für ein Auto?«, fragte Ian.

»Ich weiß nicht. Finden Sie es heraus.«

Natalie griff nach dem internen Festnetztelefon, um den Superintendenten anzurufen. Die Konsequenzen waren ihr egal. Sie musste John ins Präsidium bringen lassen, bevor er floh oder noch schlimmer, erneut tötete. Doch ein sechster Sinn veranlasste sie dazu, den Hörer wieder aufzulegen, ohne gewählt zu haben. Dan und John standen sich nahe, und Dan glaubte, dass sie einen Groll gegen den Mann hegte. Sie konnte es sich nicht leisten, dass Dan ihn kontaktierte und ihn davor warnte, was hier vor sich ging. Es musste eine verdeckte Operation bleiben.

———

»Übrigens, du siehst heute sehr hübsch aus. Das Oberteil gefällt mir«, sagte David, als er und Leigh bei Zoes Haus ankamen. Sie hob eine Augenbraue an, was ihn zum Lachen brachte. »Was? Darf ich meiner Tochter nicht sagen, dass sie hübsch aussieht?«

»Schon, aber normalerweise tust du das nicht.«

»Weil du normalerweise nicht dieses Oberteil trägst. Das steht dir gut.«

Sie sah auf ihren pastellgrünen Kimono hinunter, den sie mit einer weißen Hose und Sandalen kombiniert hatte. Es war das erste Mal, dass sie ihn trug, seit sie ihn im Urlaub bei ihrem Großvater und seiner Freundin gekauft hatte. Sie hatte ihn sich für einen besonderen Anlass aufgespart, und jetzt war er gekommen. »Danke.« Sie schenkte ihm ein Lächeln.

»So, wir sind da. Was habt ihr für heute geplant?«, fragte er.

»Chillen.«

»So angezogen?«

»Was meinst du?«

»Oh, komm schon, Leigh. So alt oder blind bin ich auch wieder nicht! Du und Zoe, ihr trefft euch mit ein paar Jungs, nicht wahr?«

Ihre Wangen wurden heiß und sie war sich sicher, dass ihr Dad wissen würde, wenn sie log. Sie musste reinen Tisch machen. Es war keine große Sache, wenn er erfuhr, dass sie zu einer Veranstaltung eingeladen worden waren. Er würde wohl kaum sofort die Presse anrufen und ihnen sagen, dass Blasted in der Stadt war und an einem geheimen Ort auftrat. Außerdem würde sie sich besser fühlen, wenn sie es ihm sagen würde. »Also –«

Er lachte und schüttelte den Kopf. »Nein. Sag nichts. Schon in Ordnung. Du darfst dich mit Jungs treffen, weißt du? Du bist immerhin fast fünfzehn. Ich weiß, dass du verantwortungsbewusst handeln wirst. Du musst mir nicht jedes Detail deines Privatlebens offenlegen.«

Sie blies ihre Wangen auf. »Das würde ich, wenn ich nicht Angst hätte, dass du spießig wirst und versuchst, es mir auszureden.«

Er legte eine Hand auf seine Wange. »Wie gesagt, so alt bin ich nicht ... noch nicht! Du bist vernünftig. Du brauchst diese Belehrungen nicht.«

»Welche Belehrungen?«

Seine Augen funkelten, als er sprach. »Sag Nein zu Drogen, trink keinen Alkohol, lass dir keine Knutschflecken verpassen und behalt deine Hose an ...« Er grinste.

»Dad!«

»Nur ein Scherz. Na los, raus mit dir. Ich hole dich nachher wieder ab.«

Leigh öffnete die Tür des alten Volvos, doch dann beugte sie sich noch einmal ins Auto und gab ihm einen Kuss auf die Wange.

»Wofür war der denn?«

»Weil ich dich liebhabe«, sagte sie.

»Ich habe dich auch lieb, Prinzessin«, erwiderte er. »Viel Spaß.«

Sie winkte ihm fröhlich zu, als sie den Weg hinunterging. Zoe öffnete die Haustür und umarmte ihre Freundin. Er beobachtete sie, bis Leigh im Haus verschwunden war, dann fuhr er davon und pfiff zufrieden vor sich hin.

»Zweierlei«, sagte Ian. »Zunächst einmal hat sich der Gemeindevorsteher der St Bede's gemeldet. Er hat mit den Freiwilligen von *Help the Homeless* gesprochen und einer von ihnen hat bestätigt, am Freitagabend gegen halb zehn mit einem Mann gesprochen zu haben, der zu Shauns Beschreibung passt. Sie haben ihn gefragt, ob er etwas zu essen oder eine Decke braucht, aber er meinte nur, dass er da sei, um seinen Frieden mit Gott zu schließen, und hat ihnen gedankt, bevor er sich zum Beten zurückgezogen hat.«

»Dann wäre das geklärt«, sagte Natalie mit schwerem Herzen. Shaun hätte die richtige medizinische Hilfe erhalten sollen, anstatt in eine Position gedrängt zu werden, in der er das Gefühl hatte, dass sein einziger Ausweg darin bestand, sich selbst das Leben zu nehmen.

»Das ist eine verdammte Schande. Seine arme Familie«, sagte Lucy und spiegelte Natalies Gedanken wider.

Ian fuhr fort: »Und zweitens hat John laut dem Verkehrsamt erst vor einem Monat seinen Lexus verkauft und kein neues Fahrzeug angemeldet.«

»Dann muss er irgendwo eins mieten. Finden Sie heraus, von wo, und besorgen Sie die Details, damit wir ihn ausfindig machen können«, sagte Natalie.

»Sein Telefon ist nicht aufzufinden. Er muss es ausgeschaltet haben«, sagte Lucy.

Ian runzelte die Stirn, bevor er sagte: »Es ist wirklich kaum zu glauben, dass John so etwas getan haben könnte. Ich meine, ich konnte den Mann noch nie leiden, aber das ...«

Natalie antwortete ihm. »Keiner von uns will bei einem Kollegen vom Schlimmsten ausgehen, aber Fakten sind Fakten. John hat seit drei Monaten eine geheime Adresse, die dem Wohnhaus der Westmores sehr nahe ist. Das und die Tatsache, dass er zwei Wochen Urlaub hatte, in denen er hier in Samford nach seinen Opfern Ausschau gehalten haben könnte, während er sich mit der Umgebung vertraut gemacht hat ... Wer auch immer diese Mädchen umgebracht hat, hat alles bis ins kleinste Detail geplant. Der Täter weiß auch genau, wie die Blütenzwillinge zu Tode gekommen sind. Wir haben nach jemandem gesucht, der Neil Hoskins kannte und über all diese Dinge hätte Bescheid wissen können, die wir vor der Öffentlichkeit unter Verschluss gehalten haben. John kannte diesen Fall genauso gut wie ich.«

Mehrere Gedanken kollidierten miteinander und machten sie für einen Moment sprachlos. Langsam fanden die Puzzleteile an ihren Platz – John hatte das pornografische Material auf Neils Laptop entdeckt, das zu seiner Verhaftung und dem daraus resultierenden Geständnis geführt hatte. Ein Geständnis, das Neil nach seiner Verurteilung wieder zurückziehen wollte. Seine letzten Worte, bevor er sich selbst das Leben genommen hatte, waren die gewesen, dass er die Mädchen nicht umgebracht hatte. Jetzt gab es Shaun Castle, der die Morde laut John gestanden und sich dann selbst vom Dach geworfen hatte. Die Ähnlichkeit war verblüffend, und dazu kam die Tatsache, dass beide tot waren – tote Männer konnten nicht reden. Ihre Kehle wurde trocken. War John auch für die Morde an den Blütenzwillingen verantwortlich? Sie riss sich zusammen und konzentrierte sich.

»2013 hat John sich von einer Frau namens Pearl getrennt. Ich kenne ihren Nachnamen nicht, aber sie war eine Krankenschwester in einem Krankenhaus in Manchester. Finden Sie sie. Eine andere Person, mit der wir uns unterhalten sollten, ist PC Harvey Moathouse. Soweit ich weiß, war er eng mit John befreundet. Und denken Sie daran, so unauffällig wie möglich vorzugehen. Ich will nicht, dass John alarmiert wird. Lucy, wir werden uns das Haus in der Harrington Rise ansehen.«

ZWEIUNDVIERZIG

»Bis später, Mum«, sagte Zoe, als sie sich über die Rückbank schob und ihre Beine aus dem SUV schwang.

Ihre Mutter drehte sich um, um mit ihr zu sprechen, bevor sie aussteigen und zu Leigh vor das Kino gehen konnte. »Denk dran, was ich gesagt habe.«

»Werden wir.«

»Und seid spätestens um fünf zurück. Dein Dad kommt früh nach Hause und macht den Grill an. Wir dachten, wir könnten draußen essen. Okay?«

»Ja. Klingt gut. Bis dahin werden wir zurück sein.«

»Okay, dann viel Spaß«, sagte Zoes Mum.

Zoe schloss die Autotür und ging die Stufen zum Kino hinauf. »Puh! Das war knapp. Ich dachte schon, sie würde mit in das verdammte Kino kommen und den Film mit uns zusammen gucken wollen.«

Vor Kurzem hatte Zoe angefangen, Teenager-Slang zu benutzen und auch einige Ausdrücke, die zusammen mit ihrem lokalen Staffordshire-Akzent seltsam klangen, aber Leigh liebte sie trotzdem. Ihre Freundin war selbstbewusst und hübsch, hatte perfekte Zähne und strahlende kastanienbraune Augen, die einen in ihren Bann ziehen konnten. Heute sogar noch mehr als sonst, weil sie sie mit golden glitzerndem Lidschatten und falschen Wimpern betont hatte. Sie trug einen Playsuit mit Riemchenträgern und einem kleinen gelben Karomuster, das ihre goldene Haut betonte. Von den dunklen lockigen Haaren auf ihrem Kopf, die an den Seiten rasiert waren, um ihren Mut und ihre Einzigartigkeit zu beweisen, bis hin zu ihren in leuchtendem Korallenrot lackierten Zehennägeln, die aus ihren modischen Sandalen hervorlugten, sah sie perfekt aus. Leigh wünschte sich, mehr wie sie zu sein, aber heute beunruhigte sie Zoes unbekümmerte Einstellung.

»Warum hast du ihr nicht gesagt, dass wir uns mit Freunden treffen, oder irgendetwas anderes, das näher an der Wahrheit ist?«

»Sie hätte mich nur ausgefragt: Wer sind sie? Wie alt sind sie? Wo wohnen sie? Du weißt, wie Mütter sind. Es ist einfacher zu sagen, dass wir uns einen Film anschauen und dann noch shoppen gehen; was wir nach dem Konzert vielleicht wirklich noch machen, also ist es keine Lüge.« Sie hakte sich bei ihrer Freundin unter. »Ich bin so aufgeregt.«

Leigh musste zugeben, dass sie ebenfalls Schmetterlinge im Bauch hatte. »Sehe ich okay aus?«

»Du siehst total heiß aus.«

»Wirklich?« Leigh lächelte schüchtern.

»Total. Komm her, Selfie-Time!« Zoe hob ihr Handy hoch in die Luft und machte ein paar Bilder von ihnen, Arm in Arm vor der Kinotür. »Da, sieh selbst.« Sie zeigte Leigh die Fotos und sie musste zugeben, dass sie zusammen gut aussahen. Sie ergänzten sich gegenseitig – Zoe mit ihrer aufgeschlossenen Persönlichkeit und ihrem Modebewusstsein und Leigh, die schüchternere der beiden, mit dem blasseren Teint und einem Hang zur Zerbrechlichkeit und Unsicherheit. Sie brauchte Zoe, um das Beste aus sich selbst zu machen. Zu Hause kam sie zurecht, aber wenn sie unter Freunden waren, war sie immer die Stille, nicht sicher, was sie sagen sollte, besonders wenn Jungs dabei waren. Sie hoffte, dass sie bei Callum überhaupt noch den Mund aufbekommen würde.

Zoe sah dem Auto ihrer Mutter nach, bis es aus ihrem Blickfeld verschwand, dann sah sie auf die Uhr auf ihrem Handy. In der letzten Viertelstunde hatte sie mindestens ein Dutzend Mal nachgesehen. Dass ihre Mum darauf bestanden hatte, sie zum Kino zu fahren, hatte ihren Plan leicht durcheinandergeworfen, aber sie hatten noch genug Zeit, um Tom um halb zwei vor der methodistischen Kirche zu treffen, wie sie es vereinbart hatten. Er und die anderen Roadies wären noch am Aufbauen und die Band würde jeden Augenblick ankommen, um den Soundcheck zu machen, bevor die Türen um zwei Uhr geöffnet wurden. Sie hätten die Möglichkeit, ihnen Hallo zu sagen, ein paar Fotos zu machen und sich mit den Jungs zu unterhalten, und dann könnten sie ihnen beim Aufwärmen zusehen, bis das eigentliche Konzert begann. Zoe drückte den Arm ihrer Freundin.

»Wie viel Zeit haben wir noch?«

»Es ist fast Viertel nach eins. Wir werden noch rechtzeitig da sein. Von hier aus sind es nur fünfzehn Minuten zu Fuß. Das wird so genial.«

Leigh lächelte sie an. Es würde super werden.

———

Harrington Rise war eine unauffällige Straße, wie so viele in Samford, und bestand aus cremefarben verputzen, freistehenden Häusern, die sich hinter einem Bürgersteig erhoben. Nummer 12, das Haus, das John gemietet hatte, bestand aus zwei Etagen mit einem gepflasterten Vorgarten und einer matten, braunen Tür. Vor allen Fenstern waren die Vorhänge vorgezogen worden. Natalie klopfte an die Tür, obwohl sie wusste, dass niemand aufmachen würde. Hinter keinem der Vorhänge regte sich etwas.

Natalie ging zum Tor an der Seite des Hauses und rüttelte daran. Es war verschlossen.

»Sollen wir einbrechen? Er könnte irgendwo bewusstlos oder tot herumliegen«, sagte Lucy.

Obwohl die Möglichkeit dazu bestand, wussten sie beide, dass es unwahrscheinlich war. Natalies Blick wurde von der Deko vor der Haustür angezogen: eine gusseiserne Schildkröte. Sie kannte ihren Nutzen. Davids Vater Eric besaß genau die gleiche. Sie beugte sich nach unten und hob ihren Panzer an. Darunter lag der Haustürschlüssel.

»Unmöglich!«, sagte Lucy.

»Ich glaube, er ist unterwegs«, sagte Natalie und zog sich Handschuhe über, bevor sie nach dem Schlüssel griff. Sie steckte ihn in das Türschloss, drehte ihn und die Tür schwang auf. Sie streiften sich Überzieher über ihre Schuhe und achteten darauf, nichts anzufassen, als sie den mit dünnem Teppich ausgelegten Flur betraten. Zu ihrer Linken führte die Treppe nach oben, und zu ihrer Rechten befanden sich ein Wohnzimmer, ein Esszimmer, ein Gäste-WC und ganz hinten eine Küche. In diesem Haus roch es verdächtig stark nach Bleichmittel. Irgendjemand hatte hier vor Kurzem geputzt.

Lucy ging nach oben und rief: »Hier gibt es weder Klamotten noch Bettwäsche oder irgendwelche Badartikel. Scheinbar wurde alles geputzt. Es sieht nicht so aus, als würde er hier wohnen.«

»Irgendwelche Beweise muss er zurückgelassen haben. Die Spurensicherung wird hier alles auf den Kopf stellen müssen«, rief sie zurück. Sie war sich sicher, dass nichts von dem, was sie hier sah, John gehörte. Die Einrichtung im Wohnzimmer – das verblasste Sofa, der Fernseher und das Bücherregal, auf dem ein Mischmasch aus Deko stand – war veraltet. Ein Trio aus blassblauen Vasen, eine Porzellanfrau mit einem weißen Kleid und ein kupferfarbener Buddha. Warum hatte er hier gewohnt und trotzdem ein Zimmer in einem B&B gemietet? Sie wusste keine Antwort darauf, aber fühlte, dass sie dicht dran waren, sie zu finden. Ihr Handy vibrierte. Ian hatte Neuigkeiten für sie.

»PC Harvey Moathouse hat die Polizei vor einem Jahr verlassen. Scheinbar hat er sich ein Boot gekauft, um mit seiner Familie um die Welt zu segeln. Er steht nicht mehr mit den Kollegen aus Manchester in Kontakt. Aber ich konnte mithilfe des Krankenhauses dort Pearl Toussaint ausfindig machen. Sie arbeitet immer noch als Krankenschwester und lebt momentan in Trinidad.«

»Oh, verflucht!«

»Schon okay, ich konnte sie über Social Media aufspüren und sogar eine Telefonnummer finden. Ich habe sofort angerufen, aber sie war noch nicht von der Arbeit zu Hause. Ihre Tochter meinte, dass sie in etwa einer Stunde wieder da wäre.«

»Gut. Ich rufe sie an, sobald wir zurück im Büro sind. Sonst noch was Neues?«

»Ich sehe immer noch die Autovermietungen durch.«

»Okay. Wir werden hier nicht mehr lange brauchen.«

Sobald sie den Anruf beendet hatte, rief sie Mike an. »Es sieht aus, als wäre er nie hier gewesen, aber ich glaube, der Scheißkerl hat seine Sachen gepackt. Ich bin in Hausnummer 12 in der Harrington Rise. Kannst du jemanden herschicken, der sich hier umsieht? Er muss irgendwelche Spuren hinterlassen haben.«

»Klar.«

»Der Haustürschlüssel ist in der Schildkröte.«

»Ist das eine verschlüsselte Botschaft?« Sie konnte das Lächeln in seiner Stimme hören.

»Sehr komisch!«

»Wir müssen die Gelegenheiten nutzen, wenn sie sich uns bieten«, antwortete er. »Ich kümmere mich darum. Soll das immer noch unter Verschluss bleiben?«

»Ja, obwohl ich bald mit Dan darüber werde sprechen müssen.«

»Viel Glück dabei.«

»Danke! Ich melde mich später wieder.«

»Tu das.«

Sie schob das Handy zurück in ihre Tasche, und Lucy kam die Treppe herunter.

»Nichts. Nicht ein verdammter Krümel. Keine Laken auf dem Bett – gar nichts.«

»Er muss alles mitgenommen haben.«

»Aber wohin? Er muss irgendeinen Plan für ein Endspiel haben.«

»Wahrscheinlich taucht er in ein paar Tagen wieder auf und versucht, sich da rauszureden. Wir haben noch keinen stichhaltigen Beweis, dass er hinter den Morden steckt, und das weiß er. Er ist verflucht clever, Lucy.«

»Um das zu tun, bräuchte er Eier aus Stahl. Ich vermute, dass er sich aus dem Staub gemacht hat und untertauchen will, obwohl ich nicht wüsste, wohin er gehen sollte. Er kann nicht für immer davonlaufen.«

»Ein Mann auf der Flucht, der nichts mehr zu verlieren hat, gehört zur gefährlichsten Art von Kriminellen. Wir müssen ihn finden.«

———

Leigh und Zoe waren fast bei der methodistischen Kirche angekommen, einem niedrigen Gebäude aus schlichten Steinen und einem Schieferdach, das ein Stück von der Straße entfernt hinter einem kleinen Parkplatz stand. Sie erhaschten einen Blick auf einen Van mit verdunkelten Fenstern, und Zoe stieß ein lautes »Abgefahren!« aus.

Leigh verstand die Aufregung ihrer Freundin. Das musste der Undercover-Van sein, den Tim ihnen am Telefon beschrieben hatte – der Van, in dem Blasted unterwegs waren, wenn sie nicht wollten, dass ihre Fans wussten, wo sie waren.

»Du musst ein Foto von mir und dem Van machen«, sagte Zoe und beschleunigte ihre Schritte.

Leigh folgte ihr und hob ihr Handy, während Zoe posierte, die Hände in die Taschen ihres Jumpsuits steckte und ein ernstes Gesicht machte. Dann lächelte sie breit und warf ihren Kopf zurück. Leigh drückte immer wieder auf den Auslöser. Ein Räuspern ließ sie zusammenzucken. Ein Mann in einer Militärjacke stand im Schatten des Gebäudes.

»Und ihr seid?« Seine Stimme klang unfreundlich.

Unbeeindruckt und voller Vorfreude auf das, was sie gleich erleben würden, antwortete Zoe: »Freunde von Tom.«

Der Mann trat aus dem Schatten. Er trug ein schwarzes Blasted-T-Shirt und an einer Kordel um seinen Hals baumelte ein Ausweis. Er nickte ein paarmal. »Zoe und ...«, murmelte er und blickte zu Leigh.

»Leigh«, sagte Zoe.

Der Mann tippte sich an den Kopf. »Genau, Leigh. Tom meinte, dass ich nach euch Ausschau halten soll. Die Band ist gerade erst angekommen und die Jungs bereiten alles für den Soundcheck vor, um sicherzugehen, dass auch alles funktioniert. Wir sind etwas unterbesetzt, also hilft Tom ihnen dabei. Ich will nicht, dass ihr hier draußen rumhängt, sonst sieht euch noch jemand und bekommt Wind davon, was hier los ist. Ist es okay für euch, mit reinzukommen und drinnen auf sie zu warten? In fünf Minuten sind sie so weit. Ich bin übrigens Chris, ich gehöre zur Security. Er hielt seinen Ausweis hoch, auf dem sein Foto und sein Name neben dem Wort »Security« prangten.

»Wir sollten lieber auf Tom warten«, sagte Leigh.

»Er hat drinnen zu tun. Wenn ihr also darauf warten wollt, dass er kommt und euch holt, dann wartet unten an der Straße«, sagte Chris.

Zoe warf Leigh einen drängenden Blick zu und sagte: »Nein, schon in Ordnung. Wir kommen mit rein.« Sie versuchte, Leigh mit einer Serie aus Grimassen davon zu überzeugen. Als Leigh sich nicht bewegte, marschierte sie los. Leighs Reaktion kam ganz automatisch. Sie wollte nicht zurückgelassen werden, und sie wollte ihre Freundin auch nicht alleine dort hineingehen lassen, also folgte sie ihnen als Schlusslicht.

»Wir müssen durch den Hintereingang gehen. Die Vordertür wird erst aufgeschlossen, wenn die Veranstaltung losgeht.« Chris ging ihnen voraus, an der Seite des Gebäudes vorbei.

Zoe trabte eifrig hinter ihm her, aber Leigh blieb etwas weiter zurück. Irgendein sechster Sinn ließ sie zögern.

Zoe blieb stehen, drehte sich um und winkte sie zu sich. »Komm schon!«, sagte sie, bevor sie hinter der Hauswand verschwand.

Leigh folgte ihr nicht. Was hielt sie zurück? Die Band war drinnen und prüfte ihre Instrumente. Wenn sie sich nicht wieder in Bewegung setzte, würde sie ein Treffen mit Callum Vincetti verpassen.

Zoe rief ihren Namen. »Leigh!«

Da sie wusste, dass ihre Freundin nicht zurückkommen oder auf sie warten würde, lief sie weiter. Sie ging um die Ecke, wo Sonnenlicht in einen ordentlichen Garten fiel. Zoe und Chris waren nicht in Sicht; sie waren schon reingegangen. Die Hintertür lag versteckt in einer Nische in der Gebäudewand, und sie ging darauf zu, nahm an, dass sie noch offen war. Als sie sie fast erreicht hatte, blieb sie wieder stehen. Was beunruhigte sie so? Dann dämmerte es ihr: Sie konnte nichts hören. Es ertönten weder Schlagzeug noch Gesang oder elektrische Gitarren. Wenn die Band ihren Soundcheck machte, dann müsste sie irgendetwas hören.

Sie zuckte zusammen, als Chris im Türrahmen erschien. Er sah sie fragend an. »Alles okay?«

»Wo ist Zoe?«

»Drinnen.«

»Zoe!«

Er lachte. »Sie kann dich nicht hören.«

»Warum höre ich keine Musik?«, fragte Leigh.

»Schalldichte Räume. Hier draußen kann man absolut nichts hören.«

»Zoe!«

Er schob die Hände in seine Taschen. »Also kommst du nicht rein?«

»Nein«, sagte sie und machte einen Schritt zurück.

»Ich hatte schon so ein Gefühl, dass du das nicht tun würdest. Du bist genauso stur wie deine Mutter.« Plötzlich sprang er nach vorne, ehe Leigh die Kontrolle über ihre Beine erlangte, und dann war alles, was sie noch wahrnahm, eine durchdringende Schwärze.

DREIUNDVIERZIG

FREITAG, 17. AUGUST – NACHMITTAG

Nachdem sie ins Präsidium zurückgekehrt waren, stellte Natalie den Lautsprecher ihres Telefons an, sodass die Stimme von Pearl Toussaint im Büro gut hörbar war. Lucy saß mit ihren Ellbogen auf den Knien da und hörte ihr zu.

»Ich weiß es wirklich zu schätzen, dass Sie bereit sind, mit uns zu sprechen«, sagte Natalie, die gerade erklärt hatte, dass sie dabei waren, Hintergrundinformationen über John zusammenzutragen. »Ich weiß nicht, ob ich wirklich helfen kann. Wir haben England vor fast fünf Jahren verlassen und seitdem hat sich mein Leben sehr verändert.«

»Natürlich, aber alles, was Sie uns sagen können, könnte uns weiterhelfen. Alles, was wir über John erfahren, könnte uns helfen.«

»Hat er etwas angestellt?«

»Ich kann die Natur unserer Ermittlung nicht preisgeben, nur so viel, dass wir möglichst viel über John in Erfahrung bringen müssen, und dass wir hoffen, dass Sie uns einige Details verraten können. Besonders, da Sie mit ihm zusammengelebt haben.«

»Er hat richtig Mist gebaut, nicht wahr? Ich wusste, dass er das tun würde. Ich habe ihn gewarnt, dass er sein Leben auf die Reihe bekommen muss, als ich ihn verlassen habe.«

»Warum haben Sie das zu ihm gesagt?«

»Er war vollkommen fertig – in der einen Minute himmelhochjauchzend und in der nächsten zu Tode betrübt, und er ist zu abhängig von den Drogen geworden.«

Das war Natalie neu. Sie hatte nie vermutet, dass John etwas nehmen könnte, auch nicht während der Zeit, in der sie in Manchester zusammengearbeitet hatten.

»Ist das der Grund, weshalb Sie ihn verlassen haben?«

»Das und die Tatsache, dass es mit uns nicht funktioniert hat.«

»Könnten Sie das weiter ausführen?«

»Ich war nicht glücklich. Ich hatte gehofft, dass wir uns ein gemeinsames Leben aufbauen könnten, aber er ist nie über die Vergangenheit hinweggekommen, und das hat unsere Beziehung beeinflusst – sehr sogar. Man kann nicht mit jemandem zusammenleben, der nicht über etwas hinwegkommen will.«

»Meinen Sie damit den Tod seiner Frau?« Natalie blätterte sich durch die Akte und hielt bei der betreffenden Seite inne, auf der stand, dass John Jennifer Harper geheiratet hatte, die 2011 gestorben war.

»Ja. Ich wusste von Anfang an, dass er nie wirklich darüber hinwegkommen würde, aber ich habe es trotzdem gehofft. Das war töricht von mir. Ich habe mich schwer in ihn verliebt und wollte diejenige sein, die ihm hilft, diesen Schrecken hinter sich zu lassen. Aber ich hatte nicht damit gerechnet, wie tief sein Trauma sitzen würde.«

»Können Sie mir sagen, was passiert ist? Wir haben hier nur das Datum von Jennifers Tod.«

Es ertönte ein Seufzen. »Sie waren beide in einen Autounfall verwickelt. John ist mit leichten Verletzungen davongekommen, aber an Jennifer mussten lebenserhaltende Maßnahmen durchgeführt werden. Es war schnell deutlich, dass sie sich nicht mehr erholen würde. Wir haben sie so lange am Leben erhalten, wie wir konnten, um die Babys zu retten, aber dann erlitt sie einen Herzstillstand.«

In ihren Aufzeichnungen stand nichts davon, dass Jennifer ein Baby erwartet hatte.

»Sie war schwanger?«, fragte Natalie.

»Wussten Sie das nicht? Sie erwarteten Zwillinge. Sie schienen unverletzt zu sein und der Arzt entschied, dass sie eine bessere Überlebenschance hätten, wenn sie so lange wie möglich im Mutterleib weiterwachsen konnten, aber als Jennifer kollabierte, mussten wir sie holen.«

Bei diesen Neuigkeiten schnappte Lucy überrascht nach Luft.

»Haben sie überlebt?«, fragte Natalie.

»Zweiunddreißig Stunden. Es gab mehr Komplikationen, als wir vorausgeahnt hatten.«

»Welches Geschlecht hatten die Zwillinge?«

»Es waren Mädchen. John hat sie Rose und Lily getauft. Sie wurden zusammen mit ihrer Mutter bei der Kirche in der Nähe ihres Elternhauses begraben. John ist nicht zu der Beerdigung gegangen.«

»Gab es einen Grund dafür?«

»Wir haben nie darüber gesprochen, aber ich denke, er hatte Schuldgefühle. Er hat den Unfallwagen gesteuert. Ich glaube, dass er sich für ihren Tod verantwortlich gefühlt hat.«

Das war ein weiterer wichtiger Hinweis, der Natalie noch mehr davon überzeugte, dass John für die sich kürzlich ereignenden Morde verantwortlich war, und auch für die in Manchester.

»Hat er je über die Babys gesprochen?«

»Nein, und das war auch der Grund, warum wir uns als Paar nicht weiterentwickeln konnten.«

»Aber Sie haben doch recht lange zusammengelebt?«

»Nur etwas über zwei Jahre. Nachdem seine Frau und die Kinder beerdigt worden waren, ging alles sehr schnell und wir sind zusammengezogen. Ich dachte, er wäre der Richtige, aber rückblickend betrachtet wollte er nur getröstet werden und trug zu viel Schmerz und Wut in sich, als dass unsere Beziehung hätte funktionieren können. Ich schätze, einer der Gründe, warum er so begierig darauf war, ein Teil meines Lebens zu werden, war meine Tochter Mikayla. Sie wurde zu einer Art Ersatztochter für ihn, aber das war für keinen der beiden gesund.«

»Inwiefern?«

Es folgte eine Pause, dann sagte sie: »Ich weiß nicht, ob es an den Drogen lag, die er angefangen hat zu nehmen, oder ob er wirklich dachte, dass er sich richtig verhielt, aber er wurde zu herrisch – er hat ihr gesagt, was sie durfte und nicht durfte, manchmal auf sehr aggressive Art und Weise – und er wurde ihr gegenüber immer kritischer. Sie war ein typischer Teenager und hat mit ihrer Frisur und ihrer Kleidung herumexperimentiert, solche Sachen eben, aber es war, als wollte er nicht, dass sie erwachsen wurde. Mikayla fing an, sich über sein Verhalten zu ärgern. Er war streitsüchtig und unvernünftig: Er wollte sie davon abhalten, sich mit ihren Freunden zu treffen, hat ihr gesagt, dass sie sich umziehen soll, wenn ihr Outfit ihm nicht passte, und sie haben sich oft gestritten. Ich musste nicht nur an mich, sondern auch an Mikaylas Wohlergehen denken, also habe ich ihn verlassen.«

»Hatte er seitdem Kontakt zu Mikayla?«

»Ich habe ihm gesagt, dass er sich aus unserem Leben fernhalten soll, und das hat er auch getan.«

»Hat er Ihnen oder Mikayla je gedroht?«

»Nein, aber er ist ein temperamentvoller Mann. An manchen Tagen konnte man es in seinen Augen sehen – die Wut und den Schmerz und die Frustration. Jetzt bin ich froh, dass wir damals ausgezogen sind. Also, DI Ward, wenn Sie mich kontaktieren, muss es etwas Ernstes sein. Ich hoffe, er hat niemandem wehgetan.«

Natalie versuchte, die Frau von ihrer Vermutung abzulenken. »Hat er irgendwelche engen Freunde oder Familie, von der sie wissen?«

»Seine Mutter ist schon vor Jahren gestorben und seinen Vater kannte er nicht. Er hat sich hauptsächlich mit anderen Polizisten getroffen. Ich glaube nicht, dass es einen bestimmten gab. Er hat immer nur von *den Jungs* gesprochen, anstatt jemand Bestimmtes zu nennen.«

»Erinnern Sie sich vielleicht trotzdem an irgendwelche Namen?«

»Harvey irgendwas … An andere erinnere ich mich nicht.«

Natalie vermutete, dass es sich um PC Harvey Moathouse handelte.

»Okay. Vielen Dank für Ihre Zeit.«

Pearl erwiderte nichts und verabschiedete sich auch nicht, also vermutete Natalie, dass sie noch etwas loswerden wollte. Schließlich tat sie es. »Es war Mitleid, keine Liebe, die uns zusammengebracht hat. Ich war eine Krankenschwester und sah jemanden seelisch sehr leiden und wollte helfen, diese Person zu heilen, aber die Wahrheit ist, dass niemand John heilen kann. Er lebt in einer permanenten Hölle.«

Natalie dankte ihr noch einmal, bevor sie das Gespräch beendete.

»Scheiße!«, war alles, was Lucy herausbrachte.

»John muss unser Mörder sein. Er muss es sein und er ist auf irgendeinem irrsinnigen Rachefeldzug, weil er seine Kinder verloren hat. Wie konnte das von allen übersehen werden?« Natalie war außer sich.

»Wahrscheinlich hat er nie jemandem davon erzählt. Er gehört nicht gerade zu den Leuten, die ihr Herz auf der Zunge tragen.« Damit traf Lucy ins Schwarze. John war dafür bekannt, einer der Jungs zu sein und derbe oder unangemessene Bemerkungen zu machen, manche hätten ihn als harte Nuss bezeichnet. Er hatte bei der Arbeit nie über sein Privatleben gesprochen. Natalie wusste nur von Pearl, weil sie die Frau ein einziges Mal getroffen hatte, als sie John von der Arbeit abgeholt hatte. Aber John hatte ganz offensichtlich schwere Zeiten durchgemacht, und so etwas hätte in seinen Arbeitsunterlagen stehen müssen. Sie fragte sich, wie viel Dan über John wusste, doch bevor sie weiter darüber nachdenken konnte, kam Ian zurück ins Büro.

»Ich habe alle Autovermietungen des Kreises abgeklappert, aber hatte kein Glück. John hat bei keinen von ihnen ein Fahrzeug gemietet.«

Natalie kaute auf ihrer Lippe herum, bevor sie sagte: »Erweitern Sie das Gebiet. Versuchen Sie es in Derbyshire. Ich werde mit Superintendent Tasker reden. Es wird Zeit, dass wir ihm unsere Bedenken mitteilen.«

Dan stand vor ihr, seine Hände waren hinter seinem Rücken verschränkt. »Das sind sehr ernste Anschuldigungen, DI Ward.«

»Dessen bin ich mir sehr wohl bewusst, und ich weiß auch, dass vieles von dem, was wir haben, nur Indizien sind, aber wir müssen John finden und ihn vernehmen.« Sie reckte ihr Kinn nach oben und hielt seinem Blick stand.

»Ich gebe zu, dass sein Verhalten teilweise seltsam klingt, aber es liegen Welten zwischen der Frage, warum jemand ein Haus und ein B&B gemietet hat, und der Anschuldigung des Mordes.«

»Ich habe Ihnen alles gesagt, was ich weiß. Bestimmt sehen Sie dieselben Zusammenhänge wie ich, Sir.«

»Die sehe ich, aber ich sehe auch einen Mann, der in seinem Leben eine schwere Tragödie erleiden musste, der ein makelloses Arbeitszeugnis besitzt und sich den Respekt seiner Kollegen verdient hat.«

Natalie waren die Argumente ausgegangen. Sie hatte ihm sämtliche Fakten dargelegt. Mehr konnte sie ihm nicht anbieten, und wenn er sich weigerte, sie zu unterstützen, wusste sie nicht, was sie tun sollte. Ein Klopfen an der Tür unterbrach ihre Unterhaltung.

»Herein!«

Ian betrat den Raum. »Tut mir leid, Sie zu stören, Sir, aber es gibt eine neue, wichtige Entwicklung. Wir haben entdeckt, dass DS Briggs letzten Sonntag einen blauen Nissan Micra gemietet hat, aber gestern hat er ihn gegen einen Ford Transit ausgetauscht und explizit verdunkelte Fenster gefordert. Das ist eins der höherpreisigen Modelle, das mit einem Peilsender ausgestattet ist, der aktiviert wird, sobald sich das Fahrzeug in Bewegung setzt. Momentan fährt es auf der M6 Richtung Norden.«

Natalie sah ihrem Vorgesetzten in die Augen.

»Okay. Bringen Sie ihn her«, sagte er.

»Vielen Dank, Sir.«

»Ich hoffe für Sie, dass Sie richtig liegen, DI Ward.«

»Da bin ich mir sicher, Sir.«

VIERUNDVIERZIG

FREITAG, 17. AUGUST – ABEND

»Der Ford Transit hat soeben einen AKLS-Punkt in der Nähe der Keele-Station passiert. Er fährt Richtung Knutsford«, sagte Ian, der den Weg des Fahrzeugs auf der M6 beobachtete.

»Es wurden Polizisten losgeschickt. Sie sollten in der Lage sein, ihn bald von der Autobahn zu ziehen«, sagte Natalie, die mit verschränkten Armen aus dem Fenster sah. Sie war bereit für diesen Bastard. Er konnte zappeln, so viel er wollte, aber sie würde sicherstellen, dass sie ihn an der Angel hatte.

Lucy war bei der Familie von Shaun Castle, und obwohl Natalie wollte, dass sie bei Johns Befragung dabei war, gab es nur wenig für sie zu tun, bis sie ihn geschnappt hätten. Ihre Fragen waren vorbereitet. Mikes Team war immer noch bei Johns Haus und suchte nach Beweisen, die ihn mit den Morden in Verbindung bringen würden. Sie war zuversichtlich, dass er irgendwo etwas übersehen hatte. Doch dann schwankte ihre Selbstsicherheit für einen Augenblick – bisher hatte John Briggs sie alle hinters Licht geführt und keinen Fehler gemacht, abgesehen von dem, einen Ring am kleinen Finger zu tragen. War er wirklich ihr Mann?

Ihr Handy vibrierte und Davids Name blinkte auf dem

Display auf. Kurz überlege sie, ob sie ihn ignorieren sollte, doch überlegte es sich dann anders. Sie wollte ihn wissen lassen, dass sie heute sehr spät nach Hause kommen würde, wenn überhaupt. »Ich rufe zurück«, sagte sie schnell, bevor er etwas sagen konnte, und legte wieder auf. Dann ging sie auf die Dachterrasse und wählte seine Nummer. Die kühle Luft war eine willkommene Abwechslung zu dem stickigen Büro, und sie atmete tief durch.

»Hi. Ich konnte im Büro nicht sprechen. Was gibt's?«

Davids Stimme klang flach. »Rowena hat Zoe und Leigh gegen Mittag am Kino in Samford abgesetzt, mit der Anweisung, um fünf Uhr wieder zu Hause zu sein, aber keiner von ihnen ist aufgetaucht und sie gehen nicht an ihre Handys. Rowena ist ganz außer sich vor Sorge. Wir haben versucht, alle ihre Freunde anzurufen, und ich bin sogar zum Kino gefahren, aber niemand erinnert sich daran, sie gesehen zu haben. Ich glaube nicht, dass sie ins Kino gegangen sind. Leigh hat ihr neues Oberteil getragen und ich habe einen Scherz darüber gemacht, dass sie sich mit einem Jungen trifft. Ich glaube, das hatten sie wirklich vor – sich mit Jungs treffen –, aber keiner ihrer Freunde weiß etwas darüber. Was soll ich jetzt tun, Natalie?«

Das war fast die exakte Wiederholung von dem, was am Anfang des Jahres geschehen war, als sie dachten, dass Leigh von einem Mörder geschnappt worden wäre, den Natalie gejagt hatte. Es hatte sich herausgestellt, dass das Mädchen von zu Hause weggelaufen war. Sie schluckte und versuchte, das Gehörte zu verarbeiten. »Hat sie dir gegenüber keine Namen erwähnt?«

»Nein, aber ich bin mir sicher, dass sie so etwas vorhatten. Rowena meinte, dass Zoe sich ebenfalls schick gemacht hatte und sogar goldenen Lidschatten getragen hatte, aber sie hat keinen Verdacht geschöpft. Sie dachte wirklich, dass sie sich einen Film ansehen.«

»Sie könnten einfach die Zeit vergessen haben.« Selbst in ihren eigenen Ohren klang das unwahrscheinlich. »Ich werde das Dezernat für vermisste Personen informieren.«

David klang verwirrt und verletzt. Sie verstand ihn, als er sagte: »Wahrscheinlich ist das wieder unsere Schuld. Ich wäre nicht überrascht, wenn sie gemerkt hätte, was zwischen uns vor sich geht. Als sie das letzte Mal weggelaufen ist, haben wir uns daraufhin eine Weile wieder verstanden, also könnte sie das Gleiche noch mal versuchen.«

»Das wäre möglich, aber wenn das der Fall ist, warum ist Zoe mit ihr gegangen?«

»Vielleicht hat Zoe sie dazu angestiftet.«

»Ich denke auch, dass wir deswegen nicht in Panik verfallen sollten, aber ich werde die Kollegen trotzdem darauf ansetzen. Wir können nicht herumsitzen und nichts tun.«

»Okay. Ich habe Josh gesagt, dass er zu Hause bleiben und sich melden soll, wenn sie zurückkommt. Ich werde bei Rowena und Patrick warten für den Fall, dass wir etwas hören oder sie nach Hause kommen. Wir hätten reinen Tisch machen und ihnen die Situation erklären sollen. Das ist eine verdammte Folter. Ich habe keine Ahnung, ob sie uns nur etwas heimzahlen will oder ob sie in Gefahr sein könnte.«

»Ich werde mit Graham Kilburn reden. Er wird wissen, was zu tun ist.«

»Ich bin vollkommen fertig, Natalie. Wenn sie wieder da ist, müssen wir etwas dagegen unternehmen. Sie kann nicht ständig weglaufen und uns so eine Angst machen.«

Er beendete das Telefonat, und sie fühlte sich schuldig. Es war zweifelsfrei ihre Schuld, dass Leigh wieder davongelaufen war. Sie hatte dafür gesorgt, dass das geschah. Also rief sie Graham Kilburn unter seiner privaten Nummer an und erzählte ihm, was sie wusste. Ihre Tochter war schon wieder verschwunden, diesmal zusammen mit ihrer besten Freundin.

»Gibt es einen Grund, weshalb sie weggelaufen sein könnte?«

»Wir haben immer noch Eheprobleme, also ja, sie könnte deswegen weggelaufen sein.«

»Haben die Mädchen irgendetwas mitgenommen – Klamotten, Taschen, irgendwelche persönlichen Gegenstände?«

»Nicht dass ich wüsste. David meinte, Leigh hätte sich schick gemacht, wahrscheinlich, um sich mit einem Jungen zu treffen. Sie hätten um fünf wieder zu Hause sein sollen.«

»Es ist erst sieben Uhr. Sie könnte immer noch bei Freunden sein.«

»David und Rowena haben alle ihre Freunde angerufen und keiner von ihnen hat Zoe oder Leigh gesehen. Keine von ihnen geht an ihr Handy.« Ein Gedanke erhob sich wie eine fette Blase in ihrem Kopf und verweilte dort.

»Okay. Nun, ich muss Ihnen nicht sagen, dass Sie zu diesem Zeitpunkt noch nicht zu beunruhigt sein sollten. Sie könnten einfach in ein oder zwei Stunden zurückkommen.«

»Ich weiß, aber … Graham, ich mache mir Sorgen.«

»Das ist ganz natürlich. Wir werden das mit einer hohen Priorität behandeln.«

Der Gedanke drängte sich ihr auf – ein Gedanke, der so schrecklich war, dass er ihre Lippen betäubte, als sie versuchte, Graham ihre Ängste zu schildern. Doch schließlich brachte sie die Worte heraus.

»Graham, ich denke, dass die Mädchen von einem Mörder entführt wurden.«

»Natalie, dieselben Sorgen hatten Sie beim letzten Mal auch.« Seine Stimme klang väterlich, beruhigend, war darin geübt, besorgte Eltern zu trösten.

Fast konnte sie auch die unausgesprochenen Worte hören. *Sie überreagieren.* Sie schluckte den Kloß aus Angst herunter.

Sie verhielt sich irrational. John konnte ihre Tochter nicht kennen.

»Ja. Ich werde ein wenig irrational.«

»Überlassen Sie das uns. Ich werde ein Team losschicken.«

»Danke.«

Sie beendete das Telefonat und starrte eine Weile ihr Display an, bevor sie ihren Sohn anrief.

»Sie ist noch nicht wieder da«, sagte Josh sofort.

»Okay. Josh, kannst du Leighs Laptop für mich überprüfen?«

»Klar.«

»Überprüf ihre E-Mails und ihren Internetverlauf. Sieh dir an, auf welchen Websites sie in letzter Zeit war.«

»Okay ...« Er klang unsicher.

»Kannst du das tun und mich dann zurückrufen?«

»Ja.«

»Danke.«

»Mum, sie macht wahrscheinlich das Gleiche wie beim letzten Mal. Wir sind weder taub noch blind. Wir wissen, dass du und Dad, dass ihr nicht im selben Zimmer schlaft. Seit wir aus dem Urlaub zurück sind, verhaltet ihr euch wirklich komisch. Wahrscheinlich will sie euch nur wieder eine Lektion erteilen.«

Sogar ihr siebzehnjähriger Sohn dachte, dass Leigh wegen ihr und David davongelaufen war. »Ja. Das wird es wahrscheinlich sein.«

»Sie wird in ein oder zwei Tagen zurückkommen, nachdem ihr euch sämtliche Haare gerauft habt.«

Sie brachte ihm zuliebe ein kleines Lachen zustande. »Lass mich wissen, was du herausfindest.«

Sie legte auf und rieb ihre trockenen Lippen übereinander. Alle schienen zu denken, dass Leigh wegen der Probleme zwischen ihr und David weggelaufen war, aber sie musste an die Fabel vom Hirtenjungen und dem Wolf denken. Versuchte

Leigh diesen Trick wirklich zum zweiten Mal, oder war sie tatsächlich in Gefahr, weil alle dachten, dass sie sich nur irgendwo versteckte?

Während Natalie mit David gesprochen hatte, war Lucy ins Büro zurückgekehrt. Sie und Ian hatten sich beide mit der Fernmeldeeinheit verbunden und beobachteten die Autobahn M6 über die Überwachungskameras. Der Monitor war in vier Quadrate unterteilt, von denen jedes einen anderen Teil der Straße zeigte, auf dem sich der abendliche Verkehr tummelte. Natalie sagte nichts über Leigh. Alle hier hatten bei der Suche geholfen, als das Mädchen das letzte Mal verschwunden war, und hatten ihr geglaubt, dass sie von einem Mörder entführt worden war, woraufhin sie alles stehen und liegen gelassen hatten, um sie zu finden. Solang es nicht einen Hinweis darauf gab, dass ihrer Tochter etwas Schreckliches widerfahren war, würde sie ihr Team das nicht noch mal durchmachen lassen. Fakten und Beweise … Nur darauf kam es an. Sie konnte sich keine Kurzschlussreaktion leisten, vor allem nicht, wenn sie John Briggs auf der Spur waren.

Die Fernmeldeeinheit erwachte zum Leben. »Officer haben Sichtkontakt zum Fahrzeug.«

Sie alle starrten auf den Monitor, konzentrierten sich auf den Abschnitt, auf dem die Ausfahrt Richtung Knutsford Services zu sehen war. Es ertönte ein Knistern und Rauschen, dann sagte eine tonlose Stimme: »Fahrer alarmiert, blinkt und bremst ab. Fahrzeug fährt auf die Zufahrt zur Raststätte. Nähern uns. Nähern uns.«

Drei Streifenwagen tauchten auf dem Bildschirm auf, ihr Blaulicht blitzte auf, als sie einen schwarzen Transporter einkreisten, damit dem Fahrer keine andere Möglichkeit blieb, als tatsächlich die Raststättenausfahrt zu nehmen. Das Bremslicht des Transporters leuchtete auf und das Fahrzeug kam kurz nach der Autobahnabfahrt zum Stehen. Eine Gestalt stieg aus und marschierte auf die Beamten zu. Obwohl es unmöglich war, diese Person zu identifizieren, erkannte Natalie den schwankenden Gang.

»Nehmen Sie den Verdächtigen fest«, sagte sie und beobachtete, wie John und die Polizisten aus dem Blickfeld verschwanden.

Dann meldete sich wieder die Einheit. »Verdächtiger wurde festgenommen und wird nach Samford gebracht. Geschätzte Ankunftszeit: fünfundvierzig Minuten.«

»Verstanden«, sagte Natalie. Sie atmete tief ein, bevor sie sich an Ian und Lucy wandte. Wir werden unser absolut Bestes geben müssen. Ich bezweifle, dass er einfach gestehen wird. Dieser Van ist mit einem Peilsender ausgestattet; finden Sie heraus, ob der Nissan Micra, den er am Sonntag gemietet hatte, auch einen hat, und falls ja, wo er zwischen Sonntag und gestern Nachmittag damit war, bevor er ihn gegen den Ford Transit eingetauscht hat. Ian, die Spurensicherung soll den Van auseinandernehmen. Wir müssen eindeutige Beweise finden, sonst wird er hier einfach wieder rausspazieren. Wir können ihn nicht ewig festhalten, und er wird seine Antworten auf die meisten, wenn nicht sogar alle meine Fragen vorbereitet haben. Vorher machen Sie eine kurze Pause. Wir müssen wachsam bleiben.«

Ian sagte nichts, als er sein Handy nahm und den Raum mit gesenktem Kopf verließ. Natalie bemerkte seine plötzliche Melancholie. »Was ist mit ihm los?«

»Er hätte heute Abend auf seine Tochter aufpassen sollen. Er hat Scarlett schon zweimal angerufen, um zu sagen, dass es später wird, aber dass er auf jeden Fall noch kommt. Ich denke, er hat sich darauf gefreut«, sagte Lucy.

»Oh, Mist! Das habe ich vollkommen vergessen.«

Lucy zuckte mit den Schultern. »Es ist nicht das erste Mal und wird auch nicht das letzte Mal sein, dass er sie enttäuscht.

Das gehört zu diesem Job dazu.«

Natalie ordnete einige Zettel, dann ging sie nach draußen, um Ian zu finden. Es war der Job, aber sie hätte wenigstens mit ihm darüber sprechen können. Dan hatte geglaubt, dass sie ein Teamplayer und eine gute Anführerin war, und gerade bewies sie das Gegenteil. Ihre Aufgabe war es, das Team anzutreiben und Ergebnisse zu liefern, nicht sie fertigzumachen oder ihre Beziehungen zu zerstören. Sie hatte bei ihrer eigenen schon genug Schaden angerichtet. Sie fand Ian auf dem Dach. Er starrte über die Mauer hinunter auf den Verkehr.

»Das mit Ruby habe ich komplett vergessen«, sagte sie.

»Keine große Sache. Scarlett weiß, wie mein Job aussehen kann. Ich sehe die Kleine am Wochenende.«

»Es tut mir trotzdem aufrichtig leid.«

»Ehrlich, das ist kein Problem. Ich will diesen Bastard genauso sehr schnappen wie Sie.«

»Sie sind ein guter Polizist, Ian, aber lassen Sie sich einen Rat von jemandem geben, der diesen Job schon viel länger macht als Sie: Lassen Sie nicht zu, dass dies ihre gesamte Welt wird. Sie haben auch noch ein Leben. Wenn Sie jetzt gehen wollen, um Zeit mit Ihrer Tochter zu verbringen, dann gehen Sie. Ich werde mich dem nicht in den Weg stellen. Lucy und ich können das Verhör von John übernehmen.«

»Ich bleibe lieber hier. Sie brauchen jemanden, der sich um alles andere kümmert, falls während der Befragung etwas passiert. Es könnten in letzter Minute irgendwelche Beweise auftauchen, oder Sie könnten Informationen benötigen. Außerdem möchte ich dabei sein, falls er wirklich für die Morde an diesen Kindern verantwortlich ist, und seine gerechte Strafe bekommt. Der Drecksack, der diese Mädchen umgebracht hat, verdient das Schlimmste.«

Sie verstand ihn und überließ ihn seinen Gedanken, aber noch bevor sie die Treppe erreichen konnte, klingelte ihr Handy. Sie sah, dass es Josh war, und ging ran.

»Hey.«

»Hey, Mum. Ich konnte mich in ihre E-Mails nicht einloggen, weil sie passwortgeschützt sind. Kennst du ihr Passwort?«

»Es ist Z&LBFF2018.« *Zoe und Leigh Best Friends Forever* – als Leigh sich dieses Passwort ausgedacht hatte, hatte sie gelächelt. Natalie hatte darauf bestanden, auf die Konten ihrer Kinder zugreifen zu können, um sicherzustellen, dass sie sich verantwortungsvoll verhielten.

»Ich hatte nur ihr altes Passwort. Okay, ich werde es noch mal versuchen.«

Wieder legte er auf. Langsam aber sicher bildete sich ein Knoten in ihrem Magen. Ian verließ die Dachterrasse, aber sie war wie betäubt und wartete darauf, dass ihr Sohn zurückrief. In der Sekunde, in der ihr Telefon vibrierte, nahm sie seinen Anruf entgegen.

»Ich konnte mich einloggen. Wonach soll ich suchen, Mum?«

»Hat sie irgendwelche Nachrichten von einem gewissen Tom bekommen?« Sie wartete, während er suchte. Es dauerte nicht lange.

»Nein ... Nichts. Sie hat kaum E-Mails bekommen.«

»Auch nichts im Papierkorb oder dem Spam-Ordner?«

»Nein.«

Natalie atmete erleichtert auf. »Sieh dir ihren Internetverlauf an. Vielleicht gibt der Hinweise darauf, wohin sie gegangen sein könnte. Vielleicht hat sie irgendwelche bestimmten Orte gegoogelt.«

»Sie war nur auf der Seite der Teen Vogue, auf ein paar Mädchen-Seiten – Klamotten, Make-up und so. Sie scheint hauptsächlich YouTube zu nutzen, um Musik zu hören.« Es entstand eine Pause und sie hörte das leise Klicken der Tastatur. »Musik. Sie hat sich in den letzten Tagen viele Musikvideos angesehen und Liedtexte runtergeladen.«

Sie musste an die Liedtexte denken, die Isabella in ihr

Notizbuch geschrieben hatte, und der Knoten in ihrem Magen zog sich fester zusammen. »Was für Videos? Von einer bestimmten Band?«

»Ja. Ich wusste gar nicht, dass sie auf die steht. Blasted. Sie hat sich alle ihre Videos angesehen.«

Sie legte auf und rief umgehend bei David an, um ihn zu bitten, Rowena Zoes E-Mail-Konto überprüfen zu lassen. David sagte ihr, dass sie das bereits versucht hätte, aber es war passwortgeschützt. Graham hatte ihnen gesagt, dass das Team versuchen würde, Zugriff darauf und auf Zoes sämtliche Social-Media-Konten zu bekommen.

Ihre Haut fühlte sich kalt und feucht an, als sie sich auf den Weg ins Labor machte. Mike führte sie hinein und setzte sie auf einen Stuhl. Ihre Hände zitterten. Sie erklärte so gut sie konnte und beendete ihren Monolog mit: »Ich weiß, das klingt verrückt, aber ich denke, dass John Leigh und ihre Freundin Zoe entführt hat. Ich weiß nicht, wie ich es beweisen kann, und ich darf ihn nicht wissen lassen, dass ich ihn verdächtige. Wenn er sie mitgenommen hat und irgendwo versteckt hält, dann wird er uns das niemals wissen lassen.«

»Wir werden uns darum kümmern.«

»Nein. Ich muss ihn befragen. Ich muss ihn durchschauen und das Ganze beenden. Er steckt hinter den Morden an den Blütenzwillingen von damals und er hat die drei Mädchen umgebracht, für dessen Ermittlung ich verantwortlich bin, und er hat uns alle an der Nase herumgeführt. Er glaubt, dass er über dem Gesetz steht, dass wir ihn nicht schnappen können. Ich *muss* etwas finden, um das alles zu beweisen, sonst wird er damit davonkommen.«

»Die Spurensicherung untersucht den Van, mit dem er unterwegs war. Leider haben sie in seinem Haus nichts gefunden, was darauf hinweist, dass er dort wirklich gewohnt hat – weder Haare noch einen anderen Krümel DNA«, sagte Mike.

»Er ist so verdammt clever. Was, wenn wir in seinem Transporter auch nichts finden?«

»Wir müssen hoffen, dass dort etwas ist.«

»Er war uns mehrere Schritte voraus – die ganze verdammte Zeit über.« Sie fuhr sich mit ihren zitternden Fingern durchs Haar.

Mike legte seine Hände auf ihre Oberarme und brachte sein Gesicht vor das ihre, seine Worte waren ernst, aber sanft. »Du bist davon überzeugt, dass er für das alles verantwortlich ist, nicht wahr?«

»Ja.«

»Dann werden wir auch etwas finden. Worauf hoffst du?«

»Irgendeine DNA, eine Verbindung zu den Mädchen – irgendwas.«

»Wir durchkämmen die Gegend um sein Haus, für den Fall, dass er dort etwas entsorgt hat.«

Mike und sein Team würden ihren Job machen. Sie würden etwas finden. Sie musste sich zusammenreißen. Sie nickte, und er zog seine Hände zurück.

»Was ist mit Leigh?«, fragte sie.

»Sie hat sich nur Videos einer berühmten Band angesehen. Das ist nichts Ungewöhnliches. Nur wegen der Videos musst du nicht sofort davon ausgehen, dass Leigh von einem Mörder kontaktiert wurde, der sich Tom nennt.«

»Du sagtest der Mörder, nicht John.«

»Du kannst diesen Täter nicht beim Namen nennen, solang du keine Beweise hast, die das bestätigen. Komm schon, Natalie. Du standest in den letzten Tagen sowohl auf der Arbeit als auch zu Hause sehr unter Druck. Atme mal tief durch und betrachte das realistisch.«

Seine Worte trafen ins Schwarze. Für ein paar panische Minuten hatten ihre Emotionen die Kontrolle übernommen und sie mit irrationalen Gedanken bombardiert. Sie musste die Kontrolle zurückerlangen. Obwohl sie sicher war, dass John

Briggs der Mörder war, stand ihr die wirklich schwere Aufgabe bevor, das zu beweisen. Mikes Worte halfen ihr, sich zu beruhigen. »Danke. Ich denke, es geht mir wieder besser.«

Der Blick, den er ihr zuwarf, wirkte verhalten. »Gut. Behalte einen kühlen Kopf. Lass Graham seinen Job machen und nach Leigh und Zoe suchen, und du konzentrierst dich auf deinen Fall.«

Als sie zurück ins Büro ging, fühlte sie sich, als habe sie sich wieder unter Kontrolle. Bald war es an der Zeit, mit John zu sprechen, und sie musste es irgendwie schaffen, ihn zu überlisten. Im Moment hatte er noch die Oberhand, aber das würde sich bald ändern.

FÜNFUNDVIERZIG

FREITAG, 17. AUGUST – SPÄTER ABEND

John Briggs saß mit verschränkten Armen da und starrte Natalie finster an. »Sie haben es wirklich auf mich abgesehen, nicht wahr?«, sagte er. »Liegt es daran, dass Sie damals 2014 mit mir geflirtet haben und ich Sie zurückgewiesen habe?«

Natalies Lippen zuckten, deuteten ein hauchdünnes Lächeln an, als sie sagte: »Wir wissen beide, dass es so nicht abgelaufen ist.«

»Ja, klar. Das hätten Sie wohl gerne!«

»Könnten Sie bitte die Fragen beantworten, DS Briggs?«

»Okay. Kein Kommentar.«

»Warum haben Sie vor drei Monaten das Haus Nummer 12 in der Harrington Rise gemietet?«

»Kein Kommentar.«

»Warum haben Sie zusätzlich für ein Zimmer in einem B&B bezahlt und der Vermieterin erzählt, dass Sie eine Unterkunft brauchen, solang Sie im Präsidium von Samford arbeiten?«

Seine Lippen kräuselten sich. »Kein Kommentar.«

»Haben Sie in der Harrington Rise gewohnt?«

»Verdammt noch mal, kein Kommentar.«

»Offensichtlich müssen Sie seit Sonntag irgendwo gewohnt haben, und in der Pension war es nicht, also sagen wir einfach mal, Sie haben in der Harrington Rise gewohnt. Warum haben Sie in Ihrer Personalakte die Adresse der Pension angegeben?«

»Ich dachte, dass ich dortbleiben würde, und dann habe ich meine Meinung geändert. Das verstößt nicht gegen das Gesetz.«

»Ich werde Sie noch einmal fragen: Haben Sie in dem Haus in der Harrington Rise gewohnt?«

»Kein Kommentar.«

»Warum verweigern Sie sich einer Kooperation? Das sind ganz einfache Fragen.«

»Weil Sie, DI Ward, hoffen, mir irgendetwas anhängen zu können. Sie haben es schon auf mich abgesehen, seit ich hier aufgetaucht bin. Ich habe bezüglich Ihres Verhaltens bereits eine Beschwerde eingereicht, und das hier ist ein weiterer Beweis für Ihre Schikane. Sie haben keinen Grund, mich wie einen Verbrecher zu behandeln.«

»Dieses Foto haben wir Ihnen bereits gezeigt, es ist eine Vergrößerung der Aufnahme, die letzten Montag vor der Bibliothek von Samford entstanden ist. Es ist ganz deutlich ein Ring zu sehen, der das gleiche Wappen aufgeprägt hat wie der Ring, den Sie tragen. Wie können Sie das erklären?«

»Irgendjemand hat den gleichen Siegelring wie ich«, gab er zurück, seine Augen funkelten. Mit genau dieser Antwort hatte sie gerechnet. »Abgesehen von diesem Foto haben Sie nichts, oder? Ihre Beschuldigungen sind frei erfunden.« Er wandte sich an seinen Anwalt. »Sehen Sie den Ausdruck auf ihrem Gesicht? Sie haben gar nichts – absolut gar nichts bringt mich mit den Morden an diesen Mädchen in Verbindung. Sie können mich nicht anklagen, aber ich will, dass Sie wissen, dass ich Ihre verdammten Ärsche verklagen werde, sobald ich hier wieder raus bin!«

Natalie blieb gelassen. »Ich empfehle Ihnen, sich zu beruhigen, DS Briggs. Wenn Sie ihre Unschuld beweisen wollen, dann sollten Sie das tun, indem Sie kooperativ sind und uns erklären, warum Sie drei Monate bevor Sie tatsächlich nach Samford versetzt wurden ein Haus gemietet haben.«

Er beugte sich über den Tisch, sein Gesicht war vor Wut verzerrt. »Ich muss Ihnen gar nichts sagen.«

»Dann ist die Befragung für jetzt beendet, aber Sie werden hierbleiben müssen, während wir ein paar Dinge überprüfen.«

Er lehnte sich zurück und lächelte spöttisch: »Überprüfen Sie die, und dann lassen Sie mich gehen.«

———

»Konnten Sie etwas über den Nissan Micra in Erfahrung bringen, den er vor dem Ford Transit gemietet hat?«, fragte Natalie an Lucy gerichtet.

»Ja. Es ist das billigste Modell des Unternehmens und deshalb nicht besonders diebstahlgefährdet und nicht mit einem Peilsender ausgestattet.«

»Scheiße!«

»Ich habe das Autokennzeichen an das Technikteam weitergeleitet. Sie lassen es durch ihr System laufen und versuchen, ihn auf den Überwachungskameras in Samford ausfindig zu machen.«

»Dann besteht die Möglichkeit, dass wir ihn Samstagnacht oder Sonntagmorgen auf dem Weg nach Blithbury Marsh ausfindig machen können?«

»Vorausgesetzt er hat einen der Wege genommen, die mit Kameras ausgestattet sind. Sonst stehen wir mit leeren Händen da.«

»Ian, irgendwas Neues?«

Ian stand in Kontakt mit der Spurensicherung, die Johns Transporter untersuchte. Er schüttelte den Kopf. »Bisher ist er sauber. Sie haben eine Tasche mit Kleidung und einem Kulturbeutel gefunden, die John gehört, aber sonst nichts. Sie haben nach Fingerabdrücken gesucht, aber konnten nur seine finden.«

Keine anderen Fingerabdrücke? Mit Sicherheit hätte ein Mitarbeiter der Autovermietung oder jemand, der den Wagen vor ihm gemietet hatte, Spuren hinterlassen. Das lässt vermuten, dass er den Wagen gereinigt hat, aber warum?«, überlegte Natalie. Die Situation sah hoffnungslos aus, aber noch würde sie sich nicht geschlagen geben.

Lucy zögerte, bevor sie ihre Gedanken äußerte. »Das ist reine Spekulation von mir, aber Kim Castle war sich sicher, dass Shaun das Haus ohne seinen Laptop verlassen hat. Er war weder in seinem Auto noch in seinem Büro in der Bibliothek, als wir dort angekommen sind. Kim dachte, dass der Laptop in ihrem Gästezimmer wäre. John ist nach oben gegangen, um ihn zu holen, während ich mit ihr gesprochen habe. Als ich ihn das nächste Mal gesehen habe, hat er behauptet den Laptop nicht gefunden zu haben. Dann ist er noch mal losgegangen, um den Rest des Hauses zu durchsuchen. Denken Sie, er könnte den Laptop irgendwo versteckt haben, um Shaun etwas anzuhängen? Er wollte uns alle davon überzeugen, dass Shaun Selbstmord begangen hat, weil er für die Morde an den Mädchen verantwortlich war, aber ich war bei ihnen auf dem Dach. Von dem Moment an, als wir die Bibliothek betreten haben, war John aggressiv und viel zu energisch, weswegen ich ihn zur Rede gestellt habe. Er weigerte sich, mir zuzuhören. Shaun war bereits in einem anfälligen Zustand und hat vielleicht darüber nachgedacht, sich das Leben zu nehmen, und ich denke, John hat Shaun so viel Angst gemacht, dass er gesprungen ist. Ich habe seine letzten Worte nicht verstanden, aber für mich klang er einfach wie ein unglücklicher, verängstigter Mann.«

Das war eine Überlegung wert und würde bedeuten, dass John ihn irgendwo losgeworden sein musste. Natalie nahm die Fakten auseinander. »Wenn er unser Mörder ist, wird er alles entsorgt haben, was ihn irgendwie belasten könnte, und das beinhaltet auch seine Kleidung. Ian, Sie sagten, dass der Peilsender seines Transporters heute Morgen aktiviert wurde.«

»Er sendet automatisch ein Signal, sobald der Van sich in Bewegung setzt.«

»Und John wusste davon nichts?«

»Die Dame, die ihm die Schlüssel für den Nissan Micra gegeben hat, war noch neu dort. Sie wusste gar nicht, dass die teureren Fahrzeuge mit einem Peilsender ausgestattet sind. Als John den Nissan gemietet hat, hat er sie sogar gefragt, ob die Wagen mit Sendern ausgestattet sind. Sie hat im System nachgesehen und entdeckt, dass der Nissan keinen hat; also hat sie angenommen, dass das für alle Fahrzeug gilt, und ihm gesagt, dass keines ihrer Fahrzeuge mit einem Peilsender ausgestattet ist. Als er den Nissan gegen den Ford Transit ausgetauscht hat, hat er nicht noch mal gefragt. Er wurde von derselben Frau bedient, und sie erinnert sich, dass er wirkte, als wäre er in Eile, als er ihr die Schlüssel zurückgab und den Van mietete. Er hat ihr erzählt, dass er einige Möbel in sein neues Haus transportieren müsste und dafür ein größeres Fahrzeug bräuchte. Er hatte keine Ahnung, dass seine Bewegungen zurückverfolgt werden können.«

»Was heißt, dass der Fehler dieser Frau seinen Untergang bedeuten wird. Finden Sie heraus, welche Route er heute genau genommen hat.«

Eine weitere Stunde verging und winzige, unsichtbare Nadeln fingen an, hinter Natalies Augen zu stechen. John erzählte ihnen gar nichts und sie hatte nur wenig Druckmittel, um ihn im Präsidium festzuhalten. Leigh und Zoe wurden immer noch vermisst, und jedes Mal, wenn sie in Johns überhebliches Gesicht blickte, wusste sie, dass er sie auslachte. Ihr Instinkt sagte ihr, dass er sich die Mädchen geschnappt hatte und sie irgendwo versteckt hielt, um sie zu foltern. Ihr Verstand sagte ihr, dass das nicht möglich war. Es war unmöglich, dass Leigh oder Zoe mit diesem Mann in Kontakt gestanden hatten; keines der Mädchen besuchte die örtliche Bibliothek, und doch nagte dieses beklemmende Gefühl an ihr.

Die Techniker versuchten immer noch herauszufinden, ob »Tom« Zoe oder Leigh per E-Mail kontaktiert hatte. Wenn John es geschafft hatte, ihre Tochter und deren Freundin auf dieselbe Art wie die anderen Mädchen zu sich zu locken, dann würden sie dafür einen Beweis finden. Das Warten dauerte zu lange und laugte sie aus.

Sie ging zur Toilette und spritzte sich kaltes Wasser ins Gesicht. Sie würde nicht aufgeben. Egal, was Dan Tasker oder sonst jemand dachte, sie würde dieses Arschloch festnageln. Mit neuer Entschlossenheit erklomm sie die Stufen zu ihrem Büro. Es war schon fast elf Uhr und sie fühlte sich gerädert. Ihre Tochter wurde vermisst, ihre Ehe lag in Scherben, aber ihre Entschlossenheit war unerschüttert. Sie straffte ihre Schultern und betrat das Büro.

Ian hielt den Ausdruck einer Karte hoch und eilte zu Natalies Schreibtisch, während sein Zeigefinger über eine rote Linie fuhr. »Johns Van hat in der Harrington Rise geparkt. Heute Morgen um halb zehn wurde er gestartet und ist über die Landstraßen Richtung Trove gefahren. Am Grey Goose Pub ist er stehen geblieben, wo er genau für eineinhalb Stunden verweilte, bevor er weiter Richtung Trove fuhr. Dort hat er für zehn Minuten an diesem Ort angehalten: einem Recyclinghof. Das Fahrzeug hat den Recyclinghof um zwölf Uhr sechzehn wieder verlassen und ist über denselben Weg nach Samford zurückgefahren, wo er um zehn nach eins vor der methodistischen Kirche geparkt hat und dort für siebenundfünfzig Minuten verweilte. Danach ist er in Richtung der M6 gefahren, wobei er nicht den direkten Weg durch die Stadt genommen hat, sondern eine Route gewählt hat, die um sie herumführt. Er hat auch für etwas länger als eine Stunde bei dem Keele-

Services-Rasthof gehalten, bevor er wieder auf die Autobahn gefahren ist, wo wir dann angefangen haben, ihm zu folgen.«

Natalie presste ihre Fingerspitzen gegen ihre Schläfen. »Okay. Wir brauchen mehr Polizisten, die uns dabei unterstützen. Ich will, dass jeder dieser Orte, an denen das Fahrzeug angehalten hat, überprüft wird, und wir müssen so schnell wie möglich ein Team zu diesem Recyclinghof schicken. Wenn er etwas loswerden wollte, wäre es dort am wahrscheinlichsten. Sie sagten, dass er um zehn nach eins vor der methodistischen Kirche gehalten hat?«

»Das ist korrekt.«

»Leigh und Zoe hätten zu der Zeit ins Kino gehen sollen. Das ist von dort nur einen fünfzehnminütigen Fußweg entfernt. Vielleicht, nur vielleicht, hat er sie dort getroffen und entführt.«

»Soll ich Graham Kilburn darüber informieren?«

»Ja. Das sollte auf jeden Fall überprüft werden. Sonst wüsste ich nicht, warum John nach Samford hätte zurückkommen und vor dem Gemeindesaal hätte parken sollen.«

»Was ist mit Keele Services? Wonach suchen wir?«

»Besorgen Sie die Aufnahmen der Überwachungskameras dort. Er könnte die Mädchen dort abgesetzt oder belastendes Beweismaterial entsorgt haben. Es sollen alle Mülleimer überprüft werden – die hat er schon mal benutzt – und stellen Sie sicher, dass das Dezernat für Vermisstenfälle das Gelände durchkämmt.«

Ihr Telefon klingelte, und sie nahm es von ihrem Schreibtisch.

»Natalie, hier ist Mike. Er hat den Van mit Bleiche gereinigt und alle Türen und Seitenwände abgewischt. Es gibt keine Anzeichen für einen Kampf oder irgendwelche Blutspuren. Wir können nicht beweisen, dass außer ihm noch jemand in diesem Transporter gewesen ist.«

Das nagende Gefühl in ihrem Magen wurde stärker. Er hatte sämtliche Spuren beseitigt, die eine Person hinterlassen haben könnte. Jemand war mit ihm in diesem Transporter gewesen, und dieser Jemand könnten ihre Tochter und deren Freundin gewesen sein.

»Er hat ihn aus einem bestimmten Grund gereinigt – um die Tatsache zu verschleiern, dass jemand darin war.«

»Das kannst du nicht sicher wissen, und wir wissen auch nicht, wann er ihn gereinigt hat. Er könnte es sofort morgens in der Früh gemacht haben oder nachdem er die Beweise losgeworden ist.«

Obwohl sie wusste, dass Mike recht haben könnte, kehrten ihre Gedanken immer wieder in dunklere Gefilde zurück.

Sie beendeten das Gespräch, um sich beide wieder der Ermittlung zu widmen. Ian sprach bereits mit Graham Kilburn, und Lucy versuchte zu organisieren, dass jemand den Recyclinghof für sie öffnete, damit sie mit einem Team hinfahren konnte. Sie hatten keine Zeit zu verschwenden. Es hing alles von ihrer Leistung ab. Avril und Faye Moore hatten sie nicht retten können, weil sie einem falschen Verdächtigen nachgejagt hatten, und sie durfte denselben Fehler nicht noch einmal machen. Sie war sich sicher, dass John für die Morde verantwortlich war und dass er sich Zoe und Leigh geschnappt hatte. Sie durfte sich nicht irren. Es hing zu viel davon ab. Sie gab Dans Durchwahl ein. Es war ihr egal, ob sie ihn aufweckte. Sie brauchte Verstärkung, und zwar schnell.

SECHSUNDVIERZIG

SAMSTAG, 18. AUGUST – FRÜHER MORGEN

Ein neuer Tag war angebrochen, und um zwei Uhr gesellten sich Natalie und Lucy zu dem Suchtrupp auf dem Recyclinghof in Trove. Ein Nachtwächter hatte ihnen die Anlage zugänglich gemacht, und Natalie war von ihrer Größe überrascht: er war größer als drei Fußballfelder und umfasste mindestens fünfzig Container. Auf den Schildern war angegeben, was in den jeweiligen Behältern entsorgt werden konnte – von Windeln und Gartenabfällen bis hin zu Haushaltschemikalien und Möbeln –, und in jedem einzelnen konnten sich potenziell wichtige Beweisstücke befinden.

Der Wachmann erklärte Natalie den Aufbau der Anlage. »Die Fahrzeuge kommen durch die gekennzeichnete Einfahrt rein und müssen dann durch eine Einbahnstraße um die Anlage herum bis zur Ausfahrt fahren, wo sie in der Entladebucht des Containers, den sie benötigen, anhalten.«

»Was passiert, wenn jemand einen bestimmten Container braucht und die Haltebucht voll ist?«, fragte Natalie.

»Sie müssen auf der Straße warten. Es ist nicht ideal und wir haben regelmäßig kleine Rückstaus, aber die Jungs versuchen allen so gut es geht zu helfen, damit schnell entladen werden kann. In jeder Bucht können bis zu drei Fahrzeuge stehen. Wenn ganze Wagenladungen mit unterschiedlichen Sachen kommen, wird es komplizierter. Die größeren Lastwagen kontrollieren wir und leiten sie zu den extragroßen Buchten am Rand des Rundkurses, damit sie die Sachen hinübertragen oder mit den Karren zu den entsprechenden Containern bringen können, ohne ständig wieder losfahren und anhalten zu müssen.«

»Haben Sie hier Überwachungskameras?«

»Die haben wir, aber die Aufnahmen werden um Mitternacht automatisch gelöscht. Die Kameras dienen eher dazu, dass wir alle Bewegungen im Auge behalten können und die Leute ihre Sachen in die richtigen Container werfen. Wir können es nicht gebrauchen, dass jemand eine Batterie voller Säure in einem Container für Holz oder Matratzen entsorgt.«

»Haben Sie irgendwelche Aufnahmen der Fahrzeuge, die heute Vormittag hier vorbeigekommen sind?«

»Tut mir leid, nein. Die wurden mittlerweile gelöscht.«

»Aber die Angestellten hier überprüfen alle Transporter, die ankommen?«

»Das gehört zum Regelwerk. Wir müssen sicherstellen, dass niemand Asbest oder andere Dinge mitbringt, die hier nicht abgeladen werden dürfen. Sie würden sich wundern, was die Leute alles loswerden wollen, wenn sie ihr Haus entrümpeln.«

»Können Sie uns die Namen und Kontaktdaten der Mitarbeiter geben, die heute Dienst hatten?« Natalie warf Lucy einen Blick zu und vermittelte ihr, dass sie die betreffenden Personen kontaktieren und fragen musste, ob sie sich daran erinnerten, mit John gesprochen zu haben.

»Das kann ich tun«, sagte er. Der Nachtwächter verschwand im Büro, um nach den geforderten Informationen zu suchen, Lucy folgte ihm. Wenn sie denjenigen erreichen würden, der mit John gesprochen und seinen Transporter überprüft hatte, könnten sie eine bessere Vorstellung davon gewinnen, wonach sie Ausschau halten mussten.

Beamte in Schutzkleidung durchwühlten die Müllberge und suchten nach Hinweisen darauf, dass der Mörder hier gewesen war. Natalie stand in der kalten, klaren Nacht; die Anlage wurde von Flutlichtern beleuchtet, nicht von den Sternen über ihr. Ihr gegenüber befand sich ein großer Lagercontainer, in dem alte Fernsehapparate, Computer und andere Elektroartikel abgeladen worden waren. Das Team war angewiesen worden, nach einem Samsung-Laptop zu suchen, und Natalie beobachtete, wie ein Officer zwei dieser Geräte zu ihrem Van trug, damit sie zur Prüfung ins technische Labor geschickt werden konnten – sie mussten herausfinden, ob einer davon Shaun Castle gehört hatte. John war aus gutem Grund aus Samford hierhergefahren, und sie würden herausfinden, wieso.

Ihr Handy vibrierte. Ian war im Grey Goose Pub, an dem sie auf ihrem Weg zum Recyclinghof vorbeigekommen waren. In Anbetracht der Tatsache, dass er so abgelegen war und im Fenster ein »Zu-verkaufen«-Schild hing, war es nicht ersichtlich, warum John dort so lange angehalten hatte. »Wir haben das Innere des Pubs durchsucht, aber er war so gut wie leer«, sagte Ian. »Dann haben wir die Umgebung und alle Mülleimer überprüft, aber konnten nichts Verdächtiges finden.«

»Wenn er nicht dort war, um sich mit jemandem zu treffen, würde ich vermuten, dass er dort gewartet hat, um sich von Samford fernzuhalten und dort nicht gesehen zu werden. Ein anderer Grund, weshalb er dort so lange geparkt haben könnte, fällt mir nicht ein. Okay, wir sehen uns im Präsidium. Wir sind hier auch durch. Ich glaube, sie haben alle Laptops eingeladen, die zur Beschreibung von Shauns Computer passen, und wir haben die Namen der Angestellten, um sie zu kontaktieren.«

»Dann sehen wir uns gleich.«

Lucy erschien und hielt ihren Notizblick hoch. »Ich habe die Namen.«

»Gut, dann versuchen wir, einige von ihnen aufzuwecken.«

Natalie hatte Lucy und Ian nach Hause geschickt, damit sie sich etwas ausruhen konnten. Auch wenn sie nur ein paar Stunden Schlaf bekommen würden, wäre es besser als nichts. Sie konnte sich nicht entspannen und wollte nicht nach Hause fahren. In Bezug auf Leigh gab es nichts, was sie tun konnte. Wieder einmal lag ihr Schicksal in den Händen von DI Graham Kilburn. Er und seine Officer taten alles, was sie konnten, um die beiden vermissten Mädchen ausfindig zu machen, und alles, was Natalie tun konnte, war warten. Sie probierte es bei dem nächsten Namen auf der Liste, die der Nachtwächter ihnen gegeben hatte. Bei ihren vorherigen Anrufen hatte niemand geantwortet, also war sie überrascht, als sie von einer munteren Stimme begrüßt wurde. Sie entschuldigte sich dafür, den Mann um vier Uhr in der Früh aufgeweckt zu haben, und erklärte, wer sie war.

»Schon okay. Im Sommer schlafe ich nie lange. Ich liebe diese ruhigen Morgenstunden. Um diese Zeit stehe ich immer auf. Außerdem hatte der Hund mich schon geweckt«, sagte er.

Sie fragte ihn nach dem schwarzen Ford Transit.

»Ich glaube, den habe ich gesehen.«

Als sie das Nummernschild vorlas, antwortete er: »Tut mir leid, ich erinnere mich nicht an das Nummernschild oder den Mann, der ihn gefahren hat. Ich habe da gerade den Kran gesteuert, der Öl-Container musste gegen einen leeren ausgetauscht werden. Ich habe meine Arbeit kurz unterbrochen, damit ein schwarzer Ford Transit vorbeifahren konnte.«

»Also haben Sie nicht gesehen, wo der Transporter angehalten hat?«

»Nee. Ich habe mich darauf konzentriert, den Container

anzuheben. Das ist ein kniffliger Job. Man muss sehr vorsichtig sein.«

»Wissen Sie vielleicht, wer den Transporter am Eingang kontrolliert haben könnte?«

»Das könnte Wilson gewesen sein. Er muss zu der Zeit dort gewesen sein.«

»Wie ist sein Nachname?«

»Wilson ist sein Nachname. Sein Vorname ist Herbert, aber den mag er nicht, deshalb nennen wir ihn Wilson.«

Sie überprüfte ihre Liste und fand seine Kontaktdaten. Nachdem sie sich bei dem Mann bedankt hatte, probierte sie es bei Wilson, aber wurde an den Anrufbeantworter weitergeleitet. Draußen war der Himmel nicht länger dunkel. Warmes Orange und Pink kündigten den Beginn eines neuen, sonnigen Tages an, und Natalie starrte in den frischen Morgen hinaus. Im Moment gab es nichts, was sie noch tun konnte. Sie musste warten. Nicht jeder war schon im Morgengrauen auf den Beinen.

Natalie döste, ihr Kopf lag auf ihrem Arm und ihr Oberkörper auf ihrem Schreibtisch, als das Telefon klingelte. Sie setzte sich kerzengerade auf. Ihr Mund war trocken und sie konnte kaum sprechen.

»Wir haben Shauns Laptop gefunden«, sagte Mike. »Ich war in der letzten Stunde bei den Technikern und soeben haben sie ihn identifiziert.«

»Warst du die ganze Nacht auf?«

»Natürlich.«

Seine offenkundige Besorgnis rührte sie. Er hätte nach Hause in sein Bett gehen können, aber stattdessen war er von Keele Services nach Samford zurückgefahren, um zusammen mit dem Technikteam an den Laptops zu arbeiten. Die Uhr an der Wand zeigte ihr, dass es Viertel nach sechs war. Sie hatte es geschafft, eine ganze Stunde lang zu schlafen. Als sie versuchte, ihren Hals zu bewegen, zuckte sie zusammen. Er war steif geworden, aber sie ignorierte den Schmerz. Sie war Johns Anklage einen Schritt näher gekommen, und das könnte sie auch zu Leigh und Zoe führen. »Ich brauche nur noch die Bestätigung eines Zeugen, dann haben wir ihn!«

»Irgendwas Neues von Leigh?«

»Nichts.«

Er blieb still. Plattitüden waren nicht nötig. Sie wussten beide, dass Leigh schon einmal weggelaufen war, und waren sich dennoch der Möglichkeit bewusst, dass John sich die Mädchen geschnappt haben könnte. »Halt mich auf dem Laufenden, wenn ihr sie findet«, sagte er.

»Du erfährst es als Erster.«

Sie ging in den Umkleideraum der Mitarbeiter und schälte sich aus ihren Klamotten, stopfte ihre Unterwäsche und die Bluse in eine Plastiktüte und griff sich die frische Kleidung, die sie für solche Notfälle in ihrem Spind aufbewahrte. Dann nahm sie eine heiße Dusche und wusch die Müdigkeit und den Schweiß des langen Tages von sich. Als sie sich wieder anzog, fühlte sie sich schon viel frischer. Sie zog ihr Make-up-Täschchen hervor und unternahm einen schwachen Versuch, die dunklen Ringe unter ihren Augen zu verdecken. Jedes Mal, wenn sie in den Spiegel blickte, sah sie das Gesicht ihrer Mutter vor sich. Mit jedem Tag sah sie ihr ähnlicher; mit grauen Strähnen in den Haaren und Falten um ihre Augen und zwischen den Brauen, die vorher noch nicht da gewesen waren. Der Stress forderte seinen Tribut, aber so war das Leben. Es saugte einem nach und nach die Energie und den Enthusiasmus aus, bis nur noch eine trockene Hülle zurückblieb.

Sie betrachtete ihr Spiegelbild und entschied, dass ein rosafarbener Lippenstift ihren Teint aufhellen würde. Entschlossen, einen professionellen Eindruck zu machen, bereitete sie sich auf ihren Kampf mit John Briggs vor. Aber zuerst wollte sie noch mit Wilson sprechen.

Als sie zurückkam, war sie überrascht, Lucy im Büro anzutreffen. »Ich dachte, ich hätte Sie nach Hause geschickt?«

»Ich war zu Hause, und jetzt bin ich wieder hier«, antwortete Lucy. »Mit Kaffee.« Sie überreichte Natalie einen Einwegbecher.

»Danke.«

»Ich dachte, den könnten Sie gebrauchen. Es könnte wieder ein langer Tag werden.«

Das interne Telefon klingelte und Lucy ging ran. »Ihr habt es? Wo habt ihr es gefunden?«

Mittlerweile war es Viertel vor acht, und wieder einmal saß Natalie John gegenüber. Alle Parteien hatten sich für das Aufnahmegerät identifiziert.

»Sie sehen angeschlagen aus, Natalie«, sagte er spöttisch.

»Sie ebenfalls«, gab sie zurück. »War das Bett ein bisschen zu hart für Sie?«

Seine Augen waren kalt. Natalie fuhr unbeirrt fort. »Es sind neue Beweise ans Licht gekommen.«

Ein Schleier aus Zweifeln legte sich über sein Gesicht, doch er erholte sich schnell davon. »Das ist eher unwahrscheinlich, besonders weil ich kein Verbrechen begangen habe.«

»Wenn Sie das wirklich glauben, dann könnte Sie das hier überraschen.«

Natalie machte eine kurze Pause und erlaubte, dass sich die Zweifel in seinem Verstand ausbreiteten, bevor sie ihm ein Foto zuschob.

Lucy schaltete sich ein: »Fürs Protokoll, DI Ward zeigt DS Briggs Bild IJ109.«

»Wissen Sie, was das ist, John?«

Sein Gesicht gab keine Emotionen preis. »Das ist ein Laptop. Sieht kaputt aus.«

»Das ist korrekt. Das ist ein Samsung-Laptop und er wurde tatsächlich zerstört. Doch trotz der Schäden, die ihm zugefügt wurden, konnte die Technikabteilung den Hard Drive retten und nachweisen, dass dieser Laptop Shaun Castle gehört hat. Haben Sie irgendeine Idee, wie ein Laptop, der in Mr Castles Büro hätte sein sollen, in einem Container auf dem Recyclinghof in Trove landen konnte?«

»Nein.«

Natalie nickte. »Erkennen Sie die wieder?«

Lucy sagte: »Fürs Protokoll, DI Ward zeigt DS Briggs Asservatenbeutel IJ67.«

»Nein.«

»Sie haben diese Sonnenbrille noch nie zuvor gesehen?«

»Nein.«

»Sie wurde in einem Mülleimer auf dem Parkplatz der Raststätte Keele Services gefunden.«

Er zuckte unbeeindruckt mit den Schultern. »Na und? Sie ist kaputt. Jemand hat sie weggeworfen.«

»Ich denke, dass Sie sie weggeworfen haben.«

Seine Lippen verzogen sich zu einem hämischen Grinsen. »Schnauze! Ich habe sie nicht weggeworfen. Überprüfen Sie sie auf Fingerabdrücke. Meine werden Sie darauf nicht finden.«

»Wir haben sie in der Tat auf Fingerabdrücke untersucht und konnten keine finden. Kein einziger Fingerabdruck deutet jedoch darauf hin, dass sie abgewischt wurde. Finden Sie das nicht ungewöhnlich? Normalerweise putzen Leute die Dinge nicht mehr, wenn sie vorhaben, sie wegzuwerfen.«

John zuckte mit den Schultern.

»Sie haben sie nicht gereinigt?«

»Nein. Und Sie können nicht beweisen, dass ich es getan habe.«

»Aber Sie waren eine Stunde lang bei der Keele-Services-Raststätte. Was haben Sie dort so lange gemacht?«

»Hab einen Kaffee getrunken.«

»Eine Stunde lang?«

»Ja.«

»Was haben Sie noch getan?«

»Bin scheißen gegangen.«

Natalie ging nicht auf seinen Kommentar ein. Sie nahm noch ein Foto aus ihrem Ordner und schob es John zu. Er warf einen kurzen Blick darauf, dann verschränkte er seine Arme und lehnte sich zurück.

»Fürs Protokoll, DI Ward zeigt DS Briggs Bild IJ110«, sagte Lucy, ihre Augen fixierten Johns Gesicht.

»Das ist eine Aufnahme, die von der Überwachungskamera in der Tankstelle gemacht wurde. Ihr Gesicht ist deutlich zu erkennen. Wollen Sie leugnen, dass Sie das sind?«

»Nein.«

»Sie halten eine Papiertüte mit dem Logo des Coffee Shops. Was ist in dieser Tüte?«

»Ein Sandwich.«

»Sie haben eine Stunde auf dieser Raststätte verbracht und trotzdem ein Sandwich zum Mitnehmen bestellt. Warum haben Sie es nicht gegessen, während Sie Ihren Kaffee getrunken haben?«

»Da war ich noch nicht hungrig. Ich habe es für später gekauft.« John starrte sie eisern an.

»Okay, also behaupten Sie, das Sandwich gekauft zu haben, um es später zu essen, aber wir haben kein Sandwich, keine Verpackung oder auch nur einen Krümel in Ihrem Transporter gefunden, nachdem Sie bei der Tankstelle in Knutsford angehalten wurden, nur dreißig Meilen von der Raststätte entfernt. Diese Papiertüte war nirgendwo zu sehen. Was ist mit ihr passiert?«

»Ich habe das Sandwich gegessen und die Verpackung rausgeworfen, als ich das Fenster runtergelassen habe.«

»Warum haben Sie das Fenster runtergelassen?«

»Ich habe gefurzt, okay?«

»Also ist das hier nicht Ihre Papiertüte?« Natalie beförderte einen weiteren Beweismittelbeutel auf den Tisch, in dem eine gefaltete Papiertüte lag, und schob ihn ihm entgegen.

»Fürs Protokoll, DI Ward zeigt DS Briggs Asservatenbeutel IJ68«, sagte Lucy.

»Bevor Sie etwas sagen, John, diese Tüte wurde in einem Mülleimer bei Keele Services gefunden und Ihre Fingerabdrücke sind darauf. Darüber hinaus enthielt er noch etwas anderes.« Sie zog eine Plastiktüte unter ihrem Ordner hervor und schob sie über den Tisch.

Wieder sagte Lucy: »Fürs Protokoll, DI Ward zeigt DS Briggs Asservatenbeutel IJ69.«

»Das, John, ist eine Baseballkappe. Dieselbe Baseballkappe, die die Person getragen hat, die Isabella Sharpe und Erin und Ivy Westmore in die Bibliothek von Samford gefolgt ist. Ich bin mir sicher, dass wir Ihre DNA darauf finden werden, wenn wir sie untersuchen.«

John drehte seinen Kopf erst in die eine, dann in die andere Richtung. Stille lag über dem Raum. Natalies kalter Blick ruhte weiterhin auf Johns Gesicht.

»John Briggs, Sie haben das Recht zu–«, setzte sie an.

»Ich weiß. Ich weiß. Aber DI Ward, wo sind Ihre Tochter und deren Freundin Zoe?« Er beugte sich über den Tisch, auf seinen Lippen lag ein grausames Grinsen.

Das Herz in Natalies Brust raste, aber ihr Gesicht blieb ungerührt. »Wir werden sie finden«, sagte sie.

»Das glaube ich nicht, nicht ohne meine Hilfe, und die gibt es nur, wenn bestimmte Bedingungen erfüllt werden.«

Natalie starrte ihn weiter an. »Wo ist meine Tochter, Sie Arschloch?«

Am Vormittag war Natalie verzweifelt auf der Suche nach ihrer Tochter. Die Telefongesellschaft bestätigte, dass weder Zoe noch Leigh Anrufe von dem Prepaid-Handy bekommen hatten, das der angebliche Presseagent Tom benutzt hatte, um Kerry Sharpe und die Westmore-Zwillinge anzurufen. Das Technikteam konnte keine E-Mail-Korrespondenz finden, die beweisen würde, dass Tom die Mädchen kontaktiert hatte, aber trotzdem war Natalie noch immer davon überzeugt, dass John sie sich geschnappt hatte. Das Kreuzverhör von John hatte nur dazu geführt, dass er noch feindseliger geworden war und sich strikt weigerte, ihr etwas zu verraten. Jedoch häuften sich die Beweise gegen ihn. Herbert Wilson, der auf dem Recyclinghof in Trove arbeitete, erinnerte sich an ihn und sogar daran, was in seinem Transporter gewesen war: ein Laptop, eine Diskokugel und ein großer Pappaufsteller eines Popstars – des Frontmanns der Boyband Blasted, Callum Vincetti. Der Nissan Micra, den John gemietet hatte, war von einer Kamera in der Nähe von Blithbury Marsh aufgezeichnet worden, Samstagnacht um drei Minuten vor zwölf – die Nacht, in der die Westmore-Zwillinge ermordet worden waren. John könnte sich nicht mehr herausreden. Sie kamen seiner Verurteilung immer näher.

Jetzt standen die Mädchen im Zentrum ihrer Aufmerksamkeit. Das Team und Mike, der sich ihnen angeschlossen hatte, betrachteten einen Ausdruck der Route, die John genommen hatte. Natalie schilderte, was bisher geschehen war.

»Das Vermisstendezernat konzentriert sich auf zwei Bereiche: das Gemeindehaus der methodistischen Kirche und die Raststätte Keele Services, das sind zwei Orte, an denen der Transporter für einen längeren Zeitraum geparkt hat. Sie durchkämmen die Straßen zwischen dem Kino, vor dem die Mädchen das letzte Mal gesehen wurden, und dem Gemeindesaal. Von diesem Ort hat Leighs Handy gestern um dreizehn Uhr vierunddreißig das letzte Mal ein Signal ausgesendet. Zoes Handy hat nur Minuten später um dreizehn Uhr vierzig ein Signal übermittelt. Es ist logisch anzunehmen, dass das der Ort war, an dem John sich mit ihnen getroffen und die Mädchen höchstwahrscheinlich entführt hat.«

Mike fixierte die rote Linie, die den Weg markierte, den der Transporter gefahren war. »Warum ist er nicht über die Hauptstraßen durch Samford und auf die Autobahn gefahren? Das wäre eine viel direktere Route gewesen«, sagte er.

»Vermutlich, um nicht von den Verkehrskameras aufgezeichnet zu werden«, sagte Lucy.

»Das ergibt keinen Sinn. Auf der Autobahn gibt es AKLS-Kameras. Das weiß er, also ging es ihm nicht darum, dass der Van nicht gesehen wurde. Außerdem dachte er, er wäre auf der sicheren Seite und dass wir keine Ahnung hätten, was für ein Fahrzeug er fuhr oder wo er war. Er hat sich sehr selbstsicher verhalten. Er wäre keinen anderen Weg gefahren, nur um Kameras auszuweichen. Es muss einen anderen Grund geben.«

Natalie hob ruckartig den Kopf. Mike hatte recht. Zu diesem Zeitpunkt konnte John noch nicht gewusst haben, dass sie ihm auf den Fersen waren. Sogar während des Verhörs war er sehr zuversichtlich gewesen, dass er mit allem durchkommen würde – bis sie ihm den Laptop gezeigt hatten und er völlig dicht gemacht hatte.

»Aber der Transporter hat nicht angehalten«, sagte Lucy. »Er kann die Mädchen nicht während der Fahrt rausgeworfen haben.«

Ian hob einen Finger. »Nein ... Mike hat recht. Der Peilsender stoppt, wenn das Fahrzeug anhält und der Motor abgestellt wird. Er fängt wieder an, aufzuzeichnen, wenn der Motor neu gestartet wird. Was wäre, wenn John irgendwo angehalten hat, aber den Motor hat laufen lassen?«

»Das wäre möglich«, sagte Mike und sah zu Natalie. »Wir müssen diese Strecke überprüfen.«

»Gut, Lucy, Sie und Ian übernehmen das. Suchen Sie nach Stellen, an denen John für ein paar Minuten angehalten haben könnte. Ich fahre zum Gemeindesaal und fahre diese Strecke ab. Melden Sie sich, sobald Sie etwas gefunden haben.«

»Ich begleite dich«, sagte Mike. Natalie wandte nichts dagegen ein. Sie konnte die moralische Unterstützung gebrauchen.

»Dir ist bewusst, dass John nur mit deinem Verstand spielen könnte«, sagte Mike, als sie im Auto saßen.

»Er kannte Zoes Namen. Woher hätte er den kennen sollen, wenn er nicht hinter ihrem Verschwinden steckt? Ich habe ihren Namen ihm gegenüber nie erwähnt.«

»Er könnte sie gestalkt und ihre Namen herausgefunden haben. Wer weiß schon, was in seinem Kopf vorgeht?«

»Ich weiß, du versuchst mich vor meinem Gefühl der Angst zu schützen, aber das kannst du nicht. Ich drehe noch durch. Dieser Bastard weiß, wo sie sind. Das ist eine Wiederholung der Blütenzwillinge. Avril und Faye Moore wurden entführt, und wären wir nicht dem Falschen nachgejagt, dann wären sie heute noch am Leben. Er hat Leigh und Zoe irgendwohin gebracht, und ich werde sie finden. Mein einziger Trost im Moment ist, dass er ihnen nicht wehtun kann, solang er in Gewahrsam ist.« Sie wagte es nicht, daran zu denken, dass es möglicherweise schon zu spät sein könnte.

Sie fuhren auf den Parkplatz neben dem Gemeindesaal der Kirche und parkten hinter einem Van der Spurensicherung. Die Kollegen waren immer noch dabei, gründlich das Gelände abzusuchen. Mike rief einem von ihnen etwas zu, aber der schüttelte nur mit dem Kopf. Sie hatten noch nichts gefunden.

»John hat sie hier getroffen«, sagte sie matt.

»Das kannst du nicht sicher wissen. Leigh ist vorsichtig. Sie würde sich nicht mit jemandem treffen, den sie nicht kennt«, argumentierte Mike.

Natalie wandte sich zu ihm, ihre Wangen brannten. »Warum bist du plötzlich so versessen darauf, mich davon zu überzeugen, dass John sich die Mädchen nicht geholt hat? Was zum Teufel stimmt nicht mit dir?«

»Weil ich es nicht ertragen kann, dich so zu sehen«, antwortete er. »Es bringt mich um, und ich habe Angst, dass er sie sich geholt hat.« Seine Stirn warf tiefe Falten, als er sprach, und sie konnte sehen, dass er genauso verängstigt war wie sie.

Sie sammelte sich. »Tut mir leid. Ich hätte dich nicht anschreien dürfen. Vielleicht hat John Leigh erzählt, dass er mit mir zusammenarbeitet oder mich kennt, oder irgendetwas anderes, wodurch sie ihren Schutz hat fallen lassen. Ich weiß es nicht, Mike. Ich kann nicht mehr klar denken.«

Ein Ruf ertönte, und sie schoss los, dicht gefolgt von Mike. Ein Mitarbeiter des Suchtrupps hatte etwas im Gras entdeckt.

»Was ist das?«, fragte sie.

»Sieht aus wie falsche Wimpern, Ma'am.« Er legte sie in Natalies behandschuhte Hand. Sie beäugte das Objekt und bemerkte das leichte Glitzern an den klebrigen Stellen, an denen sie an dem Augenlid angebracht wurden. Sie hob ihren

Kopf gen Himmel und konzentrierte sich auf die weißen Wolken über ihr, um ihre Augen davon abzuhalten, in Tränen auszubrechen. Sie überreicht Mike das Objekt und wählte Grahams Nummer.

»Irgendwelche Neuigkeiten?«, fragte er.

Sie räusperte sich. »Rowena hat eine Beschreibung von Zoes Kleidung abgegeben, oder?«

»Das ist richtig.«

»Hat sie auch erwähnt, dass Zoe goldenen Lidschatten und falsche Wimpern trug?«

»Das ist korrekt.«

»Ich glaube, wir haben eine von ihnen gefunden, bei der methodistischen Kirche.«

»Also waren sie dort?«

»Ja. Wir werden der Route folgen, die John von hier aus Richtung Autobahn genommen hat. Wir vermuten, dass er irgendwo auf dem Weg angehalten und die Mädchen zurückgelassen hat. Mein Team sucht bereits mögliche Standorte raus, ich werde sie Ihnen zuschicken lassen. Könnten Sie veranlassen, dass Ihre Officer sie überprüfen?«

»Das wissen Sie doch.«

»Ich muss los, da ruft noch jemand an.«

Der Anruf war von Lucy. »Die Aufgabe hat sich als so gut wie unmöglich herausgestellt, also haben wie die Ortungsfirma kontaktiert und sie haben uns Informationen zugeschickt, die zeigen, wann das Auto im Leerlauf war und sich einige Minuten nicht bewegt hat. John hat an drei Stellen angehalten: Die erste ist in Wood End, nur eine halbe Meile von Samford entfernt; die zweite ist ein kleines Naturreservat, Hopton Mill; und die dritte ist ein großer Rastplatz mit einer Aussichtsplattform. Dort gibt es ein Café, das The View heißt.«

»Gute Arbeit. Er muss die Mädchen an einem dieser Orte gelassen haben. Leiten Sie diese Information sofort an Graham Kilburn weiter und bitten Sie ihn, dass er Teams zu allen drei

Orten schickt. Mike und ich werden nach Wood End fahren.
Sie und Ian teilen sich auf und nehmen sich jeweils einen der
anderen Orte vor.«

»Verstanden.«

Sie gab die Neuigkeiten an Mike weiter.

»Worauf warten wir noch? Los geht's«, sagte er und eilte
zum Auto.

Wood End war ein zweiundzwanzig Hektar großes bewaldetes
Areal, das früher einmal Teil eines viel größeren Waldes
gewesen war, der einem König gehört hatte, dessen Namen
Natalie nicht kannte und der sie auch nicht interessierte. Der
Großteil des ursprünglichen Waldes war abgeholzt und mit
Milchviehbetrieben bebaut worden, sodass nur noch dieses
Waldstück übrig geblieben war.

Es war beinahe unmöglich zu wissen, wo sie in diesem weitläufigen Gelände anfangen sollten zu suchen, also stellten sie
sich auf den ersten von mehreren öffentlichen Fußwegen, der
leicht begehbar war, und nahmen die Umgebung in sich auf.

»Sie könnten sich hier definitiv irgendwo verirrt haben«,
sagte Natalie und war sich bewusst, wie naiv das klang. Die
Mädchen konnten genauso gut verletzt sein oder noch Schlimmeres. Sie atmete tief ein, um ihr Herzklopfen zu beruhigen,
und mit der warmen Luft stieg ihr ein Hauch von Bärlauch in
die Nase. Sie redete sich ein, dass John den Mädchen noch
nichts angetan hatte. Er hatte sie entführt und sie musste sie
finden. Sirenen näherten sich, ihr Heulen wurde immer lauter,
als sie sich über die kurvige Straße schlängelten. Weitere Polizisten trafen ein. Graham hatte schnell reagiert. Ein Gefühl des
Trostes breitete sich in ihrem Herzen aus; ihre Kollegen waren
hier, um ihr dabei zu helfen, ihre Tochter zu finden.

Mike suchte nach Anzeichen, die darauf hindeuteten, dass

jemand gegen seinen Willen in den Wald geschleift worden war.

»Wenn der Van im Leerlauf war, dann hatte er nicht viel Zeit, sie hier zu deponieren. Wenn sie bewusstlos waren«, sagte er und wählte seine Worte mit Bedacht, »dann hätte er sie irgendwo in der Nähe des Eingangs lassen müssen, also müssen wir uns zunächst auf diesen konzentrieren.«

Als das erste Suchteam eintraf, wies Mike sie an. Während der gesamten Zeit stand Natalie stocksteif da und wünschte sich, dass ihre Tochter und Zoe auftauchen würden.

Über eine Stunde später hatten die Hundestaffeln und Suchtrupps immer noch nichts entdeckt. Sowohl Natalie als auch Mike hatten bei der Suche geholfen, aber es deutete nichts darauf hin, dass eines der Mädchen in diesem Waldstück abgesetzt worden war. Unter dem schweren Blätterdach der Bäume war es kühler als vorne auf der Straße, aber trotzdem war ihnen unangenehm warm. Natalie fing an sich zu wünschen, dass sie eine Wasserflasche mitgenommen hätte, als ihr Telefon klingelte. Lucy hatte sich Graham angeschlossen und war an dem Aussichtspunkt.

»Niemand in dem Café hat die Mädchen gesehen. Graham ist mit seinem Team hier und sucht das Gelände ab.«

»Gibt es dort irgendwelche Orte, an denen die Mädchen sich verstecken könnten?«

Es folgte eine kurze Pause. »Das Café überblickt Forthington.« Forthington war ein Dorf, das für seinen Bergfriedhof bekannt war, der auch »New Cem« genannt wurde, weil er 1854 eröffnet wurde, nachdem der alte durch eine Cholera-Epidemie überfüllt gewesen war. Avril und Faye Moore waren auf einem Friedhof gefunden worden. Natalies Kehle schnürte sich zu. Das würde er nicht tun. Das konnte er nicht getan haben. Sie begegnete Mikes Blick und fing an, zum Auto zurückzulaufen, er rannte ihr nach.

»Sucht ihr auf dem Friedhof?«, fragte sie, obwohl sie an den Worten beinahe erstickte.

Lucy setzte zum Antworten an, doch verstummte wieder, im Hintergrund konnte Natalie Rufe hören.

Sie blieb vor dem Wagen stehen. »Lucy, was ist da los? Habt ihr sie gefunden?«

»Eine Sekunde, Natalie. Ich rufe zurück.«

So lange konnte sie nicht warten. Sie mussten so schnell wie möglich dorthin. Sie warf sich auf den Fahrersitz und sprach mit Mike, als sie losfuhr. »Graham hat die Mädchen gefunden.«

»Woher weißt du das?«

»Ein Bauchgefühl. Lucy hat angerufen und ich konnte Schreie im Hintergrund hören.«

»Das könnte auch gar nichts mit den Mädchen zu tun haben.«

»Nein. Sie sind es. John Briggs war von Anfang an hinterhältig. Er hat sich ein Netz der Täuschung gewebt, das beinahe dazu geführt hätte, dass er damit davongekommen wäre. Lucy ist bei dem Café, das den Forthington Friedhof überblickt.« Sie warf Mike einen Blick zu, bevor sie weitersprach. »Wir haben Avril und Faye Moore auf einem Friedhof gefunden.« Er antwortete nicht.

Sie fuhren in halsbrecherischem Tempo über die Straßen und durch die Kurven, die zu einem schönen Fleckchen Erde führten, von dem aus man die Felder und Wälder überblicken konnte, die Samford umgaben. Im Frühling erfüllte der Raps die Hügel mit seinem süßlichen Duft. Der Raps war verschwunden, ebenso die Weißdornblüten, die die Hecken zwischen den Feldern bedeckten. Jetzt war alles grün – nicht alles in einem Farbton, sondern in hundert verschiedenen, die das Land durchzogen. Sie rasten daran vorbei, wodurch sie zu einer einzigen unklaren Farbe verschwammen. Sie ließen die Stadt hinter sich und fuhren auf das Café zu, von dem aus man Aussicht auf den Hügelfriedhof hatte.

Auf dem Parkplatz vor dem Café standen mehrere Polizeifahrzeuge. Sie hielt neben einem anderen Streifenwagen an, sprang von ihrem Sitz und suchte sofort nach Lucy. Sie konnte sie nicht sehen, doch entdeckte Graham, und ihre Welt fing an, sich zu drehen. Er eilte nicht auf Natalie zu. Er ließ seinen Kopf hängen, als wäre er viel zu schwer, und stapfte auf sie zu, langsam, sehr langsam schleppte er seine Füße vorwärts. Dann wurde ihr bewusst, dass es nicht an ihm lag; es war die Zeit. Die Zeit hatte sich verlangsamt, wie eine Batterie, der die Energie ausging, und selbst der Rhythmus ihres Herzens fiel ab, kam allmählich zum Stillstand. Sie versuchte zu gehen, aber konnte sich nicht bewegen. Jemand sagte ihren Namen, aber die Stimme klang verzerrt, die Vokale waren zu lang und unheimlich. Sie konnte Gestalten ausmachen, die neben einer Plane hockten, und verstand. Sie brach aus ihrer Traumwelt aus, schrie Leighs Namen und riss sich von Mikes Hand los. Sie schob sich an Graham vorbei und rannte und stolperte und rutschte auf die versammelten Polizisten zu. Lucy war unter ihnen. Sie ging auf Natalie zu, um sie davon abzuhalten, näher zu kommen.

»Gehen Sie mir aus dem Weg! Das ist ein verdammter Befehl!«, schrie Natalie.

Lucy wich zurück, ihre Augen waren vor Entsetzen weit aufgerissen. Natalie erlangte ihre Fassung zurück und ging auf die zwei weiteren Beamten zu, die bei ihrer Ankunft die Schultern strafften und einen Schritt zurücktraten.

Mike schloss zu ihr auf und griff nach ihrem Arm. »Nein, Natalie, tu das nicht.«

»Ich muss es wissen«, sagte sie.

Er ließ ihren Arm los, aber nahm ihre Hand in seine und

verschränkte ihre Finger miteinander. »Dann bleibe ich bei dir«, sagte er.

Sie nahm seine Worte kaum wahr und machte die letzten drei Schritte, die nötig waren, um die Mädchen zu sehen. Sie waren einander zugewandt. Durchsichtige Plastiktüten waren über ihre Gesichter gezogen worden, und sie lagen regungslos da, die Arme ausgestreckt, und hielten sich an den Händen. Zoe trug einen gelben Playsuit und aus ihren Sandalen guckten die korallenroten Nägel heraus, die mit Erde und Staub beschmutzt waren. Eine Handvoll Gänseblümchen lag über ihren Körpern.

Sie verschluckte sich an ihrem eigenen Schrei. »Nein!«

Graham stand an ihrer Seite. »Es tut mir so leid, Natalie.«

Der Schock betäubte ihren Körper, und obwohl ihr vollkommen bewusst war, dass ihre Tochter tot war, weigerte sie sich, es zu akzeptieren. Mike hielt ihre Finger fest in seinen verschränkt. Ihre Tochter trug ihr neues hübsches Oberteil, das ihrem wunderschönen Teint schmeichelte, und eine kurze, weiße Hose, die ihre Beine betonte, die von dem Urlaub bei ihrem Großvater noch gebräunt waren. Sie konnte nicht ...

»Natalie. Wir müssen gehen. Die Spurensicherung muss jetzt übernehmen.« Mikes Stimme war sanft. Er zog an ihrer Hand. Sie ließ zu, dass sie weggeführt wurde, weg von ihrer Tochter, und trotz des Traumas und der Klinge, die sich in ihr Herz bohrte, weinte sie nicht. Sie riss sich zusammen, bis sie sein Auto erreichten, dann gaben ihre Beine nach und sie brach zusammen, unfähig, sich auf etwas anderes zu konzentrieren als auf die Tatsache, dass ihre wunderschöne Tochter für immer fort war, und das war alles ihre Schuld.

ACHTUNDVIERZIG

SONNTAG, 19. AUGUST – MORGEN

Natalie marschierte ins Präsidium, die Schultern gestrafft, den Blick nach vorne gerichtet. Was sie betraf, so hatte sie noch einen Job zu erledigen. Die Mitarbeiter am Empfang standen auf, ihre Gesichter waren ernst und ihre Arme als Zeichen des Respekts für ihren Verlust verschränkt.

»Es tut mir so leid, Ma'am«, hörte sie. Sie nickte ihnen knapp zu.

Die Polizisten, die ihr im Flur begegneten, blieben stehen und wussten nicht, was sie sagen sollten. Sie starrte geradeaus, war sich ihrer besorgten Blicke bewusst und stieg die Treppe nach oben, nahm eine Stufe nach der anderen. Ihre Bewegungen spiegelten ihren mentalen Zustand und ihre Zukunft wider – ein kleiner Schritt nach dem anderen. Nur so könnte sie die quälenden Schmerzen ertragen, die ihren Körper, ihren Kopf und ihr Herz erfüllten. Oben angekommen bog sie wie immer nach rechts ab, ging an den Glasfronten der Büros vorbei und ignorierte die Blicke, als sie sie passierte. Sie konzentrierte sich auf das bunte Sofa vor ihrem eigenen Büro. DS Murray Anderson witzelte immer, dass nie jemand darauf saß. Es stimmte – in all der Zeit hatte sie nur zwei Leute darauf sitzen sehen: einer war Mike und der andere, erst vor Kurzem, Dan. Die Bürotür stand offen, und sie trat in einen stillen Raum. Lucys Augen waren feucht, als sie auf Natalie zuging und ihre Arme um sie warf.

Diese aufrichtige Geste ließ Natalie erstarren. Sie war ausgelaugt, unfähig, auf Freundlichkeit oder Liebe zu reagieren, weil ihr die Gefühle ausgegangen waren. Die letzten paar Stunden waren eine einzige Tortur gewesen, wie sie es noch nie zuvor erlebt hatte, und hatten in der totalen Zerstörung von allem, was ihr lieb und teuer war, geendet. David hatte sichergestellt, dass in ihrer zerrütteten Welt nichts mehr übrig blieb – keine Teile, die eingesammelt und wieder zusammengefügt werden konnten, nichts, woran sie sich festhalten konnte.

Josh rennt aus dem Zimmer, nicht in der Lage, seine Gefühle mit seinen Eltern zu teilen. Sein Gesicht zeigt eine Mischung aus Schock und Trauer und Schluchzer erschüttern seinen Körper.

Natalie bekommt kaum Luft, aber sie geht ihm nach, nur um von David aufgehalten zu werden, dessen Stimme vor Gift trieft.

»Lass ihn!«

»Aber er braucht mich.«

»Nein, tut er nicht. Er braucht dich genauso wenig wie ich. Wir haben dich mal gebraucht, aber du hast dich dazu entschieden, uns zu verlassen. Wir alle haben dich gebraucht, aber du warst nicht für uns da.«

Sie ist fassungslos. »Das war ich. Das weißt du. Zugegeben, nicht immer, aber jemand musste –«

Er unterbricht sie. »Arbeiten. Jemand musste arbeiten. Ja, ich weiß. Das muss ich mir schon anhören, seit ich den Fehler gemacht habe, unsere Ersparnisse zu verzocken. Das hast du mich nie vergessen lassen. Du hast mich behandelt, als würdest du mich verachten. Vielleicht habe ich das verdient, aber nicht die Kinder, und sie haben dich gebraucht. Die Wahrheit ist doch, dass du zur Arbeit gegangen bist, weil du deinen Job mehr geliebt hast, als hier zu sein, bei mir und dieser Realität. Du hast die Extraschichten nicht angenommen, damit wir mehr Geld hatten, sondern weil du es wolltest, damit du bei der Arbeit sein konntest – näher bei Mike.«

»Das ist nicht wahr! Ich habe sie nur angenommen, weil wir Rechnungen bezahlen mussten. Mike hatte damit nichts zu tun.«

Er brachte sie mit seinem Blick zum Schweigen. »Wir haben dich hier gebraucht. Leigh hat dich gebraucht, besonders nach dem, was Anfang des Jahres passiert ist. Wegzulaufen war ihr Versuch, uns wieder zusammenzubringen, aber du hast es nicht mal versucht.«

Als sie spricht, rollen Tränen über ihre Wangen. »Ich habe es versucht.«

»Nicht genug!«, brüllt er. »Das hier geht auf dein Konto, Natalie. Das ist alles deine Schuld.«

Sie will etwas erwidern, doch er bringt sie wieder zum Schweigen, diesmal indem er seine Hand hebt. »Du wolltest gehen, also geh. Du hast die Schlüssel zu deinem neuen Leben. Geh jetzt, bevor ich dich eigenhändig rausschmeiße.«

»Du bist verärgert ...«

»Zu wahr, ich bin verärgert. Unsere Tochter ist tot und das nur, weil irgendein Verrückter es auf dich abgesehen hatte, sich aber stattdessen dafür entschieden hat, unsere Tochter umzubringen. Ich kann deinen Anblick nicht mehr ertragen. Ich kann deine Nähe nicht mehr ertragen. Geh einfach.«

»Was ist mit Josh?«

»Ich werde mich um ihn kümmern.«

»David –«

»Wir sind fertig. Verschwinde.« Er wendet ihr den Rücken zu und stolpert aus dem Zimmer.

———

Lucy trat zurück und wischte sich über die Augen. Natalie brachte ein schwaches »Danke« heraus.

Ian fuhr sich mit dem Finger über seinen Hemdkragen. »Ich weiß nicht, was ich sagen soll, Natalie.«

»Am besten wir belassen alles beim Alten. Wir konzentrieren uns darauf, dass wir genug Beweise gegen diesen Bastard in die Hand bekommen, sodass er kein Schlupfloch mehr findet und für seine Taten bezahlt. Hat sich noch irgendetwas ergeben?« Jedes ihrer Worte klang ruhig. Sie war betäubt vom Schmerz. Sie schaffte es, so zu funktionieren, wie sie es gehofft hatte. Die zuständigen Stellen hatten versucht, sie komplett von diesem Fall abzuziehen, aber sie hatte sich durchsetzen können. Sie hatte erklärt, warum sie es zu Ende bringen musste. Sie musste die Wahrheit erfahren. Die Erhaltung ihres gesunden Verstandes hing davon ab.

Lucy ergriff das Wort. »Das Team hat am Keele-Services-Rastplatz eine leere Flasche Bleichmittel und Putzlappen im Mülleimer der Herrentoilette gefunden. Die Flasche wurde abgewischt, aber nur grob. Es wurden stellenweise Fingerabdrücke gefunden, die zu John gehören.«

»Er hat den Transporter gereinigt, während er dort war.« Es war eher eine Aussage als eine Frage.

»So scheint es. Außerdem haben wir die Handys der Mädchen gefunden, eingewickelt in eine Zeitung.«

Eine Minute lang fehlten Natalie die Worte. Das Handy ihrer Tochter. Ein Teil von ihr brannte darauf, es zu sehen, es zu halten – um ihrem Kind noch einmal nahe zu sein –, aber sie unterdrückte den Drang und konzentrierte sich darauf, warum sie hier war. Zum Trauern war noch genug Zeit.

»Die SIM-Karten wurden entfernt und wir haben sie noch nicht gefunden, aber das Technikteam hat auf beiden Geräten Fotos gefunden, die beweisen, dass die Mädchen neben dem Van standen, kurz bevor ihre Telefone abgeschaltet wurden«, sagte Ian.

»Und dann wäre da noch das. Ich denke, das erklärt die Dinge ein wenig.« Lucy hielt eine Kunststoff-Geldbörse nach oben, in dem ein grobkörniges Schwarz-Weiß-Foto lag – ein Ultraschallbild von zwei ungeborenen Babys, die einander zugewandt waren, als würden sie Händchen halten.

Natalie drehte das Bild um und las, was auf der Rückseite stand: Rose und Lily Briggs. Ohne ein Wort gab sie es zurück, bevor sie bemerkte, dass Lucy und Ian zu jemandem sahen, der hinter ihr stehen musste. Sie drehte sich zu Dan Tasker um, seine Schultern hingen herunter, seine Augen waren voll Trauer.

»Ich möchte Ihnen mein aufrichtiges Beileid und tiefes Mitgefühl aussprechen.«

Alles, was sie ihm anbieten konnte, war ein knappes »Danke«, das sie nicht ernst meinte.

»Sind Sie sicher, dass Sie das tun wollen?«, fragte er.

»Ich war mir noch nie sicherer.«

»Er wird seit zwei Stunden verhört und knickt langsam ein. Ihm dämmert wohl allmählich, was ihn im Gefängnis erwarten wird. Das meiste hat er gestanden, einschließlich des Versuchs, die Ermittlungen in die Richtung von Eddie Ford zu lenken. Wir haben einen falschen Bart und eine Perücke gefunden. Er ist damit durch die Stadt gelaufen und hat zugegeben, sogar mit einem schottischen Akzent gesprochen zu haben, um seine Spuren zu verwischen.« Er schüttelte ungläubig den Kopf. »Die Dreistigkeit dieses Mannes. Er hat sogar dieses verdammte Bild in Shauns Terminkalender gemalt, um den Mann zu beschuldigen.«

»Konnten Sie die Handys der Westmore-Zwillinge finden?«

»Bisher konnten wir nur eins ausfindig machen. John hat zugegeben, beide Telefone in das Wasser im Blithbury Marsh geworfen zu haben.«

»Was ist mit diesem Blasted-Fotowettbewerb?«

»Das hat er sich alles nur ausgedacht, um an die Kontaktinformationen von jungen Mädchen zu kommen.«

»Hat er gesagt, warum er Schwestern oder Zwillinge als seine Opfer ausgesucht hat?«

»Nein. Dazu hat er geschwiegen.«

»Sollen wir es angehen?« Ihre Stimme war leise, aber entschlossen.

Dan sah ihr in die Augen. »Es tut mir wirklich, wirklich leid.«

»Ich bin bereit, mit ihm zu sprechen«, antwortete sie.

Sie ließ Lucy und Ian zurück und ging mit Dan an ihrer Seite durch den Flur. »Hat er zugegeben, etwas mit den Morden von 2014 zu tun gehabt zu haben?«, fragte sie.

»Er lehnt kategorisch ab, sie ermordet zu haben, und hat keinen Zweifel daran, dass im Zuge der Ermittlungen die richtige Person zur Rechenschaft gezogen wurde. Neil Hoskins mag es später abgestritten haben, aber John glaubt, dass Neil sie getötet hat. Als Neil seine Aussage zurückgezogen hat, lag es höchstwahrscheinlich an dem, was er im Gefängnis ertragen musste. Ich habe mit dem Gefängnisdirektor gesprochen, und es scheint, als hätten die Mithäftlinge ihm eine besonders schwere Zeit bereitet – besonders diejenigen, die Kinder hatten –, es war so schlimm, dass sie ihn zu seiner eigenen Sicherheit in Einzelhaft stecken mussten.«

»Bei allem Respekt, Sir, ich denke, damit liegen Sie falsch. John Briggs hat alle diese Mädchen umgebracht. Sie müssen den Fall wieder aufnehmen.«

»Wie kommen Sie darauf? Briggs hat höchstwahrscheinlich Hoskins Vorgehensweise kopiert.«

»Das Ultraschallbild seiner Kinder. Alle Mädchen wurden in der gleichen Position zurückgelassen ... um seine eigenen Kinder auf diesem Bild nachzuahmen. Und dann ihre Namen — Rose und Lily –, beides Namen von Blumen. Das erklärt, warum der Mörder Blüten auf den Leichen der

Mädchen zurückgelassen hat – es war eine Verbindung zu seinen eigenen toten Kindern. John Briggs ist für alle diese Morde verantwortlich; die, die 2014 in Manchester begangen wurden, und jetzt die in Samford.«

Als sie den Befragungsraum erreichten, legte er eine Hand auf ihre Schulter. »Ich würde alles tun, um die Uhren zurückdrehen zu können und den Verlauf dieser Ermittlung zu ändern.«

»Genau wie ich, Sir. Genau wie ich.« Sie öffnete die Tür und trat ein, ihr Gesicht war eine steinerne Maske.

John kauerte auf seinem Stuhl, sein linkes Auge war geschwollen und die Unterlippe aufgeplatzt.

»Was ist mit ihm passiert?«, fragte sie Dan.

»Er ist gestolpert und hingefallen. Nicht wahr, John?«

»Ja, Sir. Genau so war es.«

Sie ging nicht weiter darauf ein. Jemand im Revier hatte beschlossen, seine eigene kleine Form von Gerechtigkeit walten zu lassen. Plötzlich war John Briggs ein gehasster Mann geworden. Sie zog einen der Stühle zurück und setzte sich, der Superintendent nahm neben ihr Platz. Das Aufnahmegerät stand bereit und sie folgten dem üblichen Prozedere und stellten sich vor. Sie saß aufrecht, nahm jedes Detail des gebrochenen Mannes vor sich wahr – der Bulle, der auf die böse Seite gewechselt war.

»Warum haben Sie meine Tochter ausgewählt?«

Er scharrte mit seinen Füßen und starrte auf die Tischplatte.

Dan schaltete sich ein. »Sagen Sie DI Ward, warum Sie ihre Tochter ausgewählt haben.«

»Das war Pech.«

»Pech?«, wiederholte Dan.

»Ich habe nicht extra nach ihr Ausschau gehalten, falls Sie das meinen. Sie kam zu mir. Ich war im Shoppingcenter und habe mich nach potenziellen Opfern umgesehen, und sie tauchte mit ihrer Freundin auf. Es war Zufall, dass sie an diesem Tag dort war.«

Natalie konnte sich nicht daran erinnern, dass Leigh je das Shoppingcenter erwähnt hatte. War sie an diesem Samstag im Mai dort gewesen? Eine leise Stimme in ihrem Kopf erinnerte sie daran, dass sie an diesem Wochenende im Mai an einem Fall gearbeitet hatte und nicht mitbekommen hätte, wenn ihre Tochter an diesem Tag etwas vorgehabt hätte. David hatte sich um die Kinder gekümmert, wie er es immer tat, wenn sie arbeitete.

»Warum haben Sie sie ausgewählt? Sie waren keine Schwestern und auch sonst nicht miteinander verwandt.«

»Zoe wollte unbedingt ein Foto machen lassen, genau wie –«

»Sagen Sie nicht ihren Namen. Wagen Sie es ja nicht, ihren Namen auszusprechen«, zischte Natalie.

»Sie konnten es kaum erwarten, sich einzutragen.«

»Wie viele andere Mädchen haben Ihnen an diesem Tag ihre Kontaktdaten gegeben?«

»Vierundzwanzig.«

»Waren sie alle Schwestern?«

»Ja.«

»Also haben Sie aus sechsundzwanzig Mädchen ausgerechnet die beiden ausgewählt, die in keiner Weise verwandt waren.«

»Ja.«

»Warum haben Sie sie gewählt?«

»Was glauben Sie?« Seine kalten Augen blitzten auf.

Als Dan den Horror auf Natalies Gesicht sah, schritt er ein. »Sie wissen, dass Ihnen ein sehr unangenehmer Gefängnisaufenthalt bevorsteht. Sehen Sie sich an, was mit Neil Hoskins passiert ist. Es war so unerträglich, dass er sich das Leben genommen hat. Er hat keinen Selbstmord begangen, weil er sich schuldig fühlte. Er hat es getan, weil er solche Angst davor hatte, was die anderen Insassen ihm antun würden. Das steht Ihnen alles noch bevor. Sogar kaltherzige Mörder hassen Bastarde wie Sie, die Kinder umbringen. Sie werden Sie dafür bezahlen lassen.«

John zog eine Grimasse, als hätte er Schmerzen, aber er erwiderte nichts.

Natalie hatte ihre Kontrolle zurückerlangt und sprach weiter. »Mit wem hatten Sie zuerst Kontakt? Mit meiner Tochter oder ihrer Freundin, oder mit beiden?«

»Ich habe immer nur mit Zoe gesprochen. Die Telefonnummer Ihrer Tochter hatte ich nicht.«

»Haben Sie nicht beide den Fragebogen ausgefüllt? Ich dachte, alle Mädchen hätten das getan.«

»Ihre Tochter hat nur ihren Vornamen eingetragen. Sie hat insgesamt nicht viel über sich geschrieben. Sie hat nur oberflächliche Informationen preisgegeben – Hobbys, Musik und Filme, die sie mochte –, aber Zoe war viel weniger vorsichtig und hat ihre Freundin mit Namen in ihrem Fragebogen erwähnt.«

»Ich frage Sie noch einmal: Warum haben Sie ihre Vorgehensweise geändert und sich entschieden, zwei Mädchen zu entführen und umzubringen, die nicht verwandt waren?«

»Ich hatte Lust darauf. Ich wollte nicht zu vorhersehbar werden.«

»Das ist Schwachsinn, und das wissen Sie«, sagte Natalie. »Es war Ihnen wichtig, Schwestern oder Zwillinge umzubringen. Das hängt alles mit Rose und Lily zusammen, nicht wahr?«

Seine Lippen kräuselten sich wie die eines wilden Tieres, aber Natalie machte weiter.

»Sie waren auf irgendeinem verrückten Feldzug, um den Tod ihrer Töchter zu rächen, nicht wahr?«

Er weigerte sich zu antworten.

»Wir wissen es, John. Wir wissen über Rose und Lily und sogar über Mikayla Bescheid.«

»Fickt euch«, sagte er durch zusammengepresste Zähne.

»Sie wussten, dass sie *meine* Tochter war, oder?«

Er antwortete nicht.

»Sagen Sie es mir.«

Dan schlug mit der Faust auf den Tisch und schrie: »Antworten Sie ihr, Sie Drecksack!«

»Natürlich wusste ich es.«

»Sie haben sie getötet, um mich fertig zu machen, nicht wahr?«

Er begegnete ihrem Blick. »Es sollte so sein.«

»Nein, das sollte es nicht! Sie haben das getan. Sie hätten sie nicht töten müssen.«

»Oh doch, das musste ich. Das Schicksal hat mich hierhergeführt. Ich habe ihre Leben so beendet, wie es für mich vorherbestimmt war. Ende.«

»Warum? Weil sie mich hassen? Weil Sie wütend waren, dass ich befördert wurde und nicht Sie? Warum?«

Er zuckte mit den Schultern. »Weil ich es konnte.«

Natalie hatte Mühe, ihren Körper zu kontrollieren, der von innen heraus zu vibrieren schien. John hatte Zoe und Leigh vorsätzlich ausgewählt, hatte sie all den anderen Mädchen vorgezogen, die ihm ihre Daten im Samford Shopping Center gegeben hatten. Sie würde niemals erfahren, ob es an einer tiefsitzenden Eifersucht oder einem anderen verdrehten Grund gelegen hatte. Sie wusste nur, dass es ihre Schuld war, dass die Mädchen ermordet worden waren, und Natalie war sich nicht sicher, ob sie damit leben konnte.

Sie stand auf. Dan tat es ihr gleich. Sie sah auf Johns zugeschwollenes Auge und die blutende Lippe, und bevor sie den Raum verließ, sagte sie: »Ich hoffe, dass Sie all das bekommen, was Sie verdienen, und noch mehr, wenn Sie von innen heraus zerschmettert werden. Ich hoffe, sie reißen Sie in Stücke.«

EPILOG

Beileidskarten lagen auf dem Fensterbrett in der Küche und auf der Arbeitsplatte verstreut, aber sie konnte aus den darin enthaltenen herzlichen Nachrichten keinen Trost schöpfen.

John Briggs hatte alle Morde zugegeben, einschließlich der an Avril und Faye Moore und den beiden Opfern vor ihnen, Sharon und Karen Hill. Er war für den Tod von neun Mädchen verantwortlich. Er hatte auf Unzurechnungsfähigkeit plädiert, die durch seine persönliche Tragödie ausgelöst und durch Drogenmissbrauch verschlimmert worden war. Ein klinischer Psychiater sollte ein Gutachten erstellen. Ihr war egal, was mit ihm geschah. Sie konnte keine emotionale Energie mehr auf diesen Mann verschwenden, er verdiente keine weitere Sekunde ihrer Zeit. Seine grausame Tat hatte sie viel gekostet. Ihr Leben würde nie wieder so sein wie zuvor.

Sie fuhr mit ihrem Finger über den Bildschirm ihres Handys und fragte sich, ob sie noch einmal Josh schreiben sollte. Auf ihre letzte Nachricht hatte er geantwortet, was ihr Hoffnung gegeben hatte. Vielleicht gab er ihr nicht so sehr die Schuld an dem, was passiert war, wie David es tat.

Sie sah sich in der fremden Umgebung um und kämpfte

gegen das aufkeimende Gefühl der Beklemmung an. Sie hatte schon vorher harte Zeiten durchgestanden. Sie würde es wieder schaffen. Sie hatte immer noch einen Job und ein Team, das sie respektierte, aber sie brauchte Zeit, um zu heilen und den Schaden an ihrer Seele zu reparieren.

Sie starrte auf das Ornament, das auf dem Tisch stand: ein silberner Kreis, in den Leighs Name eingraviert war, und an dem ein silbernes Herz hing, in das ein großer Kristall eingelassen war. Es war einfach und geschmackvoll und von Mike. Auf der Karte, die dabei gewesen war, stand: »Denk daran, du bist nicht allein.«

Sie streichelte das schimmernde, silberne Herz und fuhr den Namen ihrer Tochter mit dem Zeigfinger nach, während stille Tränen auf den Tisch fielen.

EIN BRIEF VON CAROL

Liebe Leser:innen,

danke, dass ihr *Die Blütenzwillinge* gekauft und gelesen habt. Ich hoffe sehr, dass euch die Geschichte gefallen hat. Wenn ihr über meine neuesten Veröffentlichungen auf dem Laufenden bleiben wollt, dann meldet euch unter dem folgenden Link an. Eure E-Mail-Adresse wird nicht weitergegeben und ihr könnte euch jederzeit wieder abmelden.

www.bookouture.com/bookouture-deutschland-sign-up

Dieses Buch zu schreiben, war nicht leicht. Es hat mir schlaflose Nächte und viel Kummer bereitet. Ich befand mich auf einer emotionalen Achterbahnfahrt und habe Gefühle für die Charaktere entwickelt und ihren Herzschmerz geteilt. Im Laufe der Serie sind die Charaktere für mich sehr lebendig geworden, und einen von ihnen zu verlieren war hart – wirklich schwierig. Aber es ist auch ein Buch, das ich gerne geschrieben habe und das mir sehr am Herzen liegt.

Wie geht es bei Natalie weiter? Nun, ihr Leben wird sich verändern, aber ich denke, wir alle wissen, dass sie aus hartem Holz geschnitzt ist.

Wenn euch *Die Blütenzwillinge* gefallen hat, würde ich mich freuen, wenn ihr euch ein paar Minuten Zeit nehmt, um eine Rezension zu schreiben, egal wie kurz sie auch sein mag. Ich wäre euch wirklich sehr dankbar.

Ich hoffe, dass wir uns beim nächsten Buch in der Serie um DI Natalie Ward wiedersehen werden.

Vielen Dank,

Carol

www.carolwyer.co.uk

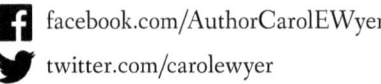 facebook.com/AuthorCarolEWyer
twitter.com/carolewyer

DANKSAGUNG

Einmal mehr stehe ich in der Schuld all derjenigen, die dieses Buch möglich gemacht haben. Zunächst möchte ich mich bei meinen Leser:innen, meinem Street Team und all den Buchblogger:innen und Rezensent:innen bedanken. Ohne euch alle würden meine Bücher unter dem Radar bleiben, und ohne eure Nachrichten, E-Mails und die Interaktionen in den sozialen Medien würde mir das Schreiben viel weniger Freude bereiten.

Buchblogger:innen stecken eine Menge Zeit hinein, ein Buch zu lesen und zu rezensieren, und sie teilen ihre Empfehlungen großzügig in den sozialen Medien, ohne eine Gegenleistung zu erwarten. Ich habe das Glück, sehr viele von ihnen zu kennen, und obwohl es viel zu viele sind, um jeden einzeln zu nennen, möchte ich doch jedem von ihnen von Herzen danken.

Vielen Dank an alle bei Bookouture, die geholfen haben, *Die Blütenzwillinge* zu publizieren. Hinter dem Buch steht ein engagiertes Redaktionsteam, darunter die adleräugige Lektorin DeAndra Lupu, der kein Fehler entgeht und die mir zugleich ermutigende Kommentare hinterlässt. Ich weiß wirklich nicht, wie sie es schaffen, mit ihren Zeitplänen so zu jonglieren, dass alles reibungslos abläuft, aber sie schaffen es.

Ein riesiges Dankeschön geht an das Marketingteam und das dynamische Duo Kim Nash und Noelle Holton, von denen ich glaube, dass sie mit noch weniger Schlaf überleben, als ich es tue.

Und last but not least geht ein enormer Dank an meine

Lektorin Lydia Vassar-Smith, die immer den Überblick behält und mich auf unglaubliche Weise unterstützt.